日本近代詩の成立

Shunsuke Kamei

亀井俊介

南雲堂

日夏耿之介
『明治大正詩史』上中下
（創元社、昭和23〜24年／著者所蔵）
函入外観および上巻扉

蔵書に囲まれる日夏耿之介
長野県飯田市美術博物館・
日夏耿之介記念館提供

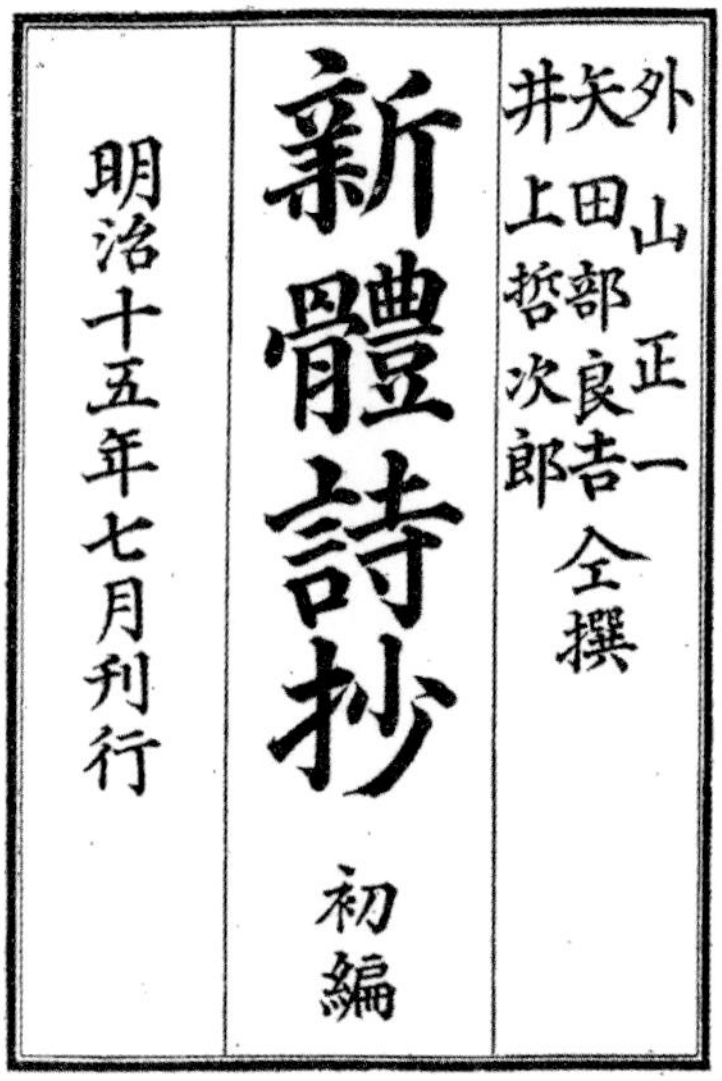

外山正一
矢田部良吉
井上哲次郎　全撰

新體詩抄　初編

明治十五年七月刊行

外山正一・矢田部良吉・井上哲次郎全撰
(『新体詩抄』丸屋善七、明治15年) 扉

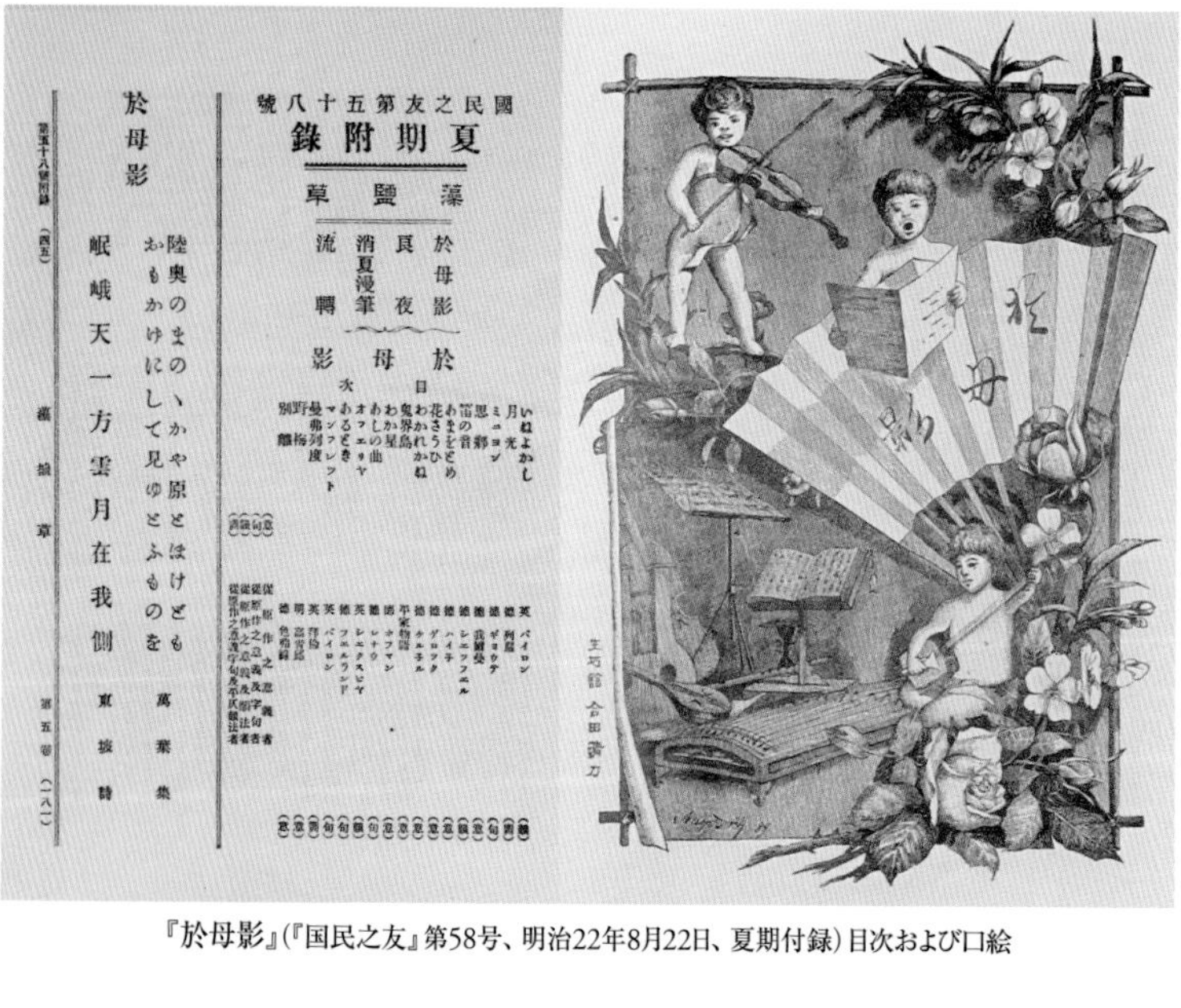

國民之友第五十八號
夏期附錄

藻鹽草

於母影
良夜
消夏漫筆
流轉

於母影

目次

いねよかし	英　バイロン	(韻)
月光	獨　列磨	(調)
ミニヨン	獨　ギヨウテ	(句)
思郷	獨　我爾曼	(意)
笛の音	獨　シエツフエル	(韻)
わきもをどめ	獨　ハイネ	(意)
花さうび	獨　ゲロツク	(意)
わかれかね	獨　ケルネル	(意)
鬼界島	平家物語	(意)
わか星	獨　ホフマン	(意)
あしの曲	獨　レナウ	(句)
オフエリヤ	英　シエクスピヤ	(韻)
あるとき	獨　フエルランド	(句)
マンフレツト	英　バイロン	(句)
曼弗列度	英　拝倫	(調)
野梅	明　高青邱	(意)
別離	獨　色弗爾	(意)

(意)從原作之意義者
(句)從原作之意義及字句者
(韻)從原作之意義字句及韻法者
(調)從原作之意義字句及平仄韻法者

第五十八號附錄　(四五)　藻鹽草　第五卷　(一八一)

於母影

陸奥のまのゝかや原とほけども
おもかげにして見ゆとふものを　萬葉集

岷峨天一方　雲月在我側　東坡詩

主筆館　合田清刀

『於母影』(『国民之友』第58号、明治22年8月22日、夏期付録) 目次および口絵

北村透谷（明治16年、14〜15歳）肖像
『透谷全集』第1巻
（岩波書店、昭和25年）口絵

中野逍遙肖像
『逍遙遺稿』正篇
（不破信一郎、明治28年）口絵

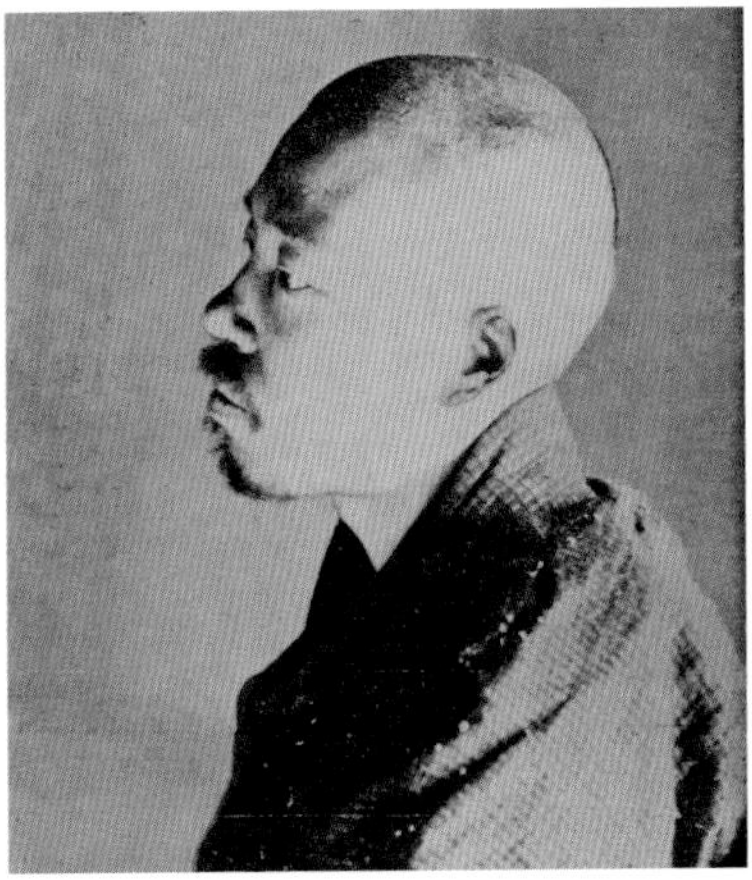

正岡子規肖像
『現代日本文学全集 第11篇 正岡子規集』
（改造社、昭和3年）口絵

島崎藤村『若菜集』
（春陽堂、明治30年）表紙
早稲田大学図書館提供

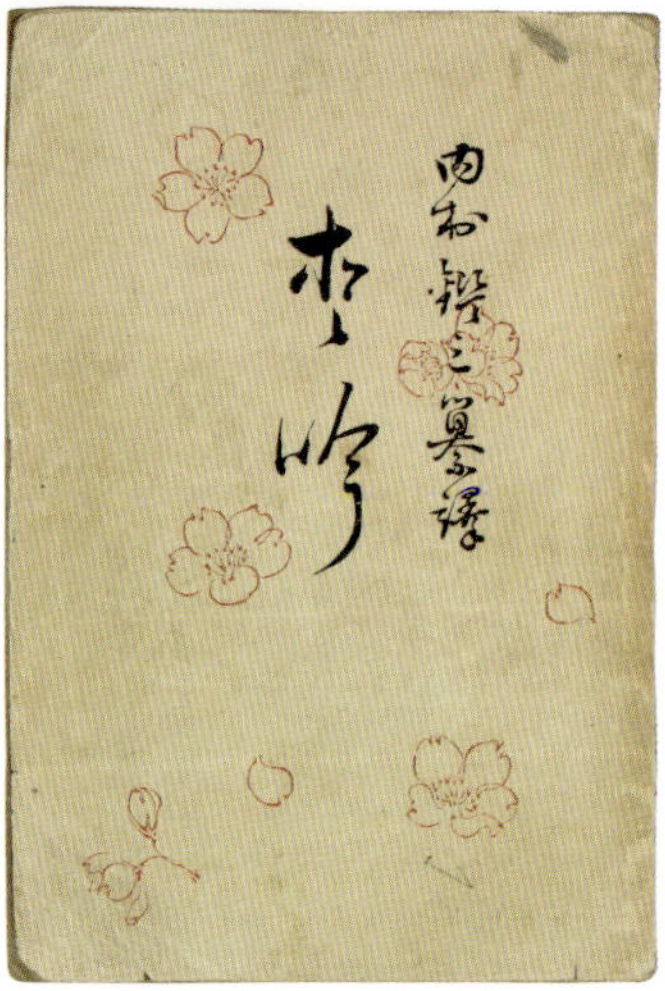

内村鑑三纂訳『愛吟』
（警醒社、明治30年）表紙
早稲田大学図書館提供

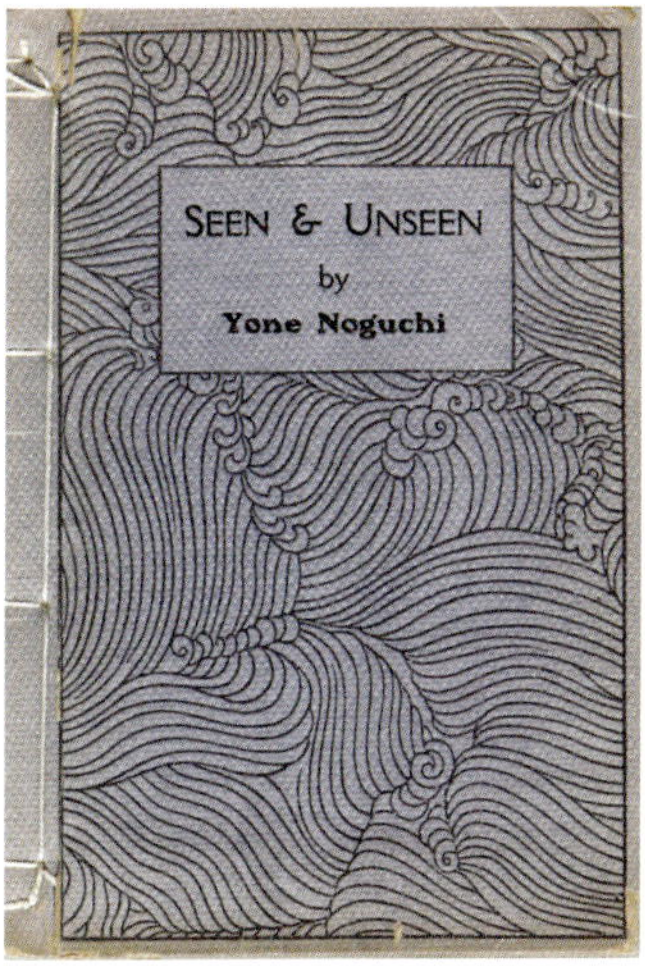

Yone Noguchi『Seen and Unseen』2nd ed.
(New York:Orientalia, 1920) 表紙

『The Lark』24号（終刊号）口絵
詩神の姿にノグチを描き、ノグチの詩をはめ込む

ヨネ・ノグチ肖像
（明治26年、渡米直前、満18歳になる前）
Shunsuke Kamei『Yone Noguchi, An English Poet of Japan』
(Yone Noguchi Society, 1965) より

上田敏訳『海潮音』
（本郷書院、明治38年）表紙
早稲田大学図書館提供

上田敏肖像
（明治44年、37〜38歳、
京都帝国大学教授就任2年目の頃）
『上田敏全集』第1巻
（改造社、昭和4年）口絵

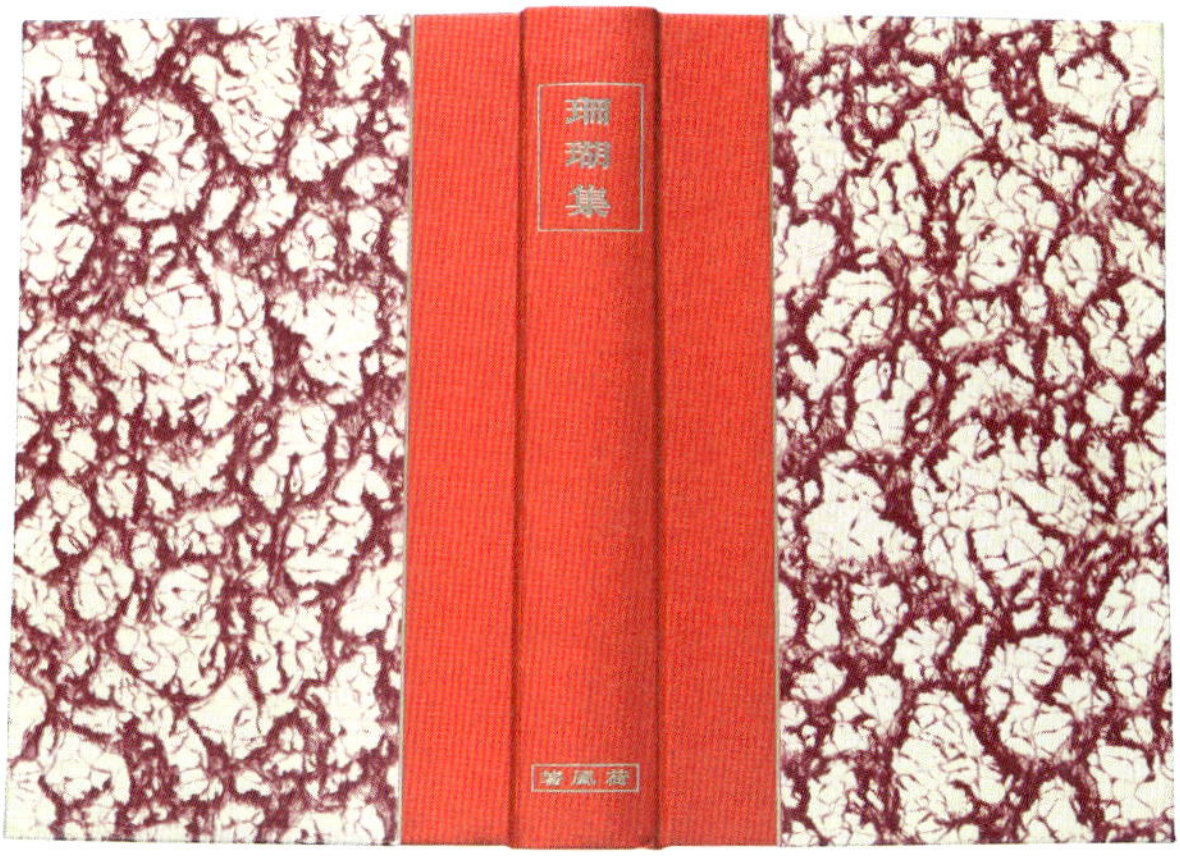

永井荷風著『珊瑚集』
（籾山書店、大正2年／
復刻版・近代文学館、昭和51年）
表紙と背

ノアイユ夫人肖像画
Comtesse de Noailles
『Choix de Poesies』
（Paris: Charpentier, 1930）
口絵

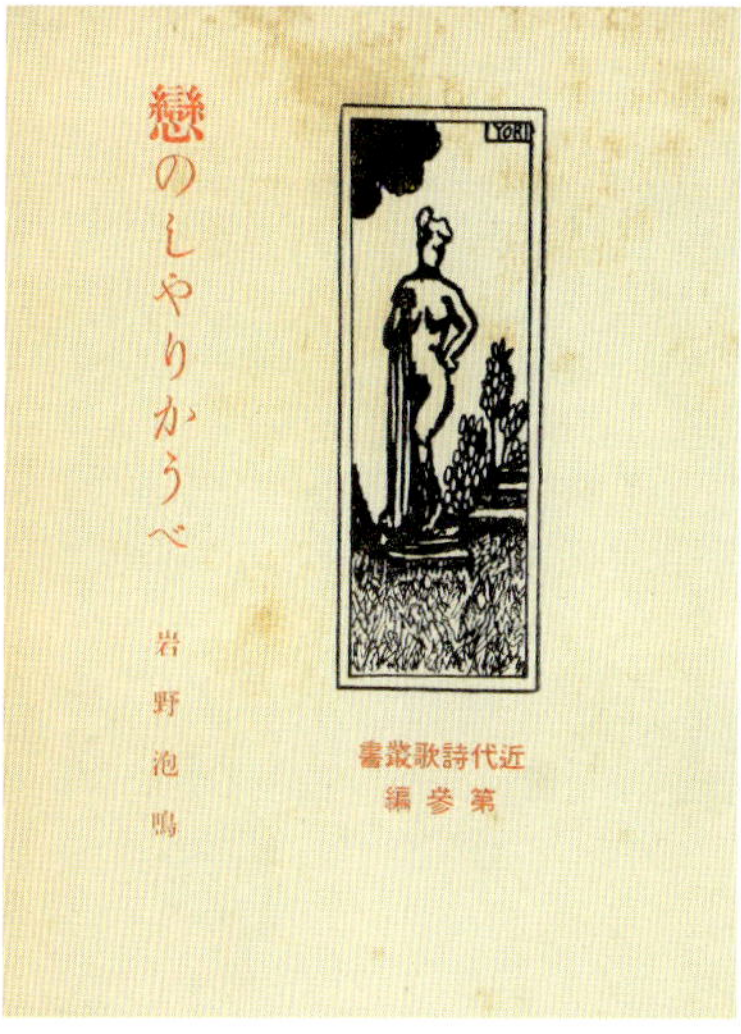

岩野泡鳴『恋のしやりかうべ』
（金風社、大正4年）扉　早稲田大学図書館提供

岩野泡鳴肖像
『明治文学全集11 岩野泡鳴集』
（筑摩書房、昭和40年）口絵

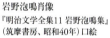

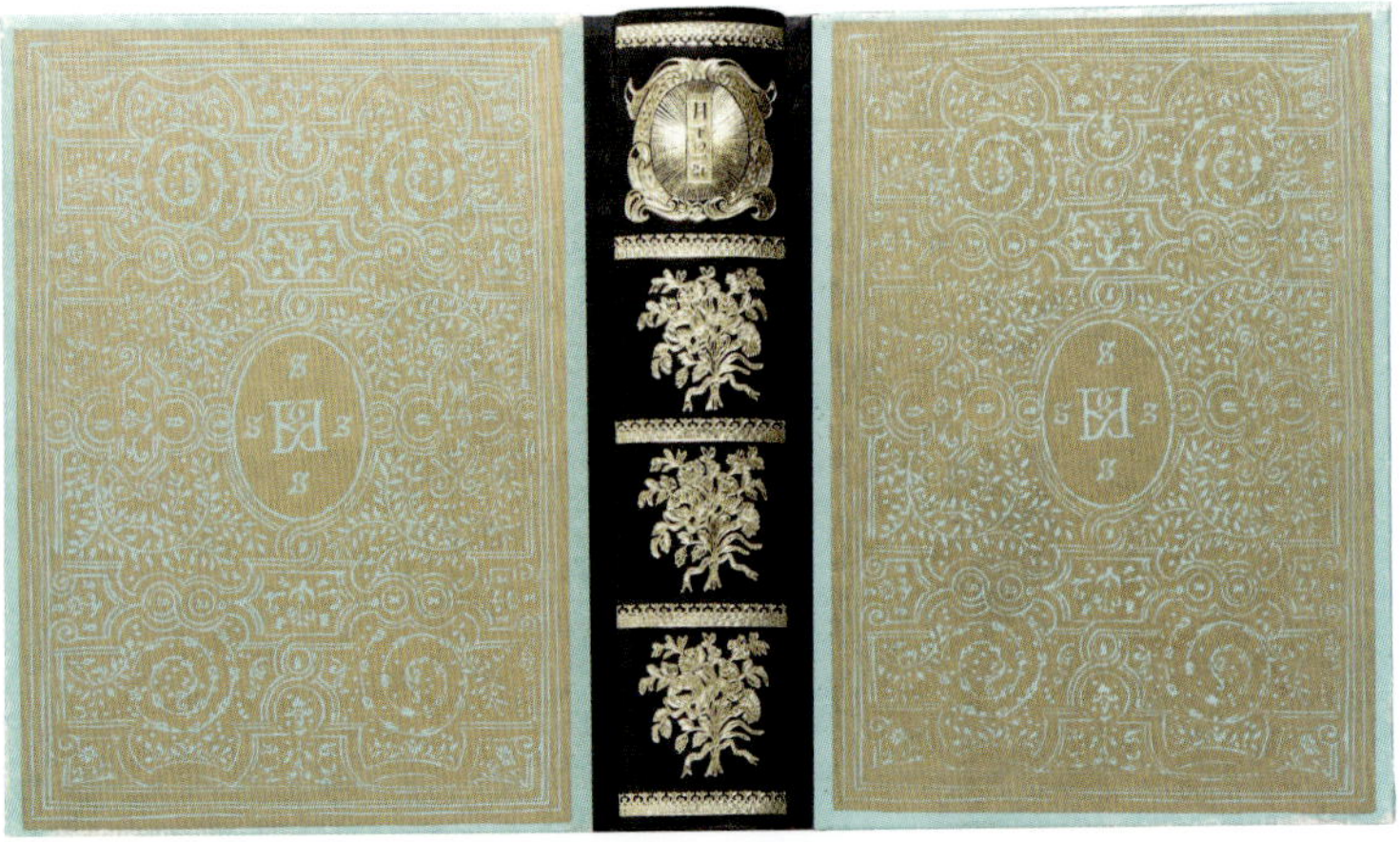

堀口大学訳『月下の一群』
（第一書房、大正14年／復刻版・近代文学館、昭和55年）表紙と背

『月下の一群』
同扉（長谷川潔装画）

日本近代詩の成立　目次

新しい展開

凡例

○日本近代詩の引用は、原則として詩集初版をもとにする。ただしその原則に従えず、全集などに依拠した場合もある。

○引用は原文通りを基本としながらも、現代の読者にとっての読み易さも重視し、①漢字は原則として新字を用い、②必要と思う個所でルビを補う。ルビは基本的に現代かな遣いに従う。原文で旧かな遣いによるルビがついている場合もこの原則に従うが、旧かな遣いを留めておきたいと判断した個所ではこの限りでない。

○引用符「　」をつけた文中で、さらに引用符「　」を用いる時、二重引用符『　』にはせず、「　」のままとする。書名などで『　』を用いる時は、そのまま『　』を用いる。

日本近代詩の成立

序章

日本近代詩の展開

1　「泰西のポエトリー」

本書は日本近代詩の成立期に生じた興味深く意味深い（と私には思える）事柄——特徴的な人物とか代表的な詩作品とか——を取り上げ、さまざまな視点から語りながら、日本近代詩の展開の理解を深めていくことを目指すものである。詩史そのものではない。日本近代詩史の本はすでにおびただしく出版されており、私のような部外者が屋上に屋を架しても、わずかな風で吹き飛ぶことになるだけだ。ただ、私も日本近代詩を愛する一人である。そして文学研究者としては、いわゆる批評的なことよりも、歴史にのっとった調査やら考察をすることが好きだ。それで、日本近代詩の歴史的な展開に合わせて、その特に関心をひく部分を自由に語りたいのである。

詩史的なものへの関心がないわけではない。というより、ある種の野心もあった。日本の近代詩は、周知のように「泰西のポエトリー」の形を導入したところから始まった（『新体詩抄』の「序」「凡例」など参照）。「明治ノ歌ハ、明治ノ歌ナルベシ」と思い定めた時、明治、つまり近代にふさわしい歌の形は、「少しく連続したる思想」を打ち鳴らせる長短自在の西洋の詩形がよいと決めたのである。その時、『懐風藻』から数えても千百余年日本の詩そのものと化してきた漢詩や、もっといわば土着的に発達してきた和歌や俳句などを切り捨てることになってしまった。「ポエトリー」とは、本来そういうものすべてを含む詩歌一般を指す言葉ではないか。ところが日本の新体詩、あるいはその延長としての近代詩は、伝統的に「詩」とか「歌」とかの中核をなしてきた漢詩や和歌・俳句を含まない、恐ろしく範囲を限定したものになってしまった。それにはそうなる事情もあったに違いないが、伝統詩歌のジャンルを捨象してしまった日本近代詩史は、中身の寂しい、いびつなものではないか。漢詩は一応別としても、和歌・俳句はそれぞれ「近代」を吸収しながら発展してきている。それらすべてをひっくるめた、本来の意味での「ポエトリー」の歴史を語る日本近代詩史がほしい、というのが私の思いだった。

もちろん、そういう試みはいろんな方面でなされているようだ。私などの管見に入るだけでも、たとえば野山嘉正著『日本近代詩歌史』（昭和60）は、その姿勢を明瞭に示していて、私を興奮させた。著者は「詩歌」という言葉に新体詩だけでなく漢詩や和歌・俳句を含め、それを「総体」として扱うことの必要を説き、いわばそのための構想を展開して見せるのだ。その時、たとえば日本の近代詩は西洋のポエトリーの形の導入から始まった、などという私の先の常識的な言い草などはどこかへ吹っ飛んでしまう。『新体詩抄』は誇らしげに新体を宣揚しながらも、七五調定型律（つまり伝統的な和歌の形）に縛られているではないか。同様にしてその後のいわゆる新体詩や近代詩も、多くは伝統的詩歌と複雑にからまっている。その有様を、著者はこまかに検証していく。ただし私には、その検証の綿密さがかえって重荷にもなってくる。ポエトリーの中の「近代」が見えにくくなるのだ。私は日本の「近代」におけるポエトリーの展開をもっと気楽に楽しむ姿勢で読み、味わい、語りたい。

そういう姿勢をいわばのびのびと見せる詩史もある。高橋睦郎著『詩心二千年　スサノヲから3・11へ』（平成23）は、「日本の詩心（大和言葉でいえばうたごころ）の歴史を辿る」試みで、詩心の表現のいろんなジャンルを自在に扱って悠揚迫らぬ筆致だ。が、私にこれを真似る能力がないのはいうまでもないとして、実はやっぱりその姿勢もない。高橋氏は旧時代と新時代を貫く「通史観」をもちたいといわれる。その思いに異存のあるはずもないが、同時に私には「近代」こそが関心の的なのである。これには、高橋氏（野山氏についてもまったく同じ）よりわずかに五年だが早く生まれた者の少時の状況が、いささか関係するかもしれない。

2　「近代」の中身

本書で日本近代詩という時の「近代」は、時期的には、明治十五（一八八二）年の『新体詩抄』により「泰西のポエトリー」が導入されてから、そのポエトリーを形式だけでなくいわば内的にも解体し、新しい「ポエジー」なるものの確立を求めたモダニズム詩人たちの結集する雑誌『詩と詩論』が発足した昭和三（一九二八）年あたりまでを指している。もちろん非常に漠然とした言葉遣いだが、それ以後は、一般的に「現代詩」の時代ということになる。用語の定義をはっきりさせよという要求は必ずあちこちから出されるものだが、私は無理に定義しない方が議論を自縄自縛から救い、実質的にすることも多いと思っている。

で、詩におけるこの漠然とした「近代」は、時期としては、これから話題にのせたい日夏耿之介の歴史的な大著『明治大正詩史』が扱う明治・大正の時代とほぼ完全に合致し、私としてはこれ以上の議論に入ろうと思わない。問題は、この時代の詩の「中身」である。「近代」とは、前の時代と画然と違う何かがあったと受け止めてこその呼称だろう。その「何か」とは何か。それこそまさに近代詩をじっくり読み解いていくことによって分ってくるものであろうが、日本近代の歴史をふり返る時、それが西洋文明の衝撃と波動に関係するものであることは明らかだ。

「泰西のポエトリー」の形の導入は、時代のこういう動きと呼応していた。だからそれがどんなに伝統詩歌の表現を残し、またどんなに詩としては未熟であっても、その形は人心をとらえ、遼原の火のごとくひろまったのである。そして近代詩が「解体」現象を呈し、現代詩に席を譲ったのは、大正デモクラシーが終焉を迎え、日本が国際的に孤立していく時期とほぼ軌を一にする。現代詩はそういう状況で苦闘するのではないか。

さてこのように私が「近代」の中身に関心をもつのは、くり返しになるが、私の少時の状況が若干関係するかもしれない。

3　「文化」熱と詩への関心

私は濃尾平野が木曽谷に入るところの田舎町で、当時国民学校と呼ばれていた小学校を卒業し、中学校（旧制）に入った年に日本の敗戦を迎えた。昭和二十（一九四五）年のことである。それまで「軍国少年」に育てられていた身が一転して、「文化国家建設」という国のスローガンに応えるべき「文化少年」に変身させられた。日本は米軍の統治下におかれ、それまでの日本は封建主義の名前ですべて否定され、「文化」のお手本はつまりアメリカの民主主義だった。しかし、後に戦後デモクラシーを否定的にいうことが知識人の自己証明のようになったけれども、事実は圧倒的に多くの人心がこれを歓迎し、日本はまさに第二の文明開化、あるいは第二の「近代」を迎えている観があった。私たち山里の中学（間もなく新制高等学校になる）生徒ですら「文化会」なるものをつくって、右も左も分らぬままに、新しい文化を学び取ろう、生み出そうと努めていた。この激変の体験が、私のその後の生き方、考え方に途方もない影響を及ぼしたことは間違いない。

この田舎町では、文化ということになると、島崎藤村の名がよく持ち出された。なにしろ藤村は隣り村（いまは合併して私の町の一部）の出身で、その生家の跡にできた「藤村記念堂」は私たちの恰好の遠足地になっている、といったような具合だったのだ。だがたぶん高校二年生の時だった、学校主催で郷土文化についての作文コンテストがあり、私はわれわれはもう藤村にしがみついていてはいけない、というようなことを書いて応募し、入賞した記憶がある。

藤村について理解も確信もあったわけではない。ただ私は「文化少年」のあらわれとして「詩少年」でもあり、もちろん藤村詩も読んではいた。だが何かのきっかけがあって、北川冬彦の『詩の話』(昭和24)という本を読んだ。若者向きの「現代詩」入門書で、これに私はいかれてしまったようだった。この中に、島崎藤村の詩にある短歌的抒情はもう古いといって厳しく否定するくだりがあったと思う。それに私は共鳴したのだった。いまふり返って脈絡をつければ、文明開化時代に伝統的詩歌と決裂しようとし、ポエトリーを導入した人たちの思い、つまり「近代」の精神の戦後版のようなものを、十七、八歳だった少年は感じ取り、のぼせ上がって、藤村に背を向けることにより自分も「近代」につながる、あるいは「文化」に参加するような気持になったのだと思う。

ともあれ私の北川冬彦熱はしばらく続き、散文精神だとかネオ・リアリズムとかといった主張に魅せられ、彼の主催する詩誌『時間』の会員となったりもした(同人に誘われもしたが、高校生には同人費は高すぎた)。そういう「詩少年」の心に一冊の本が大きく割り込んできたのだった。

4　日夏耿之介著『明治大正詩史』

読者にはまったくどうでもよいに違いない個人的な与太話をもう少し続けたい。「文化会」の仲間に、あえて本名で記させていただくと原昭午君という人物がいた。私よりたぶん二歳くらい年長だが、病弱のためだったか、高等学校で不意に同年生になって姿を現したのだった。高校生の二年の違いは大きい。それに控え目だがたいへんな読書家で（同君は後に歴史家となり、短大の学長なども勤めた）、私は兄事でもするように同君の家へよく遊び行き、いろいろと「文化」の話をしながら、彼の読んでいる本をのぞき込んだりしていた。そういう本の中に日夏耿之介著『明治大正詩史』があった。で、なんとなく手に取って読み始めたのである。北川冬彦の『詩の本』と違って大部であり、文章はめちゃくちゃ難しく、内容も私の理解を越えるものだった。しかしどういうわけかだんだん夢中になり、借りて読むだけでは満足できず、ついに原君に頼み込んで譲ってもらうまでになったのだった。

『明治大正詩史』は、はじめ大正十一年十月の『中央公論』誌上に「日本近代詩の成立」の部分が掲載され、以後都合三回、続篇の同誌掲載があって、昭和四年に『明治大正詩史』上下二巻としてまとめられ、新潮社から出版された。私の手に入ったのは、敗戦後間のない昭和二十三年から二十四年にかけて創元社から出版された全三巻の改訂増補版で、いまから見れば粗悪な紙に刷られ、所どころ文字が読み難くなっているが、函入りで、当時としては豪華本だったに違いない。定価は三巻合計すると千九百十円。それを原君が千円でよいといってくれたことまで覚えている。

千円でも、大金だった。それを払った以上、懸命に読んだこと間違いない。定規で丁寧に薄く赤線を引きながら読んだ跡が残っている。読んだことの知識は、いま頭に何も残っていない。しかし第一巻の末尾に、「一九四九、一二、七　驚異の念を以って読了」と記してある。何が「驚異」だったのか。それもはっきり言葉ではいいにくいが、第二巻も日ならずして読了しており、「驚異」の思いは続いていたに違いない（さすがに第三巻は読了にいたらなかったらしい。第三巻はもう詩史そのものではなく、一種の雑纂付録篇なのだ）。

「驚異」の中身は具体的にいいにくいにしても、漠然と指さすことはできる。たとえば北川冬彦にあおられて島崎藤村に背を向けてみたけれども、やっぱり藤村の詩はいいという思いを本当は捨てきれないでいた素朴な私に、日夏氏の『詩史』は、それがいい詩だと思ってよいことを見事に納得させてくれたのだ。もちろん私に分る範囲内での話だが、個々の詩を具体的に取り上げ、その成り立ちの説明から内容・表現の分析までして見せる。詩人としての著者のセンスと、それに学識を駆使して、藤村詩の美的世界を説き明かしている感じだった。近代（あるいは現代）主義が先走って、その観点から詩人や作品を一刀両断してしまったり、あるいは伝統詩歌との関係の解明にのめり込んでしまって、個々の詩の鑑賞評価といった一番基本のことを忘れるということはない。たぶん私は、この本で初めて詩を歴史的な展開に合わせて読み味わうことを知ったと思う。「驚異」の思いはそれに通じる何かだっただろう。

その後、私は大学に進み、卒業して、「文化」をもっと広い視野で柔軟に見ることを覚え、日本近代詩史についてもいろんな本を読んだ。学者の書いた客観的そうな詩史、評論家による難しい理屈をこねた詩史、あるいはマルクス主義とか唯物史観とかで詩を裁断してしまう詩史等々、明治十五年からたかだか半世紀の「近代」に限っても実にいろいろある。だが私は、詩史に「驚異」を感じさせてくれる記述の本となると、日夏氏の本のほかにはついに出会わなかったような気がする。実は、後からまた述べるように、この本にも批判や不満はいっぱいあるにもかかわらずである。

それで、かなり自分本位の論考を連ねる本書の内容の理解に役立ててもらうために、この序章で日本近代詩の展開をごく大ざっぱに通観しておこうという思いを、日夏本を棒《ポール》にして半世紀を棒高跳びすることによって実行してみたい。

5　日本近代詩の展開・展望

明治十五年、三人の東大教授たちの合著である『新体詩抄』によって、「泰西のポエトリー」の形が日本に伝えられ、いわゆる「新体詩」が始まったことは、もうここにくり返すまでもあるまい。日夏本は、その「内容の芸術価値は全くいふに足らぬ駄作の偶集にすぎなかつた」と切って捨てる。しかし問題はその『新体詩抄』から、島崎藤村『若菜集』が出る明治三十年までの詩の動きである。森鷗外たちによる訳詩集『於母影』（明治22）とか、湯浅半月、山田美妙、中西梅花、北村透谷といった人たちの詩表現の努力を、私はたぶん日夏本によって初めて知ったに違いない。ひとことで「明治ノ歌」たるべしといっても、歌の言葉や内容をどうやって見つけ、作り出すか。詩人たちによるその悪戦苦闘の様は、日夏本もよく語っていたと思う。

そしてその悪戦苦闘が分ると、藤村の抒情詩が（確かに短歌的表現を組み込んではいるのだが、

「もう古い」どころか）いかに新鮮な精気にみちた言葉遣いをし、いかに生き生きと青春の思いをうたい上げていたかが分かるというものだ。私たちもたぶん高校の国語の教科書で読んだ（と記憶する）『藤村詩集』（明治37）の「序」の「遂に、新しき詩歌の時は来りぬ」で始まる著者自身の感慨の表白が、躍動して胸を打つのである。「驚異」の念はまずこういうところから来たと思う。

明治三十年代は島崎藤村が清新に輝いた「浪漫期」であるが、藤村自身の詩は明治三十四年出版の第四詩集『落梅集』がもう「青春を閉ぢる輓歌」となり、彼は散文に転じた。『天地有情』（明治32）によって藤村と並び称された土井晩翠は、日清戦争後の国民詩人待望の声などに応えるところはあったけれども、第二詩集『暁鐘』（明治34）によってもう詩人的生命を終わってしまった。與謝野鐵幹は雑誌『明星』によって「星と菫」の浪漫精神を鼓吹し、多くの若手詩人を育てたけれども、藤村以後の詩壇に君臨したのは、何といっても薄田泣菫、蒲原有明の二大詩人である。泣菫は早く『暮笛集』（明治31）によって世に出たが、第五詩集『白羊宮』（明治39）によって（「ああ大和にしあらましかば」に代表される体の）日本古典への趣味を最高にたかめ、詩的技巧も円熟を極め、「明治の正格調雅言詩の頂点に達した」。だがこの直後に彼は詩筆を折り、散文に転じてしまう。その原因の一つは、新しく日本に入ってきた象徴詩風に彼が乗り切れなかったことにある。それをなしたのが有明で、彼は『草わかば』（明治35）によって現れ、その幽遠をたたえられもしたが、晦渋のそしりを受けもした。しかし彼は藤村詩の生一本な純粋さを乗り越えた複雑な思いを詩に盛り込もうとしたのであって、象徴詩風も見事に汲み込んでいく。そして第四詩集『有明集』（明治40）にいたって「かれの個性の光燦たるスタイル」を確立し、明治新体詩は「初めて西洋近代の詩の東方的派生を見る」ことになる。こういった口調を連ねる日夏氏の泣・有褒揚《ほうよう》、とくに有明讃美は、彼がひそかに有明の象徴詩風を自ら受け継ぐ思いを養っていたのではないかと思わせるほどだ。

（ここで蛇足を付け加えておくと、北原白秋が日夏の『詩史』刊行の頃、改造社版「現代日本文学全集」の一冊『現代日本詩集／現代日本漢詩集』〔昭和4〕の解説として書いた『明治大正詩史概観』〔昭和七年に改造社文庫の一冊にもなった〕は、これまた著者の個性が強く出て興味深い読物だが、彼は有明の象徴詩感覚をほとんど日夏以上に重んじ、その感覚の故に有明を「近代詩の父」とまで呼んでいる。白秋自身が象徴詩風の展開、「近代の幽玄体の樹立」にかかわる思いを強くもっていたからであろう。）

この象徴詩風に関連して大きな役割を果たすのが、上田敏による訳詩集『海潮音』（明治38）であった。日夏氏は自ら英米文学者で訳詩家でもあるから、敏の海外文芸紹介や訳詩の意義をよく理解し、高く評価している。訳詩の出来栄えについて、「殆ど作詩壇を摩して一種の創作詩かと思はしめる」ともいう。ただ、原詩との具体的な対照検討をあまり見せてくれていないのは残念だ。

ところで、この象徴詩風と一見相反する自然主義風が、相前後して日本に吹き込んできた。どちらかというと審美意識をもとにする象徴主義に対し、こちらは日常的現実重視の意識をふりかざし、おもに小説の世界で勢いをふるうことになる。だが、明治四十年、岩野泡鳴はこの二つの風を受け止めて、「自然主義的表象詩論」をあらわした。日夏氏はこれを「例によって傍若無人な放言」と軽蔑して見せるが、この頃から日本詩壇が口語自由詩の方向に模索の手をひろげ、そちらに突き進んだのは、やはり自然主義的文学観の影響が大きいだろう。その有様も、日夏本はこまかにたどって見せる。

口語自由詩の形で「詩」をあらわすには、すぐれた詩心と詩技がなければならない。が「実際は易きに就く鈍劣な半詩人半文士の集合に訖《おわ》った」と、この派の作者たちへの日夏本の毒舌は盛り上がる。その中で、岩野泡鳴はアメリカ詩人ウォルト・ホイットマンから学び取った徹底した自由詩形を推進し、ついにこれまた散文に走って小説家になった。日夏本で彼の最後の詩集『恋のしやりかうべ』(大正4)を扱った項が「泡鳴の散文死」と題されているので、私は「散文詩」の誤植だと思い、所有本にわざわざ訂正を書き入れたものだが、ずっと後年読み返した時、この詩集が「なぐり書きの散文で」「子児だましの非詩」であることを示そうとした、日夏さん独自の罵倒表現だったのだと思い返した。

この時期にはさらに、訳詩集『珊瑚集』(大正2)を出した永井荷風や、北原白秋が有力な同人の一人だった「パンの会」の活動などもあって、日夏氏のいう「享楽頽唐《たいとう》詩体」が詩壇で勢力となった。が、口語自由詩のひろがりとともに、これまた日夏氏のいう「大正混沌詩壇」の現象が生じる。口語自由詩派は「民衆的なる民本的なる詩歌」を主張し、それに対抗して文語固守派は「超然高踏の詩想」を尊ぶわけだ。いってみれば民衆派と芸術派との対立である。このいささか不毛な対立の間隙をぬうようにしてモダニズムが詩壇に浸透し、日本の「近代詩」は「現代的勢力の「非詩」ぶりを口を極めて痛撃して終わっている。

巻）は詩史というよりも大正末年までの詩壇時評の集成のようになり、民衆派を中心とする文配

日夏氏の『明治大正詩史』はこの寸前、ほぼ大正十年までを本来の内容とし、それ以後（第三

詩」へと新しい展開をしていく。

以上が、日夏本を棒《ポール》にして約半世紀にわたる日本近代詩を棒高跳びしながら見た有様のスケッチであるが、「驚異」の念をもってその『詩史』を読み終えたのは、著者の懸命な書き方の熱気（『中央公論』にこれを連載し始めた時、彼はまだ三十二歳の若さだった）に動かされていたためかも知れぬ。だがじつのところ、その文章は学問的感興を得るには難しすぎ、衒気がありすぎだ。私はたぶん、より多く、ここに登場するたくさんの詩人たちのいろんな形での悪戦苦闘ぶりに「驚異」の念を覚えたのではないかと思う。日本の近代詩は西洋のポエトリーの形の採用でもって始まったため、日本伝統詩歌の表現を取り込みはしても、漢詩、和歌、俳句といったジャンルの外に発達することになり、いってみれば一種いびつな展開をせざるをえなかった。そういう状態の中で、詩の言葉を求め、詩の形を探し、詩の内容を盛ろうとしてきたのである。そして藤村、泣菫、有明といった天才たちは、それぞれ流に自分の表現を実現した。私には、正直、藤村の場合はそのことが実感できたけれでも、泣菫、とくに有明となると、日夏本に強力に導かれたけれども、遂に実感にはいたらなかった観がある。が、ともあれ日夏本によって日本近代詩を読み「驚異」を感じることを教えられたことは、高校生の私には途方もない収穫であり、人生の最後に本

書を仕上げようとすることにつながったといえるような気がする。

6　思想派的な流れも視野に

日本の敗戦と文化国家建設の熱気の真っ只中で育った「文化少年」は、大学では英文科に入り、アメリカ文学に積極的な関心をもつようになった。当時、目指すべき「文化」のイメージは圧倒的にアメリカ文化の影に覆われていたのだから、ごく自然な道だったような気がする。もちろん、日本文学にも関心は強い。結局私は大学院では比較文学比較文化を専攻した。そしてアメリカ詩人ウォルト・ホイットマンが世界の「近代」文学にどんな影響を与えてきたかということを研究テーマにしたが、その中でも関心の中心は、日本近代詩の展開に彼の詩や思想がどういう役割を演じてきたかという問題である。

だから、私はもうとっくに「詩少年」ではなくなっていたけれども、日本近代詩についての関心は減じるどころか増え続け、その歴史を語る本にも手をのばし続けた。そういう中で、すでにちょっと述べたように、日夏耿之介著『明治大正詩史』への私の信頼は、ほとんどゆるがなかったようである。

しかし、いわばずっと基本のところで、というか全体的なところで、私はしだいにこの『詩史』に飽き足らない自分を意識するようになっていた。詩の見方、あるいは受け止め方が、ある面で自分と日夏さんは大幅に違うということを痛感するようになったのだ。具体的にいえば、日夏さんがご自分の審美的芸術観に徹することに文句をつける気は私にまったくないのだが、「ポエトリー」の世界にはその芸術観に合わない考え方や作風の作家、作品も多い。日夏氏自身の言葉を借りれば、「超然高踏の詩想」の芸術派ばかりでなく、「民衆的なる民本的なる」思想派というか現実派もある。ホイットマンやその流れを引く詩人に親しんだ者には、当然、後者も正しく評価されるべきだと思えるのだが、日夏さんにはそれを軽視ないし無視する傾きが非常に強いことに私は気づいてきた。後者の末流の民衆派詩人たちを軽蔑・罵倒するのは、よく分かる。が、その気持ちに流されて、日本近代詩の中に大きな存在となってきている思想詩的な流れを正しく取り上げないとなったら、もともといびつに発達してきた日本近代詩をさらに貧しくしてしまうことになりはしないか。

近代詩のそもそもの出発点に戻ってみよう。『新体詩抄』は確かにその「芸術価」はほとんどいうに足らぬ詩集だった。しかしその「新体」があらゆる悪口雑言にもかかわらず一般の人々の間にひろまり、「近代」の詩になったのは、そこに「少しく連続したる思想」を盛りやすかったからだろう。もちろん詩である以上、形の芸術性は重要な問題である。が、同時に思想も重要な問題のはずだ。敗戦から思想の混沌状態を経て、新しい時代への模索を僅かながらも体験した身には、思想の営みは文学・文化の営みと大幅に重なって見える。いまから見てどんなに情ない思想であっても、思想との真剣な取り組みがあって、詩は「近代」のものになったのではないか。だが日夏さんの『詩史』には、そういう面の検討や評価があまりなされていないように思えるのである。

この『詩史』で、日夏氏は「近代」という言葉をあまり用いていない。日夏氏には基本的に反近代の感情があるようで、それが反映したのかもしれない。『新体詩抄』をその時代背景から語る項目に「欧化思想の落し子」という題をつけたのは分かるとして、その欧化思想はとんと検討も評価もされないのだ。たとえば当代「文化の代表人」であった福沢諭吉からして「優れた思索なく深き学殖なき」者で、「その所説も概して哲学的思推の基礎を欠く稚拙な通俗論にすぎない」と貶《おとし》められ、しばしば福沢と対置される中村正直その他の思想家たちも十把一からげで、「今にしてみれば、彼等の粗笨の思念、膚浅《ふせん》の視野、蕪雑な行論は、非詩詩集『新体詩抄』の序文や本論といささかも変りはない」と一蹴される。

日夏詩史にあっては、詩の表現、芸術性がアルファでありオメガなのであって、そのことについては私も異議ないのだが、詩の精神や思想の問題が無視されたり粗略に扱われたりしていると、元「文化」少年はおかしいと思うのだ。日夏さんの芸術性への集中は、たとえば北村透谷を論じても、彼が詩人的な存在を賭けて取り組んだ「自由」の問題(政治的自由だけでなく精神的自由も含む)に立ち入ることはあまりなく、そのため彼の詩の「拙劣な未完成」の技法は見事に語っても、その詩の真生命にはたどり着いていない。その他、思想性、精神性を前面に押し出した詩人や詩作品は、たいてい軽んじられたり、無視されたりし、あるいは積極的な罵倒の対象になったりする。わが日夏さんは、他を褒める言葉には慎重でけちいが、他を見下し貶《けな》す言葉には自由で惜しみないのである。

7　新体詩の外への視野の拡大

もうひとつ、別の問題もある。すでに述べたように、日本近代詩は泰西のポエトリーをモデルとしたことによって、漢詩、和歌、俳句を除外し、あるいはその外にはみ出て発展してきた。しかし本来、漢詩、和歌、俳句も日本のポエトリーの一部であることに変わりはなく、それぞれしばしば目に見える形で近代詩と関係し合いながら発達してきている。従ってこれらの諸ジャンルを検討する視野もほしいところだ。日夏氏ももちろんそのことはよく心得ていて、たとえば雑誌『明星』に拠った詩人たちの多くが同時に歌人でもあり、むしろ短歌をこそ自分の「領地」としたこと、その方面の天才であった与謝野晶子も（「君死に給ふこと勿れ」を例外として）「詩に於いて全く拙」かったことなどを、きちんと述べている。が、それでは彼らの歌人としての仕事をいささかでも検討して見せるかというと、それはまったくしないのだ。

ただ、日夏氏はさすがに『詩史』第三巻で、付録的な「外篇」として「明治大正旧詩型の展開と新詩との聨関」をめぐる数章を設けている。その中でたとえば漢詩は、明治になっても人々の生活に入って生きていた（政治家や政治的関心の強い連中は盛んに漢詩を作った）、あるいは中野逍遥のような青年詩人が「高邁で深烈で清尚で激越」な詩をあらわし、また森鷗外、坪内逍遥のような文壇で名をなした人がよく漢詩を書いた、それにもかかわらずやがて新体詩に「詩」の座を奪われたのはなぜか、といった適切な問いを発している。が、適切にその解答をなしえているようには見えないのだ。またたとえば、和歌が「古色蒼然たる蒼古の短詩である」にもかかわらず、明治の新体詩の発展に呑み込まれることなく、「歌は歌として千年の古意を維持して来た」ことを語る。ここでも、ではそれはなぜか、といった疑問が当然生じることになる。もし解答を求めるならば、漢詩なり和歌なりを近代詩の展開と合わせて検討・考察することが必要になるはずだ。

いわゆる近代詩の展開と伝統詩歌との関係を眺めていると、さらにその外辺との関係も視野のうちに入ってくる。日本人の英詩も当然検討の対象となるだろう。「近代」とともに、日本人の一部はかつて漢詩を作ったように、英語で詩を書き始めたのだ。野口米次郎（ヨネ・ノグチ）は島崎藤村の『若菜集』が世に出る半年前に、アメリカで英語詩集『*Seen and Unseen*』（明治29）を出した。やがて英米詩壇で名を成し、日本帰国後は英米詩人をも誘って、いわば詩壇の国際化に尽力した。夏目漱石も英詩を多く書いている。西脇順三郎は最初ラテン語で詩集をあらわし、後に英語詩集を公刊した。日本語の詩集『*Ambarvalia*』（昭和8）によって世に出る前の仕事である。その種の活動も日本近代詩の展開の興味深い一部であるだろう。

もちろん、視野はさらにひろがりうる。『新体詩抄』中の一篇、外山正一による創作詩「抜刀隊」は、詩としての出来栄えは別として、間もなく譜曲を得てわが国最初の軍歌となり、一世を風靡した。軍歌だけでなく、唱歌、歌謡なども、やはり詩として評価・検討してよいものだろう。日夏氏は、外山の軍歌などには一応、目を向けているが、歌謡のたぐいにはあちこちで軽蔑の念を示し、深入りしていない。先にちょっと名をあげた北原白秋の『明治大正詩史概観』は、著者自身が大正後半期から童謡や創作民謡に力を注いだことを反映して、わざわざ「民謡略史」「新童謡の興隆」の章を設け、この分野を詩史に組み込んでいるのだが。

こういうふうに取り上げるべき詩的活動の範囲を広げていくと、きりがないかもしれない。結局は、論者個人の詩的興趣の及ぶ範囲に対象が限定されるのは、理の当然でもある。ただ私としては、「ポエトリー」に本来含まれているはずの、日本文学でいえば漢詩、和歌、俳句といった伝統詩歌にも関心や検討が及ぶ近代詩史を望みたい気がするだけである。

さて以上は、日夏耿之介著『明治大正詩史』に対して私がしだいに強く自覚してきた飽き足らない思いを、思いつくままに述べたものだが、日夏本がいま読み返しても日本近代詩の展開に「驚異」の念を覚えさせることに変わりはない。これは日本近代詩に対する若き学匠詩人の「思いの丈け」を、時には（いやしばしば）傲岸不遜の口調になるほどに、真摯に、率直に、そしてなるべく精緻に語り明かした詩史であるのだ。ただ著者の個性がこのように強烈にあふれているだけに、これとは別に、日夏氏が拒絶し、軽視し、あるいは侮辱した種類の詩活動にも、もしそれが本当は価値あるものならば光を当て、積極的な評価をする詩史、日本近代詩の「総体」に近づこうとする詩史もまたほしい、という思いをも私は抱くようになったのである。

8　本書の成り立ち

日夏耿之介著『明治大正詩史』を軸にして、そのまわりをぐるぐる回りながら、私は日本近代詩の展開への私の関心のあり方を述べてきた。しかし本書は、日夏さんの詩史にとって代わろうという野心を秘めた本ではまったくない。日本近代詩史としてまとまってもいない。くり返しになるが、これは日本近代詩の成立期のうち、自分の関心の赴くところを取り上げて自分の視点で語ってみた文章を集めただけのものである。ただ結果的に、日夏さんの比較的軽んじた部分に私の関心が向き、日夏さんの価値評価に対して是正の試みをしてもいるような気はする。日夏さんが「入念芸術派」とすれば、私はどうも「シンプル自然派」であるらしい。

本書は全十六章を、その内容・テーマによって一応時代順に並べている。これについては説明を要しないだろう。『新体詩抄』による日本近代詩の出発から、昭和初期、ホイットマンの影響をもろに受けながら口語自由詩形で人生詩風のものを推し進めた詩人たちまでを、「日本近代詩の成立」として（日夏本の扱う「明治大正詩」の時代である）、大正末年の『月下の一群』によるモダニズム詩の開花以後を、「新しい展開」としてまとめた。中心は「成立」期である。だが「新しい展開」期も、じつはじっくり論じたい気持ちは同様に強いつもりだ。

説明を要するのは、各章の書き方だろう。だいたい三つのグループに分けられると思う。第一はごく早い時期に書いたもので、まだ大学院二年の在学中に、私の属する研究室から出ていた雑誌『比較文学研究』に書かせていただいた『若菜集』中の一小詩についてのエッセイ（第6章）、それから教員になりたての頃、同誌に寄せた『珊瑚集』中の一訳詩についてのエッセイ（私は同誌の編集の担当者になっていたので、他の寄稿者にページを譲り自分の原稿は篋底に秘めたため、発表はずっと後年になる）（第12章）の二篇がそれである。まだ詩史的な考えはほとんどない。それぞれの名詩集について書く機会を与えられて勇躍執筆に臨んだものの、その詩集中の目立たぬ小篇との取り組みから考察を詩集全体に広げるだけの余裕もまだなかったようだ。ただそれらの詩を、言葉に即して読み、理解し、味わうことに懸命に意を用いてはいたと思う。

第二のグループは、日本近代詩史を普通に扱われるよりも広い視野で検討したいという気持ちを明瞭にもつようになって以後のエッセイ群である。ホイットマンに対する関心や共鳴がはっきりとバックにあり、そのためしだいに、日夏耿之介氏的な「入念芸術」主義に対して「シンプル自然派」的価値観も重んじたいという姿勢が、執筆を促進した。近代詩を幅広く受け止め、日本近代における「ポエトリー」の展開を追跡したいという思いもこれに重なった。

新体詩は「少しく連続したる思想」を詩に表現したいという思いから出発したが、その「思想」とは何であったか。日夏氏はのっけから馬鹿にしてその中身を真剣に考えようとしないみたいだったが、東京大学の教授である『新体詩抄』の撰者たちにとって、それは大事な問題であった。彼らは西洋伝来の進化論的啓蒙思想に、「近代」の思想のエッセンスを見た。だが大学教授ならぬ在野的な人々は、「自由」をこそ最も身近な言葉としたようだ。自由民権に代表される政治的・社会的な自由から、恋愛・結婚の風俗的な自由を経て、精神の自由、人間存在の自由まで、「自由」こそが「近代」であった。（佐藤春夫著『近代日本文学の展望』〔昭和25、河出文庫、昭和31〕は、小篇ながら「新体詩小史」など見事な章を含む好著だが、その序章で「近代」の意味にふれ、それを人間の「解放」の時代だと解釈している。この解放、つまり自由があって、「極東の孤島日本の文学が世界文学と同一の気息を感じ」るようになったという。）私はある時期、そういう「自由」が詩歌の中にいかにうたわれたかを調査、検討する作業に没頭した。その成果の出来不出来は別として、私にはなつかしい思い出である（第2章）。

ただし「自由」をうたった多くの詩歌は、いちじるしく皮相的で、実質がなかった。その中で、詩人として「自由」と最も真剣に取り組んだのは北村透谷であろう。その取り組みを通して、彼は「近代」詩にふさわしい言葉を模索した。その有様も、私は追跡してみた（第4章）。

こういう関心は、ごく自然に、内村鑑三の訳詩集『愛吟』（明治30）を真っ正面から検討、評価したいという思いに発展した（第7章）。また、日夏氏がその詩的粗笨ぶりをくり返し嘲罵してみせる岩野泡鳴を読み直し、考察する試みにもなった（第13章）。さらには、先にもちょっとふれた大正末期から昭和初期にかけての、小ホイットマン的口語自由詩人たちの紹介にも連なったわけである（第14章）。

日本近代詩を「芸術派」的視点から解き放ちたいという思いは、近代詩を見る視野の拡大をうながした。英語で詩を書いた日本詩人ヨネ・ノグチは早い時期から私の関心の的となっていたが、本書ではその英詩の成り立ちを論じるエッセイ（第9章）を載せるとともに、ノグチを中心にして結成された日本最初の国際詩人クラブ「あやめ会」の再評価の試みをも収めた（第10章）。同様にして、私は夏目漱石の英詩を検討してみたことがある（『講座夏目漱石・第四巻　漱石の知的空間』昭和57所収「漱石の英詩を読む」）が、これは私の関心が漱石その人にあって、近代詩としてのその英詩には集中していないような気がして、本書からは省くことにした。

英詩にまで幅をひろげれば、日本近代詩の本流からははずれるけれども、もっと取り上げなければならないジャンルがある。その一つは、いわずとしれた漢詩だ。もちろん漢詩はいまたいてい教養を楽しむ趣味の世界に属するが、この分野で珍しく（というより私の知る限り唯一の）近代詩人といえる人に中野逍遙がいる。その「近代」性を関心の焦点として私は論考をまとめ、雑誌『こころ』（平成25・10）に寄せた（第5章）。これが本書収録の既発表論文では最も新しいものだ。

そのあとの第三グループはすべて本書のための「書きおろし」ということになる。まず漢詩よりも近代詩に近いはずの短歌・俳句のジャンルからは、たまたま帝国大学で中野逍遙と同期の学生だったこともある正岡子規に登場してもらうのが順当に思え、彼の連作短歌を語るエッセイで責めを塞ぐことにした（第8章）。短歌革新でもっと派手な言動を見せていた與謝野鐵幹、あるいは近代短歌の天才といいたい與謝野晶子を扱うべきだとも思ったが、詩心の基本にシンプル主義を感じ、また俳句も含めて考察できるという意味で、子規を取り上げてみたのだった。

日本近代詩の中心をなした新体詩の流れでは、島崎藤村の後、薄田泣菫や蒲原有明を取り上げるべきだが、日夏氏も白秋も熱烈な讃美の辞をつくしていて、私にはその驥尾《きび》に付す情熱はわかなかった。

こうして、私の視点で従来の日本近代詩史で欠けている部分を補うつもりの仕事をほぼまとめた気になり、全体を眺め直した時、私は途方もない空白を残したままであることに気がついた。『新体詩抄』『於母影』『海潮音』『月下の一群』という、まさに日本近代詩を動かした四冊の代表的訳詩集を論じた文章がないのだ。私としては日頃最も重視している詩集であり、たとえば沓掛良彦氏との共著『名詩名訳ものがたり』（平成17）という本でも、これらの訳詩集からおのおの何篇かの作品を取り上げて細かに語っている。そのためついことごとしい論考を書くことを先のばししていたのであろう。

それでわが敬愛する日夏本はと思って見てみると、『於母影』『海潮音』については十分な敬意をもって紹介してはいるが、「詩史」としての制約にもよるのだろうけれども、原詩と比較しながら翻訳を論じるという作業にはほとんど入っていない。また詩集をまとめて語るよりも、あちこちの章に分けて論及する方法をとっている。『新体詩抄』は、その意義を認めながらも、非芸術性への批判罵倒の方が先に立っている観がある。『月下の一群』は、どういうわけか、まったく無視してしまった。個人的な感情の対立によるものとしたら、「詩史」としては由々しいことだ。

それで、これらの四詩集の紹介を「書き下ろし」で補うというのが、最後の仕事となった（第1章、第3章、第11章、第15章）。これらの訳詩集、どれもそれぞれ一冊の本で論じるに足る歴史的な重要性をもつものである。それをそれぞれ一つの章に収めてしまうのは無理というものだ。ここでは、日本近代詩の展開の一齣《こま》として紹介する姿勢を守るように努めた。新しい解釈や批評を述べるのが目的ではない。すでに多くの人が思っていること、感じていることを確認する作業に傾いたといってもよい。が、自分なりの評価も思い切って述べた。これらの訳詩集を検討し直してみることによって、日本近代詩の展開の節々を見直し、そこに生じていた問題、解決の方向、さらなる可能性などを、探ることになることを願ったのである。

最後に、『月下の一群』は、正直、私の詩の勉強領域から一番遠いところにある。しかしそれは近代詩が現代詩と呼ばれるようになる「新しい展開」の出発点に立つ大きな詩集だと思い、あえて検討を試みた。そしてその章の次に、安西冬衛のたった一行の詩についての「エクスプリカシオン・ド・テキスト」の試みを配して、本書の結びとした（第16章）のは、北川冬彦の藤村的抒情詩批判に興奮したことから始まった私の日本近代詩への関心を、冬彦の一番親しい仲間であった詩人についての記述でひと区切りつけてみたかったからだといってよい。もちろん、これをもってこの先の日本近代詩におけるモダニズムの展開の序曲としたい思いもあってのことであるが。

第1章 「明治ノ歌ハ、明治ノ歌ナルベシ」

『新体詩抄』の意義

1 東大教授たち

明治十五（一八八二）年三月、日本で唯一の大学、東京大学の中核は神田一ツ橋にあった。旧幕府時代の研究教育施設を受けついで明治初年に出来た開成学校が発展し、明治十年に東京医学校と合併して東京大学となったのである。医学校の後身である医学部は現在の東京大学の所在地である本郷にあったが、大学本体といえる法、理、文の三学部は開成学校以来の一ツ橋にあったのだ。校舎は手ぜまでガタも来ており、本郷に移りたかったが予算の関係でうまくいかなかった（実現したのは明治十七年）。一ツ橋での学問もまだそれほど専門化していたようには思えない。

文学部は第一科と第二科に分かれ、第一科は史学、哲学、政治学、第二科は和漢文学科をおいていた（年により多少の変化はある）が、アメリカの大学のリベラル・アーツ学部、日本の（たとえば第二次大戦後の東京大学の）教養学部的なものに近かったのではなかろうか。ただ、新生の「大学」なだけに、そこには一種の生気があったようで、教師も学生も、いろんな学科を自由に往き来していた。

たとえばその前の年に助教授に任ぜられたばかりの井上哲次郎は、若き東洋学者としてやる気まんまんだった（満二十六歳）。彼は大学の編輯所なるところで『東洋哲学史』の編纂に従事していたが、かたわら同い年の杉浦重剛らと計って『東洋学芸雑誌』を発行していた（教壇に立ったのは翌十六年九月からで、日本で初めての東洋哲学史の講義だった）。

さてその年三月の初め頃のある日、彼のデスクへ理学部の教授だった矢田部良吉（三十歳）が来て、シェイクスピア作『ハムレット』の有名な“To be or not to be”の一節を訳したから見てくれという。井上は漢詩文をよくし、この頃までに長篇物語詩「孝女白菊詩」（明治二十一年、落合直文の手で日本語に訳され広く愛唱されることになる）を仕上げていたらしい。そんな評判が矢田部の耳にも達していたのだろう。井上は一読し、「言葉はさう練れては居ない」けれども、「之は此調子で、だん〴〵西洋の詩を翻訳したならば面白いことになるだらう」と思って、その旨を伝えた。（まだ行分けもスタンザ分けもしていない長歌風のものだが、井上はこれに圏点、評語を加えて、『東洋学芸雑誌』三月号に掲載した。）

井上の回想はさらに続く。矢田部が訳詩をもってきた時、ちょうどそこに居合わせた文学部教授の外山正一（三十三歳――当時、日本人の教官は数少なく、この若さで文学部長だった）も、翌日、「僕も訳して見た」といって、同じ一節の翻訳をもってきた。なんだかいささかマンガ的だが、外山にとって井上は開成学校時代の教え子だったから、こんなことが平然とできたのだろう。それに外山は（彼の詩や文章から想像すると）かなりあっけらかんとした、鷹揚な性格の人だったのではなかろうか。井上は「別段矢田部氏のに優って居るやうな訳《わけ》でもないけれども」いささか励ましてやったという。

こんなことが始まりで、井上は『東洋学芸雑誌』に西洋詩の翻訳やその形をまねた教授たちの創作詩をのせるようになった。こうなると井上自身も、「余も亦一つ新体詩を作つて見たいといふ考へを起して、ロングフェローの短篇の詩を訳して、さうして韻を踏むで見た」という（『帝国文学』大正7・5「新体詩の起源及将来の詩形」）。

こうして、明治のご一新からまだ間がなく、国を二分する様相を呈した西南戦争は五年前に起きたばかりで、大学も学問の方向を模索している観のあった時期、その一隅で、専門の違う教授たちがまるで偶然のように共通の関心を発見し、新体詩と称するものを育て始めたのだった。

ちょっと説明を加えておくと、矢田部良吉は蘭学者の子で、早くから英語を学び、明治に入って開成学校で教えるようになり、明治三年、森有礼に随行して渡米、コーネル大学で植物学を専攻して六年に卒業した人である。帰国してすぐ開成学校教授に任ぜられた。同時代では出色の英語力の持主だったに違いない。加えて、井上や外山に比べれば詩的感性にも恵まれていたように思える。

外山正一は矢田部より三歳上なだけだが、動乱の時代の三歳の違いは大きい。彼は幕臣の子で、やはり早くから英語を学んでいたが、慶応二年、幕府最初の海外派遣留学生の一人に選ばれて英国に留学、幕府の瓦解にあって滞英一年余りで帰国した。そして明治三年、矢田部同様、森有礼に随行して渡米、ミシガン大学の化学科を卒業したが、アメリカの大学のリベラルさを利用してさらに幅広く学問を修め、「マスター・オブ・アーツ」の学位を得て明治九年に帰国、すぐ開成学校教授、そしてそのまま東京大学教授となった。文学部では、低学年には英語を教えたが、高学年には論理学、心理学、哲学、社会学と、ほとんど何でも教えた。当時一世を風靡していたイギリスの進化思想家ハーバート・スペンサーというお手本があり、その著作を祖述するのが中心だったようだが、いろいろ新しいことに積極的に立ち向かっていく性格の人でもあったのだろう。

ついでに先走って書き加えておくと、明治十九年、帝国大学令が発布され、東京大学が帝国大学になると、外山はその文科大学長に補せられ、明治二十一年には我が国で初めての文学博士の学位受領者（五人中の一人）となり、明治三十年には帝国大学総長、翌三十一年には文部大臣になっている。ただ明治三十三年、病を得て急逝した。彼と親しく交わっていた矢田部良吉は、外山と同じ明治二十一年に我が国初の理学博士の学位を授けられたが、一種の激情家で人と衝突するところがあったらしく、外山のような出世はせず、明治二十四年に帝国大学を退官した。その後、高等師範学校の教授をしていたが、三十二年八月、鎌倉由比ヶ浜で溺死するという不慮の最期を迎えた。これと比べて、井上哲次郎は外山の跡を追おうとした観がある。明治十七年から六年間のドイツ留学をしてくると、盛んにドイツ哲学をかつぎ、帝国に奉仕する帝国大学教授的な思想活動をして、明治三十年には外山のあとを受けて文科大学長に就任した。そして長生きし（昭和十九年没）、哲学の学界に君臨したが、学問の内容ということになると、いろいろ問題があるようだ。

さてこのように、専門も性格も違う三人の教授が「新体」の詩を訳し、自分たちもそれを作り、見せ合ったりもしたわけで、そこにはどうも共通の動機ないし目的があるようで、いっそ三人の仕事を一冊の本にして世に問おうということになった。井上が一番若く、また文筆活動に近い人物だったので、実現の世話役を仰せつかった。こうしてその年、明治十五年八月、洋書輸入で知られる丸屋善七（丸善）の手で『新体詩抄』が出版されたのだった。奥付に、外山と矢田部は「撰者」、井上だけは「撰者兼出版人」となっている。菊判、和綴、全五十二丁（一〇四頁）、いかにも大学教授たちの本らしい、堂々と立派な仕立てだった。

2 『新体詩抄』以前

『新体詩抄』は訳詩十四編、創作詩五篇を収めていた。日本の伝統的詩歌と違い、行分けし、スタンザ分けもした「新体」が、目新しかった。撰者（著訳者）たちはなぜこの形がよいと思ったのか、それはおいおい明らかにしていくが、とにかくまずはこの形が重要だった。それで『新体詩抄』という書名も生まれたのだ。ただし、形だけなら、この詩集よりも前に同じような試みが——やはり西洋詩の翻訳の形で——なされてはいた。

西詩の散文訳や漢詩訳による紹介は、少くとも安永年間（十八世紀）にまでさかのぼってなされていたようだが、この方面に関心をもつ人によく知られる最古の翻訳は、文政五（一八二二）年から安政五（一八五八）年の間に成ったと想像される国学者・中島広足の「やよひのうた」であろう。彼が三十余年、長崎にあった間に、ある通辞から「阿蘭陀国風詩」の翻訳を頼まれ、「直訳といふ様にものし」たという。同じ詩を二様に訳したように見えるが、その一篇はこうなっている。

あはれいかに、かくおもしろき、
あはれいかに、かくおもしろき、
名にしおふ、春のやよひは、
いろ〳〵の、小草もえ出て、
さま〳〵の、花も咲きそひ、
木々は皆、若葉さしつゝ、
のとかなる、風吹きわたり、
あけまきの、うたふ末野の、
ひつじさへ、たかくなくなり、
あはれいかに、かくおもしろき、

あはれいかに、かくおもしろき、
春のやよひは、

同じような例は、『新体詩抄』を刊行した外山正一が勝海舟を訪れてこの詩集を見せた時、自分（勝自身）もかつて「新体詩に類するもの」をものしていたといって示された何篇かの作品に見られる。その一つが「思ひやつれし君」で、文久二（一八六二）年以後に「蘭詩を訳されたるもの」という。どうやら逆風にある若者に与える歌らしい。

なにすとて、やつれし君ぞ、
哀れその、思たわみて、
いたづらに、我が世を経めや、
あまのはら、ふりさけ見つゝ、
あらがねの、土ふみたてゝ、
ますら雄の、心ふりおこし、
清き名を、天に響かし、
かぐはしき、道のいさをゝ、
天つちの、いや遠ながく、
宣《よ》く人の、鏡にせむと、

我はもよ、思たわまず、
おほろかに、比の世を経しと、
おもやつれとも、

ともに内容は単純だが「みくに詞《ことば》」の古風な言いまわしによって「詩的」になっている。こういう偶発的、単発的な訳詩に加え、いわば集団的活動の産物として讃美歌の翻訳があった。明治六年の日本政府によるキリスト教布教禁止の撤回以後、讃美歌の日本語訳がなされ出したのだ。それは、明治五年にアメリカ人宣教師ジェイムズ・バラが横浜で紹介したという、

よい国あります　大そう遠方
信者はさかえて　光りぞ（ぴいかぴか）

といった抱腹絶倒ものから始まったが、

めぐみのひかりは　いたらぬまなし
まよへるこゝろの　やみをもてらす

（『改正讃美歌』明治9）

のような詩的な形を備えるものにまで発展した。なお翻訳讃美歌で一つ注目しておきたいのは、日本詩歌に伝統的な七・五調に対し、英語讃美歌の基本音数律八・六調、八・八調を反映して、新しいリズムを提していることである。ここの引用例は八・八調と八・七調である。

それからもう一つ、文部省音楽取調掛が編纂し明治十四年に出した『小学唱歌集』(初篇)も、新体詩の形を備えた歌を取り揃えていた。「蛍」(ほたるのひかり。まどのゆき)のように小学校の儀式などでうたわれてきた歌もあるが、「蝶々」のように学校の外でも広くうたわれてきた歌もある。

てふ〳〵てふ〳〵。菜の葉にとまれ。
なのはにあいたら。桜にとまれ。
さくらの花の。さかゆる御代に。
とまれよあそべ。あそべよとまれ。

これらの唱歌は翻訳ではないが、やはり西詩を反映するところがあったのではないか。伊沢修二の「緒言」に従えば、日本の「学士音楽家」と「米国有名の音楽教師」とが「百方討究論悉《ろんしつ》シ本邦固有ノ音律ニ基ツキ彼長ヲ取リ我短ヲ補ヒ」つくったものだった。

3　「泰西のポエトリー」

だが、『新体詩抄』の「新体」がそれ以前の新体詩風のものと決定的に違うのは、それがとにもかくにも新しい時代、つまり「近代」にふさわしい詩の形を生み出そうという意識によって導入されたということである。

三人の撰者はいずれも大学教授なので、詩技はもたなくても理屈をこねることは好きで、また綿密な論述は苦手でも大ざっぱな議論を積極的に行う覇気はもっていた。そしてこの覇気は極めて有効に働いたのである。彼らは三人三様の「序」を書き、井上哲次郎は編者の立場で「凡例」も書き、またそれぞれが自分の訳詩や創作詩に解説的な文章を書いた中に、いわば新体詩論を展開して見せた。それはもちろんそれぞれの個性を反映して微妙な異同を含むけれども、全体としてはほぼ同じ主張となっている。その辺を勘案しながら、彼らの主張を整理してみよう。

冒頭の井上哲次郎（号は巽軒《そんけん》）の序は漢文で書かれているが、編者の文章にふさわしく一番委曲をつくしている。自分は古人の詩（漢詩）よりも、もっと易しい今人の歌（和歌）を学ぶ姿勢で来たが、大学に入って「泰西の詩」を学んだ。それは長短さまざまで、内容も「世に随って変ず。故に今の詩は今の語を用い、周到精緻、人をして翫読倦まざらしむ」。従《よ》って「古の和歌は取るに足らざるなり。何すれぞ新体の詩を作らざるか」。しかしながらこれは大業で、「和漢古今の詩歌を学び、英［英詩］を咀《そ》し華［漢詩］を嚼《しやく》して」成るもので、果たして出来るかどうか分からぬ思いだったが、ゝ山《ちゆざん》〔外山〕、尚今《しょうこん》〔矢田部〕の諸氏が陸続として示す新体の詩を見るに「平々坦々、読み易く解し易し」。「閭里《りょり》〔村里〕の童稚と雖も之を習聞するに於いて何の難きことか之れ有らん」。というわけでこの詩集を編んだ。世の詩歌を作る者、あるいは「鄙俗《ひぞく》」の故をもってこれを誚《そし》るかもしれないが、これはまだ百方練磨を経たものではない。新体の詩はここから始まるとすればよい、というのである。

ここで井上は「新体」が本来は「学和漢古今之詩歌。咀英嚼華」によって成るべきものであることを述べている。しかし別の個所ではもっと実際的な姿勢をとり、歯切れよく「夫レ明治ノ歌ハ、明治ノ歌ナルベシ、古歌ナルベカラズ、日本ノ詩ハ日本ノ詩ナルベシ、漢詩ナルベカラズ、是レ新体ノ詩ノ作ル所以ナリ」と言い切っている。井上が漢詩に情熱をもっていた人だけに、この言い草には一種の切迫感がある。

次の矢田部良吉（尚今）の「序」は、植物学者らしく進化論的世界観を述べたあと、「我邦人ノ従来平常ノ語ヲ用ヒテ詩歌ヲ作ル事少ナキヲ嘆シ、西洋ノ風ニ模倣シテ一種新体ノ詩ヲ作リ出セリ」と詩集の由来を述べている。また詩集中の別の個所では、「西洋人ハ其学術極メテ巧ニシテ精粗到ラザル所ナシ、其詩歌ニ於テモ亦之ト均《ひとし》ク能ク景色ヲ模写シ人情ヲ穿《うが》チ讃賞ス可キモノ多シ」、また「其言語ハ皆ナ平常用フル所ノモノヲ以テシ敢テ他国ノ語ヲ借ラズ、又千年モ前ニ用ヒシ古語ヲ援《ひ》カズ」と、新体詩が「平常ノ語」を用いて精緻な表現のできることを強調している。

最後に外山正一（ゝ山）の「序」は、自分の最年長であることを意識してか、くだけた戯文調である（ちなみに〻山《ちゆざん》とは井上の証言によると八犬伝に出てくる〻山法師［〻大法師のことか］になったものというが、俗物の代表のように見られがちな彼にもこういう仙人をまねする洒脱さがあったのかもしれない）。日本にいろんな種類の詩歌があるが、長歌はすたれ、三十一文字などでは「少しく連続したる思想」はうたいつくせない。「唐風の詩」を試みても音調はよく分からず、「痘《おし》の手眞似」にすぎない。そこで「長歌流新体」などと称して西詩を訳したり自作の長文句を連ねたりしたのがこの詩集なのだが、「新古雅俗の区別なく、和漢西洋ごちやまぜて、人に分かるが専一と、人に分かると自分極《き》め、易《やさし》く書くのが一ツの能［取柄］、見識高き人たちは、可笑《おか》しなものと笑はゞ笑へ」という。品なく聞こえる長広舌だが、「少しく連続したる思想」を「人に分かるが専一」ときめて表現したい思いははっきりと打ち出している。

その後、「凡例」で井上は、日本には詩（漢詩）と歌（和歌）とを総称する言葉がないので、「泰西の「ポエトリー」」という言葉をそれに当てはめ、和歌のように七五の調べで書くが、「七五ハ七五ト雖モ、古ノ法則ニ拘《トラ》ハル者ニアラス、且ツ夫レ此外種々ノ新体ヲ求メント欲ス」と述べ、さらに、本書では「西洋ノ詩集ノ例ニ」倣《なら》って、各詩歌は「句《ヴエルス》ト節《スタンザー》」トヲ分チテ書」くという。句《ヴエルス》は verse で、詩の行の意味であろう。

要するに、新体詩とは西洋のポエトリーに当たるもので、基本的には和歌伝来の七五調を用いるが、さまざまな新しい調べも用い、各詩歌は行分け、節（連）分けをする、というのである。はっきりした新しい形の宣言といってもよい。

こういう『新体詩抄』の主張は、大ざっぱで、こまかく見れば自家撞着も含んでいた。「明治ノ歌ナルベシ、古歌ナルベカラズ」といいながら「新古雅俗の区別なく、和漢西洋ごちやまぜ」で平然としてもいる。さらには、西洋のポエトリーの長い形にはそれだけ多くの内容が盛れるといいながら、ポエトリーに不可欠なはずの「詩情」といったものはぜんぜん問題にされていない。しかしそういうことをもってこの詩集の撰者たちを貶《おとし》めることは、当を失するというべきだろう。三人とも自分たちの欠陥を自覚しながら、この出版に突き進んでいるのだ。それはむしろこの人たちの「新体詩」への動きの激しさを示すことだったようにも思える。

問題は、このようにいわば遮二無二に新体詩形を採用して、彼らはいったい何を表現しようとしたか、つまりポエトリーの形でだったら表現しうる「少しく連続したる思想」とは、具体的にどういう思想だったか、ということである。

4　人間の存在、生と死

ここでようやく作品の検討に入る。

『新体詩抄』は矢田部（および外山）の“To be or not to be”で始まるハムレットの独白の翻訳から始まった。いまや歴史的な翻訳ともいえるから、矢田部訳の冒頭の部分を引用してみよう。

ながらふべきか但し又　　ながらふべきに非るか
爰《ここ》が思案のしどころぞ　　運命いかにつたなきも

これに堪ふるが丈夫《ます》ら夫《お》か　又さはあらで海よりも
深き遺恨に手向ふて　之を晴らすがものゝふか
どふも心に落ちかねる

以下えんえんと五十七行（たて二行を合わせて一行と考えれば二十八行半）、七五調で連なっていく。その内容は、父の急死後、母と結婚して王位についた叔父に対して父殺しの疑いを抱く王子ハムレットが、自分の行動のあり方について迷いに迷うところである。叔父王に復讐することは死を意味する。ではただ堪えるべきか。そういう生と死の間の迷いの吐露と取るのが普通の解釈だろう（ほかにもいろいろな解釈がなされているが、ここでは省く）。

　矢田部と外山が期せずしてこの部分をそれぞれに訳したのは、二人がともにアメリカの大学で学び、また勤務先の東京大学やその前身の開成学校でも、英文学を教える同僚の外人教師ジェイムズ・サマーズ（明治六―九年在職）やウィリアム・ホートン（明治十一―十五年在職）がともに『ハムレット』を講じたりしており、なんとなくこの独白に接し、親炙もしていたからに違いない。だがいったいなぜこれを訳そうという気持にまで駆り立てられたのか。

　日本の伝統詩歌をふり返ってみると、たとえばヒロイックな「死」の讃美や、その逆の「死」への諦観の表現などは、いくらでもある。だが「生」と「死」をめぐるこういう果てしない迷い、悩みの気持の表現は珍らしいのではないか。しかも弱者が迷い悩むのではなく、一種気高い精神の持主がそれをし、その思いをみずから表現している。この煩悶の独白に、訳者たちは新しい時代に自分の存在を守って生きようとする人間の「思想」の営みを見出したのではなかろうか。あとからまた言及することになるが、『新体詩抄』には魂の独白的な内容の作品が多く訳されている。それはどこかでヒロイックさを含む、開かれた人間の存在証明の努力のように受け止められ、共感されたのではなかろうか。

さてしかしその翻訳の仕方は、ハムレットの屈折した思いを分かり易く伝えるために、原作の表現の文学的な妙味を犠牲にしてしまったり、逆に「どふも心に落ちかねる」とか、「無常の風にさそはれて」とかと原文にない説明の言葉を付け加えたりして、芸術性の希薄化は否定すべくもない。ただ、いま述べたような「思想」の「日本化」に数十行取り組んで見せたのは、立派な仕事であったというべきだろう。

外山正一のこの詩の取り上げ方も、基本的には同じに思える。ただしたとえば冒頭の導入部を、彼は矢田部よりもっと直接的に「死ぬるが増《まし》か生くるが増か／思案をするはこゝぞかし」と訳している。詩的表現（たとえば婉曲表現）に気を配るなどということは、矢田部以上にしていないのだ。よくいえばおおらかで、「平常の語」をもっと勝手に使うところがあり、「極楽往生」とか「十万億土」とかと、日本人が「死」に関連して使う言葉を氾濫させ、そのために表現が陳腐になることも恐れない。独白の最期まで来て、ハムレットが恋人のオフェリアのいることに気づき、矢田部訳では原文通りに「オヒリアよ」と呼びかけるのだが、外山訳では、「弁天よ」などと呼びかけもするのである。

『新体詩抄』には、このほかにもシェイクスピアの戯曲から二個所が訳出されている。一つは『ヘンリー八世』から取った「高僧ウルゼーの詩」（ゝ山訳）で、サマーズ教師が英文学の授業の試験問題にもしている個所だ。王の寵愛を得ていたウルジーが不意に失脚して、運命の定まりなきことを嘆く独白の場面である。もう一つは史劇中の名作とされる『ヘンリー四世』から取り、「シェークスピール氏ヘンリー第四世中の一段」（ゝ山訳）と題されているもの。従兄弟から王位を奪った国王が、不眠状態に陥った悩みをえんえんと独白する場面である。これには訳者が新体詩形で解説をつけ、「天はいかでか乱臣を／安穏にては置くべきや」などと述べている。

人間の生と死や、定めない運命に思いをめぐらせた訳詩はほかにもある。開巻劈頭の「ブルウムフヰールド氏兵士帰郷の詩」Robert Bloomfield, “The Soldier's Home”（ゝ山訳）は、二十年間海外に出ていて帰郷した老兵が変わりはてた家の有様を嘆く、やはり独白体の詩である。「チャールス、キングスレー氏悲歌」Charles Kingsley, “The Three Fishers”（ゝ山訳）は、嵐で死んだ三人の漁夫の三人の妻の悲嘆の姿をうたった短詩だが、ここでも人間の生と死がテーマとなっている。

しかしこの種の詩で、『新体詩抄』中最も有名なのは「グレー氏墳上感懐の詩」Thomas Gray, “Elegy written in a Country Church-yard”（尚今訳）であろう。原詩もまた高い評価を得ていたことは、これまたサマーズ教師の試験問題とされていたことからも分かる。尚今居士の訳詩は、

山々かすみいりあひの　　鐘はなりつゝ野の牛は
徐《しずか》に歩み帰り行く　　耕《ママ》へす人もうちつかれ
やうやく去りて余《われ》ひとり　　たそがれ時に残りけり

といった本書では珍らしく詩情あふれる調べで始まり、独白の詩ではないが、人間の生と死についての深い思いをくりひろげている。なお冒頭の「山々かすみ」は原詩にはない句で、日本的風景を作品に美しく導入している。「耕へす」はもと「田・返す」だった言葉の音が、そのまま残ったものであろう。

5　軍隊の在り方、国家の問題

次に、『新体詩抄』には、戦争シーンや軍隊の姿、在り様をうたった作品がいくつか収められている。

「カムプベル氏英国海軍の詩」Thomas Campbell, "Ye Mariners of England"（尚今訳）は、一八〇一年、ナポレオンのフランスを敵とする戦争に際し、英国を守る海軍兵士たちに愛国心を訴えた詩で、キャンベルはいまこの種の愛国詩や戦争詩でのみ記憶される詩人となっている。その詩に、折しも国の軍隊をつくろうとしている日本の詩人がとびついたわけだ。

「テニソン氏軽騎隊進撃の詩」Alfred Tennyson, "The Charge of the Light Brigade"（ゝ山訳）は、

クリミア戦争で優勢なロシア軍に向かって果敢に突撃した六百騎の英国軽騎隊の有様をうたった詩で、当時、イギリスで広く愛誦されたという。一八五四年の戦闘だから、抜刀隊の奮闘があった西南戦争からわずか二十三年前のことである。ゝ山仙士は調子に乗って、「抜けば玉ちるやいばをば／皆もろ共に振りあげて」とか、「敵の軍勢たぢ〱と／遂にさゝふる事ならず／むら〱ぱっとむらくづれ」とかと、講談調になって訳している。

もう一篇「テニソン氏船将の詩（英国海軍の古譚）」Alfred Tennyson, "The Captain: A Legend of the Navy"（尚今訳）は、英国海軍の暴虐な艦長が部下の怒りを買い、フランス軍艦と遭遇して戦うことになった時、大砲発射の命令を拒まれ、舟も将兵もともに水中に没したという古譚をうたったもの。軍隊における「圧制」を強くいましめた内容だが、訳者は「嗚呼圧制よ嗚呼暴威／実《げ》に怖るべし悪むべし」と原詩にない言葉を付け加えて、そのいましめをさらに強調している。

この時代、文明開化とともに富国強兵は日本のナショナル・スローガンだった。西南戦争があって、その強兵のあり方はますます世間の注目を集めた。軍隊のあり方は国家のあり方と直結していたのだ。そしてとくに海軍は英国海軍を直接的な手本としていたから、英国海軍の精神やそれが現実にかかえる問題は、そのまま日本の「思想」問題にもなったのである。『新体詩抄』にも、時代を導く意気込み濃厚な撰者たちのそういう関心が反映して当然だった。このことは、彼らの創作詩を検討する時、さらにはっきりするだろう。

6　新時代の生き方

訳詩の第三のグループは、この新しく開化していく時代に人はどう生きるべきか、という問題と取り組むたぐいの作品である。数は少いが、撰者たちの「思想」はこの種の詩の翻訳で最も露骨に出ているといえそうだ。「ロングフェルロー氏人生の詩」Henry Wadsworth Longfellow, “A Psalm of Life”（ゝ山訳）がその代表で、井上巽軒も同じ作品を「玉の緒の歌（一名人生の詩）」と題して訳している（この詩集における彼の唯一の訳詩である）。主にゝ山訳に即して、少し詳しく検討してみる。

　ロングフェローはアメリカ、ニュー・イングランドのピューリタニズムの精神を受けつぎながら、それを十九世紀の世俗化した社会に向けて編成し直した詩人といえる。一世の尊崇を集め、サマーズが開成学校で使った英文学史の教科書でも、エマソンやホーソンより多くのページが彼のために割かれている。“A Psalm of Life”は、彼が三十歳にして妻を失い落胆の底にあった時、人生の苦しい戦いにおいて積極的に生きることの意義を覚り、自らに奮起をうながした詩である。「人生は空しい」などと嘆いていてはいけない、人生は「現実《リアル》」で「真剣《アーネスト》」なものだ、強く逞しく「活動《アクト》」せよ、と自らに向上の精神を訴えるのである。アメリカ中で最も有名な詩であったといってよく、サマーズはこれをやはり試験問題に用いてもいる。その詩をゝ山仙士はどう訳したか。

人生の目的をうたった第三連。

Not enjoyment, and not sorrow,
　Is our destined end or way;
But to act, that each tomorrow
　Find us farther than today.

此世に在りて楽むも　　又苦しむも固《も》と人の
世にある趣意にあらざらん　　生《いく》るは役に立つ爲ぞ
日毎〳〵に怠らず　　今日は今日丈《だ》け一日の
功を立てねばならぬぞよ

原詩三—四行目は、直訳すれば「明日は今日よりも進んだ者となっているように、活動することだ」の意味で、人間の進歩発展を前提にして act することをうながすのだが、この act は明らかに精神的な活動を意味している。ところが翻訳では、この act の中身が押し広げられて、「生るは役に立つ爲ぞ……功を立てねばならぬぞよ」となり、まったく日常生活の功利主義的な生き方になり、精神性はきれいになくなっている。

詩の結びの第八連。

Let us, then, be up and doing,
　With a heart for any fate;
Still achieving, still pursuing,
　Learn to labor and to wait.

されば人々怠たるな　　暫時《しばし》も猶予するなかれ
運命いかにつたなきも　　心を落すことなかれ
たゆまず止まらず自若とし　　功名手柄なしつゝも
勤め働くことをせよ

原詩三行目の"achieving""pursuing"は、精神的な向上の営みを意味しており、四行目の"labor"も、単なる肉体的な労働よりは、それを含みつつも精神的な苦労、努力を指していると思われる。ところが翻訳では、「功名手柄なしつゝ」とか「勤め働く」とかと、大幅に実利主義的な現実的行動の表現になっている。"learn to labor and to wait"は「刻苦してあとは（神の判定を）待つことを学べ」で、東洋風にいえば「人事を尽くして天命を待て」といった趣きだろうが、ゝ山訳は天命なんか待ってはいない。「功名手柄」などという原詩にはない言葉を持ち出して、それを勤勉力行と結び付けるのである。

同じ詩の井上巽軒訳は、この詩集中の訳詩では唯一、韻を踏んでおり、もともと漢詩をよくする人の文学的関心を示している。しかしその韻は、「なり」と「なり」、「勿れ」と「勿れ」といった、韻としては邪道である同じ言葉のくり返しが目立つなど、出来栄えがよくない。そして内容はやはり原詩の精神性をどこかに置き去りにし、「名」をあげるための努力が表てに出ている。最後の行は「楽《たのしみ》あるぞはたらけよ」と訳され、現実的功利主義の表現以外の何物でもない。

ただしここで一言つけ加えておくと、こういう功名手柄、出身出世を目指す実利主義的生き方を、単に俗物的などと貶《けな》し去るのは正しくない。文明開化時代にあって、それは封建体制の束縛を脱し、社会進化思想をもとにした進歩発展への願望とも結びつく、積極的生き方でもあった。あの正岡子規が死の床にあってフランクリンの『自叙伝』を読み、「逆流と失敗との中に立ちながら、著々《ちやくちやく》と成功して行く所」に「何とも言はれぬ面白さ」を見出した（『病牀六尺』明治35・9・1の項）のも、そういう「成功」に積極的価値を見出してのことであっただろう。

なおもう一篇、同じくロングフェロー原作の「児童の詩」“Children”（尚今訳）も、このグループに属せられるものかもしれない。無心に遊ぶ子供の姿をうたい、その価値をたたえただけのものであるが。

7　文明開化の思想

『新体詩抄』の撰者たちが「泰西のポエトリー」の形に盛ろうとした「少しく連続したる思

想」は、ここでいささか整理してみると、①新時代を迎えてはっと気がついた人間としての自己の存在、それにまつわる生や死や人の運命についての思索、②軍隊の姿や在り方、さらには国家についての思い、③現今の開化する社会にいかに生きるべきかといった問題についての考察、などが主な内容となっている。これは全体としていうと、文明開化の社会や国家と取り組もうとする人間にふさわしい思想といえるだろう。ふり返って見れば、東京大学はまさに文明開化を思想的に導く役割を担った大学だった（この役割は、帝国大学になると変わっていく）。だからその教授たちがこの種の「思想」を詩に盛ろうとしたのも、しごく当然なことだった。このことは、彼ら自身の創作詩を検討する時、一層明らかになる。

①の人の運命についての考察につながる詩には、尚今居士の「鎌倉の大仏に詣でゝ感あり」がある。文字通り鎌倉の大仏を見て、人間の生の営みや歴史の営みに思いをめぐらすもので、社会進化論的な思いや伝統的な無常感が織り合わされている。

②の軍隊についての思いから国家の思想へと展開する詩には、ゝ山仙士の有名な「抜刀隊」がある。ほんの五年前の西南戦争に取材して、「我は官軍我敵は／天地容れざる朝敵ぞ」で始まって、その敵について「鬼神に恥ぬ勇あるも／天の許さぬ叛逆を／起《おこ》しゝ者は昔より／栄えし例《ためし》あらざるぞ」と、国家への忠誠を説く内容になる。さらに「日本刀」やら「死」やらと武士の精神を鼓舞し、「我今茲《ここ》に死《しな》ん身は／君の爲なり国の爲」といった表現に連なっていく。

③の開化の世における生き方をうたった詩には、尚今居士の「勧学の歌」がある。朱文公の「少年易老」の詩を踏まえ、古風な内容のようだが、「昔の人の学問は／唯一すじの道」だったけ

れども「今は学事多端」になった。しかし「たとひ多くにわたらぬも／唯一芸を修めなば／身の爲となる多からん」と、まさに開化時代の教訓詩となっている。

　こういった三つの観点を統合した観のある途方もない「思想」の詩が、ゝ山仙士の「社会学の原理に題す」である。もとはハーバート・スペンサー原著、乗竹孝太郎訳『社会学の原理』（明治15）の序文として書いたもので、従って内容も表現もおよそ「詩」とは縁遠いはずだが、ゝ山は敢てこれを「新体詩」に仕立てたのだった。この「新体」への外山の情熱を知るべきだろう。

　内容はまず「宇宙の事」にはある種の「規律」ないし「定まれる法」があるといい、その法の一つとして進化の法を説く。「適するものは栄えゆき／適せぬものは衰へて」いく。ダルウヰン氏（チャールズ・ダーウィン）は生物にこの法のあることを発見したが、スペンセル（ハーバート・スペンサー）は社会のありとあらゆることがこの法に従うことを発見したとし、本書『社会学の原理』の説明と推薦に入る（「実《げ》に珍《めずら》敷しき良書なり」）。が、ここから内容は彼（ゝ山）自身の社会観をうたう方に進むのだ。学問のない者が易々と新聞記者や役人になり、「か様な者が多ければ／忽ち国に社会党／尚ほ恐しき虚無党の／起るは鏡に見る如し」とか、「秩序も建たず自由なく／泥海にこそなるべけれ」とかといい、また革命後のフランスを見て気づくのは「妄《みだり》に手出しする勿れ／妄にしやべること勿れ」ということだ、といった具合に教訓が展開していき、「政府の楫《かじ》を取る者や／輿論を誘《さそ》ふ人たちは／社会学をば勉強し／能く慎みて軽率に／働かぬやう願はしや」と結んでいる。

　ゝ山の議論への賛否は別として、ここには社会進化論への信奉とともに、新しい国家についての不安、それを乗り越えるための「秩序」への希求が、素朴に、しかし激しくあらわれている。文明開化を単に謳歌しているのではない。それを正しく導きたいという使命感を露骨に出している。これが彼のいう「少しく連続したる思想」のエッセンスだったようだ。

しかしこの詩を筆頭にして、撰者たちの創作詩の内容の貧困、表現の粗笨さには、ほとんど寒々とさせられるものがある。「詩」性はまったくなく、散文としても蕪雑である。これに比べれば、総じて訳詩の方がまだましだった。原詩の力に支えられたというべきだろうか。うたわれた「思想」には日本の伝統詩にない新しい内容があり、表現もそれにつられて新しさを見せることがあった。〻山の自嘲的にいう「和漢西洋ごちやまぜ」が、却って「生きた」表現になっている節もあったのである。

以上で『新体詩抄』を総観してきたつもりだが、なおふれえなかった作品がある。訳詩では「シャール、ドレアン氏春の詩」Charles d'Orléans, "Spring" (尚今訳)と、創作詩では尚今居士の「春夏秋冬」だ。前者は十五世紀のフランス詩人の詩をロングフェローが英訳したものからの重訳で、季節をうたった抒情詩である。「季節」は日本伝統詩歌の最も重んじたテーマの一つであるが、この詩集ではそのテーマの訳詩がただ一篇だけであることに注目しておきたい。しかもこの訳詩は原作を大幅に日本的情景に変えている(「障子ふすまを建廻はし／爐火《いろりび》近く団居《まどい》して」など)。創作詩の方は押韻の工夫などしているが、四季の草花や風景を順にうたっていくだけで、何の新しさも面白味もない。

なおさらに一言。「季節」と並んで日本伝統詩歌の最も重要なテーマである「恋」をうたった詩が、『新体詩抄』にただの一篇もないことはさらに注目に値する。「恋」は東大教授たちの考える「思想」の完全埒外にあったようなのである。

8 反響

『新体詩抄』が出ると、「嘲笑は四方より起りき」と国木田独歩は回想している(『抒情詩』明治30「独歩吟」序)。伝統的詩歌の美意識から見れば、こんなものは内容・表現ともに詩とはいえない代物だったのだから仕様がない。歌人の池袋清風は、同志社で英語・神学を修めた人であるが、『新体詩抄』を評して「詩ニモアラス、歌ニモアラス、又文章ニモアラス、而モ其辞甚《はなは》だ拙劣鄙陋《ひろう》ニシテ読ムニ堪エス」(『国民之友』明治22・1—4「新体詩批評」)とこきおろした。これに近い批判は枚挙にいとまがない。毒舌家の斎藤緑雨は『新体詩見本』(明治30)の冒頭で外山調新体詩を痛烈に茶化して見せた。現在でも、この詩集の非詩性を指摘、批判、あるいは罵倒することを、自らの詩性の証明のごとくにする人は多い。

だが、独歩は前の引用にすぐ続けて、こう述べるのだ。

而も此覚束《おぼつか》なき小冊子は草間をくぐりて流るる水の如く、何時の間にか山村の校舎にまで普及し、「われは官軍わが敵は」てふ没趣味の軍歌すら到る処の小学校生徒をして足並み揃へて高唱せしめき。又た其のグレーの「チャルチヤード」の翻訳の如きは日本に珍しき清爽高潔なる情想を以てして幾多の少年に吹き込みたり。斯くて文界の長老等が思ひもかけぬ感化を此小冊子が全国の少年に及ぼしたる事は、当時一少年なりし余の如き者ならでは知り難き現象なりとす。

『新体詩抄』は「初篇」と銘打っていた。撰者たちとしては当然、続編を出したかったのだろうが、それは実現しなかった。しかしほぼ一、二年で売り切れたことはまず確かで、明治十七年二月、再版が出ている。書名が『新体詩鈔』となり、初版の活字印刷が木版印刷に変わっている。そんなにしても重版する価値があると見られたのだろう。

しかもそれより前、明治十五年八月から十六年八月にかけて、『新体詩抄』から数篇ずつ抜き出しながら新たに数篇ずつ加えた形の竹内節編『新体詩歌』なる本が、第一集から第五集までの分冊の形で、甲府の徽古堂という本屋から出ている。ぐっと小さい四六判で各集三十ページ前後、値段は丸善本の三十五銭に対して各集十二銭。蒲原有明は回想の中で、これを「恐らく僞版」といっているが、「さういふ安本が行はれたことによつて見ても、この集［『新体詩抄』］が如何に新時代に投合してゐたかが判る」という（『飛雲抄』昭和13「少年時」）。

独歩が「山村の校舎」（彼の故郷は山口県の田舎）にまで普及した「小冊子」というのは、この安本であろう。有明も（彼は東京育ちの孤独な少年だったが）もこれを手に入れ、「姉と二人で競つて、何がなしに集中の詩を暗誦してゐた」（同前「創始期の詩壇」）という。有明はさらに、『新体詩抄』について、「一つの発見された星のやうなものである」といい、「こゝに文学の天に新たなる詩歌の星がかゞやきそめた。それを回想すると、わたくしの胸はわけもなく躍る」と述べている。有明は『新体詩抄』の撰者たちとまったく違う詩心をもち、まったく違う詩風をつくった人だけに、この評価には意味がある。

ついでながら、『新体詩歌』で新たに加えられた詩というのがほとんどすべて『太平記』その他の古典から抜粋した美文や、長歌、箏歌、漢文読み下し文、それに外山ゝ山ばりの七五調散文（『新体詩抄』以後、『東洋学芸雑誌』に載ったもの）で、詩としての新しさや面白さをもつ作品はまったくない（例外としてただ一篇、小室屈山の「自由」をうたった作品［次章参照］があるが、これとて詩的な新味はない）。つまり、これらと比べて『新体詩抄』はだんぜん面白く、また新鮮だったのである。そしてその影響は、独歩のいうように「草間をくぐりて流るる水の如く」ひろまったのだ。

外山正一と井上哲次郎は、こういう点でひそかに、あるいは公然と自負するところがあった。十三年後の明治二十八年、文科大学々長の地位にあった外山は、自分の傘下にあったといえる歌人の中郁《なかむら》秋香、国語学者の上田万年、および阪《ばん》正臣を誘って『新体詩歌集』を出した。そしてそれに長い序を寄せるのであるが、「文学博士外山正一」と署名し、ゝ山仙士の戯文調はきれいに捨てて、いわば堂々と論陣を張って見せる。彼はまず、昨今、日清戦争のため軍歌がはやっているが、その嚆矢は自分の「抜刀隊」であったことなどを自慢した後、「明治十年代に新体詩を創始せる者は。明治二十年代に亦新体詩を創始するの特権ある者と自認し。数年前より又一種の新体詩を試作することを勉めたり」と述べる。その新・新体詩は、「予の思想予の感情を。感情的に語らむ爲めの方便と爲すもの」で、七五、五七の調は便利だけれども「窮屈」になってきたと見定め、「朗読体若しくは口演体新体詩」にしたものだという。

その実例をこの詩集は収めるというわけだが、折からの日清戦争に取材した巻頭の「我は喇叭手なり」以下の諸篇は、朗読の仕方によって「詩的」になるのかもしれないが、普通に読めばほとんど醜悪な散文である。(『新体詩抄』にはあった「平常の語」使用の努力は消え失せ、むしろ漢文調、あるいは講談調に近づくことによって「感情的に語らむ」とするらしい。「美文」崩れといったらよいだろうか)。その内容は、「成歓の役。彼は進軍の喇叭を奏す。我軍猛進。砲撃既に交る。忽ち飛来《きた》る一丸彼の胸部を貫く。/鮮血淋漓《しりえ》後に撞《どう》と倒れたり。然れども喇叭を放たず。喨々《りょうりょう》と吹き続けしなり」といったヒロイズムの讃美に終始し、まさに新しい「軍歌」である。「新体」が後退しただけでなく、それに盛るべき「思想」も衰退していた。

井上哲次郎は明治二十八年一月―三月、『帝国文学』創刊号から三号にかけて「日本文学の過去及び将来」という大層な題の論文を連載、やはり日清戦争に呼応して、ナショナリズムを鼓吹した。たとえば日本文学には「我邦固有の思想」が伝えられているが、その特色は「第一は想像雄偉、第二は気象快活、第三は理想純潔」といってはばからない独善ぶりで、反対にシナ(中国)人を徹底的に軽蔑して見せる。また彼は明治三十年一―二月の「『帝国文学』に「新体詩論」を発表したが、同様にして、新体詩の特質として格法の自由、規模の広大、言語の豊富、語格の近様、字句の勁健、旨意の明晰、進歩の傾向、新奇の着色をあげ、自分たちの始めたこの詩体に自己満足している姿をさらけてはばからない。

井上巽軒は明治二十八年一―二月に、新体詩「比沼《ひぬ》山の歌」を発表した。『丹後風土記』の羽衣伝説に材をとった未完の長詩だが、羽衣の天女をうたって、「花の顔、雪の肌、／洗ひ出せる其様は、／何に譬へん、嗚呼牡丹か、／雨を滞びたる海棠か、／露を凝らせる芙蓉か、／湿ふ桜か、将《は》た紅梅か」と連なっていく言葉は、いや発想そのものも、まったく陳腐そのもので、何らの「生きた」中身もない。

『新体詩抄』は、日本が維新を経て文明開化の方向に突き進んだ時代を反映し、むしろその時代を導く意気込みをもった教授たちの詩的実験の成果で、大きな欠陥を内包しながらも、日本近代詩の出発をしるす歴史的な詩集となった。『新体詩抄』が日本近代詩の形成において果たした役割は正しく評価されなければならない。だが日本がしだいに国家の体制を固め、その教授たちが学界や官界で地位を上げていくにつれて、彼らの「思想」は衰弱し、表現は一見さらにいっそう「新体」の方へ進んだように見えても、じつは一種の「美文」に陥ったり、陳腐な措辞に逆戻りしたりして、新鮮さをまったく失ってしまった。日本近代詩は、この詩集に刺戟されながらも、むしろその非詩ぶりに不満をもち、『詩抄』が軽視ないし無視した側面を探った若い詩人たちによって発展させられることになる。ただしこの若き詩人たちは、より多く近代にふさわしい「思想」と、その表現のあり方を求めて、苦闘するのである。

第2章「自由よ自由やよ自由」

草創期の近代詩歌と「自由」

『新体詩抄』とともに、日本近代詩はとにもかくにも出発した。しかし日本の詩は、これによっていわゆる新体詩一色に染まったわけではない。漢詩、和歌、俳句から俗謡、歌謡のたぐいまで、さまざまな形の詩が人々の間に存在を主張していた。『新体詩抄』が目指したのは、いってしまえば西洋のポエトリーのように「少しく連続したる思想」を日本の詩においても表現することだった。それが日本の新時代の要請だと撰者たちは信じていた。だがたとえば、そういう思想のなかでとりわけ広くもてはやされた「自由」の観念は、むしろポエトリーらしくないジャンルの詩歌でやすやすとうたわれていた。「自由」は、文明開化から民権時代を通して一種の時代思潮となっており、しやちこ張らない民間の詩歌の方が時代思潮を素直に反映したのである。しかし現実において政治的、社会的「自由」が実現せず、弾圧されたり変容させられたりしていくにつれて、挫折した真剣な「自由」の探求・追求者は、その探求・追求の思いを新しい形の「詩」によって表現しようとした。その時、本当の意味での詩的表現が求められ、日本の近代詩はポエトリーの形と実を備えてくるのである。

1　パトリック・ヘンリー

一九七二年六月、日本人のアメリカ研究者とアメリカ人の日本研究者が十二、三人、ハワイに集まって、「日米相互イメージ」をめぐる国際研究会議を催した。私は日本側の末席に加わって、『自由の聖地』アメリカのイメージ――開国より日露戦争まで」と題する発表を行なった。そのとき、アメリカ側の参加者がほとんど異口同音でもらした感想のひとつに、パトリック・ヘンリーが明治時代の多くの日本人によっていたく讃美されたことへの驚きがあった。

パトリック・ヘンリーの名は、ここで説明するまでもないと思う。アメリカ独立革命のとき、急進派の立場から熱弁をふるったことで知られる。ただし、独立後はヴァージニア州の初代知事になったが、国家的政治家といえるものにはついにならなかった。思想的にすぐれたものをもっていたわけではなく、うさんくさいところが少なくない政治家だったらしい。こういう人物が、ジョージ・ワシントンには一歩を譲ったとしても、明治前半期の日本で最も尊敬されるアメリカ人の一人になっていた。考えてみれば、アメリカ人自身が驚くのも無理はなかった。

じっさい、私の発表の中には、パトリック・ヘンリーに対する日本人の讃美のさまがしばしば言及されていた。その典型的な例は、自由民権家、植木枝盛の詩集『自由詞林』（明治20）である。その中の「自由歌（其二）」という詩から、私はつぎの句を引用していた。

或は米国　革命家
第一流の　顕理《ヘンリー》の
其の演説と　なるときは
壮烈に泣く　鬼神まで

ヘンリーの「其の演説」とはいかなる演説かは、同じ詩集中の「自由歌（其二）」によって明らかになっている。

さればパトリク　ヘンリーは
天に誓ひて　吾々に
自由を与へよ　否《しか》らずば
死を授けよと　叫びけり

ヘンリーへの敬意は、北村透谷のような自由民権運動から離脱した人の手紙（石坂ミナ宛、明治21・1・21）にも、内村鑑三のようなその種の運動と縁の薄かった人の文章（『余は如何にして基督信徒となりし乎』明治28）にも、あらわれている。透谷と内村という、明治の精神の最もすぐれた道標となる人たちは、たがいに思想的立場は違っても、ともにアメリカを「自由」の聖地と仰ぎ、パトリック・ヘンリーをその代表として尊敬していたのであった。

では、なぜパトリック・ヘンリーなどがアメリカの「自由」の代表なのか。それはひとえに、アメリカの独立革命勃発寸前、一七七五年三月二十三日の、彼のいわゆる“liberty speech”のためであった。いやさらにいえば、その結びをなす“Give me liberty, or give me death!”という一句のためであった。イギリスの支配を断乎拒否したこの一句によって、彼はほとんど神格化され、日本にも望ましいモデルとされたのである。

またさらにこんな例もある。自由民権派の志士たちは、会合の席でよくつぎのような歌をうたったという。（途中に読みこんだ漢詩がヘンリーの句の直訳であることは、いうまでもない。）

他所《よそ》の花、羨《うらや》むばかりぢゃそりゃ気が弱い
　与我自由否与死、熱血染出十三州
　　羨ましけりゃ咲くがよい

“Give me liberty, or give me death!”という句は、もちろんアメリカでも極めて有名である。しかし、政治的社会的な状況のたいそう違う明治の日本で、この句に鬼神も泣く壮烈さを感じ、手本とすべき態度を見出すというのは、いささか異常なことだといわなければなるまい。そもそも、パトリック・ヘンリーが「自由」という言葉で何を意味したのか、いっこうわかっていないのである。それにもかかわらずこの句が日本人に訴えた理由は、いったい何だろうか。

私は少くとも二つの理由があったと思う。一つは、目指すものを「死」の代価を払っても獲得しようという武士的なヒロイズムである。これに明治の日本人はしびれた。もう一つは、その目指す対象である「自由」の、観念としての強烈さだ。この観念の中味が、パトリック・ヘンリーの場合と自分たちの場合といかに違おうとも、そんなことは問題でなかった。「自由」とは、ある種の人たちにとって、絶対の観念であった。だからこそ、それはヒロイズムに値するものであった。

2　詩的エネルギー源となった「自由」

明治の前期から中期にかけての詩歌を読んでいると、この「自由」の観念がたいへん広範にもてはやされたものであることに、気づかざるをえない。明治詩史はいわゆる「芸術派」的な視点で整理されてからすでに久しく、政治詩や思想詩はほとんど詩的評価の外に押しやられている。それには根拠がなくもない。政治詩や思想詩は一般的にははなはだしく未熟であった。それらの多くがかかずらった「自由」の観念も、おそろしく内容が希薄であった。わけもわからずパトリック・ヘンリーの句にとびつき、ヒロイズムに酔うたぐいの「自由」なのだ。したがって、詩としての出来栄えも見事とはいいかねる。だがそれにもかかわらず、「自由」の観念は草創期の日本近代詩の、内容と形式との両面における大きなエネルギー源となっていたように思われる。
手っ取り早い例が、先に名をあげた植木枝盛であろう。『自由詞林』は明治二十年に出版された。それは明治新体詩の嚆矢とされる『新体詩抄』の出版より五年後のことである。しかし実のところ、彼は『自由詞林』を出す十年ほど前から、「明治ノ歌ハ、明治ノ歌ナルベシ、古歌ナルベカラズ、日本ノ詩ハ日本ノ詩ナルベシ、漢詩ナルベカラズ」という『新体詩抄』の主張を先取りするたぐいの詩的実験を行なっていた。それはある種の古さをもっていた（自由民権派の詩的態度の古さについては、後から述べるつもりである）。だが時に、それは『新体詩抄』が行なった以上の「明治ノ」「日本ノ」歌ぶりを実現していた。しかも、『新体詩抄』には乏しい感情的要素を盛りこんでもいた。本来は政治家である植木をそういう努力に駆り立てたのは、「自由」の観念にほかならなかった。彼は『植木枝盛自叙伝』（明治23年筆）の中で、つぎのように述べている。これは直接的には『自由詞林』を解説した言葉だが、それ以前の彼の詩的活動にもあてはまるものだと思う。

氏は元来歌を作らざるの人なり。詩を作らざるの人なり。而して猶ほ此の一冊子あるを得たるものは蓋し自由を愛し自由を思ひ、之が為めに精神感情の溢れてここに発したるものならん歟。

自由民権運動が盛んであった時代に、植木枝盛のような詩人が現れ、「自由」が重要なエネルギー源となり、詩的テーマとなったのは、当然といえば当然かもしれない。しかし、「自由」はその後も詩人の心をとらえ続けた。北村透谷は「自由」をもっと思想的に掘り下げて、それと取り組んだ詩人の代表といえるだろう。岩野泡鳴もその仲間に加えたい。彼らは「自由」の観念に内面的な言葉を与えようとして、詩法の面でも、七転八倒した。

それから、この系譜は少なくとも国木田独歩までつながると思う。詩集『抒情詩』（明治30）に収められた「独歩吟」の序で、彼はこう述べている。

> 自由の議起り、憲法制定となり、議会開設となり、其間志士苦難の状況は却て詩歌其者の如くなりしと雖も、而も一編の詩現はれて当時火の如かりし自由の理想を詠出し、永く民心の琴線に触れしめたる者あらず。「自由」は欧州に在りて詩人の熱血なりき。日本に移植されては唯だ劇場に於ける壮士演説となりしのみ。斯《か》くて自由党は其血を枯らし、其心を失ひ、今や議会に在りてすら清歌高明なる自由の理想は見る能はずなりたり。

ここで独歩は、自由民権派が試みたような「壮士演説」ふうの自由の歌を批判してはいるが、やはり「自由」をうたうことこそ、真の詩人の使命としているわけである。

この「独歩吟」の中で最も有名な詩は、「山林に自由存す」であろう。この詩についてはまた後で検討するつもりだが、ここで一つだけ注目しておきたいことがある。いわゆる比較文学的研究が進んで、この詩における自然へのあこがれはイギリスの田園詩人ワーズワスの影響によるものだとか、この詩の発想はバーンズの詩（特に"My Heart's in the Highlands"）に負うところが大きい、とかという指摘がなされている。私もまったく賛成だ。ただし、私はそういう影響による類似関係と同時に、両者の間にいぜんとして残る相違の方にも気をひかれる。たとえば、バーンズの"My heart's in the Highlands"には、「自由」などという抽象的な言葉はただの一度も出てこない。ところが独歩の詩では、わずか十六行の短い中に五度も出てくる。そして「山林に自由存す」などといういかめしい言葉を題にしている。この詩が自然憧憬をうたっているということに異存はないのだが、それをこのように「自由」の観念にかかずらいながらうたっていることの意味を理解しないと、この詩の詩的特性を見失うことになるような気がする。

自由民権運動の歴史的研究は盛んだし、また明治思想史の研究も大いになされている。しかし明治詩史の研究は、一般に、まだ「自由」の主題（といったような思想上の問題）に十分の注意を払っていないのではなかろうか。「自由」をうたっていれば、たちまちこれを持ちあげてたたえる傾向が一方に出てきているかと思うと、他方には、これを非芸術的として斥ける傾向が根強い。私としては、明治詩歌にうたわれたこの観念の、あらゆる欠点を含めた意味での営みを、正しく把握することが必要ではないかと思う。私がこの際、連想をさそわれるのは、パトリック・ヘンリー以後およそ三世紀にわたるアメリカ詩の展開である。そこでも「自由」は支配的な観念の一つとなっていたが、いちじるしく内容空虚であった。それにもかかわらず、それを素通りした詩史は、アメリカの精神と感情との営みの中心部分をつかみそこね、つぎの時代に現れたエマソンやホイットマンらの詩的創造の意味をも理解しそこねることにつながるだろう。日本の場合、「自由」の観念はアメリカにおけるのと随分違う試練を経験した。血なまぐさいものにもなり、山林の中に後退もした。これを素通りすることは、日本の近代詩における精神と感情との激しく動揺した部分を捨象した詩史を見ることになる恐れがあるように思う。

いささかこちたい議論になったが、この小文は実のところ、「自由の歌」をなるべく多方面からとりあげ、その実体を見ることを目的としている。そして、明治詩史の枠を少しでもひろげ、それを再検討する際の一助としたい。議論は、本来、二の次なのである。

3 「自由」という言葉

「自由の歌」の中心となる「自由」という言葉は、いつ頃どのように用いられはじめたのだろうか。この問題については、木村毅《きむらき》氏に「自由はいつ始めて日本に入って来たか」（『文明開化』昭和29）という詳しい考証がある。江戸時代も終わりに近づく天保年間（一八三〇年代）から入ってきたらしい。

最初は、オランダ語のVrijheidをそのまま用いて、「フレイヘイド」といっていた。日本にはそれに対応する言葉がないので、訳しようがないのだ。天保八（一八三七）年、小関三英《こせきさんえい》が訳した『那破烈翁《ナポレオン》伝』では、少壮時代のナポレオンがシラーの芝居『ウイルレム・テル』を見て「フレイヘイド」という言葉に興奮したことを記述した個所で、「フレイヘイド」に「敵国ニ打勝テ不羈ノ国トナリタルヲ祝スルノ辞也」という注をつけている。ついで天保十四（一八四三）年には、杉田成卿《せいけい》がオランダ国書かフランス民法のオランダ語訳かを邦訳して「フレイヘイド」の意味を知ったが、ちょうど蛮社の獄の余波きびしい頃だから「みだりにこれを口より言ひ出ださず、唯その心を傷むる苦しさを酒にやりて、酔えばやがて『フレイヘード』と呼びて止まざりしとぞ」（大槻如電『杉田梅里先生・小伝詩文選』の序）という記録がある。どちらの場合も、「フレイヘイド」が異常な興奮をともなう言葉となっているところが、この語の後の運命と考えあわせて興味深い。

「フレイヘイド」や、英語の「フリードム」ないし「リバーティ」に、「自由」の語があてはめられるようになったのは、もっと幕末に近づいてからのようだ。ペリー来航の頃からといえよう。「自由」というシナ伝来の言葉は、従来、日本でも我儘放蕩の意味で用いられていたが、ここで俄然、何か西洋的な匂いのする貴重な感じの言葉となった。それは日本にない文明のエッセンスにつらなる言葉となったのである。

この「自由」の語を日本に定着させたのは、なんといっても福沢諭吉であろう。幕末維新時代の知識人に深甚な影響を与えた『西洋事情』（初篇、慶応2）中、「文明の政治」の要訣を述べた個所で、福沢はその第一として「自主任意」をあげながら、注記してこう解説している。

本文、自主任意、自由の字は、我儘放蕩にて国法をも恐れずとの義に非《あ》らず。総て其国に居り人と交《まじわり》て気兼ね遠慮なく自力丈《だ》け存分のことをなすべしとの趣意なり。英語に之を「フリードム」又は「リベルチ」と云ふ。未だ的当《てきとう》の訳字あらず。

数年後、同書の第二篇（明治3）を出したときには、彼は巻頭の例言中で、「自由」の語義をさらに詳しく説明してみせた。

自由とは、一身の好むまゝに事を為して窮屈なる思なきを云ふ。古人の語に、一身を自由にして自から守るは、万人に具はりたる天性にて、人情に近ければ、家財富貴を保つよりも重きことなりと。〔中略〕

故に政事の自由と云へば、其国の住人へ天道自然の通義を行はしめて邪魔をせぬことなり。開版の自由と云へば、何等の書にても刊行勝手次第にて書中の事柄を咎めざることなり。宗旨の自由とは、何宗にても人々の信仰する所の宗旨に帰依せしむることなり。千七百七十年代、亜米利加《あめりか》騒乱の時に、亜人は自由の為めに戦ふと云ひ、我に自由を与ふる歟、否《しから》ざれば死を与へよと唱へしも、英国の暴政に苦しむの余《あまり》、民を塗炭に救ひ、一国を不羈独立の自由にせんと死を以て誓ひしことなり。当時有名のフランキリンが云へるには、我身は居に常処なし、自由の存する所、即ち我居なりとの語あり。自由の字義は〔中略〕決して我儘放蕩の趣意に非らず。他を害して私を利するの義にも非らず。唯心身の働を逞《たくましう》して、人々互に相妨げず、以て一身の幸福を致すを云ふなり。

さすがに福沢の説明は具体的かつ着実で、ほとんど間然するところがない。しかもパトリック・ヘンリーの句をひいて、「自由」を「死」をもって勝ち取るに値するものと説いている。福沢において、「自由」は決して絶対的な観念ではなく、生きた制度であり個人の生き方であったが、なおかつ昂揚した感情の対象となりうる理想性をもっていた。

こうして、「自由」という言葉は日本に定着した。木村氏が説くように、『西洋事情』第二篇の翌年、中村敬宇が弥璽《ミル》著『自由之理』を翻訳出版したときには、もう序文でも注でも、「自由」について一言の解説もほどこしていない。そして、福沢や中村のこういう啓蒙的な仕事が大きな力となって、「自由」は文明開化の一つの中心的な合言葉となったのである。

4　文明開化時代――「自由」の風俗

さて、それでは、文明開化時代にこの「自由」はいったいどういう詩的表現を得ただろうか。伝統的詩歌に遊ぶ人たちにとって、「自由」は必ずしも重大至極な詩材ではなかった。それは文明のエッセンスとして享受すべきものだが、どこかでうさんくさくもあったに違いない。しかし世間に「自由」という言葉が氾濫している以上、彼らはそれを積極的に詩歌の中にとり入れた。

都々逸は当時非常によくはやったものらしい。その多くは、絵入木版十数枚から二十枚程度の冊子となって流布もした。今日でいえば流行歌集といったところだろうか。それにうたわれた「自由」は、もちろん都々逸らしく男女の情事と絡ませられながら、ある種のおかしみを与えられている。

束縛されても恋路の自由　いつしか遂げずにおくものか

ひとがそしろが自由の権と　極《き》めて相乗《あいのり》する車

「自由」という言葉がもつ外来語的な大袈裟な感じは、風流人たちによって茶化され楽しまれもしたようだ。つぎの二句はなかなかの秀逸だと私は思う。

はらも立まい立たせまい　四海兄弟自由の権

いやといふまいいはせもすまい　四海兄弟自由の権

前の句は、恋する人をとられたとき、「四海兄弟自由の権」だから、仕様がないじゃないかとあきらめる心をうたい、後の句は、人を口説くのに、「四海兄弟自由の権」だからと、激しくせまる心をあらわしたものであろう。しかしともに「自由」は言葉の遊びの対象になっている。

都々逸その他の俗謡がどちらかといえば婦女子や蕩児を相手にしていたとすれば、漢詩は教養人を相手にしていた。文明開化時代には狂詩が大層はやった。そこでも、「自由」はよく材料にされた。『日本開化詩』（明治9、『明治文化全集　文明開化篇』に収録）によって、その様子を一瞥しておこう。この詩集は王政復古から洋燈、石鹸にいたるまでの開化の風俗をさまざまなテーマ別にうたっており、まことに興味深い。ただし編者は宮内寛一、平山果となっているが、詳しいことはわからない。

この中に、「自主自由」と題して四篇の詩がある。其一はこうである。
道明文徳国興賢　道は文徳［文教の徳］を明にして国は賢を興す
上下相和共恬然　上下相和すれば共に恬然《ちょうぜん》［静穏］
君主豈能私国土　君主豈《あ》に能く国土を私せんや
人民自有自由権　人民自《おのずか》ら有り自由の権
これはまったく公式的な見解を示しただけで、面白くもなんともない。しかし其二は職業選択の自由を具体的にうたい、其三になると、「自由」の感じをかなりいきいきとうたい出している。

衆鳥脱籠翔碧天　衆鳥籠を脱《ぬ》けて碧天《へきてん》［青空］に翔《かけ》る
群魚離網躍春川　群魚網を離れて春川に躍る
一自皇風除旧穢　一たび皇風の旧穢《きゅうわい》を除きし自《よ》り
蒼生始握自由権　蒼生［人民］始めて握る自由の権

最後の其四は、この「自由」が我儘放蕩と誤られることを戒めている。ただし、「妾を買ひ妻を鬻《う》るも亦自由」と結んで、お道化まじりに誤りの例を示して説教に代えているところが心憎い。

　この最後の詩には、「自由」の語を大袈裟に使うことによって、西洋かぶれの風潮をたのしみながら茶化すという、都々逸につながる姿勢があると思う。「自主自由」を正面からうたったのではない詩において、この傾向はさらに強い。たとえば「革靴」と題する詩では、「堂を踏み閣に上る自由の心」とうたっている。「自由」は革靴をはいて台閣に列するのである。同様な例はたくさんあるが、特に痛快なのは「石筆」をうたった一篇である。

書化横文墨客愁　　書横文に化して墨客愁ふ
筆帰石筆筆店泗《ママ》　　筆石筆に帰して〔服従して〕筆店泗《ママ》く
東風漸趁西風競　　東風漸く西風を趁《お》って〔追いかけて〕競ふ
開化先生尤自由　　開化先生尤も〔最も〕自由

石筆をもって横文（蟹行文字、西洋文字）をつらねながら「自由」を謳歌している開化先生を、この詩は余裕をもって皮肉っているようだ。

　さて、こういう遊びの詩歌において、「自由」はほとんど風俗そのものとなっていた。その詩歌の作者たちが求める制度でもなければ、生き方でもなかった。単なる言葉の遊びの材料なのだ。だからそれは作者たちの伝統的な表現の中に、やすやすと繰り込まれた。そして、さまざまな言葉の技巧を生み出すことはあっても、それがエネルギーとなって、従来の表現を破る新しいスタイルを作り出すということはほとんどなかったように思われる。

5　福沢諭吉――「自由」の詩

しかし、文明開化の精神の指導者にとって、「自由」はもっと真剣な情熱の対象であった。そしてその情熱によって、新しいスタイルの詩的表現に近づくこともあった。福沢諭吉が、やはりその代表的な例になるようだ。本来まったく啓蒙的な入門書で、解説や挿絵をたくさんつけ、本文もべつに行分けすることなく刷られた彼の『世界国尽』（明治2）は、『日本現代詩大系』第一巻（昭和25）にも一部を収められているが、柳田泉氏の論文「政治詩歌のはじめ（上）」（『明治文化研究』第三集、昭和44）では、明治の「政治詩歌の先駆的作品」として詳細に吟味されている。

これは、形式そのものとしては、特に新しいものではない。福沢自身がいうように、「江戸の各処に在る寺子屋の手本に、江戸《えど》方角《ほうがく》又は都路《みやこぢ》とて、府下東西南北の方角地名等を記し、東海道五十三駅《つぎ》の順序を五字七字の口調もて面白く書綴り、児童をして其手本の文字を手習すると共に其文句を暗誦して自然に地理を覚えしむる慣行」のものがあることに目をつけ、その「版本を求め、幾度も之を熟読暗誦して、乃《すなわ》ち其口調に倣ふて綴りたるもの」（『福沢全集緒言』）にほかならない。つまり七五調を借り、平俗な言葉を用いて書いた、世界地理案内なのである。

しかし、これは単なる知識の集積ではなかった。全体として、文明の思想がみなぎっている。

また感情といい情熱というと、人はすぐにロマン主義と結びつけてしまうが、ここには啓蒙主義の感情ないし情熱が随所に出ている。そして特に注目したいのは、アメリカを叙述する部分になると、柳田氏もいうように、「福沢の筆の生動が絶頂に達する」ことである。しかもそのアメリカの価値の中心に、福沢ははっきりと「自由」を見ていた。アメリカ建国の歴史を、彼はこのようにうたいはじめている（行分けにして引用する）。

普天の下《した》に土地広く　率土《そっと》の浜《ひん》に民多し
億のみならぬ生霊の　貧富強弱賢不肖《けんふしょう》
その趣《おもむき》は異なれど　耳目鼻口四肢の官《かん》
是非曲直を分別《ふんべつ》し　善に従ふ本心と
学びてすゝむ才能は　一種無類万物の
霊に具《そなわ》る天の性　千古不易の一大事
こゝろを労し身を役《えき》し　他人の熱を仮ら［借り］ざれば
ひとへも貸さじ我自由　天の道理に基《もとづき》て
国に報ゆる丹心の　誠にいでし一国の
不羈独立の勢は　留《とめ》んとすれど止《とどま》らず

世界は広く人間は多いが、善悪の分別、道徳心、実行力は万人に備わる本性であり、そのゆえに自由は人間の決して手離すことのできないものである——と、作者はいかにも啓蒙家らしく天地の理から説きおこしながら、その「自由」のため不羈独立の運動がアメリカに起こったしだいを、まことに力強くうたいあげている。作品はこのあと、アメリカ十三州がイギリスの強圧により、「民に備る天然の／自由の趣意も日々《ひび》に／蹙《ちぢま》ることぞ遺憾なる」という思いを重ね、ついに合衆国を建てるしだいを語る。

武器兵糧も乏しき民　　数万の敵は海を越え
新手引替へせめ来る　　猛虎飛龍の勢に
おそれ撓《たゆ》まぬ鉄石の　　こゝろに誓ふ国のため
失ふ生命《いのち》得る自由　　正理屈して生きんより
国に報る死を取らん　　一死決して七年の
長の月日の攻守《せめまもり》　　知勇義の名を千歳に
流がす血の河骨の山　　七十二戦の艱難も
消て忘る、大勝利

じっさいの戦争をうたう部分は、月並な詩句による月並なヒロイズムが出てきて、詩としての質はおちていると思う。福沢の言葉が最も生きているのは、やはり「自由」の理想の気高さを伝えようとしている部分であろう。

もはや引用ははぶくけれども、これは当時として大層モダーンな表現だったのではなかろうか。私は散文形で印刷された『世界国尽』が「詩」であることを証明するのに、力をつくそうとは思わない。しかしこれが当時、詩歌とされていたものよりも、思想と感情をはるかに迫力をもって表現していたということはいえるだろう。七五調を連ねた真面目な内容の詩歌となれば、当然、長歌が思い浮かぶが、私の読んだ限りの当時の長歌は、表現も内容もいちじるしく旧套を守っていて、とても時代の声となるものではなかった。また柳田氏は、前記の論文で、瓜生政和『日本国尽』と仮名垣魯文『世界都路』(ともに明治5)をあげ、やはり政治詩歌の先駆として解説されている。しかし、なるほど七五調で書かれ、福沢の影響をうけて文明開化の教科書たろうとはしているが、前者には風流文人気質が顔を出して、時に古色蒼然たる日本主義を展開し、後者には借り物の知識がつらなって、使い古した美辞がそれを飾っている。

私は福沢の表現のこういう相対的な新鮮さと迫力とを、彼の「自由」の意識だけから説こうとしているのではない。しかし「自由」への情熱を抜きにしては、『世界国尽』の詩的特性が生まれなかったことも事実であろう。

ここでいささか蛇足をつけ加えておく。「明治ノ歌」たることを目的とした『新体詩抄』は、「泰西の『ポエトリー』」の形を借りたとはいうものの、それはただ行分けをしたというだけのことにすぎなく、基本的には『世界国尽』と同様、七五調に従っている。しかもそれは、用語、措辞ともに、『世界国尽』よりはるかに劣る。最も決定的なのは、格調の違いだ。『新体詩抄』中、『世界国尽』と同じく啓蒙家の立場から文明の思想をうたおうとした長詩に、外山正一の「社会学の原理に題す」がある。その中のたまたま「自由」に言及した部分を引用してみると、社会学をじっくり勉強しない風潮を戒めたあとで、こう述べている。

か様な者が多ければ　忽ち国に社会党
尚ほ恐ろしき虚無党の　起るは鏡に見る如し
揉みに揉めたる其上句《あげく》　虻蜂取らずの丸潰れ
秩序も建たず自由なく　泥海にこそなるべけれ
再び浪風静まりて　太平海と成る迄は
百年足らず掛らんは　革命以後の仏蘭西の
有様見ても知れたこと　そこに心が付きたらば
妄《みだり》に手出しする勿れ　妄にしやべること勿れ

説教がえんえんと続くばかりで、詩としての風格はまったくない。興味深いのは、ここで作者が「自由」を尊重するようなことをいいながら、じつは「自由」の実体を逆に否定し、「妄にしやべること勿れ」と説いていることである。文明の思想の中心問題に対するこういういいかげんさは、福沢の場合と対照的に、この詩における格調の低さのもととなっているといえるように思う。

6　民権歌謡の「自由」

文明開化時代に、「自由」は文明のエッセンスとしてうけとめられ、新時代の指導者たちの啓蒙活動の材料とされたが、伝統的文化に遊ぶ人たちにとっては、それは西洋かぶれした新風俗の一つにすぎず、彼らの詩歌では、善意もなくはない茶化しの対象になることが多かった。だが明治も十年代に入り、いわゆる自由民権運動がたかまりを見せてくると、「自由」は当然、広範な人たちのあいだでもっと真剣な詩材となった。それは単なる啓蒙の材料であるにとどまらなくなった。ましてや、笑いや茶化しの対象ではなくなった。それは情熱の対象となった。そして政府の弾圧が強まれば、そこに悲壮さも加わってきた。

もっとも、他方で、「自由」とそれをうたう人とのあいだの距離はいちじるしくせまくなり、それを扱う姿勢そのものにも余裕がなくなった。「自由」は、それをうたう人たちにとって、急速に、絶対的な観念と化してきた。

前時代から生きた思想家には、それでも、「自由」はまだ言葉の遊びになることができた。自由民権思想の指導者となった中江兆民は、若い頃に小唄を習ったことがあるという。そして、酒をのんで酔うと、よくこんな小歌をうたった（木村毅『文明開化』参照）。

ほととぎす

自由自在にきく里は
酒屋へ一里とうふ屋へ二里

ここに出てくる「自由」は、もちろん政治的な意味をもった言葉ではない。しかしこれをうたった時の兆民の心に、政治的な意味も含めて、いっさいの束縛を脱した「自由」の境地へのあこがれが働いていたことは、大いに想像できる。しかも、ほととぎすを「自由自在」にきくという大袈裟な表現と、「酒屋へ一里とうふ屋へ二里」という実際的な不便さの誇張とには、自分の「自由」へのあこがれをからかうような調子もある。兆民は、そういうことも含めて、「自由」という言葉をたのしんでいたに違いない。

ところが、この兆民の作ったといわれるつぎのような都々逸を読むと、「自由」に対する彼の態度が、一時代前の俗謡愛好家と違うことを、いやでも思い知らされる。

自主の主の字を解剖すれば、王の頭に釘をうつ

これは、よくある文字解剖の歌の一つで、特に面白い内容のものとは思えない。ただ、「王の頭に釘をうつ」という句は、天皇が絶対化していった時代をかりに無視しても、一種グロテスクなほど強烈なイメージをともなっている。そしてここでは、自主あるいは自由が、遊びではなく、一つの強い主張ないし宣伝の対象となっているのである。

「自由」が、前時代のように啓蒙活動の材料でなく、直接的行動をうながすための宣伝の対象となったとき、民権論者たちが、散文だけでなく、詩歌にそれをうたう道をさぐりだしたのは当然であった。事実、明治十年代に、彼らはさかんにそれを行なった。柳田泉氏は、「自由民権意識に成る詩歌」(『続随筆明治文学』昭和13)のなかで、その種の作品を豊富に紹介している。

ところで自由民権運動は、その理論からいって、一般庶民を主要な宣伝相手とするはずである。だが当時、一般庶民向きの詩歌の形式がまだ確立していなかった。福沢の「寺子屋の手本」調は、そのための貴重な実験であったろう。しかし民権派の多くは、中江兆民同様、俗謡にてっとり早い手段を見出した。彼らがよく花柳界に出入りしていたことも、この際、注目しておきたい。思想的には西洋輸入の新しいものをふりかざしても、彼らの日常生活はせまく限られており、彼らの感情生活はいわゆる「封建的」な部分を多くもっていた。そういうなかから、彼らはとにかく「自由」をうたい、うたうことによって、伝統的な表現の枠を破っていったといえるようだ。

柳田氏が「宣伝歌謡」の代表的なものとしてあげているのは、「よしや武士」と「民権かぞへ歌」である。

明治十(一八七七)年、「よしや武士」(武士はもちろん「節」に通じる)という都々逸調の歌が、土佐の高知あたりから全国に流行しはじめた。同年末、本になったものによると、全六十八句から成っている。そのうち四句だけ引用すると、こういう調子である。

よしやなんかい苦熱の地でも　粋な自由のかぜがふく
よしや此の身はどほなり果よが　国に自由がのこるなら
よしや憂身にアラビア海も　わたしや自由を喜望峰
よしやシビルはまだ不自由でも　ポリチカルさへ自由なら

第一句の「なんかい」は「南海」と重ねているのであろう。「苦熱の地」はもちろん「苦界」をも意味し、「粋な自由」はすでに紹介した都々逸の「恋路の自由」などの系列に立つ表現である。つまりこの句は、明らかに政治的自由をうたいながら、発想そのものは花柳界的である。つやっぽく味があり、この句を冒頭においた理由はよくわかる気がする。第二句の、「国に自由がのこるなら」此身はどうなってもよいという内容は、男にいのちがけでつくす女（花柳界の）の心に通わせたのかもしれないが、同時に、壮士的なヒロイズムがおもてに出てきているように思える。いずれにせよ、ここですでに自由は絶対的なものであり、我身はそれにいわば滅私奉公しようというわけで、およそ不自由な内容であるわけだが、うたい方は自然で、嫌味がない。そしてこの種の表現は大いにもてはやされた。第三句は、憂身にあって自由を希望する芸者の気持を、地名にかけてうたいながら、政治的自由の待望を表現したものであろう。言葉のアヤを除けば内容はなく、自由は安直な観念と化しているが、それでも一種のお道化ぶりに親しみは感じられる。最後の第四句は、英語をまじえた理屈っぽいもので、花柳界的発想をかりたというより、政治青年的口吻を直接的に現わしている。しかも、シビル（市民）としての不自由はまだ我慢するから、ポリチカル（政治）の自由をよこせという、多分あのパトリック・ヘンリーでもおよそ理解できなかったような主張が正直に出ていて、興味深い。

この「よしや武士」は、暁鴉山人撰となっているが、柳田氏によると、暁鴉山人とは立志社青年組の一人、安岡道太郎の匿名だろうという。ただし、これは安岡が一人で作ったというよりも、彼を代表として、大勢の手が加わっているものであろう。作品の性格や出来不出来も多様である。

「民権かぞへ歌」は、植木枝盛の作といわれる。多分、「よしや武士」の成功に刺戟されて作ったものであろう。明治十一（一八七八）年にはもうできていた。当時、本の形になったかどうかは疑問だが、口づてでかなりひろまったらしい。若干の異文も残っている。ここでは、柳田本（『明治文化全集　自由民権篇』も同じ）に従って、全二十番中の三番までを引いてみよう。

一ツトセー、人の上には人ぞなき、権利にかはりがないからは、コノ人じゃもの
二ツトセー、二つとはない我が命、すてゝも自由のためならば、コノいとやせぬ
三ツトセー、民権自由の世の中に、まだ目のさめない人がある、コノあはれさよ

このうち一番は、もちろん福沢諭吉『学問のすゝめ』（初篇、明治5）の冒頭の有名な文句をふまえている。だが二番になると、例の簡単に命をすてるヒロイズムがもう現われている。そして三番では、まだ民権自由について何程もうたってきていないのに、それに共鳴しない者を軽蔑す

る態度が出ている。「自由」はここで、その実体と無関係に、絶対の価値をもつ観念となっているのだ。

「民権かぞへ歌」は、全体がこういう調子で、内容的にはほとんど読むに堪えないほど質が低い。措辞はといえば、「よしや武士」と比べてもさらに卑俗である。しかし、この思いきった口語調に、ある種の真実味が感じられるのも否定できないのではないだろうか。俗耳に訴えようという作者の努力が、稚拙な言葉の中に、人間味を出しているような気がする。

「よしや武士」のほかに、民権都々逸と称するものは土佐地方を中心に多く作られたようだし、かぞえ歌もいろいろできたらしい。植木自身も、先のものに続いて、「民権自由かぞへ歌」というものを作った。これは彼が大衆向けに出した『世益雑誌』の創刊号と二号（明治13・9―10）に掲載されている。この種の歌は、印刷によるほか、壮士仲間によって全国に伝播されたが、芸者たちを通してひろめる努力もなされたようだ。家永三郎氏の『植木枝盛研究』（昭和35）に紹介されている板垣退助側近の一人、城泉太郎の思い出によると、板垣自身が、演説の帰りなどにしばしば遊山船に乗り、芸者を呼んで「民権歌といふ、我々手製の歌」をうたわせた。「其の影響は至大でありました」という。

話題が土佐のことに集中したついでに、家永氏の本に紹介されているもう一つの挿話に言及しておこう。当時、土佐では、「民権踊り」なるものも行われたらしい。植木らが歌妓にしこんではやらせたものと思われる。その第二の曲の歌詞はつぎのようである。

ジャッパンニース是ナゼ泣ク歟《か》。親モ無イカ子モ無イカ。親モ子モゴンス。タツタ一ツノ我自由。鷹メニ取ラレテキノフケフ。キノフト思ヘド二千年。三千余万ノ兄弟ト。共ニ取リタイ我ガ自由。「ウラル」ノ山ニ腰掛ケテ。東ヲ遥カニナガムレバ。卑屈世界ノ亜細亜州。

スタイルからおして、作詞者は多分、植木以外の人物であろう（家永氏は坂崎紫瀾を想像されている）。内容は、いい気なものだという感じがするし、ひとりよがりでもある。「タツタ一ツノ我自由」「共に取リタイ我ガ自由」なるものの実体は、ただの一言も示されていない。あるいは第一の曲でうたわれていたのかもしれないが、この第二の曲だけで判断する限り、「自由」はやはりほとんど実質のない観念になっている。だが、「自由」が観念として絶対的な価値をもっているからこそ、それが「鷹メニ取ラレ」、たちまち「二千年」たってしまった、というような発想が、快いユーモアともなっている。この歌は気宇壮大なナンセンス詩ともいえよう。ともあれ、この野放途な表現のもつ開放感は、見逃してはいけないように思う。

7　演歌のなかの「自由」

俗謡・歌謡をとおしての「自由」の主張、宣伝ないし宣揚は、土佐以外の各地でもさかんになされた。その中で、福田英子が『妾の半生涯』（明治37）に書きとめておいたため、今日よく知られているものに、明治十二年頃、岡山県の有志が国会開設請願の行動を起こした時に、彼女の母が作ったというつぎのような歌がある。

すめらみの、お為めとて、備前岡山を始《は》じめとし、数多《あまた》の国のますらをが、赤い心を墨で書き、国の重荷を背負ひつゝ、命は軽き旅衣、親や妻子を振り捨てゝ。（詩入）「国を去《さっ》て京に登る愛国の士、心を痛ましむ国会開設の期」雲や霞も程なく消えて、民権自由に、春の時節がおつゝけ来るわいな。

これは、大津絵節のなかに漢詩の朗吟を入れたものらしい。そして人々は、英子（十五歳ほど）の月琴に和してうたったという。伝統的な旅立ちのイメージと愛国的ヒロイズムをあらわす言葉が、「国会開設」「民権自由」の要求と結びついてくりひろげられている――そのアンバランスに、誰も気づかなかったのだろうか。むしろ、アンバランスにこそ、新鮮な陶酔感があったのかもしれない。

福田英子の自伝でもう一つ興味深いのは、やはり岡山において、明治十五年の夏、川に船を浮かべ、「会員楽器に和して、自由の歌を合奏す」という記事があることだ。「自由の歌」が何をさすか明かでないが、土佐で板垣退助らがしていたのと似たことがなされていたわけである。「悲壮の音水を渡りて、無限の感に打れしことの今も尚《な》ほこの記憶に残れるよ。折しも向ひの船に声こそあれ、自由党員の一人《いちにん》、甲板の上に上りて演説をなせるなり。殺気凛烈人をして慄然たらしむ」という、なかなかドラマチックな仕立てであったらしい。

ところで、岡山のこの納涼会は、水にひそんで窺っていた警官によって中止させられた、と英子は書いている。自由民権運動への弾圧はきびしかった。と、それにつれて、自由の歌の文句も変わっていった。「よしや武士」にあったような粋な表現、つやっぽさは、しだいに影をひそめていったようである。

明治十七年の群馬事件（自由党員の指導による農民蜂起）の時にうたわれた「かぞへ歌」は、植木枝盛のもののヴァリエーションであるわけだが、たとえば九番、「九ツトセー、こゝらでもう目をさまさねば、朝寝はその身の為でない、コノおきさんせ」という悠長な歌の本文の部分は、「こゝらで血の雨降らせねば、自由の土台が固まらぬ」といった激しい内容に変わっていた。

同じく明治十七年十月三十一日の新聞『自由燈』には、大阪の芸妓がうたって喝采を博したとして、つぎのような血なまぐさい都々逸が紹介された。

死骸の山積み血の雨降らし　而《そ》して自由の花咲かす

これらの歌で、「自由」の実質はますます希薄になり、その観念だけが、人間の生命より尊いものとしてそびえ立っている。しかもさらに注目させられるのは、「血の雨」を降らすことのほうが、「自由」の実現より先行する重大事であるというような気分さえ、ここには見られることである。

「自由」の宣伝歌謡は、自由民権運動が追いつめられるにつれて、内容的に追いつめられていったようである。その基本にあった前近代的な感覚と感情のため、実際上の運動の行きづまりをのりこえるたぐいの詩的内容を育てることが、たいそう難しかったというべきかもしれない。

明治二十年代に入ると、いわゆる演歌が流行しだした。演歌の起こりとして、添田知道氏は『演歌の明治大正史』（昭和38）の中で、明治十五年から十六年にかけて外遊してきた板垣退助が、「民権自由の思想は、社会の下層にこそ浸透させなければならない。それには生硬な演説よりも、俗耳に入りやすい小唄や講談を用いるのがいいかもしれない」と述べたことをあげている。添田氏はまた、パリの街頭で昔から行われていた、手風琴でうたいながら歌本を売るという方式が、板垣の目にふれたかもしれないと推測している。いずれにしても、演歌は、従来の宣伝歌謡が花柳界的背景から街頭へと抜け出てきたようなものであった。壮士や書生が演説とともに売りさばく歌本は、ザラ紙を四つ折りまたは八つ折りにしただけのもので、一部一銭だったという。それは民衆にじかにふれるものであった。

だが、その歌はいったいどんな内容だったろうか。「壮士自由演歌」と銘うって世に出、演歌の第一声としてよく知られている「ダイナマイト節」には、こんな文句がある（以下、引用は添田本による）。

民権論者の　涙の雨で
みがき上げたる大和胆《やまときも》
コクリミンプクゾウシンシテ

ミンリョクキュウヨウセ
若しもならなきゃ　ダイナマイトどん
悔むまいぞや　苦は楽の種
やがて自由の花が咲く
コクリミンプクゾウシンシテ
ミンリョクキュウヨウセ
若しもならなきゃ　ダイナマイトどん

カタカナの部分は「国利民福増進して民力休養せ」というもので、自由党のスローガンだった。「自由」は、ここで、ようやく政策らしいものと結びついているが、それは囃子ことばに近い。詩としてもっと重要なその前の部分は、第一節では「涙の雨でみがき上げたる大和胆」と、相変わらずのヒロイズムを内容としており。第二節では、多分、苦界に沈んで自由を求める女という花柳界的連想をいぜんとして残しながら、「苦は楽の種」という古くからの忍従の教訓と、「自由の花が咲く」という未来への願望とを、まことに安直に結びつけている。質の高い内容だとは、どうもいいにくい。ただ、政党スローガンをそのまま詩に入れたことに、当時、新鮮さを感じる人もいたかもしれない。特に注目したいのは、最後の、「若しもならなきゃ、ダイナマイトどん」という、はなはだ卑俗な行である。破壊的な内容でありながら、あまりにもむきだしなので、ユーモラスに感じられる。ここには、一種開き直った者ののびやかな発想があったようにも思う。

「改良節」は、文明開化についての初歩的な教訓を中心にしたものだが、「野蛮の眠りのさめない人は／自由のラッパで起したい」という漫画的な表現は、中身はないけれども憎めないし、「ヤッテケモッテケ改良せー改良せー」というリフレインの阿呆らしさも、かえって一種の救いになっている。

「ヤッツケロ節」は、「固め鍛へし鉄石心」とか「日本刀の切れ味」とかと、いつもながらの武士的ヒロイズムをあふれさせながらも、「自由の鉄拳《げんこ》で、ヤッツケロー」などという他愛ないリフレインまでくると、とうてい勝てない戦いを戦っている者の、自嘲をひっくり返した元気さが感じられる。

演歌の中で最も人気があったのは、川上音二郎がひろめた「オッペケペー節」であろう。一節だけ引用してみる。

権利幸福きらひな人に　　自由湯《とう》をば飲ましたい　　オッペケペッポーペッポーポー
かたい上下《かみしも》かどとれて　　マンテルズボンに人力車　　いきな束髪ボンネット　　貴
女に紳士の扮装《いでたち》で　　うはべの飾りはよけれども　　政治の思想が欠乏だ　　天地の
真理がわからない　　心に自由の種子をまけ
オッペケペッポーペッポーポー

この歌は、「うはべ」だけの開化風俗を、多少とも目に見えるように描き出している。だから、「政治の思想が欠乏だ」といった書生っぽい意見も、ある程度は説得力をもってきこえる。しかも、オッペケペーの囃子に助けられて全体としてはやはりユーモラスである。きまじめさを強調することによって読者聴衆の笑いをさそう――そういう効果が、ここには意図的に狙われていたのではなかろうか。ともあれ、時にはひどく陳腐でありながら、時にはひどくあっけらかんとしているのが、この種の歌の特色であり、また魅力でもあったように思われる。

さて、「自由」の宣伝歌謡の内容的な古さや空虚さ、およびそれにもかかわらずそこにあった野放図な開放性を、私はなんとか実例によって示そうとつとめてきたのだが、これを日本近代詩の展開の中に位置づけて理解するには、ほかのジャンルの詩と比較してみるのも一つの手であろう。

たとえば、伝統的な和歌や俳句のたぐいが、政治的な「自由」を表現するにふさわしい媒体となったかどうかは、極めて疑わしい。それが実現するには、「自由」がもっと個人的なものとならなければならなかった。あるいは、和歌や俳句が根本的に改革されなければならなかった。

漢詩は、もっと容易に「自由」のテーマをうけいれたようである。(「自由」をうたった漢詩は、柳田氏の前掲論文にもいくつか収められているし、自由民権家たちの記録のなかにも多く見ることができる)。その男性的な調子は、俗謡・歌謡などよりも、士気の鼓舞に一層ふさわしいものであったに違いない。ただごく一般的にいうと、私の読んだ限りの自由民権の漢詩は、内容も表現もおおよそパターンがきまり、「奮闘淋漓《りんり》濺熱血《ねっけつをそそぐ》」といったたぐいの言葉が何度も繰り返されている。これはジャンルの問題というより、漢詩を重んじた階層の問題かもしれないが、いずれにしても、一直線の自己陶酔が支配的である。

もう一つの比較の対象は、同時代に作り始められ、しかも俗謡・歌謡と同じくうたうことを目指した歌――つまり、讃美歌や小学唱歌である。これらは、同じうたうといっても、西洋から来たリズムをもとにし、措辞流麗、感覚も感情も新鮮だった。しかも、狭斜の匂いのする俗謡類や、うたうというよりがなるに近い演歌などと違って、常に居ずまいを正してうたう歌にふさわしい雅致をもっていた。「芸術派」的な明治詩史がこれを重んじ、日本近代詩の正統の中に繰り入れてきたのは当然というべきであろう。しかし、そこに、「自由」の歌が時にもったような生まな人間の叫びは、どれだけ盛られただろうか。『小学唱歌集』初編（明治14）の序は、「徳性ヲ涵養スル」ことがこの種の歌の目的だと述べているが、その徳性や信仰心は、既成の秩序と調和し、讃美歌や唱歌の詩的世界を、結局は伝統主義的なものにするのに役立っただろう。これに対して自由の歌は、土着的な古い形式と発想をもとにし、おまけに実質の乏しい観念をうたいながら、まさにその「自由」の観念が既成の秩序と衝突して敗れる過程を通して、詩的な自己破壊をし、卑俗ではあるが自由な詩的世界の創造につながっていったのではなかろうか。

8 「自由」を表現する努力——新体詩との格闘

「自由」の歌謡は、こうして、明治詩の中で独自の地位を要求するに価するものだと私は思う。しかし、同時に、歌謡という形式の性質により、それが理性よりも感情に訴え、安易なヒロイズムや自己満足的な表現に流れる傾きのあったことも否定できない。急速に複雑化していく時代に生きる明治の詩人は、この落し穴をとびこえて、自己の全的な表現を得るための新しい形式を見出す必要があった。『新体詩抄』の撰者が「少しく連続したる思想」を表現する形式を求めたのも、まさにその意味であったといえよう。

「自由」の歌の作者たちも、思いは同じであった。「自由」という「少しく連続したる思想」に言葉を与えたかった。その時、『新体詩抄』の撰者たちが「泰西のポエトリー」という形式を借りたのに対して、彼らは民権歌謡の一層の工夫を計ったようである。そして植木枝盛は、「民権かぞへ歌」を作った一年ほど後（『新体詩抄』の出る三年以上も前）に、「民権田舎歌」と題する、当時としてはまことに自由奔放な作品を発表した。

この歌は、植木の散文の代表作とされる『民権自由論』（明治12）に、付録としてのせられたものである。『民権自由論』は、そのじつ、内容的には、天賦人権論と、民の強化は国の強化になるという功利的民権論とを、かなり雑然と述べたものにすぎない。しかし周知の通り、「一寸御免を蒙りまして、日本のお百姓様、日本の商売人様、〔中略〕御一統に申上げまする」といった、まったく一般庶民に語りかける口調ではじまり、全篇それで通していた。これはかなりの勇気と工夫を必要としたスタイルに違いない。

「民権田舎歌」はこの延長上にあった。自由の尊さを説く啓蒙的な内容のものでありながら、宣伝的な調子である。そして一応文語を基調としながら、いちじるしく口語に近づき、七五調を基調にしながら、大幅にその枠を破っている。「自由」のうたわれている部分を引用すると、こんなふうだった。

自由じゃ自由じゃ人間は自由　行くも自由よ止《とま》るも自由
食ふも自由に生《いく》るも自由　心は思ひ口は謂ひ
骸《からだ》は動き足《あ》しや走る　視たり聞たり皆自由
自由にするのが我権利　自由の権利はたれも持つ
権利はれよや国の人　自由は天の賜《たまもの》じや

これはまことに田舎人の歌、そしてやはり、うたうというよりがなるような歌である。しかし人間の存在の基本的な自由を、とにもかくにも表現している。たいそう稚拙なところに、かえって力がある。そしてさらに読み進むと、政治的権利としての自由を、こんなふうにうたっている。

人の上には人はなく　　人の下にも人はなく
こゝが人間の同権じや　　権利はれよや国の人
政府は民の立てたもの　　法度《はつと》は自由をまもる為め
官的きや吾儕《おいら》の雇ひもの　　権利をはらねば詮がない

この一行目は明らかに福沢諭吉の文句を借りたものであり、三行目はいわばルソー『民約論』の要約である。だが四行目の卑俗な言葉遣いにより、この部分も生きた表現、引き締まった内容になっている。ともあれ、こういう調子で、この詩は全三十八行、はなはだ素朴ながら、一種の思想詩になっていたといえるように思う。

この二年後（『新体詩抄』刊行の一年前）、明治十四年八月一日の『高知新聞』には、坂崎紫瀾の「アメリカ独立」という曲がのった。「鬼神をも取ひしぐ壮士が自由の二字を記せる走提燈を高く掲げて例の民権踊りを勉強せらるゝ」に際しての曲だというから、明らかに民権歌謡の延長上のものである。ただし同時に、やはり福沢諭吉の『世界国尽』の内容と語法も受け入れ、アメリカ独立の歴史と意味を的確にうたっている。ごく一部を引用すると、つぎのような調子である。

中に抜群《すぐれ》しパトリクヘンリー　　眼血迸しり突つたちあがり
我に自由を与へよ神よ　　自由なければ死を与へよ
仮令《たとい》国王政府といへど　　非理の所業は堪忍ならぬ

坂崎はこの種のものを、二年ほどの間に十余種も作ったらしい。植木の作品にしろ、この坂崎の仕事にしろ、「泰西のポエトリー」への形式上の関心よりも、むしろ「自由」の観念にひきずられながら、伝統的歌謡を内部変革する形で、新体詩の世界に近づいていた。日本近代詩の出発点をこの面からとらえ直すことは、今後もっと必要になるかもしれない。

さて、しかし、これら「自由」の歌の作者たちにとって、『新体詩抄』が一つのショックであったこと、それが刺戟になって、彼らの仕事が変質したことも、また否定できないであろう。『新体詩抄』の撰者たちの「少しく連続したる思想」なるものは、主として社会進化論であったが、それは一種の科学主義、「妄に手出しする勿れ」といった客観主義に立ち、詩的な情念を大幅に欠いていた。むしろ、「自由」の思想をもち、それを「自由」への情熱とあわせて表現する形式を模索していた人たちの方が、この新しい詩形にとびついた。神田孝夫氏が「詩における伝統的なるもの――異説・『新体詩抄』の詩史的位置」（『講座比較文学2　日本文学における近代』昭和48）という論文で指摘されるように、『新体詩抄』が現れるや非常な歓迎をうけ、澎湃として新体詩創作熱をまき起こしたなどというのは、後の詩史家が作り出した「神話」にすぎないかもしれない。むしろ失笑、憤激を買い、ほとんど黙殺されもしたかもしれない。だが、まことに少数にしろ、「自由」の歌の作者たちは、新体詩に彼らの思想をうたい始めたのである。

『新体詩抄』の出た一か月後、竹内節編『新体詩歌』第一集（明治15・10）が出版された。ここに収められた十二篇の作品中、六篇までは『新体詩抄』の作品の再録であり、残りは浅見綱斎《けいさい》、平野國臣といった昔の勤皇家の朗誦に適する長歌風の作品を行分けにしたたぐいのものが主である。つまりこれは、『新体詩抄』の発展というより後退したものであるのだが、ただ一篇だけ、例外を含んでいた。この集の校閲者ともなっていた小室屈山の「自由の歌」である。

屈山は十代の若さで渡米し、帰国後、郷里の栃木県で国会開設運動に参加、ジャーナリズムで活躍したが、明治十五年には上京して、板垣退助の『自由新聞』で働いていた。彼はこの前後、時勢を諷刺した狂詩（漢詩）によっても知られた。木下彪著『明治詩話』（昭和18）には、囲いの猫（芸者）に暇を出す官員を巧妙にからかった長篇「放猫行」が紹介されている。しかし彼もまた、「平常用フル所ノ語ヲ以テ其心ニ感スル所ヲ述べ而シテ之ヲ歌フ」（屈山「新体詩歌序」）ことを求めていた。「自由の歌」はその実験作であったに違いない。こんなふうに始まる。

天には自由の鬼となり。地には自由の人たらん
自由よ自由やよ自由。汝と我れがその中［仲］は
天地自然の約束ぞ。千代も八千代も末かけて
此世のあらん限りまで。二人が中の約束を
いかにぞ仇に破るべき。

以下、この詩で作者は、ローマのシーザー打倒、フランス革命、イギリスのピューリタン革命、アメリカの独立革命をうたい、わが東洋でも同様でなければならない、「人の自由といふものは。天地自然の道なるぞ／つとめよ励め諸ひとよ。卑屈の民と云はるゝな」と説いている。こ

れは、内容にも語法にも、福沢や植木の「民権田舎歌」の影響が感じられる。それらと違うのは、この作品に「詩」としての意識がこめられていることであろう。そのため、「余此文をかきおはる。時しも春の夢枕／睡りをさます鐘の音の。いともさやかに聞えける」という、まことに陳腐な「詩的」文句で、この詩は結ばれている。しかし全体としては、後に蒲原有明が評したように、当時としては「激越な字句が快心に聞える」、「時代の声」たる作品であった。「わが邦の埋れたマルセイエエズである」（『飛雲抄』昭和13）というのは、いささかオーバーすぎるとしても。

『新体詩歌』は第五集まで出たが、第二集以後、屈山は校閲者でなくなっている。そして『新体詩抄』から再録した作品を除くと、ますます逆コースをとり、行分けもしない長歌体や琴歌ふうのものが多くなっていった。行分けした作品でも、用語はいちじるしく伝統的な雅語となり、内容は花鳥諷詠や詠史が支配的となっていた。

新体詩は、『新体詩抄』の非詩的性格を是正する過程で、伝統主義に帰り、そこにあった「思想」表現への指向を否定する傾きも持ったように思える。山田美妙が編んだ『新体詞選』（明治19）になると、「日本固有の美妙の趣味」を重んじた「真美真佳の新体詞」を序文で主張し、実際、伝統的修辞や麗句を連ねた詩を集めているが、「時代の声」たるべき要素はまことに乏しい。「自由」も、ここでは後退してしまった。丸岡九華は、「仏国革命詩」で一応自由の賛美をしているが、「死ねや死ね〱国のため。〔中略〕／死ぬも生きるも国のため」などとうたいだして馬脚をあらわし、「路《る》異《い》帝断頭台の場」という詩では、民衆は完全に「暴民」とされ、彼らの叫ぶ「共和自由万歳」は否定すべきものとされている。

こういう傾向を見、こういう作品と比べるとき、『自由詩林』（明治十八年から十九年にかけて出た投書雑誌的な詩誌）の第六号（明治19・4）にのった楢山《ゆうざん》居士（安藤和風）の「自由の歌」など、同誌中でのすぐれた作品であるだけでなく、同時期で最も現代的な詩質をもつ作品の一つとなっていた。といって、「人の上には人はなく／人の下にも人はなし」と、福沢諭吉の句の繰り返しで始まり、「今や自由の天兵は／無道の敵に打勝ちて」云々といった希望の表現にいたる、安直な内容のものなのだが。

9　植木枝盛の『自由詞林』

『新体詩抄』以後、旧に帰っていった大勢に抗して、断乎、新体詩を開放的表現にもっていった最も目ざましい人物の一人は、ふたたび、植木枝盛ではなかろうか。彼が『新体詩抄』を読んだかどうかはわからないが、『新体詩歌』（明治十八年から合本が何種類も出ていた）を読んでいたことは、明治十九年五月十三日の日記によって明らかである。（家永三郎氏前掲書）。そして明治二十年、「新体詩歌」という角書を冠して、『自由詞林』を刊行した。四六半截版、紙装仮綴、本文二十九ページの小詩集である。そして「米国独立」「瑞西独立」「不蘆多《ぶるちうす》」（ブルータスのこと）および「自由歌」三篇、合計六篇の詩を収めるにすぎない。しかし自由で生き生きとした内容になっていた。

例として、「米国独立」を垣間見てみよう。こんな調子ではじまる。

芒々乎《ぼうぼうこ》たり　芒乎たり
太平洋は　太平の
基《もとい》も固し　文明の
風も香《こうば》し　亜米利加州

以下、この詩はこういうアメリカが生まれるもととなった独立戦争をうたうのであるが、開戦の興奮を、

独立閣の　その鐘も
之をたゝいて　たゝき破《わ》り
生くるも死するも　この時ぞ
自由よ自由と　叫びつゝ

と威勢よく描くかと思うと、その悲惨さを、

血は漂《ただよ》ひて　波子頓《はすとん》の

ひろき海をも　朱《あけ》に染め
屍は積みて　落機《ろっきい》の
たかき山をも　築くべし

と大袈裟に述べる。そして最後に、この苦難をのりこえて成就した「自由共和の　新天地」をたたえるのである。

一読して明らかなように、ここにはもう「民権かぞへ歌」や「民権田舎歌」の歌謡・俗謡調は完全になくなり、整然とした措辞、高い格調の「詩」が展開している。そして詩史家は、たいてい、このことをもって『自由詞林』を評価しているようである。ただし私には、これが喜ぶべきことかどうかわからない。植木の詩文の最大の魅力である生まな感じが、大幅になくなっているのだ。植木はこの詩と「瑞西独立」と「不蘆多」とに、それぞれ漢文の解説をつけているが、詩そのものにも漢詩の調子が生きている。それがこれらの作品に緊張感を与えていることは確かなのだが、またそれが型にはまった構成と常套的な表現をもたらしていることも、否定できないように思う。しかし、それにもかかわらず、これは同時代の詩界ではまれに見る詩的真実味をもつ作品になっていた。

この真実味に関連してひとことというと、この時期、すでに政治的な「自由」革命の可能性はすっかり失せていたはずである。作者はそれにもかかわらず「自由」をたたえ続けるわけだが、それはもう、直接的行動を鼓舞するというよりも、むしろ自分の夢を展開しているという方が近かった。そしてそのためには、宣伝歌謡よりも「詩」という落ち着きをもった形の方が、彼の心にぴったりしたかもしれないとも思える。

ここで注意したいのは、先の引用にも出てきた「血」や「屍」の強調が、宣伝歌謡で大いになされていた「自由」より「死」を先行させるヒロイズムに加えて、じつは、それだけ犠牲を払っても日本では「自由」が実現しないという、一種の絶望感をも伴《ともな》ってきていることである。この感じは、歴史的事実を扱った最初の三篇では、ブルータスがローマの自由のために友情を犠牲にしてシーザーを刺す苦衷の表現などにも現れているが、個人的感懐を主とした後半の「自由歌」三篇の方に、よりはっきり出ている。「自由歌（其一）」は、「自由」という大王が世界に「開化の花」を咲かすべきものであることを、さまざまな革命を例にして説きながら、わが東洋ではそのきざしがいっこうにないことを嘆き、「之を思へば　ただひとり／湧くが如くに　血涙の／浮び来りて　潸然《せんぜん》と／袖をうるほす　ばかりなり」と結んでいる。また「自由歌（其二）」は、「自由」のために払われた犠牲を中心にしてうたい、「自由」が勝利を収めることへの希望はうたわれていない。そして最後の「自由歌（其三）」では、作者は「自由」のために捧げられた「むくろ」と化してしまっている。

噫吾々の　　このむくろ
夙《つと》に自由の　　大君に
捧げ置きけり　　愛すべき

自由の君の　其の犠牲
殺されぬとも　死しぬとも
何惜むべき　此のむくろ
殺されぬとも　死しぬとも
何惜むべき　此のむくろ

現実性を度外視し、ひたすら尊ぶ対象としての「自由」の絶対的観念化は、ここに完成しているといってよい。それとともに、そういう絶対なるもののためには死んでもよい、いや死ななければならないといった人間の、ヒロイズムのはての内的な空虚化も、ここで極点に達している。植木枝盛の『自由詞林』は、政治的な「自由」の歌が日本の状況で行きついた境地を、多分われ知らずにではあろうが正直に、しかも痛切にあらわしていて、その点で感興をさそうのである。

「自由」の歌は、こうして、明治詩草創期の重要な部分をにない、感情と感覚の自己解放、言葉の自由化を推進し、『新体詩抄』よりも以前に新体詩の世界に近づき、それ以後も、『新体詩抄』が切り開き残した現代的な表現と思想性をもつ詩の道を歩み続けた。それはあらゆる点で安易さと不十分さをかかえ、詩的結晶度も弱かったが、当時にあっては最も開放された歌であり詩であり続けた。そして政治的な「自由」の崩壊につれ、いつしか自己の内的な虚しさの表白に近づいていったのだが、それはとりも直さず、明治ロマンチック詩の先駆としての性格を備えていっていたということになる。つぎの時代の浪漫派詩人たちは、この内的な虚しさから出発し、外でなく、内なる「自由」を探求しようとしていたのである。

10　北村透谷の詩的実験

明治二十一（一八八八）年一月二十一日、十九歳の青年北村透谷は、恋人石坂ミナあての手紙で、社会の現状をはげしく批判した。

社界は日に日に腐爛せり、美服を飾るの道義家、口に香を装ふ政治家、名を貪《むさぼ》りて時を思はざる有志家、世に所謂志士の如き者、一時の狂勢を借りて千載の大事を論構するの弊極《きわま》つて、社界は浮薄を以て表面となし、軽躁を以て裡面［裏面］となし、暴を以て暴を制し、虐を率ひて虐を攻めんとす。

これは、明治十四年頃から自由民権運動にかぶれ、やがて政治へのアンビションが最高潮に達した透谷が、明治十八年、資金獲得のための強盗行為なども含む自由党左派のいわゆる大阪事件の企図に誘われたことなどから、志士なるものの実体を知り、政治活動と袂《たもと》を分かった後の感想を述べたものである。彼は民権運動から脱落後、生活上でも精神上でもさまざまな彷徨をかさねた。そして自分が彷徨すればするほど、腐爛した現実の支配勢力や指導勢力に対する怒りはたかまっていた。その気持が、この手紙にはあふれている。

しかし、透谷は自己の再建の道を歩み出してもいた。同じ手紙の後半は、その有様を語っている。彼はあさましい社会の現状を改めるのに、もっぱら「人の力」にたよろうとしたことを反省し、つぎのようにいうのだ。

計らざりき、余の傲慢なる見解の誤まれるを、教示するものあり、其を何物ぞと尋ぬれば、今我が身を捧げし神の教へなり、基督教の勢力なり、余は先きに天下の事成す可からずと思ひしは、人の力にて成す能はざるを悟りしなり、然れども、此に至りて始めて神の力を借《か》つて成さんとするの、新しき望を起さしめたり、

透谷がここでいぜんとして「天下の事」をなそうとしていることは、忘れてならない。彼がやがて個人主義に徹していっても、「天下の事」への関心は最後までつらぬかれていた。ただし、彼はいまやそれを「神の力」を借りてなそうとしているのだ。この点に関して、透谷はさらに言葉をつぎ、パトリック・ヘンリーに言及して、こう述べている。

基督の国を看視せよ、米国の独立は、農夫、質僕にして曽つて政治を談ぜざりし、鉞鋤《えつじょ》の生《せい》人《じん》等の手に成りしにあらずや、パトリツク・ヘンリイ、云はずや、

Besides, Sir, we shall not fight our battles alone. There is a just God who presides over the destinies of nations.

いささか脇道にそれるようだが、このアメリカへの言及の仕方は、かなり強引である。米国の独立を達成した農民たちは、他の国の農民に比べればはるかによく政治を談じ、結局は武力によってイギリス軍を破った。パトリック・ヘンリーの言葉も、例の“liberty speech”のなかの一節であって、全体としては、明らかにイギリス政府への武力抗争の準備を主張したものである。引用部分のすぐ前では、「三百万の［アメリカ］人民は、自由という聖なる大義と、われわれのもっている国土とで武装するかぎり、敵が差し向けることのできるいかなる兵力に対しても負けはしません」と述べている。さらにことわっておくと、ここにいう「自由」とは、アメリカ人がまだ得ていないものの観念ではなく、すでに得ている政治的、経済的、社会的な諸権利の統合にほかならなかった。したがって、それと国土とで武装するというのは、極めて現実的なことなのだった。しかし当時のアメリカでは、イギリス軍の武力にはかなわないという意見が、一般に支配的だった。そこでヘンリーは、「加えて、われわれはこの戦いを単独で戦うのではありません。国々の運命を統《す》べ給う正しき神がおわすのです」と述べて、神の援助もあることを主張したのである。透谷の言及や引用の仕方は、ヘンリーの自由独立熱のこういう現実的な面を無視した形で、質樸な生き方、神の力への帰依を強調しているといわなければなるまい。

透谷のこの手紙は最後の部分が散佚していて、ヘンリーの演説の結びにある“Give me liberty,

or give me death!"の句を、透谷がどう受けとめていたかは明らかでない。しかし透谷において「自由」がいまや民権派流の観念でも、ヘンリー流の現実的な力でもないことは明らかである。かといって彼の生きる道を、せまい意味でのキリスト教の道と解する必要もないであろう。この手紙の二か月後、三月二十三日付、ミナの父の石坂昌孝あての手紙では、「社界の事を見ない様に心掛け」て、「高尾山上の喬木の頂にとまった猿の如く、出来そこないの哲学者になって見た」が、「ドウモ矢張り世界の二本足動物とは縁が切れ」ない旨を述べている。彼は俗界にも生きる人間なのだ。透谷のいう「神の力」とは、結局、束縛された人間の力をこえる、なにか霊的な生命のことであったといえそうだ。そしてその生命をつかむことが、つまり彼の求める「自由」を意味した。

透谷はいま、「自由」について、二重の気持を抱いていたに違いない。一つは政治的・社会的な自由の喪失感である。これはもはや説明するまでもないだろう。いま一つは、そのために生じた魂の空白を埋める、内的な生命としての自由への飢渇感である。彼はそれの探求を自分の課題とし始めた。詩人としての北村透谷は、まさにそういう自由への渇望と探求に言葉を与えようとした時に生まれたといえるようだ。

透谷の民権派的な自由への絶望と、より内的な生命をもつ自由への出発は、小文の冒頭（七十一頁）でもちょっとだけふれたアメリカ詩における「自由」の展開と似たところがある。このことは、透谷の詩史的位置の理解にもつながると思うので、また脇道にそれることになるが、少し説明を加えておきたい。

アメリカ詩においても、特にその創成期に、「自由」は最大のテーマの一つだった。ただし、アメリカ人にとって、「自由」とはいま現にアメリカにあるものであり、死を賭して手に入れるというよりも、むしろ死を賭して守るべきものであった。だから、それは少数の急進派の奉じた価値であるだけでなく、保守派も情熱の対象としたものであった。そしてそれは本来現実的なものであるのだが、広範な国民階層から絶対視される過程で、やはり内容空疎な観念と化してもいった。実質的であるには、言葉としてあまりにも普遍化しすぎたといってよい。

独立革命勃発前の一七六八年からうたわれたジョン・ディキンソン作「自由の歌」“Liberty Song”は、「われら自由のうちに生まれ、自由のうちに生きん」といったリフレインをもっている。だがこの「自由」とは、主として、先祖が営々ときずいてくれた繁栄のことにほかならなかった。革命中の一七七八年頃、ティモシー・ドワイトは「コロンビア、コロンビア、栄光へ立ち上れ」“Columbia, Columbia, to glory arise”という愛国歌を書いた。これは一八三〇年頃まではやったらしいが、「自由の広き基盤の上に、そが大国《エンパイア》は立ち上る」といった式の、自己満足的な内容のものにすぎない。一七九八年にジョーゼフ・ホプキンソンが作詞し、最初のアメリカ国歌となった「ヘイル・コロンビア」“Hail Columbia”は、「自由のまわりに集まりて、われら固く団結せん」といった文句から成るが、この「自由」は、もはや一個の象徴的観念となっているといえよう。イギリスとの第二次戦争である一八一二年戦争中にフランシス・ケイが書いた「星条旗」“The Star-Spangled Banner”は、「星条旗は誇らかにひるがえらん／自由なる者の土地、勇敢なる者の家の上に」といったたぐいの句を繰り返すが、この「自由」も、あえて中身を問題にするまでもない絶対的な観念となっている。

こういう中で、ウィリアム・カレン・ブライアントのような大詩人（と私は思う）は、さすがに「自由」の実質をじっと見つめた。彼は一八四二年、ヨーロッパから革命に敗れた人々が亡命してくる時代を背景に、「太古なる自由」"The Antiquity of Freedom"と題する詩を書き、本来の「自由」は決して詩人たちがうたうような「美しい乙女」ではなく、「歯まで武装したひげ面男」であり、そうでなければならないことをうたった。「自由」のきびしさを彼は知っていたのである。だがこの詩でも、アメリカが自由の国であることに対する疑念は毛頭あらわれていない。

しかし、アメリカに奴隷制問題がのしかかり、それをめぐって国論が真二つに割れる事態になった時、ようやくアメリカの「自由」に対する自信もゆらいできた。そのごく初歩的な表現は、ジェームズ・ラッセル・ローエルが一八四三年に書いた「自由の歌《スタンザ》」"Stanzas of Freedom"という詩に見られる。「勇敢で自由なる父祖から／生まれ出たことを誇りにしている人々よ！／地上に奴隷が生きていても／君らは本当に勇敢で自由なのか？」といった疑問を、作者は執拗に繰り返すのだ。ただしローエルは、南北戦争の問題があまり重圧になってくると、それを逃れ、文芸批評に転じてしまった。反奴隷制運動の代表的詩人であったジョン・グリーンリーフ・ホイッティアーは、もっぱら素朴な「自由」への信奉を高唱することだけをつらぬいた。

アメリカにおける「自由」の行きづまり、ないし崩壊を、真に人間の危機としてとらえたのは、ウォルト・ホイットマンであった。彼より前、すでに一八四四年に、エマソンは「詩人論」

“The Poet”というエッセイで、人間を束縛しているさまざまな制約を断ち切る「解放の神」としてのアメリカ詩人の出現を待望する思いをあらわしていた。それにこたえて現れたのがホイットマンというべきだが、彼にそれを可能にさせたのは、一見逆説じみるけれども、アメリカの自由とかデモクラシーとかへの絶望であった。はじめのうち、彼は民主党員としてその種の観念を無条件に信じ、そのために活動していたが、やがて現実の政治につぎつぎと裏切られ、一八五〇年頃から、アメリカと自己とに対する絶望の淵をさまよった。そして結局、エマソンの超絶主義《トランセンデンタリズム》にも導かれ、人間の内的生命、最も原初的なところにおける「自由」をとらえ直し、うたい上げることから再出発しようとし始めた。一八五五年に出した詩集『草の葉』*Leaves of Grass* 初版は、そのための偉大な実験であった。

「解放の神」としてのホイットマンの「自由」の歌は、言葉もまた解放されていた。従来のアメリカ詩は、アメリカ的価値として「自由」を称揚しながら、表現はイギリス伝来の伝統的な詩語詩形を借りていた。ホイットマン自身も、政治活動に熱中していた頃は、デモクラシーや民主党の大袈裟な讃美の詩を作っていたが、まったく旧套墨守の表現だった。だが、人間の根本からの再出発をしはじめた時、もはや伝統的な詩語詩形は役立たなくなったようである。彼は魂の声をそのまま表現しようとした。その結果、『草の葉』は破天荒な自由詩になっていた。ホイットマンはそれをみずから「世界の屋根の上に響く野蛮な絶叫」と呼んでいる。

「自由」をめぐるアメリカ詩のこういう展開を見ていると、北村透谷が、その「自由」とのかかわり方からして、ホイットマン的な言葉の実験に突き進んだとしても、不思議はないような気がしてくる。彼は当時まだエマソンを読んでいなかったと思われる。ホイットマンという詩人の存在など、知りもしなかったであろう。しかし、西洋のロマン派的な預言者詩人の態度を、すでに身につけだしていた。彼は十四歳頃から漢詩を書いていた。それ以外に、どういう詩作をしていたかは明らかでない。しかし、先に引用したミナあての手紙の一年後、明治二十二年四月に『楚囚之詩』を出版した時、その序文の冒頭で「余は遂に一詩を作り上げました」と述べたのは、彼としては深い感慨をこめた言葉だったに違いない。すぐに続けて、「或時は翻訳して見たり、又た或時は自作して見たり、いろいろに試みますが、底《ママ》事此の篇位の者です」というのも、正直な告白であろう。彼はさまざまな実験をしてみた。が、辛うじて人に見せられそうなのは、この作品くらいのものなのだ。しかし、と彼は開き直る――「元とより是は吾国語の所謂歌でも詩でもありませぬ、寧ろ小説に似て居るのです。左れど是れでも詩です。余は此様にして余の詩を作り始めませふ《ママ》」。つまり、これがいかにつたない作品でも、日本の伝統的詩歌では表現しえぬものを、彼はここに表現しようとし始めた。そういう自負はあったのである。

　内的な生命としての「自由」をうたおうとしだした時、透谷は、ホイットマンがアメリカ詩で果たした魂の詩の創始者の役割を、日本でもにないだしたといえよう。しかし、彼が本当に「解放の神」になりえたかどうかは、その詩を検討してみなければわからない。

11　『楚囚之詩』と『蓬莱曲』

『楚囚之詩』は、まだ二十歳になって間もない青年の作品として、内容的にはまことに幼い。この詩になにか偉い思想が盛りこまれているというような説を私は信じない。構成も、措辞も、貧弱だ。政治犯を主人公にしながら、「曾つて誤つて法を破り／政治の罪人《つみびと》として捕はれたり」という句ではじまり、「遂に余は放《ゆる》されて、／大赦の大慈《めぐみ》を感謝せり」というような句で終っては、この主人公の思想の展開に、読者はなんの期待もできないだろう。またたとえば、この主人公が、「吾花嫁」を恋うる気持のうたい方なども、陳腐そのもので、ほとんど失笑を禁じ難い。

しかし、それにもかかわらず、この詩の中に訴えてくる部分がある。それは主人公たる「余」が──というのは結局、モデルとされるかつての自由民権運動の同志などではなく、作者自身の精神とみるべきだが──牢獄の中にあって、自己をとりまく「壁」の圧力をうたった部分である。

はや今は口は腐れたる空気を呼吸し
眼は限られたる暗き壁を睥睨《へいげい》し
且つ我腕は曲り、足は撓《た》ゆめり、
嗚呼楚囚！　世の太陽はいと遠し！

こういった表現が、たいそう熱っぽく繰り返される。そしてこの閉じ込められた、つまり自由を喪失した気持をうたうことこそが、この詩の中心だという気がしてくるのである。作者のいう「小説」ふうの筋立てなどは、この感じを際立たせるための便宜的な手段にすぎないといえよう。

ところで、このような嘆きを発しながら、主人公は自由の世界にさまざまな思いを馳せる。身は不自由でも、魂は自由だという、日本の自由の歌には従来なかった発想も、幼い言葉ながら、うたいだされてくる。たとえば同獄の壮士たちについて、主人公はこんなふうにいうのである。

　自由の神は世に居まさぬ！
兎《と》は言へ、猶《な》ほ彼等の魂《たま》は縛られず、
磊落《らいらく》に遠近《をちこち》の山川に舞ひつらん
彼の富士山の頂《いたゞき》に汝の魂《たま》は留《とゞま》りて、
雲に駕し月に戯れてありつらん、
嗚呼何ぞ穢《きた》なき此の獄舎《ひとや》の中に、
汝の清浄なる魂《たま》が暫時《しばし》も居らん！

ただし、主人公の魂もまた獄舎を出て、愛する花嫁の魂と自由にたのしみあう姿を思い描いたかと思うと、それはじつは夢だったということになり、「嗚呼爰《ここ》は獄舎／此世の地獄なる」ことの確認に戻ってしまう。

自由を求める気持は、獄舎に出入りする蝙蝠《こうもり》（主人公はこれを「自由の獣」と呼んでいる）や、鉄窓の外に鳴く鶯（主人公はこれを「自由、高尚、美妙なる彼れ［妻］の精霊《たま》」の化身と見たてている）への親近感によってもあらわされている。だがこれらの動物も、飛び去っていってしまう。魂の自由は、この詩で結局、把握されてはいない。この詩を支配するのは、自分の努力も希望もすべて挫折してしまう、空しさの感じである。主人公のまわりに立ちはだかる壁を破る力は、彼にはまだない――自由は官憲の「大慈」によって得られるだけなのである。ただし、この詩には、そういう追いつめられた自分の存在と、それからの脱出の願いとにふさわしい切実な表現が、随所に散りばめられている。もはや、かつての自由の歌の単純なヒロイズムにふさわしいカッコいい言葉も調子も、ここにはない。代わりに、五音七音を基調にしながらもそれから大幅にはみ出た、散文的な言葉と訥々たる調子がある。それが、全体として未熟なこの作品のところどころに、真実味を与えているように思う。まことに、「是れでも詩です」といいたい作品だ。

透谷は『楚囚之詩』を、その上梓直後、「余りに大胆に過ぎたるを慚愧し」（日記、明治22・4・10）、破棄してしまった。しかし真の思想的な力をもった詩の探求は、その後も続いた。「宇宙を蓋《おお》ふの大観念をなすの力なくては、文字の英雄とはなり難し」（「当世文学の潮模様」明治23・1）、「真正の詩人は其念ずる所、荘大にして区々たらず」（日記、明治23・3・13）といった文句を、彼はさまざまな折に書き残している。これはホイットマンが、「大なる思想が／ア、我が兄弟よ、大なる思想が詩人の天職なり」（内村鑑三訳）とうたったのと呼応する態度である。そして明治二十四年五月、彼は長篇劇詩『蓬莱曲』を出版したのであった。

この『蓬莱曲』もまた、成功作とはどうもいい難い。そもそも作品の意図からして、つかみにくい。『楚囚之詩』は漢文調が強いため、まだ一種の緊張感があったが、『蓬莱曲』は和文調が強く、それだけに常套的な表現が氾濫し、不自然な会話がつらなり、しかも全体として締まりがない。何よりも、この作品で作者の「大観念」がまだまとまっていないというべきであろう。作者は、確固たる世界観をもとにしてこの詩を作ったのではなく、この詩によって世界観を模索しているのだ。

しかしその中で、作者が何度も戻っては繰り返す一つのテーマがある。それが「自由」の探求なのである。そしてその部分では、作者の言葉は引き締まり、読者に訴える力をもっているように思える。

まず冒頭に、主人公柳田素雄の、いま「牢獄《ひとや》ながらの世」を逃れて、蓬莱山麓を放浪中であることの述懐がある。と同時に、彼は死せる恋人露姫を探し求めてもいる。この露姫を作者はほとんどまともに描きえていないが、時として、「自由」の化身となしているともいえるようだ。素雄はこんな気持を述べるのである。

つらく／＼思へば、このわれも、
　世の形骸《むくろ》だに脱ぎ得たらんには、
姫が清よき魂《たま》の翩々《ほんぽん》たる蝴蝶をば、

追《ママ》ふて舞ふ可し空高く。

素雄は、牢獄ながらの俗世間を逃れただけでなく、世の形骸、肉体をも脱して、自由の境地に入ろうと願っている。

この囚牢《ひとや》、この籠にもおさらばよ！
これよりはわれわが君ぞ！
魔にもあれ鬼にもあれ、来れかし来れかし
わが道案内《しるべ》させてん、
早や行かん、おさらばよ！

この二行目の句は、これよりは自分が自分の支配者だ、自分は絶対的に自由に生きるのだ、の意味だろうか。ともあれ、素雄はこうして、肉なる束縛の世界を脱し、魂の自由の境地に入って行こうとしているのである。

ところが、目ざす自由は得られないのだ。すでに冒頭近くで、素雄は俗世間の束縛の強さをこう述べている。

去《さ》は去《さり》ながら捨てし世の

いまはしき縄は我を、なほ幾重
　　巻きつ繋ぎつ
逃《にが》しはやらじこの漢《をのこ》、と罵《の》る声の
　いづれよりともなくきこゆるなり。

素雄はあの「壁」を逃れてきたつもりなのだが、結局、自己そのものが「壁」であるらしい。それを突き破り、自己を内から解放しない限り、自由はないのだ。だがそれは容易なことでない。

このおのれてふ物思はするもの、このおのれてふあやしきもの、このおのれてふ満ち足らはぬがちなるものを捨てゝ去《い》なんこそかたけれ。

自己は捨てきれない。素雄はそこで、ますます熱心に、「わが慰藉《なぐさめ》の者、わが露姫」を探し求めるが、姫はついに姿を現さない。あるいは、姿を見せても語らない。そのため、作品は途中で進展しなくなって、混乱状態に陥っているくらいだ。ただし、素雄の放浪だけは進む。そしてついに蓬莱山頂にまでいたるのだが、それでもまだ、彼は自分を「塵の形骸《むくろ》」と感じざるをえない。つまり、振り出しと同じなのである。真の内なる自由を求めながら、「壁」がどうしても破れぬ思いを、素雄はさまざまに、なかなか見事な言葉で表現している。

外の敵《あだ》には、露懼《おそ》るゝこと知らぬ我ながら、
内なる斯のたゝかひには、
眼《まなこ》を瞑《ふさ》ぎて、いたづらに胸の中なる兵士《つはもの》を
睨むのみ。

無念、無念、われなほ神ならず霊ならず、
死ぬ可き定《さだめ》にうごめく塵の生命《いのち》なほわれに
纏へる。
事問はん、その「我」に、いましが
行く可きところいづこぞ？

最後に、素雄は、自分と露姫との媒介役を果たしてきたといってもよい琵琶にむかい、「行け、往け、夜も懼れず空を翔《かけ》るあの、あの鷲の跡《あと》追へよ、汝《いまし》も自由の身！　琵琶よ汝も不羈の身！」といって、これを崖から投げ下ろし、自分もその後から身を投じて死ぬ。

こうして、『蓬萊曲』は結局、闇の中への突入でもって終わっている。詩人としての出発点に

ホイットマンと共通するところが多くありながら、開かれた魂の「大道《オープン・ロード》」をうたいえたアメリカ詩人と違って、透谷の道は閉ざされていた。明治二十四（一八九一）年の明治国家というものの重みが、そこには反映していたかもしれない。政治的自由は成り立たず、では個人の魂の自由は得られるかといえば、それも成立しないのだ。

しかし、このどんづまりを表現する透谷の言葉のエネルギーは、驚嘆に値する。透谷はこの作品の後も、魂の自由の追及を執拗に行ない、時にはその仕事の成就も示唆した。「富嶽の詩神を思ふ」（明治26・1）では、『自由』汝と共にあり」と、蓬莱山で把握できなかったものの存在を容易に宣揚し、「人生に相渉るとは何の謂ぞ」（同26・2）では、「吾人は吾人の霊魂をして、肉として吾人の失ひたる自由を、他の大自在の霊世界に向つて縦《ほしいまゝ》に握らしむる事を得るなり」と断言している。そして「明治文学管見」（同26・4—5）では、「精神の自由」論を展開し、「内部生命論」（同26・5）では、「人間の中に存する自由の精神」の生命力を強調している。これらのエッセイを読むと、困難な日本の状況におけるエマソン的な人間肯定への懸命な精神的営為が感じられる。しかし、ひょっとすると、そういう「生命」が得られないで「死」にいたった、あの「乱雑なる詩躰」（と透谷は呼んでいた）の『蓬莱曲』の言葉の方が、透谷の「自由」の状況を正確に反映していたのかもしれない。詩の言葉とは、本来そういうものなのであろう。そして詩人透谷は、それほどに真実をうたったという意味で、預言者的であった。

12　宮崎湖処子の「自由」

宮崎湖処子は北村透谷より四歳年長だが、透谷より一年遅れの明治十七年、東京専門学校（早稲田大学）政治科に入学、透谷と知り合った。彼もまた政治による国家の経営というアンビションをもっていたのだった。それから、透谷より二年早く、明治十九年にキリスト教の洗礼をうけた。こういう経歴の類似は、別に二人の性向の類似を意味するわけではない。ほぼ同時に、国木田独歩、岩野泡鳴らも、それぞれ性向が違い、また学校やキリスト教の宗派は違っても、ほぼ似たような経歴をたどった。彼らはみな、政治に失望し、キリスト教に接し、さらに自己の内なる自由を求めだした時、詩人になったのだった。明治浪漫詩の大原動力に、「自由」の問題を考えないわけにいかない理由の一端は、こういうところにある。ただし、では彼らは透谷の仕事をさらに発展させたかというと、どうもそうとはいえないようだ。

宮崎湖処子は、「韻文所見」（『早稲田文学』明治25・3）の冒頭で、「自由」に言及して、こう述べている。

今日余が最も待つ所のものは改革的預言的詩人の踵《きびす》を接て出来《いできた》らむこと是なり。当今天下自由を得て自由を失はむとし希望の地に在て絶望せむとす。若し改革的詩人あつて自由を歌ひ、預言的詩人あつて希望を謡ひ、以て昏黒霧裡に彷徨する所の国民を鼓舞し振作するにあらずんば、国家百歳の後知るべきのみ。噫、詩紳既に石女《うまずめ》となれるか。何ぞ胎まざるの久しきや。

ここに「天下自由を得て」というのは、文明開化の発展、あるいはつい三年前に発布された明治憲法による立憲政治の発足などをさすのであろうか。しかしそのじつ、天下は「自由を失はむ」としていると湖処子はいう。この「自由」とは、必ずしも民権派のうたったようなものではなかろうが、「改革的詩人あつて自由を歌ひ」という言い方から考えれば、政治的社会的な要素を多分に含む魂の自由と考えてよいであろう。実際、湖処子の初期の新体詩は、「鹿鳴館、紅葉館」(明治23・7)にしろ、「鳥の歌」(同23・10)にしろ、時の政治的社会的風潮をきびしく批判する態度を示していた。また同じ「韻文所見」で、湖処子は「韻文の用語亦自由なるを要す」と述べているが、これらの詩はかなり斬新な言葉遣いも試みていた。

ところが彼は、明治二十六年十一月、『湖処子詩集』を出した時、こういう政治的社会的な関心を示した詩を、いっさいそこに収めなかった。それでは、透谷のように魂の自由を我武者羅に追求する態度を示したかというと、そうでもなかった。巻頭の詩「出郷関曲」の冒頭の、「さてもめでたき此の世界／いかに月日ののどかなる」といったような句をとってもわかるだろう。おだやかな自然に運命をたくして生きようという、田園趣味が支配的なのである。彼が「言葉の不足」を感じ、桂園派の歌人松浦辰夫について和歌を学んだのは、あるいはこれより後のことかもしれないが、この詩集の表現も、また大層おだやかである。結局、『湖処子詩集』における自由とは、きびしい現実の外で安心を得ようという、つぎの句(「釣人の歌」)のような態度で把握されるものであった。

あだし世をよそにして、
たちては消えるうたかたの、
はかなき様をながめつゝ、
つりする身こそたのしけれ。

湖処子はその後、明治三十年に、共同詩集『抒情詩』を編んだ。そこには、「浮世美人」「警嬌飾」「厭戦闘」のような警世的作品もあるが、それらはほんの数行の偶作的短章にすぎない。また別に社会をうたった詩もあるのだが、それらはやはり詩集に収めなかった。結局、この詩集をつらぬくのは、先の釣人的態度である。彼のセクションの総題は、「水の音づれ」となっている。

『抒情詩』には、松浦辰男の紅葉会から、湖処子のほかに、田山花袋、太田玉茗、松岡（柳田）国男も参加した。彼らの詩にも、自然のなかに自由の気分を味わう態度は出ている。特に国男の作品にその感じは強く、たとえば「都の塵」と題する詩で、恋人と都の高殿から青い峯が重なる地方を眺め、「其かげに／人は住むなり安らかに」と語りかけるところなどは、「山林に自由存す」とまさに紙一重を隔るだけの発想である。しかし彼らはひとしく、「自由」などという生硬で抽象的な言葉は使わなかった。

13　国木田独歩――「山林に自由存す」？

その生硬で抽象的な言葉を使った『抒情詩』の詩人が、国木田独歩である。彼は紅葉会に入っていなかった。そして花袋が自分のセクションの序で主張するところの「和歌俳句――則ち日本古来の詩」の詩法に深く染まってはいなかった。だがそれにもまして、彼には「自由」の観念にとりつかれるだけの必然性があった。彼もまた政治に対するアンビションを抱き、やがてキリスト教に転じた青年の一人なのだ。しかし、彼のうたった「自由」は、透谷のそれとずいぶん趣を異にしていた。独歩の「山林に自由存す」を検討していると、日本における「自由」の歌の一つの帰結点を見るような思いがしてくる。

透谷が自由民権運動に直接参加した唯一の本格的詩人だったとすれば、独歩はじっさいの政治ジャーナリズムで働いた数少ない詩人の一人であり、その意味でホイットマンと共通していた。彼は自由党の機関紙『自由新聞』や、徳富蘇峰の『国民新聞』の記者をし、『国民之友』の編集を担当したこともある。とはいえ、彼も「自由」の観念に、単なる政治的社会的な意味以上のものを盛りこんだ。自由社につとめた直後（明治二十六年二月十九日）の『欺かざるの記』に、こう書いている。

自由新聞が極めて乾燥なる如く、自由党なる者も乾燥極まる政党たるを知るなり。渠等政党員等はクロンウヱルを知らず、ミルトンを知らずして自由を談じ、ユーゴーを読まずして社会問題を解かんとするの輩なり、〔中略〕渠等はそれにてもよし、然れども日本国民は今一層高尚偉大の政治家を望まざる可からず。

独歩はなにか「高尚偉大」な「自由」を求めていた。それは、自由党や議会が実現することの期待できないものだった。彼は、詩人こそそれを見出すものだと考えた。明治二十六年九月五日の日記に、「自由を見出すこそ詩人の任と信ずれ」と記している。この「自由」が強い精神性を有するものであることは、同年八月十二日付、中桐確太郎あての手紙によっても明らかである。彼はこう述べている。

大なる自由を感受し能はざるは必ず其人の小なるを示す者也、自由、自由、自由、エマルソン曰く詩人は自由なり故に自由を作ると、〔中略〕自ら自由を覚ゆる時は天地、山川、人事、凡て予が胸間に横たふ心地す。実際、横たふ也。事実なり、幻想に非ざる也。

独歩は、この種の「自由」が、精神のあり方により直ちに実現すると考えていた。いわば、人間の内なる「壁」を無視していた。エマソンのアメリカ的楽天主義にかぶれていたのかもしれない。彼はまた、「自然」を生きることによって、この「自由」は実現するとも思っていた。これには、ワーズワスやエマソンの感化もあったのであろう。ともあれ、たとえば明治二十七年九月二十八日の日記には、「嗚呼自然！　自然の自由。／自然の自由は吾が望みなり」といった句を含む、十二行の詩を書きこんでいる。（その翌日の日記には、「昨日は大に『自然』を考へ、『自由』を懐ひ、終に自由の歌を作りけり」と書いている。）

しかし、こういう理想主義は、じつのところ常に挫折させられていた。早い話が、右の「自由の歌」を作った四日後、日清戦争の従軍記者になることをすすめられると、独歩はたちまち迷ってしまうのだ。「山林自然の自由を攫むは吾が権利に非ずや」「嗚呼自然！　自然！　如何なる場合にも吾が霊の自由を守れかし」（日記、十月二日）と思いながら、結局、「富と功名！」の「誘惑」（同三日）にも抗しきれない。そしてさまざまな弁明をつけながら、後者の道をとるのである。

同じような経験を、彼は文学史的にも有名になる佐々城信子との結婚問題についてもしている――いや、そういう形で詩に表現している。「森に入る」と題する四連十六行の詩がそれである。「われ」は「自由にこがれ」て「森に入」ったが、「乙女」が「恋しき君よ」と呼ぶものだから、「わかき心のうきたちて」、いつしか森を出てしまった。ところが「乙女」は、結局「われ」にあきたらないで、「恋を黄金に見かへし」てしまう。「われ」は「若きこゝろもくだかれて／わかき血しほも氷りはて」、ふたたび「をぐらき森にわけ入りぬ」という内容である。自己弁解の臭いがぷんぷんするが、意識的にか無意識的にか、「自由」について実生活で迷う作者の姿はよく出ている。

さて、それでは、ふたたび「森」に入って「自由」を獲得できる自信が、本当のところ、独歩にあったのだろうか。現実の生活において「自由」は喪失していた。しかし独歩の中に、「自由」の観念は生きていた。そして独歩は、それをうたうことを詩人の任務としていた。『抒情詩』中、「独歩吟」のセクションの序で、彼が「清歌高明なる自由の理想」を詩人に求めていたことは、すでに引用したとおりである。同じ序のなかで、「自由に焦るゝ者よ、高歌して憚る勿れ」とも彼はいっている。しかしその「自由」は、本当に「森」のなかで得られるのだろうか。その問いに対して、「山林に自由存す」は、正直な答えを出した詩のように思われる。

「山林に自由存す」は、はじめ『国民之友』明治三十年二月二十日号に、「森に入る」を含む「独歩吟」五篇中の一篇として発表された。その時は「自由の郷」と題され、三連から成っていた。そのすぐ後、『抒情詩』に収められた時、改題の上、第三連を追加して、現在のような全四連十六行の詩になった。冒頭はつぎのような句で始まっている。

山林に自由存す
われ此句を吟じて血のわくを覚ゆ

この二行は追加された第三連の後半にもそっくり繰り返されている。これが独歩の特に強調したかった句なのであろう。問題は、この二行が詩全体によってどれだけ実質的裏付けをされるかである。

作者はこの詩で、山林に存するという「自由」の中味を、ひとこともうたっていない。それは完全な一個の観念である。では彼は、透谷がしたように、その観念との生ま生ましいかかわり方をうたっているかというと、そうでもない。彼は自分がこの「山林をみすて」、「あくがれて虚栄の途にのぼり」、「十年の月日塵のうちに過」ごして、「自由の里」から遠くへだたってしまったことを嘆いているだけなのだ。といって、「故郷」たる山林のことを忘れてしまったわけではない。「眥《まなじり》を決して天外を望めば／をちかたの高峰の雪の朝日影」――まことに月並な文句を連ねているが、「故郷」を眺め、懐かしむことだけはしている。しかし、そこに帰って行こうとか、「故郷」新しい「自由」を探求しようとかというような意欲は少しも示していない。なぜなら、「故郷」はもう自分の帰りうるところではないのだ。結びの二行がそのことを示している。

顧みれば千里江山
自由の郷は雲底に没せんとす

独歩が「山林に自由存す」の句を吟じて「血のわくを覚ゆ」というのは、いったいどういう気持なのだろうか。これは理屈からいえば、「自由」喪失の痛恨の表現でなければならない。しかし「血のわくを覚ゆ」というのは、普通、積極的興奮の表現であろう。とすれば、作者はじっさいに「自由」を喪失しても、なおその観念の存在に陶酔しているということになる。この短い詩に「自由」という言葉が五度も出てくることはすでに述べた。独歩としては、せめて観念に身をしびらせなくては、詩人として生きる目途が立たなかったのかもしれない。

しかし、それにしても、『抒情詩』中で、独歩の詩が当時の知識人のおかれていた状況を最も正直に表現していたことは、否定できないように思う。「自由」の歌の詩人たちの伝統に従い、独歩は詩法においても「自由」を主張していた。「独歩吟」の序では、こう述べている。

詩体につきては余は甚だ自由なる説を有す。七五、五七の調も可。漢詩直訳体も可。俗歌体も可。漢語を用ゆるの範囲は広きを主張す。枕詞を用ゆる、場合に由りて大に可。たゞ人をして歌はざるを得ざる情熱に駆られて歌はしめよ。此の如くなれば、其外形は散文らしく見ゆるも、瞑々の中必ず節あり、調あり、詠歎ありて自から詩的発言をなし、而も七五の平板調の及び難き遒勁《しゅうけい》［力強さ］を得。

「山林に自由存す」がいまだに読者に訴えるのは、自由喪失の嘆きを、自由存在への陶酔と勘違いさせるような、のびやかで「遒勁」なスタイルによるところが少なくないのではなかろうか。陳腐で未熟な句を含み、七五調を大幅にはみ出しながら、各行を言い切りにして、生まで歯切れのよい言葉が続く。そこには、閉ざされた時代をはねのけたいと思う詩人の、せめてもの精神のエネルギーは感じられるのである。

小文は最後に、岩野泡鳴の場合を語ろうと思っていた。透谷や独歩のような魂の自由の追求にも行きづまった時、泡鳴は霊肉合致の刹那の自由と解放を詩にうたおうとした。そして詩法もさらに解放させた。その時、彼はホイットマンの直接的影響下に入っていっていた。しかし、それを語るのは、また別の機会にしたい（第13章参照）

いまは、小文の最初に提示した事柄にひとことだけふれて、結びとしよう。明治詩における自由の歌の系譜は、芸術的結晶度という点では、まことに粗雑なものであった。しかし、詩が「時代の声」たるべきものとするならば、自由の歌はそれだったのではなかろうか。そのさまざまな欠点と、内容上の後退の連続も含めて、自由の歌は、明治の精神と感情との最も肝要といえる部分の営みを、直接的に表現していた。それを無批判に称揚することは、称揚者の詩的感受性を疑わしめる。だがそれを正しく理解し評価する努力は、今後ますます多くなされなければならないように私は思う。

〔追記〕

この章はもと平成九年に執筆・発表した。ところが平成二十二年、畏友、小堀桂一郎氏から大著『日本人の「自由」の歴史』（文藝春秋）の恵投を受け、目を開かれること大きかった。それは副題でいうように、『「大宝律令」から「明六雑誌」まで』に「自由」という言葉が日本でどのように用いられ、社会的・文化的にどういう意味をもってきたかを追跡・考察して、興味津々たる精神史にもなっている。本章の「3「自由」という言葉」の節で紹介したたぐいの解釈は、限られた理解に基くものであることがよく分かった。ただし小堀氏の記述はほぼ明治初年までで終わっている。拙文はだいたいその後、「文明開化」運動に乗って日本でもてはやされ始め、詩歌に表現された「自由」を追跡している。そういう限定の上でも、なおかつ、「自由」との取り組み方の追跡は、日本近代詩草創期の精神やその表現の展開の理解につながっていくと思う。

第3章　新しい「美」の導入

『於母影』の活動

『新体詩抄』をここでもう一度ふり返ってみると、それは何といっても日本近代詩の出発をしるす歴史的な詩集であった。日本詩歌に「泰西のポエトリー」の形を取り入れ、近代国家として立とうとする国の素朴なナショナリズムや、社会進化論的世界観をもとにしつつ文明開化の思想をふりかざす、まさに時代思潮に乗った詩集だった。ただし撰者たち（三人の大学教授）は詩魂・詩才に乏しく、その作品は日本の伝統的な詩表現を卑俗にして生かすだけで、芸術に求められる美的要素の欠如は覆うべくもなかった。

それを補うべく登場したのが、次の翻訳詩集『於母影』である。「芸術」を重じる詩史家は、これによって日本近代詩は出発したとなすほどだ。

1　『於母影』の成り立ち

文明開化の風潮に乗って導入された「新体詩」なるものが、日本近代の「詩」たりうることを示した最初の先駆けは、『於母影』と題する眇《びょう》たる小詩集だった。一冊の本ですらない。雑誌『国民之友』五十八号（明治22・8・2）に付録として掲載されたもので、全十八頁に大小不揃いな活字で十七篇の詩をごちゃまぜにつめ込んだ感じなのだ。付録そのものには著訳者名ものっていない。雑誌全体の目次にS.S.S.とあるのが、それと想像されるだけだった。ただ、これが間もなく森鷗外の著作や翻訳を集めた大冊『美奈和集』（明治25・7）に（二篇の詩を追加して）そっくり収められたので、誰の目にも森鷗外たちの仕事と分かった。

S.S.S.とは「新声社」の頭文字を連ねたもので、鷗外を中心とする若き文学愛好家《アスピラント》の集まりである。森鷗外は明治二十一年九月、ほぼ四年のドイツ留学を終えて帰国したばかりだった。留学中、もちろん医学を中心にして西洋文明の実情を熱中して学ぶかたわら、西洋の古典や近代の文学を読みまくった（『比較文学研究』六号、昭和32、寺内ちよ「ドイツ時代の鷗外の読書調査――資料研究」参照）。彼は新帰朝者として、軍隊、学界、ジャーナリズム、その他の諸方面で多忙を極めていたのだが、文学の分野でも評論に、創作に、また翻訳にと、めざましい活動を始めていた。そして上野の不忍池に臨む彼の住居に集まる連中と、この訳詩集を試みもしたのだった。のちに鷗外はこう回想している。

何の方鍼《しん》［針］もなく取りて、何の次第もなく集めたるものなれど、社中の人々がしのばずの池に臨める楼上に夜を徹して、此一巻を成しし時を憶ひ起こせば、毎篇毎闋《けつ》［区切り］毎句毎字、一として深き感慨の媒《なかだち》ならぬはなし。
（『水沫集』改訂版、明治39）

ここに「夜を徹して」というのは、「幾夜も徹して」という意味ではないだろうか。明治二十二年五月末から七月にかけてのことであったようだ。「毎篇」から「毎字」の言葉により、彼らの編集作業が一字一句おろそかにせぬ、入念な議論の上になる仕事であったことが分かる。

森鴎外は、『於母影』の出た時を基準にしていって満二十七歳、たぶんその脇役のようにしていたのが国文学者の落合直文で、同じく二十七歳、それから帝国大学文科大学（東京大学文学部は明治十九年の帝国大学令によって、こう様変わりしていた）古典講習科における落合の後輩で漢学者の市村瓚次郎（二十四歳）、および当時帝国大学の医学生で歌人の井上通泰（二十二歳）と、それに鴎外の妹で小金井良精に嫁して間のない喜美子（十八歳）がそのメンバーである。喜美子は「名のある方にまじつて〔中略〕片隅に首をかしげてゐた」（『鴎外の思ひ出』昭和21）というが、「名のある方」たちもみな大層若かった。

さて、では『於母影』に訳載された十七篇の詩とは、どのようなものであったか。イギリスからバイロン三篇、シェイクスピア一篇、ドイツからニコラス・レーナウとシェッフェルが各二篇、ゲーテ、カール・ヴェールマン、ハイネ、カール・ゲーロック、ユスティヌス・ケルナー、E・T・A・ホフマン、エドゥアルト・フェルラント各一篇、それに『平家物語』から「鬼界島」のくだりの漢詩訳と、明の高青邱の漢詩の新体詩訳である。いま名をあげたうち、バイロンの一篇、レーナウの一篇、シェッフェルの一篇、およびヴェールマンの詩は漢詩に訳されている。さらに、『美奈和集』で追加された二篇というのは、高青邱の漢詩の新体詩訳「青邱子」と、ドイツ詩人ヴィルヘルム・ハウフの小説を漢詩形に自由訳した「盗侠行」である。

一見してよく分かることだが、この訳詩集では漢詩が大きな役割を果たしていた。ただし日本語を漢詩に訳した「鬼界島」は市村讃次郎の手になるが、英語やドイツ語からの漢訳詩はすべて鴎外の仕事だと思われ、『美奈和集』での追加二篇も訳者は鴎外である。鴎外は東京大学医学部を卒業して陸軍に入り、ドイツへ官費留学した人で、当然ドイツ語、英語などに堪能だったが、当時の知識人の子らしく幼時から漢学を仕込まれ、医学生時代も漢詩に熱中していた。その教養がこの訳詩の仕事にも反映し、後から述べるように『於母影』を文学的に質の高いものにする大きな力となった。しかしそれでも日本近代詩の観点に立つ限り、『於母影』は西洋詩の翻訳によって、新体詩を文学的魅力あるものにした画期的な詩集ということになる。

2　西詩の「外形の美」

森鴎外は『於母影』刊行直後の書簡（有美孫一宛、20・10・12頃）で、「矢田部、外山等の新体詩は詩に非ず、日本の歌は先づ可也、支那の詩は決して希臘《ギリシャ》以下西洋近代迄の西洋の詩に劣らず」と述べている。『新体詩抄』の撰者が、明治の詩は「古歌ナルベカラズ」「漢詩ナルベカラズ」と主張したことへの反論であることは間違いない。このように和歌や漢詩を重んじながらも、これからの「詩」の発展を思う時、鴎外にとっても、やはり「西洋の詩」こそ大きな助けとなるものだった。

『於母影』を編んだ意図について、鴎外は「独り西詩の意思世界と情感世界との美のみならず又た西詩の外形の美をも邦人に示」そうと試みたと述べている（『しがらみ草紙』明治23・1「明治二十二年批評家の詩眼」）。『新体詩抄』は「少しく連続したる思想」を重んじたが、そこに決定的に欠けていたのは「美」の意識であった。『於母影』にはその意識があった。

鴎外には、ひょっとすると「外形の美」の意識の方が先立っていたかもしれぬ。西詩のそれをどう日本語に移すかについては、目次頁でいささか唐突に翻訳の姿勢を示している。「意」（原作の意義に従うもの）、「句」（原作の意義および字句に従うもの）、「韻」（原作の意義および韻法に従うもの）、「調」（原作の意義、字句、および平仄《ひょうそく》韻法に従うもの）の四つの方法をとったというのだ。この中で、「意」訳は問題ない。「韻」訳は、『新体詩抄』でも試みていた。たぶん大いに苦心し、また自負もあったのは「句」訳でなかろうか。ここに字句というのは、西詩のシラブル（音節）のことである。それを訳詩でも、何らかの形で再現しようというのだ。最後の「調」訳は、西詩の調べの抑揚長短を平仄によって再現しようというもので、漢詩訳によってはじめて可能となる。

『於母影』はこういうふうに形にこだわりつつ、詩の「美」をつくり出そうとした。新体詩といっても、『新体詩抄』がほとんどまったく七五調一本槍だったのに対し、こちらは原詩の形に応じて八六調やら十十調といった新奇な形を工夫し、独特の効果を出そうとしている。また用語も、『新体詩抄』が「平常用フル所ノ言語」を多用したのに対して、こちらは伝統的な詩語、雅言を自在に用いている。新声社が国文畑、漢文畑の人を多く集めていたこともこれを容易にしたが、時代がすでに一本調子の文明開化熱を過ぎ国粋保存主義の時代になりつつあったことも、この姿勢を後押ししただろう。ただしその上で、「新しい声」たろうとしているのである。

3　ロマンチックな言葉の「たくみ」

では、こういう「形」で伝えようとした「意思世界と情感世界の美」とは、具体的にどのようなものだったのか。『於母影』という題は、詩集の銘詞にされている『万葉集』の「陸奥《みちのく》の真野《まぬ》の草原《かやはら》遠けども面影にして見ゆちふものを」からとっている。陸奥の国の真野の草原は遠いけれども、面影となってよく見えるというのに（あなたは近くにおられてもお目にかかれない）といった意味らしい。遠い西洋の意思世界も情感世界も面影として眼前に彷彿させるのが、この詩集の目指すところだとでもいいたげである。

そういう題にふさわしく、十七篇の訳詩（追加の二篇は除外しておこう）の主題は、別れに始まって別れに終わる。そしてその間に、望郷、恋、失恋、憂愁、生の苦悩の思いがうたい上げられる。まさにロマンチックな意思・情感の世界であり、それが人生のさまざまな局面に合わせて、みずみずしく美に昇華されているのだ。

その中で、言葉の「たくみ」を満喫させる作品としては、「花薔薇《はなそうび》」などは代表となりうるだろう。カール・ゲーロックという文学史的には無名だが高僧だった人の、「塵にまみれたバラ」"Die Rose im Staub"という九連の詩の最終連だけを訳出したもの。若者が一時の気まぐれで手折ったけれどもやがて捨ててしまい、塵にまみれて朽ちていくバラに向かって、「なぜお前の運命に／私の心は悲しい思いで破れるのか、／お前、塵にまみれ踏みくだかれたバラよ、／ああ、(そんな運命にあうのは) お前だけではないからだ」と語りかけるところである。

わがうへにしもあらなくに
などかくおつるなみだぞも
ふみくだかれしはなさうび
よはなれのみのうきよかは

かなり冗長な原詩の、宗教がかった部分をばっさり落とし、盛り上がった気分だけを、ひらがなばかりの日本語で、しっとりと深い情感をもってうたい上げた。原詩の字句に縛られない「意」訳で、日本語伝統の七五調だが、「二・五・五」に細分され、たぶん各行頭の二音が少し強く発音されて、以下の言葉をぬるぬると引っ張っていく仕組みになっている。原詩よりも詠嘆の気持ちが強く出ているような気がする。一見古風だが、実は従来の日本詩歌にはなかった新しい情調を感じさせる。訳者は井上通泰とされているが、鷗外が助けたのではなかろうか。上田敏

『海潮音』（明治38）中の同様にひらがなばかりの四行詩「わすれなぐさ」などは、この詩の濃厚な影響下に訳されたものであろう。

4　「意思世界」と「情感世界」

「意思世界」に的をしぼると、バイロンの戯曲『マンフレッド』*Manfred*（一八一七）の冒頭を訳した「マンフレット一節」が注目される。この原作は一般に、近代的「自我」を確立しようとする意識に取りつかれた人間の精神的彷徨を表現したといわれる。が、翻訳はなんだがもっと悩みの感覚そのものが出ているような気がする。「ともし火に油をばいまひとたびそへてむ／されど我いぬるまでたもたむとも思はず／我ねむるといへどまことのねむりならず／深き思ひのために絶へずくるしめられて／むねは時計の如くひまなくうちさわぎつ」といった具合なのだ。

原詩は各行十音を基本とする無韻詩だが、ハインリヒ・ハイネは十音と十一音を交差させる入念なドイツ語訳をした。鴎外はそれを受けながらも、各行を「十・十」音にする「句」訳をし、日本語詩では珍しい息の長い行をつくって、ゆったりした「意思」の動きのリズムを出そうとしたのだろう（同様な形式の美への関心から、鴎外は原詩のこれに続く部分を「戯曲「曼弗列度」一節」と題して漢詩形に「調」訳している）。ただし「自我」の意識の悲劇などというこちたいことは彼の関心の外にあったのではないか。もっと人間に普遍する生の苦悩の表出と受け止めていたような気がする。そしてこの十十調の言いまわしを自負し、たとえば『新体詩抄』の「ハムレット独白」の非詩的な翻訳二篇との対照において、これを見よといいたい思いだったに違いない。

「情感世界」についていえば、ゲーテの『ヴィルヘルム・マイスターの修業時代』*Wilhelm Meisters Lehrjahre*（一七九五）のなかで、この作品のヒロインともいえる少女ミニヨンがうたう歌を取り出して「句」訳した「ミニヨンの歌」に注目したい。訳者は小金井喜美子とする説もあるが、あらゆる点から推して鴎外自身だろう。鴎外は所蔵本の原作のこの歌の部分に「千古絶調」と書き入れている。原詩はやはり各行十音を基調としているのを、鴎外はやはり十十調を基本にして訳した。

「レモンの木は花さきくらき林の中に／こがね色したる柑子《こうじ》は枝もたわゝにみのり／青く晴れし空よりしづやかに風吹き／ミルテの木はしづかにラウレルの木は高く／くもにそびえて立てる国をしるやかなたへ／君と共にゆかまし」——何という息の長い言いまわしか。それが、「君」に向かって（わが故郷の）南の国へ行こうと誘う少女の心の切なさと説得のための努力とにうまく呼応して、見事な効果を生んでいるように思える。

蒲原有明は「創造期の詩壇」のなかで『於母影』にふれ、「篇中の訳詩を誦して、ゲエテの「ミニヨンの歌」に至る時、誰しもその妙技に讃嘆せぬものはなからう。わたくしはこれを以てわが邦における訳詩の白眉とするに躊躇しない」と述べている。この影響を蒙った詩は、もちろん島崎藤村その他の浪漫派作品に多く見られるが、薄田泣菫の「望郷の歌」（『白羊宮』明治39）となると、内容も形式も歴然と「ミニヨンの歌」を感じさせる。

5 「恋」と「若々しい思想《かんがえ》」

さて、しかし、同時代の若き詩人たちにもっと直接的に訴えたのは、「恋」のテーマだったのではなかろうか。「恋」こそは「情感世界」の極致なのだ。しかもそれが、『新体詩抄』その他の従来の新体詩には、ほとんどまつたくうたわれていなかった。『於母影』で、ようやくその「恋」がうたわれるのである。しかも従来、和歌などでうたわれていた「恋」とはぜんぜん違う新鮮な「美」をもって。

ドイツ詩人ヴィクトール・フォン・シェッフェルの物語詩『ゼッキンゲンの喇叭手《らっぱ》』*Der Trompeter von Säckingen*（一八五四）の一部を鷗外が抜き出して意味を伝え、落合直文が「韻」訳したものと思われる「笛の音」は、恋の思いを伝えるべく夜すがら笛を吹く、といったうたい出しで、恋から、歌が、詩が展開することになる。

ハイネの『歌の本』*Buch der Lieder*（一八二七）から「君、美しき漁夫の娘よ」"Du schönes Fischermädchen"を抜き出して、鷗外か井上通泰かが「意」訳した「あまおとめ」は、取り立てて新味があるとも思えぬ七五調の短章だが、詩人が漁夫の娘に、「ほとりにきたれわれと汝《なれ》／手に手とりあひむすびてむ／こゝろゆるしてわが胸に／なが頭《かしら》をばおしあてよ」と語りかけるなど、当時の青年子女の心をくすぐる西洋風恋愛の「美」があらわれていた。

しかし「恋」の作品の中でも、同時代の反響の大きさでは、シェイクスピア『ハムレット』から抜いた森鷗外の「韻」訳「オフエリアの歌」が、目を見張らせるものだった。全文を引いてみよう。

いづれを君が恋人と
わきて知るべきすべやある
貝の冠とつく杖と
はける靴とぞしるしなる

かれは死にけり我ひめよ
渠《かれ》はよみぢへ立ちにけり
かしらの方の苔を見よ
あしの方には石たてり

柩《ひつぎ》をおほふきぬの色は
高ねの雪と見まがひぬ
涙やどせる花の環は
ぬれたるまゝに葬りぬ

一読してちょっと内容がつかみにくい。原詩は『ハムレット』の第四幕五場で、可憐なオフェリアがうたう歌である。彼女は恋するハムレットに邪慳にされ、しかもその恋人ハムレットが追放されるというような不幸に会い、気が狂っている。その狂った心の底のどこかで、失った恋をなげき、しかもなおその恋にしがみつきながら、こんな歌をうたうのだ。古い民謡《バラード》をもとにした歌らしい。

歌の内容は問答になっている。第一連の最初の二行で、ある旅人（であろう）が、「君の探している恋人の目印は何かね」と聞く。次の二行は少女（オフェリア自身がこの少女に重ねられているようだ）の答えで、恋人の目印になる服装を述べるのである。「貝の冠」は帆立て貝を飾りにつけた帽子。それに杖と靴（原文はSandal Shoonで、特殊な型の靴なのだろう）。これは当時、南欧の聖地を訪れる巡礼の典型的な出で立ちだったらしい。第二連と第三連は、そういう少女の答えに対して最初の旅人が述べる言葉で、「その人ならもう死んだよ」といって、その墓の有様や埋葬の様子まで語るのである。

こういう問答の形さえ理解すれば、なにしろ民謡をもとにした狂女の歌だから、基本的にはやさしい内容である。ただそれがどこまで狂女（オフェリア）の思いのあらわれる言葉遣いとなっているかが、評価の分かれるところだろう。鷗外は全体として英語の原詩から訳したようだが、韻だけはシュレーゲルの有名なドイツ語訳に従ったらしい。各連一行目と三行目、二行目と四行目が押韻し合っている（交叉韻）。日本語詩の場合、こういう韻の効果は疑問だが、苦心の作業だったに違いない。もっと注目したいのは、風俗習慣の違いをどう乗り越えるかといった問題だ。たとえば服装の違いに加えて、墓地や葬礼も違う。そのため、原詩では墓の頭《かしら》の方はa grass-green turf「緑の芝草」があるのに、訳詩では日本の墓らしく「苔」が生えていることにした。この種の工夫は随所にあるわけだ。

それでも、くり返すようだが、原詩は劇中で狂った少女がうたうとりとめもない歌であり、訳詩も当然そのことを反映して、独立した芸術品としての価値を主張する体の作品とはなっていない。しかしこの訳詩が世に出ると、当時の読者に独特のアッピールをしたようだ。端的にいってしまえば、可憐な少女のメージに支えられた恋の思いは狂気や死と結びつき、さらには青春の解放や苦悩の感情とからみ合い、渦巻いて、大きな反響を呼んだのである。

この詩にひきつけられ、これを愛唱した若者たちの証言は、あちこちに見出される。岩野泡鳴は、「当時僕の知つて居た少女で、〔中略〕オフェリヤの歌を朗吟しながら、気違ひになつた者がある程だ」（『文章世界』明治40・7「新体詩の初期」）と冷笑気味に述べている。しかし、ここでは島崎藤村の証言を紹介しておこう。青春時代の回想小説『桜の実の熟する時』（大正3―7）で、藤村自身を思わせる主人公の捨吉（明治二十五年、彼二十一歳の時）は、キリスト教の学校（明治女学校）の教師になったが、ひとり住まいの孤独と女性への思慕とに耐えがたい思いをしている時、「あの可憐なオフェリアの歌」の文句に「自分の情緒を寄せ」るようになり、とうとうその全部を覚えてしまう。そしてやがて「捨吉の口唇《くちびる》を衝いて出て来るものは、朝晩の心やりとして口吟《くちずさ》んで見た聖《きよ》い讃美歌でなくて斯うした可憐な娘の歌に変つて来た」というのである。

これより前に書かれたが内容的にはこの続篇に当たる小説『春』（明治41）の冒頭部には、明治二十六年の夏、捨吉が友人たち（雑誌『文学界』の同人たち）と東海道は吉原の宿で一夜を共にするシーンがある。酒宴が進むうちに、青木（モデルは北村透谷）が横浜で西洋の俳優が演じるのを見たというハムレットを、身振手振で演じ、さらに「オフェリアを見せると言出し」て、「涼《すず》しい声で歌ひ出したのは彼《あ》の可憐な娘の歌」だったという。藤村はさらに、「友達仲間で斯歌《このうた》を愛誦しないものは無い。彼等は斯の歌を口吟《くちずさ》む毎に、若々しい思想《かんがえ》が胸の底に湧き上がるのを覚えた」と結んでいる。

『於母影』はこうして、西詩の「美」を日本の近代詩に加えるのに大きな働きをなした。それは伝統的な日本詩歌の美と結びつくところもあったが、伝統的な日本詩歌に失せていた清新さを新体詩にたっぷり加えたともいえる。そして内容的にいうなら、その清新な美の中核のところに、「恋」に代表される感情の解放あるいは昂揚があった。鷗外自身は青春に突っ走るにはあまりにも社会人ないし国家人であり、『於母影』はゆるやかな浪漫感情を温雅にうたい上げるにとどまっていたが、『文学界』やその周辺の若い詩人たちはここから豊かなロマンチック感情やその表現法を汲み取り、日本近代詩をさらに新しい局面へと引っ張っていくことになるのである。

第4章　預言者詩人の誕生

北村透谷の詩業

明治の初期、つまり日本中が文明開化運動に熱中していた時期、その文明の中核をなすと思われる「自由」の思想は多くの日本人の心をとらえ、伝統的な漢詩や歌謡・俗謡から新時代の新体詩に至るまで、さまざまな形の詩歌にうたわれた。だがやがて自由民権時代になり、「自由」が単なる観念、あるいは風俗としてもてはやされるのではなく、政治的、社会的な実質をもつものとして要求されるようになると、それは抑圧、弾圧の対象となった。真剣にそれを要求した新体詩人たちは挫折を味わい、さまざまな方向転換を試みた。そういうなかで最も果敢に「自由」を求め、従って最も深刻な挫折を味わったのは北村透谷であろう。彼はいわば「自由」を精神化し、みずからの内なる「自由」の可能性を探求するようになった。そしてその思いをあらわす言葉を探し求めて、七転八倒するのである。

アメリカで「自由」の問題と最も真っ正面から取り組んだ思想家R・W・エマソンは、詩人の役目を「知る人 the Knower, 行動する人 the Doer, 告げる人 the Sayer」と説いたが、日本のような近代になりたての――いやまだ十分になってもいない――文化・社会で、詩人が正しくsayすることは難事業だった。詩人が自己の内なる「自由」をめぐる思いを正しくsayするには、なにか天上的、あるいは霊的な力を借りることを必要とした。つまりSayerはProphetとならなければならなかったのだ。北村透谷は、預言者詩人Poet-Prophetたろうとするかのように、詩表現の実験をくりひろげた。その奮闘の姿を見直しておくことは、日本近代詩誕生期の激しい陣痛を感じ取ることにもなるような気がする。

1　北村透谷とホイットマン

北村透谷の詩、特にその最大の作品である『蓬萊曲』（本書第2章、一二〇―一二四頁参照）を、アメリカ詩人ウォルト・ホイットマンの詩、特にその最高の傑作とされる「自己の歌」"Song of Myself"と比較したい気持を、私は早くからもっていた。この両者のあいだに、直接的な影響関係はぜんぜんないと思う。逆に、そこにはさまざまなへだたりがある。「自己の歌」は、アメリカ・デモクラシーの全盛時代に作られ、『蓬萊曲』は反デモクラシー的な明治国家の重みがひしひしと感じられてきた時代に書かれた。作品の種類も違う。「自己の歌」は、叙事詩的な構成をもつとはいえ、一人称でうたいとおした告白詩であるのに対し、『蓬萊曲』は、舞台にのせる意図はなかったとしても、一種の劇詩であるのだ。

しかし、両者に文学的な血縁関係がまったくなかったわけではない。じつはホイットマンも透谷も、ともに超絶思想家《トランセンデンタリスト》のエマソンを尊敬していた。ホイットマンはエマソンを明らかな形で「師」と呼び、透谷は晩年に評伝『ヱマルソン』を書いた。もっとも、『蓬莱曲』を書いた時期に、透谷がエマソンを知っていたかどうかは疑問である。かりに知っていたとしても、おそらくまだ彼の作品を深くは読んでいなかっただろう。だがエマソンの主張は、当時すでに、日本でかなりよく伝えられており、その間接的な影響、あるいは雰囲気とでもいうべきものを、透谷は感じとっていた。その意味では、ホイットマンと透谷はエマソンを共通の「師」とする兄弟分であったということができる。

ところで、私の関心は、そんな系譜の立証ではない。エマソンの詩観の根本は、詩人は時代の預言者でなければならぬという主張であった。ホイットマンも透谷も、その種の主張を自己の魂で受け止め、みずから預言者の使命を自覚することによって詩人となった。両者は、アメリカと日本とにおいて、ほとんど初めて近代の人間とその時代との直接的な衝突から生ずる火花を詩にうたった。しかもそのために、彼らはともに伝統的な意味での「詩的」な言葉に激しく挑戦し、ホイットマンの句を借りれば「野蛮な絶叫」、透谷の用語を借りれば「乱雑なる詩躰」を創造した。私の関心の中心は、彼らのそういう言葉との格闘に目を向け、出来ればその「野蛮」さ、「乱雑」さがもつ積極的な意義を評価することにある。

ホイットマンがアメリカ近代詩の出発点を記す巨峰であることは、いまでは誰でも認めている。だが透谷となると、少なくとも一般の目には、明治浪漫詩が開花する前の狂い咲きの花ぐらいに写っているのではなかろうか。日本近代詩の出発点を『新体詩抄』（明治15・7）に置くのは詩史上の常識だろうが、それははなはだ「詩的」情調に欠けることから、近代詩に「美」を導入した森鷗外らの『於母影』（明治22・8）あたりを本当の出発点とし、それに連なる藤村、泣菫、有明などをその初期の巨峰とする見方も有力だ。その見方に立てば、透谷が軽視されるのは当然かもしれぬ。しかし詩人は時代の預言者でなければならぬという観点がもし成立するとすれば、この評価はずいぶん変わってくるのではないか。透谷は巨峰と呼ばれるにはあまりにも未成熟で終わったが、彼が日本近代詩で初めて近代人の魂に言葉を与えたという評価も成り立つと思われる。ホイットマンと透谷を比べたいという願いの裏には、そういう詩史上の関心もひそんでいるのである。

2　預言者詩人とは何か

預言者詩人という観念は、西洋ではずいぶん古くからあった。いまその歴史を述べる意図も余裕もないが、西洋のいわゆるロマン主義時代には、この観念は多くの若い詩人たちの心をとらえた。近代社会への希望と不安とが、詩人に対して、時代精神とその問題との最もすぐれた洞察者でかつ表現者であることを要求したといえよう。

日本でも、明治二十年代の前半に、その種の詩人を待望する声があちこちで聞かれるようになった。西洋崇拝の文明開化や、教会本位のキリスト教などが、さまざまな意味での内的な空白を露呈したり挫折したりしたこの時代は、日本における近代の最初のモラル・クライシス（精神の危機）の時代であった。一部の知的指導者たちは、この「危機」をのりこえる預言者的精神の表現を、詩人に要求した。私はこの時代を、ヨーロッパのロマン派の奔騰期と比べる意味で、日本のシュトルム・ウント・ドランク（疾風怒濤）時代といえるのではないか、またエマソンからホイットマンにいたる時代が「アメリカン・ルネッサンス」と呼ばれるのに対して、日本の小ルネッサンスと呼べるのではないか、と思うことがある。

この時期、いまでは俗流思想家の代表のようにいわれる徳富蘇峰でも、ワーズワス、バイロン、それにエマソンなどの言葉を何度か引用しながら、「文学者は、社会の明鏡たるのみならず、復《ま》た其の燈台たらざる可からず。知識社会の代表者たるのみならず、復た其の預言者たらざる可からず」（「近来流行の政治小説を評す」明治20）というたぐいの叫びをあげていた。詩人は今日の日本の「此旧い所の圧制、旧い所の束縛」を絶ち切るべき者だ、とも主張していた（「新日本の詩人」明治25）。理想主義的な青年の心を強くひきつけていた植村正久は、カーライルを「常に形而上の理想界を眺め居た」「プロフェット」として称揚し（「トマス・カアライル」明治23）、ワーズワスを「目と霊魂とを以て天地の差を眺めた」「自然界の預言者」としてたたえながら（「自然界の預言者ウォルズウォルス」明治26）、日本の詩人にもそういう高邁な精神を求めた。透谷が関係していた『女学雑誌』主筆の巌本善治も、「此の大沙漠界に、一人の詩人あれ」（明治22）というたぐいの論文を書いて、「詩人は、人類中の尤も純なるもの、自然なるもの、束縛せられざるもの」と強調していた。またみずから詩人でもあった宮崎湖処子は、「今日余が最も待つ所のものは、改革的預言的詩人の踵《きびす》を接して出来《いでき》たらむこと是なり。当今天下自由を得て自由を失はむとし、希望の地に在て絶望せむとす。若し改革的詩人あって自由を歌ひ、預言的詩人あって希望を謡ひ、以て混黒霧裡に彷徨する所の国民を鼓舞し、振作するにあらずんば、国家百歳の後知るべきのみ。噫、詩神既に石女《うまずめ》となれるか。何ぞ胎まざるの久しきや」（「韻文所見」明治25）と論じていた。

今日、これらの叫びを、西洋的あるいはキリスト教的な詩人観に立った観念的な意見として批判することは簡単である。しかし、当時の詩界の状況を見れば、この種の主張の必然性もまたわかるはずだ。日本に新体詩なるものを作り出した『新体詩抄』（明治15）は、西洋の「ポエトリー」の形式を導入して「少しく連続したる思想」を表現しようとしたものだが、その形式とは結局、我国の長歌や俗謡の句調をいくらも出ず、その思想とは、当時流行していた社会進化論の解説や、立身出世主義の教訓や、軍国的精神の鼓吹にほかならなかった。しかもその後あらわれた新体詩の作品は、おおむね伝統的な花鳥諷詠に後退していた。なかには自由民権の思想をうたったものもあるが、それもその観念を単純化し、七五調で韻文化してみせることをあまり出ない状態だった。預言者詩人待望論は、国民のモラル・クライシスと無縁なところでうたわれているこういう詩への、不満と焦燥に根ざしていた。

しかし、問題は、そのように待望された預言者詩人の実質は何であったか、また預言者詩人が詩人たる以上、当然しなければならない言葉との格闘を論者たちがどうとらえていたか、ということであろう。まずこの前者の問題についていうと、論者たちが求めていたのは、近代の社会秩序にふさわしい道徳《モラル》を表現する指導者にほかならなかった。そこでは、近代人が個々の魂の内奥（透谷の言葉を借りれば「各人心宮内の秘宮」）で経験している混乱や模索は、ほとんど無視されていた。たとえば徳富蘇峰が圧制、束縛といったのは、ほとんど制度的なものであった。そして、人間の内的な束縛を絶ち切ろうとするたぐいの詩人が現れると、彼はこれを斥け、合理主義の壁を自分のまわりにはりめぐらせてしまった。植村正久のいう預言者は文字通り「形而上」の思索家であり、その思索が近代の現実と衝突した時に生じる厭世思想のようなものには、彼は理解を示さなかった。巌本善治も同様で、「真正の詩人こそ最も高き道徳家」という信念を彼は出ることはなかった。宮崎湖処子のいう改革的預言的詩人とは、男女同権、人間平等などの理念の鼓吹者か、さもなければ俗塵を去り田園に清遊するたぐいの人であった。

　結局は近代との外面的調和を目指したこの人たちに、近代と対決する魂の言葉に対する意識が乏しかったのは、むしろ当然というべきかもしれない。なるほど、彼らは『新体詩抄』やその傍流に不満をもったが、ではいったいどのような詩を具体的に評価していたのだろうか。明治十八年、湯浅半月の『十二の石塚』が出た時、植村正久は序を寄せ、「日本ニハ未タ其類ヲ見サル史《イピ》詩《ツク》ナリ其体制新創ナルノミナラズ道徳ノ感覚ヲ含ミ愛国正義ノ気ヲ鼓吹シ読者ヲシテ感動ニ堪へサラシメントス」とこれを推奨した。しかしこの作品はなるほど「高尚」な雅言を用いて『新体詩抄』流の「鄙俗」さを脱していたが、題材は旧約の故事を借り、形式は『新体詩抄』の七五調を五七調にかえた長歌にほかならなかった。そしてその「道徳ノ感覚」「愛国正義ノ気」とは、孝心とか仇討とかのモラルをほとんど出ていなかった。明治二十二年、徳富蘇峰が自分の編集する雑誌『国民之友』の附録に『於母影』を収めたのは、彼のジャーナリストとしてのセンスの確かさを証明するものであろう。この訳詩集が鷗外みずから述べた「西詩の意思世界と情感世界との美のみならず又た西詩の外形の美をも邦人に示しえんか」(「明治二十二年批評家の詩眼」)との望みを見事に果たしたことは、誰も否定できない。しかし、いかにも教養人の手になる落着きと典雅さとをもったこの詩集に、旧い所の圧制、束縛を絶ち切るたぐいの言葉の力を感じとることは、ほとんど無理というものであろう。宮崎湖処子は、みずから質樸な感情を自由平明にうたった田園趣味の抒情詩を書いたが、それが国民を鼓舞し振作する言葉となっていたとは、やはりいいがたい。むしろ逆に、それは牧歌的なおだやかさを身上としていた。

大上段にふりかざした形の預言者待望論が実を結ぶには、詩人の魂がまず時代に対してふるえなければならなかった。『蓬莱曲』で透谷がうたった、

我眼《まなこ》!　我心眼!　今神《じん》に入れよ、
この瞬時《ひととき》をわが生命《いのち》の鍵とせん。

という眼が開かれなければならなかった。そしてその魂の振動とその眼が見たものに、言葉が与えられなければならなかった。

3　解放された言葉の模索

一八四四年、エマソンが発表した歴史的な「詩人論」“The Poet”は、まさにこの、人間の「自己」の深奥からの声を発する預言者詩人待望論であった。彼は詩人を「知る人、行動する人、告げる人」と呼び、自己の声によって人間の内部生命への抑圧・束縛の鎖を絶つ「解放の神」であると主張した。しかし彼自身は、「知る人」であっても「行動する人」ではなく、そのため「告げる人」としての力も制約されていた。彼は凝縮した詩形に豊かなイメージと象徴をもりこみ、清新な自然詩や深遠な思想詩を書いたが、彼の言葉はいわば既成のものであり、アメリカ的と彼が考えた自由さと大いさをもってはいなかった。

それを実現したのが、およそ二十年後のホイットマンである。この「行動する人」は、私が先に「アメリカ・デモクラシーの全盛時代」と呼んだものの幻滅すべき現実を、さまざまな面から「知る人」となっていた。彼は南北戦争前のアメリカの人間がじつは心の底で体験していたモラル・クライシスを、真っ向から身にひきうけた。「自己の歌」を含む詩集『草の葉』*Leaves of Grass*（一八五五）出版前の五年間、彼が何をし、何を考えていたか、じつはほとんどまったくわからない。だがわからないことこそ、彼が「自己」をどう建設しどう表出するかについて、真剣に模索していたことの雄弁な証拠だと私は思う。そして彼は、最も原初的な人間のもつ力を最も原初的な言葉でとらえなおすことから出発しはじめた。その時、彼ははじめて「告げる人」となり、「自己の歌」をうたいだしたのである。

『草の葉』特に「自己の詩」の内容を理念的に分析する人は多いが、預言者詩人としてのホイットマンの生命が彼の言葉自体にあることを語る人は、意外に少ない。『草の葉』の序文でホイットマンは、「独創的で実際的な偉大な実例を示す人こそ永久に最も偉大だ」と述べ、「新しい自由な形式からすすみ出る静かな挑戦」以上に美しい芸術家の特質はないと宣言した。そして晩年には弟子にむかって、「わたしは『草の葉』は言葉の実験にすぎないと思うことがある」と語っている。前者の宣言には新しい詩人の気負い、後者の述懐には老熟した詩人の謙遜が感じられるが、いずれにしても、エマソンすら束縛していた「詩的」なるものを一挙に突き破る言葉をつかんで、ホイットマンははじめて「解放の神」の道程を踏み出したのであり、その事実がもつ重みを忘れたホイットマン論はほとんど無意味に近いであろう。

さて、いささか脇道にそれたようだが、北村透谷もまたそのような預言者詩人への道を模索した人だと私は思うのだ。すでに述べたように、彼が「詩人論」その他のエマソンの著作に親しんだのは、『蓬莱曲』執筆より後のことだと思われる。そして彼が「吾人の霊魂をして、肉として吾人の失ひたる自由を、他の大自在の霊世界に向って縦《ほしいまま》に握らしむる事を得る」者をあるべき詩人と見なし、それを「神の如し」とたとえるまでにいたった(「人生に相渉るとは何の謂ぞ」)のは、明治二十六年のことであった。しかしそういう表現を得る前から、彼にはその種の詩人への志向が明らかにあった。

透谷もまた「行動する人」から「知る人」になり、自分自身がモラル・クライシスそのものの人間となった。自由民権運動からの脱落の後、「希《こいねがわ》くは仏のヒューゴ［ユーゴー］其人の如く、政治上の運動を繊々《せんせん》たる筆の力を以て支配せん」（石坂ミナ宛書簡、明治20・8・18）と望んだかと思うと、「一生中最も惨憺たる一週間」を経験した後、「余は断然身を下等社界の巣中に隠くす可し」と決心し、また「是より真神の忠義なる臣下たらん事をも決定せり」（「（北村門太郎の）一生中最も惨憺たる一週間」明治20）という状態だった。これらのさまざまな「決意」は、その限りでは、政治文学や宗教活動などへの彼の志向を示している。しかしこういう精神的彷徨の全体を通してみると、それは「自己」の前に立ちふさがる近代の「壁」を突き破ろうという意欲――そしてやがてはエマソン的な言葉で「内部の生命」「人間の根本の生命」（「内部生命論」明治26）と彼が呼んだものへの志向――の表現ではなかったろうか。その証言となると思われるのが、彼の現存する最初の詩たる『楚囚之詩』（明治22・4）なのである。

この叙事詩ふうの作品が、自由民権運動の同志であった大矢正夫の入獄を反映したものだとか、バイロンの『シオンの囚人』*The Prisoner of Chillon* の影響をうけたものだとかいう指摘は、素材、背景の説明としては正しいであろう。また、「曾つて誤つて法を破り／政治の罪人として捕はれたり」という書き出しや、「遂に余は放《ゆる》されて／大赦の大慈《めぐみ》を感謝せり」という結びをとらえ、透谷の思想の不徹底さを批判することも可能であろう（第2章参照）。しかし、この詩で最も力があるのは――そして透谷が最も直接的に魂を表出させたと思われるのは、そういう形式的な説明ではつくされない部分である。それは彼が自己をとりまく「壁」の圧力をうたった部分だと私は思う。

はや今は口は腐れたる空気を呼吸し
眼は限られたる暗き壁を睥睨し
且つ我腕は曲り、足は撓《た》ゆめり、
嗚呼楚囚！　世の太陽はいと遠し！

甘き愛の花嫁も、身を抛《なげう》ちし国事も
忘れはて、もう夢とも又た現《うつつ》とも！
嗚呼数歩を運べばすなはち壁、
三回《みたび》まはれば疲る、流石《さすが》に余が足も！

言葉はいささか幼く、五音と七音を基調としながらも、その枠をほとんど完全にはみ出ている。しかしそのナマさこそが、かえって読者に迫る力となっているのではなかろうか。ただし、この「壁」を突き破りたいという透谷の欲求は、この詩ではまだ牢獄に自由に出入する蝙蝠《こうもり》や鶯などに託されすぎて、思想としての力をもつ言葉には十分なっていない。彼が「告げる人」となるには、もっと根源まで自己を押しつめることが必要だった。

『楚囚之詩』から『蓬莱曲』の脱稿（明治二十四年五月）までの約二年間、透谷はさまざまな「言葉の実験」をしたに違いない。もちろん、私のいうのは単に形式や措辞の上の実験ではない。ホイットマンは『草の葉』の序文で、「最も偉大な詩人は、個性的な文体の持主というより、想念や事物をいささかの増減もなく通す水路であり、自己自身を自由に通す水路である」と述べたが、いわばその「水路」の探求であるのだ。当時の透谷の簡単な日記を見ただけでも、彼が実にさまざまな作品を計画しては、つぎつぎと中断、破棄していたことがわかる。数篇の抒情詩の断片も作ったが、発表はしなかった。しかも、預言者詩人としての意識はしだいに深まっていた。明治二十三年一月に発表した「当世文学の潮模様」は、当時流行の政治小説や硯友社一派の小説から『於母影』までを含めて批評したものだが、つぎのように論じている。

　英雄の起る偶然にあらず、詩人の起るも亦、偶然にあらざるを疑ふ勿れ、余は怪《あやし》むに堪《たえ》ざりし、何故にか余は当代の文学に満足せざる、曰く、唯時に遇《あわ》ざるの文字多きを見《みれ》ばなり。今は得意の月日に非ざるを、彼等は得意と思ひて歓喜の筆を弄す、今は慷慨する者を要するの日なるに、彼等は笑談すれども一滴の涙はあらず、片々積来《つみきた》るの文字は、寧ろ時流に媚んとするに近からずや、然らざれば将《はた》自家の歓楽を表露するに止《とどま》るか。

その年の八月三十日、透谷は「われ決心せり、ちよこ〳〵短きものをつゞらんより長大篇のみに心を注ぐべし」と日記にしるした。そして九月九日の日記に、「『新蓬莱』なるもの書き初めたり」と記入している。『蓬莱曲』はこうして出発したのだが、その同じ日に、「『如何にして軽浮ならざるを得ん』これは文学の調子を慨し、之を救ふには詩人の観念極大ならざる可らず、と云ふを主にて」としるしていることも重要であろう。ここにいう「観念」とは、単にアイデアという以上の生きた思想のことに違いない。これ以後も、日記には相変わらずさまざまな作品が出ては消えている。しかしその過程で『蓬萊曲』は進行し、明治二十四年五月、ついに刊行の日を見たのであった。

4 『蓬萊曲』の言葉

『蓬萊曲』に関する研究や解説についても、私は『楚囚之詩』に関して述べたのと同じ感想をもつ。つまり、この作品を形式的に分析したり影響関係を指摘したりする仕事からももちろん多くのことを教えられながらも、この作品の一番訴えるところは、そういう仕事では覆えないところにあるという印象をぬぐえないのだ。たとえば、この作品の世界は「現世の否定と来世の肯定」だという説がある。それは文字面だけを追っていけばそうなるかもしれないが、透谷の言葉の力をうけとめると、むしろ逆ともいえる感じがしてくる。またこの作品が、バイロンの『マンフレッド』*Manfred* や、ゲーテの『ファウスト』*Faust*、あるいはダンテの『神曲』*Divina Commedia* に負うているという指摘は、まったくそうに違いないと納得するのだが、ではなぜ、たとえば透谷が直接依拠した鷗外訳「マンフレット一節」(『於母影』所収）とそれに呼応する透谷の言葉（第二齣二場の冒頭）は、あんなに響きが違うのか。鷗外訳では十音をつらねてなめらかで思慮ある調べだったものが、透谷にかかるとどうしてぎくしゃくとして思慮性急な調べになるのか。もっといえば、透谷は確かに多くの作品から影響をうけたには違いないのだが、いわばそれらを踏み台にし、踏みにじるような力《りき》み方で自分の言葉をつくっていったところにこそ、私たちは注目すべきではないだろうか。と、そんな気がするのである。

さて、私がこの作品で特に興味をひかれるのは、第一に、透谷が「自己」の中に深く入り込み、そこに発見したものをまさに「いささかの増減もなく」表出している箇所である。この劇詩の主人公の柳田素雄は、「牢獄《ひとや》ながらの世」を逃れ出た修行者である。彼は『楚囚之詩』の主人公の「壁」を外形的には破った所に存在しているかのようだ。そしてあれほど求めていた「自由」をいまつかみ取ろうと旅を重ねているのだが、それはいっこうに成就できない。「からくも悶え手探れば、こはいかに、／まことゝ見しもの、これも夢の中なる。」比喩的にいえば、自己のまわりにめぐらされていると思った「壁」は、じつは自己の内を閉ざしていたものらしい。素雄はそれを突き破るようにして進むが、「心宮内の秘宮」は「常に沈冥《ちんめい》にして無言」である。こうして、真に解放された自己をつかみえぬままに、彼は焦燥とのろいの叫びをあげる。

山を河を、野を里を、殿《みや》を城を、
載せ余し置飾《おきかざ》りても、わが眼《め》には
空虚《むなし》とのみぞ見ゆるなる。」

ぬぐへども、ぬぐへども、わが精神《たま》の鏡の
くもりを如何《いかに》せん

われ未だわが足らぬところを癒《いや》す者にあはず、そもわが足らぬはわがおのれの中《うち》より出ればなり。

このおのれてふ物思はするもの、このおのれてふあやしきもの、このおのれてふ満ち足らはぬがちなるものを捨てゝ去《い》なんこそかたけれ。

こういう言葉がつぎつぎと連なる。そしてその、時に大仰、時に舌足らずのような直接的表現に、私は自己のうちの深淵をのぞいた近代人の深痛さを感じるのである。

しかも、第二にもっと心ひかれるのは、そういうあやしき「自己」を否定し、「自己」を捨てたところにこそ救済を得させようとする者に対し、主人公（つまりは透谷）が全身全霊をもって反抗する時の、その執念のすさまじい表現である。作品中、柳田素雄は、蓬莱山麓の原で道士鶴翁に会う。鶴翁が彼に救いを得る道として説くのは、「自然に逆はぬ」こと、つまり自己をむなしくし、すべてをうけいれることによって、人界にやすらぎを得ることである。これに対して、素雄はそういう自己欺瞞的な人界（現実の社会）との妥協を、次のような言葉で拒否する。ここには、「今は慷慨する者を要するの日」と述べた透谷の真情があふれている。

おのれは怪しむ、人間《ひと》が智徳の窓なり、
美《び》の門《かど》なりとほめちぎる雙《さう》の眼《め》の、
まことに開《ひら》けるものなりや？
開《ひら》かば、いづれを観《み》る？　まことに開かば
観《み》る可きに、あはれ人の世の態《さま》を、
その穢《けが》れたる鼻孔《はな》を、その爛《ただ》れたる口を、
その渇《かわ》ける状《さま》を、その餓ゆる態《さま》を、
その膿《う》める腸《はらわた》を、その壊《くず》れたる内神《うち》を。
聖《きよ》しとて、気高《けだか》しとて、厳格《おごそか》なりとて、
万類《よろづのもの》の長《おさ》なりとて傲《ほこ》り驕《おご》れる人類《ひと》は
わが涙の色を紅《くれなゐ》にするもの、
いかでいかで、わが安慰《やすみ》を人の世に得ん、

鶴翁と袂《たもと》をわかった後、素雄は蓬莱山頂に達し、そこで大魔王に会う。鶴翁が自己放棄の受身の態度を教えたとすれば、大魔王が教えるのは積極的に自己を利用して現実の社会の世俗的支配者になる道のようだ。素雄がそれを「凡そわが眼の向ふところは浮世の迅速《みじか》き楽事《たのしみ》にあらずかし」と述べて拒絶すると、大魔王は地上の人間の世界に火を放ちことごとく焼いてみせる。ここにおいて、先に人界を否定したはずの素雄だが、その破滅に動転し、悲しみの声をあげる。素雄の言葉を通して焦熱地獄をうたったその個所は、名詞、動詞を力動的に積み重ねて、ホイットマン的な自由詩に近づいている。大魔王はこのようにして素雄に屈服を強いるわけだ。それでも、素雄はひれふさない。しかし彼の嘆きと、進むべき方向を失った昏迷の思いは深く、つぎのような問いを自分に投げかけている。

無念、無念、われなほ神ならず霊《れい》ならず、
死ぬ可き定《さだめ》にうごめく塵の生命《いのち》なほわれに
纏へる。」
事問《ママ》はん、その「我」に、いましが
行く可きところいづこぞ？

そして彼の生命がついに絶えるところで、この作品は終わるのである。

さて、以上は柳田素雄の言葉からごく部分的な紹介をしただけだが、こういうなまなましい「自己」の叫びは、『蓬莱曲』の前になく、以後にも稀有なものでなかろうか。その「自己」は混乱し（「おもへばわが内には、かならず和らがぬ両《ふた》つの性《さが》のあるらし、ひとつは神性《かみ》、ひとつは人性《ひと》」とも素雄は述べている。）、「心宮中の秘宮」の大世界はついに明確なものとならなかった。しかしじつは、彼の言葉の力そのものによって、「その心宮中の秘宮」が不分明なままに叫びを得ているといえないだろうか。つまりこの詩において、詩人北村透谷は「自己自身を自由に通す水路」

となりえているように思えるのである。

もっとも、この詩のなかにも「詩的」なるものが顔を出し、「水路」をさまたげている箇所がある。素雄の露姫に対するあこがれを表現した箇所は、その例だと思う。それは混乱した「自己」からの脱出の願い、あるいは実世界との戦いに敗れた厭世詩家の「牙城」たるべきところへの逃避の願いの表現として評価すべきものであろうが、露姫そのものが観念化していて、彼女に対するあこがれに霊肉その他の「両《ふた》つの性《さが》」の人間的葛藤がなくなってしまっているのだ。透谷が「蓬萊曲別篇」として「慈航記」を書き、いったん死んだ素雄が露姫に救われるところを描こうとしたのも、多分はこの願望のあらわれであろう。しかしその救われた素雄が、「友を追ひ、分け来《こ》し雲は消行《きえゆ》きて／尽きぬやどりに帰へる厂金《かりがね》」というような「詩的」な言葉で自己をうたうようになっては、作品はもう進展するはずがなかった。この別篇が未定稿の断片として終わったのは当然であった。

『蓬萊曲』の主題を「現世の否定と来世の肯定」と説くたぐいの研究者は、このへんをいったいどう見られるのだろうか。形式ではなく言葉の力に注目する限り、この作品はむしろ現世への作者の執念を見せつけている。近代の重圧の中で自己を確立しようと努め、そのどんづまりまで追い込まれても自己の解脱や屈服を拒否するところにこそ、透谷の叫びは最も生きているように思えるのである。

5　近代詩の本当の出発

ここで、あらためて『蓬莱曲』と比較してみたくなるのは、ホイットマンの「自己の歌」である。『蓬莱曲』は、透谷自ら作品中でいうように「自責《セルフ・トーメント》の児」であった。これに対して、「自己の歌」は、「わたしはわたし自身を賛美する」という言葉ではじまる自己宣揚の詩である。後者が「解放の神」の作品であることはうなずけるとして、前者にそのような呼称が可能だろうか。

ところで、しかし、ホイットマンの詩もよく読んでみると、けっして単純な展開をしているのではない。「自己の歌」が「近代人」ないし「民主主義的人格」を、徹底的に肯定賛美しようとしていることは事実だ。しかし、では、ホイットマンはそうすることによって、あの「心宮中の秘宮」を開き、それを明快にうたいつくしえたかというと、そうでもない。彼は自己をうたえばうたうほど、その自己が彼の言葉から洩れ出てしまうことを自覚した。一三〇〇行以上も自己をうたってきた終り近くで、「それ［自己の本体］が何であるか私は知らない」と彼は告白し、「多分わたしはもっといえるはずだ。輪郭ぐらいは！」とじだんだ踏んでいる。この詩が生きているのは、解放された自己なるものを、彼が宣揚しながら探求している、あるいは探求しながら宣揚していることである。一見おおらかな楽天主義が、じつは激しい焦燥感と、それをふりきって絶対的肯定を得ようとする「信じる意思」とに支えられていることである。いいかえれば、この詩の預言の力は、近代社会における自己の確立を果したことではなく、その可能性を探求しぬき、その探求のはげしさそのものに言葉を与えたことにあるのだ。

『蓬莱曲』の世界は、これと違って終始暗澹としている。透谷の前には、ホイットマンがヴィジョンとして見たような魂の「大道《オープン・ロード》」（「大道の歌」“Song of the Open Road”参照）が開かれていなかった。行けども行けども「壁」がそびえ立っていた。これには、もちろん両詩人の置かれた状況の違いが忠実に反映しているのであろう。透谷は、しかし、その状況における自己を探求しぬき、追いつめられた魂の悲痛な叫びを言葉にすることによって、「心宮中の秘宮」の本来もつべき可能性をほとばしらせている。預言者詩人が外的世界に対処するための日常的教訓を与える者なら、透谷はそれではない。しかしモラル・クライシスをのりこえるための魂のエネルギーに出口を与える者を預言者詩人とするなら、透谷がそれであったといえるのではなかろうか。

『楚囚之詩』を書いた時、透谷はその自序の冒頭で、「余は遂に一詩を作り上げました」と述べた。これは近代日本ではじめて魂の叫びをあげ始めた二十歳の青年詩人の出発の宣言として、私には千鈞の重みをもって聞こえる。さらに彼は、「元とより是は吾国語の所謂歌でも詩でもありませぬ〔中略〕。左れど是れでも詩です、余は此様にして余の詩を作り始めませふ」と決意を語っている。彼がこの詩の出版直後、「余りに大胆に過ぎたるを慚愧《ざんき》」して廃棄してしまったことは、よく知られている。しかし彼はこの「大胆」な道を変更しなかった。二年後の『蓬莱曲』の序では、彼は「余が乱雑なる詩躰は詩と謂へ詩と謂はざれ余が深く関する所にあらず」と開き直っている。彼はここで明らかに「韻文」に背を向け、「余が胸中に蟠踞《ばんきょ》せる感慨」をそのまま表出することに自己を賭けていた。こうして彼は、ホイットマンのいう「新しい自由な形式から進み出る静かな挑戦」をなしとげたのであった。透谷こそ日本の近代詩の本当の出発を告げた人であると私が考えるのは、こういう理由からである。

私はさらにこの小文で、透谷がやがて七五調にたよる「詩的」な抒情詩を書く方向に後退していくさまを語りたかった。それはホイットマンの方向とも軌を一にしていた。またさらに、透谷の「言葉の実験」をうけついだのが島崎藤村ではなく岩野泡鳴であること（泡鳴は直接的にエマソンの思想から出、やはりエマソンを尊敬していたマーテルリンクと自分とを「思想上の兄弟分」と呼んでいる。それから、彼はホイットマンに近づいていった）、そして泡鳴、高山樗牛、内村鑑三、野口米次郎、高村光太郎といったホイットマンの影響を直接うけた詩人の系譜が、『於母影』から藤村を経て泣菫、有明、露風、白秋とつらなる「詩的」詩人の系譜に挑戦を重ねたことにも、筆を及ぼしたかった。またさらには、日本のいわゆる近代詩史なるものが、たとえば透谷の後退期の抒情詩だけ評価し、『蓬莱曲』などは「支離滅裂」としか認めえぬたぐいの言語感覚の上に成り立っていることを語り、新しい日本近代詩史が書かれなければならないことも主張してみたかった。しかしそれには、別の機会を待たなければならない。

第5章「我が輩も亦た是れ艶生涯」

近代の漢詩人、中野逍遥を読む

北村透谷が近代の精神を新体の詩に表現すべく日本語と格闘していた、ちょうどその頃、漢詩という伝統的な詩で近代に通じる感情を表現しようと、まったく中身は違うけれどもどこかで同じように新しい模索をしていた同じ年頃の詩人がいた。

『新体詩抄』の撰者は、「夫レ明治ノ歌ハ明治ノ歌ナルベシ、古歌ナルベカラズ、日本ノ詩ハ日本ノ詩ナルベシ、漢詩ナルベカラズ」と明快に言い切った。明治のご一新、文明開花運動の隆盛とともに、和歌・俳句のたぐいの「古歌」ともども、漢詩はこれからの望ましい詩ではないと拒否された。

が、それはあくまで西洋文明を手本とする新時代の人の見方であった。幕末維新まで、詩といえば漢詩を意味した。伝統的に知識人の精神を形作っていた漢学や、知識人の自己表現の土台をなしていた漢詩が一挙に消滅したわけではない。いやむしろ、明治時代に漢詩は一見、大流行した。国家の体制がゆらぎ、西洋（夷狄）の思想や風習が日本の国土や人心を蹂躙しつつあるように思えた時、漢詩は従来以上に明治国家の精神的支えとなるものに見えたのだろう。いわゆる「維新の元勲」たちを筆頭にして、政治家、官僚、軍人、紳士たちは競って漢詩を作った。

しかしこの「詩壇」は、近代詩の世界とまったく掛け離れたところにあった。たとえば正岡子規も夏目漱石も若い頃から文学に親しみ、当然のごとく漢詩を書いたが、彼らが求めていた文学は「近代」の精神や感情を表現する文学であり、いま述べた「詩壇」とはまったく没交渉だった。ところが、もっと本格的な漢詩人で、同様に「詩壇」とまったく関係なく、近代に突き進んだ若者もいたのである。子規・漱石と同期に帝国大学に入り、漢学を専攻したが、大学卒業後わずか四か月で急逝し、そのまま埋もれてしまった。近年ようやくこの青年の再評価がなされつつあるようだ。だがこの漢詩人、中野逍遥はどのようにして近代詩の展開につながるのか――あるいはつながらないのか。まだほとんど知られていない人なので、いささか伝記的展望も加えながら、その詩を検討してみたい。

1　古里の輿望をになって

中野逍遥（本名、重太郎）の生涯は、なにしろ短いものだったから、ほんの一瞥すれば足りる。

が、じっと見ると分からぬことだらけなのである。愛媛県が文化振興の意図をもって出した川崎宏著『中野逍遥の詩とその生涯』（平成7）が、私の知る唯一の伝記的な本であり、もう一冊、二宮俊博著『明治の漢詩人中野逍遥とその周辺』（平成21）が、逍遥の作品の世界を解明する論考をいくつか収めていて、私は大いに頼らせていただいた。だがほかに手立てを知らず、私は畑違いの人間の勝手な想像、類推を織り込みながら、日本近代の夜明けの時期の漢詩人の「青春」の姿を追いかけてみる。

中野逍遥は慶応三（一八六七）年二月十一日、伊予（愛媛県）宇和島に、伊達藩士の長男として生まれた。父の地位はよく分からぬが、裕福な生活ではなかったらしい。だが幼時から、いろんな人について漢学を修めた。

明治十二年、南予中学に入学。まったくの想像だが、学内で出色の秀才だったのではなかろうか。たぶん中学を卒業することなく、明治十六年八月上京し、成立学舎に入っている。これは大学予備門を受験するための予備校で、主にそのために必要な英学を教えていた。同じ年、東京育ちの夏目漱石もこの成立学舎に入り、好きだった漢学を投げ棄てて英語に打ち込んでいる。ついでにいえば同じ年の六月、同じ愛媛県の北予、松山中学で学んでいた正岡子規も中学を中退して上京、共立学校に入って英語を学んだ。みな青雲の志あってのことだったが、地方から出てきたものは古里の輿望をになうことを強いられ、意気込みも違っていたはずだ。また、子規は旧藩主久松家の、逍遥は伊達家の、直接的あるいは間接的な援助や庇護を受けていた。するとますます安閑としてはいられなかったに違いない。ただ子規は天性のおおらかな融通性をもっていたと思えるのに対して、逍遥は——学生服の正装写真を一枚見ることができただけだが——きりっと引き締まった好青年ぶりに生真面目さがあふれ出ていて、刻苦勉励の青年だったことを想像させる。

とにかく明治十七年九月、三人はともに大学予備門に合格、入学した。この学校が学制の改革により、明治十九年、第一高等中学校になった。三人は明治二十一年、その予科（尋常中学校に当たる）を卒業、本科第一部（文科）に進学した。少くともその二年生の時、三人が同じ組に入っていたことは名簿によって明らかだ。子規と漱石はこの頃に知己の仲になったが、級友たちから**the Silent** の「尊称」を奉られる（子規「筆まかせ」第一編、明治二十二年執筆）ほど寡黙だった逍遥は、なかなかそうはなれなかったようだ（大学に入ってから、子規との間には交流が生じたけれども）。しかし、友達になれなかったとしても、つき合いはきちんとしている。子規（明治十八年）、漱石（十九年）にならって、逍遥も落第しているのだ（二十一年）。ただいささか図々しさも持つ子規、漱石と違って、逍遥は落第を深刻に受け止めた。彼は父母に宛てた手紙（明治21・10・14）でこのことを報じた中に、「大聖人に非《あら》ざる上は多年の学海に少々の失敗は通例難免《まぬがれがたく》、源頼朝が石橋山の敗軍、徳川家康が三方原之敗戦を考ふれば、今一歩を誤ればとて忽ち屈節致《いたす》べきものにも候はず」と、ものすごいたとえで両親を慰め、「生命の存する間は重太郎の胸中には学問の外に一つの目的無之《これなく》」と、将来への決意を述べている。クソまじめさが分かるというものだろう。

こうして明治二十三年七月、逍遥らは第一高等中学校を卒業、九月、帝国大学文科大学（文学部）に入学した。この時、漱石はもともと漢文好きだったけれども「文明開化の世の中に」ふさわしい道として英文学科を選び（談話「落第」）、子規はごく自然な方向である和文（国文）学科に進んだ。そして逍遥は漢文学科に入るのだ。子規や漱石を見ても分かるように、この頃の文学系の学生はみずから文章を書きまくる傾きがあったが、逍遥の場合、圧倒的に多く漢文・漢詩によってそれをなしている。よほど好きで、また自信もあったのだろう。すでに明治十七年七月十二日、大学予備門に入学したことを父に報じた手紙の中で、こう述べている――「詩、文章は同輩の人には劣らぬつもり、英漢学も甚だ人に後れじとは相考申候。近来東京にても詩流行致し、少し社会に筆を把る者は必ず詩を作る故、重太郎も閑暇あれば少しずつ詩を作り」云々。さすがにまだ十七歳の少年だから稚拙さが残る文章だが、ここで詩というのは漢詩のことである。この意気込みが、大学における専攻選びまで続いたと見るべきだろう。

2　帝国大学文科大学漢文学科

ところで帝国大学というと、当時日本で唯一の大学だったわけだから偉く立派なものを想像してしまうけれども、文科大学（文学部）に関していう限り、中身はどうもお寒いものだったようだ。帝国大学は明治十九年に出発した。漱石の入った英文学科は一年後の明治二十年に開設されたが、その年の入学者はゼロ、翌年ひとり入学したけれども、その翌年もゼロ、そしてその翌二十三年に漱石が一人だけ入ったが、その翌年もまたゼロ。教室は閑散としていたに違いない。教師はといえばスコットランド出身の外人教師J・M・ディクソンただ一人で、もっぱら「英語」を教えていた。「文学」を学びたかった漱石は、まったく満たされぬ思いだった。

漢文学科は大学の出発と同時に開設された。やはり伝統的な学問の中心だったからだろう。だが学生の閑散状態は英文科と同じだった（なにしろ中野逍遥以前に正規の学生がいたかどうか、はなはだあやしいのだ）。それでもとにかく、教授は明治二十三年の時点で二人いた。

一人は重野安繹《やすつぐ》（号、成斎）、鹿児島藩郷士出身の漢学者で、維新後上京して明治政府に関係し、歴史家として名を成した人である。もう一人は島田重礼《ちょうれい》（号、篁村）、江戸の人で、考証家として知られ、その漢学塾雙桂精舎は幅広い人材を生んだ。二人とも漢文の文章家としても重んじられ、もちろん、詩もよくしていた。ただしそれは漢詩人特有の「表芸《おもてげい》」としての詩である。中国では詩人の大半は官吏であり（李白、杜甫も例外ではない）、官吏は知識人の代表として詩を作る能力が要求され、詩は官吏の自己証明のための「表芸」となっていた。そして日本でも同様の風潮が生じ、官に連なる人たちはこの「表芸」を身につけ、また見せびらかすことに努めたのだ。明治時代に漢詩が流行した理由の一端はここにある。しかしこういう漢詩人たちも、「文学」の指導ということになるとどうだったか。いささか心許ない。主任格の重野は六十歳代なかばの高齢で、むしろ新設の国史科の運営の方に力をそそいでいたように見える。

ところでこの二教授のほかにもう一人、漢文学科には講師として張滋昉なる清国人がいた。二宮氏（前出）の本がこまかな追跡調査をしてくれているが、私にはこの人物の方がずっと面白い。重野よりはひと回り若いが、五十過ぎの先生だったはずである。副島種臣に見出されて明治十二年に来日、まったく無名だが一種の文人肌で、酒を愛し詩を賦して日本の文人と交わり、明治二十二年から二十七年まで文科大学の「支那語」講師になった。

先走って述べておくと、中野逍遥の死後、郷里の宇和島に建てられた逍遥の墓碑には重野安繹の碑文が刻まれているが、形式的に文字を連ねただけで、内容がない（碑文とはこういうものだといわれればそれまでだが）。一周忌には、逍遥の遺稿集が出版された。教師の中で序文を寄せているのは張滋昉だけで、これが重野の碑文と違って心のこもった名文なのである。まず逍遥が「為人《ひととなり》寡言、孜々《しし》勤学」であったこと、「西学盛行」の現代に独り漢文学に打ち込んだことを述べた後、自分（張）は文科大学で彼を知って以後、その作る詩文を閲読するたびに「他日将《まさ》に壇坫《だんてん》［文人活躍の場］に立つ」人だと信じていた、とその早逝を悼む。その死について、「霊秘を洩らして声華［名声］を擅《ほしいまま》にする者あらば、則《すなは》ち真宰［宇宙の主宰者］之に黙讐［黙って復讐］するが若《ごと》し」と嘆くあたりは、私のような「西学」の末輩には、エドガー・アラン・ポーが妻の死について、自分と妻のあまりの仲よさを天使が羨み、彼女を天に奪い去ったと嘆く絶唱「アナベル・リー」を思い起こさせる。二宮氏の研究によると、逍遥もまた張先生に親近感を示す文章を残していたらしい。

さてしかし張先生は「支那語」の講師。たぶん大学内での存在は小さかったに違いない。では、同学の友人たちの状況はどうだったたか。中野逍遥が帝国大学に入った時、漢文学科には初めて三人の学生が在籍したようだ。逍遥のほかに、宮本正貫、西谷虎二の二人である。加えて選科生に小柳司気太、田岡佐代治（評論家になった田岡嶺雲）、および米津仲次郎である。夏目漱石がただ一人いた英文科より、はるかに賑やかだったことになる。では逍遥は、孤立無援だった漱石よりも漢詩、漢文学の習得に恵まれた状況にあったかというと、それもあやしい。

大学では、いったいどういう授業がなされていたのか。当時の文科大学の授業課目一覧を見ると、漢文学科でも「漢文学」の授業が毎週一時間（一年次だけは二時間）、「支那語」の授業が同じく一時間あるだけである。その授業の有様についての具体的な証言に私は出会っていないのだが、基本的には漢学塾の延長だったのではあるまいか。つまり古典の購読と学生が書く漢詩文の添削である（ほかに歴史や哲学など、さまざまな授業があるから大学といえるだけなのだ）。逍遥が「文学」ないし「詩」を学びたいと思っていたら、その思いはなかなか満たされないものだったに違いない。ただいつも身を低くしている清国人の張講師だけが逍遥の「勤学」をそっと励ましてくれ、逍遥の方もこの先生からは「生きた」文人、「生きた」漢詩を学び取るところがあったのではないか、というのが私の勝手な想像である。

さすがに漢学を修める人らしく、逍遥は長上への礼儀をわきまえ、漱石のように教師の悪口を残してはいない。だが授業にはほとんど出なかったらしい。逍遥より一年遅れの選科生だった田岡嶺雲は、そのため、三年間も彼と同窓だったのに、僅か一面識を得たにすぎない、と述べている。

こうして逍遥は明治二十七年七月、帝国大学を卒業した。三年の業を四年かけて卒業したことになる（当然、夏目漱石より一年遅れの卒業だ）。このことを逍遥伝の作者たちはまったく問題にしていないが、私には不思議でならぬ。彼は蒲柳の質だったらしいから、病気で休学でもしたのだろうか。それとも授業に出なかったことが影響したのだろうか。

逍遥は卒業すると、そのまま研究科に残った。これもまた実状がよく分からぬ。もちろんもっと勉強したかったのだろうが、ではなぜ大学院に進まなかったのか（漱石はそうしている）。当時、大学院と研究科とがどう違っていたのか、内実はよくわからぬ。『東京大学百年史』（昭和59）の当該部分をめくっても、研究科の機能などは「不明確」とある。ただ、大学院生はほとんどが卒業成績は上位であったのに対して、研究生はほとんどが下位だったというから、逍遥の学業が望ましいものでなかったことは想像に難くない。しかも研究科で彼が「支那文学史」を草し始めたなどというご大層な記述に接すると、逍遥には文学研究の基本がまだ分かっていなかったのではないか、と私などは疑いたくなってくる。というより、この秀才青年の最大の関心事はもっと別のところにあったのではないか、と考えざるを得なくなるのである。

すでに述べたように、大学卒業後ちょうど四か月たったばかりの明治二十七年十一月九日、逍遥は熱を発し、入院したが、単に肺炎ということで治療するうち、十六日、この世を去った。まことにあっけない生涯であったというべきだろう。ところがこの青年は、たくさんの漢詩を書き残していた。しかもその詩稿を、賦した機会や内容などによって整理し、束ね、いわば手作りの本にして残していたのだ。（生前ほとんどまったく詩を発表せずして逝ったアメリカ最高の女性詩人エミリ・ディキンソンに似ている。ただひたすら詩への情熱を暖め、それをこそ生涯の大事とし、後世に託したのだ。）

逍遥の歿後、学友の宮本正貫、小柳司気太らが呼びかけ、賛同者を募って、これをまとめ、一周忌を期して上梓したのが、『逍遥遺稿』正編・外編二巻（明治28）である。わずか五百部の出版で、「詩壇」を動かすことはまったくなかった。昭和四年には、笹川臨風、金築松桂の訳（読み下し）で岩波文庫版が出たが、これも版を重ねることはほとんどなかった。しかしいま読むと、これらの漢詩が近代詩史のへの参入を要求していたような思いがするのである。

3　狂骨子の恋

『逍遥遺稿』は、編集にあたって、重野安繹教授が選んだ作品を、「正編」とした。が、残りも捨てるには惜しい「鶏肋」の感ありというので、全部収録して「外編」としたという。

その「正編」をめくっていくと、中野逍遥もかなり伝統的な漢詩の世界の中にいたなあという感じがする。漢詩人の際立って多く用いる題材に、旅と、それにともなう送別・留別の感懐がある。彼らの多くが官吏として移動に生きたことによる自然な現象であろう。日本の詩人たちは、状況は違ってもこれに倣《なら》ったようで、同じ題材をよく用いた。ついで冠婚葬祭などでの感慨、挨拶。これは日本でも「表芸」の腕を見せるチャンスであったに違いない。それから漢詩で最も重んじたはずの「雅《が》」、つまり政治・道徳の詠懐も、日本では武人の魂・気分の表現となり、また別種の「表芸」となった観がある。逍遥はほとんど学生の身で死んだので、まだ「表芸」で生きる状況にはなかったはずだが、この種のテーマの詩をおびただしく残している。重野教授も、そういう詩はためらうことなく「正編」におさめたようだ。

一篇だけ実例を示してみよう。「明治廿一年八月、伊達隆丸公に随って帰省、感懐」（以下、読み下し文の引用は原則として岩波文庫版に従うが、部分的に改めた個所もある）は、まだ第一高等中学校在学中の夏休、旧藩主伊達家の縁者に随行して帰省した時の、旅の感懐を七言古体詩に綴ったものである。久しぶりに見る故郷は文明開化の世の中を反映して、監獄署や警察署などの堂々たる建物が並ぶことを皮肉にうたい始めた後、

君不知方今政治事雕飾　　君知らずや方今の政治雕飾《ちょうしょく》［彫刻装飾］を事とし
竭邦全力対外国　　邦の全力を竭《つく》して外国に対す
舞踏之会長夜宴　　舞踏の会、長夜の宴
一宵歓楽費千億　　一宵の歓楽、千億を費《ついや》す

というあたりから鹿鳴館の風潮を罵る調子になり、「嗚呼長上酔ふところの酒は是誰の血ぞ」と叫んだりする。だがふと我に返れば、「哲人［見識道義の人］遠く我心惻《いた》む［痛む］／我心惻むも奈何《いかん》ともする無し」という情けない現実認識の表現になり、最後は「喬松［高くそびえる松］の窓下、月明の夜／湘水の美人、夢に入ること多し」というまったく月並な感懐で詩を結んでいる。全体として、純真な青年の世俗を慨嘆する思いを発しているわけだが、内容は進展せず、伝統的な情調の中に思いを終息してしまっている。これなら重野教授も不安を覚える必要はなかったであろう。

「正編」にも、実は中野逍遥の詩魂をあらわす詩がまじってはいた。それについてはまた後から述べるとして、もっと興味深いのは重野教授のしりぞけた「外編」である。伝統的な漢詩の世界からはみ出し、近代詩の世界に近づいているように思える作品が多く収まっているのだ。「外編」の冒頭に「狂残痴詩」というおどろおどろしい題の作品が十首連なり、その前と後に「狂残銷魂録」と題して連作の序文および後書きとなる文章が収められている。いったいこれは何か。二宮俊博氏の研究に助けられながら、この「銷魂録」の内容を追ってみる。

明治二十五年十一月、というと逍遥は二十五歳、帝国大学漢文学科の三年生である。彼は浅草今戸の親戚筋の家に寄寓していた。本来なら卒業も間近だが、彼は大学に対して不満があり、世の中の動きにも憤懣があって、狷介《けんかい》になり、孤独癖を強めていたのではなかろうか。授業にはほとんど出ず、ひとり酒をのむことが多かった。田岡嶺雲とは肝胆相照らす仲となり、たまに会うと、「相與《とも》に対酌」して時を忘れたようだが、それは例外中の例外だった。

ところが、ここに（どういうきっかけがあったのか）歌人の佐佐木信綱がほぼ一日おきに訪ねてくるようになったのである。信綱は明治十七年、僅か十二歳で東京大学（帝国大学になる前）の古典科に入り、二十一年に卒業したという。私にはよく分からぬが、父弘綱から一種の神童教育を受け、日本の古典をよく学び、和歌の実作と研究に才能をあらわしていた。しかしまた、その後の正岡子規や森鴎外らとのつき合い方などから想像すると、日本詩歌の新しい方向を模索してもいたようだ。そんなところから、五歳上の逍遥とつき合うことに意義を見出したのではなかろうか。

逍遥は当時、みずから狂骨子と称し、信綱は残月子と称していた。狂は酒を愛して酔ったが、残は酒を好まなかったようだ。だがよほど気が合ったのか、二人は文学を論じ人生を談じて飽かず、しばしば深更まで語り合った。そんなある時、酔う者（逍遥）は突然筆を取って書いた。

昨夜春風入紫閣　　昨夜春風紫閣《こう》［高殿］に入る
燈華卜喜対孤榻　　燈華喜を卜《ぼく》して［察して］孤榻《ことう》［腰掛け］に対す
問黄鶯児之意中　　黄鶯児《こうおうじ》［うぐいす］の意中を問へば
只指南枝笑不答　　只だ南枝を指して笑って答へず

これに対して酔わざる者（信綱）はこう応じた。

ともにみし沖のしま辺の磯馴松《そなれまつ》
秋風いかにさむくふくらん

ここまでは、漢詩によくうたわれる文人が風雅を交わす姿をまねたような趣がなきにしもあらずだが、ここから作者（逍遥）が詩と歌の内容を説明し始めると、俄然、二人にとってもっと真剣な話になる。残月子は房州北条にいる恋人を思ってこの歌をつくった（「ともにみし」とは彼女とともに見た磯辺の松のことである）。狂骨子の方は、信綱の竹柏園で和歌を学び、琴もよく弾く上州館林の実業家の娘、二十三歳の南条サダ（貞子）に狂おしいまでの思慕の情を抱いていた。それを「南枝」と呼んだのである。つまり二人はそれぞれの恋人を念頭において、その恋情を表現し合ったという次第なのだ。

こうして二人は「情緒纏綿として」交わり合ったというわけだが、この交わりのバックには「此の浮薄世界の現状を激するの已むを得ざる」思いがあった。その思いをもとにして、逍遥は以下の「狂残痴詩」十首を書いたというのである。

十首三千言、とてもここでは紹介しつくせないので、やはり二宮氏が解説してくれている「狂残痴詩　其の六」の大要のみを追ってみよう。三千言というちの、これは二三八言。七言排律の古体詩で、全体が四解（段落）に分かれる。

第一解では、主人の狂骨は「奇感の子」、客の残月は「有情の人」で、杯をともにすることを楽しんでいる。酔うほどに「二子の涙華は南北に分かれ／一は高台に向かひ一は碧水」。二宮氏によると、高台は南条貞子の住む駿河台を意味し、碧水は東京湾で、信綱の愛する人のいる房州北条を指す。周囲の人々は二人の恋愛の熱中ぶりを冷やかすが、「他人は我が憂ひを問ふを許さず／二子を知る者は二子のみ」と結ぶ。

第二解では、作者はまずかつての敗れた恋をふり返るが、たちまちいまの恋に集中する。

吾愛南家玉芙蓉　　吾れは愛す南家［南条家］の玉芙蓉
仙香含霧倚太池　　仙香霧を含んで大池に倚《よ》る

風来忽吹楊妃粉　風来って忽ち吹く楊妃〔楊貴妃〕の粉《ふん》〔おしろい〕
月到偏照西施脂　月到りて偏《ひとえ》に照らす西施の脂《し》〔肌〕

と、恋人の美しい姿、有様の想像にふける。

第三解では、ひとり下宿にあって勉学と詩作に励むさまをうたうようだ。「漫《みだ》りに文海〔文学の世界〕に投じ百川〔さまざまな学問〕を決し〔切り開き〕／誤って溯《さかのぼ》る情源の九派〔さまざまな感情の源〕」といった具合なのだが、なお念頭に浮かぶのは、古里においてきた女性の「春夢」や、琴をよくする恋人の「秋琴」である。（秋琴が貞子を指すことはいうまでもない）。

そして第四解で、ふたたび残月に語りかけながら、共にそれぞれの恋に生きようとうたうかのようである。

寄語残月休長嗟　語を寄す残月長く嗟《なげ》くを休《や》めよ
我輩亦是艶生涯　我が輩も亦た是れ艶生涯
只留一點南枝花　只だ留む一点南枝の花
千年潮打磯松沙　千年潮打つ磯松の沙〔砂浜〕

恋に殉じようという自分の生き方を「我が輩も亦た是れ艶生涯」と表現している。「白髪三千丈」的な大胆さだ。この詩、はじめは文人墨客の風雅をまねていたような作者の姿が、しだいに漢詩の世界の常道を脱し、文字通り「狂」に近づいてきた感じだ。重野教授がこれを「正編」に採らなかったのも当然という気がしてくる。

4　東海の司馬相如

私は先に、漢詩でよく取り上げられるテーマを並べてみたが、逆に、取り上げられない方の筆頭に「恋」があるのではなかろうか。『詩経』などの古代詩歌には恋をテーマとするものがあるけれども、詩が官吏の表芸となるると、恋はまるで詩の表舞台から追い出されてしまったかのようだ。ひたすら中国の漢詩を学んできた日本の漢詩の世界も、そのことをほとんど伝統としたように思える。ところが、「正編」にも、じつは恋の詩がこっそり、あるいは堂々と入り込んでいるのである。

「相如売酒」と題する七言絶句、二首がある。明治二十一年頃の作と思われる。いきなり解説のようなことをしておくと、相如とは前漢の賦の大家、司馬相如《しょうじょ》のことで、吉川幸次郎の『中国文学史』（昭和49）によると、文運盛んな武帝時代に「文学の最高の神」と見なされていた。『史記』にもそのかなり長い伝が見える。彼はまだ貧乏文士の頃、土地の富家卓家の娘、文君と、ともに琴をよくすることから愛し合い、駆け落ちした。二人はようやくのことで居酒屋を買い取り、相如は褌《ふんどし》ひとつで酒器洗いなどし、文君が店に出て給仕した。やがて相如は武帝に認められて世に出るのであるが、逍遥は二人が極貧の中で「恋」にかられて助け合い、そのなかで琴を弾じ合ったことに心ひかれたらしい。「秋は長安に入って人老いむと欲す／一声相思十三絃」と結んでいる。まだ若書きの作品なので言葉足らずで分かり難いところもあるが、この二人の相思って奏でる琴の音が秋の長安に美しく響くようだ。

この作品は、相如・文君夫妻の愛情の在り方への、逍遥青年の共鳴をあらわす試みであったといえよう。が、翌明治二十二年作の「鏡に対す」（其の二）になると、「琴台未だ受けず文君の憐《いつくし》み／如何せん相如茂陵《もりょう》に病むを」とうたって、病弱の自分を、終焉の地茂陵に病む相如にたとえ、しかも相如と違って自分が文君のような人の憐みを受けていないことを嘆いている。そして明治二十四年の「好色行」では、さらに明瞭に自分を相如に擬している。相如は文君の「色を悦んで之に耽り、痼疾と成」ってついに歿したとしながら、なおも「才色の相遇ふ者、千古此の二人に及ぶ莫《な》し」といって、七言古体詩にうたってみせる。そしてその中で、「我れは是れ東海の馬［司馬］相如」といった宣言をし、さらに「若し文君に逢はば当《まさ》に気死すべし」と続けている。文君はここで明らかに南条嬢の代理である。そしてこれより逍遥は、相如・文君をうたうことによって自分の恋をうたい続けるのである。

このように古典中の故事に託して自分を表現することは、漢詩の世界ではよくなされる。それは作者の教養の証明にもなる。重野教授もその点を愛でたのであろうか、これらの詩は恋をうたったにもかかわらず「正編」に収められている。その延長上の作品で、明治二十六年秋の作と思われる「秋怨十絶」は、「正編」中の佳篇といえよう。本来ならもう卒業していたはずの在学四年目、死の一年前の作である。

その第一首。

梧桐葉落下霜初
賓雁叫愁度砌除
帰鳳求凰莫人奏
秋風痩骨病相如

梧桐《ごとう》［きり］葉落ちて霜を下すの初［秋の初］
賓雁《ひんがん》［旅の雁］叫び愁ひて砌除《せいじょ》［石だたみ］を度《わた》る
帰鳳求凰［文君のために相如が弾いた曲名］人の奏する莫《な》く
秋風痩骨　病相如

秋の枯れていく樹木、愁い鳴く鳥を配し、求愛の曲を奏する人もなくなって、いま病む相如——その相如に作者は自分を託し、自分の求愛が相手に伝わらない嘆きを発しているのである。詩情あふれる絶句といえよう。

そして第七首。これは後に説く島崎藤村が『若菜集』中の作品「哀歌」で、中野逍遥を紹介するために引用した部分である。

秀才香骨幾人憐
秋入長安夢愴然
琴台旧譜壚前柳
風流銷尽二千年

秀才の香骨幾人か憐れむ
秋は長安に入りて夢愴然［痛ましい］
琴台の旧譜壚前の柳
風流銷尽《しょうじん》す［消え失せる］二千年

これはすでに読んだ「相如売酒」をうたい直した観があるが、内容はずっと味わいを深めている。秀才――秀れた詩人の骨はその死後、芳香を発するというが、はたして幾人が憐れんでくれようか。長安は秋になり、わが夢も荒涼としている。相如・文君が琴を弾いた台の上の譜も、二人の酒場の前の柳も（わが思いの中に）残っている。だがあの風流――奔放な愛のたかまりは、もう消え失せて二千年になる。この時、逍遥自身も、すでに自分の恋が実ることなく、「銷尽」する思いをかみしめていたに違いない。

ここでふと、いったい逍遥の恋なるものは実際はどのような展開をしたかを見てみる。と、それはまことに情けない有様なのである。南条貞子は和歌や琴をたしなむ育ちのよい娘だが、文君のごとく貧書生のもとに走る女性ではなかった。というより、逍遥は自分の恋を彼女に一度も打ち明けてはいなかった――そのチャンスもなかったようだ。まったくの片思いなのである。そのくせ故郷にもいたらしい恋人だか婚約者だかを捨てて、彼女一本槍に打ち込んでいた。

だが明治二十六年十月、その南条貞子の結婚話が伝わってきた。川崎氏（前出）によると、逍遥は佐佐木信綱に「思ひたまへ誰がために病みたる身ぞ――その身を――遠ざかる心のかなしさを」「いへばうし言はねば腹ふくるゝうき世事、いかゞはすべき教えたまへ――」と愬《うった》えたという。ちょうど同じ十月に彼は二週間の入院をしている。彼はみずから、それを恋わずらいととらえていたのだろうか。ともあれ、愚痴っぽいうらみ節の短歌まがいの愬えに、妙に真実味が感じられる。そして翌年三月、貞子は親が選んだ男のもとに嫁いでいった。私によく分からぬのは、その直後の四月に、逍遥が貞子の育った上州を「第二の故郷」として、二週間もの旅をしていることだ。彼はこの旅に関係して、「上毛漫筆」「上州羈旅　感傷十律」から「有感十首」まで、まるで熱中するように漢詩文を書き残した。題からもうかがえるように、大袈裟な表現による感傷性が目立って、中身はいささか宙に浮いている。ただ「長安帰らむ歟《か》帰るに宅無し／多恨の相如爽姿を瘁《やつ》す」（「感傷十律　其の四」）と、いぜんとして自分を司馬相如に擬し、喪失感を養っていた観がある。

客観的には実質がないと思わざるをえないこの「恋」への逍遥の執着は、一種ぞっとするところがある。まるで「恋」に恋しているみたいだ。彼が世の中の動きに憤懣をもっていたこと、あるいは大学の状況などにも不満がたっぷりあったに違いないことはすでに述べたけれども、そういう思いを乗り越えさせてくれ、このつまらぬ世の中に生きていかせてくれる唯一の頼りは、いまやこの「恋」にほかならなかったのではないか。だから「恋」が実際上は崩壊していても、彼はそれを文学的に美しく昇華し、いわば徹底的に追求していく姿勢だったように見える。

このようにして逍遥の「恋」の詩は、いわば近代的な心の展開の様相を呈してくるのではないか。基本的に恐ろしく単純な思いでありながら、時代の動きの空しさに呼応すべく、官吏詩人の「表芸」的なメタファーや措辞では表現しきれぬ、いわば自分の存在を賭けた情念を盛り上げ、自己という個人の内なる魂の直接的な表現とでもいうべきものを、詩に求めだすのである。

5　近代詩の出発と「恋」

日本の近代詩は明治十五年発行の『新体詩抄』から始まったとされる。「明治ノ歌ハ、明治の歌ナルベシ、古歌ナルベカラズ、日本ノ詩ハ日本ノ詩ナルベシ、漢詩ナルベカラズ」と宣言して、この詩集は「新体ノ詩」を唱道したのだった。三十一文字から成る「古歌」では「少しく連続したる思想」が十分に盛り込めないからだという。長歌や漢詩でもそれはできるはずだが、そういう主張に対しては「人民其平常用ヒル所ノ言語ヲ以テ〔中略〕皆心ニ感スル所ヲ直ニ表ハス」のがよい、という返事を用意していた。要するに、これからの詩には「泰西のポエトリー」の形がよいと決めていたのである。

この詩集の撰者たちの意識ははっきりと文明開化の風潮に染まっていた――というより、彼ら自身が文明開化の精神的指導者たるべき地位にいたのである。当然、彼らが詩に盛り込もうとした「少しく連続したる思想」なるものは、すべて、国家の在り方から人間の生き方まで、文明開化の理念を現実の問題にあてはめたものにほかならなかった。そして西洋直輸入のポエトリーは、それを「心ニ感スル」まま「直ニ表ハス」のに便利な形に思われたのである。『新体詩抄』の撰者たちはこの形に乗り、努めて平俗な表現をくりひろげてみせたのだった。

ところで、しかし、ここにいう「心ニ感スル」ことの表現は、本当になされたのだろうか。『新体詩抄』には、全体として、「心ニ感スル」ことより「頭で考える」ことだけがうたい出されているように思える。新しい時代に生きようとしている人間の、魂の奥底から出てくる叫びのようなものは、ほとんどまったくないのである。「心ニ感スル」感情のいちばん根元にあって、しかも普遍的なものは、「恋」であろう。漢詩の「表芸」にそれが欠落していることはすでに見た。そのために漢詩は古色蒼然とみられがちだといえそうなくらいだ。『新体詩抄』にもそういう感情がないため、思いを「直ニ表ハス」表現の粗雑さばかりが目につくことになったのではないか。

これに対して、明治二十二年八月に公刊された森鷗外ら新声社の訳詩集『於母影』は、西洋の詩のもつ意思世界と情感世界との美、および外形の美を日本人に伝えることを主眼とした。そしてこの「美」を重んじる姿勢は、ごく自然に伝統的な日本語の尊重となってあらわれたが、同時に注目に値するのは、漢詩への積極的な傾斜を示したことである。収録作品全十九篇中六篇までは西詩の漢詩訳または漢詩形による自由訳であり、もう一篇は漢詩の日本語訳なのである。それでも詩集全体としては、西詩の翻訳移入によって、非常に清新な「美」が出現させられることになった。

『於母影』の内容についていえば、単に「意思世界」だけでなく、「情感世界」も重んじていた。この姿勢によって、文明開化の思想の粗雑なポエトリー化ではなく、内容豊かな個人的情感に詩的（つまり美的）な表現が与えられることになった。そして具体的には、別離、望郷、恋、失恋、憂愁、死、生の苦悩といったテーマが展開する。いわばロマンチックな情感の世界で、それがまさに「近代」の情感なのである。別離とか望郷とかといえば、漢詩人の表芸のテーマでもある。が、ここでは西詩の発想や表現の導入によって、ずっと個人的な魂の声となっている。そして最も強調したいことの一つは、漢詩には乏しかった「恋」のテーマが、ここではほとんど人間の自己発見の思いにまで高まっていることだ。「君をはじめて見てしとき／そのうれしさやいかなりし／むすぶおもひもとけそめて／笛の声とはなりにけり」（「笛の音」）。恋に狂った「オフエリアの歌」となると、北村透谷、島崎藤村など、若い詩人たちのこぞって愛唱するところとなった。

「恋」の発見、ないし復権が、新体詩に生命を吹き込み、それを近代詩たらしめる力となった。ただし、『於母影』にうたわれる情感は、全体として温雅で浪漫的なセンチメントであって、恋にしてもその激しい爆発の表現といったものではない。恋に酔った北村透谷は、やがて、恋愛結婚した石坂ミナとの生活の破綻、自由民権の政治熱とその挫折などを通して、遮二無二「自我」の確立へと突き進む。「恋愛は人生の秘鑰《ひやく》［鍵］なり」（「厭世詩家と女性」明治25・2）と叫んだ時、彼は恋愛を拠り所として日常の世界を越える霊的飛躍を説き、同時代の若者に深甚な影響を与えた。だがその種の力をもつ恋愛を具体的に詩に表現することは難しく、透谷は日本語と四苦八苦の格闘をし、『於母影』的温雅さを突き破っていったけれども、結局は成功しなかったといわざるをえない。ただその苦闘の叫びで、彼は明治文学を「近代」へと引っ張ったのである。

6　逍遥の「思君十首」

さて、明治二十七年五月に北村透谷が自殺し、その半年後に中野逍遥は病死した。逍遥も師に認められた「正編」ではまだ伝統的な詩的世界の中で恋をうたっていたが、その世界のもってまわった表現ではみずから満足できぬ情感を育てていた。彼はそれを、どこかで透谷に通じる激しさをもつ表現に仕立て直そうとしたようだ。もちろん漢詩の特質はかかえながらであるが、自己の魂を「直ニ表ハス」方向に突っ走ったのである。

『逍遥遺稿』の「外編」には、狂骨子と残月子をめぐる「痴詩」十首の後、ということはもう明治二十六年に入った後の作だと思われるが、「我所思行」という総題のもとに四首の詩がある。それぞれ「我が思ふ所上毛の人」「我が思ふ所駿台の家」「我が思ふ所南子の妹」「我が思ふ所貞卿々」（卿々は夫婦間などで親しみをこめた呼称）の句で始まり、「一夜何そ断腸の思に堪へむ」と結んでいる。恋人を、その出生の地、いま住む土地、その姓、その名としだいに身近にたぐり寄せながら、かなわぬ恋情を吐露するわけだ。各首、七言十二句の古体詩だが、詩としての結構は無視し、乱れる思いをそのまま子規のいう漢詩特有の「簡樸」な表現にし、くり返しを恐れず用いて、大胆至極な作品になっている。深い内容ではなく、表現にメタファーを駆使する余裕もなく、ただ直截的な魂の叫びなのだ。

そしてその次に、「思君十首」がある。これこそ島崎藤村が「哀歌」の序の部分で全文を紹介してみせた絶唱である（「十首」と題して引用しながら、その第十首を欠いているのは誤植であろうか。後の版では「思君九首」と改めている）。いささか長いが全文をさっと読んでみる。

思君我心傷　　君を思ふて我が心傷み
思君我容瘁　　君を思ふて我が容瘁《かたちやつ》す
中夜坐松陰　　中夜松陰に坐せば
露華多似涙　　露華［露の光］多く涙に似たり

思君我心悄　　君を思ふて我が心悄《うれ》ひ［憂い］
思君我腸裂　　君を思ふて我が腸《はらわた》裂く
昨夜涕涙流　　昨夜涕涙《ているい》流れ
今朝尽成血　　今朝尽《ことごと》く血と成る

示君錦字詩　　君に示す錦字の詩
寄君鴻文冊　　君に寄す鴻文《こうぶん》［美しい文章］の冊
忽覚筆端香　　忽ち覚ゆ筆端の香
窓外梅花白　　窓外梅花白し

為君調綺羅　君の為に綺羅《きら》［美しい衣装］を調《ととの》へ
為君築金屋　君の為に金屋を築く
中有鴛鴦図　中に鴛鴦《えんおう》の図有り
長春夢百禄　長春［長い春を通して］百禄［百の福］を夢む

贈君名香篋　君に贈る名香の篋《はこ》
応記韓壽恩　応《まさ》に韓壽の恩を記すべし
休将秋扇掩　秋扇を将《も》って掩ふ［君の顔をおおう］を休《や》めよ
名月照眉痕　名月眉痕［君の美しい眉］を照らす

（註。「韓壽の恩」は、晋代の人、韓壽が賈充《こじゅう》の下に勤めていた時、充の娘が見初め、父が皇帝から賜った貴重な香を贈った。壽がその香をつけていたことから充は娘と壽との仲を知ったが、咎めることなく二人を結婚させたという。名香の功徳を語る故事。）

贈君双臂環　君に贈る双臂《そうひ》の環《かん》（一対の腕輪）
宝玉価千金　宝玉の価《あたい》千金
一鐫不乖約　一は鐫《ほ》る約に乖《そむ》かずと
一題勿変心　一は題す［記す］心を変ずる勿れと

訪君過台下
清宵琴響揺
佇門不敢入
恐乱月前調

千里囀金鶯
春風吹緑野
忽発屋頭桃
似君三両朶

嬌影三分月
芳花一朶梅
渾把花月秀
作君玉膚堆

君を訪ひて台下を過ぐ
清宵琴響揺ぐ
門に佇んで敢て入らず
恐る月前の調を乱さむことを

千里金鶯囀り
春風緑野を吹く
忽ち発《ひら》く屋頭［家のほとり］の桃
君に似たり三両［二つ三つ］の朶《だ》［花のついた枝］

嬌影［君のあでやかな姿］三分の月［三日月］
芳花一朶《だ》の梅
渾《す》べて花月の秀を把り
君の玉膚の堆《たい》［盛り上がり］と作《な》さむ

「我所思行」から引きつぐようにして、極めて直截的に「君を思ふ」わが思いの激しさを、「我が心傷み」「我が容瘁す」「我が心悄い」「我が腸裂く」とうたい出し、君に恋する手紙を送り、君のために立派な家を建てて住み、あるいは君に名香や宝玉を贈るといった幻想にふけり、さらに君のさまざまに美しい姿を想像する。詩はしだいに漢詩の伝統的な佳人の美の表現になっていくが、なおかつ歌い出しの強烈さは最後まで残っている。形は整然と五言絶句を連ねているけれども、同じ言葉をくり返して切迫した思いを吐露し、また漢詩としては珍しいほどに修飾語を省き、歴史的な故事などを踏まえた表現も最小限とし、古詩の質朴さに近づいている。藤村は是を引用した後に、逍遥の詩集を「みな紅心［情熱的な心］の余唾［ほとばしり］にあらざるはなし」といっているが、まさにこの点で「近代」の心の展開を感じさせるのである。

7　藤村の「哀歌」

ここまで来たら、この詩を引用しつつ「中野逍遥をいたむ」思いをうたった島崎藤村の「哀歌」の中身もうかがっておかなければなるまい。彼がどういういきさつで『逍遥遺稿』をひもといたかは詳らかにしないが、藤村も透谷同様、新しい詩の表現の道をさまざまにさぐっていた人で、その道の一つとして漢詩も作り、乏しい財布の中から謝礼を払って栗本鋤雲に添削してもらうようなことまでしていた。それから、彼もまた「恋」に苦しむ人だったのである。明治二十五年十月（彼は逍遥より五歳若くて二十歳）、明治女学校高等科の教師となったが、生徒の佐藤輔子（後の北海道大学総長・佐藤昌介の義妹）への恋に陥り、彼女が婚約していることもあって悩み、翌年一月退職して九か月もの漂泊の旅に出る。その恋を相手に打ち明けることができなかったことまで逍遥に似ている。明治二十七年四月、生活のため明治女学校に復職したが、すっかり腑抜けて、生徒の間で「石炭がら」と貶《けな》される状態だった。（輔子は二十八年五月に婚約者と結婚し、三か月後に病死した）。藤村の精神的漂泊は続き、明治二十九年九月初め、東北学院の教師となって仙台に移り、ここの下宿で「おぞき苦闘」（『藤村詩集』序）を足下に踏まえてわき上がる青春の情感を、詩集『若菜集』にうたい上げた。ひょっとすると彼の思いのどこかで、同じ二十六歳で前後して死んでいった透谷と逍遥が重なり合って、彼が詩心を燃え立たせる生の力になっていたかもしれない。

「哀歌」ははじめ雑誌『文学界』の明治二十九年十月号に発表された。七五調四行連を十三つらねて成るが、そのうち第十連までを「かなしいかなや」という直接的な嘆きの言葉で始めているのは、「思君」のくり返しで始まった逍遥の詩に呼応する。冒頭の連を見てみよう。

かなしいかなや流れ行く
水になき名をしるすとて
今はた残る歌反古《うたほご》の
ながき愁をいかにせむ

なんというなめらかな言葉の運びか。ただしここで「流れ行く水になき名をしるす」という句は、やはり二十五歳の若さで死んだイギリスのロマン派詩人ジョン・キーツがみずから残した墓碑銘“Here lies one whose name was writ in water.”を踏まえた表現である。「水に書かれた」名はまちまち消える。いのちや名声のはかなさを体現してきた者の思いをあらわす句だが、藤村はその「水」に「流れ行く」という形容詞を加えて絶妙だ。しかし直接的にいうよりは西洋詩人の故事をメタファーにした「正編」的なうたい方である。第二連。

かなしいかなやする墨の
いろに染めてし花の木の
君がしらべの歌の音《ね》に
薄き命のひゞきあり

「する墨のいろに染めてし花の木」とは、漢詩集にふさわしく墨くろぐろと印刷された本のことか。その本にのった君の詩には「薄命」の響きがするというわけで、しゃれてもいるが、なんとももってまわった表現である。

こういう調子で進むと、「かなしいかなや」という直接的感情の表現がどこか宙に浮いて聞こえてくる(内容もしだいに平板になる)。しかしその「かなしいかなや」の句がない第六連は充実している。

同じ時世《ときよ》に生れきて
同じいのちのあさぼらけ

君からくれないの花は散り
われ命あり八重《やえ》葎《むぐら》

君（逍遥）と自分との運命を比べるところである。同じ青春の門に立ち（「いのちのあさぼらけ」）ながら、序のなかで述べた「紅心」に呼応する「からくれないの花」のごとく散った君と比べて、自分は命ながらえ八重葎（雑草）のごとく醜態をさらしているという。見事な文学的メタファーの使用である。藤村は直情をもってうたっているつもりかもしれないけれども、逍遥と比べると、自分を客観化して眺めてもいる。

ただしそれだけに、この後の三連は、逍遥の「こひの花」（「恋」と「濃い」を掛ける）をたたえたり、その早逝をいたんだりする言葉を連ねながらも、またもや平板に流れがちだ。ただ藤村は、多くの詩において同様の欠陥に陥りつつ、結びの句で天才を発揮する。この詩においても最後の第十三、十四連で、見事に調子を高めて締めくくる。

かなしいかなや人の世の
きづなも捨てゝ嘶《いなな》けば
つきせぬ草に秋は来て
声も悲しき天の馬

かなしいかなや音《ね》を遠み
流るゝ水の岸にさく
ひとつの花に照らされて
翻《ひるがえ》りゆく一葉舟

逍遥の恋の叫び、あるいは詩魂の叫びは、「人の世のきづなも捨てゝ」飛び上がる天馬（天馬空を行く）の嘶きのようなもの、と藤村は聞く。それは遠くの音で、はっきりとはききわけられぬ。で、目を眼前に転じれば、「水になき名をしるす」思いで歌反古を残した詩人の存在は、いま一葉舟となって流れていくかのようだ。頼りなくはかなげだが、しかしどこかの未来に「翻りゆく」。こうして、行き所のなかった逍遥の思いも、ぼんやりとだが永遠なるものに結びつけられる。藤村詩はたいていこういう絶妙の余韻を残すのだ。

蒲原有明は「新しき声」（『文章世界』明治40・10）という談話で、『若菜集』を「輝ける稚《わか》き世」の声とたたえ、「その撓《たわ》み易き句法、素直に自由な格調」に共鳴をあらわしている。まことにその通りであった。ただ、直情的に青春の叫びを上げているようでありながら素直に漢詩の律格にしたがっている逍遥の作品と比べると、日本の伝統詩歌や西洋詩の表現を取り入れて人工の限りをつくしている。藤村は逍遥の生き方、あるいはその叫び方に共鳴しながらも、明らかに別の方向へと詩を進めたようだ。それは一言でいえば優雅な抒情の世界である。情熱は心地よく抑制し、表現は心地よく重層化している。もちろんこれは藤村ひとりの詩風ではあったが、藤村の、あるいは『若菜集』の影響力を思うと、これが日本近代詩の方向ともなったといえるようだ。

8　中野逍遥の評価——近代詩における漢詩の運命

『逍遥遺稿』は明治二十八年十一月十六日、逍遥の一周忌に上梓された。同月二十四日、逍遥追悼の会で出版報告がなされたという。詩集には学友たちの追悼の辞がいくつか寄せられているが、ほぼ一致して逍遥の「多情多恨」ぶりに目を向けている。

同年生だった西谷虎二は、逍遥について「人を怨み世を嘆き轗軻《かんか》零丁《れいてい》［平坦ならざる道で独りぼっち］自ら慰むる所を知らず、独り万斛《ばんこく》［多量］の血涙を灑《そそ》いで無限の憂愁を賦す」と述べている。選科生であった小柳司気太は、七言排律の詩を一部読み下して引用すると、「満身奇気両眉を盎《あ》げ、寒夜青燈磊塊《らいかい》［心中の不満］を澆《そそ》ぐ、藻思［詩文の才］傾尽して筆如《まさ》に馳らんとす」とうたって、その筆を杜甫や李白にたとえた。

正岡子規は大学では学科を異《こと》にし、おまけに本人は中途退学してしまったが、なお時に文学論や人生論を交わす仲になっていたと思われる。請われて「逍遥遺稿の後に題す」を寄せたが、一種不思議な文章である。「逍遥子は多情多恨の人なり」というのはほかの人たちと同じ発想だが、逍遥は自分と同様に多情多恨の人、あるいは多情多恨を託すべき花月を求めたが、遂にそれはこの世では得られず、九天九地の外の人になったというのである。子規はこの文章に、「鶴鳴いて月の都を思ふかな」などの俳句を添えている。「月の都」とは、鶴のように痩身の逍遥が多情多恨を人と分かち合えると思い描いた天上の世界のことであろう。「写生」を説き続けた子規も、つい逍遥の激情に引きずられて、幻想味豊かな句をつくったような気がする。あるいは子規自身が文科大学在学中に書いた小説「月の都」に関係するのかもしれないが、内実はよくわからぬ。

　評論家として名をあげる田岡嶺雲も「懐逍遥子」と題して、逍遥と上野山下に痛飲した思い出から、その友の急逝した嘆きをくりひろげるまさに漢文調の名文をこの詩集に寄せたが、別に長文の力作評論「多感の詩人故中野逍遥」(『日本人』明治28・12)を発表した。これまた、「胸中の鬱勃抑へんと欲して抑ゆる能はず、発して詩となり文となる。宣《むべ》なり其詩や文や、悲愴激越にして沈痛峭抜《しょうばつ》［卓抜］なるや」と、多情多恨を彼の詩活動の根源として論じたものである。

　さて、こういう多情多恨のはげしさによって、逍遥は詩を「表芸」として楽しんでいた伝統的な詩人たちの枠をはみ出し、「近代」詩人につながってきたといえるように思える。が、ここで若干の補充的な観察をしておいた方がよいようだ。

　逍遥は高等中学校時代からドイツ語を学び、フリードリヒ・シラーの作品に魅せられたという。『逍遥遺稿』巻頭に載せられた「中野文学士小伝」には、「又た剣を嗜み詩を嗜んで、好んで西人志留礼《シルレル》流翁の詠［歌］を誦し、自ら期するに翁を以てす」とある。大学予備門以来の友人であった橋本夏男が『遺稿』に寄せた追悼文では、逍遥がシラーを愛読した有様をもっと詳しく伝えている。しかしたとえば講談社『日本近代文学大事典』（「中野逍遥」の項）の「ドイツ古典主義の詩人シラーの詩と人物とを崇拝し、それによって自由の精神や多感な詩情をおおいに触発されている」（村山吉広）といった記述に、どこまで具体的な根拠があるのだろうか。たしかにシラーはロマンチックな激情の詩人であり、生涯「自由」を求め続けたけれども、逍遥にその種の「自由」の意識がどこまであったか、私にはわからぬ。ただ漠然とシラーの「疾風怒濤」Sturm und Drang 的意識に共鳴したであろうことは、感じられるのであるが。

　同様にして逍遥がいわゆる香奩体《こうれんたい》の詩風を吸収したことも早くから一部に指摘され、同じ『日本近代文学大事典』でも、「唐の韓偓《あく》の香奩体の艶詩からも多く学んでいる」と述べられている。香奩体というのは、多くは男が女になったつもりで、その艶情、媚態、閨怨を品よくうたう詩で、明治期の日本でもかなりもてはやされたらしい。逍遥もたとえば「金風催」など、その手の作品をを残してはいる。しかし香奩体には、恋を正面からうたうことをはばかられた漢詩人たちの、埋め合わせの手すさびといった局面があるのではないか。私には、逍遥はいったん惹かれたこの体の詩から離れていったように思われ、むしろそういう視点から観察する方が意味があるような気がする。

　こんなことをごたごたいうのは、まさに橋本夏男自身が主張するように、「君［逍遥］ノ詩ノ卓然トシテ世俗ヲ超脱セルハ独リ君ノ天才ト素養トニ因ルニアラズシテ君ガ満腸ノ熱情実ニ之レガ主因タラズンバアラザルナリ」「之ヲ彼ノ世ノ徒《いたずら》ニ字句ヲ彫琢シ以テ自ラ巧トスル者ニ比スルニ雲泥啻《ただ》ナラザルナル」と思うからである。もちろん逍遥は大学で漢学を修め、当然修辞も学んだ。しかし魂の奥から出てくる熱情が、彼の詩的表現の基本になっていたのである。

同年生だった宮本正貫は、やはり『逍遥遺稿』に寄せた追悼文でこういうことを述べている
――「他日、余も亦た君を訪ぬ。君示すに秘蔵［の書］を以てす。受けて之を閲《けみ》すれば、則《すなわ》ち皆古文辞なり。君且《か》つ曰く、韓柳李杜、其の学本源有り、吾之に遡《さかのぼ》らんことを願ふと。蓋し君の志す所、文は即ち秦漢を降らず、詩も亦た漢魏を下らず」。韓柳は中唐の大文章家、韓愈と柳宗元、李杜はもちろん盛唐の大詩人、李白と杜甫である。逍遥はこれらの文学にも本源があるとし、これらよりさかのぼって文章は秦漢以前、詩は漢魏以前を志す、というのである。

私は漢詩の歴史をごくごく大ざっぱにでも展望する能力などまったくなく、「漢魏を下らず」が、春秋、戦国、秦、漢、そして魏の時代まで以前を指すことは分かるのだが、文学上の具体的な意味合いとなるといっこうに不案内だ。ただそれが発想や形において詩の原型に近づくことを意味するなら、私も逍遥の詩にはまさにそれを感じる。詩のテーマとしての恋にしても、彼にあってはまことに原初的だ。洗練された纏綿たる情緒といったものは、ただ彼の空想の中で展開するだけだ。そしてその表現は直線的、直截的で、しかも大胆率直である。

他方、日本の漢詩人は一般的にいって同時代の漢詩を学ぶのに汲々としていたから、幕末・明治にあっては清詩人がもてはやされ、手本とされていた。森春濤や槐南が奉じたのも清詩であったという。槐南の詩の表現の洗練、詩魂の低調さは、このことと関係があるのだろうか。中野逍遥は、この詩壇の大物たちとまったく別の道を歩いていたようである。

詩心、詩技のこういう原初性への回帰は、正岡子規が俳句の革新で「月並」を蛇蝎視し、短歌

の革新に当たって古今集をしりぞけ、万葉（あるいはそれにつながる金槐）集への回帰を説いたのと、どこかで軌を一にする。逍遥がどういう詩論をもっていたか、『逍遥遺稿』だけからは詳《つまびらか》にしえないが、彼の古詩への傾斜もまた、月並化した漢詩を脱け出し、「近代」に向けて飛躍しようとした精神のあらわれと見て、不当ではないだろう。

日本近代詩の出発点において、西洋のポエトリーの形に「少しく連続したる思想」を盛り込むことを使命とした『新体詩抄』に、大いに芸術的な「美」を加えた詩集『於母影』は、その中に漢詩や漢詩的要素をたっぷりかかえ込むと同時に、「恋」を詩の生命の一つとして押し出した。北村透谷はたぶん西洋詩的な言葉の駆使によって「恋」をうたおうとし、悪戦苦闘したが、その友人の島崎藤村は西洋詩の清新さに伝統的日本詩歌の優美さも混ぜ合わせ、『若菜集』の花を咲かせた。その時、彼は中野逍遥の漢詩を花の色どりに加えることも恐れなかった。

帝国大学で逍遥の一年後に国文科を卒業した大町桂月は、みずから新体詩を書いて多少の名を得た人だが、『逍遥遺稿』出版後間もなく、自分も編集委員をつとめる『帝国文学』（明治28・12）に「逍遥遺稿を読む」を寄せた。桂月はここで、まず「彼れ詩人として未だ槐南一輩の手腕あらず。然れども詩人の質に於ては恐くは当代絶えて其比を見ず」とし、逍遥の詩が漢詩人にその前例を見ない恋愛詩において聳え立つものであることをうたい、さらにこう述べている――「われ今の新体詩歌なるものに向ひて、その風度［なりふり］気格を高大にせんが為に、漢詩を読み、もしくは作らむことを勧めて止まず。然れども漢詩の外に詩なしと信じて、一生を苦吟の中に送るものゝ不便さよ。逍遥も多少之に類するを免れず。されど、その恋愛詩人として、漢詩壇上、別に生面を開き〔中略〕才情の掬するに堪ふるを知るべきなり」。

この小文に何度も登場してもらう正岡子規は、日本の詩の将来を考える時、和歌も俳句も新体詩も漢詩も、基本的に同じ詩と見て論じ、またみずからも作った。「歌俳漢詩洋詩各々形を異にして趣を同じうす」（「曝背間話」明治31・3）ともいっている。だが子規の時代以後、しだいに詩といえば新体詩だけを指すようになり、和歌も俳句も別のジャンルに押しやられ、漢詩は学校の授業でしか読まれない（ましてや作られない）ものになってしまった。そして日本の近代詩は、なんだか痩せ細り、苦難の歴史を歩んできたように思える。

だが中野逍遥の、詩の原点に戻るようにして「自己」を打ち出していた詩を苦労してでも読んでいると、いわゆるご一新を迎えて世の中が若く、国をあげて目標にしたはずの文明開化も右往左往しているように見えた時代に、日本の近代詩はいろいろな可能性を探っていたんだなあということを痛感させられる。子規流の表現を用いれば、「歌俳漢洋」に詩の世界をひろげて読み、その活発な生気を受け止めることは、これからの近代詩の発展のためにも必要であろう。

第6章 「刀悲しみ鑿愁ふ」

『若菜集』の浪漫主義

『若菜集』（明治30・8）は日本近代詩の最初の金字塔といえる詩集であった。そして日本近代詩に浪漫主義の花を咲かせた。ロマンチックな青春の息吹きに、はじめて生き生きと躍動する言葉を与えたのが『若菜集』だった。

『若菜集』を先頭にして、『一葉舟』（31・6）、『夏草』（31・12）、『落梅集』（34・8）と続く藤村の全詩集をまとめた『藤村詩集』（37・9）の序は、「遂に、新しき詩歌の時は来りぬ」という文句で始まる。それはまさに日本の詩歌が新しい時代を迎えた思いの宣言であった。それまでの詩が、「近代」の表現を求めてさまざまな模索をし、意気込めば意気込むほど実験崩れの様相を呈してきたのに対して、『若菜集』は内面の感情を軟らかな言葉で流れるようにあふれ出させ、青春の讃歌となっていたのだった。

しかしそれは、内面の感情の吐露といっても、ある種の屈折をもっていた。同じくロマン派的といっても、たとえば北村透谷や中野逍遥のように感情を直接ぶちまけることは稀だった。藤村はこの詩集を出すまでに、恋愛の蹉跌、人生の漂泊を重ね、自分を抑制することをいやになるほどよく知っていた。彼は同じ『藤村詩集』の「序」で、「詩歌は静かなるところにて想ひ起したる感動なりとかや」という。「とかや」というのは、これがイギリス・ロマン派の詩的宣言といえるワーズワスの『抒情民謡集』*Lyrical Ballads* 第二版（一八〇〇）の「序」の“Poetry ... takes its origin from emotion remembered at tranquility.”の引用だからだが、藤村はまさに emotion を自分の心の底でゆっくり思い起こし、練りに練り、練り直し、その成果を「おぞき苦闘の告白」として吐き出した。そしてその過程で、日本古典詩歌の言葉や西洋詩歌の発想を入念に縒り合せてもいる。

こうして生まれた藤村詩の新鮮で優雅な言葉遣いの魅力は、どれだけ強調してもしすぎることはない。しかしそれによって表現された感情は、一見ロマンチックに夢見心地な展開を見せながら、驚くほどの技巧をもって屈折させられ、奥行きをともなっていたのである。その有様は、『若菜集』の中の傑作でも何でもない、ちょっとした偶成詩にもはっきりと見て取れるであろう。

1 松島瑞巌寺

松島瑞巌寺は東北地方屈指の名刹で、芭蕉は『奥の細道』に「金壁［碧］荘厳光をかがやかし」とこれをたたえたものである。もっとも今の伽藍はおそらく当時と様を異にしているではあろうが、それでも蕉翁のあとを追って、塩釜より舟をかりて二里余、松島海岸は五大堂の脇におり立ってみると、眼前に見られる広大なこの寺の威容に驚かされる。参道はおよそ三丁、その右側の岩壁には、往時の僧たちが念力こめて彫りつつ気を練り心を養った跡であろうか、いたるところ岩窟が掘られ、塔婆や法名が刻まれている。その岩肌は湿っぽく、しかも杉の木立が蔭で覆っていて、鬼気迫る。そのようにして本堂にいたりつけば、この小文の主題である「葡萄栗鼠の木彫」が内玄関を飾っていて、私がここを訪ねた時、寺の小坊主が誇り顔にあれは名人左甚五郎が小刀一挺の細工でござりまするると教えてくれたものだ。

島崎藤村が「松島瑞巌寺に遊び葡萄栗鼠の木彫を観る」と題する詩を作ったのは、明治二十九年の暮も押し迫った十二月の末のことであったらしい。もっとも、その前にも藤村は松島を訪れたことがあった。それはその年の秋九月、仙台の東北学院に赴任した早々のことで、同僚の画家、布施淡とこの地に遊んだのである。そのことはその年十一月の『文芸倶楽部』に「松島だより」と題する美文となって残っているが、この時は瑞巌寺に参るだけの時間は持ち合わさなかったらしい。その後十月にも今度は学院の遠足に随行して松島の地を踏んだが、瑞巌寺へは行ったかどうか。それは知らぬが、年の暮クリスマスの頃、甥の高瀬兼喜が東京から訪ねてきたとき、彼ははじめてゆっくりと瑞巌寺に逍遥し、かの彫刻を眺めたのであった。

2　詩的情感への疑問

彫刻を眺めてつくったという詩は、文章の上からは三つに切れているけれども、調子としては一気にうたい上げられている。

船路も遠し瑞巌寺
冬逍遥のこゝろなく
古き扉に身を寄せて
飛騨の名匠《たくみ》の浮彫の
葡萄のかげにきて見れば
菩提の寺の冬の日に
刀悲しみ鑿愁ふ
ほられて薄き葡萄葉の
影にかくるゝ栗鼠《きねずみ》よ
姿ばかりは隠すとも

かくすよしなし鑿《のみ》の香は
うしほにひゞく磯寺の
かねにこの日の暮るゝとも
夕闇かけてたゝずめば
こひしきやなぞ甚五郎

「舟路も遠し」といったのは、芭蕉と、また「松島だより」の時と同じく、塩釜から舟（今日と違って手こぎの和舟）で行ったのであろう。そして季節は冬。夕闇せまる頃。寒空のもとあたりを逍遥する気持もなくゆったりとここに来て、大伽藍の玄関の古き扉に身を寄せ、かの飛騨の左甚五郎の彫ったという葡萄の房の下に立って見ていると、鑿の香が昔時よりただよい来る如くにて、名匠の心がこいしく思われるというのである。人生の漂泊を重ねてきた詩人の今の寂寞とした心持が、彼が彫刻のなかに見た昔の名匠のこれまた孤独な心と相通い、うしおにひびく寺の鐘の音とも呼応して、詠嘆的にうたい上げられている。

だが私の疑問はここにある。いったい、この彫刻はそんな詠嘆をさそうものであるのだろうか。なるほど薄き葡萄葉に栗鼠を配して、これは一代の名匠の腕を充分にしのばせるだけの精巧さをもち、もし陳腐な表現を惜しまなければ生けるが如しともいい得るだろう。しかしそれは「たくみ」についていい得るのであって、それに彫りこまれた「心」――というのが大袈裟なら「情」といってもいい――については、いたく疑問だ。これは何といっても装飾の彫りもの、玄関の欄間の高くに色もくすんだ葡萄と栗鼠であって、これから「刀悲しみ鬱愁ふ」などという情感があふれてくるものとはどうしても思えない。

もっともここで考えなければならぬのは、藤村が明治浪漫派の先駆として、明星のきらめきにも「清《す》みて哀しき」という情をもち（「明星」）、人の身をも「かなしい」「うれひ」と感ずる（「草枕」）感性をもっていたことで、これを楯に「刀悲しみ鬱愁ふ」を藤村の内面の声の表現と見ることもまったく不可能ではない。だがそれも、そういう表現を誘発するものがあってのことだろう。この彫刻に、そうした感傷の源となるものはどうにも感じられないのだ。

ところで、さらにもう一つ考えなければならぬことは、藤村が人一倍葡萄を愛した詩人だということである。彼が葡萄をうたったたくさんの詩のなかには旧約聖書の雅歌に負うところも多くあるようだが、それと同時に彼自身葡萄の木によく親しんでいたことも否定できない事実である。彼の故郷の木曽谷、馬籠付近にも葡萄はよくあるが、仙台も葡萄棚の多い所で、東北学院の庭にも小さな葡萄棚があったという。いや何よりも、『若菜集』の無題の序詩で、彼は自らの歌の調べを「ひとふさのぶだうのごとし」とうたっているではないか。そんなことも考え合わせると、藤村は葡萄の彫刻の下で普通の感性以上の情感を味わったのだと思えば思えぬこともないけれども、それにしても少し大げさすぎる。

3　キーツの発想

私の結論を先にいえば、この詩は彫刻から自然に生まれくる発想によったものではなく、西詩の、特にキーツの詩世界を通した発想によって生まれたものではないだろうか。その疑いはまずこの詩が書かれた頃、藤村がキーツの心とかなり深く親しんでいたこと、および古美術に対して彼がとった姿勢が一見してキーツのそれに近いことより起る。

ジョン・キーツといえば薄倖の詩人である。その悲痛な恋の手紙はすでに平田禿木によって訳され、明治二十七年三月の『文学界』に掲載されているが、藤村はもちろんそれを読み、わが身のかなえられなかった恋にもあてはめて、いたくこのイギリス・ロマン派の詩人に同情を寄せたに違いない。そして彼はその翌々明治二十九年十月の『文学界』に、キーツと同じく若くして逝った中野逍遥をいたむ「哀歌」の冒頭に、キーツが自らの墓碑銘にえらんだ“Here lies one whose name was writ in water.”の句を借りて、「かなしいかなや流れ行く／水になき名をしるすとて」とうたった。これはおそらく藤村の詩にキーツの姿のあらわれる最初のものであるが、翌三十年六月の『文学界』を飾った「白磁花瓶賦」は、まごうかたなくキーツの「ギリシャ古瓶賦」“Ode on a Grecian Urn”の影響下に生まれたものであろう。とすれば両者に挟まれるこの瑞巌寺の詩がキーツの世界に相応ずるものをもったところで何の不思議もない。

ではいったいこの詩はどのようにキーツと触れ合っているというのか。その問いに答える前に、まずキーツの世界をちょっとさぐってみたい。第一にそれは誰しもいうように理想美へのあこがれであろう。その「美」は感覚的であり、同時に具象的である。それはある時には月の女神に象徴され、またある時にはギリシャ古瓶に具現される。

ところで藤村のこの詩を味わう上で特に大切なことは、キーツのその理想美には常に喜び joy と同時に悲哀 sorrow の感覚が伴っていることである。つまりキーツは悲哀から別れようとして別れられず、今はかえってこれを深く愛している。彼の代表作の一つ『エンディミオン』*Endymion*（一八一八）中の誰にも愛唱される「インドの乙女」（後に主人公の探し求める理想の女シンシアとわかる）がうたう輪舞曲《ロンド》は、悲哀への愛をくり返し表現するが、最後のヤマ場は、"Come then, Sorrow! /Sweetest Sorrow! / Like an own babe I nurse thee on my breast: / I thought to leave thee / And deceive thee, / But now of all the world I love thee best." といった美しい一節となる。これが理想美へのあこがれと直接結びついた最もよい例が「ギリシャ古瓶賦」の世界であろう。ここでは詩人は、ギリシャ古瓶の表面に描かれた森の景色、男女の群れを眺めながら、また耳には聞こえぬ笛《パイプ》の音に聴き入りながら、古代から今に伝わる永遠なる美の喜びにひたるのであるが、その最後の聯に来たって、喜びは悲哀と合致する。すなわち歳月古りて荒廃しても、美を具現せるものは「今の悲哀とはまた異なれる悲哀の中にあって」美は即真なることを人間に説くというのである。

さて藤村があのくすんだような彫刻から「刀悲しみ鑿愁ふ」という情感、「こひしきやなぞ甚五郎」というオード風の呼びかけを得たのは、すでによく親しんでいたこのキーツと同じシチュエイションに自己をおいたからではなかろうか。それもはじめは、古き美術の前に立つという身体的なシチュエイションの類似を自覚しただけであった。だが藤村はそれをさらに精神的なシチュエイションの類似にまで昇華した。つまり単に同じような古美術を前にしているというだけでなく、美に喜びと悲哀を味わった先人と同じような情感を味わおうとした。このように解してはじめてあの悲しみ愁うという言葉の生まれ来た理由がわかるのではなかろうか。

4　シチュエイションと感慨

ことは想像の域を出ないようでもある。だが藤村は——いや藤村のみではない、多くのロマン派詩人は——しばしばそういう操作を無意識のうちに行なっていたのではないか。その証拠に、もう一つ同じようなプロセスが考えられる詩をあげてみよう。それはこの詩のできた前の月、十一月の『文学界』にのった「白壁」と題する短詩である。

たれかしるらん花ちかき
高楼《たかどの》われはのぼりゆき
みだれて熱きくるしみを
うつしいでけり白壁《しらかべ》に

唾にしるせし文字なれば
ひとしれずこそ乾きけれ
あゝあゝ白き白壁に
わがうれひありなみだあり

この詩を読んで私がまず思い浮かべるのはゲーテの絶唱といわれる「旅人の夜のうた」“Wanderers Nachtlied”である。といっても、「すべての峰に憩あり」云々という内容がこの「白壁」の詩の内容に似ているというのではない。一七八〇年九月といえば、ゲーテまだ三十一歳の秋であるが、彼はイルメナウ近くのある山上の猟館の壁に旅人の夜の孤独と寂寞をうたったこの小曲を書きつけたという――そしてそれより五十年後、死の半歳前に、彼はふたたびその壁にその詩を読んで深い感慨を覚えたというのだ。この話はゲーテを盛んに読んだ藤村も知っていたにちがいないが、「白壁」の詩の中にははるかなゲーテを思うての感慨はなかったであろうか。もっともそれはゲーテでなくてもよかった。この「白壁」発表の数か月前、明治二十九年五月の『うらわか草』に藤村は「西花余香」というエッセイを発表して泰西詩人の余香を伝えているが、その冒頭にあるサイモンヅが伊太利紀行中ある古城に遊ぶ記事も、「白壁」の詩のシチュエイションによく似ている。こういう内容だ。

ある秋の日の夕ぐれ、サイモンヅ友と共にここに来りて徘徊去るあたはず。しばらく城壁にもたれて風光を賞するうち、ふと其友の倚りかゝれる古壁に左の如く記しつけたるを見出しぬ。そのことば。われは眺め入りたり、眺め入りつゝ運命のはげしきに涕きぬ。"I gazed, and gazing, wept the bitterness of fate."読む人は好古のサイモンヅ、ところは花深き以太利の古壁、記せしぬしを誰ぞと問ふにはよしなけれども、なさけあり涙あるはこの一語なり。

私の目的は「白壁」とゲーテやサイモンヅとの関係を立証しようというのではないので、これ以上の考察はやめたいが、ただ「白壁」の詩に盛られた感傷が、白壁そのものから出たというよりも、今の自分と同じシチュエイションにあった古人への感慨から生まれたと考えた方がより自然だと思われるのである。そこで、「白壁」発表のほぼ一か月後に出来た「松島瑞巌寺に遊び葡萄栗鼠の木彫を観て」にも同じプロセスを考えることは、たとえそれが推測にとどまっていようとも、まず間違いあるまいと思うのだ。

だがこの詩のプロセスはさらに複雑な面をもっている。それは何といっても対象が違うことと、加えてキーツと藤村との気質の違いからくるようだ。キーツがあこがれたのは前にもいったように具象的感覚的な美で、美の永遠を信ずる彼の信念は対象との直接的な交感から生まれている。だから、"Beauty is Truth,"とは美そのものが言うのである。ところが藤村の方はどうも彫刻そのものはたいして見ていないのではないか。彫刻はじつは透彫であるのにそれを浮彫とうたっているのも、少しこじつければその証拠ともいえるだろう。それほど、彼は古き扉に身を寄せて、じつは眼はほとんど閉じてしまって感慨にふけっているようなのである。そして彼の頭の中には、彫刻ではなく「人」がある。その人とはもちろん飛驒の甚五郎であるのだが、この詩全体を目に見えず支配している“Beauty is Truth,”という感じは、先と違って美そのものがいうのでなく、かといってまた甚五郎がいっているのでもなく、今ここに立っている詩人が、かなり人工的に、感傷的に、また観念的に感じているのである。そしてその感傷と観念とをわき立たせているのは、あの薄倖の泰西詩人が同じく美に対して味わった喜びと悲哀との感慨そのものであるのだ。「刀悲しみ、鑿愁ふ」「こひしきやなぞ甚五郎」という突飛な発想は、そうでなければ出てこないように私には思われる。

このようにして、この詩はキーツとシチュエイションを同じにして、キーツの発想にあった具象性は弱まったけれども、その感慨を受け止め、生かすことによって生まれたものといえよう。だがここに強調しておきたいことは、いわば借りものの感慨とはいえ藤村はそれを完全に消化吸収して、自己本来の内部より生ずる感慨（漂泊の果ての生の意識）と合致せしめていることである。ここに彼の詩が女学生的感傷に堕さない理由があるに違いない。「悲しみ」「愁ひ」「こひしき」などという、対象の彫刻からは不自然にしか生まれ得ないような言葉を用いても、彼はこれをじつに自然に配置しているのだ。

5　藤村詩の技巧

作者は、「舟路も遠し瑞巖寺／冬逍遥のこゝろなく／古き扉に身をよせて／飛驒の名匠の浮彫の／葡萄のかげにきて見れば」と、じつになめらかに読者を自分と同じシチュエイションに導いておいてから、最初の情的な語をどんとおく——「菩提の寺の冬の日に／刀悲しみ鬢愁ふ」と。ここの「の」のたたみかけは見事なもので、そこに自ずと力がこもるので、「刀悲しみ鬢愁ふ」というじつは大げさな言葉が破調ともならずに生きている。

以上で意味の上からはいったん切れる。しかし呼吸としては最初に述べたようにそのまま続いて、「ほられて薄き葡萄葉の／影にかくるゝ栗鼠よ／姿ばかりは隠すとも／かくすよしなし鬢の香は」と葡萄栗鼠の木彫そのものに焦点がしぼられる。そして栗鼠に呼びかけて、お前は葡萄葉の影にかくれても、鬢の香（あるいはこれは名匠の心と翻訳してもよいだろう）はかくすこともできないで匂って来るよというのは、藤村の詩によくある理屈っぽい表現の一つであるが、しかしこの句によってかの栗鼠がいかにも可愛く思われて、これは欠点というにはあまりにも巧みなうたい方だ。

さてこの場合も、意味としてはここで切れるわけだが、気分的にはすぐ次に続いていく。特に「鬢の香は」は「かくすよしなし」の主語であるのだが、倒置法によって助詞止になっているので、次の行の「うしほにひゞく」にそのまま続いてしまい、「磯寺のかね」の修飾語である「うしほにひゞく」は動詞の役をも兼ねて、まるで掛詞のようになっている。

うしほにひゞく磯寺の
かねにこの日の暮るゝとも

夕闇かけてたゝずめば
こひしきやなぞ甚五郎

最後の行はちょっと意表を突く、歌舞伎のせりふのような疑問の嘆声(「なぞ」は「なぜだろうか」の意味)であるが、今まで一息にうたわれてきた懐古の情が一気に結晶されている。おそらく作者としてはこの芝居じみた言葉のほかに適当な言葉を見出し得なかったのであろう。この嘆声によって、詩人は寂冥の生の現実を越え、いわば永遠の理想美と結びつくのである。

こうしてこの詩は、発想はキーツに引きずられた非本来的なものであり、用語はその結果、時に大げさであるのに、全体としては不思議に一つのまとまった情緒を打ち出していて、詩人藤村の卓越した詩技の一端を見せてくれている。かつて戸川秋骨は「藤村君は技巧偽作の人」「全身これ技作の人」(「藤村君の不自然」)といったことがあるが、この瑞巌寺の詩を考察することはその「技巧偽作」の秘密をうかがうこととなり得たわけである。私がことごとしく西洋の詩人との関係を論じ出したのも、その秘密の理解を容易にしたいためであったに他ならない。

こういう西詩との関係の重要視すべきことは、「松島瑞巌寺に遊び葡萄栗鼠の木彫を観て」と、このおよそ三年も前の作たる『文学界』第二号(明治26・2)にのった「石山寺へ『ハムレット』を納むるの辞」とを比べてみることによって、さらにいっそう明らかになると思う。

湖にうかぶ詩神よ、心あらば

落ち行く鐘のこなたに聴けや、
千年の冬の夜毎に石山の
寺よりひゞく読経の声。

この詩は季節といい、また詩人のおかれたシチュエイションといい、瑞巌寺の詩とかなり似ているのだが、発想はまったく違っていることに注意したい。昔紫式部が源氏の風情をうつしたというこの古刹において、詩人は「旅に寝て風雅に狂」したかの芭蕉に託してこの詩を発想しているようである。だが詩法に『若菜集』の柔軟さはなく、味わいに乏しい。私たちはこの詩と比べることによって、瑞巌寺の詩のいかに美意識を彫琢し、感慨を重層化し、また言葉を練成したか、またそのことが如何に内容の豊かさとなり得ているかを知ることができるのである。

6 『若菜集』における青春

『若菜集』は文字通り「若菜」の集であった。明治二十九年の夏から三十年の春にかけて、漂泊の果てにたどり着いた「仙台の客舎」で書いた詩稿から成っており、もちろん夏や秋の詩も多く、傑作も少なしとしないが、彼が仙台へ行って「初めて夜が明けたやうな気がした」と後に何度も書いている気持は、春の曙の感じとなってうたいなされ、それぞれの詩が「まだ萌出《もえいで》しまゝの若菜」の趣をたたえるのである。だから詩集全体では春の讃歌の感じがし、それが転じて青春の讃美が展開しているようにも思える。たとえば『若菜集』の中の絶唱の一篇といえる「草枕」は、わびしい秋の自然をバックにして漂泊のわが身からうたい始め、宮城野の冬、仙台郊外の冬の海をたっぷりうたい、ようやく早春になるのだが、最後の三連で春の喜びを一挙にうたい上げてみせる。

春きにけらし春よ春
まだ白雪の積れども
若菜の萌えて色青き
こゝちこそすれ砂の上《へ》に

『若菜集』といえばまずこの「若菜」のような新鮮さ、ういういしさ、若々しい青春の解放感を受け止め、味わうべきだろうが、実際上はいざ知らず、少くとも比喩的にいって、この秋から冬を越える間のtranquilityの時期の役割にも、注目しておかなければならないだろう。西洋の詩人でロマン派というと、ワーズワス、シェリー、あるいはキーツも、少なくともある時期、政治的、社会的に尖鋭な思想をかかげたり、美意識において刺激的な主張を打ち出したりした。藤村はこれらの詩人によく親しんでいた。が、彼はこの沈潜の時期に、見事な抑制を身につける。そして尖鋭さを優美さに転換してしまうのである。日本語で浪漫というと、なんとなく浪にただようようにゆったりと、おだやかで、ひろびろとした気分が感じられるが、『若菜集』はその浪漫主義の詩の最初の見事な成果となっているのだ。内容も表現も、たとえば西洋詩から学び取った新しい発想と伝統的な日本語の雅びな語法とを渾然と混ぜ合わせ、まことに自然な調べとなっている。

話を「松島瑞巌寺」に戻すと、これは『若菜集』中でほとんど唯一の冬の詩である。わずか十五行の中に二度も「冬」という言葉が出て来もする。それにもかかわらず、全体の感じは春に近いほど暖かいのである。「うしほにひゞく磯寺の／かねにこの日の暮るゝとも」などとうたいこまれると、春の海ひねもすのたりのたりの趣さえ生じてくる。この暖かみのある詩的な余裕――これは島崎藤村の端倪すべからざる詩才の産物だろうが、同時に、「近代」の生を求めてきた詩人の「おぞき苦闘」の成果だったといってよいだろう。

第7章　「大なる思想」を求めて

内村鑑三訳詩集『愛吟』

『於母影』が日本近代詩に「美」を導入したとすれば、『若菜集』はかなり西洋風であったその美を日本の伝統美とこね合わせ、清新にして温雅な情緒をたたえる優美に仕立ててみせた。これによって新体詩は新しい芸術として確立し、この方向が詩壇の進む道となった観もある。ただし、この過程で北村透谷が求めたような詩の思想性は大幅に捨象され、詩の内容はもっぱら情緒本位、表現はもっぱら優雅洗練が求められるようになった。そして日本近代詩史も、そういう「芸術」性を中心にして記述されるようになり、「思想」性本位の詩は無視ないし軽視される傾きが生じた。芸術性と思想性は本来ダイナミックに呼応し合いたいが、その一方が視野の外にはじきだされることによって、日本の近代詩は中味の豊かさを減じることになったのではなかろうか。近代詩史の記述も、その後を追ってきているように思える。
しかし事実は、『若菜集』と同じ年に「大いなる思想」をこそ求めた詩集が出版されていた。ながらく詩史的には無視されてきたこの訳詩集を検討し直すことは、日本近代詩史の見直しにつながるかもしれない。

1　無視されてきた詩集

明治三十年七月、奥付によるとその二十五日に、『愛吟』と題する小冊子が出版された。菊半截、つまり今日の文庫本とほぼ同じ判型で、紙表紙、略装、内容は合計わずか百三十二頁である。その内訳は自序三頁、目次四頁、本文九十八頁で、それに巻末から始まる欧文二十七頁がついている。表紙には「内村鑑三纂訳　愛吟」と書かれている。欧文欄の冒頭には「AIGIN (Favorite Singing)」とあり、これが英文タイトルであろう。版元は、内村鑑三の本を多く出している警醒社書店であった。

本文の中心をなすのは、西洋の詩二十七篇の翻訳である。『愛吟』は、だから、内村鑑三の訳詩集というべきものだった。ただし奥付には、「著者、内村鑑三」と書かれている。じっさい、この本は内村鑑三の著書としての色彩も濃かった。二十七篇の中には、内村の半創作的な翻案詩も含まれている。多くの訳詩には、「註」ないし「付言」の形で、内村の主張や意見が述べられている。加えて日本人の詩歌二篇も挿入、最後に「附録」として、内村自身の創作詩一篇を収めている。訳詩の原文を巻末に収録したのも、独自なやり方であった。
貧弱な体裁に加え、内容も雑然とした構成であり、一見して、これは芸術的な香りと縁遠い感じの本であった。果たせるかな、『愛吟』は同時代の文壇、詩壇に、ほとんど反響を呼ばなかった。内村鑑三が従来から関係していた『国民之友』などを除くと、文学詩歌雑誌はほぼ完全にこれを無視した。同じ年の四月には宮崎湖処子編集の『抒情詩』が出、八月には島崎藤村の『若菜集』が出た。いわゆる新体詩の形式美を整え、明治浪漫詩の方向を決定づけた歴史的な詩集である。話題は当然のごとくそちらに集まっていった。

同時代だけではない。後に書かれた日本近代詩史のたぐいにおいても、『愛吟』がまともな評価を得たことはないに等しい。日夏耿之介の浩瀚な『明治大正詩史』（昭和4。改訂増補版、昭和23―24）でも、「（明治）三十年内村鑑三の訳詩集『愛吟』も世に出で」とひとこと言及するだけでぜんぜん問題にせず、同じく日夏氏の『明治浪曼文学史』（昭和26）も、「英文学語余《ママ》の一夕の興のたまたまの所産といふにとどまる」とこれを一蹴している。もっと新しい、社会派詩人たる遠地輝武の大冊『現代日本詩史』（昭和33）も、全四巻からなる『講座・日本現代詩史』（昭和48）も、『愛吟』にはまったく言及していない（後者は年表にすらのせていない）。その他のあまたの同類の書も、まず同じような態度で『愛吟』を遇しているといってよい。

それでは、『愛吟』はじっさい取るに足らぬ詩集だったのだろうか。一部の――といってもかなりの数の――人がそうは考えなかった。『内村鑑三著作集　第十七巻』（昭和29）の鈴木俊郎氏の解説によると、『愛吟』は昭和六年（内村鑑三の死の翌年）までに二十五版を数え、「著者の著作中最も広範に読者を得たものの一つ」になったという。これは、平均すると一年半に一度以上の割合で版を重ねたわけで、日本近代詩全体の中でも、長期にわたって稀に見るほどよく読まれた詩集の一つということになるだろう。

ただ多くの読者を得ただけではない。熱心な読者を得た。鈴木俊郎編『回想の内村鑑三』（昭和31）を紐といてみるだけでも、武者小路実篤や大内兵衛が『愛吟』を「実に愛読した」ことをしるし、ロシヤ文学者の昇曙夢《のぼりしょむ》もこれを「夢中に愛読」、詩集の銘詞となっている「詩は英雄の朝の夢なり」という句が気に入って、自分のペンネームを「曙夢」としたという。また農村伝道に従事して後に国会議員となった杉山元治郎は、「殊に小形の『愛吟』をポケットに入れ、暇さえあれば取出して愛読したものである。だから表紙はすり切れ、幾度か強い紙で補強した」と述べている。教文館編『現代に生きる内村鑑三』（昭和41）は、とくに回想の文を集めたものではないが、そこでも、後に関東学院長になった坂田祐は、日露戦争中に従軍した先の満州で『愛吟』等を読んで内村鑑三への憧憬をたかめ、帰国後その門に入ったことを語り、高谷道男は、「最も感銘をうけた」内村鑑三の著作に『愛吟』の名をあげている。同じような証言は、あげていけばきりがないだろう。

もちろん、この人たちの読み方は多くが宗教的な関心をもとにしており、その証言に文学的な意義は少ないという見方もあるかもしれない。だがそういうむきには、正宗白鳥のつぎのような記述はどうだろうか。彼は『内村鑑三』（昭和25）の中で、青年時代に内村の詩作品を「文壇の新体詩よりも愛読した」ことを述べながら、こういっている。

私は、『愛吟』と題された小冊子を殊に愛読した。内村好みの西洋の短詩数十篇の翻訳集であつて、原詩も添へられてゐる。私はそれ等を暗誦し朗吟してゐた。植村〔正久〕師を訪問した時、記憶にある『愛吟』のうちの一篇を師の前で朗読すると、師は破顔一笑。「なる程いゝ詩だ」と云はれた。

では、正宗はなぜ『愛吟』にこのようにひかれたのか。彼はその理由をこう分析してみせている。

『愛吟』は、森鷗外一派の訳した西洋詩集『於母影』とは趣を異にしてゐるが、異にしてゐるところに宗教味があつたのか、青年期の私の詩心が共鳴したのであつた。藤村、泣菫など、あの頃の新興の純粋の詩人に比べると、内村には詩人の骨法を持つてゐるやうではなく、その散文も無骨で滋味を欠いてゐるやうであつたが、その点が却つて我々の心に喰ひ入る力を持つてゐたのであらうか。

もう一人、明治四十年頃、岡山県の田舎で『愛吟』に読みふけっていた少年、木村毅の言葉も記録しておきたい。『文学修業』（昭和31）と題する自伝的な本で、彼は「私が西洋の詩を愛すべく、尊ぶべきを知ったのは、先ずこの詩集」であったと述べている。そして比較文学研究の記念碑的な労作『日米文学交流史の研究』（昭和35）では、「内村鑑三とアメリカ詩人」の章を設け、この「小さな訳詩集」の意義をつぎのように説いている。

内村鑑三は〔中略〕詩作については、全く素人なのである。しかしその訳詩の長所はその素人の素人芸たるところから生じている。彼は無技巧で、正直に、率直に、その原詩から受けた感銘のままを伝えようとした。日本文学の素養が多すぎると、思わず既成の表現を混用する誘惑にとらわれ勝ちである。坪内逍遥のシェークスピア訳が歌舞伎式用語の過多をもって非難を受け、二葉亭の訳の如き神品も、東京の葛飾あたりの田舎言葉の使用をあき足らずとせられ、上田敏のフランス詩の訳にも「とうとうたらり、とうたらり」の訳語が問題となった。それはそれに伴う古いイメージに妨げられて、原詩の鑑賞にさしさわりが生ずるからである。内村鑑三の素人らしい無技巧訳は、それらの弊から原詩を守ることで、先ず玄人文学者にはとうてい望まれない成功を博した。それに彼は、詩作の修練こそつまないが、詩的天分はすぐれた人だから、ここに特異の素朴で清新な訳詩のスタイルが生じたのである。

こう見てくると、『愛吟』はどうも「文壇の新体詩」――『於母影』から藤村、泣菫、あるいはさらに上田敏へとつながる日本近代詩の本流――からそれたところ、あるいはそれと対峙したところに位置し、まさにそのゆえに、文壇、詩壇的な視点に立つ人たちにはしりぞけられながら、その外にいたある種の青年層に訴えたものと思われる。そしてそう理解すると、内村鑑三自身がこの本の短い「自序」の冒頭で述べた言葉が、不意に生きた意味をもってくる。「新体詩を世に供せんとするは、纂訳者の目的にもあらず、亦た彼の為し得ざる所なり、彼は彼の知る普通の日本語を以て、彼の常に愛誦する欧米詩人の短吟二三十を世に紹介せんと勉めしのみ」と彼はいうのだが、これは謙遜の言葉でありながら、同時に一つの主張であり、宣言でもあったと理解されるのである。

2　明治文化の反主流派

ではいったい、『愛吟』の内容とは具体的にはいかなるものなのか。まず、ここにどういう詩人が訳されたいるかを一瞥しておくのが便宜であろう。「詩は何なる乎」という題をつけた三人の詩人の銘詞については、後から述べる。それに続く本文に収められた二十七篇の訳詩の原作者名を、国別にあげてみよう（内村鑑三の呼び方に従い、それに原則として欧文欄掲載の原名を付す）。

まずイタリアから、愛国的殉教者サボナローラ（Girolamo Savonarola）。

ドイツからは、宗教改革者ルーテル（Martin Luther）、讃美歌作者ゲヤハート（Paul Gerhardt）、ゲーテ（Johann Wolfgang von Goethe）、およびレッケルト（Friedrich Rückert）。

イギリスからは、ベン・ジョンソン（Ben Johnson《ママ》）、キルク・ホワイト（Henry Kirk《ママ》 White）、カーライル（Thomas Carlyle）二篇、ブラウニング夫人（Elizabeth Barrett Browning）、テニソン（Alfred Tennyson）、ジョージ・エリオット（George Elliot《ママ》）という男性の筆名で知られるマリヤン・エバンス婦（Marian Evans）、牧師で賛美歌編纂者のエドワード・ビカステス（Edward H. Bickersteth）、および、やはり讃美歌を多く書いた詩人のプロクトル夫人（Adelaide A. Proctor《ママ》）。

そしてアメリカからは、ブライアント（William Cullen Bryant）、ロングフェロー（Henry Wadsworth Longfellow）、ホヰチャー（John G. Whittier）、ローエル（James Russel《ママ》 Lowell）、およびウィルコックス夫人（Ella Wheeler Wilcox）。

ほかに、ロバート・ラブマン（Robert Loveman）とジェームス・バッカム（James Buckham）という、いまのところ詳細のよくわからぬ人の詩が各一篇ある。ただしロバート・ラブマンは、アメリカに同名の詩人（一八六四―一九二三）がいるので、その人である可能性は大きい。また「無名氏」作のものが、合計三篇収められている。このうち「或る詩」は「米国の一宗教雑誌に載りしもの」、「汝の友」は「『インヂヤナポリス、ジャアーナル』の載する処」と付記されている。それから、原著者名がまったく（「無名氏」とすら）しるされていない詩が合計三篇ある。もっともこのうち「光り輝く讃美の里」の原作者は、讃美歌を多く残したアメリカの女流詩人 Frances J. (Crosby) Van Alstyne（一八二〇―一九一五）である。

『愛吟』に収められた詩は、こうして約五分の四が英米詩人の手になるものであり、しかもその約半分がアメリカ詩人の作品である。これはたいそう特異な選択の仕方だった。ここで明治時代の代表的な翻訳詩集をちょっとふり返ってみるとよい。明治新体詩の嚆矢とされる『新体詩抄』（明治15）は、たしかに英米詩の翻訳を主体としているが、イギリス詩人の作品が大部分で、アメリカ詩人はロングフェロー一人を収めただけである。そして全体として、その卑俗な非詩性を批判され続けてきた。新体詩を「芸術」にまでたかめたものとして喧伝されるのは、森鷗外ら新声社（S.S.S.）の『於母影』（明治22）である。これはシェイクスピアとバイロンを収めてはいるが、アメリカ詩は一篇も入れず、ドイツ詩が中心になっている。そして上田敏の『海潮音』（明治38）は、シェイクスピヤ、ロバート・ブラウニング、ダンテ・ゲブリエル・ロセッティとクリスティナ・ロセッティにページをさいているけれども、フランス詩集の性格が強い。アメリカ詩はやはり一篇も収めていない。

これは、もちろん、きわめて大ざっぱな「国勢」の推移の把握であって、厳密には、このほか無数の翻訳詩の動向を視野に収めなければならない。しかし、最初圧倒的に優勢だったアングロ・サクソン系の詩が、「文壇の新体詩」の成立とともに、ヨーロッパ大陸の詩の前に影を薄くし、なかでもアメリカ詩がとんと顧みられなくなってきたことは、まず否定しにくい事実であろう。

じつのところ、これは日本におけるもっと広い意味でのアメリカ文化の推移とも軌を一にする現象だった。ひとことでいえば、文明開化時代から日本で強い影響力をもったアメリカ文化は、明治二十年代に入って国粋主義がたかまるにつれ、日本文化の正統的な位置に立った人たちから、軽薄文明ということでしだいにしりぞけられるようになった。ただ、反主流派というか、正統的権威から締め出されたり、それに反逆した少数の人だけは、アメリカのなかに日本にない理想主義の展開を見出し、その文化を学ぶ姿勢をつらぬいていたのである。

『愛吟』は、そういう反主流派的な姿勢を、翻訳詩において示したものといえるのではなかろうか。内村鑑三こそ、当時の文化界や思想界において最も尖鋭な反逆者の一人だった。周知のように、明治二十四年一月のいわゆる第一高等中学校不敬事件によって、彼は世論の袋だたきにあい、六年間の流竄生活を強いられた。その間に、彼は日本の社会や文化に対する批判を深めていた。とくに日清戦争とその後の日本の政治の腐敗には、激しい怒りを燃やした。彼の厳しい社会批判は、長篇評論「時勢の観察」（『国民之友』明治29・8）などに表現されて大きな反響をまき起こしたが、『愛吟』の出た明治三十年の二月、日刊新聞『万朝報』英文欄の主筆となってからは、同紙上の英文論説やその他のさまざまな時事評論によって、精力的に力強く展開されていた。内村の筆鋒は縦横無尽にふるわれていた観があるが、なかでも際立っていたのは、日本の支配階層や指導者たちの偽善的な権威主義の態度に対する痛撃である。彼は日本人とその社会や文化に、精神の大いさとその真率で正直な表現を求め続けていた。

3　「思想」重視の詩観

内村鑑三のこういう姿勢は、彼の文学観にもあらわれていた。「何故に大文学は出ざる乎」（『国民之友』明治28・7）や「如何にして大文学を得ん乎」（同28・10）で、彼が「流暢華美の筆」をしりぞけ、「世界精神の涵養と注入」を説いたのは、その一例にすぎない。彼にとって、「文学とは高尚なる理想の産」なのだった。

内村鑑三が英米詩、とくにアメリカ詩を重んじたのも、同じところにもとがあった。彼は『愛吟』の出版と同じ月、植村正久の雑誌『福音新報』（明治30・7）で「米国詩人」を談じ、翌年一月にも同じく「米国詩人」と題する講演をした（『福音新報』二月掲載、単行本『月曜講演』同年三月収録）。彼はそこで、「詩歌はアングロサキソン人種特得の技倆なり」と主張し、その理由として、彼らが世界中で最もよく「道徳的に宇宙を歌へる者」であることを説いている。しかもこのアングロ・サクソンのなかで、「米国詩人は英国詩人よりも遙に偉大なり」と彼は評価した。アメリカ詩人は、アメリカの大自然の感化で「雄大」な詩風を展開し、またアメリカの共和制度のおかげで積極的に社会の問題と取り組み、「自由に其の雄渾偉大の思想を語る」ことができる、というのである。

内村鑑三のこういう詩観は、『愛吟』の銘詞として彼が選んだ三人の詩人による詩の定義を見ても、さらにはっきりするだろう。その第一は、アルフォンソー《ママ》・ラマーテイン《ママ》（Alphonso《ママ》 Lamartine）の、先にもちょっとふれた「詩は英雄の朝の夢なり」という定義である。私はこの句のフランス語の原文をつまびらかにしていないが、ここで英雄と訳している言葉の英語の原文はgreat minds である。内村にとって、「大いなる精神」の持ち主こそが英雄なのであった。そしていま、彼はラマルティーヌにならって、詩の根元をそういう英雄性に見出そうとしていたのだ。

第二は、コレリッジ（Samuel Taylor Coleridge）の「詩の正当なる反対は散文に非ずして科学なり」という言葉である。“Definition of Poetry”と題する講義ノートの冒頭にあるこの句に内村がひかれたのは、たんなる韻文をもって詩とみなす「文壇の新体詩」一派と相容れない自分の主張の支援となるものを、そこに見出したからであろう。

第三は、ワルト・ホイットマン（Walt Whitman）の「そは大なる思想が／アヽ我が兄弟よ、大なる思想が詩人の天職なり」という句である。ホイットマンの詩的宣言ともいえる長詩“By Blue Ontario's Shore”からとったこの二行は、内村の近親者によっても、彼が「自らを励ますための特愛の一句でありました」（内村美代子編『内村鑑三思想選書Ⅳ　ただ神とともに』昭和24「編者のことば」）と証言されている。内村は後にもこの句を何度か引用した。

　こうして、三つの銘詞を通して明らかになるのは、内村鑑三がいま、詩を「大いなる精神」に根ざす「大なる思想」の、「散文」性をも恐れない率直な表現と見なしていた事実である。さらにつけ加えておけば、『愛吟』本文の冒頭の詩、ロバート・ラブマン作「詩人の胸中」“The Poet's Soul”は、内村の詩人観を代弁するものに違いないが、そこでも、詩人が「悪を憎む心と義を愛する念と／不朽の事業を遂《と》げんとする／永久不抜の志望」を抱くべき者であることを宣言している。『愛吟』とは、まさにそういう詩人の叫びを集め、紹介しようとした本にほかならなかった。内村鑑三は時に三十七歳、気力充満していた。

　こういうしだいだったから、『愛吟』の詩の選択には、たんに英米詩が多いということ以上の特色があった。イギリスの詩人でも、たとえばシェイクスピア、バイロン、シェリー、キーツ、あるいはロセッティ兄妹等、当時の詩壇でもてはやされていた詩人の作品を収めていない。内村はワーズワスをかなり高く評価していたのに、それすらはぶいている。それから、アメリカ詩人についても共通していえることだが、必ずしも、収録した詩人の代表作といわれるものを訳しているわけではない。むしろそうでない作品が圧倒的に多い。内村は宗教感情、道徳思想、人生教訓、社会批評が強く出ている詩、つまり彼の詩観にかなう詩なら、詩壇の評価と関係なく、平然と訳し収めたように見えるのである。無名氏の作品、新聞雑誌で偶然に見かけた詩でも、いっこうにかまわなかった。

しかも、この選択は、日夏耿之介のいう「一夕の興のたまたまの所産」ではけっしてなかった。内村が「自序」で「常に愛誦する」詩を収めたというのは、いつわりではなかった。彼が散歩の途上、伝道旅行、集会などの折に、この詩集の詩をよく口ずさんでいたことについては、さまざまな証言がある。

ここに収められた詩は、当然、彼の従来の著作の中にもよく現われていた。附録の創作詩「海」が、彼の『地人論』（初版の題『地理学考』明治27・5）に全文引用されていたことは、一応無視してもよい。無名氏の「或る詩」が、やはり彼の旧著『基督信徒の慰』（明治26・2）に訳載されていたことは、内村自身が付記する通りである。ほかにも、ホヰチャーの「充たされし希望」は、『貞操美談路得《ルツ》記』（明治26・12）に翻訳が全文載せられ、ウィルコックス夫人の「航海中」は、翻訳と註が雑誌『日本人』（明治30・4・20）に掲載されている。またプロクトル夫人「偉大なる人」の原詩中、『愛吟』に訳載した部分の最初の連は、すでに内村の英文主著 *How I Became a Christian*（明治28・5）中に引用されており、著者名のまったくしるされていない詩の一篇「我の要《もと》むるもの」の原詩も、『万朝報』（明治30・4・15）の英文欄に、やはり著者名なしで載せられている。

そのほかの詩でも、内村鑑三が平生から熱烈な讃美や好意を表わしていた思想家や詩人の作品が少なくない。ルーテル、カーライル、ブライアント、ローエルは、その際立った例である。

4　「普通の日本語」による「精神訳」

さて、では内村鑑三はどういう態度で翻訳しているだろうか。「自序」のなかで、彼は「彼の知る普通の日本語をもって〔中略〕紹介せんと勉めしのみ」といっていた。同じ「自序」で、「詩は直訳を許さゞるのみならず、亦之を意訳に附するのも甚だ難し、故に之を訳するに惟精神訳の一途あるのみ」とも彼はいっている。

ではいったい、精神訳とはいかなるものなのか。これについて、内村はさらに語を継ぎ、「書中載する所のカーライルの英訳に係るルーテルの讃美歌を見て推了するを得べし」と述べている。ここにいうルーテルの讃美歌とは、内村訳の題を借りると「堅き城は我等の神なり」のことである。原詩 "Eine feste Burg ist unser Gott" は、メロディーも彼の手になり、讃美歌の創始者といわれるルーテルの讃美歌中でも、最もよくうたわれたものらしい。その英訳は数多くあるが、カーライルのそれは特に有名なものである。内村は欧文欄に、原詩と英訳の二つを並べて収めている。

両者を比べてみると、英訳ははじめのうち原詩に忠実であろうとしているかのようだ。しかし原詩にしがみついているわけではない。内容を具体的で鮮明にするためには、Feind（悪魔）を Prince of Hell（地獄の支配者）と訳し、Macht（力）を force of arms（軍勢）と訳すようなことも行なっている。しかも終わりに近づくに従って、ますます大胆に原詩の言いまわしを改変し、原詩にない行を補うこともして、思い切った意訳になっている。要するに、原詩の「精神」を伝えるためなら、直訳・意訳をおりまぜ、形の上で原詩と離れることも恐れていない。そして全体としては原詩同様にごつごつとした、そのゆえにかえって真実味のある表現となっている。

内村鑑三が踏襲したのは、この方法だった。いや、内村の場合、原詩の語句や形式からの独立の度合いはもっと大きかった。彼は表現を変えたり、行をはぶいたり補ったりしただけではない。原詩中の連をいくつかばっさり削るようなことも、しばしば行なっている。形の上で原詩と離れるのを、内村は意に介さなかったようだ。ソネット（十四行詩）を十六行に訳すようなことも、平気でしている（ブラウニング夫人「涙」）。讃美歌類や、本来は歌になるべき詩（サボナローラ「カンゾーナ（小歌）」など）でも、うたうことの便宜を考えた形跡はほとんど見られない。多くの詩で、内村は七五調などの形に拘泥せず、ほとんど文語自由詩に近づいていた。用語も、優美な雅言はまず使っていない。漢文調の雄勁な言葉は多く用いたが、全体として、直截的で素朴な表現を大いになした。

この態度は、たとえば当時の「文壇の新体詩」派が讃仰していた『於母影』などの翻訳方法と比べると、いちじるしい対照をなす。『於母影』は、周知のように、原作の「意義」だけでなく、「字句」（シラブルの数）や、「韻法」、「平仄」に従う努力を明らかにしていた。森鷗外自身、この訳詩集で、「西詩の格調方式を其儘に東に移すことの決して為し得べからざるにあらざるを示し」、もって「西詩の外形の美をも邦人に示」そうとしたと述べている（『しがらみ草紙』明治23・1「明治二十二年批評家の詩眼」）。内村鑑三には、ひとことでいって、こういう形式上の

「美」への関心がなかった。彼の眼目は、あくまで原詩の「精神」を移すことだったのである。

『愛吟』における内村の「註」や「付言」は、そういう意図を助けるためのものにほかならなかった。この点では、『海潮音』と比べるのが便宜だろう。上田敏も多くの註をつけているが、その大部分は原作者の詩法や原詩の美の特質を説くものとなっている。だが内村のそれは、原作者や原詩の精神（と彼の信じるもの）を、彼自身の日頃の思想や主張と結びつけて説く、社会批評的あるいは時勢批判的な色彩の強い文章である。

5　非・抒情詩

そろそろ、個々の詩の検討に入ろう。

『抒情詩』や『若菜集』が出た年ではあったが、内村鑑三は詩の抒情性といったものにあまり関心がなかったらしい。

『愛吟』中に、すぐれた抒情詩が全然ないわけではない。レッケルト作「夕暮」（欧文欄の原詩は無題で収められているが、“Abendlied”全九連中、第二連だけを採ったもの）は、つぎのような内容である。

天の雲に浸《ひた》されて
　地は静穏に帰せり、

晩鐘《いりあひ》の音《ね》に伴はれて
自然は眠に就けり。

これは平和な夕暮の情景を抒情的にうたったものである。しかしその訳しぶりは、原語の意味に忠実ではあるが、一見なんの工夫もない。形式（音数）はこんな短章なのに整っておらず、用語はといえば、「晩鐘」を「いりあひ」と読むことを除くと、たいそう硬質である。「帰せり」「就けり」で文章を結ぶところなど、むしろ論述調に近い。これを、たとえば『於母影』中の絶唱の一つ、やはりドイツ後期ロマン派の詩人レーナウ（Nikolaus Lenau）の作「あしの曲」“Schilflied”と比べてみるとよい。その第一連はこうなっている。

日はかたぶきけりあなたの峯に
ひねもすつかれしひるもねむりぬ
この池の面にみどりの色の
ふかくもうつれる青柳のいと

もちろん、原詩の違いがここには反映しているわけだが、それにしても、この夕暮のもつ抒情性は『愛吟』のそれとぜんぜん違う。『於母影』の夕暮は感覚の世界である。その表現はあくまで温雅であり、息の長い八七調が、読む者の心にしっとりまといついてくる。それに対して、

『愛吟』の夕暮は精神の世界である。表現はたいそう質朴だが、ここには一種の張りつめた緊張感がある。歯切れのよい断定的な言葉づかいが、それをたかめている。『愛吟』の抒情詩とはこういうものであった。

しかし、一般的にいって、『愛吟』中に抒情詩は数少なく、また成功した訳詩となっていない。ブライアント作「春の日は琥珀《こはく》の光を放ち」“The May Sun Sheds an Amber Light”は、春を喜び迎えていた女性がもう死んでこの世にいないことの悲しみをうたったものだが、翻訳は四連二十四行をもてあまし、だれてしまっている。死んだ母をなつかしむ原詩の内容が、翻訳では恋人をなつかしむ感じになっていることは、あえて咎めなくてよい。原詩の比較的おさえた表現を翻訳が守りえていない点が問題なのである。Tears of anguish（苦悩の涙）を「血の涙」、My heart aches（わが心は痛む）を「張り裂くばかりのわが胸」と訳すと、むしろ滑稽感さえ生じてくる。悲しみの対象の女性が「今は彼女の墓にあり／彼女の墓の底にあり」（……Is in her grave,/Low in her grave.）というリフレインの訳は、あまりにも味わいがない。「彼女」の繰り返しは邪魔だし、low を墓の「底」と訳すのはおかしい。

ロングフェロー作「エンディミオン」“Endymion”は、抒情詩となりうるものがならないで終った例ではなかろうか。これは、月の女神ディヤナが永遠に眠る紅顔の牧者エンディミオンを愛し、夜、そっと天から降《くだ》って彼に接吻する情景をうたったものである。ただし、人間はエンディミオンのように自分で知らぬ間に他から愛されているものだ、だから苦しい運命に負けてはいけない、というまことにロングフェロー調の教訓も挿入されている。内村の訳詩は、この教訓性の方に重点をもった。彼は九連三十六行の原詩から、白銀に照らされた川や、「愛」が月光のごとく木の枝をそっと持ち上げてその下に眠る若者にキスする情景など、「詩的」な描写をした箇所を四連まではぶいてしまった。また彼は、ディヤナの愛というものの実感がいっこうにつかめないらしく、たとえば、「ディヤナの接吻《すすり》は人の愛／求めぬ時の贈物／言はず語らず、知らぬ間に／深き情《なさけ》の一凝視《ひとみつめ》」などという、拙劣でひとり合点な訳文も作り出している。だが、人生の教訓を集約した最後の二連（原詩では第七、第八連）の訳は、つぎのように明快で力ある表現となっているのだ。

アゝ憂《うれい》に沈むものよ
アゝ患難《なやみ》と恐怖《おそれ》の下《もと》に
疲れし頭《こうべ》を低《たる》るものよ
汝も愛せらるゝなり

如何に運命拙《つた》なきも
如何に此世は淋しきも
知らぬ情《なさけ》の友ありて
此身の憂《うき》に応《こた》ふらん

そして内村は、この詩の註で、「嗚呼此淋しき世の中、此無情なる社界、今や清士友を得るに難し、然れども世は未だ全く魔族のものに非ず、同情者は存するなり、慰めよ」と述べている。これが内村の原詩の理解の仕方であり、また訳し方の特色であった。

6　「大なる思想」――社会批判と社会改革

内村鑑三の訳詩は、いわゆる抒情詩よりも、圧倒的に思想詩の方に傾きをもった。問題はその思想の内容である。『於母影』にも思想詩がなくはなかった。バイロン作「マンフレット一節」がそれで、自意識の憂悶とでもいえそうなものを表現していた。だが内村がホイットマンにならって「大なる思想」と呼んだのは、まったく違うものだった。それはまず第一に社会の現実と積極的に取り組む思想であり、第二にそのために苦闘する人間の存在を支える思想であった。

まず第一の思想の表現から見ていこう。テニソン作「無限大」"Vastness"の訳しぶりは、よい材料になると思う。原詩は十八連三十六行からなる力作で、ヴィクトリア朝のイギリスの世相、とくにそこにおける善と悪の混淆、秩序の崩壊のさまを表現している。ただ最後の行で、作者は一挙に永遠の生への飛躍をうたうのであるが、全体的には、人間の営みの表裏を冷ややかなコントラストで示し、懐疑的な調子が強い。ところが内村の訳詩は、人間の世界のそういうvast（広漠）な実相を把握する努力よりも、原詩の内容を明治の時勢にひきつけ、その否定的な面を批判、痛罵する調子がおもてに出ている。たとえば第四連を見よう（内村は原詩の一行を二行に訳している)。

大経綸や大勲功、
陸海軍の大勝利、
正義の為に死《しに》し人、
名なき戦《いくさ》争に失せし人、

この原文を直訳すると、「大いなる目的、戦場での勇気、陸海軍の光栄ある歴史/正義のための死、悪しき義のための死、勝利のラッパ、敗北のうめき」となっている。一行目ではイギリスの軍事的威勢をうたい、二行目ではその裏にある正義と不正義、勝利と敗北の複雑なからまりを示していると受け取れよう。それに対して、内村はこの連全体で、政治や軍隊や戦争への批判を表明しているように思われる。彼は日頃から、日本の政治に「大思想大経綸」のないことを痛撃していた(『万朝報』明治30・2・19、20「議すべきの議題なし!!!」参照)。世間でいう「大経綸や大勲功」なるものは、彼にとって明らかにいつわりなのだ。「陸海軍の大勝利」にしても、日清戦争への反省を深めていた彼には、揶揄の対象でしかなかった。これに後の二行を加えると、戦争の勝利に酔っている日本の現状への彼の憤激が浮き出てきているように思える。つぎの第五連はこうだ。

生血《なまち》に煮《に》らるゝ無辜の民、
　義人を屠る「正義論」
国の破滅を意《おも》はざる
　自由を衒《てら》ふ大束縛、

これを原詩と比べると、人間の精神を示すInnocence（無垢）やCharity（慈悲）という抽象的な言葉が、「無辜の民」「正義論」という社会的な言葉に転化されていることが注目をひく。原詩はさまざまな美名のもとにその逆を行う人間の本性への不信をあらわしているが、訳詩にはいま国家を支配している偏狭な正義論や虚偽の風潮への怒りが強く出ている。

内村の訳詩は、原詩から三連けずり、全部で十五連になっている。しかしテニソンの幅広い思索を、自分自身の時勢に対する批判へあまりにも強引にひきよせたため、訳詩は原詩全体の構成についていけず、かなり混乱した内容になっている。これは失敗訳であろう。ただその失敗によって、内村鑑三の思考の在り方は鮮明になっている。

原詩そのものがもっと明確な社会批判を打ち出しているとき、内村の翻訳はもっと成功したようだ。サボナローラ作「カンゾーナ（小歌）」（英訳 "The Canzona"）はその例で、原詩の内容と訳者の受け止め方がぴったり合って、迫力ある表現になっている。全二連中の第一連だけ引用してみよう。

今や賢と良とは翼《つばさ》を収め
　無智は戯れ、衆愚は叫ぶ
奢侈は淫歌を唱へて恥《はじ》ず
　　哲理は怪訝を説て誇る
　　　詐偽権柄を恣《ほしいまま》にし
　　　　陋猥勝利に栄ふ
我之を見て冀望裏《きぼううち》に沈む
　惟《ただ》知るメシヤの来て世を治る時は
　弾圧悉く息《や》んで正義の悦ばん事を

内村鑑三はこの訳で、漢文調を用いて大胆に言葉を整理し、the thoughtless（思慮なき者）を「衆愚」、siren accents（魔女の調べ）を「淫歌」とするように直截的な表現をし、さらに「詐偽権柄を恣にし」といった原詩にない言葉を補ったりして、力強さを出している。そして註記して、「伊国愛国者サボナローラ廿歳の時の作なりと伝ふ、蓋し彼〔中略〕時の貴族幷《ならび》に紳商社会の淫風乱俗を目撃せし時の感を述べし者なるべし、〔中略〕ア丶十四世紀の伊太利、ア丶今日の日本」と述べる。十四世紀は十五世紀の誤りだろうが、そんなことはどうでもよい。サボナローラの怒りは内村の怒りだったわけである。

社会批判は当然、社会改革への意欲につながる。ローエル作「ロイド・ガリソン」（欧文欄で

は “William Lloyd Garrison” と題して全八連三十二行になっているが、本来の原詩は “To W. L. Garrison” と題して全十一連四十四行。内村はそのうち六連だけを訳している）は、その表現といえよう。原詩はじつのところ、奴隷解放に献身するガリソンを、同様に孤独な戦いをしたキリスト、ルーテル、コロンブスになぞらえながら、かなり概念的に支持しているだけである。学者詩人ローエルの詩は、たいていそういうものであった。だが内村は、この先人との比較の部分などははぶいてしまい、やはり漢文調を用いて表現をひきしめ、情熱的な内容にしている。

なお内村は、この詩の註で、ガリソンが弾圧にめげず発行した奴隷解放雑誌『リベレートル』に言及し、「雑誌を発行するならば如此《かくのごと》き企計と精神とを以てすべし、貴顕の補助金を頼み、俗論の賛助を待つの雑誌記者は大に此米人に学ぶ処ありて可なり」と結んでいる。ちなみに内村自身、『愛吟』出版の翌年（明治三十一年）六月、まさにそういう独立を目指して、『東京独立雑誌』を創刊した。つまり、ここでも、ガリソンの心は内村の心となっていたわけである。

7　「大なる思想」——人生の知恵、神への帰依

しかしながら、内村鑑三はただむやみに悲憤慷慨していたのではない。『愛吟』中には、人生の知恵というべきものをうたった詩もある。ゲーテ作「急がずに、休まずに」（英訳 “Haste Not! Rest Not!”）はその典型であろう。内村はこの詩の後に、埋草《うめくさ》として「惰《おこた》らず行かば千里の外も見ん、／牛の歩《あゆみ》のよし遅くとも」という徳川家康の歌（とされるもの）を載せている。カーライル

作「今日」"Today"も、今日を「浪費せざらん事を勉めよ」といった教訓詩で、これには佐久間象山の同趣旨の漢文をともなわせている。またさらに、ホヰチャー作の「充たされし希望」(原詩は"Granted Wishes"と題し全六連二十四行になっているが、これは"The Wishing Bridge"全十三連五十二行を縮めたものであろう)は、平凡な生活の中に人生の希望の充足を見るべきことを教え、著名のまったくない「善き術《すべ》」"The Best Way"は、「人の言ふ事気に留めで/義務《つとめ》のまゝをなすべきことを説いている。

しかしまた、内村鑑三は悟りすますこともできなかったようだ。そのあらわれか、これらの訳詩に、表現のなめらかさはあっても、内的な迫力はあまり感じられない。ここで思い起こされるのは、すでに述べたように、内村自身が当時、人生のどん底から抜け出してきたばかりであった事実である。あの不敬事件以来、彼はほとんど国賊視され、窮乏を強いられてきた。そのなかで、彼は『基督信徒の慰』や『求安録』を書いて自分を励まし、また*How I Became a Christian*を書いて自己の立場の確認につとめていた。彼が『愛吟』の中で、ベン・ジョンソンの失脚して失意のうちにあった時の詩「短命」("A Short Life"と題されているが、じつは"To the immortal memory and friendship of that noble pair, Sir Lucius Cary and Sir H. Morison"の抜粋)を訳したのも、苦悩の生を美に転じたい気持が働いていたからだと思われる。そしてこの詩の結びの、「美は精細の器《うつわ》に現はれ、/生は短期の命《めい》に全し」といった訳文には、箴言的な調子ながら妙に実感がこもっている。

『愛吟』で圧倒的な重要性をもつのは、先に第二の思想と呼んだ、こういう、現実への批判をもち、その改革を求めながら果たさず、焦燥し苦悩する者の、存在を支える思想をうたった詩である。それはひとことでいえば、神の愛、ないし宇宙の摂理への信頼性を表現した詩である。

神への帰依は、すでに言及したサボナローラの詩はもとより、ロングフェロー、ローエル、ホヰチャーなどの詩にも、直接または間接にあらわれている。興味深いのは、テニソンの「無限大」の結びの訳である。「アゝ言《いう》を休《や》めよ、我は彼を愛せり／死者は死なずして生けり」という行の「彼」（原文は小文字でhimとある）は、具体的にはテニソンの亡き親友アーサー・ハラムをさすとも解されるが、内村ははっきり「ナザレの人」イエスをさすと註記している。つまり、テニソンは混沌として頼りない世界を個人的《パーソナル》な愛に立ち返ることによって超克しようとしたとも思われるのに対し、内村は何のためらいもなく神への帰依によってそれをなそうとした。その姿勢がこういう訳し方にも現われたのであろう。

このテーマの詩は、『愛吟』の中でぞくぞく訳されている。すでに言及したルーテル作「堅き城は我等の神なり」を筆頭に、ゲヤハート作「汝の恐怖を風に任せよ」（英訳 “Give to the Winds Thy Fears”）、ブラウニング夫人作「涙」“Tears”、ビカステス作「世々の岩なる神よ」“O God, the Rock of Ages”、ウィルコックス夫人作「航海中」“En Voyage”、バッカム作「更に高き信仰」“The Higher Faith”などはその例である。アメリカのある宗教雑誌からとったという無名氏作「或る詩」“A Poem”は、「神のみこゝろ」のままに生きることを強調したもので、内村は、「余は少時より是を愛誦し、体躯の苦痛を慰めし事屢々《しばしば》ありき」と付記している。もう一つアメリカの雑誌からとった無名氏作「汝の友」“Thy Friend”は、「汝の友は覓《もと》めずして汝に来るべし」という行ではじまるが、この友がキリストをさしていることがわかれば、内容はもう説くまでもないだろう。プロクトル夫人作「偉大なる人」（“Great”と題されているが、じつは“Maximus”全八連中の二連）の、原文が *How I Became a Christian* に引用されていた部分は、つぎのように訳されている。

愛の為に至誠《まこと》の心を以て
　惜まず与ふる人は大なり
然れど愛の為に、臆せず物を受くる人は
　更に大なる人と称《たた》へん

この三行目の「愛の為に」は、原文の for love’s sweet sake の sweet を略し、かわりに「臆せず」という言葉を補っている。他の部分は原文に忠実だが、この文語自由詩的訳調には、原詩の甘さを脱却した味があるのではなかろうか。そしてこれも結局、神の愛を素直にうけよという主張の詩である。

8　精神美の構築

このように語ってくると、『愛吟』とは要するに抹香くさい宗教詩集ではないか、という批判が出るかもしれない。宗教性はたしかに強く、いましがたあげた詩の多くは讃美歌としても通用している。ほかにも、著者名のあげられていない「光り輝く讃美の里」“The Bright Forever”や

「美はしきジオン」“Beautiful Zion”は、ともにキリスト教の天国をうたって、明らかな讃美歌となっている。しかしどの訳詩も、さまざまな讃美歌集に収められている邦訳と比べてみれば、抹香くささを脱して、引き締まった精神の表現となっていることが明らかになるだろう。『愛吟』のこういう特色を最も見事に示すものとして、私はとくに二篇の詩を挙げておきたい。

一つは、ホワイト作「吼よ夜の風」（欧文欄では無題になっているが、“Hymns”中の一篇の一連だけの抜粋）である。

吼《ほえ》よ夜の風、汝の力を合《あわ》せよ
　神の大命なしに
汝は山の松の樹に
　雀のねぐらを乱す能はず

内村はこの詩について、「哲理的に神を疑ひいつゝ心霊的に彼に頼るの状を綴りしものとしては余は他に未だ此の如きを識らず」と註記している。訳詩は原詩に一言も付け加えず、また一言もはぶいていない。

もう一つは、これまた短章の、マリヤン・エバンス作「志望」（“A Wish”と題されているが、じつは“O May I Join the Choir Invisible”の最後の八行）である。

我も夫《か》の純潔の域に達し
憂《うれい》に沈む者の力の盃となり
熱き情を伝へ、清き愛を授け
悪意を交《まじ》へざる微笑を咲かせ
至る所に温良の香を放ち
放て益々心に芳《かんば》しからんことを
斯くて世に喜《よろこび》の音を奏する
天上の楽《がく》に我も和せん事を

これはまるで祈りそのもののような詩である。張りつめた言葉をたたみかけ、六行目と八行目を「事を」で止めたのが、効果的だ。「心に芳からん」はintense、「天上の楽」はthe choir invisibleの訳であるが、原文の内容を内村流につかんで、より精神的な意味合いをもたせているように思える。

内村鑑三のこういう訳詩には、抹香くささよりも、むしろそういうものを除き去った純粋な心のおののきがありはしないだろうか。内村が自分の訳を「精神訳」と呼んだのは、たぶん、この張りつめた心を日本語で激しく表現したいという彼の抱負のあらわれではなかったかと、私には思われる。

9　叙事詩の試み

『愛吟』収録の訳詩について、私は以上で主要な点をほぼ述べつくしたように思うが、なお二篇の作品を言及し残している。その一篇は、著者名のない短詩「我の要《もと》むるもの」"Wanted"である。全文を引用しよう。

円満無謬の哲理に非ず
森厳偉大の教養に非ず
山なすばかりの富に非ず
誘《いざな》ふ笑《えみ》の力に非ず
亦鋭利の筆に非ず
人なり

この原詩はいまのところ出典その他いっさい不明だが、"Wanted"という題は、犯人捜索の協力を求めるビラの見出しの言葉である。ここでの使い方がそういう意味のものではないとしても、この原詩は気の利いたユーモアの効果をねらっているように思われる。だが内村鑑三の手にかかると、それがひたすら真剣で重厚な語調になってしまう点で、私は植村正久にならって「破顔一笑」「なる程いゝ詩だ」と言いたい気持に誘われる。

もう一篇は、内村自身が最も重要視していた作品、そして『愛吟』中で最大の長篇、カーライル原作の翻案詩「ダンバーの戦争」である。内村はこの詩を愛誦することがとくに多かったらしい。後に岡山県津山にキリスト教図書館を設立した森本慶三は、明治三十三年、東京は新宿の女子独立学校で行われた「夏期講演会」の思い出のなかで、内村が「月明の一夜（中略）『愛吟』中の一篇「ダンバー」の戦況を先生一流の口調で揚々と高唱された」ことを語り（鈴木俊郎編『追想集内村鑑三』（昭和24）、後に植物学で名高い大賀一郎も、第三回の「夏期講演会」で内村が「『愛吟』中のダンバーの戦を高唱された」といっている（前出『現代に生きる内村鑑三』）。また山本泰次郎は、内村が晩年のある夜、青年たちにクロムウェルについて講話したとき、この作品を「朗々吟じ進」んだ思い出を述べている（『内村鑑三信仰著作全集5』昭和37「解説」）。

「ダンバーの戦争」は、「カーライル著『コロムウエル伝』に依る」と付記されている。ここに『コロムウエル伝』というのは、カーライルが編集して、伝記ともなるような詳しい解説を付けた *Oliver Cromwell's Letters and Speeches: With Elucidations*（一八五二）のことである。その長い序文で、カーライルは無味乾燥な歴史家を攻撃しながら、ピューリタニズムの再評価を説くとともに、クロムウェルやその同志を英雄的行動に走らせたものが、政治上の権利などよりも、「神自身の法」を地上に実現させる目的であったことを強調している。内村鑑三はつとにカーライルを敬愛していたが、なかでもとくに高くこの『コロムウエル伝』を評価していた。「雄渾偉大なる思想を沈痛壮快なる筆に走らせ、読む者をして血激し脈躍り、貪夫《たんぷ》も廉《れん》に懦夫《だふ》も志をたてしむる」（前出『月曜講演』中「カーライルを学ぶの利と害」）といっている。

「ダンバーの戦争」は、このうち、一六五〇年九月、クロムウェルのひきいるイングランド革命軍が、王党派のスコットランド軍を国境近くのダンバーで迎え撃ち、大勝利を収めた時の記述を詩の形に仕立てたものである。原文は著者がまるで戦場にいるかのように、地形、陣形、戦いの展開のさまなどを、眼前に彷彿とさせながら語る。内村は、ところどころに散文をはさんで情況の推移を説きはするが、こまかな説明は大幅に圧縮し、もっぱら魂の昂揚をもたらすことに意を注いでいるようだ。

頃は九月十二日
実《みのり》の秋はまだ早く
降りしく雨に道濡れて
行きかふ雲に月隠る

これに相当する原文は、あるにはあるが、たいそう離れたところにばらばらに出てくる。内村はそれを一個所に集め、ほとんど七五調を使って、日本の戦記物のような情景描写をしている。

味方は一万一千人、敵は二万七千余。この圧倒的に不利な条件で、クロムウェルは神の加護を信じて戦うことになる。彼がいよいよ明朝払暁の攻撃を決意した時のさまは、つぎのようにうたわれる。

収穫月《とりいれづき》の影暗く
嘯《うそぶ》く秋の風寒し
明日は命の終かも
耻と栄の岐路《わかれみち》

祈れよ祈れ我が友よ
今宵限りの世の職務《つとめ》
明日は自由の血に染みて
天国《みくに》に神の栄讃《さかえ》へん

最初の叙景の部分は、やはり離ればなれの原文を集めて、日本の伝統的な表現になっている。二連目のはじめの二行は、原文のかなり忠実な訳である。だが後の二行は、内村の創作だと思われる。

かくして朝まだき、戦闘がはじまる。カーライルの文章は、宗教的な文句をまぜながらもさすがに精彩あり、興奮をよぶ。しかし内村はこの部分にあまり関心がなかったらしく、わずか三連ですましている。その代わり、戦いが味方の勝利で終って、クロムウェルが「詩篇」第百十七篇をうたったという箇所では、内村も主をたたえるその詩句の全文を訳している。そして最後に、戦果を具体的に列挙しながら、原文にないつぎの句でもって詩を結ぶ。

神は衆生を愛し無辜《むこ》を顧み、
ダンバーに孤軍を拯《すく》ふて万国の民に示しぬ。
神よ爾の敵は皆是の如く亡びよかし、
亦神を愛する者は日の真盛《まっさかり》に昇るが如くなれよかし。

この長い詩における内村の最大の関心が、正義のために苦しむ者に神の愛を伝えるという『愛吟』の中心的なテーマを、歴史上の事実に即しながらうたいあげることにあったことは明らかであろう。

「ダンバーの戦争」は、けっしてすぐれた詩ではない。全体として、しまりがなく、緊張度を高めた個所では常套的な文句が多い。しかし、抒情詩が詩壇の中心となりだした時期に、この作品は叙事詩的なものへの傾斜を示し、それも韻文と散文を混ぜて一種の劇的構成をなしている。そして内容は、宗教的感情に支えられた思想詩ともなっている。半創作であり、いかにも素人くさい詩ではあるが、日本近代詩の主流の外にこういう力篇があったことも、注目しなおしてよいであろう。

10　明治詩史上の位置

『愛吟』が上梓されたとき、内村鑑三のごく身近に、その出版を心から喜んだ読者がいた。『万朝報』英文欄で内村の助手役を任じていた若い編集者の山県五十雄である。彼はこの年の八月四日から八日までの『万朝報』英文欄に、「探涼」の旅先から（内村への手紙の形で）"From Where Summer Never Comes" と題する記事を寄せたが、その第四便（七日付）で、『愛吟』を読んだ感想をしるしている。とくに「心を奪われ」たり「思索的気分」に誘われたりした訳詩の題をいくつか挙げた後で、彼はこう述べる（引用は拙訳による）。

あなたの翻訳については、たいそう見事になされていると思いました。言いまわしが巧みだとは申しません。つまり、美しく音楽的な言葉の選択を上手にしているとはいえないと思うのです。しかし原詩の精神を移す点では、あなたは完全に成功されました。形式において、あなたの翻訳は散文ですが、精神において、詩なのです。私はこの本にも、あなたに特有の熱っぽさ《インテンシティ》と痛烈な皮肉《ビター・アイロニー》を見出して、嬉しく思いました――いくつかの詩につけたあなたの註は、まさに犀利そのものです。

私は先に、『愛吟』は文壇、詩壇にほとんど反響を呼ばなかったといったが、例外もあった。『国民之友』（明治30・9）に、「鑑三内村氏の『愛吟』」と題する書評が現われ、共鳴を寄せたのである。まずホイットマンのあの「大なる思想」の句を引用して、『愛吟』がその態度で作品を「世界の詩巻から選択」し、「精神訳」したものであることを説明、いくつかの詩を簡潔に紹介した後、「単に訳詩の部分のみを見るときは、毎篇蕪雑［と］為すに難きことなきものゝ如し。然れども之を原文と対読して後始めて知る、訳文精刻、往々原文より鋭犀なるものあるを」と述べている。またその註についても、「時勢を諷刺」し、「渠《かれ》自らの詩を書ける」ものだという。そして全文をこう結んでいる――「終に曰ふ、天才は凡ての方面に於て天才なり。著者内村氏、文に於て既に然り、詩に於ても今亦然り。」

この記事の筆者、八面楼主人とは誰あろう、『抒情詩』の編者、宮崎湖処子であった。湖処子は往々ワーズワスにならった「自然詩人」ということで片づけられるが、じつは「革命的預言的詩人」待望論を書くたぐいの人でもあった（『早稲田文学』明治25・3「韻文所見」）。彼の初期の詩「鹿鳴館、紅葉館」（『女学雑誌』明治22・7）は社会風潮を、「鳥の歌」（『読売新聞』同22・10・29）は政治情況を批判したものである。湖処子は後になっても、社会的関心をあらわし続けていた。ただそういう詩を彼は自分の詩集から大幅にはぶいてしまったのだが、それでもなおかつ、『抒情詩』中には「警矯飾」「厭戦闘」といった時勢批判の詩を収めている。そういう湖処子にとって、『愛吟』は自分の不十分にしかなしえなかったことを大胆になした「天才」の仕事と理解しえたのではなかろうか。

ついでに述べておくと、『抒情詩』に参加した国木田独歩も、内村鑑三に近い詩的態度をもっていた。彼は明治二十七年頃から内村の著述を読んで感銘をうけ、書信の交も結ぶようになり、「吾れ非常に此の剛毅なる人物を慕ふ」と日記にしるしていた。（『欺かざるの記』明治28・6・10）。『抒情詩』中の「独歩吟」の序でも、詩に「国民霊性」の表現を求め、「自由」な詩体を説くなど、内村に通じる主張をなしている。ただし湖処子と同様、独歩には内村ほどの攻撃力、破壊力がなく、その実際の詩風は詩歌の伝統的勢力との妥協の上に成り立っていたのであるが。

『愛吟』出版の後、内村鑑三のまわりに直接集まる詩人たちもいなかったわけではない。明治三十一年五月、内村は一年三か月ほどつとめた『万朝報』をしりぞき、翌六月、先にちょっと言及した『東京独立雑誌』を創刊した。平木白星、吉野臥城、児玉花外らはこれに寄稿し、詩人として世に出た。

内村は『東京独立雑誌』(明治33・1)の「社会の変動」を報じた記事の中で、「白星子の韻文は或ひは解し易からざらんも深厚なる彼の心情は悲しめる者平かならざる者を慰むる所あるべく、臥城子の平民歌は余輩の歌はんとする所を歌ひ、児玉花外子は彼の悲痛の感慨を以て吾人を泣かすべし」と述べている。また吉野臥城その人は、自著『新体詩研究』(明治42)で、このグループが「思想界の一角に拠った」ことを述べ、その詩風は「彼の恋愛に泣く詩人の什《じゅう》[詩篇]に比ぶれば措辞粗笨の嫌はあつたが、熱烈火を吐くやうな革命的男子の詩であつた。お嬢さんの涙ではなくして、鬱勃《うっぼつ》たる平民の声であつた」といっている。白星は後に国家主義を高調し、花外は社会主義を標榜し、臥城は平民主義を進めていった。その詩の成熟度はさまざまな問題があるが、彼らがいずれも「文壇の新体詩」のうたわないところをうたおうとした点は、十分注目に値するだろう。

内村鑑三自身も、『愛吟』以後、訳詩や創作詩を書き続けた。その紹介はもう差し控えようと思うが、ここで今いっておきたいのは、内村鑑三や、彼の活動につながる詩人たちの仕事が、小規模で目立たぬ形ではあるが、思いのほか活発に行われていた事実である。それは、明治三十年という日本の浪漫的抒情詩の確立期に、詩壇の主流から離れ、独自の価値を主張し得る内容と形式をもっていた。

最後にひとことだけ文学史的な展望をいわせていただけば、内村鑑三の訳詩集は、あの『新体詩抄』がせっかくはじめながら文壇、詩壇の主流勢力におしつぶされた、「少しく連続したる思想」を「平常ノ語」で詩に表現する試みを深化し、発展させたものといえるように思う。いうまでもなく、訳者の「精神」の質は『新体詩抄』の撰者たちのそれよりはるかに高い。そしてその詩的世界は、中西梅花、北村透谷、岩野泡鳴ら、明治新体詩の反逆者たちのそれとも連なっていた。『愛吟』における「大なる思想」はむしろ感情が先走り、その表現もしばしばあまりに直截的すぎて、この詩集が芸術として欠点だらけであることは否定できない。しかしこれくらい人間性の赤裸々に出ている詩集も少なかった。『愛吟』は、要するに、日本近代詩の反主流勢力のきわめて重要なところに位置する詩集であった。日本近代詩史は、一般に主流的な考え方を正統としてうけいれてしまっているので、こういう詩集を無視してきたが、これを検討し直し、再評価することは、近代詩史そのものの内容をどんなにか豊かにすることになるのではなかろうか。

第8章 「四国の猿の小猿ぞわれは」

正岡子規の詩歌革新

『若菜集』の成功によって、日本近代詩は新体詩の形による抒情詩を主軸として発展することとなった（『愛吟』のような思想詩は、詩史上でも無視されてしまった）。

日本近代詩の草創期に、漢詩、和歌、俳句、新体詩などのあらゆるジャンルで活躍し、評論においても常にこれらのジャンルをすべて見渡しながら革新的な活動をしていた人物に、正岡子規がいる。病に侵され、激しい苦痛にさいなまれ、しだいに起居もままならぬ状態に追い込まれていった彼の身体を思うと、この精神の営みは感嘆に値する。英雄的というべきだろう。

子規が求めたのは、表現形態が俳句だろうと和歌だろうとまた新体詩だろうと、つまりは日本近代詩に「文学」を実現することだったといえるように思う。形骸化した伝統詩歌では

「文学」が失われていると見て取ったのだ。そのために子規は詩歌革新に八面六臂の活躍をしたわけで、俳句について、その有様や成果はよく語られる。だが俳句に劣らず彼にとって重要なジャンルとなった短歌について、少なくともそれを近代詩の展開に合わせて検討する試みは、あまりなされていないのではないか。その有様をほんの瞥見でもしてみると、近代詩人としての子規の大いさが浮き出てくるように思える。

1　子規の『若菜集』批評

『若菜集』に対する感動、賛同の声のなかで、際立ってしぶい反応を示したものに、正岡子規の書評があった。だが本当は、この詩集を正面から受け止めて、詩人としての自分の態度を示した堂々たる書評だった。『若菜集』が出るとすぐ、新聞『日本』（明治30・9・27）に載せられたエッセイ「若菜集の詩と畫」がそれである。

子規はまず詩集を全体として大いに褒める。「収むる所長短数十篇尽《ことごと》く凄楚《せいそ》［悲しみいたむ思い］哀婉紅涙迸《ほとばし》り熱血湧くの底《てい》の文字ならざるは無し。其句法曲折あり変化あり波瀾あり時に奇句警句を見る。吾《われ》望を藤村に属す［寄せる］。」藤村こそ新体詩の希望だというわけである。が、すぐに続けて「然れども望を属すること多ければ責《せむ》る所亦多からざるを得ず」といって、彼は藤村あるいは『若菜集』への不満を述べるのである。それがこのエッセイの本体になっている。

子規は、藤村の詩がみな叙情（抒情）的であることに不満を示す。叙情は詩の本質かもしれないが、「叙景叙事を假らざる［助力を受けない］叙情詩は変化少し」と彼はいうのだ。子規は褒めるときも雄弁だがけなす時も雄弁で、こんなふうにいう――「吾は藤村の眼界の甚だ狭きを怪むなり。森羅万象は鶯と蝶との外に愛すべく憐むべき者少からず。人間万事は恋と鬢のほつれとの外に愛すべき者少からず。」要するに詩の内容をもっと多様にし、詩の世界を拡大せよということらしい。「叙情の外に叙景あり叙事あり。主観の外に客観あり」と彼はいうのだ。

これより前、「文界八つあたり」（『日本』明治26・3・22―5・14）で彼は新体詩壇を論じるに当たり、明治十五年に『新体詩抄』が出てこの詩形をはやらせたが、数年を経ずして「新体詩は尽《ことごと》く雲散霧消」してしまったとし、長ければよい、分かり易ければよいといった姿勢で低俗な詩を氾濫させたことに原因があると論じ、詩人は「高尚脱俗の詩想を有せざるべからず」と主張していた。期せずして内村鑑三の「大思想」待望論に近づいていたともいえる。子規は藤村こそは待望の本格的詩人と見たが、この思想（詩想）性という点で不満を残していたように見えるのだ。叙景とか叙事とかは、それを実現するための具体的な手段にすぎなかったともいえよう。

2　短歌界への不満

子規がこの頃までに俳句改革を推し進め、目に見える成果をあげてきていたことはよく知られている。が、俳壇への不満は短歌界への不満につながり、歌壇への不満は新体詩へのいささかの希望とつながったようだ。

ここで子規の短歌革新運動を振り返っておきたいが、その前に明治初期からこの中期頃までの歌壇の有様を展望しておくことも必要かもしれない。が、ここではとてもその余裕はない。とにかくそれはあの漢詩壇と同様、一見賑わってはいたけれども、新しい時代の動きとは掛け離れたものになっていた。いわゆる御歌所《おうたどころ》派を代表として、前時代のただ優美を旨とする桂園派の歌風を受けつぐ諸派が主流を占め、民間でもさまざまな小グループが右往左往していたけれども、結局は御歌所に近づくことを求めていた。（その民間派のなかで重きをなしていたのが佐佐木弘綱で、その子が中野逍遥の友人だった信綱である。）西洋伝来の学問を知り、桂園派の歌風の再吟味を試みたいわゆる新桂園派は、多少の新しさを目指しはしたが、これまた結局は貴族風主義に帰り擬古的表現を出なかった。子規は先の「文界八つあたり」で、「今日の歌人には如何なる人がなる」という問いへの答えをこう書いている。

国文学者　神官　公卿　貴女　女学生　少し文字ある才子　高位高官を得たる新紳士　我歌を書籍雑誌の中に印刷して見たき少年

まことに痛烈だが、漢詩壇を構成していた人たちと同じ穴の貉《むじな》で、まさに「近代」とは無関係な連中である。

で、こういう状況を前にして子規が歌壇で辛うじて希望をもったのは、伝統主義的でありながら西洋文学に親しむ姿勢もあった、落合直文（彼は森鷗外らの『於母影』にもつながっていた）を中心とする「あさか香社」、あるいはその中で最も激しく主情主義を推し進めていた與謝野鉄幹の活動だったようだ。鉄幹が明治二十七年五月、『二六新報』に連載した評論「亡国の音《ね》」は、副題を「現代の非丈夫的和歌を罵る」という。ここに「非丈夫的和歌」というのは、御歌所派の歌風が支配する「規模を問へば狭小、精神を論ずれば繊細、而して品質卑俗、而して格律乱猥」な現代の歌壇にひろがる和歌のことで、それを彼は口を極めて罵ったのだった。明治の短歌革新運動の最初の叫びとされるものである。

子規はこれに共鳴し、共に戦おうという思いも抱いたらしい。鉄幹の最初の詩歌集『東西南北』（明治29・7）に序を寄せ、「余も亦破れたる鐘を撃ち、錆びたる長刀を揮うて舞はむと欲する者」といったのは、鉄幹の詩歌の、自己をふりかざして釣鐘のような声をあげ壮士剣に舞う姿を真似ようという思いを述べたものだった。実際の詩歌集を見て、そのいたずらに大袈裟な「虎剣調」には辟易したであろうが。

3　子規の新体詩

ともあれこういう短歌界への不満があって、子規は新体詩に希望をつなごうとしたようである。『東西南北』の出た翌月、明治二十九年八月の『日本人』誌上に「鹿笛」を発表したのを手始めに、三十一年の初頭まで、彼は精力的に新体詩を書いた。常に実践的である子規は新体詩の表現の工夫（たとえば押韻など）もし、それこそ『若菜集』書評で述べたような叙景詩風、あるいは叙事詩風の実験を試みもした。みずから編んで書き残した稿本詩歌集『竹之里歌』には、都合十五篇の新体詩が収められている。

しかし子規の新体詩は、彼のあらゆる努力にもかかわらず、ついに高度な「文学」性をもつものとはならなかった。表現に締まりがない（俳句、短歌の短い形式のタガがはずれると、彼の天才は言葉に結集しえなくなったのだろうか）。叙景詩風を試みても「高尚脱俗の詩想」を盛るものとはならなかったのである。

子規は、自分でもそのことを認めたに違いない。一年余りで新体詩をあきらめている。

4　短歌革新に邁進

新体詩をあきらめると同時に、子規は短歌の革新に本気で乗り出した。有名な「歌よみに与ふる書」を『日本』に連載し出したのは、明治三十一年二月十二日で、まさに新体詩への努力と入れ替わった観がある。この評論は、いきなり紀貫之を貶《けな》し（「貫之は下手な歌よみにて古今集はくだらぬ集に有之候《これあり》」）、源実朝やその大もとの万葉集を持ち上げるといったふうに、人や作品に即してきわめて具体的な論述をしてゆく。いまの「歌よみ」は習慣に従ってのんきに歌をよんでいるだけであって、そのため「歌は色青ざめ呼吸絶えんとする病人の如く」なっている。しかし「今にして精神を入れ替へなば再び健全なる和歌となつて文壇に馳駆するを得」るだろうと、真剣な精神論にもなる。平淡でのびのびとした大文章である。

子規はこれ以後、短歌革新の評論活動を精力的に推し進めるが、同時に短歌の創作も熱心に行い出す。もちろん、彼は早くから短歌もつくってはいた。『竹之里歌』には、明治十五年以降の短歌が収められている。が、多少の例外はあっても、多くはまさに彼が批判するようになる古くさい作風を残していた。それが、この時期に来て一変するのである。

その転機を探るのは子規研究の課題だろうが、現象的に見て興味をひくエピソードの一つは明治三十年十月、京都の愚庵和尚から桂湖村を介して好物の柿が届けられた話だ。子規からの礼状が来ないものだから、愚庵は湖村に宛てて、「正岡はまさきくあるか柿の実のあまきといはずしぶきともいはず」など六首の歌を書き送った。子規は湖村からその六首を知らされて大いに興趣をおぼえ、すぐさま「柿の実のあまきもありぬかきの実の渋きもありぬしぶきぞうまき」ほか六首の歌を返したという――「発句よみの狂歌いかが見給ふらむ」と書き添えて。

天田《あまだ》愚庵は陸奥《むつ》平藩士の子で、戊辰戦争で苦労した後、山岡鉄舟に師事、一時、清水次郎長の養子となった人。『東海遊侠伝』は彼の作という。後、僧になり、万葉調の歌で知られた。桂湖村は『日本』新聞社員で、やはり万葉派の歌人であった。子規も万葉調を愛したことは、彼らとやりとりした歌でもわかる。具体的で、のびやかで、たいそう人間的なうたい方は「歌壇」の歌とはまったく違う。愚庵などもよい刺激となって、彼はますます新しい歌の探求に突っ走ったのではなかろうか。

子規がこうして広い意味での客観性（写生性）をもとにした日常的、人間的な歌風を切り開くにつれ、旧歌壇打倒という点では盟友であった鉄幹派（『明星』派）との違いもはっきりしてきて、明治三十四年には子規が『墨汁一滴』で語る「両者の短歌全く標準を異にす、鉄幹是ならば子規非なり、子規是ならば鉄幹非なり」という認識にいたり、むしろ「互に歌壇の敵となり」議論を戦わせようという関係になった。

そんなことも念頭において子規の短歌の展開を眺め、彼の短歌の代表作をどの辺に見出すかという問題に立ち向かうとどうなるか。子規の主張が俳句においても和歌においても（さらには散文においても）、写生・客観をもとにしていたことを考えれば、その姿勢をとことんまで推し進めた最晩年期、明治三十四年（『墨汁一滴』によれば四月二十八日）の連作十首中の「瓶にさす藤の花ぶさみじかければたゝみの上にとゞかざりけり」、あるいは同年、「しひて筆とりて」と題した連作十首中の「若松の芽だちの緑長き日を夕かたまけて熱いでにけり」あたりに見出すことは、至極順当といえるだろう。ともに藤の花ぶさを、あるいは自分の病を、じっと見すえていて、日本人好みの求道者の姿勢までも打ち出している。

しかし、それはそれとして、子規を近代詩史という動きの相に入れて捉えようとすると、また別の見方もありうるのではなかろうか。

5　「われは」八首

近代詩は当然、近代の「人間」の表現を根幹とするだろう。その見方に立つと、たとえば明治三十一年の連作「われは」八首など、中野逍遥の「思君十首」を絶唱と呼ぶのと同じような意味で、子規の絶唱と呼ぶべきもののような気がする。

われは

ひむがしの京の丑寅杉茂る上野の陰に昼寝すわれは
吉原の太鼓聞えて更くる夜にひとり俳句を分類すわれは
富士を踏みて帰りし人の物語聞きつゝ細き足さするわれは
昔せし童遊びをなつかしみこより花火に余念なしわれは
いにしへの故郷人のゑがきにし墨絵の竹に向ひ坐すわれは
人皆の箱根伊香保と遊ぶ日を庵にこもりて蠅殺すわれは
果物の核を小庭に蒔き置きて花咲き実のる年を待つわれは
世の人は四国猿とぞ笑ふなる四国の猿の子猿ぞわれは

ほんの一言ふたこと注解じみたことを述べておけば、第一首、子規が病身を養う根岸の庵は、東京の北東、上野の山の麓にあった。第二首、子規庵で、夜中は吉原から太鼓の音も聞こえてきたらしい。それを別世界のこととして、ひとり、生涯の大業とする俳句分類の仕事に打ち込むのである。第五首、いにしへの故郷人《ふるさとびと》とは、伊予の画家・蔵竹。墨絵の竹の名手であった。子規はその一幅を蔵して、春夏秋冬かけ通していたという。

しかしどの歌も注解なんぞほとんどまったく必要としない明快さだ。そしてこの歌よむ人は、足腰立たなくなって、富士はおろか、保養地の箱根や伊香保にも行けず、「庵にこもりて」昼間は蠅叩きで蠅を殺し、夕方は子供のように線香花火にたわむれ、深夜ひとり俳句分類に熱中している、あわれな生活の人のはずだ。しかし、じつに明るいうたい方である。ある評家はこの八首に「子規の唯我独尊の尊大な気分」と「自己卑下の気分」が同時に出ているという（井手逸郎『正岡子規』昭和20）。が、それはそうとしても、全体的な心地よい軽やかさ、「四国の猿の小猿」とユーモラスに開き直ってみせるおおらかさを受け止めることの方が重要ではないのか。

全八首、「われは」で結んでいる。まったく日常の人間の姿をさらけた「われ」を堂々とうたっている。まさに写生であり、「われ」の姿を中心とした叙景でもある。しかもダイナミックだ。

「われ」つまり「自己」をどう捉えるかという問題で、北村透谷は自己の発展を阻む「壁」に直面し、深刻な顔をして「事問はん、その「我」に、いましが／行く可きところいづこぞ？」と自問した（そして自答はできなかった）。子規と逆の立場だが並び立つ存在だった主情派の與謝野鉄幹は、やはり「われ」について、詩歌集『紫』（明治34・4）の巻頭にこううそぶいてみせた。

われ男《お》の子意気の子名の子つるぎの子詩の子恋の子あゝもだえの子

なんと格好よく、「もだえ」までも強調して恰好よさをたかめている。が、多方面から指摘されたように、こういう歌に軽佻浮薄の感じがともなうことも否定しようがない。

これらに比べると、子規の方はむしろ格好悪さをさらけ出している。しかしいかにも自然であり自由である。じっくり読めば、その表現のいちいちに「高尚脱俗の詩想」がただよっている感じがするのではなかろうか。この「われ」の自然さ、自由さには、やがて日本におけるホイットマン理解の頂点をなす有島武郎がこのアメリカ詩人のエッセンスと見極めた「ローファー」的自然人、自由人の「生」に通じるものが感じとれるのである。

俳句でも、もちろん、「自己」は創作活動のもとになる。しかし俳句では、こういうふうに表立って「自己」をうたい出すわけにはいかぬ。和歌なればこその自由があり、子規は彼の短歌でその自由を見事に用いたというべきだろう。楠本憲吉は子規の文学について、「私は、短歌を一番高く評価したい」といい、俳句はむしろそのための「前座的役割りを果たすもの」「短詩型文学の骨法をマスターするためのトレーニングの役割」であったと述べている（『正岡子規』昭和41）。俳人として知られている人の言だけに、心して聞きたい。と同時に、「われは」八首は、日本の近代詩がここまで「自己」をうたえるようになったことを示す、心楽しい里程標とすらいえるような気がするのである。

第9章　「宇宙ハ私ヲ柱ニシテ成リ立ツヨウニ思ワレル」

ヨネ・ノグチの英詩

明治三十年代、日本近代詩は藤村的抒情詩が主流となり、その中で象徴主義やら人道主義やら、さまざまな主義が渦をつくりながら川幅を広げていった。漢詩のように表面から消えてしまう流れもあったが、海外の詩風を積極的に取り入れる動きもたかまり、なかには英語で詩を書いて「世界的詩人」と認められる詩人も出現、詩壇の国際化といえそうな現象も生じてきた。

この詩人ヨネ・ノグチは、日露戦争の始まった明治三十七年十月に、「世界的詩人」の盛名を背負ってアメリカから帰国、大いにもてはやされたのであるが、そのほんの十一年前、明治二十六年十一月に、まだ十八歳にもならぬ素寒貧の身で渡米、放浪生活の中、さまざまな苦労をするうちに、禅や俳句で養われていた素朴な日本的詩心を「アメリカ的」に拡大し、うまく使えぬ英語で大胆至極に表現して、低迷期の米英詩壇に新風を吹き込み、「世界的詩人」になったのだった。

ヨネ・ノグチのこういう飛躍ぶりは、文学国際化の現象としてよく語られるが、彼の詩魂、詩技の展開の有様をはっきり具体的に把握し、検討し、評価し直すことは、日本近代詩の「国際化」がかかえこんだ問題を理解する上でも、興味深く、また重要なことであろう。

1 「世界的詩人」

ヨネ・ノグチは本名を野口米次郎という。明治二十六（一八九三）年十一月、満十七歳十一か月の若さでアメリカに渡った。たぶん、漠然と、自由と冒険とにあこがれてのことであった。約一年半、サンフランシスコとその周辺での放浪と苦学の生活に疲れ果てた後、一八九五年四月、日本人に親切な詩人ウォーキン・ミラー Joaquin Miller のことを聞き込んで、サンフランシスコ湾の対岸のオークランドの高台に住む彼を訪れ、どういう交渉をしたのか同居を認めてもらった。これが彼の生涯の転機となった。もともと多少、禅の書をかじり、また芭蕉に心酔するというふうに、文学や思想への好みはあった青年だが、ミラーの薫陶を受け、彼の仲間の詩人たちを知り、またポーやホイットマンの詩を読むにつれて、しだいに自分も英語でもって詩人として打って出る野心がたかまった。そして、渡米より数えて十年十か月を経た一九〇四（明治三十七）年十月、日露戦争に際して帰国した時には、詩人ヨネ・ノグチ Yone Noguchi として、もうその名を米欧にひろく知られる人物になっていた。彼はその英詩によって、日本人が好んで口にする「世界的詩人」になっていたのである。

では、ヨネ・ノグチはいったいどのような英詩を書いたのだろうか。それは、正直なところ、なかなか語りにくい。たんに外国人（非英語国民）の英詩だからというためだけでなく、ノグチの英詩界に対する「挑戦」的意図もあって、特異さが目立ち、詩としての評価が下しにくいのだ。ちょうど、彼の作詩上の手本となったホイットマンの詩が、その特異さばかり注目をひいて、長いあいだ詩として評価されなかったのと同じである。実際、ノグチの詩は、ホイットマンの詩と同様、むやみと褒めちぎられるか、または徹底的に貶《けな》されるかのどちらかであった。日本においても、帰国当初こそ、何にも知らない人々から「世界的詩人」として歓迎されたが、やがては極端な反動に出会い、たんに米欧人のエキゾチシズムに訴えた詩人くらいに見なされる傾きも生じた。たとえば日夏耿之介は『明治大正詩史』で、彼を「英語詩壇に於けるオリエンタル・ライタズ《ママ》の一詞人として扱ふのが適当」と評している。「詞人」とは「詩人」より下の者の意味であろうか。それはよく分からないが、ノグチをまともに論じようとすらせず、ただこれだけの言葉で一蹴してしまった彼の態度と、軌を一にする評家は非常に多い。

実のところ、ノグチの英詩から欠点をさがし出すことは簡単である。伝統詩の立場から見た場合、それはほとんど詩ではないとすらもいえるのだ。しかしそのあらゆる欠点にもかかわらず、あるいはしばしばその欠点にこそ、当時の米欧の読者が新鮮な詩的世界を見たことも事実であった。ノグチはやがてみずから自己の欠点に気づき、英語の表現力をたかめ、詩想を深める努力をし、より密度の高い英詩へと自分を導いていった。しかし、彼の英詩の魅力の本質は、ホイットマンのそれと同様、一見非詩的、非芸術的なところにあったというべきかもしれない。少なくともその特性が、彼においても彼の英詩の読者においても、積極的な意義をもつものであったことは否定できないと思う。

以上のことを前提としながら、私はここで、ノグチの最初期の英詩、とくに彼の第一詩集『見界と不見界』*Seen and Unseen* を、若干の実作品に即して検討してみたいと思う。それは、ノグチの「挑戦」的意図がもっとも露骨で、したがって表現がもっとも生《なま》で、もっとも欠点が多い時期の作品である。しかし同時に、ノグチの詩の本質は、そこにもっとも直接的に出ていた。そしてアメリカ詩界も、それにきわめて直接的に反応を示したのであった。そしてこの未熟さをたっぷり含む小詩集は、たんに興味深い一文学現象たるにとどまらず、近代詩史上に独自の価値を主張しているように思えるのである。

2　アメリカ詩壇登場

ノグチの回想記「余が英文界に於ける初陣」(『太陽』明治37・4)によると、ミラーとの山居およそ一年ほどを経た一八九六年の春一夜、一篇の英詩「夜半の嵐」"The Midnight Wind" を草したのが、彼の英文界に足を踏み入れた最初だという。その翌朝、彼はこの詩をシカゴから出ていたボヘミアン雑誌『ザ・チャップ・ブック』*The Chap Book* に送り、数日後、さらに一篇「詩」“Lines”を草して、ニューヨーク州イースト・オーロラから出ていた、やはり世紀末的気分濃厚な雑誌の『ザ・フィリスティン』*The Philistine* に送った。間もなく、両雑誌の編集者から「奇抜にして秀麗」という讃辞が返ってきた。が、三か月たっても、彼の詩はいっこうに掲載されない。二十歳の青年ノグチは、ついにしびれを切らし、すでに作っていた詩三十余篇を以て、地元のサンフランシスコに出、雑誌『ザ・ラーク』*The Lark* の編集所を訪れた。『ザ・ラーク』というのは、ジレット・バージス Gelett Burgess という当時ほとんど無名の詩人兼画家が中心となって作っていた、毎号わずか十六ページの、やはりボヘミアニズムを標榜した雑誌である。（ノグチがこのようにボヘミアン雑誌ばかりを選んだのは、彼自身の性格を別にしても、ボヘミアンの頭目格であったミラーの感化や、世紀末趣味の流行の影響などがあったのであろう。）

バージスはノグチの詩を一読すると、卓を打って快哉を叫び、ただちにその採用を決めた。そして『ザ・ラーク』七月号の巻頭に、「亡命者の夜の夢想」“The Night Reveries of an Exile”という総題のもと、五篇の詩を発表してくれた。『ザ・ラーク』は伝統的に掲載作品に著者名をつけなかったが、“Seen and Unseen”という副題に、さらに“The Songs of Yone Noguchi”と添え書きして、著者名を明記した。そしてバージス自身が序文を寄せ、次のように彼を紹介してくれた。（最初の段落中、ヘンな文章に見える個所があるかもしれないが、それは引用されたノグチの詩のヘンな表現によるものと受け止めていただきたい。）

私は読者諸子にも、私が知っていると同じように、彼を想像していただきたいと思う。高台の上の小屋の中で、ただ一人、〔中略〕「静かな顔をした夕方の、やせた白髪の丘に住むコオロギの、疲れを知らず鳴く歌」に耳を傾けている彼を。

祖国を捨ててきた亡命者、新しい文明の世界における異邦人——気質的、人種的、宗教的に、生まれながらの神秘主義者。彼自身の言葉を私がより分かりやすい順序に置き換え、いい直したこれらの詩は、多くの孤独な夜々、彼が心に浮かんだ茫漠たる思いを声にあらわそうと試みた作品である。彼の魂の日記である。まだろくろく習得しえないよその言葉に合わせた夜想曲である。その表現の形は、彼の夢がおぼろであるがごとくにおぼろである。

この紹介は、ノグチのおかれた状況によく理解と同情を示した、すぐれた内容のものであった。そして七〇パーセント正確であった。三〇パーセント差し引いたのは、バージスがここでノグチをもっぱらボヘミアンとしてのみ説き、「茫漠たる思い」の中に貫いて通っていた一本の明らかな筋、アメリカの物質文明を睥睨《へいげい》し、東洋的「精神」を高唱しようとした矜持に説き及ばなかったからである。しかし編集者として、彼はまことに立派であった。この短い序文の後半（先に引用したのは前半）で、彼はノグチの表現に焦点をしぼって、こう述べている。

これらの歌が真剣なものであることは、その構成において（技術的な意味での）アートが欠けていることからも明らかである。〔中略〕

私はほとんどあらゆる場合、彼自身の言葉をそのまま残しておき、ただ、彼の説明に従い、また彼の同意を得て、接続語《コネクティヴズ》［接続詞、関係詞のたぐい］だけを改めた。伝統的な表現にとらわれない彼の清新なメタファーの力を失うよりも、彼が英語に対してとった勝手なやり方を許しておく方を、私は選んだのである。

こうして、ノグチの詩は世に出た。先ほど五篇といったが、各篇は無題でのせられている。ただ詩と詩の間に空白があり、また各詩の最初の字が大きな活字で刷られているので、他と区別がつくだけである。これはホイットマンの『草の葉』*Leaves of Grass*（一八五五）の初版の構成に近かった。しかもバージスはさらに大胆な刷り方をした。というのは、五篇ともすべて大文字で刷ったのだ。

ここに、まずその冒頭の一篇を見てみよう。これは後に「私の歌はいかに」"What about My Songs" と題され、いわば彼の詩観をうたった作品である。（ノグチは後年、この詩を含めてかなりの数の自作の英詩を邦訳しているが、ここでは、その助けをかりて試みた拙訳――といっても大意訳を出ないが――をつけてみる。原詩は詩集に収められた時のように普通の字体にするが、訳詩は多少とも雑誌における大文字刷りの感じを出したくて、実験的にカタカナを用いてみる。）

The known-unknown-bottomed gossamer waves of the field are colored by the travelling shadows of the lonely, orphaned, meadow lark:

At shadeless noon, sunful-eyed, — the crazy, one-inch butterfly (dethroned angel?) roams about, her embodied shadow on the secret-chattering hay-tops, in the sabre-light.
The Universe, too, has somewhere its shadow; — but what about my songs?
An there be no shadow, no echoing to the end, — my broken-throated flute will never again be made whole!

底ガアルノカナイノカ分カラヌ、陽炎《カゲロウ》ノ波ウツ平原ニ、旅ユク孤独ナ孤児ノ草雲雀《ヒバリ》ガ、影ヲ落シテ色ヲツケル。

太陽ガニラミツケテ晴レアガッタ正午——気ノ狂ッタ一いんちノ蝶（天ヲ追ワレタ天女カ）ガ、さーべるノヨウニギラギラシタ明ルミノ中ヲウロツキマワリ、秘密ヲ語リ合ウ干草ノ上ニ、己ガ姿ノ影ヲ投ゲル。

宇宙モマタ、ドコカニ影ヲ投ゲテイル——デハ、私ノ歌ハドウカ。

イッサイ影ナク、反響モナイトシタラ——私ノ笛ハ咽喉《ノド》破レ、二度ト全キ音ヲ奏デルコトハアルマイ。


この詩は、一見して明らかにホイットマン的な形である。韻律が無視され、各行が息長くて独立した意味をもち、全体としてアメリカ的な広大な自然と「私の歌」とが呼応させられているのは、ホイットマン詩の特色とよく似ている。だが同時に、ここには、芭蕉の俳句や、禅的な風景に通じるものもうたわれているようだ。たとえばknown-unknown-bottomedというのは、無理に訳せば、「底があるのかないのかわからぬ」という、身もふたもない日本語になるが、現実の大地と幻想の大地とを一つに合した、南画などに描かれるような自然に近いものではあるまいか。そしてそういう大地に影を落として飛ぶ雲雀や蝶に、詩人は自分の姿を見ようとしている。この姿勢は、たとえば芭蕉の句、「ほとゝぎすきえ行方や島ひとつ」とか、「ほとゝぎす今は俳諧師なき世哉」などの姿勢と比べられるものであろう。「うき我をさびしがらせよかんこ鳥」、「病雁の夜さむに落て旅ね哉」などの詩境と通じるところも感じられる。ノグチは、どうも、東洋から来た「生まれながらの神秘主義者」として、そういう境地をうたうことに精力を傾けていたように思われる。ただし、この詩に芭蕉的な枯れた味はまったくない。後の回想文「米国加州の自然美」(『自然礼讃』大正15所収)の中で、「私は詩人を希望して芭蕉を崇拝し〔中略〕身を芭蕉の如くに自然に託して、奥羽象潟の時雨ならぬシエラ、ネバタの時雨に腸を絞り、佐渡北海の荒波ならぬ南加州の波濤に魂を削ったものである」と彼は述べている。つまり彼は、アメリカ的自然を強引に俳句化し、また俳句的詩境をはなはだしくアメリカ化しながら、饒舌に、またかなりの誇張をもって、自己の詩的世界を構築したのであった。

「亡命者の夜の夢想」から、もう一篇、後に「詩人はどこにいるか」"Where is the Poet?"と題された詩をとりあげてみよう。これもやはりノグチの詩観をあらわした作品である。

The inky-garmented, truth-dead cloud—woven by dumb ghost alone in the darkness of phantasmal mountain-mouth—kidnapped the maiden Moon, silence-faced, love-mannered, mirroring her golden breast in silvery rivulets:

The Wind, her lover, gray-haired in one moment, crazes around the Universe, hunting for her dewy love-letters, strewn secretly upon the oat-carpets of the open field.

O, drama! Never performed, never gossiped, never rhymed! Behold—to the blind beast, ever tearless, iron-hearted, the Heaven has no mouth to interpret these tidings!

Ah, where is the man who lives out of himself? —the poet inspired often to chronicle these things?

墨染ノ着物ヲキ内実ノ虚《ウツロ》ナル雲——幻ノ山ノ洞窟ノ闇ニヒトリ住ム無言ノ幽鬼ガ織リナシタル雲ガ、月ノ乙女ヲサラッテイッタ——沈黙ノカンバセ、愛ノモノゴシ、黄金ノ胸ヲ銀ノ小川ニウツス月ノ乙女ヲ。

乙女ノ恋人ナル風ハ、髪ヲサット灰色ニシ、宇宙ヲ狂ツテ走リマワル、彼女ノ残シタ恋文ヲサガシ求メテ——一面ノカラス麦ノ野ツ原ニソット撒キ散ラサレタ露ナル恋文ヲ。

アア、どらま！　マダ上演サレタコトモ、話題ニナッタコトモ、韻律ヲ与エラレタコトモナイ、どらま！　見よ——冷酷、鉄ノゴトキ心シタ盲目ノケダ物ニ、コノ消息ヲ伝ウベキ口ヲ天ハモタヌ！

アア、自己ヲモトニシテ生キル者ハドコニイルカ——コレラノ出来事ヲ記録ニトドムベキ霊感ニ恵マレタ詩人ハドコニイルカ。

この詩もまた、形式は一目瞭然、ホイットマン的である。ただし語法には、ホイットマンとともに、ポー的なものが感じられるように思う。前二行で自然を描き、後二行でそれの解釈をするのは先の詩と同じ構成だが、その自然の描写に美しい乙女の拉致という物語性を入れたのは、ポーのたとえば「アナベル・リー」"Annabel Lee"を連想させる。そしてこの「月の乙女」の世界の描写——そして大自然に撒き散らされた露が彼女の残した恋文という発想——には、ノグチが後にポーの特色として強調することになった繊細幽玄な美が与えられている。ノグチの『ポオ評伝』（大正15）中の、「黄金の敷物をのべたやうに咲き乱れた毛莨《きんぽうげ》や、罌粟《けし》の上で、私は時間を忘れてポオを読んだ。天上の月が悲哀の言葉なき歌調を谷間の樹間へ送った時、私は耳に流れる銀鈴の水声を聞き乍らポオを読んだものであった」という言葉は、この詩のよい註釈となるであろう。しかしこの人工的な作為の目立つ詩においても、作者の基本的姿勢には、自然礼讃の国から来た自分こそが、自然のこういう精神的な美、あるいはその沈黙のドラマを理解し、記録にとどめる真の詩人だという自負があるようだ。第三行目の「冷酷、鉄のゴトキ心シタ盲目ノケダ物」とは、具体的にいえば西洋の文明人をさすのであろう。

3　低迷の詩壇に衝撃

反響は大きかった。アメリカ詩壇は当時いわゆる「黄昏時代」twilight interval の低迷の中にあり、それからの脱出を模索して、刺激を求めていた。ちょうどそこへ詩の常識を否定するような、大胆な内容と表現の詩があらわれたので、前衛的な詩人たちはこれを歓迎したのであった。ボストンの『トランスクリプト』*Transcript* 紙は、ノグチの英語に「まさに人類普遍の言語」を認め、ニューヨークの『トリビューン』*Tribune* 紙は、当時最も前衛的な詩人として認められていたスティーヴン・クレイン Stephen Crane から気取りを除き去ったもの、いわば「東洋のウォルト・ホイットマン」と彼を呼び、バッファローの『クーリア』*Courier* 紙は、「彼が描こうとつとめている思いの繊細さ、夢の甘美さにおいて、クレインの詩を無限に凌駕する」と評した。ノグチによると、その他、「批評せる新聞殆んど三十種以上……皆同情と敬重を加へたり」という。さきに彼の詩を送られていた『ザ・チャップ・ブック』と『ザ・フィリスティン』は、あわてその詩を印刷に付した。

だが、この成功に水を差すたぐいの一事件が持ち上がった。『ザ・フィリスティン』がノグチの詩を発表すると、オークランドに住むハドソンという牧師は、その中の

I dwell alone,
……
In world of moan,
My soul is stagnant down.

という三行に、ポーの詩「ユーラリー」"Eulalie" 中のつぎの三行との強い類似を見出した。

I dwelt alone
In a world of moan,
And my soul was a stagnant tide.

そして彼はサンフランシスコの『クロニクル』*Chronicle* 紙上で、剽窃の故をもってノグチの詩（全十九行）の価値を否定したのである。ミラーとバージスはノグチ弁護の陣を張り、ノグチ自身も「私は、ポーと同じことを感じる瞬間を与えて下さったことをもって、神に感謝します。ポーと同じことを感じたいと望みながら、なぜそれを感じていけないか、私にはわかりません」と抗弁した。だがハドソンは、こんどはノグチの詩「高台《ハイツ》にて」"On the Heights"——詩集では「窓をすべり抜け」"Sliding through the Window"——とポーの詩「眠る人」"The Sleeper"との類似を指摘し、ふたたび攻撃をかけてきた。これにも、ノグチの側に立つ論者はかなりいたらしい。サンフランシスコの『エグザミナー』*Examiner* 紙は、そんな類似がいけないのなら、「眠る人」の中のあらゆる言葉はすでにウェブスターの辞書で発表され、ウェブスターの前にはジョンソン博士の辞書で発表されているのだから、ポーの独創性もまた否定されてしまうことになる、というたぐいの皮肉でもって、ハドソンを嘲笑した。

こういう騒ぎの中で、『ザ・ラーク』はぞくぞくとノグチの詩を発表した。活字は、やはり全部大文字で組んだ。そしてほとんどすべて巻頭に掲載した。そのため、ボヘミアン雑誌といってもナンセンス詩やポンチ絵などを載せて世の中を茶化していた『ザ・ラーク』は、ノグチの厳粛で哀愁に満ちた詩によって、本来の面目を失ってしまったという批評も出るくらいだった。

4 『見界と不見界』

そしてこの年（一八九六年）の十二月、バージスはノグチの詩五十篇をまとめて、瀟洒な詩集を出版してくれた——途方もない厚遇である。それが、『見界と不見界』*Seen and Unseen* である。そしてバージス自身、先のノグチ紹介文を敷衍した長い序文をこれに寄せた。

『見界と不見界』というのは、後にノグチが訳した日本語題である。『明界と幽界』といった訳題もある。在米日本人会発行の『在米日本人史』（一九四〇）によると、この邦語題は『見えみ見えずみ』となっている。一般にはもちろん前二者の方が通用しているが、意味はむしろ後者の方が正しいのではなかろうか。つまり原題の“Seen and Unseen”は、先の“known-unknown-bottomed”と同様に、「見えるか見えないのかわからぬ」「見えるような、見えないような」、幽玄微妙な自然と自然の精神との境地をあらわそうとした言葉のように思われる。とすれば、ノグチ訳のようにseenとunseenを「と」で対立的につなぐよりも、「——み——み」で連続的につなぐ方が、詩集の内容に近いことになるのだ。

この詩集中の作品は、多くが先に引用した詩の示唆するように、幽玄な自然と霊的に交わる時の神秘的境地とでもいったものをうたい上げようとつとめている。しかも詩集の副題がなかなか意味深いものであった。「家なし蝸牛《かたつむり》のモノローグ」“Monologues of a Homeless Snail”というのだ。まことにそれは、歯切れの悪い、だらだらと言葉の続く独り言《モノローグ》に似ていた。しかし当の詩人は、もともと言葉にならない境地を表現しようとして、英語と格闘していたのである。そして彼は、snowy dews of pleasure（喜びの雪白の露）とか frozen darkness（凍った暗闇）とか mist-pains（霧の痛み）といったショッキングな語句や、my soul floating upon the face of the deep, nay the faceless face of the deepless deep（深みの表面、いや深みのない深み――深いかどうかも分からぬ深みの意味か――の表面のない――表面かどうかも分からぬ――表面の上に、浮かぶわが霊）といった東洋的な（というべきか）逆説的表現を大量に作り出し、読者のアングロ・サクソン的常識の攪乱につとめたのであった。

しかし、そういう努力の中から、ノグチはしばしばすぐれて美的な詩想を表現した。自分の詩集の特質をうたった「プロローグ」"Prologue" 中のつぎの一行などは、気障《きざ》といえばこの上なく気障だし、日本語に訳せばむしろ嫌らしい表現になるが、ナルシシズムもここまで来ると、やはり一種の純粋美をもって読者に迫ってくるのではなかろうか。

Alone in the tranquility, I see the colored thought-leaves of my soul-trees falling down, falling down, falling down upon the stainless, snowy cheeks of this paper.

静寂ノ中ニヒトリイテ、私ハ見ル、ワガ魂ノ木ノ色ヅイタ思イノ葉ガ、シミ一ツナイ雪白ノ頬ノヨウナコノ紙ノ上ニ、舞イ落チテ、舞イ落チテ、舞イ落チルノヲ。

またノグチは、表面上これとまるで逆に、非美的に、傲岸な態度で自己を宣揚し、それを読者に押しつけることもあった。「私は自分がなりたいものになる」"I am what I like to be" 中のつぎの二行などは、その例であろう。そしてここでも、その不遜な態度があまりにもあけひろげのため、読者は好意か悪意かいずれにしろ、とにかく心を惹かれざるを得なくなるのだ。

I am what I like to be; Spring, Autumn, poverty, friends, the world and myself all are dead to me!
But for civility, my door would never be opened to the floating world!

私ハ自分ガナリタイト思ウモノニナル——春、秋、貧乏、友人、世界、私自身、ミンナ私ニハ死ンダモノダ！
礼儀ノタメデナイナラバ、私ノどあハ、浮世ニ対シテ決シテアケラレルコトガナイ！

最後に、この詩集からもう一篇だけ、「見知らぬ詩人に」"To an Unknown Poet" と題された作品を紹介してみよう。ただしこの詩は、ノグチの回想的紀行文「北米五百哩の予の無銭旅行」(『中学世界』明治39・8）の中に、その成立事情（実際かどうかは別にして）とともに全文が引用されているので、そちらからの転写でもって代用してみる。これは、ノグチがロサンゼルスに徒歩の無銭旅行をした時の記録である。（ここに引用した詩と詩集中の詩とでは、一、二か所、単語の違いがあるが、問題とするには足りないと思う。なお、原詩の次につけた邦訳は例によって私の試訳である。）

幸ひなるかな雨止み晴天なり。アーミー氏の親切は余に馬車を送ってハミルトン山上リッキ観測所見学の便利を謀った。〔中略〕詩人ウヰトマンの詩に When I heard the learn'd astronomer という最初の行を有するものがあつて、学者の説を聞いて疲労し、夜独り外出して黙然天を仰いで星を見て驚くと歌へるのがある。余は観測所で星を見て驚ける後、独り星を見て其不可思議なる暗示と威厳とに驚くこと層一層であった。翌朝八日、深霧ありハミルトン山を蔽へり。山上に起てる余は全身を霧で包んで、身は古昔神代中の尊《みこと》と成り終つたかの感があって、天の浮橋に起てるかの思があつたので一小詩を賦した。曰く、

When I am lost in the deep body of the mist on a hill,
The universe seems built with me as its pillar.
Am I the god upon the face of the deep, nay, deepless deepness in the beginning?
(山ノ上ニ立チコメタ深イ霧にツツマレテイルト、
宇宙ハ私ヲ柱ニシテ成リ立ツヨウニ思ワレル。
私ハ原初ノ世、深イ、イヤ深イカドウカモ分カラヌ深ミノ上ニ立ツ神デアロウカ。）

ノグチが観測所で見る星よりも屋外でひとり仰ぎ見る星に魅せられ、そのことにみずからホイットマンとの類似を感じたのは、ともに自然礼讃者であったことを考えれば当然ともいえる。

だがノグチは、この詩で、伊弉諾《いざなぎ》・伊弉冉《いざなみ》の二尊に自己を擬し、いわば自己を一挙に神話の中心にすえてしまっている。この空想は、あまりにも束縛を知らないためにかえって一種のユーモアさえともない、この詩集では珍しく輪郭のはっきりした表現とあいまって、愛すべき短章を作り出しているといえよう。

さて、『見界と不見界』は、ふたたびノグチを大好評の的にした。いまはもう書評類の紹介は避けるけれども、ただ一つ、カンザス・シティの『スター』*Star* 紙の説は、太平洋を渡ってきたこの未知の詩人に対するアメリカ人の見方を典型的に示しているように思われるので、一節だけ引用しておきたい。こういうのだ。

ヨネ・ノグチは、どこかよその遊星から来た気まぐれな訪問者、周囲の有様の奇妙さに困惑している訪問者を思わせる。彼を抑えつけて、この地上の思考や人間どもの俗語を教えこむわけにはいかない。彼は夢見る人である。イマジネーションが一杯につまった人である。周囲の宇宙の驚異に恍惚としている人である。自分が感じることと現実にあることとの区別がつかなくなって、何とかそれをはっきりさせようと夢中になっている人である。

もちろん、アメリカの読者が、ぜんぶこのように、ノグチの詩に対して寛大だったわけではないであろう。先にハドソン牧師の例がある。アメリカ自然主義を代表する作家の一人フランク・ノリス Frank Norris は、「カリフォルニアの物語」**“A Story of California”** という副題をつけた大河小説『たこ』*The Octopus*（一九〇一）の中で、「眼鏡をかけ、灰色のネルのシャツを着、時々、まことに驚くべき詩、あいまいで、韻をふまず、歩格を無視し、筋道がなく、奇怪至極な、苦心の作を読み上げる日本の若者」を登場させているが、この若者の作品として言及されているのが『見界と不見界』に収められた「目に見えぬ夜」"The Invisible Night"や「勇ましくタテに降る雨」"The Brave Upright Rain"であってみれば、彼がヨネ・ノグチをモデルにしたものであることは否定の余地がない。そしてノリスは、この若者やその同類を「まやかし者」fakersとして扱い、戯画化して描いているのである。ノグチの詩は、一部ではこういう憫笑も買っていたのに違いない。

そして、その理由はたしかにあったというべきであろう。先の剽窃容疑事件にしても、ノグチへの道徳的非難は過酷にしろ、彼の詩がまだ未熟であり、ポーの表現をつい生《なま》のままで用いてしまう段階のものであったことを、よく示しているのではなかろうか。ノグチの詩は、いわば、まだ芭蕉とホイットマンとポーとの奇妙なアマルガムであった。その表現は、彼自身のものに渾然と内化されていなかった。いや、むしろ英語そのものにすらなっていなかった。『たこ』に出てくるサンフランシスコの上流婦人シーダーキスト夫人のように、ノグチをもてはやした人の多くは、彼の未熟さを彼の深淵さと思い誤まっていたといってよいように思われる。

だが、視点を変えれば、ノグチの未熟さは、たんに教養の乏しさや彼のおかれた状況からくるやむを得ぬ未熟さであっただけではなく、円熟・完成に積極的に「挑戦」する未熟さでもあった。それは『草の葉』初版におけるホイットマンの未熟さと軌を一にするところがあった。ホイットマンはその未熟さ（「野蛮な絶叫」）をもって、長い宮廷文化の伝統を背後にもつイギリス詩に「挑戦」した。だが彼以後、アメリカ詩人は一般に「上品な伝統」に巻き込まれ、ヴィクトリア朝詩歌の模倣に憂き身をやつし、詩技の末端の円熟・完成に骨身をけずっていた。先に言及したアメリカ詩の「黄昏時代」は、そうして生まれた。これに対して、ノグチは自己の未熟さ（「蝸牛のモノローグ」）を武器とし、詩にふたたび原初的生命を与えようとした、といえるのではなかろうか。

私はノグチの未熟さを深遠さにおきかえる気はないし、またその英語を「人類普遍の言語」として讃美するつもりもない。ただ、『見界と不見界』の詩五十篇が表現も内容もともにまだ混沌状態にあることの意義を、むしろ積極的に評価したいのだ。エドマンド・ゴス Edmund Goss は『草の葉』を「原形質の状態の文学」と呼び、ロジェ・アッスリノー Roger Asselineau は『草の葉』初版を「溶岩の流れ」にたとえている。その創造力の頂点にあった時、ホイットマンもまた自己のもつものを混沌状態のまま、外に押し出したのであった。ノグチにホイットマンほどの詩的エネルギーはなく、ホイットマンほどの思想と感情の襞は乏しい。しかし、彼はどこかで、高度な精神的伝統をもつ東洋の国から来たという自負が強烈にあり、それが詩的エネルギーにも、詩想と感情の襞にもつながっていた。そして、物質に対して精神を、文明に対して自然を、あるいはまた合理主義に対して神秘主義を、という実のところ途方もなく大きな主張を、僅々二十一歳になったかならぬかの青年の身でうたいあげることになった。混沌こそがもっとも自然で、また正しい状態であったとも思えるのである。

5　イギリス詩壇へ

一八九七年四月、『ザ・ラーク』はエピローグをもじった『ザ・エピラーク』*The Epi-Lark* と題する号を出して、廃刊した。バージスの言によると、「まだ若く、みずみずしいうちに亡びたい」という希望にもとづくものであったが、実際は、雑誌の中心者たちがしだいに名を成すにつれて東部へ移っていったことが、原因であったように思われる。

ノグチはひとりカリフォルニアに残った。「詩仙ミラーと山居の日記」（『英米の十三年』、明治38所収）はこの直後、一八九七年五月一日から八月一日までの記述であるが、それによると、彼は毎日、ひとりかまたはミラーとともに高台を逍遥し、キーツや芭蕉や王維を読み、「発句形の英詩」やホイットマン調の英詩をおびただしく作っていた。また彼は、この頃、ヨセミテ渓谷に徒歩旅行を試みもした。そしてその成果としてこの年に出したのが、第二詩集『渓谷の声』*The Voice of the Valley* である。『ザ・ラーク』の出版人であったウィリアム・ドクシーが出版してくれた。チャールズ・ウォーレン・スタダード Charles Warren Stoddard の短い序文と七篇の作品を収めた小冊子だが、やはり好評を博した。ここでは、ノグチはしだいにあの「蝸牛のモノローグ」調を脱し、ホイットマンに加えミルトンやシェリーの影響もうけて、朗々たる調べに近づいていた。

だが、詩人としての功名は生活の基盤と結びつかず、ノグチは不安と焦燥に駆られていたらしい。一八九八年五月には、個人雑誌『ザ・トワイライト』*The Twilight* を出してもみた。第一号はアート紙に表裏両面の石版刷り八ページ、第二号はザラ紙に片面だけの石版刷り八ページという貧弱なものである。全誌をノグチの詩と、やはりカリフォルニア在住の日本人画家M・タカハシの挿絵で埋めた。誌名の「トワイライト」すなわち「薄暮」を、ノグチは「『ザ・トワイライト』序詞」"Prologue on *The Twilight*"の中で、"restless peace—silent unrest of slow time"(落ち着きのない平安——ゆるやかな時間のだまりこくった不安)とうたっているが、これはとりもなおさず「見えみ見えずみ」の幽玄境と重なる言葉ともいえた。実際、この雑誌に発表した七篇の詩では、ノグチは『渓谷の声』の溌溂たる調子を発展させるよりも、『見界と不見界』のモノローグ調に返っている。しかし、この復帰はもはやマンネリズムを感じさせるのに役立つだけであった。そして雑誌は二号でつぶれてしまった。一八九八年の夏になると、ノグチは散文の物語にも手を染めてみた。「お蝶さんの日記」"O'Cho San's Diary"という題である。そしてあるアメリカ女性の新聞記者に、その添削や出版の世話を頼んだりもしている。

そして一九〇〇年五月、ノグチもとうとう東都の文界での雄飛を志して、カリフォルニアを後にしたのであった。一九〇一年には、「お蝶さんの日記」を改めて、『日本少女のアメリカ日記』*The American Diary of a Japanese Girl* をニューヨークから出版した。折からアメリカやヨーロッパではやっていたジャポニズムに訴える意図が濃厚な内容や表現の作品で、事実その方面である程度の好評をもって迎えられた。だが翌年、その続篇ともいうべき『日本人小間使のアメリカ書簡』*The American Letters of a Japanese Parlor-maid* を出そうとしたが、出版社が見つからず、日の目を見たのは日本に帰国後の一九〇五年になってからであった。ノグチは結局、詩こそ自己の本領とし、それを書き続けた。そして一九〇二年十一月、思い切って英語文学の中心地ロンドンに渡り、翌一九〇三年一月、第三詩集『東海より』*From the Eastern Sea* を自費出版、これがまたも や非常な好評を得て、たちまち拡大増補版が出版社から刊行されることになった。こうして彼はついに「世界的詩人」の名を得るにいたったのである。

『東海より』で、ノグチはようやくあの厚顔ともいうべきポーやホイットマン詩風の吸収、無恥ともいえる俳句のバタ臭さ化、あるいはシェラード・ヴァインズSherard Vines のいわゆる、あの大げさな「自然が招致する内面的感激劇」（ヴァインズ『詩人野口米次郎』大正14）を脱し、明澄な、そして時にはイマジズムに近い表現で、ジャパニズムを盛りこんだ抒情詩を打ち出し、それがやはりヴィクトリアニズムの英詩界に吹きこむ新鮮な風となったのだった。

6　「二重国籍者」の重荷

だが、ノグチは、この境地にも長くは留まっていなかった。先にも述べたように、日露戦争を契機として（私的な理由はほかにもあったようだ）一九〇四年十月に帰国した後、翌明治三十八（一九〇五）年十一月に出した散文詩集『夏雲』*The Summer Cloud* では、彼はイェーツ風の調べに近づいていた。イェーツのケルトの雰囲気を日本のそれに移しかえ、日本の乙女や風景や伝説のもつ妖精的な美をくり返しうたった。生と愛の歓喜を、倦怠と哀愁を通してうたいもした。

そして明治四十二（一九〇九）年、ノグチは彼の最大で最高の英詩集『巡礼』*The Pilgrimage* を出すのである。彼はここでようやく内省の目を深め、求道的な魂をほとばしらせはじめた。それには、彼の個人的な苦しい体験と、東西両洋の中間に自己の位置を見出さなければならないという精神的な苦悩とが重なり合って、作用したと思われる。詩法の面では、しだいに彼のいう「表象抒情詩」的なものに近づいていた。

さて、このようにノグチの英詩は変転し成長していったのであるが、その全体を貫いて変わらない筋もあった。それは『見界と不見界』に最も露骨に示された、自然に耳を傾け、その沈黙のドラマを記録することを真の詩人のつとめとする認識であり、そのためにはいわゆる文明と詩の伝統とに平然と「挑戦」していく態度である。おのずから、彼の詩はどこかで預言者的になった。ただ、預言者的な詩は、しばしば預言者的なポーズが目立ってしまって、詩としての芸術的興味が失せてしまう危険がある。はじめて英米詩壇に登場したころには新鮮な魅力であったその原初的な英語も、逆に欠点に見えてくるのである。

ヨネ・ノグチはしだいに英詩の創作に行きづまったらしく、日本語の詩に転じていったが、日本語表現を身につけるべき時期を外国で過ごした彼は、この方面でも不自由さをかかえたようだ。大正十（一九二二）年十二月、彼ははじめての日本語詩集を出したが、それは『二重国籍者の詩』と題していた。この詩集の「自序」で、彼はこううたっている。

実際をいふと、

僕は日本語にも英語にも自信がない。
云はば僕は二重国籍者だ……
日本人にも西洋人にも立派になりきれない悲しみ……
不徹底の悲劇……

なんとも見事な告白である。自嘲的にも聞こえるが、その底に「自信がない」ことを「自信」に転じさせようとする、開き直りの意欲のようなものも感じさせる。

考えてみれば、東海の辺境の日本人が「世界的詩人」になろうとすれば、こういう二重性をかかえこむ可能性は常につきまとうのではないか。さらにいえば、国際社会に不意に抛り込まれた近代日本の人間そのものが、何らかの形でこの種の二重性をかかえこむ可能性は大いにある。ただほとんどの人はそれを意識しないだけなのだ。意識しないから、単純に自ら「日本人」であることを誇りとしたり、「世界的」であることをたたえたりしている。ヨネ・ノグチが詩人としてかかえこんだ二重性の重荷は、近代の日本人がかかえこんだ重荷を詩的に代行してみせた趣がある。しかもみごとにやってみせた。ノグチはこれ以後、この重荷に耐え、苦しい詩作を続け、しかもついに英米詩壇に颯爽と登場した頃の華々しさを回復することはなかった。しかし彼および彼の詩の成しとげたことは、これからもじっくり分析、検討し、もっと高く評価されなければならないだろう。

第10章　「国際化」する詩壇

「あやめ会」の詩人たち

日露戦争（明治37―38）の勝利は、東洋の辺境にあった日本を国際社会の存在感ある一員に押し出すとともに、日本の指導者層に多少とも心躍る国際意識をもたせた。明治三十九（一九〇六）年の「あやめ会」の発足は、そういう動きの一環としてとらえるべきものであろう。「世界的詩人」野口米次郎（ヨネ・ノグチ）は、当然のごとくその代表にかつがれた。

だがこの会は、日本語詩と英語詩の両方からなる詩集、『あやめ草』と『豊旗雲《とよはたぐも》』の二冊（英語のタイトルはいずれも *The Iris*）を出しただけで、ほぼその年のうちに瓦解してしまった。どうやら日本人会員たちの内紛が原因らしい。なにしろ華々しく出発した会なので、その内紛が詩壇やジャーナリズムで大袈裟に取り上げられ、ついに代表であった野口が「あやめ会挫折の根本的な原因」として批判される有様になった。その実、野口はまだ満三十歳の若さで、日本人のこういう集団の取り扱いに慣れておらず、常識的にいってほとんどなす術を知らなかったのではあるまいか。

　日夏耿之介の『明治大正詩史』は、例によって、この会が「つひに何等の社会的波紋を残さずにやんだのは寧ろ当然のことであった」と切って捨てている。そういわれても仕方がない面もたしかにあった。しかし「あやめ会」についての研究のたぐいも、ほとんどすべてが、この内紛を調べ、語ることに情熱をついやして、これがいったいどういう内容の会であったかといったことを、人とその作品に即して検討することを怠っているように思える。いまこの会の詩人たちを大ざっぱにでも展望してみることも、こういう明治詩壇の「国際化」現象の内実や、その意味をさぐる上で、けっして無駄ではあるまい。

1　あやめ会の目的

　あやめ会は、明治三十九（一九〇六）年に発足した日英米三国の詩人クラブである。その代表は野口米次郎であった。野口は明治二十六（一八九三）年に満十八歳にも足りない少年の身でアメリカにとび出したが、明治三十七（一九〇四）年に帰国した時には、何冊かの英語詩集によって欧米に名を知られる「世界的詩人」となっていた。彼の帰国の主たる理由は日露戦争に際して祖国愛を駆り立てられたことにあるという。事実、日本が勝利を収めると、彼の心は勇躍し、「大拡張の日本」にふさわしい「国民詩人」の出現待望の叫びを上げるまでになった（『中央公論』明治40・1「日本を代表する国民詩人出でよ」）。あやめ会結成の目的も、少なくとも彼の気持としては、その辺にあったようである。あやめ会詩集の「発刊の辞」で、野口は次のようにいっている。

国民の内部生命は最も多く純文学に顕はるゝものなり。今やわが邦の勢力、長大の発展を為せると共に、文芸界の気運も亦、その産物に於て、吾人の特色を発揮し、外国のそれと相対抗せんとするに至れり。この時に当つて、小党相結び、小団相鬩《せめ》ぎ、徒らに紛々たる雑誌を乱発して、蝸牛角上の争闘を為す、深遠なる生命に於て、何の益するところあらん。かのギリシヤの群小国民が団結してペルシヤの大軍に当りし時の如く、吾人は区々たる私心を遠ざけて、詩的熱誠と威厳とをもつて、外国文学と対すべきにあらずや。

この言で明らかなように、あやめ会は本来は日本詩人の団結を計ったものであった。大同団結して外国文学と「相対抗せん」というのである。だが一国の文学は他国の文学と接触することによってかえって新しい生命を得るということを自分の体験で知っていた野口は、海外の交友をさそって「東西両洋の詩花、一庭にその芳香を争はんとする」国際的詩人クラブをここに作ったのである。この発足の姿勢自体に一種の矛盾がはらまれ、後にノグチが自分についていう「二重国籍」性が内包されていた。そして日本詩人は大同団結するどころか、小団相鬩いだのである。

2　日本詩人たち

日本詩人であやめ会同人となったのは野口の外に岩野泡鳴、土井晩翠、小山内薫、蒲原有明、河井酔茗、高安月郊、上田敏、前田林外、児玉花外、山本露葉、平木白星、薄田泣菫の十二人であった。これは、島崎藤村が詩筆を棄てた後の有名詩人をよく結集したものといえよう。

このうち、岩野泡鳴と蒲原有明はもともと西洋文学への関心が強く、二歳年下、あるいはほんの一歳上の野口米次郎をいわば待ち構えていたようにして代表にかつぎ上げ、「あやめ会」をつくったのだった。「発刊の辞」にしても、日本語のまだ不自由だった野口にはなかなか書けない文章であり、泡鳴の手になるものだという説には説得力がある（堀まどか『「二重国籍」詩人野口米次郎』平成24）。

岩野泡鳴は、もちろん詩によってもこの会に協力した。彼はあやめ会が出した最初の詩集『あやめ草』（明治39・6）の巻頭に「海音独白」「闇の盃盤」など四篇を寄せた。「闇の盃盤」は二年後に出た彼の第四詩集（明治41・4）の書名にもされた作品で、彼のいわゆる「苦悶詩」の代表作の一つである。「海音独白」も同系列につながる彼得意の「独白詩」だ。続いてあやめ会第二詩集の『豊旗雲』（明治39・12）にも、泡鳴は「夢なり魂なり」など四篇を寄せた。これらも『闇の盃盤』における「自然主義的表象詩」（本書第13章参照）の展開に寄与する作品群である。要するに泡鳴は、あやめ会に情熱を込めて参加していたのだ――たぶんどこかで蒲原有明に対抗する気持を秘めながら。

その蒲原有明はというと、彼は『あやめ草』に「めぐみのかげ」（後に改題して「序のしらべ」）、「追憶」（改題して「滅の香」）の二篇、『豊旗雲』に「やまうど」一篇を寄せている。これらはすべて、有明の代表詩集、というより日本近代詩の一つの極点とされる詩集、『有明集』（明治41・1）に収められたが、なかでもこの「滅の香」について、『蒲原有明論』（昭和55）の著者・渋沢孝輔は、「早くも見事な一到達点が示されていて、他の詩篇はこの作品のための習作のような観さえ呈している」と評する。ここでは議論に立ち入ることを控えようと思うけれども、日本象徴主義詩の頂点に登りつめようとしていた有明が、この国際的詩人クラブに自分の発展の期待をもって参加したことは、容易に想像しうるのである。

歴史的な訳詩集『海潮音』（38・10）を出したばかりで、有明の象徴主義に重大な刺戟を与えた上田敏も、積極的にこの会に参加していた。欧米文学者との接触を強く求めてのことだろうが、彼は『あやめ草』に「汽車に乗りて」「ちゃるめら」の二篇、『豊旗雲』の巻頭に「踏絵」を寄せている。いずれも彼の数少い創作詩である。「詩人」としての足がかりをここに築こうとしていたのかもしれぬ。

同様にして他の参加者たちも、会の二冊の詩集にそれぞれ流に力作を寄せていた。児玉花外は、日夏耿之介に例の詩史で粗放な政治思想と粗雑な表現ぶりを徹底的に揶揄されながらも、なおかつ「その最高所の佳作」と認められる作品「雲の空」を『あやめ草』に発表している。薄田泣菫は『海潮音』にならった彼の詩形上の実験作で絶唱ともいえる「夏の朝」を、『あやめ草』

に寄せている。これは彼の詩集の代表作『白羊宮』（明治39・5）における発表とほとんど同時で、どちらが先だったか分からないが、あやめ会への彼の意気込みは分かるというものだろう。その他の詩人たちの作品も、多くが新体詩の新しい方向を求めて、この種の国際性に活路を見出そうとしていたといえそうだ。

3　イギリス詩人たち

イギリスから参加した詩人たちも、一見して錚々たるものであった。現在通常の表記に従ってまず名前だけあげると、ローレンス・ビニヨン、ローレンス・ハウスマン、トマス・ハーディ、ルイス・モリス、W・B・イエーツ、アルフレッド・オースティン、アーサー・シモンズ、サザランド侯爵夫人、アリス・メーネルの七人である。イエーツは別として、すべて野口がロンドンで出した詩集『東海より』*From the Eastern Sea*（一九〇三）に讃辞をくれ、それ以来（野口から見れば）親交を結んでもらってきた人たちである。今回も野口の呼びかけに快く応じてくれたのに違いない。ただし、多分に詩壇の社交に従っただけの人も多い感じがする。

野口がイエーツとどのようにして知りあったかは明らかでないが、*From the Eastern Sea* を出した後、アーサー・シモンズを通して交わるようになったと思われる。野口はその年、アメリカに帰った後、折からアメリカに講演旅行をしていたイエーツとある晩餐会で同席したりもしている。イエーツは野口より五歳上なだけだが、当時、夢見がちな神秘主義的ロマンティシストとして英詩壇に輝ける存在であり、野口は深く敬愛していた。自分が「生まれながらの神秘主義者」などと呼ばれたこと（前章参照）も、彼をイェーツに近づけたかもしれぬ。またその象徴主義的な詩風に *From the Eastern Sea* との類似を感じ、親近感をもっていたかもしれぬ。ともあれ、『あやめ草』の裏表紙から始まる英詩のセクションの口絵にイェーツの肖像画（たぶんイェーツから贈られたものであろう）を掲げ、その本文中に "To the Rose Upon the Road of Time" と "A Faery Song" の二篇の詩を掲載している。ただし、イェーツが寄稿してくれたものかどうかは分からぬ。

もっと目を見張るのは、『あやめ草』英詩セクションの巻頭を飾るアーサー・シモンズの作品であろう。"In Ireland" の総題のもと、アイルランドに材をとった五篇の連作がそれだ。シモンズの有名な評論 *The Symbolist Movement in Literature*（一八九九）が岩野泡鳴の手で『表象派の文学運動』（大正2・10）と題して翻訳出版されるまでにはもう少し間があったが、その存在はすでに日本でも知られ、一部に影響を与えつつあった。しかも後に児童文学者として名を成すアーサー・ランサムは、英語詩人ヨネ・ノグチについての最初の本格的な評論といえるエッセイ「ヨネ・ノグチの詩」"The Poetry of Yone Noguchi"（『フォートナイトリー・レヴュー』一九一〇・九）の中で、ノグチの最初の英語詩集『見界と不見界』*Seen and Unseen*（一八九七）がシモンズの本より三年も前に出て、シモンズが論じる象徴派詩人ヴェルレーヌの詩的情調をすでに備えている、といったことを論じていた。野口としては、シモンズとの親交、詩的な近さを誇示したかったとしても当然である。

だがシモンズの連作はたしかに圧巻というべきものだったが、実は一八九六年に書き、一九〇〇年に発表した旧作であった。こういったことへの批判は、日本詩人の間で出てきたらしい。イェーツの詩についても同様のことが起こったかもしれない。そのため次の『豊旗雲』では、やはりアーサー・シモンズの“To a Sea-Gull”を巻頭に載せたが、あわせてシモンズがノグチに与えた“Japan”と題する手書きの詩を口絵代わりにして、これが旧作の再掲でないことを誇示するようなこともした。

しかしイェーツとシモンズのほかには、ローレンス・ハウスマンやサザランド侯爵夫人の詩が『豊旗雲』に載りはしたものの、詩的な面白味は乏しい。もう少し本格的な詩人たちは、どうやら名前を貸しただけのようだった。

4　アメリカ詩人たち

では、アメリカからはどんな詩人が参加したのだろうか。こちらは一見しても二見してもとても錚々たるものとはいえず、普通の文学事典類では見つけにくい人もまじっているので、まずは原綴で列挙してみる。Charles Warren Stoddard, Louise Imogen Guiney, Joaquin Miller, Mary McNeil Fenollosa, Madison Cawein, Bliss Carman, Frank Putnam, Edith M. Thomas, Josephine Preston Peabody, John B. Tabb とそれに Richard Hovey の十一人である。明らかにイギリス詩人よりも見劣りがする。が、けっして彼らの役割を過小評価してはならない。彼らの多くは、野口が「親交」を求めたように、野口に「親交」を求めてもいたように思われる。けっして詩壇的社交をしていたのではない。そのため二冊の詩集への寄稿も英詩人より多いが、詩的意欲もより多くあったように思われる。それを計るためには、まず彼らがいったいいかなる詩人であったかをさぐってみなければならない。

彼らのうち最も有名なのはウォーキン・ミラーであろう。一八七一年に彼はロンドンで『太平洋詩集』*Pacific Poems*（すぐに増補改版して『シエラ山脈の歌』*Songs of the Sierras*）を出して好評を博し、アメリカの、特にその西部を代表する詩人として認められた。同じくアメリカ西部あるいは中西部の詩人といっても、ブレット・ハートやジョン・ヘイのように方言や俗語を用いただけではない。イギリスの学者エドワード・ダウデンの評言を用いれば、「野蛮なる美徳」"barbarian virtues"をうたってホイットマンと並ぶアメリカ精神の詩人と目された。もっとも彼の発想並びに詩法が本質的に古くさいものであることは、しだいに認識された。（『あやめ草』に寄せたハワイをうたう二篇の詩もありきたりの抒情詩である。）しかしミラーその人はあくまでソローやホイットマンを愛し、ボヘミアニズム（自由放浪の精神）に徹したつもりで、カリフォルニア州オークランドの山荘に孤独の自然生活を送りながら、旧詩風に不満を示していた。野口はカリフォルニアを放浪中にこの「詩仙」のことを知って大胆に門をたたき、そのままその家に住み込んでしまった。野口に清新な詩人への道を開いてくれたのは、何といってもミラーであった。後に野口は「私は彼から詩の技巧こそ学ばなかったが、彼から詩の魂を教へられた。私は彼の生活に触れて私の詩は目覚めた」（『書斎の散歩』昭和2・5）と述べている。

このミラーを除くと寥々たる感じがしないでもない。チャールズ・ウォーレン・スタダードの文名はミラーに劣らなかったといってよい。野口はミラーを通して彼と知り合った。近代文明をしりぞけ南海の牧歌をうたい、アメリカのピエール・ロティといわれたスタダードは、野口の東洋的神秘主義の中に反近代的なものを見つけてこれを愛した。野口より三十歳近くも年長の彼は野口の保護者を自任し、まるで、同性愛者のような手紙を彼に寄せ、野口の第二詩集『渓谷の声』*The Voice of the Valley* に序文を書き、野口は第三詩集『東海より』をスタダードに捧げた。だが、スタダードの反近代主義には時代批判の力が弱かった。彼は現実の人生《ライフ》から遊離し、反対に人生《ライフ》の要素をしだいに多く取り入れていった野口とは疎遠になっていった。

スタダードは、結局、当時のアメリカ詩壇に支配的だったヴィクトリアニズム（上品ぶった保守主義）を出ることがなかった。ルイーズ・イモージェン・ギニーやイーディス・M・トマスなど——十九世紀後半に続々現われた女流詩人たちの仲間——も同様である。前者はよくイギリス十七世紀の王党派詩人を学びながらも、その主調はテニソンばりだし、後者は『豊旗雲』に4篇の詩を寄せているが技巧に終始した作品ばかりで、彼女が「アメリカ的というよりもギリシャ的」といわれたのもさてこそと思わせる。メアリー・マクニール・フェノロサは有名なアーネスト・フェノロサの妻で、夫の死後その代表的論文『中国・日本美術の時代相』*Epochs of Chinese and Japanese Arts* 二巻（一九一二）の難解な原稿を整理して出版したことをもって知られる。しかし『豊旗雲』に収められた詩（"Yuki" "Nippon" など三篇）をもって判断すれば、彼女の詩は素人の域をまったく出ていない。

男性の詩人でも、マディソン・カウェインなどはケンタッキーの自然人情をうたって多少の名を成したけれども、自己に対する厳しさがなく、むやみにたくさんの――三十六冊もの――詩を、エドウィン・アーリントン・ロビンソンの皮肉に従えば「すみれ色のインキ」violet inkを用いて書いた。『豊旗雲』には五篇の詩を発表しているが、いかにも表現に工夫をこらしてはいるが実は陳腐な情感の詩ばかりだ。フランク・パトナムはシンシナティ生まれのジャーナリストで、自分の関係する雑誌に野口の作品を載せるなどして、数歳下の野口に終始親切にふるまった。一九〇三年のクリスマスに野口がボストンにいる彼を訪ねた時、「余はミュズの何物たるを知らず、唯心に感じて之を極めて平淡に述ぶるのみ」とか「ウヰトマンは余が師なり、余が今日多少情理を解するは、彼が賜なり」(『太陽』明治37・3「ボストンにおける一週日」)と語っているところを見ると、新しい詩の表現を求めていたかのようでもあるが、野口がその時贈られた詩集の中から紹介している詩はどれもまったく旧套を出ていない。そのうちの一篇“Mary”は『豊旗雲』に再録されたが、“Mary's love is mine/Forever and forever”といった式のものである。

だがしかし、新しい詩の胎動をかすかながら示すアメリカ詩人も、同人の中にいたのである。その一人がジョゼフィン・プレストン・ピーボディだ。彼女は名門女子大ラドクリフの学生であった頃(一八九四~九六)、当時の東部ではほとんどただ一人はっきりした理想主義をもち、独創性こそなかったけれども率直簡明な文体をもっていた詩人、ウィリアム・ヴォーン・ムーディの影響をうけた。同じくムーディの影響をうけていたE・A・ロビンソンは、彼女の詩集『旅人』“*The Wayfarers*”(一八九八)を読んで絶賛している。ピーボディの方でもロビンソンを認め、彼の大胆な長詩『キャプテン・クレイグ』*Captain Craig*(一九〇二)出版のために骨折ったりしている。野口は前記フランク・パトナムのもとにあった時、一日ピーボディを訪ねた。「幾多米国女詩人中、最も優れたるをジョセフィン・ピーボデー嬢となす、〔中略〕嬢は年齢三十三、容貌秀麗、美人をもって同人間に名あり、其詩や都雅幽暗、絶対婦人の情緒を説明す、嬢予に其近作の一小編 Road-Song を与へたり」という。この詩は他の三篇の詩とともに『あやめ草』に載せられているが、かなり新鮮なイメージをもった佳篇といえる。

ブリス・カーマン Bliss Carman はリチャード・ホヴィ Richard Hovey との共著『放浪国からの歌』*Songs from Vagabondia*（一八九四）によって、慣習的な表現にかかずらい生気のなくなっていた詩壇の傾向にはっきりと反抗を示した人である。彼らは放浪精神を謳歌し、自由な詩の道に踏み出した。つまりミラーの志を継ぎ、ミラーのなし得なかった表現の改革に手をつけた。一八九七年八月五日の日記に、野口はオークランドの山荘で夜半までミラーと語り合ったが、「談多くは米国近年の青年詩人に関し、彼はカーマンを推して第一とせり」と書いている（『英米の十三年』所収「詩仙ミラーと山居の日記」）。一八九六年の春、野口は彼の事実上の最初の英詩 "The Midnight Wind" をカーマン編集のボヘミアン雑誌『ザ・チャップ・ブック』*The Chap Book* に投じたが、野口自身ポーやミラーのボヘミアニズムにかぶれていたのだから、これは当然のことともいえよう。カーマンは野口を認め、『見界と不見界』が出た時、その独創性を『ボストン・トランスクリプト』紙上で高く評価し、『東海より』についてもニューヨークの『ザ・リーダー』*The Reader* 誌でこれをほめた。この後者の文章は一九〇六年に出た野口の散文詩集『夏雲』*The Summer Cloud* の序文に転用されているが、次のようにいうのである。

われわれはひょっとして、芸術がもつ天真さへの敬意を失う危機に瀕しているのではないか。現代の機敏さや軽薄さにいともやすやすと押し流されるに任せ、時間がもつ尊厳や生命がもつ驚異は、われわれに十分な感銘を与えなくなっている――ただヨネ・ノグチの純粋素朴な詩の中では、それがなされているのだ。

これは野口への讃辞であるだけでなく、カーマン自身の詩的立場を示す言葉でもある。カーマンは野口より十数歳上だったが、二人はアメリカの新しい詩の運動の先駆者として互いに許しあう仲だった。

ホヴィとは、野口は多分カーマンを通して知り合ったのであろう。このホヴィはあやめ会の正式同人ではなかった。なぜなら彼は一九〇〇年にすでに死んでいるのだ。だが野口のホヴィへの友情は、『豊旗雲』の口絵にホヴィの伏し目がちな横顔の写真を用い、またその本文中にホヴィの詩一篇を収めていることにうかがわれる。この詩 "The Sea Gipsy" は『放浪国からの歌』の中でも白眉といえるもので、定型詩ながらホイットマン的な海の動きのイメージと自由の精神との結合を見事に再現している。

最後に紹介し残しているのはジョン・B・タブである。彼はあやめ会のアメリカ詩人中、ミラーとスタダードに次ぐ年長者で、当時の南部を代表した詩人シドニー・ラニエの友人としても知られている。この二人は南北戦争に際して南軍に参加し、捕虜となって同じ収容所に入れられて親友となったのだ。タブはラニエの影響を受けて詩に志し、またラニエから詩のスタイルについて多くの示唆を得た。そして彼の最初の重要な出版である『詩集』*Poems*（一八九四）はラニエに捧げられている。タブの詩風は、斬新だった。おおむね四行から成る短い抒情詩であるが、感情が凝縮して、時には警句的に、時には秘密話風に、しかもしばしばユーモラスに、表現されている。彼は、カトリックの僧侶であったが、非常な人嫌いで、その有様を野口は次のように書いている――「余嘗て余の詩篇を贈り批評を乞へることあり。氏返書して曰く余は常にグラス製の家に住するものなり人をして余の家に石を投ずるを許さず又余も亦石を他の家に投ぜざるなりと、蓋し批評云々を欲せざるなり」（『帰朝の記』明治37・12）と。その性情とその詩風とにおいて、タブは同時代のエミリ・ディキンソンに近いものがあったといえよう。

野口のタブへの言及はかなり多いが、『野口米次郎詩論』（大正11）の序でタブのことを「情調の酒に溶解された真珠のやうな暗示の輝きで、彼は西洋の発句詩人であった」というのなどは面白い評言だ。タブは『あやめ草』に二篇の詩を寄せた。ともにイマジズムの先駆を思わせるような短詩だが、ここでは“The Wind”だけを紹介しておこう（訳文は拙訳）。「風」の印象である。

Now, in his joy,
　A whistling Boy:
Now, sombre and defiant,
　His every breath
　A threat of death

A blind, demented Giant.

いまは、喜んで、
　笛吹いてる少年、
いまは、むっつり反抗的で、
　ひと息ごとが
　死のおどしで、
めくら滅法、気の狂った巨人

さて、以上は文字通りの瞥見をしたにすぎないが、こういうアメリカ詩人たちはあまりにも二、三流ばかりのように思われるかもしれない。しかし十九世紀末から二十世紀初頭にかけて、はたして彼ら以上に新しい詩の方向を示し得た詩人がどれだけいたであろうか。ホイットマンは拒否されるか偶像視されるかのどちらかで、その詩の真の後継者を育て得ずして死に、ディキンソンは自ら望んで世にかくれて死んだ。ディキンソンのあとを受け継ぎ、自由詩の可能性をさぐっていたスティーヴン・クレインもあまりにも早く死んでしまった。詩壇には片々たる「雑誌詩人たち」magazine poets が跳梁していた。この時代に詩の未来に希望を抱かせたのは前記ウィリアム・ヴォーン・ムーディらの外には辛うじてエドウィン・マーカムとE・A・ロビンソンなどであろう。そのマーカムとは野口はカリフォルニアでミラーを通して知り合い、彼の出世作、労働者をうたった『鍬を持つ男』*The Man with the Hoe*（一八九九）の出版を喜んだ。だがマーカムが有名になってニューヨークに移住し、フロックコートを着るような人物になってしまった時、野口は彼に失望した（『英米の十三年』所収「エドウィン・マーカム」）。E・A・ロビンソンは本物だった。野口は一九〇三年五月にマーカムの家でこの詩人に会った。そして「余は屢々ロビンソン氏の詩其想や高く其字や寒枯なるを耳にしき」と書いている。しかしロビンソン初期の代表的詩集『夜の子ら』*The Children of the Night*（一八九七）は一般にはほとんど反響を呼ばず、彼が有名になったのは『空を背にした男』*The Man Against the Sky*（一九一六）以後であるから、あやめ会の頃に野口がロビンソンの詩をはたしてどの程度まで読んでいたかは、はなはだ疑問である。

実際、野口が渡米した頃からあやめ会結成にいたる頃までのアメリカ詩壇は、アメリカ詩史の上でも極端な低迷期にあった。それ故にこそ、野口の大胆不敵な語法と発想とによる英詩が新風を吹き込むものとして歓迎されたのである。そしてこういう時代に出会ったものとして――ミラーのよい手引きがあったとはいえ――野口は期待しうる最も若々しい詩心をもった詩人たちと接触し、彼らをあやめ会に引っぱってきたように見える。そして彼らの寄稿した作品のいくつかは、少なくとも新しい詩表現への意欲を示し、存在を主張していたのである。

5　あやめ会の意義

あやめ会はあまりにも早く瓦解し、詩人相互の国際的な交流が実現する時間的余裕はなく、二冊の詩集に載った作品を通して新しい詩の創造への刺激を得るといったことも（目に見える形では）なくて終わってしまった。ひょっとすると個人的なレベルではあったかもしれない。たとえばイーディス・M・トマスは、十九世紀後半のアメリカ詩壇に多数現われた、ただこまかな技巧に終始する女流詩人の一人だと紹介した人だが、「夕方の道」"The Evening Road"という、文字通り夕方の道を歩く思いをうたった詩で、不意と飛び立つ鳥をうたって"Night-favored wings"（夜ノ顔ツキヲシタ翼）といった表現をしている。もちろん普通にはない語法だが、これは野口の得意の表現法を借りたものではないかと思える。野口は『見界と不見界』で、その冒頭の一行からして"The fate-colored leaves float dumbly down unto the ground-breast"（運命ノ色ヲシタ木ノ葉ガ大地ノ胸ニ黙ッテユッタリ降リテイク）といった具合に、ハイフォンでつないだ言葉を多用し、斬新な表現効果を発揮していたのだ。こういう刺激の授受、あるいはこういうことによる詩法の刷新は、こまかに見ていけばいろんな形であったと思う。ただ、たとえば因襲的な定型詩からの脱出とか、象徴主義的詩法の探求とかいった、三つの国の詩人がそれぞれ流に行なっていた詩の新しい方向の模索が、あやめ会で集団としての運動にまで高まることはついになく、個人レベルのてんでんばらばらな模索にとどまっていたといわざるを得ないように思えるのである。

最後に、野口米次郎本人があやめ会で何をし、何を得たかという問題に触れておきたい。彼はこの会で、運営者としては失敗だったとしても、詩人として誠実に行動しようとしていた。まだ日本語で詩を書くことができず、英語の詩を書いた。そのため日本人の同人から不興を買ったりしたが、彼としては当然の行為である。『あやめ草』に "In the Inland Sea" 以下四篇、『豊旗雲』に "The Japanese Night" 以下三篇を寄せている。すべて、帰国してからの日本での体験にもとづき、日本における自分の心情といったものをうたっているが、『東海より』のいささか軽いジャポニスムを脱し、より深い情調、より重い思索を言葉にしようと努めている。そしてたぶん二冊の詩集の中のどの作品にも負けぬ味わいをもつ象徴性に近づいていたのではないか。これらの詩はみな、野口の第五詩集『巡礼』*The Pilgrimage*（一九〇九）に収録された。『巡礼』は内容の深みや表現の味わいからいって、ノグチが本格的詩人であることを示した、彼の最高の詩集だと私は思う。が、そんなことはいっこうに認められず、野口は淋しく、日本の詩壇の「国際化」などは夢のまた夢で、自分が詩人として「二重国籍者」になってしまったという思いを強めなければならなくなっていくのである。

第11章　「秋の日の／ギオロンの」

『海潮音』の「清新」の風

新体詩が日本近代詩の中核となり、文学界に広くアッピールしたのは、島崎藤村の『若菜集』（明治30）によってであった。それは主にイギリス・ロマン派の詩人たちから吸収した自己の感情の率直な表出といううたい方によって、単なる西洋詩形の模倣であった「新体」の詩に、いわば魂を吹き込んだ。

ただし、藤村は詩作の根本について、「詩歌は静かなるところにて想ひ起したる感動なりとかや」と述べた。これは広く知られるように、ワーズワスの『抒情民謡集』第二版の「序」から借りた言葉（本書第6章参照）だが、藤村にとって「感動」emotion の深化こそ、詩の成否にかかわる重大事だった。藤村はその深化が「静かなるところにて想ひ起す」ことを経てもたらされることをよくわきまえていた。そしてみずから表現の抑制・純化に気を使った。が、それでもなおかつ同じ文章の中で、「思へば、言ふぞ良き。ためらはずして言ふぞよき」と、感動と詩的表現との直結を主張している。

『若菜集』以後、近代詩の発展を志す詩人たちは、感動の深化と、その表現の純化を如何にして実現するかということに心をくだいた。藤村の場合は伝統的な七五調や五七調が基本であったが、七六調（岩野泡鳴）とか八六調（薄田泣菫）とかと、さまざまな形式上の工夫がなされた。用語の面でも、日本の古語を活用して詩に古典的風格をもたらしたり（泣菫）、擬人化した表現を借りて冥想的な詩風を展開したりした（蒲原有明）。「ためらはずして言ふ」単純なロマン派的精神は少しずつ脱却が試みられたが、複雑さを増していく時代に呼応する複雑な思いをあらわす詩的表現は、容易に実現しなかった。

もちろん、内村鑑三の『愛吟』が代表するような詩における思想性の重視も追求され、それは日本近代詩におけるホイットマン熱の系譜を作りもしたが、一般的には、この思想派に対して、詩的表現の洗練を追求する芸術派とでもいうべき詩人たちが、（大正中期のデモクラシー熱時代を除いて）詩壇の主流を形成したといえよう。こういう日本近代詩の展開の上で、『若菜集』以後、最も重要な役割を演じたのが、その八年後に出版された上田敏の訳詩集『海潮音』であった。あの単純なロマン派的精神ないしその詩風からの脱却の道を見事に詩人たちに示した――いやそれ自体が、その脱却の成果を「清新」な芸術に開花させていたのである。

1 「これを見よ」の詩集

『海潮音』は明治三十八（一九〇五）年十月、東京の本郷書院発行、四六判、十七頁の「序」に本文二五〇頁、布装で藤島武二装丁の美本である。どうでもよいことだが『若菜集』は紙装であった。上田敏は本書を「満州なる森鷗外氏に」献じたが、もし森鷗外の手になった訳詩集『於母影』が彼の念頭にあったとしたら、それは単行本ですらなく、雑誌の付録にすぎなかった。『海潮音』は、「これを見よ」という思いを装丁においても見せつけた詩集だった。内容はますますそうだった。「序」の冒頭で、その内容をこう語る。

巻中収むる所の詩五十七章、詩家二十九人、伊太利亜に三人、英吉利に五人、独逸に七人、プロヴンスに一人、而して仏蘭西には十四人の多きに達し、曩《さき》の高踏派と今の象徴派とに属する者其大部を占む。

これは一見ただ事実を述べただけで、何の変哲もない。だが当時、外国の詩に関心をもつ人が見たら、驚嘆すべき宣言なのだ。五十七篇という数もすごいが、五か国語にわたるその原詩を一人で訳しているとは、すごさを絶している。なにかおどろおどろしく見えたかもしれない。

しかもここには、そういう読者を挑発する専門用語がちゃんと仕込んであった。「高踏派」とか「象徴派」とか、当時の先端的な詩人たちがようやく知り始めた（が、よく実体の分かっていない）新しい詩風を指す言葉を平然と用い、その両派の詩をたっぷり収めたというのだ。上田敏は詩心と学識を併せ持つ篤実な学者だったこと、間違いない。それでも我知らず、この詩集について「これを見よ」という思いが働いていたと思いたい。

そして実際、同時代の最もすぐれた詩人たちが、この詩集に積極的に反応したのである。いま名をあげた高踏派とは、フランス詩家のパルナシアン Parnassiens、象徴派とはサンボリスト Symbolistes の訳語である。その詩風はおいおい具体的に語ることになると思う。実は日本の近代詩でも、これらの詩風に近づいている人たちはいた。たとえば薄田泣菫の詩に高踏派的な側面を見ることは不可能でなく、蒲原有明もまた自らの詩的努力で象徴派的な作風をあらわしつつあった（その有様は、有明自身の「象徴主義の移入について」［『飛雲抄』昭和13］に述べられている）。しかし、『海潮音』の翻訳紹介によって、日本人は初めてこの二派の詩の神髄に触れたような気がした。そして競ってその詩風の吸収に努めたのである。とくにより新しい詩風である象徴派の「幽婉奇聳《きしょう》の新声」は、近代詩の先端を行こうとする詩人たちに訴えるところ大きかった。

私は学生の頃、東京大学大学院で矢野峰人先生の比較文学の講義に列し、「日本におけるサンボリスム移入史」についての詳細な考証を伺って感嘆していたものだが、その中で、上田敏と交友していたにもかかわらず、ついに象徴派の詩風を自分のものとしなかった薄田泣菫は自ら詩筆を折ってしまった（明治四十二年）のに対して、蒲原有明は象徴主義を積極的に取り入れることに成功して、詩壇の尊崇をいっそう集める存在となった、といった話に、無限の興趣をおぼえながら聴き入っていたことを思い出す。

こういう質量ともに画期的な大いさのあった詩集『海潮音』の全容を、たかだか一章で語ることは不可能だ。ここでは、詩史的な観点から、その特徴と思える部分をいささかなりと取り出して伝えるように努めたい。

2　俊秀・上田敏

内容の大いさを語る「序」の冒頭の文章からして、『海潮音』が学者の手になる訳詩集であることは明らかだろう。訳者はこの時、東京帝国大学文科大学の講師だった。というと、あの『新体詩抄』の撰者たちのことを思い出すが、『新体詩抄』同様に、これも多分に詩界啓発的な意図を含んだ詩集だったに違いない。ただし、明治十五年と三十八年を比べると、読者はもうはるかに「近代」の詩にひたっていた。そして訳者の上田敏も、西洋詩の形や西洋社会の思想を伝えることに汲々たる啓蒙家ではなかった。みずから「文学」ないし「詩」にとっぷりひたって成長し、その神髄を自分のものとした文人だった。しかも稀代の、といってもよい秀才だったのである。

上田敏は明治七（一八七四）年、東京に生まれた。祖父は幕臣で、文久元年、外国奉行竹内下野守保徳の随員として福沢諭吉らとともに渡欧したこともあり、父は昌平黌教授の息子で、慶応三年、徳川民部大輔昭武に随従して渡欧したことがある。また母の妹は明治四年に渡米したわが国最初の女子留学生の一人（桂川悌《てい》子）で、敏の家には早くから文明開化の風が吹きこんでいたようだ。「いろは歌留多を弄《いじ》ると同時に、羅馬字の書いてある板を積んで遊んだ」りし、「旧日本の趣味を懐かしがる執着心と共に、新文明に対する愛慕の念を小児心に起した」という自伝的小説『うづまき』（明治42）の主人公春雄は、そのまま敏であったと思われる。

父は早く歿したが、敏は明治二十二（一八八九）年、第一高等中学校に入学、二十五年、予科を終了して本科に進むと文芸部委員になった。すでに英語や英語を通して読む文学に関心が強く、バイロン、シェリーの詩を訳したり、二十六年三月には『第一高等中学校校友会雑誌』にゴーゴリの「ディカアニカ近郷夜話」の翻訳を「ウクライン五月の夜」と題して発表したりした（これは彼の美文の代表となるもので、後に「南露春宵」と改題して、翻訳集『みをつくし』に収められた）。

明治二十七（一八九四）年、帝国大学文科大学英文学科に入学、その俊秀ぶりをますます発揮した。二十九年から英文学科教師となったラフカディオ・ハーン（小泉八雲）をして、「完全に英語で思考し表現する人となりうる一万人中唯一人の日本人学生」といわしめたことはよく知られている。しかも彼はすでに一高時代に、友人の平田禿木を介して『文学界』の同人となり、帝大に入学するとすぐ『帝国文学』発刊の議に加わり、翌二十八年一月の創刊号に「白耳義《ベルギー》文学」を寄稿、以後三年間、同誌の「海外騒壇」を受け持つなど、目ざましい執筆活動を始めた。そして大学での成績は優秀で、二十八年度、二十九年度と、文科大学特待生に選ばれ、明治三十年、文科大学を卒業、高等師範学校英語科講師（三十二年、教授）となったが、三十六年にはハーン辞任の後を受けて、夏目漱石らとともに文科大学講師となったのだった。

この間、彼は西洋文学の研究・紹介を精力的に行なっている。英語のほかにフランス語、イタリア語、スペイン語、プロヴァンス語、あるいはドイツ語などを次々と修得、それを駆使しての活動で、『最近海外文学』（「海外騒壇」に寄せたもの）、『文芸論集』、『詩聖ダンテ』（ともに明治34・12）などの著書を矢継早に出版した。ただし彼の学者的情熱は、たとえば漱石の『文学論』（明治40）のような、文学の本質にじっくり迫ろうというたぐいのものではなく、いまの文壇、詩壇、あるいは学界に役立ちうるような知識、情報の紹介に重きをおくたぐいのものだった。そのためにはヨーロッパ大陸の文学にも視野をひろげ、また文学だけでなく音楽や絵画にも関心を注ぎ、「細心精緻」に論じてみせた。彼の詩の翻訳は、こういう仕事の延長上にあった。

敏が当時の詩壇の傾向に不満で、刷新の思いを抱いていたことは明かだ。ある「談話」（『明星』明治40・1）の中で彼はこう述べている。

吾々は徒らに新奇を追ふのを好まぬ、漫《みだ》りに旧を忌む軽兆の風は、断じて好まぬ。唯、成るべく、わが新詩界に多様の作風あらむことを望み、百花繚乱の時あらしめたいと思ふ心から、昨日奨めた一作風の他、更にまた一種の異色ある作風を今日推薦したいと思ふばかりである。

敏は論文によってだけでなく、ごく自然に、訳詩によってもそれをしたいと思い始めたようだ。自信もあったのだろう。「上田敏氏は、紅顔の美少年時代に、『鷗外の翻訳は誤訳だらけだ』と言った」という田山花袋の証言（『東京の三十年』大正6）は、後年の彼があらわした森鷗外への敬意から見ると、にわかには信じ難いが、若い頃にはこれくらいのことを言ったかもしれぬ。彼は語学もできたが、翻訳に心をくだきもした。

単行本になった彼の翻訳の最初の成果は、『みをつくし』（明治34・12）である。これは（敏の表記法によると）ダンヌンチオ、ロテイ、モオパッサン、ゴゴル、トゥルゲニエフ、ヘルデルなどの短篇や散文詩の翻訳に、自作の美文二篇を付けたものだが、全体として見事な美文集である。その翻訳の努力について、彼はこう述べている（「はしがき」）。

　人情のきはみを尽し、世姿のまことを写して、たけ高く、いたはりも深きこれらの妙文を移さむとすれば、いきほひ、古言を復活し、新語を創作して、声調の起伏、余韻の揺曳に考へ、旧態の様式を離れざるべからず。

ここにはすでに「散文詩」の翻訳があり、『文芸論集』には、パリで歿したばかりの象徴派詩人を紹介する「ポオル・ヹルレエヌ」（『帝国文学』明治29・3）や、パルナシアンやサンボリストの名を初めて伝える「仏蘭西詩壇の新声」（『帝国文学』明治31・7）のような作品を含んでいた。敏が詩の翻訳に力を注ぐようになるのは、ごく自然なことだった。そして明治三十八年十月に、訳詩集『海潮音』がまとめられるのだが、なにしろ大詩集だから、その成立の様子はもう少し詳しく見ておきたい。

『海潮音』の学問的研究では、島田謹二「上田敏の『海潮音』——文学史的研究——」（『台北帝国大学文政学部文学科研究年報』第一輯、昭和9・5）が衆目の認める金字塔で、この後の『海潮音』論のたぐいは多かれ少なかれこれに依拠しているといってよいだろう。だが私はここでは思い切って、島田先生の『海潮音』紹介ではたぶん最も簡略な河出文庫版『海潮音』（昭和30）の解説をたよりにして、自分流の観察をまじえながら概要を述べてみたい。

3 『海潮音』の成立

『海潮音』収録の訳詩で一番古いのは、『みをつくし』から採ったダンヌンチオ「声曲」と、その翌月の『中学世界』（明治35・1）に掲載したフランソワ・コペエ「礼拝」があるが、それらは敏の訳詩作業の小手調べというべきものであっただろう。仮に自分が敏になったつもりで考えると、島田教授のいわれるように、敏が本格的な訳業に着手したのは、まず自分の専攻とする英詩からと見るのが順当だ。森鷗外と敏が中心になって明治三十五年十月に発刊した文芸雑誌『万年艸《まんねんそう》』が主要な舞台で、ロセッティ「小曲」と「恋の玉座」、ブラウニング「春の朝」（以上35・12）、ブラウニング「出現」と「至上善」（以上36・2）などを発表した。

ダンテ・ゲブリエル・ロセッティは、まさにロマン派の直情主義を脱し、「声調の婉美なる、透察の深邃《しんすい》なる、将《はた》また思想の幽遠なる」（「ロセッティの詩篇」）点において際立ち、日本でもすでに蒲原有明らの追随者を得ていた。小曲とはソネット（十四行詩）のことだが、ここに訳出した詩「小曲」は彼のソネット集 *The House of Life*（『生の家』一八七〇―八一）の序詩で、この詩形に込めた思いを表現し、一種の詩的宣言となっている。それにしても、「小曲は刹那をとむる銘《しるし》文《ぶみ》、また譬《たと》ふれば、／過ぎにしも過ぎせぬ過ぎしひと時に、劫《ごう》の「心」の／捧げたる願文にこそ〔下略〕」とは、何とまあ凝りに凝った表現であることか。原文はもっと素直な表現である。が、ワーズワスのあの「静かなるところにて想ひ起したる感動」といった詩の定義と比べると、「刹那」と「劫」（永遠）を組み合わせ、詩（小曲）の役割の複雑微妙さ、そして芸術の面白さをこってりと匂わせている。象徴詩の世界にすでに近づいているといってよい。

ロバアト・ブラウニングもまた、「語法に晦渋《かいじゅう》煩雑の弊」はあったが、「心理の透察性格の描写に比類なき」（「十九世紀文芸史」）ヴィクトリア朝を代表する詩人だった。彼の詩の中で、「自然の情興を詠じたる短篇の抒情詩」を敏は選んだようだ。なかでも戯曲 *Pippa Passes*（『ピッパが通る』一八四一）でうたわれるピッパの歌を訳した「春の朝」は、衒《てら》いを捨てた単純な語法を貫いて、名訳の名をほしいままにしている。

これよりしばらくたって、敏は雑誌『白百合』（明治38・2）にシェイクスピヤ「花くらべ」と、クリスティナ・ロセッティ「花の教」を訳出しているが、これは雑誌の名にサービスしてのことだったろうか。彼はそういう社交人でもあった。

『海潮音』の訳詩の二番目のグループは、やはり『万年艸』（明治36・4）に発表した、カアル・ブッセ「山のあなた」、オイゲン・クロアサン「秋」、ヘリベルタ・フォン・ポシンゲル「わかれ」、テオドル・ストルム「水無月」、それに二年ほど遅れて発表したハイネ「花のおとめ」、キルヘルム・アレント「わすれなぐさ」など、島田教授の表現を借りれば、「純抒情調」の「ドイツ小曲」あるいは「ドイツ民謡」である。このうち「山のあなた」はいまも人口に膾炙している名訳であり、「わすれなぐさ」も『於母影』の名訳「花薔薇」に呼応するかのような絶唱である。

ながれのきしのひともとは、
みそらのいろのみづあさぎ、
なみ、ことごとく、くちづけし
はた、ことごとく、わすれゆく。

敏としては、豊かな内容を盛る曲折した表現の可能性を探りながらも、なおかつこういう素直な「民謡調」をも愛したのであろう。

さらにこの系列としては、プロヴァンスの詩人テオドル・オオバネルの「白楊」「海のあなたの」「故国」の短章三篇も、やはり民謡調の魅力を発揮したグループだ。単に郷土愛をうたっただけの三行詩「故国」など、簡古な歌が最後の一行で読者を驚天させる。

小鳥でさへも巣は恋し、
まして青空、わが国よ、
うまれの星の波羅葦増雲《パライソウ》。

ソネットへの関心は、前からのダンテへの関心と結びついて「心も空に」（『新生』第三章より）を生み、ダンヌンチオへの関心は「燕の歌」「篠懸《すずかけ》」「海光」などを生んで、情感豊かなイタリア詩グループを作った。

　こうして、いろんな国々の詩を取り込んで成り立つ詩集ではあるが、『海潮音』の中心はやはりフランス近代詩であろう。全五十七篇中、三十一篇を数える。

　そのうち最も早く訳していたのは、フランソワ・コペエ「礼拝」とギクトル・ユウゴオ「良心」といった物語詩で、それぞれ明治三十五年一月と三十六年四月に発表した。前者はナポレオン戦争中の一挿話を題材とし、はじめ散文訳だったものを『海潮音』に収めるに当たり行分けにした。全百二十五行と、『海潮音』中、一番の長篇である。後者は旧約聖書に材を取り、弟アベルを殺してエホバの怒りにふれ、地の果てまで逃げてもなお「良心」の眼からは逃れられぬカインをうたう。「美文」から「詩」への移行期の修辞の努力が見られるが、「詩」としての面白味は乏しい気がする。

　『白百合』（明治36・11）に、シュリ・プリュドン「夢」を高尚な訳調で発表したのは、この詩人が第一回ノーベル文学賞（明治三十四年）を受賞したことに刺戟されてのことだろうか。だがこれに続き、明治三十八年一月以降、『明星』誌上に、ホセ・マリア・デ・エレディア「出征」「床《とこ》」「珊瑚礁」、およびルコント・ドゥ・リイル「大饑餓」「真昼」「象」をぞくぞくと発表、敏の「高踏派」紹介は頂点に達した。高踏派というのは十九世紀中葉、ロマン派に対する反動として起こった一派で、感情はむしろ抑制し、詩句の彫琢に努め、荘麗な造形美を重んじた。敏は自ら「序」の中で、「素性の然らしむる所か、訳者の同情は寧ろ高踏派の上に在り」と述べているが、彼のように正統的な学問を受けてきた教養人としては、これはまことに真っ当な言であった。原詩はたいていフランス詩で最も正統的なアレクサンドラン（十二音綴詩句）を用いるが、訳文も伝統的な七五調を基にしながら彫琢を極めている。敏は外国語だけでなく、日本文学の古語、雅言、あるいは漢語などにも通暁し、また日本中世から近世にかけての民謡類にも強い関心をもっていた。その結果、豊かな語彙を自在に用いることができたのだ。「真昼」の冒頭だけを引いてみよう。

「夏」の帝《みかど》の「真昼時」は、大野が原に広ごりて、
白銀色《しろがねいろ》の布引《ぬのびき》に、青空くだし天降《あも》りしぬ。
寂《じゃく》たるよもの光景《けしき》かな。耀く虚空、風絶えて、
炎《ほのほ》のころも、纏ひたる地《つち》の熟睡《うまい》の静心《しずごころ》。

二行目は日光が空からさんさんと降りそそぐ状景、四行目は炎天の下で大地が眠ったように広がる状景をうたったもの。敏はこういう表現に共鳴し、大いにのって訳したのだろう。「青空くだし天降りしぬ」は、（「真昼時」が）青空の高みから降りてくる、といった意味だろうが、あまりに凝りすぎて表現がつかみにくいほどになっている。四行目では、「静心」という原詩にない

言葉を補って理解を助けたりもしているのだが。

　しかし、「訳者の同情」はどうだろうと、「象徴派」の紹介にいたって詩集の生彩はいや増したように私は思う。『明星』（明治37・1）にエミイル・ヴェルハアレン「鷺の歌」を「象徴詩」と付記して発表したのが最初だが、それはやはり小手調べであって、一年半後の同じく『明星』（明治38・6）に「象徴詩」という表題のもと、ヴェルハアレン「法の夕《のりのゆうべ》」、ヴェルレエヌ「落葉」、アンリ・ドゥ・レニエ「花冠《かかん》」、ジョルジュ・ロオデンバッハ「黄昏」など七編を一挙に発表、さらに翌月の同誌（38・7）では、ボドレエル「信天翁《おきのたゆう》」など三篇、またさらに翌々月の同誌（38・9）では、マラルメ「嗟嘆」を含めてボドレエル、ヴェルハアレン、ジァン・モレアスなどの象徴詩六篇を発表した。そしてその翌十月には、『海潮音』の出版となるのである。象徴派がこの詩集の「最新」の詩的意欲の結集であったことが分かる。

4　象徴派の移入

『海潮音』が当代出色の学者の手になる訳詩集であることは、幅広い作品の選択からも明らかだが、さらにその個々の作品や作者について解説（多くはヴェルハーレンの評論「フランスの哀歓詩人」によったものらしい）や感想を付けるといった気配りにもうかがえる。何よりもこの詩集の「序」が、それまでの訳詩集に類を見ない実質のある詩論となっていた。その「序」で注目すべきは、訳者の「同情」は高踏派にあったとしても、彼が圧倒的に力を注いでいるのは象徴派の紹介だったことである。自信と覇気をもって語っている。

自分が十年前に象徴派の詩人やその詩風を紹介し始めた時、西欧の批評界でも、まだこの派が評判にはなっていなかった。それがいまや全欧の耳目を集めつつある。「詩天の星の宿は徙《うつ》りぬ、心せよ。」（こういうあたり、敏の大陸文学紹介者としての自負があふれ出ている。）

日本での象徴詩の伝来はまだ日が浅いのだが、すでにもうこれをあげつらう動きがあるようだ。象徴派の詩人を「徒らに神経の鋭きに傲る者」と非難する連中だ。しかし、「卿等の神経こそ寧ろ過敏の徴候を呈したらずや。未だ新声の美を味ひ功を収めざるに先《さきだ》ちて、早く其弊竇《へいとう》［弊害］に戦慄するは誰ぞ。」（このあたり、温厚篤実な外観の下で、敏が激しい自己主張者でもあったことをうかがわせる。）

では、象徴詩とはいったいどういうものなのか。

象徴の用は、之が助を藉《か》りて詩人の観想に類似したる一の心状を読者に与ふるに在りて、必ずしも同一の概念を伝へむと勉むるに非ず。されば静に象徴詩を味ふ者は、自己の感興に応じて、詩人も未だ説き及ばざる言語道断の妙趣を翫賞し得べし。

ここで「言語道断の妙趣」というのは、言葉では言い表わし難い奥深い味わい、くらいの意味だろうか。敏はこういって、さらにヴェルハアレンの「鷺の歌」とレニエの「花冠」を例にし、象徴の神髄を説いている。

象徴の妙はまさにあの単純なロマン派調を越えて、深遠微妙の詩興に迫るところにあるわけで、これを敏は高踏派の「荘麗体」に対して象徴派の「幽玄体」とか、高踏派の「燦爛の美」に対して象徴派の「幽婉奇聳の新声」とかと説いている。敏がすでに十年近く前、ヹルレエヌ、ボドレエルなどを論じて『帝国文学』（明治29・9）に発表した「幽趣微韻」の表題を連想させるが、同時にもっと注目しておきたいのは、彼が象徴派について、「清新の詩文」とか「清新体」とかと、「清新」の魅力を強調していることだ。

「序」の最後で、敏は「訳述の法」の説明に入り、「訳者自ら語るを好まず」としながら、こう述べている。

異邦の詩文の美を移植せむとする者は、既に成語に富みたる自国詩文の技巧の為め、清新の趣味を犠牲にする事あるべからず。而も彼《かの》所謂逐語訳は必らずしも忠実訳にあらず。

これは『みをつくし』における、言葉の上の入念さを強調した翻訳の姿勢と比べると、むしろ脱「技巧」を重んじている感じがする。最後の一文も、これに続く実例からうかがうと、原文に従ってごてごてと語を当てはめるよりも、内容を汲み取って「清新」な表現をする方が忠実訳だ、といっている感じだ。ただ、実際はどうかである。

5　訳詩の手法

もちろん、『海潮音』の訳述法は、けっして全巻一様ではない。高踏派の詩は、ほんの一例を示しただけだが、訳者の「素性」の然らしむるところもあってだろう、『みをつくし』的に華麗な修辞をたっぷり残して、「荘麗体」を実現するように努めていた。伝統的なアレクサンドランを崩した自由詩形 vers libre に傾いた象徴派の「幽婉体」の訳では、七五調の基本を崩し、「多少の変格を敢えてした」と訳者自らいう。

だがその象徴派の翻訳でも、まだ高踏派に近く、「絢爛なること絵画の如き幻想と、整美なること彫塑に似たる夢思とを恣《ほしいまま》にして」いたボドレエルの詩の翻訳では、『みをつくし』調はかなり生きている。恋の思い出をうたったと思われる有名な「薄暮《くれがた》の曲《きょく》」はこんな調子で始まる。

時こそ今は水枝《みずえ》さす、こぬれに花の顫《ふる》ふころ。
花は薫《くん》じて追風《おいかぜ》に、不断《ふだん》の香《こう》の炉に似たり。
匂も音も夕空に、とうとうたらり、とうたらり、
ワルツの舞の哀れさよ、疲れ倦みたる眩暈《くるめき》よ。

夕暮時の懶《ものう》く調和した雰囲気をうたい出したところだが、何とまあもってまわった表現をして

いることか。音も匂いも夕空にくるくるまわるという第三行は、象徴派得意の聴覚、臭覚、視覚の交感の先駆的な例となる個所だが、その「まわる」という動詞を、訳詩では「とうとうたらり、とうたらり」と能で唱えられる音取《ねと》りの句に代えてしまった。敏としてはやったという思いの表現だろうが、やりすぎの感は否めない。

では、「仏蘭西の詩は〔中略〕ヹルレエヌに至りて音楽の声を伝へ、而して又更に陰影の匂なつかしきを捉へむとす」と訳者のいうヹルレエヌにいたって、「清新体」の訳調を実現しただろうか。その方向に進んだのは確かだった。ヹルレエヌの「譬喩《ひゆ》」も「よくみるゆめ」も原詩はまだ高踏派的な趣の残るソネットで、前者はカトリック風の主への信仰を、後者はいつも夢に現われる女人をうたいながら、前者では自分を羊、魚、驢馬といった畜生にたとえて帰依の心をあらわし、後者では知りもせぬ夢の中の女への一種の幻想をくりひろげる。翻訳は、前者では八七六調を構成したり、教会の祈祷の調子に軽やかさを織りまぜたりし、後者では七五調をあちこち崩しながら二つ重ねた中にかすかなユーモアをにじませたりしている。が、古風な日本語がそういう清新さに靄をかけているのではないか。例によって、後者の第一連のみを引用してみる。

常によく見る夢乍《なが》ら、奇《あ》やし、懐《なつ》かし、身にぞ染《し》む。
曾ても知らぬ女《ひと》なれど、思はれ、思ふかの女《ひと》よ。
夢見る度《たび》のいつもいつも、同じと見れば、異《ことな》りて、
また異《ことな》らぬおもひゞと、わが心根《こころね》や悟《さと》りてし。

ヴェルレエヌの訳詩についてはまだ大事な話題が残っているが、それは後にまわして、ヴェルハアレンに移ると、『海潮音』中最多の六篇ある中で、敏が最初に訳した「鷺の歌」を見ておきたい。やはり最初の一連を引いてみよう。

ほのぐらき黄金隠沼《こがねこもりぬ》、
骨蓬《こうほね》の白くさけるに、
静かなる鷺の羽風は
徐《おもむろ》に影を落《おと》しぬ

原題は“Parabole”で、人間の営みを空飛ぶ鳥が沼に落とす影に網打つ漁師の空しい努力によってあらわそうとした「たとえ話」であるのだが、まさにその陰影に富んだ表現の故に敏は象徴詩ととったのだろう。「こゝに至りて、終《つい》に象徴詩の新体を成したり」と注記している。訳詩の五七調は「新体」と呼ぶにふさわしいすがすがしさを擁している。しかし、夕暮で薄暗く金色の沼の上、睡蓮が白く咲く所に、ゆっくり飛ぶ鷺の一群が影を落とす、というこの第一連の情景に、たとえば『万葉集』で用いられる「隠沼《こもりぬ》」とか、「骨蓬《こうほね》」とかと、古色あふれる表現をし、また「徐《おもむろ》に」といった言葉を補ったりして、「幽婉」さを加えようとしている。

マラルメからは、敏は「嗟嘆《といき》」一篇だけを訳している。これは全篇を引いてみる。

静かなるわが妹《いもと》、君見れば、想《おも》すゞろぐ。
朽葉色《くちばいろ》に晩秋《おそあき》の夢深き君が額に、
天人《てんにん》の瞳《ひとみ》なす空色の君がまなこに、
憧《あこが》るゝわが胸は、苔古《こけふ》りし花苑《はなぞの》の奥、
淡白《あはじろ》き吹上《ふきあげ》の水のごと、空へ走りぬ。

その空は時雨月《しぐれづき》、清らなる色に曇りて、
折節《をりふし》のきはみなき鬱憂《うつゆう》は池に映《うつ》ろひ
落葉《らくよう》の薄黄《うすぎ》なる憂悶《わずらい》を風の散らせば、
いざよひの池水に、いと冷《ひ》やき綾は乱れて、
なかながし梔子《くちなし》の光さす入日たゆたふ。

内容はどうも恋する女人をうたうようでありながら、天女のような空色の君のひとみを見ていると、わが胸は古庭の噴水の水のように空に噴き上げるとし、次にその空と地上の池との照応、さらにそこは射し込む入日をうたって終わる。これを原詩ではアレクサンドランから二音減じた五・五音まじりで表現するのだが、訳詩はそれに呼応するかのように五五五七調でうたって、日本語としては長い気息なのだが、不思議と心地よく進む。訳語もむやみと古語・雅言をあふれさせず、「想《おも》すゞろぐ」［そわそわする］など原詩にない言葉を補いながら、味わいのある日本語で

幽婉の美を生んでいる。名訳の評判だ――私には、それでも訳語が古雅すぎて、詩の世界の感得に手間取るのだが。なおこの詩に訳者は象徴詩を解説するマラルメの次の文章を添えた。

物象を静観して、これが喚起したる幻想の裡《うち》、自《おのず》から心象の飛揚する時は「歌」成る。さきの「高踏派」の詩人は、物の全般を採《と》りて之を示したり。かるが故に、其詩、幽妙を虧《か》く、人をして宛然《えんぜん》自から創作する如き享楽無からしむ。それ物象を明示するは詩興四分の三を没却するものなり。読詩の妙は漸々《ぜんぜん》遅々《ちち》たる推度《すいたく》［推測］の裡《うち》に存す。暗示は即ちこれ幻想に非らずや。這般《しゃはん》［かような］幽玄の運用を象徴と名づく。一の心状を示さむが為、徐《おもむろ》に物象を喚起し、或は之と逆《さかし》まに、一の物象を採りて、闡明《せんめい》［明らかにすること］数番の後、これより一の心状を脱離せしむる事これなり。

「嗟嘆」はここにいう「物象を静観して、これが喚起したる幻想の裡《うち》自から心象の飛揚する時は「歌」成る」の、格好の実例といってよいだろう。この解説全体は、これから象徴詩を学ぼうとする日本詩人たちの最も頼りとする案内となった。

6 「落葉」

ヨーロッパ諸国の近代詩、現代詩を幅広く集め、多様な筆致で翻訳紹介した『海潮音』を代表する一篇をあげよといわれたら、誰しも困惑するだろう。しかしそれでもそれをしようとすると、もう個人の好みの問題になる。

私はどうもホイットマン的「野蛮な絶叫」にも詩的感興を見出す傾きがあるが、『海潮音』はもちろんその手の詩集ではない。『海潮音』の凝りに凝った表現に引きずりまわされていると、ホイットマンの思想的仲間であったヘンリー・ソローの“Simplicity, simplicity”といった信条がなつかしくなる。そういう思いをもって『海潮音』を見、しかもこの詩集の最終的な方向が象徴派にあることを考える時、ヴェルレーヌの「落葉《らくよう》」を代表作としたい気持が盛り上がってくる。しかもこれは必ずしも個人の好みによるだけではないようだ。『海潮音』を語るほとんどあらゆる文章が、異口同音に「落葉」を「名訳」として推しているのである。

秋の日の
ギオロンの
ためいきの
身にしみて
ひたぶるに
うら悲し。

鐘のおとに

胸ふたぎ
色かへて
涙ぐむ
過ぎし日の
おもひでや。

げにわれは
うらぶれて
こゝかしこ
さだめなく
とび散らふ
落葉《おちば》かな。

原詩はヹルレーヌが二十二歳の時の第一詩集 *Poèmes saturniens*（『サチュルニアン詩集』一八六六）に収められた“Chanson d'automne”（「秋の歌」）である。全文を写してみる。

Les sanglots longs
Des violons

De l'automne
Blessent mon coeur
D'une laugueur
Monotone.

Tout suffocant
Et blême, quand
Sonne l'heure,
Je me souviens
Des jours anciens
Et je pleure

Et je m'en vais
Au vent mauvais
Qui m'emporte
De çà, de là,
Pareil à la
Feuille morte.

なんだかうらぶれた中年男の詩のようだが、ヴェルレーヌ二十歳の頃の作とされる。大きな変遷を経た彼の生涯で最も幸せな時期だったという。とすると、この詩は現実の生の反映というよりも、むしろ詩的な空想の要素が大きいということになるが、その空想がこういう漂泊の生を見つめていたこと自体に、ヴェルレーヌの本性がうかがえるような気もする。

敏は先にも引用したヴェルレーヌについての注記の中で、彼の詩の「音楽の声」と「陰影の匂」を強調していたが、「落葉」はその典型といえる。原詩が四音ないし三音の短い行を配して落葉の散るあわただしさのようなものを暗示し、しかも第一連ではヴィオロン、第二連では鐘の音を思わせる音韻をたっぷり響かせ、それに乗るようにして詩人の心は過ぎ去った日々の追憶へと誘われるのだが、第三連で現実に戻ると、音立てて風に散る落葉と詩人の生は一つになる。

原詩のこういう「音楽の声」を、敏は最大限、日本語に移してみせている。各行は原詩に近く短い五音で成る（敏はブラウニング「春の朝」でも五音を用いて成功したが、そこでは五音を二つ重ねた行が多かったのに対して、ここでは徹底して五音だ）。偶然かどうか、第一連の「の」音のくり返しは、原詩の「オン」音のくり返しを再現している感じすらする。そして原詩同様、各連がただ一つのセンテンスから成り、それがヴィオロンの音、鐘の音、そして落葉のイメージとからまり、淡々《あわあわ》と進んで、まさに「陰影の匂」を生み出している。

とはいえ、原詩と訳詩との間に微妙な違いが生じるのは当然だ。たとえば原詩第一連四行目は「[ギオロンの音が」わが心を傷つける」という痛切な言葉だが、訳詩では「うら悲し」と情緒的な言葉に転化している。五―六行目の「単調なわびしさによって」といういささか説明的な表現は、「ひたぶるに」の一語でまとめられたようだ。

第二連の「鐘のおと」は、原詩では「時」の音である。それは人の最後の時（死）を告げる教会の鐘の音かもしれない。それを聞いて詩人は自分の生の在り方に悔恨に近い思いを抱くわけだが、訳詩はもっと情緒的で、いんいんと響く鐘の音にうながされた感傷が中心になっているように思える。原詩は四行目で「思ひ出す」、六行目で「そして泣く」と二つの動詞を連ねているが、訳詩は「涙ぐむ」の一語にして、続く二行を詠嘆調で結んでいる。

第三連では、原詩二行目の直訳すれば「意地の悪い風に吹きつけられて」が、人生の逆風か精神上の邪風か、それはもちろん分からないが、訳詩では「うらぶれて」と感覚的な言葉に代えられている。最後の二行は、原詩では「枯葉のように」という比喩的表現だが、訳詩では「とび散らふ」という形容句を付けて、「落葉かな」と自分の身を頼りない落葉そのものにしてしまっている。見事な結びだ。

全体として、原詩では自分の存在の不安感とでもいったものが詩人の心を苛《さいな》んでいる趣があるが、訳詩ではむしろ晩秋の寂寥感に詩人が酔っている感じが強まっているような気がする。しかしそれはそれとして、訳詩は原詩同様、簡素な言葉遣いに徹し、素直に読者の心に訴える。しかも、秋の孤独な思いを、「ギオロンの／ためいき」といった、当時の日本人には新鮮な感覚を喚起する言葉から始まって、ごく自然に漂泊の人生の象徴となる「とび散らふ／落葉」で結ぶ、間然するところのない心の風景となっているのだ。上田敏も simplicity に還る時こういう絶品を生んだ、と私は思いたい。

この心の風景を、たとえば島崎藤村『若菜集』中の佳篇「草枕」の中のこんな詩句と比べてみるのも一興だろう。

身を朝雲にたとふれば
ゆふべの雲の雨となり
身を夕雨にたとふれば
あしたの雨のかぜとなる

されば落葉と身をなして
風に吹かれて翻り
朝の黄雲にともなはれ
夜白河を越えてけり

同じように「落葉と身をなして」も、ほとんど論理的なまでに比喩を積み重ねながら、なお直情性を打ち出す藤村詩の世界をはるか離れて、敏詩は神韻縹渺たる味わいの世界に入っているように思える。

7　『海潮音』の影響

『海潮音』は明治三十八年十月十三日に出版された。その三年半後の明治四十二年四月十三日、新しい美を求める若き芸術家や文学者の集団「パンの会」が東京は大川端永代亭で酒宴を張った時。北原白秋、長田秀雄らが「大先輩」の上田敏の姿を認め、「酒気にまかせて」その椅子に近づき、「『海潮音』に対する感謝を述べる」と、近くにいた木下杢太郎がそれに気づき、彼らの先頭に立って、「情熱のこもった言葉であの訳詩がどれだけ若い時代に影響をあたへたかを説いた」という（長田秀雄「パンの会の思出など」）。

矢野峰人先生は「海潮音の影響」と題するエッセイ（『近代詩の成立と展開——海外詩の影響を中心に——』昭和31所収）を、長田秀雄のこういう文章の紹介から始めている。時代の雰囲気のようなものもうかがえて、微笑ましい。それから先生は、薄田泣菫、蒲原有明、北原白秋、木下杢太郎、あるいは当の長田秀雄にいたるまでの、日本近代詩人たちにあらわれた『海潮音』の影響を、個々の作品の表現に即して精緻に説き明かしていく。ここで注目しておきたいことの一つは、「名訳」の名をほしいままにしている「春の朝」（「時は春、／日は朝《あした》、／……」）とか、「山のあなた」（「山のあなたの空遠く／……」）とかといった短章や「落葉」のような簡素な語法の美しい作品だけでなく、私のようなシンプル派には古語・雅言の使用がいささか過剰に思える作品でも、同時代にはまさに清新な表現に満ちたものと受け取られ、積極的な学習、模倣、吸収が行われていたことである。だがその具体的な有様を具現することは、この小文をさらに繁雑にする恐れがある。

ここでは視点を変えて、個々の詩的表現の背後にあるもっと一般的な情操とか思潮とかといったものへの『海潮音』の感化・影響をうかがってみたい。この点で、先に名をあげた島田謹二先生の「上田敏の『海潮音』――文学史的研究――」はいまだに大きな指針となってくれる。

島田論文は、『海潮音』の感化・影響を三つの方面から考察する。一つは「表現手法」の面で、これは矢野論文などにも重なっているので、紹介を省こう。他の二つは「趣味・思潮」と「官能的分子」の面である。ここにこそ島田先生の真骨頂が現れていると私は思う。

第一の「趣味・思潮」の面を、先生はさらに四つの分野に別けて論じる。①は「西洋文学の骨髄たる清純な恋愛の賛美」で、ダンテ「心も空に」、ロセッティ「春の貢」「恋の玉座」、ブラウニング「出現」「至上善」などはこれに属し、たとえば敏と親友だった与謝野鉄幹の傘下にあった青年詩人たちや、薄田泣菫『白羊宮』の恋愛詩、さらには当時の日本青年の女性観・恋愛観にまで大きな感化を及ぼした。

②は「異国情調《エクゾチスム》の思潮」つまり「眼前の光景、熟知する生活を離れ、見しらぬ新しい星の下の想像の国を慕ふ人性の永遠なるあくがれ」で、ルコント・ドゥ・リイル「象」、ホセ・マリア・デ・エレディア「珊瑚礁」ほか、ユウゴオやボドレエルのいくつかの篇がこれに属する。「此思潮に殆んど耽溺するまでの観あつたのは、特に北原白秋と木下杢太郎との両人」で、前者の『邪宗門』、後者の『天草組』はその代表例となる。

③は「十九世紀末になつて濃厚に現はれた近代都会人が苦悶の声」つまり「所謂デカダンスの悲哀」で、ボドレエル、ヹルレエヌ、ヹルハァレン、レニエ等の作品に著しく映っている。これはわが国の詩文にかつてなかったものだが、一度『海潮音』の新声を知った以上、「ひとは再び昔日の素朴と思無邪との牧歌調に立ち戻ることは出来ない」仕儀となった。「『有明集』に至つては、自覚して此冥界の底に下りた」し、「『邪宗門』の詩人も、『廃園』の歌手も、ともに一度は此道を進んで、漸く各自のあかるい新天地へ抜け出したのである」という。

④は芸術それ自体の目的を追求しようとする「唯美主義の思想」で、これは詩集中の各篇の主題や取り扱い方に現われているが、濃艶華麗なダンヌンチオ「燕の歌」を巻頭においたこと自体が、上田敏の芸術理念を端的に物語っている。と語って、こういう個人的唯美主義の確立が、日本近代詩を『新体詩抄』的社会性の尊重から遠くへだたる「象徴主義時代」現出の有力な一原因となったことを述べる。

次に、『海潮音』の感化・影響の第二として、先生は「官能的方面」を語る。「素朴な感情の波のうねりに乗る民謡小曲体や、幽婉な気分情調を薫《くゆ》らせる香奩体《こうれんたい》［男女の情愛をうたう艶麗な詩風］や、鋭い神経の尖端を思はす感覚体から、世紀末的な諸官能の交錯体に至るまで、近代詩のもつ鋭敏な感覚の交響楽」がこの詩集では縦横に奏せられ、「躍り上りたいやうな、眩《めくる》めくやうな、叫び出したいやうな、悩ましいやうな、真に西洋近代の文学のみが伝へうる物狂ほしき慾情が、ここには実に十全な姿で捉へられてゐる」と述べ、こういう「官能の解放」が「当代の青春子弟の歓喜と驚嘆」を生んだと説く。ただしその実例などはいっさいあげられていない。私には、島田先生自身がその「青春子弟」の一人となっておられ、あえてその実例による証明などは必要なかったのではないかという気さえする。

私には、『海潮音』の影響をめぐる、島田先生のこういう「文学史的」というよりは思潮史的ないし感情史的な考察がまことに好ましい。先生は時にまだ三十三歳だったはずだ。その若さが論述にあらわれ、『海潮音』の影響を強引とも思えるほどにひろげて追究、しかも大胆な筆致で論じている。もっと証明がほしいと思う記述もあちこちにある。が、この論文によって、『海潮音』が日本近代詩の分水嶺をなすほどに重大な力を持つ詩集であったことがよく分かるのだ。矢野峰人先生は、明治の詩史は『海潮音』以前と以後とに分かつのが至当といっておられた。まさに相通じる評価なのである。

なお、ほんの一言、二言追加しておこう。『海潮音』はこうして日本近代詩の「芸術派」山脈をますます高峰の連なりとするのに貢献したのであるが、同時にその中の簡素な美と真にあふれた「民謡」的短章群は、詩の魅力をひろく一般に知らしめた。たとえば吉井勇に、

さいはひは山のあなたにありと云ふ歌をうたひて旅人のゆく

という短歌があるが、カール・ブッセの「山のあなた」を踏まえていることはいうまでもない。が、これは詩の文句や内容が詩歌よりもむしろ行動に影響を与えた例といえる。同じような

例はいくらでもあるのではなかろうか。訳詩が人々の日常生活の中に生きるというのは、『海潮音』の影響力の大事な証明となるだろう。

なおさらに一言。日本近代文学では、ロマン主義の後、象徴主義が起こると同時に自然主義が起こってきた。『海潮音』は明治三十八年出版だが、島崎藤村『破戒』は三十九年出版である。象徴主義と自然主義はきわどくせめぎ合うこととなった。この両者を一つに合わせようとするところにいたのが、上田敏と近づきながらついに相容れなかった岩野泡鳴ではなかろうか。泡鳴の「自然主義表象詩」はこういう面からも検討に値するもののようだ。

8 『海潮音』以後

学者として、海外の（それも多くは最新の）文芸を日本人に伝えることを自分の使命とし、また詩人的本性をもって、日本近代詩に「清新」の風を吹き込む海外詩の翻訳に努めた上田敏は、「円満調和の生をいとなむ」人柄だったといわれる（矢野峰人『日本英文学の学統』昭和36所収「上田敏先生を憶う」）。だが同時に、学界・詩界の現状に不満をもち、具体的な行動に出る覇気の持主でもあったと私は思う。

敏は『海潮音』出版後二年余りたった明治四十年十一月、私費で外遊に旅立った。この四十年の三月には、同僚だった夏目漱石が大学を辞し、朝日新聞に入社している。漱石は文科大学で敏より四年早く英文学科を卒業した（年齢では七歳上の）先輩であり、同じ講師といっても主任格で、給料も高かったが、文壇的には敏の方がはるかに著名だった。そんなこともあって二人はよく比較され、新聞記事にすらなったが、どうも漱石の方が高く見られることが多かった。互いにことさら反目することはなかったようだが、敏としては矜持を傷つけられる思いをすることもあったに違いない。その漱石が三十八年初頭頃から不意に流行作家となり、また忽々と大学を去ってしまったのだ。自分を尻目にかけるような漱石のこういう飛躍のもとに、彼の二年間のイギリス留学があることは、敏には痛いほど分かっていた。敏が何としても外遊したく思ったのはよく分かる。

もっともこの出発前から、敏の京都帝国大学に移る話が進んでいたらしい。明治四十一年五月、京都帝国大学に英文学科開設のことが決まり、その講座担任教授の第一候補とされた漱石が辞退したところから、敏に白羽の矢が立てられ、交渉が始まっていたと思われるのだ。四十年十一月に出発し、アメリカ経由でヨーロッパ諸国を歴遊中、文部省留学生を命ぜられ、四十一年十月帰国、十一月から京都帝国大学文科大学講師となった（翌四十二年五月、教授）。だから彼の外遊は、留学というよりも米欧の自然と文明を実地体験する旅に終わったのではないか。

京都の新設英文学科で、敏は彼流の芸術性に富む授業を展開した（その有様を矢野先生の文章がよく伝えている）。が、純然たる学者に徹することもできず、彼は『海潮音』の延長上の仕事も進めていた。ただし彼はもういわゆる中央文壇から離れてしまっていた。『明星』を受け継いだ形の『スバル』に寄稿することもあったが、より多くは発刊したばかりの京都帝国大学文学会の

『芸文』、永井荷風編集の『三田文学』、北原白秋編集の『朱欒《ザムボア》』といったような雑誌に、少しずつ訳詩を寄せた。あるいはマンダラ詩社第一詩集の『マンダラ』（大正4・4）、京都帝大における教え子、竹友藻風らとの合著『鬱金草』（大正4・5）等に参加することもあった。そしてこれらの作品を自分の詩集にまとめる意図をもって編集作業を進め、手ずから浄書、校正までも進めていた。が、大正五年七月、にわかに尿毒症を発して、九日、永眠する。享年満四十二歳にも達せぬ若さである。そして四年後、大正九（一九二〇）年十月、遺稿詩集『牧羊神』が金尾文淵堂から出版されたのだった。

『牧羊神』は四六判上製函入で本文三六一頁と、竹友藻風、与謝野寛（鉄幹）のそれぞれに力のこもった「跋」十七頁からなる。やはり堂々たる詩集だ。が、すでに『海潮音』に訳載されている詩人はヹルハアレンだけで、他はジュル・ラフォルグ、マアテルリンク、ポオル・フォオル、レミ・ドゥ・グルモンなど、ほとんど敏によって初めて日本に紹介される詩人たちだった。

最も注目したいのは、その訳し方である。『海潮音』が日本語としての芸術性を重んじるあまりに、古語・雅言を多用して、鉄幹のいうように「重厚沈鬱の趣」に傾いたとすれば、この詩集は「暢明快豁《かいかつ》の気象」をもってなされた。この詩集では最初期の翻訳に属するマアテルリンクの詩三篇、ポオル・フォオルの詩一篇は文語定形詩体だが、他はすべて自由詩形で、多くは口語体を用いている。ほんの一例だけ示そう。有名なレミ・ドゥ・グルモン作「雪」の冒頭。

　シモオヌよ、雪はそなたの頚《えり》のやうに白い。

シモオヌよ、雪はそなたの膝のやうに白い。

これはもう堀口大学『月下の一群』（大正14・9）に近い、本当に「清新」な感じの訳業である。

第12章　「深密なる君が匂ひの舞踊る、甘き輪舞」

『珊瑚集』の官能と憂愁

上田敏の『海潮音』によって、日本近代詩に支配的となっていた浪漫感情は象徴的幅や奥行きをもつこととなったが、そのわずか八年後に出た永井荷風の『珊瑚集』は、さらに感覚的な生の実感、官能的な陶酔感を加えた。と同時に、一種世紀末的な憂愁の美感もただよわせている。表現もまた、『海潮音』の典雅さから抜け出し、ぬるぬると五官にまといつくような言葉遣いで、たっぷり破調を伴いながら、文語体自由詩、さらには文語体散文詩の実験まで行なっている。一見古風にもってまわった表現をしているようでありながら、『珊瑚集』は近代詩を現代詩へとつなげる大きな役割を果たすものであった。

永井荷風は上田敏よりほんの二歳若いだけだが、大胆に詩の世界を耽美主義に引きずり込み、詩の表現も解放した。

荷風は上田敏に敬意を表し続けたが、二人の成り立ちは掛け離れていた。上田敏は帝国大学英文科に学び、しかも出色の秀才だった。荷風は第一高等学校に不合格で、辛うじて外国語学校清語科に入ったが、学業をよそにして寄席通いなどに精を出し、上田敏が『帝国文学』に拠って泰西文芸の研究・紹介に努めていた頃、小説などのもの書きをしていたけれども、身すぎ世すぎの場当たり仕事を出ること少なかった。明治三十六年、父の情《なさけ》でアメリカに留学したが、ここでも売笑婦との交情などが目立って、いわゆる学問的な勉強などしていたわけではない。ただその落莫の中で、自分の肌身の感覚、つまり自分一個の「生」を通してフランス詩歌を受け止め、耽読することを学んだ。そして明治四十年、アメリカから渡仏後はその姿勢を強め、翌年の帰国後、もっぱら自分の文学の洗練のためにフランス詩の翻訳に没頭したのである。

だから『珊瑚集』にはどこかで自家本位に開き直ったところがある。収録した詩の多くが一見品位などをすてた人間の真実を差し付け、そのことが詩に新鮮な生命を与えている。また表現も品位なるものに支配されない力を湧出させている。その有様は詩集全体を眺めることによっても把握されうるだろうが、詩集中の一篇を精読してみることによっても明らかとなるだろう。

九月の果樹園

伯爵夫人マチユウ・ド・ノアイユ

炎暑《えんしよ》は地平線《ちへいせん》をくもらしたり。夏《なつ》のあつさ。やはらかき毛織物《けおりもの》。空氣《くうき》は重《おも》く閉《とざ》して隙間《すきま》もなし。勇《いさ》ましき機織《はたお》りの響《ひゞき》の如《ごと》く、蜜蜂《みつばち》の群《むれ》は果實《くだもの》の匂《にほ》ひに喧《かしま》しくも喜《よろこ》び叫《さけ》ぶ。われその蒸《むし》暑《あつ》き庭《には》の小徑《こみち》を去《さ》れば、緑《みどり》なす若《わか》き葡萄《ぶどう》の畠中《はたなか》の、ここは曲《まが》りし道《みち》の果《はて》。家《いへ》の戸口《とぐち》は開《ひら》かれて、鍬《くは》、鋤《すき》、灌水器《じようろ》なぞは、黄《きいろ》き日光《ひかげ》に照《て》らされし貧《まづ》しき住居《すまゐ》の門《もん》の前《まへ》、色《いろ》づく夕暮《ゆふぐれ》の中《うち》に横《よこた》はりたり。

われ、涼《すゞ》しき隠家《かくれが》の中《うち》に進《すゝ》み入れば、果實《くわじつ》の匂《にほひ》のいかに清涼《せいりやう》なる。思《おも》はずためらひて、耳《みゝ》を澄《すま》す。ひややかなる圓天井《まるてんじやう》の陰《かげ》には、そよとの風《かぜ》もなく、あたり蕭條《しめやか》に、心《こゝろ》自《おのづか》ら長閑《のどか》なれば、屋根《やね》低《ひく》く涼《すゞ》しき尼寺《あまでら》か。夏《なつ》の匂《にほひ》の漲《みなぎ》り流《なが》るる、幽暗《いうあん》なる地下室《ちかしつ》にもや例《たと》ふべけん。庭《には》と水《みづ》との吐《は》く熱氣《ねつき》は、ここに閉《とざ》されて休《やす》み息《いこ》へり。ああ。寺院《じいん》の靜寂《せいじやく》、清淨《せいじやう》の安眠《あんみん》よ。

新《あたら》しき梨《なし》と林檎《りんご》の實《み》とは、果樹園《くわじゆゑん》の群《むれ》を去《さ》りて家《いへ》の棚《たな》の上《うへ》、空《むな》しき影《かげ》の中《うち》に熟《じゆく》してあり。その酸《す》くして甘《あま》き味《あぢは》ひは滴《したゝ》り、香氣《かうき》は池《いけ》の水《みづ》の如《ごと》くに沈《しづ》みて動《うご》かず。鳴《な》きつかれし細腰蜂《ゲエプ》の唯《たゞ》一《ひと》つ、物音《ものおと》遠《とほ》く静《しづ》かなる、狭《せま》き硝子窓《がらすまど》の四角《しかく》なる面《おもて》に、黒《くろ》き點《てん》を描《ゑが》きたり。

おびただしき果實《くわじつ》の匂《にほ》ひかな。この匂《にほひ》は藍色《あゐいろ》の大空《おほぞら》と、薔薇色《ばらいろ》の土《つち》を以《もつ》て、暑《あつ》き夏《なつ》の造《つく》り醸《かも》せしものなれば、うつくしき果實《くわじつ》の肉《にく》の中《なか》には、明《あ》け行《ゆ》く大空《おほぞら》の色《いろ》こそ含《ふく》まれたれ。心《こゝろ》も清《きよ》く氣《き》も新《あらた》なる歡《よろこ》びのその匂《にほひ》、その光《ひかり》、その流《なが》れ。大氣《たいき》と土壤《どじやう》の戯《たはむ》れより生《うま》れたる濃厚《のうこう》の液《えき》汁《じふ》、溶《と》けたる砂糖《さたう》。手桶《ておけ》の底《そこ》に生《うま》れたる君《きみ》こそは、冷《つめ》たき藁《わら》の上《うへ》なる小《ちひ》さき神《かみ》なれ。木《き》の樽《たる》と鐵《てつ》の鋤《すき》、緑色《みどりいろ》なる灌水器《じようろ》の友《とも》よ。いざ、深密《しんみつ》なる君《きみ》が匂《にほ》ひの舞踊《まひをど》る、甘《あま》き輪舞《ロンド》の列《れつ》にわれを取卷《とりま》け。

ああ、日毎暮《ひごとく》るればここに來《き》て、庭造《にはつく》る愛《あい》らしき器物《うつはもの》、手籠《てかご》、灌水器《じようろ》の傍近《そばちか》く、空想《くうさう》に耽《ふけ》れば、ああわが若《わか》かりし折《をり》の思出《おもひで》。幸福《かうふく》を歌《うた》ふ啜《すゝ》り泣《なき》は、心《こゝろ》の底《そこ》より迸《ほとばし》り出《い》づ。われは靜《せい》寂《じやく》の來《きた》りて宿《やど》る果樹園《くわじゆゑん》の、うつくしく穩《おだや》かなる生活《せいくわつ》を、今《いま》ぞ見《み》たり、今《いま》ぞ知《し》りたり。悟《さと》りたり。わが生命《いのち》、そが爲《た》めに焼《やか》れたるおそろしき思《おも》ひを、いざ抛《なげう》たん。

欲望《よくばう》よ、われを去《さ》れ。われは十二《じふに》の月月《つきづき》に、鶯《うぐひす》と駒鳥《こまどり》と、大麥《おほむぎ》の冠《かんむり》つけし神神《かみがみ》と、額緑《ひたひみどり》の夕蟬《ゆふせみ》と、いと高《たか》くいと優《やさ》しく、また美《うつく》しく靜《しづ》かなる、女神《めがみ》Pomone《ポモン》の御手《みて》によりて、匂《にほ》はされたる大空《おほぞら》の見渡《みわた》す晴光《はれ》と、共《とも》に踊《をど》らん。

（ルビを含めて表記は『珊瑚集』初版に従う）

1　なぜ「九月の果樹園」か

「九月の果樹園」は、永井荷風の訳詩集『珊瑚集』に収められた作品である。『珊瑚集』が日本近代詩史において占める地位の重要さは、ここにあらためて説くまでもない。研究も多くなされている。その中で、「九月の果樹園」は比較的注目されることの少ない詩のように思われる。それはたぶん、珊瑚の輝きをもつこの訳詩集にあっては、この詩が地味な内容と表現の作品だからであろう。果樹園の片すみの物置き小屋に入って、炎暑の九月にしばしの休息を得る――そんな内容の作品の散文詩形の翻訳に、何の面白味があるものか。

ではなぜ、そのような詩をここで取り上げるのか。

まったく私的な思い出から語りたい。一九六二年の晩秋、私は大学院の博士課程を休学して行なった三年余りのアメリカ留学を終えて帰国した。恩師の島田謹二先生はすでに六一年三月に東大を定年退官されていたが、私に、しばらく休刊していた東大比較文学会の機関詩『比較文学研究』を復刊するようにという命令を残されていた。その復刊号を『珊瑚集』研究の特集にすることも、ほぼ決まっていた。私は研究室の助手であった神田孝夫氏のご指導を仰ぎながら、編集の作業に取り組んだ。

『比較文学研究』の復刊第一号（通算第七号）は、一九六三年九月に出た。いま取り出して見ると、紙質は悪く、活字も良くない。なにしろ刊行費節約のため、刑務所（受刑者の職業訓練のために印刷所を備えている）に印刷を依頼したのだ。しかし内容は充実している――と自讃してもよいだろう。島田先生が「永井荷風の『珊瑚集』」と題して、八十ページに及ぶ巻頭論文を寄せられている。この訳詩集の成り立ちから各作品の細部、および全体的な評価まで、説き来たり説き去るたぐいの雄篇である。それから芳賀徹氏がヴェルレーヌの「ぴあの」、井村君江氏がノアイユ夫人の「西斑牙を望み見て」、小谷幸雄氏がサマンの「奢侈」を評釈しながら、それぞれに議論をくりひろげている。どれも十数ページから二十ページ以上に及ぶ力篇である。

この時、私もじつはノアイユ夫人の「九月の果樹園」の評釈を試みていたのだった。他の人は取り上げそうにない作品だし、よく読んでみれば味わいがある。場合によったら掲載させてもらおう、という単純な気持からだった。しかし、最終的に原稿が揃った段階で、きっぱりと引っ込めた。ノアイユ夫人の作品についてだけ二篇の論文が載るのはバランスを失する、という編集担当者としての配慮もあったが、その二篇のうちでは、井村氏の論文が質量ともに私のものを圧倒していたからである。この判断は正しかったといまでも思う。

そのまま、私は自分の原稿を篋底に秘めてしまった。それを三十余年もたって引き出して見ると、『珊瑚集』全体については島田先生の論文が出ることが分かっていたので記述を省いたことは当然としても、行文の拙さ、内容の稚さに、ひとり冷汗しとどという有様である。しかしまた、ある種のなつかしさもこみ上げてくる。最も強く感じるのは、翻訳作品とその原作との言葉の一つ一つにしがみつき、その検討によって文学の理解と味わいを深めようという、比較文学研究の原点のような仕事に私（たち）は打ち込んでいた、という思いである。近頃はだんだん人が馬鹿にしてしなくなった仕事だ。それでいま、もう一度この古い勉強の跡をさらけ出してみようと思い立ったしだいなのである。

私はこの原稿を書いてから、荷風について研究らしいことは何もしていない。ただ荷風文学への愛着の思いはとにかくにも深まっている。それで、中心部分は旧稿の誤りを正し、措辞を改めるだけにとどめながら、いささか感想をつけ足して、あらたな一文としようと思う。

2 『珊瑚集』の中味

『珊瑚集』は大正二(一九一三)年四月、籾山書店から上梓された時、四六判上製本で、本文四二五頁、十三人のフランス詩人の作品三十八篇の翻訳を収めていた(ほかに荷風の評論など、九篇の散文を収録している)。その訳詩のうち、荷風流の表記でシヤアル・ボオドレヱル(七篇)、ポオル・ヴヱルレヱン(七篇)、アンリイ・ド・レニヱヱ(十篇)の作品が、全体のほぼ三分の二を占めている。前二者は十九世紀後半の衆目が認める代表的な詩人であり、荷風はアメリカ滞在時代の後半から、彼らの詩やその世界に強く共感をあらわしていた。たとえばニューヨークのブロードウェイを「夜あるき」すればボードレールの『悪の花』に展開する「罪と暗黒の美」を思い、セントラル・パークのベンチに坐ればヴェルレーヌの「秋の歌」を思い、孤独感の中で「夢、酔、幻」に沈潜するといった具合である。後の一人のアンリ・ド・レニエは日本ではあまり知られないが、十九世紀の末から二十世紀にかけて典雅で幽婉な詩風をくりひろげた第一級の詩人であり、荷風はたぶんフランスに渡ってから愛読するようになった。ある時期、心情的には彼に最も親近感を覚えたのではあるまいか。

そういう中でノアイユ夫人の作品の翻訳は、この三人についで多く、三篇が収められている。(荷風の遺稿にさらに彼女の訳詩二篇があり、一九六四年刊行の中央公論社版『荷風全集』第十一巻では「珊瑚集拾遺」に収められている。ただし文体から推測すると、ずっと後年の翻訳だろう。)ノアイユ夫人もまた、じつは、荷風にとって決して小さな存在ではなかったのである。

伯爵夫人マチユウ・ド・ノアイユは、二十世紀初期のフランス詩界を彩る閨秀詩人であった。といって、私は彼女についてはほとんど何も知らない。父からは東欧(ルーマニア南部)ワラキアの名門ビベスコ家の血をひき、母からは南欧ギリシア人の血をうけて、パリに生まれたという。そしてフランス人ノアイユ伯爵と結婚したわけだ。一九〇一年、二十五歳にして最初の詩集『無数の心』*Le Coeur innombrable* を出して以来、その明晰な表現と、それによってうたい上げた大胆な生の快楽、自然の讃美、死の感受によって、象徴主義の末流たちの表現過重の言語遊戯にあきていた読者を魅了したらしい。「最後のロマン派詩人」ともいわれる。私の所有する『ノアイユ伯爵夫人詩選』*Choix de poesies de la Comtesse de Noailles*(一九三〇)は、一九二八年の彼女の肖像画を口絵にしているが、丸顔に豊かな髪を肩からたらした少女の面持で、ほのかに意志の強さが感じられる。

島田謹二教授の先記論文によると、一九〇七年のはじめ——アメリカからフランスに渡る前——頃から荷風が枕頭の書にしたと思われるものに、ワルク G. Walch 編集の『現代フランス詩詞華集』*Anthologie des Poètes Français Contemporains*（一九〇六）三巻がある。ノアイユ夫人の作品は第二詩集『日々の影』*L'Ombre des jours*（一九〇二）から五篇を採録しているだけだが、彼女を「青春と愛欲の女詩人」とし、読者の心に「熱情と陶酔」をもたらすその詩風を称讃していた。荷風もまず、ノアイユ夫人のそういう特質にひかれたことは十分に想像できる。

しかし荷風が翻訳した三篇は、ノアイユ夫人の第三詩集『めくるめき』*Les Éblouissements* からとられている。この詩集は一九〇七年四月に出版された。荷風は同年七月にフランスに渡っている。彼はたぶんリヨンに落着いてから、これを手に入れ、自らも大いにめくるめく思いをしたのであろう。しかし彼の訳詩をよく読むと、単にロマンチックな情熱にふけるだけでない何かがあらわれている。その何かがじつは問題で、荷風に対するノアイユ夫人の魅力は、案外、複雑さを含んでいたような気もする。

それから、荷風のこの三篇の翻訳が、散文詩形でなされていることにも、関心をそそられる。同様な例は、『珊瑚集』中、ほかに一篇あるだけだ。ノアイユ夫人の詩風に関し、その欠点としてほとんど必ず指摘されるのは、ロマンチックな余りに、表現が冗漫に流れがちだということである。荷風の散文詩形はそれを引き締め、内容を高揚させることに大いに役立っている。荷風は艶麗な言葉を自由に積み重ねながら、散文詩形の効果を確かめ、その可能性をさぐることに、創作家としての意欲もみなぎらせていたのではあるまいか。

ここでちょっとふり返って見ておこう。荷風は明治三十六（一九〇三）年、父の計らいによってようやく渡米留学、それから三年八か月に及ぶアメリカ体験を通して、国家とか家とか、「人間自然の情に悖《もと》つた面倒な教義《おしえ》」（「市俄古《シカゴ》の二日」）とかから自分を解き放ち、官能の世界に没入していった。もちろん、その自己解放は現実の生活レベルでは大きな制約をうけ、彼の苦悩は持続するのであるが、帰国後に出した短篇小説集『あめりか物語』（明治41）は全体として、そういう「生」のドラマチックな転回の記録ともなっている。はじめのうちは「運命」にひしがれる人間の姿を自然主義的に観察し、描写していたのだが、しだいに「悪の花」を讃美する耽美主義的な表現の展開にいたるのだ。

荷風は明治四十（一九〇七）年七月、待望の渡仏を実現したが、フランス滞在はわずか十か月であり、彼の「生」にも文学の表現にも、それほどドラマチックな変化があるわけではない。ただこの時期、官能への惑溺も見られるけれども、歓楽の後の悲哀感のようなものが色濃く出て来るようにも見える。「寂寞の情孤独の恨ほど尊きものは無之候」（「ひとり旅」）という思いである。『ふらんす物語』（明治42）には、小説的な構成をもった作品よりも、印象記風の作品が多い。そして全体として、「動」よりも「静」の要素がひろがり、表面のはなやかさの底にあるものを語りたい気分がにじみ出ている。荷風はどうやら、新しい、しかし熟成した文章表現の探求に心をくだいていたように思われる。

荷風がノアイユ夫人の詩にひかれ、しかもそれを散文詩形に翻訳したことの裏には、こういう推移の延長上にとらえるべき心の動きがあったように私には思われる。しかし問題は微妙である。ノアイユ夫人に対する荷風の共感のありかを、もう少し別の面からさぐっておきたい。

3　感覚的、官能的、交感

永井荷風がリヨンに落着き、ごく早い時期に書いたらしい「秋のちまた」（はじめ『あめりか物語』に付録として収められたが、大正八年刊行の春陽堂版『荷風全集』第二巻で『ふらんす物語』に移された）は、「フランスに來て初めて自分はフランスの風土氣候の如何に感覚的《サンスエル》であるかを知つた」という文章ではじまっている。ほぼ同じ頃の作品「船と車」（やはり『あめりか物語』の付録から『ふらんす物語』に移された）では、アメリカ中西部の男性的で荒涼たるとうもろこし畠の景色と比べながら、フランスの自然は女性的で、「恋する人の情に等しい心持がする」と書いている。

こういう荷風の印象は、風土気候についてだけではなかった。たとえば女の存在やその語る言葉にもそれを感じるさまを、彼はやはりリヨン時代の作品である「祭の夜がたり」に描いている。また帰国前にイギリスに寄った時、宿屋の廊下で女中からいきなり“Will you take dinner?”と聞かれ、「呆れて何とも返事が出来なかつた」のも、「此の年月《としつき》自分はフランス語の発音そのものが已《すで》に音樂の如く耳に快い上に、愛嬌のいゝフランスの町娘ばかり見馴れて居た」ためであるという（「巴里のわかれ」）。

ノアイユ夫人は、この種の色艶ある感じを、その詩で最も濃厚にあらわしていた詩人の一人ではなかろうか。彼女のうたう自然や風景も感覚的《サンスエル》であるが、それと彼女との関係もまた、なまなましく、肉の感覚にあふれている。愛欲をうたえば、さらにいっそう官能的《サンスエル》になる。荷風が翻訳した三篇の詩自体が、そのよい実例となる。まさにめくるめくる思いのする、豊かな情感をあふれ出させているのである。

ただし、作者はただ陶酔しているのではない。いまや三十一歳、あるいはそれに近づいた彼女は、陶酔しきれぬ自分、あるいは陶酔の果ての自分をも感じとって、ある種の焦燥感もうちに秘めているようなのである。

「ロマンチックの夕」"Soir romantique"は、夏の夕べ、林間にひとりいて味わう懶《ものう》く快い欲情の乱れをうたう。「欲情の乱れ、ゆるやかなる小舟の如く、しめやかなる夜の流れ來《きた》る」という句は、先に言及した『ふらんす物語』中の「祭の夜がたり」にも、少し違う訳文で題辞《エピグラフ》として用いられている。荷風がこの種の情調の表現にいかにひかれていたかが分かる。それから詩人は、「あゝわれ此宵、わが肩によりかかる、若き男の胸こそ欲《ほ》しけれ」と大胆にいう。しかし彼女の幻に思い浮かぶ青年は、余りに若くて心もとない。彼女が自分の「骨に徹する肉のかなしみ」を訴えられるのは、夜に対してのみである。この詩には、夏の夜との、あるいは夜の自然との、性的な交歓がうたわれている。しかし人間の営みの悲哀感も残るような気がする。

「西斑牙《エスパンユ》を望み見て」"En face de l'Espagne"は、ビスケー湾に臨《のぞ》むフランスとスペインとの国境、バスクの里から入日に輝くスペインを眺めやって、その情熱の国に対し燃えたぎる思いをうたう。荷風自身、すでにアメリカ時代からスペインへの憧れを抱いていた(「西遊日記抄」参照)。オペラ『カルメン』にも胸を躍らせていた(『ふらんす物語』中の「雲」参照)。ただそれにも増して、わが閨秀詩人の思いは激しく熱っぽい。ドン・キホーテで名高いトボソの谷、音騒がしきフラメンコの舞い、昔の吟遊詩人《トルバドル》を思わせる勇みの若者、「情欲と恐怖の身ぶるい」をともなう闘牛の世界へと、さまざまな幻想をはせる。そして「神聖なる西斑牙。ああ今宵われ。君得まく思ふ心の乱れに堪えぬかな」と結ぶのである。しかし、こういう思いのもとには、「わが身はここに佛蘭西の、やさしき大氣の中につつまれて、心おどろき胸重し」（「おどろき」の原文は étourdit で「茫然とし」の意味）という現実感がある。そして聖女テレズや勇者ロドリグを求める思いにも駆られている。そういう宗教的ともいえる感情を自らぶち破ろうとしたからこそ、結びの句の激情が生まれたのである。

この両者の間にはさまれた「九月の果樹園」“Le Fruitier de septembre”は、エロチシズムをもただよわせる「ロマンチックの夕」や、エキゾチシズムをあふれさせる「西斑牙を望み見て」とは違い、題材はまことにつつましい。荷風は「果樹園」と訳したが、原題の Fruitier はその中の「果物貯蔵小屋」にすぎない。それがこの作品の世界なのである。しかしここにも、その雰囲気と詩人の肉体との感覚的《サンスエル》な交感がうたわれている。しかもその上、ここには詩人の精神の新しい生への希求が、他の二篇よりも強く打ち出されている。静かな詩だが、味わいは深いといえる。

まわりくどく「九月の果樹園」の周辺をたどってきたが、ようやく作品自体の検討に入ろうと思う。この訳詩は、「西斑牙を望み見て」とともに、帰国後の荷風が編集兼発行人となっていた『三田文学』の第一巻六号（明治43・10）に発表された。（偶然というべきか、訳者も三十一歳の時である。）しかしここでは籾山書店刊行の初版本をテキストにし、必要に応じて初出や異版を参照することにしたい。

4　「九月の果樹園」を読む

「九月の果樹園」の原詩は、フランス詩で格調高い方の代表とされる十二音綴句格《アレクサンドラン》（「西斑牙を望み見て」の原詩はこれ）に比べると俗に近く日常的な調べとされる八音綴句格《オクトシラブ》を基調にし、七十二行からなる。韻はaa, bb, cc, …と規則正しく続く。節《スタンス》分けはないが、ところどころ「——《テイレ》」をもって内容の変わることを示している。荷風はこの整然たる形の原詩を散文詩形に訳したわけだ。そして「——」の前で節を分け、全体を六節で構成している。

第一節を見てみよう。

炎暑は地平線をくもらしたり。夏のあつさ。やはらかき毛織物。空氣は重く閉して隙間もなし。勇ましき機織りの響きの如く、蜜蜂の群は果實《くだもの》の匂ひに喧《かしま》しくも喜び叫ぶ。われその蒸暑き庭の小径を去れば、緑なす若き葡萄の畠中の、ここは曲りし道の果《はて》。家の戸口は開かれて、鍬、鋤、灌水器《じょうろ》なぞは、黄《きいろ》き日光《ひかげ》に照されし貧しき住居の門の前、色づく夕暮の中に横《よこた》はりたり。

La chaleur voile l'horizon.
Chaleur d'été, molle toison!
L'air est épais, sans nulle fente…
—— J'ai quitté l'allée étouffante
Où, comme de vifs tisserands,
Les guêpes des fruits odorants
Elancent bruyamment la soie
De leur active et brusque joie.
J'ai quitté l'allée, et voici
Qu'au bout du sentier indécis
Baigné de vigne-vierge verte,
Je trouve cette porte ouverte:
Labèche, un râteau, l'arrosoir
Sont là, dans la couleur du soir,
Sur le pas de l'humble demeure
Que le jaune soleil effleure…

これは蒸し暑い夏の夕暮、蜂の騒がしく飛び交う庭の小径を去って、葡萄園を通り、そのはずれの果物貯蔵小屋へ行くまでをうたっている。汗ばむような感じがよく出ている。原詩冒頭の二行など、まず炎暑のひろがりをひとことでうたい、それを「やはらかき毛織物」と言い換えてみせ、見事な言葉運びだ。

ところで、原詩では単なる現在形の第一行の動詞 voile を、訳詩では「地平線をくもらしたり」と、完了・断定の助動詞で締めくくっているところも、注目しておきたい。荷風は「ロマンチックの夕」のうたい出しも「けり」と結び、「西斑牙を望み見て」のうたい出しは「たり」と結んでいる。強い言葉で読者を詩の世界に引き込むのである。荷風が敬愛した上田敏の訳詩集『海潮音』は、もっと古雅でやわらかな語調が目立った。その点、荷風の言葉は俗に近く現代的に思える。散文詩形がその語調を助けたかもしれない。

しかし原詩は、蜂の飛び交う小径をうたうあたりから、いささか描写がくどくなる。その蜂の描写（五―八行）を、荷風は『三田文学』における初出では、「勇ましき機織りの嘻々として響きも高く絹糸を投る如、果物の匂ひに細腰蜂《ゲープ》の群は啼叫ぶ」と、原意を忠実に再現しようとしていた。だが『珊瑚集』では、機織り（職人）の比喩から導き出される「絹糸を投る如」という表現を省いて、テキストのように改めたのである。これによって、イメージは整理され語感はかえって強まっている。荷風はこうして、原詩が冗長になりがちなところを救っていく。原詩が四行と九行とで "J'ai quitté l'allée" を二度くり返しているのを、訳詩では一度だけにしたのも同様である。

この節の訳詩の難点をいえば、終わりの方で、貧しき住居の「門」とあることであろう。こんな果物貯蔵小屋に門などあるのは、奇妙に思える。原文は“Le pas de l'humbre demeure”だから、「敷居」「踏段」あたりが妥当ではなかろうか。

第二節は、この小屋に足を踏み入れた最初の印象をうたっている。

われ、涼しき隠家《かくれが》の中《うち》に進み入れば、果實《くわじつ》の匂のいかに清涼なる。思はずためらひて、耳を澄す。ひややかなる圓天井の陰には、そよとの風もなく、あたり蕭條《しめやか》に、心自ら長閑《のどか》なれば、屋根低く涼しき尼寺か。夏の匂の漲り流るる、幽暗なる地下室にもや例ふべけん。庭と水との吐く熱氣は、ここに閉されて休み息《いこ》へり。ああ。寺院の靜寂、清淨の安眠よ。

——Et j'entre dans le frais réduit.
Quelle divine odeur de fruit!
Je suis là, j'hésite, j'écoute.
Nul souffle sous la fraîche voûte;
Nul son, nul souci, nul débat.
Et c'est un couvent frais et bat,
Une obscure et calme cellule
Où l'odeur de l'été pullule;
La tiédeur des jardins, des eaux,

Est là, enfermée, au repos.
Paix d'église, candides sommes!

小屋の中は、外の暑苦しい騒々しさと打って変わってひややかで静かである。その感じは原詩も正確にとらえているが、表現は平板に陥ることがあるようだ。三行目の“Je suis là, j'hésite, j'écoute”や、五行目の“Nul son, nul souci, nul débat”といった三幅対的表現《トリヤード》のくり返しは、詩人の得意としたところかもしれぬが、二度目の方はもう鼻につく。荷風はそれを、「思はずためらひて、耳を澄す」、「あたり蕭條《しめやか》に、心自ら長閑《のどか》なれば……」と、はるかに自然で、生きた日本語に移している。ただ後者の「心自ら長閑」では、「わが」心が長閑なように受け取れて、小屋の中の雰囲気が何の不安（souci）もないという原意からははずれてしまうのであるが。

この節で、詩人が小屋の中の果実の匂いをdivine（神々しい――荷風訳は「清涼な」）といい、小屋を小さなcouvent（「尼寺」という荷風訳は、日本語のイメージからしてふさわしいかどうか）にたとえ、「寺院の靜寂、清淨の安眠よ」と全体を結んでいるのは、この後の展開の重要な伏線である。訳者もそのことをよくわきまえ、「ああ」と、強調・詠嘆の語を補っている。

第三節は、さらに具体的に、この小屋の内部を描写する。

新しき梨と林檎の實とは、果樹園の群を去りて家の棚の上、空しき影の中《うち》に熟してあり。その酸くして甘き味ひは滴り、香氣は池の水の如くに沈みて動かず。鳴きつかれし細腰蜂《ゲエプ》の唯一つ、物音遠く静かなる、狭き硝子窓の四角なる面に、黒き點を描きたり。

——De naïve poire, des pommes,
O voisinage familier!
Mûrissent loin de l'espalier,
Sur de planches, dans l'ombre vide...
Épanchement mielleux, acide,
Parfum stagnant comme un bassin!
Une guêpe fait un dessin
En épuisant sa douce rage
Sur l'étroit carré du vitrage
Loin de toute âme, de tous bruits...

ここはまったく視覚と聴覚をもって受け止めたままの有様の叙述である。こういう描写はよほど引き締まっていないと単調に失し、退屈になりがちなものだが、荷風訳はよくその引き締めをなしえている。"O voisinage familier!"（ああ、見なれた隣人よ！）といった、西洋詩人がよくする比喩的な呼びかけを省いてしまったり、細腰蜂についての、"En épuisant sa douce rage"（甘い怒りを吐きつくして）というもってまわった修辞を、「鳴きつかれたる」と簡明にしたのはそのあらわれである。「あり」「たり」などと言い切る形の文末も効果をあげている。この節の原詩は十行で、前の節より一行少いだけであるが、訳詩の方は前の節の四分の三以下になっていることからも、翻訳の緊縮ぶりは分かるだろう。
第四節にいたって、詩は俄然、空想の領域にひろがる。

おびただしき果實の匂ひかな。この匂は藍色の大空と、薔薇色の土を以て、暑き夏の造り醸せしものなれば、うつくしき果實の肉の中には、明け行く大空の色こそ含まれたれ。心も清く氣も新なる歡びのその匂、その光、その流れ。大氣と土壌の戯れより生れたる濃厚の液汁、溶けたる砂糖。手桶の底に生れたる君こそは、冷たき藁の上なる小さき神なれ。木の樽と鐵の鋤、緑色なる灌水器の友よ。いざ、深密なる君が匂ひの舞踊る、甘き輪舞《ロンド》の列にわれを取巻け。

——O peuple parfumé des fruits,
Vous que le chaud été compose
De cieux bleus et de terre rose,
Vous qui portez réellement
L’aurore dans un corp charmant,
Vous parfums, vous rayons, vous fleuves

De délices fraîches et neuves,
Vous, sève dense, sucre mol,
Nés des jeux de l'air et du sol,
Vous qui vivez dans une crèche,
Petits dieux de la paille fraîche,
Compagnons de l'arrosoire vert,
Des hottes, des bêches de fer,
Gardez-moi dans la douce ronde
Que forme votre odeur profonde!

詩人はいま、これらの果実——「その匂、その光、その流れ」——が生まれるまでの、大空と大地の働きを思う。それを「大氣と土壌の戯れ」という時、性的なからみ合いが暗示されているが、そうして生まれた果実を、「小さな神」だと詩人はいう。十行目のcrèche（秣《まぐさ》おけ）という言葉には、キリスト誕生の情況のイメージ（「ルカ伝」第二章）も重ねられているかもしれない。もっとも荷風（crècheを「手桶」と訳した）が、そういうことをどの程度意識したかは分からない。

ところで原詩は、このようにさまざまな修飾をつけながら、“Vous…”“Vous…”とこの果実に呼びかけている。これは前にこの小屋を「寺院」にたとえていたことと呼応し、詩人の一種心の救いを求めるような感情がたかまっていく過程をあらわしている。ただし最後の二行で、そうい果実に向かって、その甘い匂いの「輪舞《ロンド》」の中に「われ」をとどめて守ってくれという時、詩人の宗教的ともいえそうな感情はわれ知らず官能性をおびるのである。

これに対して荷風は、Vousを時に二人称、時に三人称に訳して、原詩の一本調子とは違う幅のあるうたい方にしている。そして最後は、果実に対して「甘き輪舞《ロンド》の列にわれを取巻け」と呼びかけ、まるで自分もその輪舞に加わるような感じである。荷風も原詩人の感情を分かちもったであろう。しかしどうやら、魂の希求よりも官能的感覚を楽しむ方に比重を傾けているように思われる。

第五節――詩はいまや極めてノアイユ夫人的なテーマに入る。先にもちょっとふれた新しい生への志向が、ここにはっきりうたい出されるのである。

ああ、日毎《ひごと》暮るればここに來て、庭造る愛らしき器物、手籠《てかご》、灌水器の傍近く、空想に耽れば、ああわが若かりし折の思出。幸福を歌う啜り泣は、心の底より迸り出づ。われは靜寂の來りて宿る果樹園の、うつくしく穏かなる生活を、今ぞ見たり、今ぞ知りたり。悟りたり。わが生命、そが爲めに燒《やか》れたるおそろしき思ひを、いざ抛たん。

――Ah! rêver ici tous les soirs,
Près des paniers, des arrosoirs,
Des doux objets du jardinage!

O souvenirs de mon jeune âge,
Sanglots expriment le bonheur,
Vous voulez jaillir de mon coeur!
Je vois, je comprends, je devine
La vie aimable, douce, fine
De la nature, du verger
Où le silence vient loger.
J'écarte l'ardeur violente
Par qui ma vie est si brûlante.

彼女がなぜ毎夕この小屋に来るかというと、清純だった若き日の思い出もよみがえり、美しく穏やかな生活（vie）をはっきりと悟らせてくれるからだ。詩人は最後の二行で、身を焼くようなおそろしい思い（l'ardeur violente）——青春の愛欲——を抛《なげう》とうとうたう。原詩はここでも例の三幅対的表現をくり返している（第七、八行）が、全体として情感が静かにもり上がり、詩人の息吹まで伝わってくるようである。訳詩もまた流麗というべきだろう。**“Je vois, je comprends, je devine”**の三幅対の主語のくり返しを省いて、「今ぞ見たり、今ぞ知りたり。悟りたり」（「知りたり」の次の）「。」は「、」の誤植に違いなく、後の版では改めている）と引き締まった訳調にし、結びの二行の主語の**“Je”**は「わが生命」と言い換えて表現に迫力を加えている。

なお、いささか余分なことを付け加えておけば、詩人はこの“ardeur”つまり欲情の後に、「死」の存在をほのかに、あるいはひしひしと感じていたらしい。私は前にノアイユ夫人の詩の特徴をあげた箇所で、「死の感受」という言葉を入れておいた。第一詩集以来、生の快楽と歓喜をうたってきたノアイユ夫人ではあるが、「死」の意識はしだいに重く彼女にのしかかってきたようだ。荷風は後に小説『冷笑』（明治42―43）で、主人公の口を通してノアイユ夫人にふれ、彼女は「死んだ後までも詩によって男に愛されようと云ふ。何たる熱烈な女の情であらう」と述べているが、同時に、「生活の痛苦に触れゝば触れるほど、其の人は生存の快樂を強く味ひ得るものだ」「歡樂と憂愁とは引き離すことの出來ない感情」であると語っている。まことに、快楽とともに憂愁は深まり、『めくるめき』を経て『生ける者と死せる者』*Les Vivants et les morts*（一九一三）にいたると、彼女は悲痛に死の救いを神に祈るようになる。この詩では、まだ死ははっきり姿を現していないけれども、詩人はその予感から逃れて、生の完成たる果実の静かな雰囲気に、心の平安を得ようとしているように思える。

そして結びの第六節になる。

欲望よ、われを去れ。われは十二の月月に、鶯と駒鳥と、大麥の冠つけし神神と、額縁《ひたひ》の夕蟬と、いと高くいと優しく、また美しく靜なる、女神 Pomone《ポモン》の御手によりて、匂はされたる大空の見渡す晴色《はれ》と、共に踊らん。

―Désirs, allez-vous-en de moi!
Je danse avec les douze mois,
Avec le geai, le rouge-gorge,
Avec les dieux couronnés d'orge,
Avec la cigale au front vert,
Avec tout le ciel découvert
Qu' embaume, si noble, si bonne
La suave et calme Pomone! …

ここに欲望 désirs というのは、前の節の "l'ardeur violente" の言い換えにほかならない。詩人がたぶん小屋の外の暑く騒がしい世界で、あるいは青春の世界で、身を焼いていた愛欲である。それに向かって詩人は「われを去れ」と命じる。そして彼女は、一年の歳月や、鳥や蟬や穀物(「大麥の冠つけし神々」とは、ギリシア神話のデメテールなどの五穀豊穣の神々)や、広々とした大空とともに踊ろうという。"Avec…" をたくさん連ねながら、詩人は自然の諸相とゆったり合体し、ついに果実の女神ポモンの世界に没入していっている。

訳詩の方は、"Avec…" に当たる「共に」は一度しか出て来ない。代わりに「と」をたたみかけて、一挙に森羅万象と交わろうという感じが出ている。原詩は「美しく静かなる」女神ポモンの名で終わるのに対して、訳詩は「大空の見渡す晴色《はれ》と、共に踊らん」と結んでいる。自然へのおだやかな帰依というよりも、自然への感覚的、官能的な陶酔があふれ出ているような気がする。

永井荷風訳「九月の果樹園」は、全体的にいうと、ノアイユ夫人の原詩を字面の上ではかなり忠実に再現している。すでに指摘したように、若干の言葉を省いたり、統合したり、また原文にない言葉を付け加えたりしているが、そういう箇所は多いというよりもむしろ少ないというべきだろう。しかし、整然とした形で明晰にうたわれる原詩よりも、表現がずっと屈折に富み、流麗さを加え、しかも引き締まったものになっている。原詩のテーマである激しい愛欲の生から清浄な自然の生への転回は、もちろん訳詩でも引きつがれているが、原詩のもつ感覚的《サンスエル》な自然感情は、訳詩でさらに増幅され、官能的な「めくるめき」の情調を生み出している。小さな果物貯蔵小屋の中を舞台にしながら、これは一個の美的世界になっているのだ。

ところで、こういうことを可能にした大きな要素に、明らかに散文詩形があった。荷風の訳詩はもちろん文語である。よく読めば五音や七音の辞句も多く出て来る。しかし原詩に負けず思い切って俗に近い言葉も使い、「あり」「たり」といった散文的な断定語も用い、時には息をつめ、時には息をどっと吐き出しながら、言葉を自由に積み重ね、緊張感と奥行きをもった表現をくりひろげているのだ。私は最後に、こういう散文詩形への荷風の意欲にひとことふれて、この小文を終わりたいと思う。

5　散文詩形の新しさ

永井荷風は後年、「訳詩について」（『中央公論』大正2・12）という文章で、『珊瑚集』を訳すに当たって自分は「西詩の余香をわが文壇に移し伝へやうと欲するよりも〔中略〕自家の感情と文辞とを洗練せしむる助けになさうと思つた」と述べている。散文詩形を試みたことも、当然、そういう努力の一環であったと見てよいであろう。

散文詩は、もちろん、荷風の創始になったものではない。古くは外山正一の実験（『新体詩歌集』明治28）から始まり、塩井雨江、武島羽衣、大町桂月らの「美文」（『美文韻文花紅葉』明治29）を経て、明治三十年代にはさまざまな試みがなされた。島崎藤村などの作品にも、散文詩と見るべきものが多い。

とくに注目したいのは、翻訳における散文詩の試みである。これも森鷗外あたりまでさかのぼるのであろうが、荷風との関連でいえば、上田敏の仕事が特筆に値する。翻訳を中心とした彼の短篇集『みをつくし』（明治34）は、新しい表現様式の模索の産物で、「はしがき」でも「古言を復活し、新語を創作して、声調の起伏・余韻の搖曳に考へ、旧態の様式を離れざるべからず」と述べ、ツルゲネーフの「散文詩」十篇もを収めるなどしている。『海潮音』（明治38）は、「異邦の詩文の美」を韻文において生かすことに力を注いだものといえるが、敏の散文詩への関心は、死後出版の『牧羊神』（大正9）にも現れている。蒲原有明が明治四十二年頃から発表し出したボードレールやマラルメの散文詩の口語訳や、自作の散文詩も、この延長上にあったといえよう。

永井荷風が明治四十一（一九〇八）年八月の帰国後、上田敏その他のこういう散文詩の試みに接し、刺激を受けたことは十分に考えられる。しかし彼は『ふらんす物語』自体においても、しだいに多く散文詩的表現への傾きを見せていた。パリにおける最後の一日を記述した「巴里のわかれ」などは、随所で散文詩そのものになっている。「橡《とち》の落葉」という総題をつけた八篇の小品となると、これはもう意識的に散文詩を試みたものというべきかもしれない。

詩情を散文に解放する、あるいは散文を詩的に昇華する、こういう意欲があって、荷風は散文詩形による訳詩の実験もはじめたに違いない。帰朝の翌年、『ふらんす物語』を完成した直後の明治四十二年六月の『スバル』に、彼は「をかしき唄」を発表している。トリスタン・クラングゾル Tristan Klingsor の "Humoresques" と題する詩の翻訳である。「春」が来て、いろに狂う男女の姿や思いを、くだけた自由詩形で、ユーモラスに艶っぽくうたった原作を、散文詩形に訳している。「「春」はやさしき色につつまれて、「春」は緑に薔薇色に、また藍色の衣きて、訪れくれば、代言人の心さへ、狂へる恋に動かさる。小間物屋の女房が心さへ、「春」よ、君は緑にうつくしく、訪れくれば動かさる」といったふうに、詩は進む。

荷風がこの翻訳を『珊瑚集』に収めなかったのは、内容が拡散し、芸術としてのまとまりに欠けていると思ったからだろうか（前出の中央公論社版『荷風全集』で、「珊瑚集拾遺」に収められている）。しかし、官能《サンスエル》が感覚的な周辺の事物の変化に応じて解放される有様や、言葉を自由に積み重ねていく散文詩形の面白味は、ノアイユ夫人の訳詩に通じるところがある。

「ロマンチックの夕」は、これと同じ月に、『秀才文壇』に掲載されたようだ（未確認）。そして明治四十三年十月に、「九月の果樹園」と「西班牙を望み見て」の散文詩訳が、同時に発表されるのである。

その翌十一月の『三田文学』には、シヤアル・ゲランの"Tu rangeais en chantant pour le repas du soir"という行ではじまる詩の散文詩訳が、「暮方の食事」という題で発表された。『珊瑚集』で、ノアイユ夫人の三篇以外の唯一の散文詩訳となったものである。恋人と二人でとる暮方の食事の静かな至福を、やはり官能性をそえながら、甘美に、しみじみとうたい上げている。

荷風の翻訳散文詩は、私の知る限り、これだけにすぎないが、心張りつめてしかも艶のある内容を、自在にして緊迫した表現に仕立て、日本における散文詩の極上の部分を形成したといえるように思う。その成果は、他の詩人たちへの影響——三木露風などへの影響はつとに指摘されているが、私はその影響は萩原朔太郎の感覚や語法にまではっきりとつながっていくような気がする——を別にしても、彼自身の文学で大いに生かされることになった。前記「訳詩について」で、荷風は自分の対話体の文章や劇詩体の作品に影響を認めている。しかし帰朝直後、彼が故国の風物への感興を新たにしてぞくぞく発表した作品にも、『ふらんす物語』や『珊瑚集』に直接つながる作品は多い。「花より雨に」など、日本の季節と自然を語る文章になると、「悲愁苦悩」の「快感」も含めて、彼の翻訳散文詩の情調が息づいている。

もっと本格的な小説「歡樂」では、主人公の言葉を通して、「私は唯だ「形」を愛する芸術家として生きたいのだ。〔中略〕私は世のあらゆる動くもの、匂ふもの、色あるもの、響くものに対して、無限の感動を覚え、無限の快樂を以て其れ等を歌つて居たいのだ」という態度が打ち出されている。しかも同時に、主人公はそれに伴うものとして、「悲哀」の感覚も強調している。そういう「言語に絶した悲哀美」の表現の展開にも、荷風の散文詩の世界の新たな展開はあざやかに読みとることができるだろう。

第13章　口語自由詩へ

「異端」詩人岩野泡鳴

日本近代詩は島崎藤村の後、薄田泣菫、蒲原有明らが現れて、抒情詩に浪漫的アイロニーや象徴的深味を加え、また上田敏、永井荷風らの翻訳詩が現れて、詩の世界に海外の詩の美質を清新、深密、さまざまに注入した。だがいってみれば、「芸術」性の追求が人間の「生」の表出を圧倒する形で詩が展開した趣きがある。もちろんたとえば内村鑑三のように人間の「生」をこそ重んじ、思想詩をくりひろげる人もいた。が、それは芸術としての「詩」には背を向けた思想の営みであった。

そういう詩の展開の中で、詩壇に長く生きながら詩壇の大勢にそむき、芸術を重んじながらいわば非芸術に走り、世間的にさんざん馬鹿にされながら恐ろしい力で詩を論じ、自分の「生」を全面的に出しながら「詩」を書き続けた詩人がいた。岩野泡鳴である。泡鳴はいま、自然主義小説の代表的な作家の一人として、日本近代文学史に然るべき地位を認められているが、詩人としては、近代詩史上の「異端」ということで終わり、どうもまともに扱われてこなかったように思われる。しかし彼を積極的に視野に取り入れることによって、日本近代詩史は正しい「生」気を得、内容を豊かにすること間違いない。

1　満身創痍の長い詩歴

岩野泡鳴の詩歴は長い。明治六（一八七三）年一月、島崎藤村より一か月早い生まれで、淡路島の州本から東京に出て、明治二十一年、明治学院に入った時には一級上に島崎藤村がいて、新体詩の試作を見せられた。そして明治二十四年には自分も新体詩を雑誌に発表し始めている。明治二十六年、『文学界』が創刊されると、北村透谷や藤村の作品に強い関心を寄せ、三十年に出た藤村の『若菜集』に遅れること四年、明治三十四年に第一詩集『露じも』を自費出版した。藤村はその三十四年に第四詩文集『落梅集』を出すと、早々と小説に転じて行ったが、泡鳴はなお詩を書き続け、明治四十一―二年、詩壇に口語詩運動が展開し始めるとそれにも大きく関係し、彼のいう口語散文詩をぞくぞく発表した。それから小説へ転じて行ったが、口語散文詩を中心とする彼の第五詩集（そして最後の詩集）『恋のしやりかうべ』が出たのは、大正五年である。藤村の詩活動は『若菜集』から数えてわずか四年間だったが、泡鳴のそれは『露じも』以後に限っても十五年に及ぶ。

これは、変動ただならぬ明治の詩壇にあっては、異常に長い詩歴である。この間、泡鳴はけっして詩壇の外でいわば高踏の位置を保っていたのではない。常に詩壇のなかにあり、詩人として名を成すことを求め、その努力も懸命にしていたのだ。内外の詩の勉強を大いにし、新しい論を立て、自らその実践に努め、逆にまた新しい実験的作品を試み、それにふさわしい論を付与することも熱心に行なった。野心満々の詩壇人であった。

だが、泡鳴はついに詩壇で受け入れられ評価される詩人とはならなかった。藤村以後、泣菫、有明、それから象徴主義へと飛躍してきた広い意味での抒情詩の流れを日本近代詩の「正統」とすれば、泡鳴はいろいろ試みてもついに「異端」だった。彼は日本の詩壇に欠けていると思う「思想」を詩に要求し（詩壇とまったく関係ない内村鑑三が詩に求めたのとはかなり違う種類の思想である）、正統派詩人たちに欠けていると見た強烈な冥想的「情念」を要求し、彼らの得意とした繊細微妙な表現とは掛け離れた粗野蕪雑ともとられる表現をくりひろげた。そのくせ、彼は自分こそが正統であることを強く主張し続けた。泡鳴としては、近代の詩の王道を歩んでいたつもりなのである。だから常に言辞が堂々としていた。泡鳴は「異端」の詩人と認めざるをえないが、大いなる「異端」の詩人であったと私は思う。

岩野泡鳴について語るとき、私はつい「大」とか「強」とかという言葉を使いすぎてしまう。しかし実際そういう形容にふさわしい詩人だったと思うのだ。明治大正文学を通して、彼は稀有なほんものの自我の持ち主だった。内外の文学を我武者羅《がむしゃら》に読みながら、それに圧倒されることなく、強靱な魂で消化してしまい、駄目となれば臆せず吐き出し、あくまで自己のもののみを主張した文学者。風にふるう竪琴の弦よろしく、こまやかに鳴ることが詩人の職能とみなされていたなかにあって、太い針金のように、容易にふるえず、鳴らず、鳴る時は腹にこたえる独自の大きなひびきを発した詩人。泡鳴はそんなふうであったから、日本の詩壇では非難嘲弄をこうむって満身創痍の状態だったが、彼自身の言葉を借りれば、なおかつ不死鳥のように生き抜く「独存強者」であった。

2　「独存強者」の姿

岩野泡鳴の「独存強者」ぶりを、ひとつ彼の小説からうかがってみよう。たえず「自分を活かす」ことを求めていた彼は、明治四十二年、詩から小説へと「発展」して世評を得はじめたにもかかわらず、芸術から実業にむかうのもまた同じ「発展」だと考え、わずかばかりの財産を投げうって樺太（今のロシア領サハリン）における蟹の罐詰事業に乗り出した。ところがたちまち失敗、彼は無一文となって北海道に逃げ、この地に「放浪」することになった。内的生命の燃焼の極点にあったこの時期の自己を描いたのが、『発展』『毒薬を飲む女』『放浪』『断橋』『憑き物』とつらなる彼の代表作、いわゆる泡鳴五部作である。この最後の作品に、彼（小説中では主人公の田村義雄）が自己を発展させた人として尊敬していた伊藤博文暗殺のしらせをうけて感動し、友人のつとめている中学校で五百人ばかりの生徒を前に演説をぶつところが描かれている。はじめは低い声で話していた義雄だが、調子が出てくるにつれてしだいに声をはりあげ、講堂全体をふるわせるほどになる。そして延々二時間もぶったあげくに、彼はひときわ力をこめてこういうのだ。

豊《ほう》太閤も、伊藤公も、現代の発展的思想に於ては全く僕に属してゐるのだ――乃《すなわ》ち、僕自身の物である。

だが、このくだりこその「真率な演者」の「最も大切な要点」であったのに、生徒たちはどっと笑いだす。義雄はそこでぱったり演説を中止すると、一堂をにらみつけ、さらにこう叫ぶ。

おれは宇宙の帝王だ！　否、宇宙そのものだ！　笑ふとはなんだ？

生徒たちはまたどっと笑う。義雄は激怒し、人々があやまってとめるのもきかずに、講堂からとび出して帰ってきてしまう――というシーンである。

ここで、豊臣秀吉や伊藤博文を思想的に自分に属さしめてしまう義雄＝泡鳴は、もちろん一個の「独存強者」として描かれているわけだが、私がいま問題にしたいのは、そういう自己を描く作家としての彼の「独存強者」ぶりである。「笑ふとはなんだ？」とどなられても、私自身、その文句を写しながらクスクス笑いだしてしまった。しかし大事なことは、作者はこの種の人間が他人の目にどう映るかをよく知りながら書いていることである。彼は、演者つまり自己が笑われて「調子を一層狂はせて」しまい、ついに講堂をとび出す始末を、じつに的確に把握しているのだ。しかもそのうえで、彼はそういう自己を悪びれるところいっさいなく、平然と描ききっている。わずか一ページ半ほどのこの短いシーンに後の人が（賛否いずれにせよ）必ずといってよいほど注目させられるのは、泡鳴の作家としての手腕の冴えと同時に、自己の表示におけるこの堂々たる姿勢によるところが大きいであろう。

こういう「独存強者」ぶりは、もちろん、彼の批評活動において、いっそう如実に見ることができる。豊太閤も伊藤公も、自己内部の獣的な実力を見事に発揮した人間であり、「生々、強烈、威力、悲痛、自己中心の刹那主義」に生きた点で、自分（泡鳴）の同類、兄弟分、「僕自身の者」だと泡鳴は説いたわけであるが、同様な論法を彼は文学者や思想家に関しても用いた。

3　肉即霊の神秘的半獣主義

青年時代、泡鳴がもっとも親しんだのはアメリカの思想家エマソンの著作であった。彼はその前にキリスト教にはいり、また政治にも志したが、「古来、宗教家や政治家の事業は、砂の上に砂の家を建てようとする徒戯である。いッそ高踏して、自分自身を発展するがいい」（『新古文林』明治40・3「我は如何にして詩人となりしか」）とさとった時、エマソンが彼の前に現れた。泡鳴は明治二十四―二十七年（十八―二十一歳）、仙台は東北学院に在学していた頃に、「エメルソンを聖書の様にして読んだ」。エマソンは彼が神学や政論の形式主義から脱却することを可能にした。「渠《かれ》を読んで利益のあるのは、僕等の思想を独立さして呉れるし、僕等に独創の見地を発見さして呉れるからである。」「エメルソンは僕の恩人である」（『神秘的半獣主義』明治39・6）と彼はいっている。

そういうわけであったから、泡鳴は後（明治三十八年頃か）にメーテルリンクの「神秘的自我の発現」説を読んで、そこにエマソンの感化を見出した時、嬉しい興奮を感じた。そしてその喜びを、こう表現したのである。

メーテルリンクと僕とは、思想上の兄弟分であることが分かつた。（『神秘的半獣主義』）

これは自慢でも何でもない。これを書いた時、実は泡鳴はすでにエマソンもメーテルリンクも乗りこえてしまっているつもりだった。それなのに、エマソンを父とし、メーテルリンクと自分をその息子である兄弟と見たのは、彼の歴史的な展望のたしかさを証明するものにほかならない。

では、泡鳴はなぜエマソンを「断然棄てゝしまつた」（同右）のか。それは、エマソンは自然が心霊の表象（象徴）であると説いたが、実はそういいつつ究極的には心霊のほうをより根本的に見、自然を心霊の下におく傾向に走ってしまった。それに対して、より現実的、全体的に自己の人間的力を見ようとする泡鳴は、「自然即心霊」というのが人間の本来であり、両者の間には「表象の転換」があるだけで上下関係はない、と考えたのである。「自然即心霊」というとたいそうむつかしそうだが、もっとひらたくいえば、肉即霊ということである。人間は肉的存在であるのに、その人間を肉体から離れさせ、ただ霊的向上のみを重んじるのは、死にいたる消極思想にすぎない。キリスト教をはじめとして、霊的救済を求める宗教はまさにその種の弱者の思想のあらわれであるが、エマソンも（そしてメーテルリンクも）結局それに陥ってしまった、と泡鳴は見たのだった。

明治三十九年（三十三歳）、いまは自己の内なる想像力を奔出させはじめた泡鳴が、自分の思想を「神秘的半獣主義」と名づけたのは、つまりこの肉と霊とを一元的にとらえ、人間の存在を肉即霊たる獣的なものとして意義あらしめようとしたからであった。彼は空虚な理想による宗教的解脱を斥け、人間の実質はむしろ肉体と魂とが一つになって獣的奮闘するところに真の面目があると考えた。つまり彼は、肉霊の煩悶をむしろ人間の積極的存在証明とし、その肉霊の合致・燃焼の刹那を自我の絶対的把握の刹那とし、その刹那の活現に文学の生命があることを主張しようとしたのである。

この思想に立った時、彼の前に登場してきたのは、やはりいったんはエマソンを「師」と仰ぎながら、そこから脱出した詩人ホイットマンであった。このアメリカ詩人の肉霊合致の生命主義の奔放果敢な詩的表現を見て、泡鳴は喜んだ（明治四十年頃のことである）。また泡鳴の見るところ、その種の思想は日本の古神道的肉霊合致観にもあらわれ、近代ではフランスの表象主義一派にもよく体現されていた。古神道の例では、大国主神《おおくにぬし》を見るとよい。彼は根堅州国にやられ、蛇の室屋《むろ》に寝かされ、大野の中に焼かれかけながら、「生を愛する念」をすてなかった。そしてこういう「生慾」をもっとも強く代表した者が、大和民族の首長となったのだ。表象主義派の例では、ヴェルレーヌを見るがよい。彼は諸方を漂泊し、罪を犯して囚徒となり、また貧困のうち死の床に呻吟しながらも、なお「生に対する強烈な執着」をすてなかった（『早稲田文学』明治40・4「日本古代思想より近代の表象主義を論ず」）。さらに泡鳴は、同じ思想を、ロシアの象徴主義者で、『トルストイとドストエフスキー』（一九〇三年）などによって肉霊合致への志向を示したメレジコフスキー一派にも見出した。

さて、こういう展望を得た時、泡鳴はふたたび彼らを自分の「兄弟分」ないし「僕自身の物」にしてしまうのである。たとえば大正三年に発表した「ホイトマンの詩想」というエッセーでは、彼はこう述べている。

　ホイトマンは実に世界の新思想に寄与したところが少くはない詩人である。と云ふには、社会主義を新思想だと云ふやうな、そんな浅薄な程度のことでは無く、仏蘭西では表象派詩人等の生活を刻み、露国ではメレジコフスキー一派の「人間神」の思想となり、わが国では岩野泡鳴の肉霊合致となった悪魔的な、然し深痛な実生活革命の基調に、ホイトマンは予め《あらかじ》、可なりはその肉体即霊魂の情想を以つて触れてゐたのである。

泡鳴は実のところ、ホイットマンを知って以後、その詩を読みふけり、思想的にも詩法的にも多くのものをそこから吸収し、この詩人をいわば第二の「僕の恩人」としていた。だが彼は、いまはそういう恩愛関係を感傷的に述べるよりも、むしろ彼を自分の先触れとしてとらえている。これはあくまで自我を中心にものを考える彼の、ごく自然な表現であった。

岩野泡鳴は、こうして、大国主神や太閤や伊藤公、エマソンやホイットマン、メーテルリンクやヴェルレーヌやメレジコフスキーなど、さまざまな意味で「強」く「大」なるものを強引に「僕に属してゐる」ものにしてしまった。しかも彼はそのことを堂々と宣言し、宣言することによって、これからしだいに述べるように、実際の創造の踏み台となした。

ホイットマンは、彼の出発をしるした詩「わたし自身の歌」"Song of Myself"のなかで、「ウォルト・ホイットマン、一個の宇宙」と叫んだ。「おれは宇宙の帝王だ！　否、宇宙その物だ！」という泡鳴の叫びにも、私たちは同じ勇壮な自我主義の表現を感じとるべきであろう。「独存強者」の思想とその表現は、泡鳴の出発点であり、到達点であった。ただし、それは、日本の文学的伝統においては、「異端」のものであったのである。

4　思想詩の模索

いうまでもないことだが、岩野泡鳴の「独存強者」ぶりが、その詩作において、最初からやすやすと発揮されるはずはなかった。泡鳴の詩というと、今日でもたいてい、表現が粗雑だと非難される。大町桂月は彼の詩を評して、「形に於て、流麗宛転《えんてん》の妙なく、言ふ所、くどきに過ぐ。譬へば、野暮な紳士の女を口説くが如し」（『太陽』明治38・3「文芸時評」）といったが、この批判の仕方自体が、桂月のいわゆる大学派ないし擬古派の詩観、いやさらには世間一般の詩観をよくあらわしていないだろうか。比喩的にいって、詩とは「女を口説く」ような表現をするものというのが、新体詩、抒情詩の底辺的な考え方であった。だから当然「形に於て、流麗宛転の妙」あるものが尊重されていた。だが泡鳴にとっては、ホイットマンにとってと同じく、詩とは「実生活革命の基調」をなすものであった。しかも彼が究極的に「宇宙その物」たる意識から出発しているのであれば、その詩が読者一般の期待するものとはちぐはぐな、「野暮な」「くどき」ものになるのは、ごく自然ななりゆきであった。泡鳴は、こうして、いわば最初から日本の詩の通念と格闘しなければならなかった。

岩野泡鳴が明治学院に入った時、一級上に島崎藤村がおり、新体詩の試作を見せられたことはすでにふれた。それを彼は「下手な讃美歌の作り直しであつた」といっている（『文章世界』明治40・4「僕の回想」）。泡鳴自身も間もなく詩を作りはじめたが、その詩作の努力のうらには藤村に張り合おうという気持があったらしい。彼は当時の浪漫的風潮にそまりながらも、藤村とは違う型のロマンチシズムを育てていた。

すでに述べたように、宗教青年、政治青年から出発してエマソン的自我主義に走った泡鳴は、その精神の型において、彼より四歳上の北村透谷に近いものをもっていた。明治二十六年（二十歳）、彼の仙台在学時代に、『文学界』が出た。「北村透谷の作物には、僕も感服した一人である」（「僕の回想」）と泡鳴はいっている。彼はこの頃から、透谷の影響をも蒙って、「煩悶」の詩を作り出した（『新体詩史』参照）。彼の詩は明らかに藤村型の抒情詩とはならず、透谷型の思想詩に属した。しかも強者たる彼は、透谷と違って早く挫折せず、明治詩人としては稀有なほど息の長い詩的探究をなしていったのである。

泡鳴は詩においてさまざまな実験を試みた。まず詩劇を試みた。明治二十七年の春、彼は仙台から東京に帰り、彼地の成果たる詩劇「魂迷月中刃」を『女学雑誌』（八―十月）に発表、十二月には『桂吾良』と改題し、単行本で出版した。これは藤村の詩劇「朱門のうれひ」（『文学界』26・10）に対抗する意図をもって書きはじめられたもので、重要なセリフは七五調になっており、浄瑠璃も入れてある。そしてその内容は、彼みずからいうように、「ハムレットとファウストとをつきまぜて、一種の冥想的社会観をもらしたつもりの物」（「僕の回想」）であった。ただし、生と死との極限を扱おうとしたこの復讐悲劇は、いたずらに意識ばかり先走って失敗に終わり、泡鳴はついに劇作家として立つことをあきらめた。しかしこの後にも、彼は「脱営兵」（初出不明、詩集『悲恋悲歌』所収）や、『海堡技師』（明治38・10）などの詩劇を書いている。前者は故郷の母のことを思って脱営した兵士の、個人のきずなと国家へのきずなとの間に迷うさまを描き、後者は「冥想詩劇」と銘うって、婚約者と愛人のいのちを犠牲にして国のために海堡（海中の人工要塞）を築いた技師の、深痛な心を表現しようとしたものである。

次に彼は叙事詩を試みた。播州竜野の伝説に材を得た「寝釈迦のわたし」（『早稲田文学』29・6）や、宮古島の歴史をもとにした「嘉播の親」（『学窓余談』32・3―11）はその初期のものであり、後の作品には「夢幻史詩」として『白百合』の創刊号（36・11）から一年にわたって連載した「鳴門姫」や、同じ頃一部を『読売新聞』に発表した後に「史詩」としてまとめた「豊太閤」

（詩集『夕潮』所収）などの大作がある。この最後のものは、その意図において、やがて彼が北海道でなしたあの演説の内容に呼応している。その序文でこういうのだ。

われ、豊太閤の事蹟を見て、最も感ずるところはその外征にあり。彼、朝鮮を得れば、大明国に向ひしは勿論、明国を平らげば、印度、ペルシャ、否々、世界をも討伐せしなるべし。然して、その目的とするところは、かゝる外界の事件にあらざりしなり。彼は、無意識的に、自家心霊の要求を満たさんことを欲せしなり。一国を挙げて、その内部的安心を求め居りしなり。実は、その手段を選ばずして、之に盲進せしなり。

泡鳴がこの詩を作ったうらには、もちろん、いまや起ころうとしていた日露戦争の背景を考えなければならない。しかしこの詩は、愛国詩である以上に、「自家心霊の要求」の大いさを太閤という偉丈夫を通してうたう体のものとなっていた。

泡鳴はまた、広い意味で抒情詩といわれるジャンルの作品においても、単純な抒情に満足していなかった。宗教詩を書くかと思うと、少年詩も書き、諷刺詩も手がけた。そのほか、彼はさまざまな方面に触手をのばしたが、要するに、彼みずからいうように、「藤村のいよ〳〵情熱的になると反対に、ます〳〵その情熱を納めて行く形跡」（『新体詩史』）を示した。つまり彼は、彼のいう「冥想的特色」をもった思想詩の方向につき進んだのである。

5　新しい形式の探求

泡鳴は詩の新しい内容の模索に合わせて、当然、詩の形式面においても盛んに実験を行なった。彼ははじめ（明治学院に入った頃）、『新体詩歌』を見て、「僕の思つて居るのはこの形式だな」とさとって詩を作りだしたという（「我は如何にして詩人となりしか」）。『新体詩歌』は明治十五年十月に出た詩集で、主体はその三か月前に出た『新体詩抄』の再刻であるが、伝来の長歌、俗謡、あるいは古典から抜粋した美文などを追加し、すべて七五調を基本とし、伝統主義の色彩を強めていた。内容についても同様である。もっと複雑で深刻な（とみずから思う）思想を表出したい泡鳴は、それにふさわしい形式を、結局、自分で探求しなければならなかった。彼はエマソンにならって、「詩は想を第一とす。形式の如きは第二の問題なり」（『明星』明治35・11「詩句格調管見」）と信じていたが、同時に、想にはそれに呼応する形式があるべきだとも信じ、それを執拗に追い求めた。少なくとも、自分の詩を音律・韻法によって説明する点では、彼は一頭群を抜いていた。

たとえば、明治二十七年頃から、彼は十音詩体なるものを創始した。これは琴歌によくある三、三、四の十音を一行とし、それに日本語の組織にもっとも近い（と彼のいう）イタリアの韻法を採用して、二重韻を押したものである（実例は後から示す）。彼はこの形式を非常に誇りとし、「七五または五七に比べて二音時だけ気息に省略があるので、〔中略〕含蓄の余裕を生ずるので、幽玄な哲理詩、反省的述懐、引き締まつた挽歌等に適当だ。また含蓄の度合が減じて居ると、それが簡古、洒脱、淡白等の情想に釣り合つて来る」(『新体詩の作法』)と述べている。

またたとえば、明治三十七年頃から、彼は八七調を試みだした。八七調は森鷗外がすでに試み、前田林外もその後に続いていた。だが泡鳴は、「八七調の最も流暢なもの」が四、四、四、三の音脚をもつものだという自覚にもとづいて詩を作ったのは自分だけだ、と自負している(『新体詩の作法』)。

この端倪すべからざる勉強家は、この種の実験に、つねに論理的根拠を与えようとした。いきおい、彼は日本語の詩の構造の根本をも熱心に探求した。明治三十五年の十一月から十二月にかけて、彼は『明星』に「詩句格調管見(「十音詩体論」を附す)」や、「邦語詩句調査私表」を発表した。これらは後に『新体詩の作法』(明治40・12――「作法」とはいいながら、本書の大部分は音律、韻法の研究にささげられている)にまとめられた。その主張に異論は出るとしても、これは山田美妙の「日本韻文論」(『国民之友』明治23・10―24・1)以来の、そしてそれをしのぐ労作であった。泡鳴がとくに自慢するのは、音律の単位を、従来のように五、六、七、八の音ではなく、もっと細分して二、三、四の音に見出したことである。「岩野泡鳴に至つて、初めて新体詩界に二音、三音の脚が自覚される様になつた。〔中略〕たとえば、従来の七五調は上が七音、下が五音でありさへすれば、その音脚が三四三二であらうが、四三二三であらうが、たゞ自然無意識の刻みにまかして置いて、近代的芸術に必要な自覚的努力が少しも見えて居なかつた」、だが泡鳴によってそれが厳密に自覚的になされるようになった、というのである。先に紹介した十音詩体や八七調の説明にも、その自覚は具体的に現われている。（ここで附記しておくと、上田敏は『心の花』明治三十七年一月号の「新体詩管見」のなかで、詩形の単位を七、五とせず四、三、二などにわけることを説きながら、現在「其方向を以て研究する人が無い」と述べている。しかし泡鳴こそすでにその方面の探求をしていたのであって、このあたりにも彼の先駆性がうかがえるといえよう。）

形式の探究は、音脚の工夫ばかりではなかった。泡鳴は詩を品詞によって分かち書きすることもなした。これは西洋語の書き方にならったものであろう（その実例も後から豊富に出るはずである）。

また、彼が脚韻に意を用いたことはすでに言及したが、このことは彼が詩行の配列に意を用いたことをも意味する。この点に関してひとことといえば、たとえば明治三十七年頃から、彼はソネット（彼のいう「短曲」）をたくさん試みた。これには、蒲原有明の『独絃哀歌』（明治36・5）に刺激されたところがあるだろう。日本へのソネットの移植はもちろんさらに古く、明治三十年の薄田泣菫の作品にまでさかのぼるらしい。ただし、泡鳴はここでも自分の形式に自負をいだき、「泡鳴のは、〔中略〕まとまつた一篇に、一箇の結晶した情熱と感想とが、暗澹として、無縫の天衣を着て居るのである。格調の上にも、渠《かれ》のには八七調、七六調、十音押韻調、その他諸調が備つてゐる」（『新体詩の作法』）と自慢している。

6　蹉跌の連続

さて、しかし、このように内容と形式との両方において新機軸を求め、果敢な実験を重ねながら、岩野泡鳴はどうも成功しなかったのである。伝統主義的な詩壇や世間一般の無理解にも会った。だがそれ以上に、彼の詩自体が、内的な齟齬蹉跌に出会っていた。

まず内容の面から、一例として、彼のもっとも意欲的な叙事詩たる「豊太閤」の、もっとも力強そうな一節を引いてみよう。秀吉の「外征」の意欲を述べた箇所である。

人間　僅かに　百歳　ならず、
快ならざらん　や　無前　の　いくさ。
美々たる　戦袍《せんぽう》　われ人　かざり、
金銀　珠玉　の　太刀　佩《は》かしめて、
大軍　粛々　旗幟　を　たゞし、
鶏林八道、明洲《みんしう》八百、
暹羅《しゃむ》、晨旦《しんたん》　をも　一つに　統《す》べば
やまと　の　言葉　を　西夷　に　擬せん。

これはなるほど、まことに盛んな発展的精神の表現である。しかしこれは表面的に威勢がよいだけで、「自家心霊の要求」と彼がいうほどの、深奥の魂の自己表示とはなりえていないのではないか。それに、「金銀珠玉の太刀」という常套文句が使われるかと思うと、「やまとの言葉を西夷に擬せん」というような、意味のとりにくい文句が出てきたりしている。

詩劇においても、そのもっとも意欲的な大作たる『海堡技師』にしてからが、「冥想詩劇」といえるほどの冥想的深みはどうも持ちえていない。愛する二人の女を犠牲にしてまでも大業をなそうとする主人公の言葉のうち、もっとも昂揚した感情をあらわしたはずの部分を引用してみよう。彼が女（お杉）を殺す意図をひめて、彼女に死の意味を語る個所である。

然し、杉さん、人の身　は
いつ　死ぬる　かも　計られぬ。
たとへば、旅に　出た人　の
つま子　に　会はず　倒れたり、
をんな　に　しては、また　腹　の
子供　を　見ずに　しまつたり、
富者《ふうじゃ》　は　慾　に　死ぬ　あれば、
貧しき者　は　飢ゑて　又、
ほかに　うち死に、狂ひ死に、

恋　の　ほむら　に　焼け死に　も、
雷　に　打たれて　死ぬも　死ぞ。
〔中略〕
しかし、杉さん、人間は、
どうせ　死ぬなら、国　の　為め、
人　の　為めにも　成つて　死に、
誰れしも　いやの　犬死に　は
すまい　ものじゃ　ぞ。

これはさまざまな死の例をあげ、どうせ死ぬなら生の燃焼の極致たる充実した死（「国の為め、人の為め」の死）を死ぬべきことを説く、悲痛な魂の叫びであるはずだが、どうも、滅私奉公を強請するたぐいの、したがって泡鳴本来の自我主義とはうらはらの、底の浅い説教に終わってしまっている。そして七五調は単調に流れ、全体にはなはだしくしまりがない。

次に形式の面においても、泡鳴の不成功の例はいくらでも示しうる。たとえば十音詩体について、彼が（『新体詩の作法』で）みずから例にあげている「円き石」（『夕潮』所収）の最初の三聯を引用してみよう。

この世　の　苦み　をも

かつて　甞《な》めぬ　わが友、
　昔に　帰る　こゝろ、
　之も　円き　石ころ。

楽しき　空《くう》　に　ありて、
嗟、　土を　踏まぬ　足手、
　高く　飛ぶも　飛ばぬも、
　凝りて　結ぶ　あま雲。

ネビュラ　冷え氷りて、　見よ、
照らす　小星《こぼし》　の　月夜、
　円き　に　就く　雲　あり、
　自然　の　まゝ　その態《なり》。

これはいったい何をうたおうとしたものだろうか。三、三、四の十音がつっかえながらつらなるもどかしさと、脚韻（二重聯韻）の窮屈さが感じられるだけで、内容はいっこうにわからない。強いて考えれば、（庭におかれた）円い石の自然の有様を人間の望ましい心としてうたっているようだが、形式を整えるために主語、述語から必要な助詞まではぶいた箇所が多く、不自然さが目立つ。

では、これまた泡鳴自慢の八七（四四四三）調はどうか。彼はこれを「雄大荘烈なことが歌へる」形で、「真正の史詩体に適当な調だ」（『新体詩の作法』）といっている。なるほど、先に引用した「豊太閤」もこの形である。しかし、「豊太閤」の「雄大荘烈」さが表面的なものであることは、前に述べたとおりである。さらに、それにすぐ続く一節を見てもよい。

辺境、日本　の　土　のみ　踏んで、
いつまで　祖先　の　武烈　を　瀆《けが》す。
京師　は　主上　の　まします　ところ、
豈、それ、畿内　に　跼蹐せん　や。
叡慮　を　うつして　北京　に　迎へ、
大唐関白　これ　秀次　か、
故国　は　秀家、高麗《こま》　には　岐阜　の
宰相　秀信、最も　よけん。

これは太閤が朝鮮や明国を平げた後の政権構想をうたった箇所だが、いかにも舌足らず（または舌あまり）で、ぎこちない。とくに「大唐関白これ秀次か」以下は、ただ音数を整えるためにのみ苦労しているさまが明らかで、内容に乏しく、結びの「最もよけん」は、ほとんどカタコトである。総じて、これが「雄大荘烈」とはどうしてもいえない。

泡鳴は、要するに、みずから案出した形式によって、手かせ足かせをはめられてしまっていた。しかもまた、彼は理論的な考察においても、なぜ七音五音の単位ではなく、二音三音四音の単位にわけなければならないのか、またなぜ日本語を西洋語流にわかち書きしなければならないのか、といったことの説明をどうも十分になしえていない。ただひたすらこまかくわけ、分類し、統計し、強引な解釈をつけるだけである。そして彼は、「音律のことを研究すると、この様に七六ケ《しちむつか》しいことになるが、近代的大詩人たるものは之を一々わきまへて居るものでなければ、到底立派な、全く信用するに足る詩は出来ないのである」といいきり、「かういふ細いことに注意すると窮屈で、その詩が機械的になつて死んでしまう」という人に対しては、「さういふ人はどうせ本統の詩的自覚の素養がない、中途半端な作家に限るのである」（『新体詩の作法』）と答えている。

こうして泡鳴は、「内容派」（とみずから称した）の最たるものであったかと思うと、逆に「形式派」の最たるもののような外観も呈した。しかもその両方において、すぐれた成果はあげなかったのだ。では彼は、大杉栄のいわゆる「偉大なる馬鹿」（『新潮』大正4・6「岩野泡鳴氏を論ず」）、あるいは芥川竜之介のいわゆる「愛すべき楽天家」（『点心』大正11・5所収「泡鳴氏の事」）にすぎなかったのだろうか。そうではないのだ。彼らの用いた「偉大なる」とか「愛すべき」とかという言葉には、揶揄ないし憐憫の趣きがある。ましてや「馬鹿」とか「楽天家」とかという言葉には、軽蔑の気持があらわである。だが、問題を詩人泡鳴の活動に限っていう時、この種の言葉は、鴻鵠の志を知らぬ燕雀の低い視点と卑小な尺度を示すものにほかならない。泡鳴の失敗は、そのまま、彼の真に「強」く「大」なることの証明になると、私には思われるのだ。そのことを知るには、彼の詩の展開をもう少し歴史的に追跡してみるのがよいと思う。

7　第二詩集『夕潮』――抒情詩から苦悶詩へ

泡鳴がたんに馬鹿で楽天的な誇大妄想家でなかったことは、彼の抒情詩がよく証明している。彼はみずからを抒情詩人とは見なさなかったが、味読に値する作品を書いているのだ。とくに明治三十年代のなかば、『明星』や『白百合』に拠った頃は、第一詩集『露じも』(34・7) の稚拙さを脱し、詩法的にもすぐれたものをもっていた。第二詩集『夕潮』(37・12) はその期の作品を集めたものである。なかでも「海浜雑吟」(十七篇) は抒情詩が多く、それより思想性の勝った「静思」(十篇) でもやはり抒情的傾向をもっている。その後者中の一篇、比較的小品をここに引いてみよう。「散り行く紅葉」と題する詩である。

ああ、もみじ葉　の　かげ　赤く、
てん地　の　気　をば　呼吸して、
散り行く　さまを　譬ふれば、
その徳　高き　山人《さんじん》　の

こころ　静かに、安祥《あんじょう》と、
知死期《ちしご》　に　のぞむ　すがた　かな。

山　の　立ち樹　も、岩が根　も、
苔も、草葉も、はた　下に
渡せる　橋　も　小流《こなが》れ　も、
ともに　縁ある　その　御弟子。
その　悲み　を　あざやか　の
光　に　放つ　ゆかしさよ。

四大《しだい》　分るゝ　小あらし　に
一葉　一葉　の　舞ひ下る、
蝶か　花か　を　水　に　浮《う》け、
水　は　流れて、その列　を、
沖　の　舳艫《じくろ》　の　つゞく　ごと、
岩間がくれ　に　運ぶ　なり。

ああ、行《ゆく》さき　は　いづこ　ぞや。

われ、その道　を　見守れば、
先き　の　船　より　消え失せて、
相つぐ　ものは　限り　なし。
すべて　ひじり　の　乗る　なれば、
他界《たかい》　に　入るや　そのまゝに。

これは晩秋、紅にそまったもみじの葉が「てん地の気」を呼吸しながら散って行くさまを、有徳の「山人」（山中に隠棲する僧であろう）が「こころ静かに」寂滅するさまにたとえてうたったものであろう。第二聯では、その山中の樹木、岩、苔、草葉、橋、渓流を、みな散り行く紅葉、つまり高僧の「御弟子」としてとらえ、それら自然の風景が全体で紅葉の輝きを反映するさまを、師の入滅の「悲みをあざやかの光に放つ」とうたいあげている。第三聯は、紅葉の一葉一葉が「蝶か花か」と舞いながら水の上に散り、こんどは沖の船のつらなるごとく「岩間がくれ」に流れ行く情景である。「四大」はいうまでもなく地水火風の四元素、つまり宇宙自然のことである。最後の第四聯は、第三聯の船のイメージをうけて、それらの船は次々と消えていくが、すべて聖僧の乗っていることなれば、「他界」（浄土）に入って行ったに間違いない、と結ぶ。

この詩は全篇七五調で運び、平易な語法と素直な比喩で、華麗な風景にあわせて、感情を直接的に流露させている。これを一読して、私などにすぐ連想されるのは藤村の「秋風の歌」である。これも七五調で、秋の感傷の詩である。そして風にひるがえる木の葉が、「道を伝ふる婆羅門」の僧にたとえられている。ただし藤村詩のほうは秋風が吹き乱れるようにイメージが散り乱れ、「清《すゞ》しいかなや」「さびしいかなや」「悲しいかなや」「あゝうらさびし」などという感嘆詞を氾濫させ、そうかと思うと、「人は利剣《つるぎ》を振へども／げにかぞふればかぎりあり／舌は時世《ときよ》をのゝしるも／声はたちまち滅ぶめり」といった、彼のよく用いる一見哲理風の句もまじっていて、世間でのほとんど絶対的な評価にもかかわらず、私にはいささか散漫に思える。これに比べて泡鳴の詩は、「山人」「知死期」「四大」「他界」などという固い言葉や、「蝶か花かを水に浮け」とか「われ、その道を見守れば」というまずい句を含んで、流麗さでは藤村詩に及ぶべくもないが、イメージは一つにしぼり、進行は自然で、全体に深味と気品をただよわせている。私はいまここで彼我の優劣を論じる気は毛頭ないのだが、泡鳴のこの詩など、もっと評価されてよいのではないかと思う。

ただし、こういう抒情的傾向をうち出した時、泡鳴は我知らず、彼がしばしば否定してきた仏教的、あるいは日本に伝統的な無常の感覚にとらわれていた。秋の紅葉をみて「他界」への寂滅を思うなどは、その典型である。しかし、彼は自己のそういう傾向に気づいた時、みずから決然とそれを否定したのである。彼は詩集『夕潮』時代の自分について、「岩野泡鳴は叙事的冥想の住地より走って、知らず識らず全くのロマンチク主義に落ち入つた」（『新体詩史』）と述べている。ここにいうロマンチク主義とは、私たちの抒情趣味とでもいう意味に近い。泡鳴はそれに陥ったことをもって、自己の詩精神の衰退とうけとった。そして彼は、せっかく「散り行く紅葉」程度にまで到達した詩境から反転して、彼本来の道と信じた思想詩の方向につき進んだのである。これは俗流「芸術」派詩人のあずかり知りえぬ精神の行為ではあるまいか。

泡鳴はみずから困難な道をえらび、失敗に失敗を重ねた。どういうわけか、日本語は自己解脱、自然没入への誘惑をひめているらしい。あるいは思想より感傷の表現に適しているのだろうか。泡鳴はそれにあらがいながら、ついそれにまきこまれていた。しかしその事実に気づくと、たちまち彼の信ずる本道に戻ったのである。

そういう努力は、もちろん、『夕潮』自体のなかにもあらわれている。短曲「あゝ世の歓楽」はその例であろう。はじめ『白百合』(37・6)に発表されたこの詩は、泡鳴が後に「渠のデカダン傾向を最も早く示した物」(『新体詩史』)と述べたこともあって、よく知られているので、ここでは引用を控える。しかしこの詩にもまだ感傷性は強く、表現は言葉足らず、冥想の真実味が伝わって来にくい。だが、『夕潮』出版直前の作で、はじめ『白百合』(37・11―12)に発表された「世外の独白」(三篇)になると、冥想的傾向はさらに強まっている。たとえば、そのうちの一篇「無性斗神」(斗神が具体的に何を指すか、私には分からぬが、自然から生まれた醜怪な無性生殖の生き物らしい)では、

互ひに　まろびて　いだくは　何ぞ、
おのれ　の　生みにし　おのれ　の　姿。
影　より　影　をば　楽み　活《い》くる
人間　あはれや、その身　を　知らず。

と、この生き物の苦悶の独白を借りて、人間の刹那的生の意味（あるいは無意味）を、有明のいう「幻怪奇異の想」（『新体詩史』に引用）をもってうたい出している。他の二篇の独白も、まず同様であった。

こうして泡鳴は、一時後退を見せながらも、結局、『夕潮』について、そこにあらわれた「最大最深の苦悶の声」を自慢にし、「あたまから無解脱、無解決の苦悶を歌つて、世の哲学、宗教等の伝習思想に当つた詩は、泡鳴を以つて始まると云つてもいい」（『新体詩史』）と誇らかに述べている。

8 第三詩集『悲恋悲歌』――苦悶詩の深化

岩野泡鳴は、いったんは世間にうける抒情詩、彼のいう「ロマンチク主義」の詩に近づいたが、ついにそれを斥け、思想詩に戻った。そして彼は、彼の目ざす劇的な大いさと冥想の深刻味とを表出するにふさわしいあらたな形式をさがし求めた。その時、彼が見出したもっとも重要な形式の一つは、「独白劇」（monodrama）と称するものである。これは、もちろん、テニスンの傑作とされる『モード』（モノドラマと銘うっている）や、ブラウニングのかずかずの「劇的独白」（dramatic monologue）詩に、学ぶところがあったに違いない。『夕潮』の中の「豊太閤」の初篇「戦捷の祈」（引用ずみ）や「世外の独白」は、泡鳴の独白劇の初期の力作であった。

泡鳴はまた、「ロマンチク主義」から転回の後の自分の詩を、しばしば「デカダン傾向」の

「苦悶詩」と呼んでいる。この言葉の意味は、「あゝ世の歓楽」や「世外の独白」の読者には、説明するまでもないだろう。解脱を斥け、生の実相を見る時、肉霊の煩悶こそ人間の存在証明だと彼の目に映ったことは、すでに述べた通りである。

こういう傾向は、第三詩集『悲恋悲歌』(38・6)で、さらに強まった。この詩集にも、まだ単純なロマンチク主義の詩は多いけれども、たとえば「短曲」(二十一篇)の過半は、「悲哀の俘《とりこ》」「苦悶の鎖」という題が示すようなデカダン的内容になっている。そしてこの詩集の作品中、もっとも後に作られ、またその総決算ともいうべく巻頭におかれた「三界独白」(「燭のゆらぎ」「闇の横木」「ときわの泉」の三歌からなり、最初の二歌は『白百合』三十八年四―五月に発表、最後の歌は詩集に初出)は、形式的にも「独白劇」の形をとり、泡鳴のもっとも有名な作品となった。

この詩は、泡鳴自身の説明を借りれば、「永貞で通すべき天主教の比丘尼《びくに》が、同教会の神父と「禁ぜられたる恋」を為し、その結果たる「分身を神にも見せずて、闇に遣りぬ」といふ苦悶懊悩を歌つてある」(『新体詩史』)ものである。第一歌「燭のゆらぎ」では、比丘尼の恋の罪の懺悔がうたわれる。聖なる燭のゆらぐ祭壇を仰ぐにつれて、彼女は「マリヤ　の　御胎《みはら》　は、ああ、聖《きよ》かりき――／われ　ゆゑ　わが子　は　闇　に　行きぬ」とさとり、「痛傷《いたみ》　と　悔悟《くい》　もて御堂　を　退き、／御座　の　もとにて　われ　を　泣きぬ」という結末になる。第二歌「闇の横木」は、その比丘尼が暗黒の地獄に落ちて行く時の、苦悶の独白である。断末魔の彼女は、ふとふれた闇の横木をつかみ、黒き死神にむかって、「ああ、かの　失せにし　玉〔わが子〕だに得なば／わが身　は　陶器《すえもの》　砕く　まゝぞ」と叫ぶ。するときこえてくるのは、「邪淫　のつちくれ　さは　恋しくば、／来たりて　サタン　の　胎内《はら》　に　入れや」という恐ろしい声だ。だが、ついに力つきて横木を離そうとした瞬間、彼女は聖母によって天上に引き上げられる。第三歌「ときわの泉」は、こうして救われた比丘尼の霊の歌である。しかし、彼女は天上の光明の中にあっても、なお愛欲のきずなを断ちきれない。「わが手　は　待つ　なり、巻くべき　君を。／わが身　は　待つなり、いだく　君　を。／一たび　心　に　しるせし　影　は、／いつまで　相見ず　居らるべき　ぞ」といった言葉が続く。

泡鳴は『新体詩の作法』のなかで、この詩はポーの「ザレーヴン」（「大鴉」）、ロセッティの「さきはふ乙女」（「昇天聖女」）、および「ダンテの幻像」から出たものだと述べている。しかし彼が『神曲』から得たものは、その構成の一部を出ないであろう。より直接的には、地上にあって天上の乙女への愛を吐露する「大鴉」と、天上にあって地上の男への恋をうたう「昇天聖女」から、学ぶところがあったに違いない。だが泡鳴は、さらに続けて、ポーとロセッティの詩は「まだ宗教的解脱や安心を人間の糧になるものであるかの様に取り扱つて居るので、純粋の苦悶詩ではない」といい、それに対して泡鳴自身のは、「その恋愛は天上に至つてもなお地上の恋愛的羈絆を脱して居ないところに、ポーの様に形式的解脱を待たず、ロセチの様に架空な安心を貪らうとしない、肉即霊的苦悶詩の自覚が明らかに現はれて居た」と主張している。

泡鳴のこの主張は、ポー詩についても、ロセッティ詩についても、妥当な理解にもとづいているとはいえないと思う。「大鴉」は形式的救いがないところに中心があるのであり、「昇天聖女」

もまさに霊肉一元の恋をこそうたっているのだ。しかし、ここでは、その詮索はしなくてよい。いま注目したいのは、「肉即霊的苦悶」を表現する文学という、『神秘的半獣主義』の主張が（その出版のちょうど一年前に）、ここではっきり作品となって結実してきた事実である。

もっとも、この「三界独白」では、比丘尼がマリヤに救われるあたりに、泡鳴自身も認めるごとく、まだ「詩論で否定して居るロマンチク傾向に走つた跡を見せて」（『新体詩の作法』）いる。後の小説『発展』のなかでも、彼は、「ときわの泉」で「矢ッ張り、若々しい恋の失敗を地上なり、天上なりに引き据ゑ、祭りあげてゐた」ことを反省し、そんな「聖愛」などのありえないという信念を述べている。泡鳴は、これ以後、ますます激しくこの種のロマンチク主義を拒絶し、厳しい半獣主義をおし進めていった。

9　第四詩集『闇の盃盤』——自然主義的表象詩

第四詩集『闇の盃盤』（明治41・4）は、泡鳴のこのさらなる邁進の成果であった。

この頃、島崎藤村はとっくに詩林を去り、その後をうけて、薄田泣菫、蒲原有明が詩林の王となっていた。彼らに大きな影響を与えたのは、上田敏の訳詩集『海潮音』（38・10）が伝えたフランス象徴派の「新奇なる美」である。しかし、これをもっとも見事に吸収した有明にしてからが、日夏耿之介のいうように、「浪漫詩の直接の延長として彼独自のシンボリズムを完成」（『日本現代詩大系』第三巻「解説」、昭和25、傍点原文）させていた。その詩は現実の生活と直接的にかかずらわぬ心霊の微妙な世界、上田敏のいう「幽婉縹緲」の世界の消息を伝えることに、心をくだいていた。かつて藤村流の浪漫詩と対立した泡鳴は、いままた泣菫・有明らの象徴詩と対立することになった。『神秘的半獣主義』を知る人は、泡鳴が象徴（表象）詩と苦悶詩とを合体させたことが、容易にわかるであろう。彼はこれを「自然主義的表象詩」と名づけた。その特色を彼は、「泣菫、有明の表象的傾向を有して居る詩の様に、技巧を主とするのではなく、その内容に宗教的観念を入れたがるのではなく、現在的苦悶その物が刹那の表象になつて居るのである」（『新体詩の作法』）と説いている。『闇の盃盤』は、まさにその種の詩を集めたものとなった。

この詩集中、泡鳴自身が（『新体詩の作法』で）自然主義的表象詩の例としてあげているのは、「闇の盃盤」「春暁」「黄がねくちなは」の三篇である。このうち、「春暁」は春のあした、目覚めることは「苦」を招くだけだと知り、「いまだ　生れぬ　身　にも　あれや」と、目覚める前の状態を願う心をうたったもの、「黄がねくちなは」は、人妻との情事を蛇のからみあいにたとえ、「痿《な》えし　わが身　は　痿えし　腕　に／痿えし　長物　捲きて　あるを――」と陰微にうたったもので、ともにソネットである。「闇の盃盤」はよく知られる詩だが、これには誤解もあるようなので、全文を引用してみよう。

夢　は　失せにし　玉　の　如く、
覚めて　摑《つか》む　と　すれど、あはれ。

艶　も　光　も　跡　を　絶ちて、
闇　に　のべたる　片手　ばかり。

ゆるむ　節々《ふしぶし》　ちから　添はず、
恋　も　のぞみ　も　なかば　うつゝ。

まなこ　開らけば、暗き　かもゐ、
あやし　まぼろし　これを　めぐる。

鬼　よ、羅刹《らせつ》　よ、夜叉　の　首　よ、
われを　夜伽《よとぎ》　の　霊　の　影　か。

死　はも　わが身　を　獄　に　つなぎ、
肉　は　魂《たま》　とも　燃えて　のぼる。

見えぬ　火の中、水の中　の
畏怖　と　威嚇　は　迫り　来れど、

酒 の かをり に 泡 の いのち、
甘き 歓楽 ねむり 誘ふ。
闇 の 盃盤 闇 を 盛りて、
われは 底なき 闇 に 沈む。
かくて 夢 より 夢 を 浮び、
とこしなへ にも 生 に 酔はん。

この詩は、注釈書によっては、ひたすら酒色にふけり「官能の陶酔に身をまかせて恍惚としている状況」を表現したものと説かれている（関良一『近代文学注釈大系　近代詩』昭和38）。しかし、これはまさにその逆の、陶酔にひたりきれない状態をこそ表現しているのではないか。酒に酔っても満たされず、覚めて夢をつかもうとしてもつかめない。その刹那の存在の不安と焦燥——それを作者は表現しようとしているような気がする。もっとも、この詩が泡鳴の代表作とされるに値する佳篇かどうか、私には疑問である。「鬼よ、羅刹よ、夜叉の首よ」のような、陳腐で中味のない語句があるのは惜しい。「死はもわが身を獄につなぎ、／肉は魂とも燃えてのぼる」は、この詩の中心をなす肉霊合致の苦悶の表現であるが、それを「肉体は霊魂ともなり、情欲と燃えて昇天する。肉感的、頽廃的な詩想」（傍点亀井）と、ポイントはずれの注釈がなされるのも、責任の一端はやはり作者の表現の不十分さにあると思われる。

詩集『闇の盃盤』は、これらの詩も含めて、「短曲」という題のもとに三十五篇のソネット、「月と猫」という題のもとに二十一篇の短詩、および「海音独白」ほか五篇の比較的長い詩と、癩病（ハンセン病）の親子をうたった「叙事歌曲」と銘うつ長詩「黄金鱗」を収めている。その多くが苦悶詩ないし自然主義的表象詩であるが、とくに短い作品のほうがすぐれている。ポーの短詩論を借りるわけではないが、刹那主義的緊張感はそのほうが保ちやすいのであろう。主題や感覚のうえからいうと、ボードレール、ヴェルレーヌ、マラルメなどのそれに近いものが多い。

泡鳴は、自分のこの自然主義的表象詩について、「かういふ風な物になると、叙情の情は単純な意味の物ではない、知情意合体の心熱であつて、曾て泡鳴が藤岡東圃に示めした様に、「たゞに情意ばかりではない、知力までも燃焼流和させやうと努めて居る」のである。この種の物を別称すれば、「心理的詩歌である」（『新体詩の作法』）と述べている。まことに彼の詩は、少なくともその意図するところにおいては、新体詩の主流たる抒情詩とかけ離れた知情意合体の心熱を表現するところに進んでいた。その成果にさまざまな制約はあったとしても、彼が日本近代詩の世界でますます独存異端の存在になっていたことは確かであろう。

10　口語自由詩への開眼

だが、ここまでの議論を忍耐強く読んでこられた読者も、おかしいと思われるのではないだろうか。泡鳴があれだけ強調し、私も熱心に称揚する「独存強者」とは、つまりこの苦悶のなかに生きるもの――「闇の盃盤、闇を盛る」現実にあって「底なき闇に沈む」ものなのかと。あるいはまたいぶかられるかもしれない。日本近代詩の抒情派的主流に対抗するというものが、その表現はますます陰湿になり、晦渋に深まっていったのはどういうことかと。

しかしこの事実を指摘し、批判することは容易だが、より重要なのは、泡鳴がこういう自己撞着に陥った原因と、その意味とを、理解することであろう。結果だけとらえて批判することは、何の役にも立たぬ。泡鳴の場合、彼がこういう結果に陥ったのは、彼が伝統的世界や美意識や詩法と妥協しなかったことの、まさに強さの証明になるだろう。つまり、日本の社会で「独存強者」たらんとするものには、ホイットマンにおけるような「開かれた道」open road が開けてはいない。泡鳴は北海道の中学でのあの講演が象徴するように、どうにもできぬ壁に直面しなければならなかった。「笑ふとはなんだ？」となっても、笑いはたかまるだけだろう。ホイットマンにも孤立した人間の苦悶はあったが、デモクラシーに生きる彼は「雄々しい同朋愛」manly love of comrades を比較的容易に信じることができた。だが泡鳴の世界は閉ざされていた。彼は苦悶を終始ひとりでうけとめなければならなかった。そして彼は、実際、それを真っ向からうけとめようとしたのだ。彼の表現の晦渋さも、思想をあらわす伝統の乏しい日本の詩で、それをなそうとするものの避けられない苦しみのようなものでもあった。

しかしながら、すでに明かなように、泡鳴は実は自分の表現に真の解放を求め続けていた。彼が詩は想をもってはじまると考えていたことはすでに述べたが、その想の人間的生命のリズムをもった表出の道を、彼は考え続けていたのだ。『神秘的半獣主義』で、彼は「人間の使ふ言葉中に潜んで居る曖昧粗雑な音律が、自我の覚醒に連れて、自然と発揮して来る」のが詩の本来的な形であり、「悲痛の熱烈な程、その律に緊張の響が生ずる」と述べている。この考えから、彼は『帝国文学』（40・4）に発表した「自然主義的表象詩論」では、これからますます発展すべき詩風として、⑴宗教的形式の脱却、⑵懐疑と煩悶、⑶神経と自然との燃焼流化、⑷刹那的生欲の発現、⑸心熱、⑹新語法と新用語、⑺思想と技巧との純化、⑻新リズム、をあげている。ただこのように模索を続けながら、まさにこの緊張したリズムを尊重するがゆえに、彼はいわゆる「詩的」な律格をすてきれないでいた。

明治四十年九月、雑誌『詩人』に、十九歳の青年、川路柳虹が「新詩四章」を発表、いわゆる口語自由詩をはじめたことは、よく知られている。彼のこの革新的実験の背景には、彼自身がいうように、「自然主義の現実尊重、形式排除の思想」があった（『近代詩の史的展望』昭和22年所収「口語詩と現代詩」）。泡鳴はこの実験を知らなかったらしい。しかし自然主義の本山たる早稲田派がこの方向をおし進め、翌四十一年、島村抱月の弟子たちが作っていた早稲田詩社の中心人物二十四歳の若者、相馬御風が『早稲田文学』二月号に「自ら欺ける詩界」、三月号に「詩歌の根本的革新」を書き、用語においては「絶対的に現在吾人の用ふる口語」、詩調においては「絶対的に自由なる情緒主観さながらのリズム」、行と聯においても断乎たる「制約破壊」を主張した時、泡鳴は猛然とこれにかみついた。なぜか。彼は、十歳以上も年下で、『白百合』時代には子分のように思っていた御風が、自分のよく使う「人格全体の刹那的燃焼」というような言葉を使って表現の解放を説くことに、一種の小面憎さを感じた。だがより根本的には、御風の行き方では、先に述べたような緊張したリズムは保ちえないと思ったのだ。『読売新聞』（3・8）の「文界私議」欄で、彼はこう反論した――「厳粛な詩には、僕の行き方さへ自由過ぎると見られ、まだ一般には分からない時代だ。「である」「でした」式が厳粛に使用される時がありとすれば、まだ〳〵後のことである。模倣的に詩を作つて来た人には、さういふ議論も刺戟にならうが、苟も内容派の素養あるものはそんな上ッ面な破壊に何の影響をも被るまいと思ふ。第一に努むべきは、詩に於ける情想上の形式〔中略〕の打破であらう」と。つまり泡鳴は、表現上の形式打破を主張する前に、情想上の形式打破、精神思想の解放改革を行なえというのである。御風はこれに反論を呈し、泡鳴もまた再反論して、論争は続くのであるが、要するにここで、泡鳴はまさに「厳粛な内容派」の立場から、散漫に流れる恐れのある口語詩に反対したのである。

ところが泡鳴は、『早稲田文学』五月号に御風がのせた口語詩「痩犬」と、同じく早稲田詩社の三木露風が発表した「暗い扉」とを読むと、一転してこの行き方に賛成した。もっとも、彼は自説をひるがえしたわけではない。御風は「口語詩」を主張したが、その実作品は「散文詩」ではないか、「散文詩」なら自分も賛成だ、「散文詩と口語詩とは混同すべからずだ。散文詩は、ホイトマンを読んでも分かる通り、その内容律が有形的にあらはれないから、口語を以つて最も自由に流出さす余地を存してゐるのである」（『読売新聞』5・10「肉霊合致の事実」）と彼はいうのだ。これは、口語詩なら反対だが散文詩なら賛成だという論理で、一見詭弁的である。しかし泡鳴は、いかに「絶対的に自由」なものにしろ、「詩」という以上は「有形的」であることを前提にして考えていた。だから御風の口語「詩」論に、口語による民謡とか端唄とかのようなものを想像し、それは「厳粛な内容派」にふさわしいものではないとして反対していた。他方「散文詩」は、「詩」の一種には違いないが、「無形律」である点で「詩」とは異なるものである。そしてこの「無形律」の「散文詩」なら、口語をまさに「絶対的に自由」に駆使できる、だからこれなら賛成だ、と彼はいうのである。

しかも、このつねに果敢な実験家は、いったんよいと思うと、たちまち自分でも実作に乗り出した。その第一作「縁日」は、御風に遅れること二か月、明治四十一年七月の『早稲田文学』にのった。そして注目すべきことは、彼が「僕のはホイトマンからあの形が出た」（『現代詩歌』大正7・4、川路柳虹との対談「散文詩形の創始者」）といっていることである。この言葉は、疑いをはさめばはさめないこともない。しかし私は事実であったと思う。泡鳴がこの少し前からホイットマンを読みはじめ、思想的にも同感していたことはすでに述べた。しかもこの直後、同年十月から、彼はホイットマンの詩を（彼のいう口語の「散文詩」形で）盛んに訳し、諸雑誌に発表しはじめた。そして彼の作った実作品は、御風や露風の口語詩（それは柳虹の新詩よりもっと自由であった）と比べてさらに自由に口語を用い、散文性も強くうち出し、放胆な行わけも行なって、ホイットマン流の表現に大幅に近づいている。（この口語自由詩論争や泡鳴の散文詩とホイットマンとの関係については、すでに拙著『近代文学におけるホイットマンの運命』で論じたところなので、詳細はそちらにゆずりたいと思う。）

泡鳴は口語で「散文詩」を作ってみて、その解放感を心から喜んだようである。あれだけ音律に注目し、その分析に精力を傾けてきた彼が、これ以後、「わが国では、雅語を口語に変更しなければならなかつた必要上、一たび、どうしても、散文詩に向ふ運命を持つてゐた。」「有形律の詩よりも無形律の散文詩の方が一層自由な〔中略〕暗示を実現することが出来る」（「散文詩問題」『全集』十七巻所収、初出不明）などというようになる。つまり彼は「散文詩」こそ「厳粛な内容派」の立場を押し通すのにふさわしい形だということを感じとったのだ。そしてこの時から、彼は「詩」つまり有形律詩をいっさい書かなくなってしまう。彼において、「散文詩」が「詩」の位置を奪ってしまった。岩野泡鳴のような詩歴の古い人において、これはまことに大きな方向転換であったはずだ。ところが彼は、それをいとも平然と行なったのである。

11　第五詩集『恋のしやりかうべ』――解放された「散文詩」

それでは、泡鳴は実際にどのような「散文詩」を作っただろうか。それに対する批判は多い。「かつては『悲恋悲歌』に「闇の横木」の味はひを見せる程度迄に文語詩の上達を見せた彼は、新しい口語詩の一年生に入つて忽ち拙劣を見た。」「「闇の横木」程度まで到達したかれの詩境もなぐり書きの散文で言葉の放蕩浪費をやる間にこんな程度に下つて彼はそのまま詩人の名を自ら詩壇から拭ひ消して、大正九年五月九日死んでしまつた」という日夏耿之介（『明治大正詩史』改訂増補版、昭和23—24）の意見は、その典型といえよう。一面において、こういう批判が当たらないではなかった。泡鳴は明治四十一、四十二、四十三年頃にかなりの「散文詩」を作り、それを中心にして大正四年三月に第五詩集『恋のしやりかうべ』を出した。しかし彼は、「散文詩を書きはじめると間もなく、「この散文詩の心持ちを小説に拡張出来ると考へて」（『恋のしやりかうべ』の「はしがき」）小説に手を染めだし、明治四十二年には「耽溺」によって評判を得、とうとう「詩界に別れる辞」（『劇と詩』44・3）まで書く仕儀となった。つまり彼の「散文詩」は詩人泡鳴から小説家泡鳴への転回の過渡期の作品が大部分で、それ以後の作品もいわば片手間のものであり、長年の修練を経て完成にまで到らせられたものではないのだ。

実際、日夏氏が例として示す泡鳴の詩行は、それだけ見るとどれも拙劣無惨なものである。しかし日夏氏が「詩的破綻」という時の「詩的」とは何か、ということもまた問題にされなければならない。実例によって検討してみるとよい。日夏氏は、たとえば詩集巻頭の詩「胸のきしめき」の結びの三行を引用してみせている。

畜生！
わが身の　ことを　云つて　ゐたのか、
今　聴えた　葬式準備　の　話？

これはたしかに「詩的」ではない。そして一見「なぐり書き」のようである。しかし、これは「死」と題する連作の最初で、作者は病床にあり、熱におかされ、夢うつつの状態で「死」を思っている。その作者が発した言葉とすれば、「なぐり書き」的なところに、むしろ真実感があ

るのではないか。少なくともこれは、「闇の横木」における比丘尼の断末魔の想念たる、

第一、第二　の　天使　よ　来たり、
終末《おはり》　の　管《くだ》　をば　高く　鳴らせ。
汝が手　に　燃え立つ　火焔《ほのほ》　を　浴びて、
わが身　も　草木　と　焼けて　失せん。

のような「詩的」な表現より、もっと迫力をもっていると私は思う。
同じく「死」の連作の一つたる「二《ふたつ》のしやりかうべ」も、「詩的」でない表現が氾濫している。重い病いの女と一つ寝床にねながら「死」を思う、詩の結びの部分は次のとおりだ。

快楽の　ほとぼりが　なくなるに　従つて、どうせ　死んでしまう　僕等、
苦痛の　中の　快楽も　(なくなれば)　一層　強い　死だ。
ただ　それまでの　連続——刹那の　衰頽——
時計の　音の　刻　一刻は、
二つの　しやりかうべを　並べて　刻《きざ》むのだ。

抱き会つた　寝床の　うち、
互ひの　口は
天井に　向つて　白い　息を　吐き出して　ゐる！

これを、たとえば「黄がねくちなは」（『闇の盃盤』）と比べてみるとよい。同じ男女の愛欲とその苦悶をうたっても、非「詩的」な表現のほうになんと胸に迫るものがあることか。この最後の聯の三行は、凄絶ですらある。

もう一つだけ、「詩的」でない表現の例をあげよう。「死」の連作に続く長詩「甲州の印象」は、部分的に小説『発展』のなかにも引用されているが、『発展』ではお鳥（この詩ではしイちゃん）という名で登場する情婦と甲州へ行った時の印象、および東京に帰ってしまった彼女を恋い求める気持をうたったものである。この詩は、明らかに、失せた妻鳥を恋うる夫鳥の叫びに耳を傾け、そのことから人生の鍵をつかむ思いをうたったホイットマンの詩「はてしなく揺れる揺籠から」“Out of the Cradle Endlessly Rocking”に、その発想とリズムを負っている。（泡鳴自身、「揺り籠から」と題してそれを訳し、『文章世界』四十一年十月号に発表しており、『発展』の中でも、その恋と自分の恋とを比較してみせている。）もっとも、この泡鳴の詩に、ホイットマン詩のもつ力と思想的深みはない。そして技巧的にはやはり粗雑というほかなく、恋人のもとへ帰る思いの表現にしても、

駆けれ、駆けれ、汽車、
僕の　むくろを　乗せて　駆けれ、
僕の　恋と　たましひ　とを　乗せて
しイちゃんの　ところへだ、――しイちゃん　にだ！

といった調子である。しかし、これにすぐ続く次の聯はどうだろうか。

僕は　今　理想家だ、
しやりかうべ　の　様に　砕けて、その　手足　の　様に、
からだと　心とは　別々に　関節が　はづれてゐる。
しイちゃんの　ゐない　甲州の　山野《さんや》は、ああ、厭だ、
昔の　骨塚《こつか》ツ原か　鳥辺野　だらう、
速かに　去れ、速かに　退け、この荒涼たる　死国！

もちろん、これまた滑稽なほどに幼稚な表現である。しかし正直さもここまでくると、味わいがあるではないか（とくにこの二行目と三行目の、カタコトのような表現の新鮮さを味わいたい）。そして例の肉霊合致境とうらはらの現在の「死」の状況から脱出したい気持ちが、彼の評論や、闇から闇へと沈む彼の文語の苦悶詩よりも、はるかに直接的に伝わってくるのである。

『恋のしやりかうべ』で注目したいのは、泡鳴の詩の基底にいままであった告白の衝動が、もはやあの「苦悶詩」「独白劇」の作為を脱して、ホイットマンが「わたし自身の歌」を書いた姿勢に近い、あけすけな「自己」の告白になっていることである。もっとも、「わたし自身の歌」においてと同様、その「自己」がそのまま著者だというのではない。それは著者の詩魂によって見られた「自己」である。その意味で、泡鳴が小説に関して主張した一元描写は、詩において も、『恋のしやりこうべ』ですでに実行されていた。たとえば、一元描写論の先駆たる「現代小説の描写法」(『文章世界』明治44・2)で、彼は浅薄な客観描写論を斥け、「価値ある作家の主観に映ずる客観描写は、〔中略〕外形上の技巧を棄てて、直接に思想的現実に飛び込むべきである。そこに、人生は形式もしくは技巧の完全らしいつぎ合せの幕ではなく、破れて血の出る悲劇その物である。」「現代の文界は〔中略〕主観実際の態度をどうすべきかを忘れてゐる。〔中略〕作者の自己は直接にその作品全体に現はるべきものである。」「作家の態度は、僕の所謂心熱的全人格的実行でなければ、真剣ではない。真剣な作家の主観を離れて、真剣な人生描写はない」と述べている。これはもちろん『神秘的半獣主義』や「自然主義的表象詩論」の延長上にある主張だが、『恋のしやりこうべ』で、彼の「自己」は、はじめて、「直接に作品全体に」現われるものとなっているのだ。

これらの意味をも含めて、『恋のしやりかうべ』の圧巻は、何といっても、この小文の最初に言及した明治四十二年夏の樺太および北海道における放浪をうたった「樺太の雑感」(十篇)と「札幌の印象」(一篇)であろう(前者ははじめ『太陽』四十三年一月号に、後者は『文章世界』四十二年十二月号に発表された）。これは泡鳴の生活そのものがもっともゆらぎ、苦しみ、したがって彼の刹那主義、半獣主義的意味で彼の生のもっとも燃焼した時期の作品である。そしてその「心熱」を注入された「自己」が、形式的技巧をまったくすて去った形で表現されているのだ。

たとえば、「樺太の雑感」の㈠は「汽車」と題し、東北を北へむかう車中の様子をうたうのだが、自分が青大将のように大地をぬたくって進むという卓抜な想像をしながら（ちなみに、泡鳴は蛇に余程の愛着をもっていたらしく、何度も自分を蛇にたとえている）、最後にこう結んでいる。

トンネルを　這入つて　また　トンネルを　抜ける　とたん、
ふと　室内　を見れば、
昨夜来　話し合つて　来た　婦人客が、
これも　亦　青い　顔を　して、眠つて　ゐる。

「もしく、あなたの　降りる　場所が　来ましたよ」と、
呼び起して　やる　さへ　不快な　程の　顔つき　だが、
さて、その女が　身づくろひして　降りると　なると、
僕の　脈搏が　それだけ　減ずる　様な　気が　した。

なんとこれは見事なスケッチではないか。旅の孤独と不安と疲労が、こんなに（思わず笑えて

くるほどに）あっけらかんと、しかも真実味をもって表現された例は、他にそう多くないだろう。
同じく(二)以下で、作者は樺太行の船や、罐詰製造所や、アイヌたちの姿や、樺太の海や、焼損林をうたう。そしてそれらの情景がみな作者の「自己」の心の情景と合わさっている。(九)「何の為めに僕」は、よく引用される作品だが、私もやはり全文を引用しておきたい。

何の　為めに、僕、
樺太へ　来たのか　分らない。
蟹の　罐詰、何だ　それが？
酒と　女、これも　何だ？

東京を　去り、友達に　遠ざかり、
愛婦と　離れ、文学的　努力　を　忘れ、
握り得たのは　金でも　ない。
ただ　僕　自身の　力、
これが　思ふ　様に　動いて　ゐない　夕べには、
単調子な　樺太の　海へ
僕の　身も　腹わたも　投げて　しまひたく　なる。

これまた、胸に（あるいはホイットマン流に、腹にというべきか）激しく迫る詩である。一行目の「何の為に、僕」という句は、「僕」の次に「は」という助詞がはぶかれ、田舎者のような表現である。七行目の「握り得たのは金でもない」という句も、「でも」とくれば「金でも名でも」というように、もう一つ「でも」が連なるのが普通なのに、それがなく、またもや朴訥な感じがする。しかしまさにそういう不調和さが、この「僕」なる人物のどんづまりを如実に示し、最後の行の「僕の身も腹わたも（「心」などとえらそうなことをいっていない）投げてしまひたくなる」という句に、見事に呼応していると思う。

ついでに、最後の(十)「マオカのゆふべ」も紹介しておこう。

僕は　袷《あわ》せに　袷せ羽織、
そして、出て来た　芸者は　単衣《ひとえ》に　夏帯――
熱い　様な、寒い　様な、
分つてゐる　様な、　ゐない　様な、
物足りない　歌と　三味と　酒と　洒落《しやれ》とに、
マオカ　の　ゆふべの　お座敷は　暮れて　しまつた。

この野放途さの素晴らしさはどうであろうか。このやぶれかぶれな表現は、作者の心に何とよくぴったり一致していることか。

小説『放浪』のなかに、主人公の田村義雄が、樺太の失敗のあと北海道に逃げ帰り、友人の島田氷峰にこれらの詩を朗読してきかせるところがある。作者は、これらの詩は「ホイトマンの散文詩の様なぎこちない口調ではあるが、義雄独得の力が籠つてゐると、氷峰も認め得た物だ」と書いている。また、とくに「何の為めに僕」を読むところでは、「義雄は最も深くそれを作つた時の感に打たれた様で、声の調子も少し変つてゐた」と書き、読み終わると、氷峰は「君の意気と人格そつくりぢや、なア」といった、と書いている。これは、泡鳴自身のこれらの詩に対する評価と感情をあらわしたものであろう。

しかも、この点に関してさらに面白いのは、氷峰がほめると、「義雄は知己の知己を得たと思つて、得意げに読み返した」とか、「「まだ一つあるよ」と、調子にのつて義雄は「マオカのゆふべ」といふのを読みかける」（傍点亀井）というふうに、作者が自分の一所懸命さを一種おかしがって見てもいることである（これは『憑き物』における例の講演シーンの描き方とまったく同じだ）。ホイットマンにも、たとえば「わたし自身の歌」の末尾で、「まだらの鷹がわたしのそばをかすめてとび、わたしを非難する、私がのんべんだらりとしゃべりまくるのに不平をいう」という行があるが、自分の位置をこういうふうにわきまえたうえで、なおかつ夢中にうたおうとする自己を呈示する——このたくましい精神は、散文以上に散文的なひらけた表現とあいまって、読者を否応なくひきつける。まことにこれは、「意気と人格」で、堂々と押してくる詩なのだ。そしてまさにその点に、私は、河上徹太郎のいう「全存在を以て世界から傷つけられた」（『思想の秋』昭和9所収「岩野泡鳴」）泡鳴の「独存強者」ぶりの、はじめて意図と表現とを合致させた姿を見る思いがするのである。

12 泡鳴「散文詩」の評価

岩野泡鳴のこういう「散文詩」を高く評価したのは、詩人よりもむしろ散文家たちだった。正宗白鳥、田山花袋、宇野浩二、舟橋聖一らがそれである。彼らはみな、泡鳴が生活の苦悩を貫いて到達した、熱烈な情念の透徹した表現に驚嘆したようだ。たとえば正宗白鳥の言を聞いてみよう。彼は泡鳴の名声史上劃期的な意味をもつ「岩野泡鳴論」(『中央公論』昭和3・8)の結び近くで、泡鳴の「新体詩」を罵倒した後、彼の「散文詩」に言及し、口を極めてこれをほめている。「言葉と感じとが一つになつて響いて来る。現実の生活苦を通つて来た人の詩である。〔中略〕泡鳴は本来小説や戯曲の作家としてよりも詩人としての天分を豊かに有つてゐたのではあるまいか。」『恋のしやりかうべ』中の諸篇は、「作者の気持と周囲とが渾然とした象徴になつてゐて、わざとある物を対立させたやうな、作られた象徴詩ではない。〔中略〕もつと自分の心に密接した詩の感じを、私は受けた」というのである。舟橋聖一(『岩野泡鳴伝』昭和13)、宇野浩二(『青春の文学』昭和24所収「岩野泡鳴」――ただしこれは最初昭和十七、八年に発表したものという)も、これにならった評価をなしている。

泡鳴が『恋のしやりかうべ』を出した頃、彼に「散文詩」のきっかけを与えた一派の口語自由詩の実験はもう停滞していた。新詩の創始者、川路柳虹は明治四十三年九月に第一詩集『路傍の花』を出したが、ヴェルレーヌ（泡鳴がとらえたような「生慾」の詩人ではなく病的な情調の詩人）や、アルベール・サマン、アンリ・ド・レニエ風の情緒的印象詩が多く、思想的な深まりは乏しかった。早稲田詩社の詩人では、相馬御風は四十一年六月に『御風詩集』を出したが、早々と詩から脱出し、三木露風は四十二年九月に『廃園』を出してから、一転して文語象徴詩に走り、北原白秋と並んで泣菫・有明以後の「芸術派」の本流に棹さしはじめた。そしてこの口語詩の二先駆者が退いたため、早稲田詩社は自然消滅の形となり、四十二年四月、残った加藤介春、人見東明らは自由詩社を作った。彼らは依然として詩における自然主義を口にしたが、矢野峰人の指摘するごとく、「不思議にも亦興味深い事実は、彼等が口語自由詩形を採用するやうになつてから彼等が好んで歌つたものは、抱月が念頭に置いて居たやうな現実生活でなく、さうしたものから遙に遊離した「甘い哀愁」、彼等の好んで用ゐた言葉を借りるならば「メランコリイ」であり「ムード」であつた」（『日本現代詩大系第五巻』「解説」、昭和26）。

こう見てくると、この時期、やがて日本近代詩の背骨となるべき現実主義的精神と詩法をもっともよくつかみ、もっとも大胆に実行していた詩人は、岩野泡鳴その人ということになる。正宗白鳥は、「私は、現代の詩人の作品を殆んど読んでゐないから」という理由で、泡鳴を他と比較して位置づけることを控えたが、田山花袋はそれをなした。彼は『近代の小説』（大正12）のなかで泡鳴に論及し、「かれの全集の中では、小説よりも評論よりも、口語体の詩が一番深く私の心を惹いた」と述べた後で、こういっている。

島崎君の『若菜集』なども、新しい芽としては立派なものであると言つて好いであらう。いろいろなものがあれから出たとも言へるであらう。また北原白秋の『思ひ出』などもすぐれた詩集のひとつとは言へるだらう。しかし今日から見れば、さうしたものはすべてあまいものであることは争ふことの出来ない事実であつた。〔中略〕それに比べると、樺太で詠んだかれの口語詩の方が、どんなに本当で、またどんなに悲痛で、またどんなに技巧に富んでゐたか知れなかつた。あの海のほとりで落日を眺めてゐる詩〔「樺太の雑感」㈦「真赤な太陽」〕などは、日本の新しい詩壇でも沢山はあるまいと思はれるほど、それほどすぐれたものだつた。

さらに、彼はこうもいっている。

否、それればかりではなかつた。口語体の詩の発達もかれに負ふところが非常に多かった。一体口語詩というものは、川路柳虹が始めたといふことであるけれども、それを今日のやうに打ち立てるためには泡鳴などもその元勲のひとりであらねばならなかつた。それにその内容がすぐれてゐた。当時のあらゆる詩人から群を抜いてゐた。かれのいはゆる「悲痛の哲理」が心とも感情ともなつて動いてゐた。決して若いセンチメンタルな心ではなかつた。

花袋は小説の描写をめぐって泡鳴と論争した仲である。だから彼が泡鳴の詩を「小説よりも評論よりも」評価したのは、一種のしっぺ返しと感ぐりうるかもしれない。しかしこの「口語体の詩」の讃美は、どう見ても真情にみちている。しかも大事なことは、それが日本の新体詩の主流の「センチメンタル」なことの批判のうえに、なされていることである。

13 「異端」の意義

『恋のしやりかうべ』によって、詩人岩野泡鳴は、その堂々たる「異端」ぶりを完成させたと私は思う。彼は藤村から泣菫、有明、白秋、露風と連なった日本新体詩の「正統」と四つに組み、失敗し続け、負け続けながら、ついに彼の強味を見事に示すところまできたのである。彼は詩壇の一匹狼でありながら、詩壇からとび出さず、詩壇のなかにあって強引にこれをねじ伏せようとしてきた。そしていわば「詩」から「散文詩」へと飛び移ることによって、ようやくそれを成就した。これは、ポーの模倣的な詩を作っていたホイットマンが、生活と思想との両面で敗北し絶望した後、苦悶をつき抜け、朗々たる自由詩集『草の葉』を出した、あの飛躍の姿にも似ている。泡鳴は、ホイットマンのような永遠の生を信じる理想主義には、ついに到達しなかった。しかし彼の「悲痛な」自我絶対の生命主義——「ただ僕自身の力」の発揮に存在を賭け続けた姿勢は、アメリカにおけるホイットマンにまさるとも劣らぬ「異端」の尊厳を、日本において示していると私は思う。

いまや、日夏氏の泡鳴批判は、まったく逆転させてはじめて正鵠を射るものではなかろうか。「ロマンチク主義」の詩で「散り行く紅葉」の味わいにまで達しながら、泡鳴はみずからそれを否定して冥想詩に帰った。そして「苦悶詩」で「闇の横木」の程度にまで上達しながら、ふたたび彼はそれを否定して「新しい口語詩の一年生」になった。辞句の洗練や感傷の工夫を詩人のつとめとなす態度を拒否し、小成に安んずることを斥け、人格と思想との完全燃焼たる「厳粛な内容派」の詩を追求し続けた泡鳴のこの飛躍の意気と、その必然性とを、日夏氏は完全に見落していたか、さかさまに見てしまっていた。私は本当のところ、日夏氏は泡鳴の無骨さを愛し、泡鳴の散文そのものにはある種の敬意さえもっていたのではないかと思う。泡鳴批判の片言隻語にそういう寛潤さが現われている節があって、私は黄眼洞の広さと奥深さを感じる。それにもかかわらず、氏の芸術派的詩歌観からすれば、泡鳴の詩的努力は評価できなかった。芸術とか詩とかのあるべき営みが、氏の見方では局限されており、「異端」岩野泡鳴はそれからとび出していたのだ。しかし岩野泡鳴は、まさにそれからとび出すことによって、日本の近代詩に「近代」の人間の声たる力と幅と深みを与えるべく、「独存強者」ぶりを発揮したのである。

第14章　詩的衰弱時代の光芒

昭和の小ホイットマンたち

日本近代詩の展開のなかで、アメリカ詩人ウオルト・ホイットマンは表現上の洗練を金科玉条とする芸術派的主流にあき足らぬ思想派、社会派、あるいは人生派とでも呼べる詩人たちの支えとなり、彼らの詩的活動の目標ともなり続けてきた。が、彼の生誕百年記念である大正八年頃を頂点として、その詩的影響力は日本で急速に衰えた。原因はさまざまに考えられるが、一つだけあげれば、彼を最も熱心にかついだ民衆派詩人たちが内容・表現ともに詩的感興の欠如した詩（非詩）を氾濫させたことがあるだろう。

それでもそういう大正末期から昭和初期にかけて、ホイットマン熱を抱き続けた詩人・歌人はいた。彼らはホイットマンをますます理想化し、ホイットマンの生き方をみずから体現することに努め、その思いを詩歌にあらわした。だが、たとえばアメリカでホイットマン詩が二十世紀初期の詩的ルネッサンスの起爆剤となったように、彼らの詩歌が新しい詩の創造につながることはなかった。

この「小ホイットマン」たちは、どうやら日本近代詩の誌的エネルギーの衰弱状況にはまっていたらしい。そのエネルギーを回復するには、本当は「詩的」な努力が必要だった。それをした人たちが、いわゆる「現代詩」を日本にもたらすことになったともいえるのではないか。西洋詩歌からのモダニズムの導入とか、前衛的な詩法の実験とか、あるいは何らかの社会改革による詩表現の革命とかと、さまざまな試みがなされ、日本近代詩は「現代詩」時代に入るわけである。だがわが「小ホイットマン」たちは、「詩」ではなく「生」のエネルギー回復に打ち込んだ。それはそれとして美しい「生」の運動であり、それにふさわしい詩表現も生んだ。ただ日本近代詩の新しい展開に結びつかなかっただけである。その上でなおかつ、彼らの詩人としての努力の跡を見ることは、詩が一つの終焉から新しい展開へと胎動していく時代にすぐれた「生」が放った光芒を受け止め、味わうことになるだろう。

1　日本におけるホイットマン熱の衰弱

アメリカ詩人ウォルト・ホイットマンの日本における名声や影響は、大正八（一九一九）年、詩人生誕百年記念の頃に頂点をむかえた。いわゆる大正デモクラシーのはなやかであったこの時期、詩壇ではデモクラシーを標榜する民衆派が支配的勢力となり、デモクラシー詩人としてのホイットマンを手本として、翻訳し、宣伝し、模倣していた。高村光太郎は自然人としてのホイットマンに讃美をあらわし、白樺派は人道主義の立場からこの詩人を崇拝し、本来非ホイットマン的な抒情派たる山村暮鳥や室生犀星までが、彼らにならってホイットマン流の雄々しいリズムを習得しようとしていた。そして有島武郎は、この詩人によって開眼された絶対的自我を至高とする本能的生活の可能性を、日本の社会で追求していた。

だが、このホイットマン熱は、大正十二年頃から、あの大震災にゆさぶられたかのように急速にくずれるのである。民衆派は、その芸術的低俗性を新しく詩壇に出てきたモダニズムの詩人たちに暴露され、またそのなまぬるい小市民性をプロレタリア詩人たちに痛撃されて、たちまち勢力を失った。人道主義は幻影とされ、白樺派の最もすぐれた詩人、千家元麿はマンネリズムにおちいり、高村光太郎はやりきれぬ思いを猛獣にたくした（おもに昭和初年の詩群「猛獣篇」参照）。日本で最も深くホイットマンを理解し自分のものとしていた有島武郎は、自殺した。

ホイットマンは本来、モダニズム詩にもプロレタリア詩にも手本となりうる要素を持っていた。そのことは、たとえばドイツの表現主義とホイットマンとの密接な関係を見ることによっても、明らかだ。未来派もホイットマンをたたえ、ギヨーム・アポリネールもポール・エリュアールもこのアメリカ詩人を愛し、ソ連やアメリカの社会主義者は彼を自分たちの偉大な先駆者と仰いでいた。だが日本では、モダニズム詩人もプロレタリア詩人も、彼を民衆派と一体視して嫌悪し、昭和に入るとともに、詩壇を導く力としてはホイットマンをほとんど全く認めなくなってしまった。このことは、日本のモダニズム詩の社会的現実との乖離や、日本のプロレタリア詩の芸術との格闘の貧困の傾向などとも、無関係ではないだろう。

2　なお輝きを放つホイットマン帰依者たち

それでは昭和期に入って、ホイットマンを愛する者がいなくなったのかといえば、そうではない。在米中にホレース・トラウベルを通してホイットマン文学を知った長沼重隆は、イギリスのヘンリー・ブライアン・ビンズ、アメリカのブリス・ペリー、フランスのレオン・バザルジェットらの仕事にも比すべき「ウォルト・ホヰットマン評傳」を書き、その副産物として『ホヰットマン雑考』（昭和7・4）を出版するかたわら、『草の葉』の翻訳をすすめた。『白樺』時代からホイットマンの詩に親しんでいた柳宗悦は、寿岳文章とかたらって雑誌『ブレイクとホヰットマン』（昭和6・1―7・12）を刊行、『草の葉』の詳細無比な書誌である「ホヰットマン研究入門」を連載した。ちょうどこの頃、アカデミックなアメリカ文学研究も日本でようやく緒につき、ホイットマン学徒も大学の紀要類に顔を出すようになった。杉木喬は小冊子ながら『ホヰットマン』（研究社英米文學評傳叢書、昭和12・7）を世に出した。

しかし彼らもまた、それぞれホイットマンを敬愛してはいたけれども、この詩人をいわば創造的に受け止め、彼への反応を詩や歌の形で表現する方向には走らなかった。そういう意味では、彼らにおいても、『草の葉』は大正時代のような生気を失っていたといわなければならない。

昭和時代、ホイットマン主義はたしかに思想的・文学的な力となりえず、『草の葉』は立ち枯れの状態となった。ところがこういう時代にも、ホイットマンに帰依し、生活においてその教えを実現しようとつとめる人たちがいたのである。彼らは文壇からも、詩壇からも、学界からも、ほとんど無視されていた。ある意味で、それは当然でもあった。彼らは新しい困難な時代にホイットマンを生かすだけの展望を持たず、いわば大正的ムードをそのまま昭和にもちこんでいた。しかしそれだけに、彼らの「生《ライフ》」は純粋な輝きを放っていたのである。

私はこの小文で、こういう「小ホイットマンたち」のいく人かを、スケッチしてみたい。これは日本における『草の葉』の余薫をかごうというだけの仕事かもしれない。が、ひょっとすると、日本近代詩史の展開の一つの終焉、そして新しい展開への胎動の時期の雰囲気のようなものを、ごく一部なりともうかがうことになるかもしれない。

3　宮崎安右衛門――ホイットマン教に献身

まず最初に、宮崎安右衛門のことを書こう。といっても、この人の生涯について、詳しいことはわかっていない。ただ、彼がホイットマンに魅せられていった経路は、彼の「ホヰットマンを語る」（堀井梁歩訳『草の葉』昭和21・5所収）という文章によって、明らかである。

宮崎安右衛門は、明治の末年頃「東京の日本橋の白木屋に勤めてゐたが、ソロバンを彈きながら、どうも一種の宗教妄者、新思想崇拝患者だつた。殊にトルストイの田園平和生活に熱中」したり、徳富蘆花の『みゝずのたはごと』を「聖典のように押し戴いて讀ん」だりしていた。そんな時に、彼は内村鑑三が『聖書之研究』の特別号として出した『櫟林集』（明治42・1）を読んだ。これには論文「詩人ワルト　ホヰットマン」が収められている。「強健にして純潔なる人格と宗教心」を民衆に供すべく天からつかわされた「預言者」としてのホイットマンを語った大論文である。宮崎はホイットマンの詩に「大乗的な宗教」を感じた。そして「早速君の写真を室内に掲げて朝夕君の白髪童顔に親炙するやうな熱心なファンの一人になつて了つた」。その後、彼は実際に田園生活にとびこみ伊豆の伊東農園に雇われたが、そこでの現実に幻滅し、今度は教会の留守番などになった。そういう落魄の時に彼を慰めたのは、やはりホイットマンだった。そして大正八年の詩人生誕百年記念の頃以後、彼のホイットマンへの打ちこみかたはますます深くなった。

宮崎安右衛門のホイットマン観は、民衆派のそれとはっきり違っていた。大正の末頃に書いた「三部作」という文章で、「私の愛読書は西行の山家集と芭蕉翁のもの、法然上人と良寛和尚の著述、そして一茶とホヰットマンとブレークとアミエル、信仰の書としてのトマス・ア・ケムピスのキリストへの模倣、これだけの本さえあれば一生私は満足して居る。然しながらそれらの本も要するに火に焼ける本だ。焼けない永劫の本！　おゝ、それは私の魂に烙印された神の愛と自然と人生、此三部作だ」と彼は述べている。実際、彼は子供たちを集めて良寛のように遊び、また乞食桃水（この人物の伝記も彼は書いている）を見ならう野人の生活をしたらしい。ホイットマンにもそういう人物に通じる要素を見出して憧れていた。「ホヰットマンよ。一体ドコがよくてこんなに自分は君に憧れたのか、よくよく調べてみると、一つは君のロオファー的性格と、もう一つは君の大乗的宗教、それに新鮮なフォヴキズムを君に感じるからだ。同時にドコとなくルッソ風な童心めいた点と、ギリシャのエロスを匂はせてくれる君の高い浄い健康な教養とである」（「ホキットマンを語る」）と彼はいっている。高村光太郎訳『ホイットマン自選日記』（大正10・9）を読んだとき、彼は「ホヰットマン」と題して次のような詩を書いた（『永遠の童心』大正15・4所載）。ここにも彼の特色はよくあらわれている。

ホヰットマンあなたの日記をよんでからすつかりあなたが気に入りました。
戦争の負傷者を慈はるその日記よめばよむほど涙がこぼる。
草や樹や虫や小鳥に親まるあなたはまことに菩薩なりけり。
菩薩なりけり君の『草の葉』光を放つ衆生へおくりしきみがまごころ――。

昭和四年十月、雑誌『英語研究』が「ホヰットマン号」を出した。これには長沼重隆、民衆派詩人富田砕花、アメリカ文学者高垣松雄らによる十一の記事が収められたが、どれにも新しいホイットマン探求の姿勢といえるようなものは示されていない。そういう記事よりもむしろ注目させられるのは、宮崎安右衛門がまとめた書誌「日本に於けるホヰットマン文献」である。これはわずか四頁の簡単なものだが、宮崎が思いのほか「書きもの」を愛した人であったことを示している。加えて、書誌というものの性格上、当然回顧的な仕事であるわけだが、その回顧には、ホイットマン熱の消え失せた現状への怒りもこめられていた。

彼はこの年の九月、自分が出していた個人雑誌『一如』の全頁（といっても四頁だが）を使って「素っ裸の詩人　ワルト・ホヰットマン」という文章を書いた（これは題からして赤裸な天真爛漫さを愛する彼のホイットマン観をあらわしているが、この文章を再録した彼の単行本、昭和五年三月刊『草に酔う者』の「草」がホイットマンのGrassから来ていることはその序文によっても明らかである）。この中で彼は自分のホイットマン文献目録の仕事に言及して、こう述べている――「本邦に於けるホヰットマン文献の原稿を浄写して感じた事は年々日本に於て彼に関する文献のだんだん減つて來る一事だ。〔中略〕ホ翁を一番多く舁ぎあげた野郎が如何したのか近頃はピッタリ沈黙して了つた。デモクラシーの提唱時代は猫も杓子もホ翁を引ッぱり出した。そしてデモクラシーが流行らなくなると其に隋つて彼を舁ぐ手合ひも影を潜めた。〔中略〕お蔭で真正なホ翁時代が今や俺達の間に臨みつゝある。」

これは明らかな民衆派批判である。そしていっていること自体は正しい。だが民衆派詩人とすれば、ホイットマンについて沈黙したのは自分たちの乗っていた船がおし流されてしまったからであって、新しい船に乗りかえたからではなかったであろう。宮崎安右衛門の批判は職業詩人のそういう淋しさを知らないでの発言であった。彼はいかなる船にも乗らないディレッタントの強みをわれ知らず持っていたのだ。

では宮崎がいう、今俺達が招来しつつある「真正なホ翁時代」とはどんなものであったか。彼は昭和十二年に書いた「ホヰットマンを語る」の中で、そのあらわれとして、次のような興味深い話を伝えている。

ホヰットマンよ。毎年自分達同志は君の生まれた五月三十一日に君の誕生記念宴を武蔵野の草ッ原（パンテオン）で催すことにしてゐる。此記念会を続けて今年は早や八年になる。君の生まれた五月という月は、天地の生命が光輝いてゐる最も佳い季節である。新緑が鮮やかに生々としてゐる。草達も青々として希望の旗をなびかしてゐる。君を偲ぶ時にもっとも適はしい季節である。

草つぱらに円く陣を張つて、めい〳〵持つて來た酒や菓子や果物などの包みをひらいて、野天の下で飲んだり、食つたりして、君の詩集『草の葉』を朗読し合う。そして一同が有頂天になつて歓をつくす。今年も同志七八名が集つて君の名に由つて歌つたり、騒いだり、飲んだり、食つたりして半日を愉快に過ごした。

ホヰットマンよ。君は僕らの斯うした集りを喜こんで呉れることゝ思ふ。野天の下で、草に坐つて歌ひ且つ飲むといふだけでも、解放を感じるではないか、人間は朝に目がさめるやパンのために仕事を余儀なくさせられるのが今日の社会情勢だ。

たぶんこれより十数年前、大正八年の詩人生誕百年祭には、東京のレストラン「ミカド」で著名な文士詩人四十六名を集めた盛大な記念会が行われた。『読売新聞』などは写真入りでこれを報じた。それに比べると、「野天の下」でのこの数人の集まりには稚気さえ感じられる。参加者としてはホイットマン主義を「生活」のレベルにまでひき上げたつもりだっただろう。そして彼らがこの会に当時の社会情勢からの「解放」を感じたことも事実であろう。そして彼らはこれを

「真正のホ翁時代」と呼んだ。が、ここでホイットマンは、本当のところは「生活」のレベルにまで引き下げられたというべきかもしれない。もう「文学」的生命は失って、日本近代詩の展開ともほとんど縁のない者になってしまっていたのだ。

宮崎安右衛門のどの文章を見ても、ホイットマンの「文学」については、大正時代の理解以上に何ひとつ付け加えていない。彼としては最もまとまったエッセイである「ホヰットマンを語る」にしても同様である。もっぱら自己の生において『草の葉』の詩人の自然教をうけとめているのだ。しかもこの「ホヰットマンを語る」でさえ、彼の証言によると、「當局の彈圧を受け、やむを得ず發表を控へた」という。この文章が発表されたのは、昭和二十一年になってからのことである。

4　堀井梁歩——野人の生

宮崎安右衛門らによる武蔵野の「パンテオン」での宴に参加していたと思われる人に、堀井梁歩がいた。彼のホイットマン観そのものも、宮崎のそれによく似ていた。この人については、幸い柳沢七郎著『堀井梁歩の面影』（昭和40・12）によって、ほぼその生涯がわかってきた。

堀井は明治三十九年、一高に入ったころ内村鑑三や徳富蘆花の門を叩き、彼らの影響下にトルストイや、エマソン、ソロー、ホイットマンを読みはじめたらしい。蘆花的生活にあこがれて一年で一高を退学、農業生活にとびこんだことも宮崎に似ている。大正二年には渡米してミズーリ大学の農科に入ったが、この渡米はソローとホイットマンを読みふけった結果、アメリカ遊学の野望がわき上がったためだという。大正四年の帰国後、郷里の秋田県南部の仁井田村大野に近い雄物川河川敷地を開墾し、農場経営にのりだしたが、理想は高くても実務にうとく、惨憺たる失敗を続けた。だが彼のそまつな小屋にはホイットマンの肖像がはってあったという。これもまた宮崎と同じだ。大正十四年七月、彼は農村啓発の機関として月刊個人雑誌『大道』を発刊した。この題はいうまでもなくホイットマンの詩 "Song of the Open Road" から来ている。堀井はその創刊号から毎号、訳詩「大道の歌」を連載した。それは翌年の三月号でようやく終わっている。『大道』は九号で中絶したが、その年（大正十五年）十月に出した単行本『大道無學』の巻頭を彼は再び「大道の歌」（全訳）でかざった。ホイットマンに対する堀井の帰依はその後も続いた。彼は発表するあてがなくても *Leaves of Grass* の翻訳をすすめた。そして昭和六年二月、訳詩集『草の葉』を出版する。少しも売れなかったという。だがこれは日本におけるホイットマン史上もっともユニークな価値をもつ訳詩集だった。

この本の巻頭には、まず十六頁にわたる「おやぢのこと」という文章がのっている。「おやぢ」とはホイットマンのこと——堀井はそう呼んでいたのだ。それから「草の葉第一版序文」がのっている。後のホイットマン散文集に収められた形のものではなく、*Leaves of Grass* 初版そのままに従って訳している。次に収められている「第二序文」は、*As a Strong Bird on Pinions Free* の序文の訳である。それから更に、「エマーソンの手紙」（*Leaves of Grass* 初版に対する讃辞）と「ソロウの手紙」（ホイットマンと会見した時の印象を綴ったもの）を訳載している（ソローの手紙の翻訳はめずらしいが、ソロー心酔者でもあり、昭和十年六月には『野人ソロー』を出した堀井は、つとにこの二人の関係に注目していたのだ)。それから三十五篇の訳詩がのっているが、その中には「大道の歌」のほかに、「パウマノクから發足して」"Starting from Paumanok"「歓喜の歌」"A Song of Joys"および「我自らを歌ふ」"Sonf of Myself"といった長詩が入っている。訳詩は原詩対照である。従って横組みで印刷してある。この詩集には、一種風変りな野暮ったさと入念な配慮とがまじりあっているといえよう。

では堀井はどんな態度でホイットマンを訳したか。「おやぢのこと」の中で、彼は従来の翻訳を罵倒してこう述べている——「翻訳といふものの中にも、詩の翻訳は不可能だといふことは、文学者仲間でさへ大抵通り言葉になつてゐるのに、ロクに解りもしない彼の詩の翻訳が屢《しばしば》試みられ、そして字引をかけて読む原書以上に読みづらい、解らないものが出されている。否、彼が知りもしない美辞や、欲もしない艶調でなんかやられてゐる。丸で別の着物を着せられたりもする有難迷惑なこつた。彼の詩が解らないからつて文学者乃至詩人の沽券《こけん》にはかゝるまいからおこらないでもいゝ。又英語学者は、何も彼の詩に杓子定規を当てるがものはない。ものが違うんだもの。解る、解らないは文字の問題ぢやないもの。同じ鍋のものをつッつき、同じ盃を口づけに飲む仲間に入れるかどうかの問題なんだから」。つまり堀井は、ホイットマンと同じ鍋のものをつッつき同じ盃からのむ気持で訳詩をしているのだ。では彼は原詩の字句をいいかげんにすごしていたかというと、決してそうではなかった。訳詩集出版の半年前、昭和五年八月の彼の手紙に次のようなものがある。彼の性格をもよくあらわしているので、長いけれども引用しておきたい

（彼は当時、東京郊外の高井戸に住んでいた）。

ウエブスターの大辞書目方二、三貫のものをぶら下げ乍ら、空き腹をかかへて夜の八時頃帰つたら君の手紙が待つてゐた。先ずこのウエブスターに就いて一言せざる可からざるものがある。オヤジの対話集を見るとケアラマスといふ草はどんなものですかといふ疑問が度々出されたらしく、夫れに対しオヤジがウエブスターの大辞書の2といふ説明をみろといつて、その説明をその儘出してあるし、又、改めて第何回目かの「自己の歌」の大ものを訂正して居ると、どうも度々普通の辞書位では分らない字に出くわす。勿論俗語やなんか沢山あるが、然し決してデタラメは宥されなかつたオヤジの性癖は知つているから、その都度実に手間どらされた。〔中略〕

所がだ。今日何の氣なしに古本屋をぶらついたら、ヒョックリ大辞書があるじやないか。革表紙のシャンとした、よごれてもいない。〔中略〕ハッ！　電光石火、次にCalamusも見る。アル！　アル！　そこで巻末のネダンの紙コを見ると250ある。二十五円かとも氣づかひ乍ら二円五十銭かいといふたら、ヘイといふわけ。だがまァ行きつけの古本屋に一応ことはつてからと思つて、つい二、三軒のとこだから行つて話したら、早速かけ合つて二円で持つて來てくれたには仰天した。済まないと思つたネ。がま口を叩いたら運よく二円三十銭ある。〆《しめ》た！　縄をからげて手に下げた気持。〔中略〕然し貧乏はありがたいもんだ。この味がとても親のスネかじつてる時には分からぬからなア。帰つてカヽアに吹聴したら、カヽアの奴、目を廻してやがる。それをゴロリと座敷の眞ン中にころがして眺める氣持も豪奢なもんだ。マアこれで千人力だ。學問て安いもんだね。実にオヤジは色々ないいことを教へて呉れるもんだ。どんなにしても生きる味ひは、全くオヤジのおかげだね。

一見野放途な言い草の中に「オヤジ」を正確に理解しようという気持ちが激しくこめられているといえよう。

訳し方は自由奔放で、有島武郎や長沼重隆の几帳面な訳調とは全く対照的である。そこには或る種の野性がある。その代り原詩の形を勝手にぶった切ったりしているが、それでいて誤訳は（あるにはあるが）意外と少ない。たとえば、「我自らを歌ふ」の冒頭を長沼訳（昭和四年版『草の葉』にはこの詩はなく、二十五年の全訳版に収められている）と比較してみるとよい。

（長沼重隆訳）
私は自己を讃仰し、そして、私自身を歌う、
そして、私がわがものとするものは、また君のものとするがよい、
蓋し、私に属する一切の原子は、等しく君にも属するからだ。

（堀井梁歩訳）
祝ひ歌はう、此俺を

俺のそぶりは、お前のそぶりよ、
だつて俺を造る原子は、
お前を造るその原子なんだもの。

あるいはまた、同じ詩の結びの節を有島訳と比べてみてもよい。有島武郎が

私は私の野蛮な叫びを世界の屋根の上から響かせるのだ。

と訳した有名な句を、堀井は次のように簡潔で力強く表現しているのだ。

俺は只野蛮人の吼声を地球の屋根に打《ぶ》っ放《ぱな》つ。

堀井梁歩は、訳詩集『草の葉』出版後もホイットマン詩の翻訳を続けた。昭和八年から九年にかけて、彼はそれを『隣人之友』に発表したが、そこで自ら「創訳」と銘うっている。その中には自分の旧訳を改めたものもまじっているので、その一篇を新旧対照してみよう。原詩集冒頭の詩“One's-Self I Sing”をあげる。読者はまず民衆派の白鳥省吾や富田砕花、あるいは長沼重隆らの「杓子定規」の訳を読んでいただきたい。それらに比べて、堀井の訳詩集中の訳（「一箇の人間」）は何と生き生きしていることか。

一箇の人間を歌はう、俺は、箇々の、單一の、個性をよ、
然も尚、デモクラシーを宣し、大衆の言葉を語らはう。
顚辺《てつぺん》から爪尖《つまさき》まで、剰《あま》す所なき生理を
人相や頭脳のみかは、渾然たる形が詩神の意に適《かな》ふ、
男も女もおんなじこつた。

炎々たる情熱、勃々《ぼつぼつ》たる衝動
快然として聖なる法則のもと、自由無碍の振舞を爲す
オ！　現代人こそ俺は歌はう。

ところがこの自由無碍な（しかも原詩にはほとんど完全に呼応している）訳詩を、彼は『隣人之友』における「創訳」では更に奔放に（しかも依然として原詩から離れてしまうことはなく）次のように改めているのだ。

一箇の人間を、歌はう俺は、
單一の、個々の、個性を、

而も尚、大衆の語《ことば》を、
朗らかに叫ばうヨ。

剰すところなき人間の生理を、
頭のテッペンから足の爪尖まで、
人相や頭脳ばかりなもんか、
形が、渾然たる形容が、
素晴らしい詩だ、詩だ。
男も女も、おんなじこつた。

激情、動乱、握力、
底知れぬ生命の泉、
己がじしなる法則をもて、
自由無碍の振舞を爲し得る、
お！　現代人こそ、俺の主題だ。

堀井梁歩の翻訳（あるいは創訳）は万事こういう調子でなされていた。それは民衆派から有島、長沼と続いた直訳的なホイットマンの翻訳の伝統から完全にはみ出ていた。ではこの訳詩は鴎外から上田敏、永井荷風、さらには堀口大学へと続く芸術的な訳詩の伝統に近づいたものかというと、そうでもなかった。そもそもホイットマンの訳詩は全体的に芸術派的訳詩の伝統と対抗する伝統を形成していたのであるが、堀井の訳詩はさらに一層遠く芸術派の伝統からへだたる方へと飛び出したものであった。少なくともそこには「芸術」意識は全くなかった。「翻訳は文字ではない、伝心の事だ」（堀井梁歩訳『波斯《ペルシア》古詩　留盃邪土《ルバイヤット》』昭和11・2所収「因縁」）と彼はいっているが、それを実行したまでなのだ。そうすることによって、彼は「半創作」の一種の名訳を生んだのだった。

ところで、宮崎安右衛門は、昭和二十一年五月、堀井梁歩が生前に推敲をかさねて遺していった訳詩「自己の歌」と彼自身のエッセイ「ホヰットマンを語る」とをあわせて、単行本『草の葉』を出版した。宮崎こそは堀井の稀有の才を認めた稀有の人だった。「ホヰットマンの翻訳は数種出ているが、梁歩君の訳ほど、ホヰットマンの心臓を摑んだものは恐らくなからう」（堀井梁歩訳『ルバイヤット』昭和22・5「後記」）という彼の言葉は、真実味を持っている。だがそれではこの言葉がそっくり妥当かというと、必ずしもそうではない。確かに堀井はホイットマンの生気をとらえ、肌の暖みを伝えることに成功した。しかし彼の訳詩では、ホイットマンの思想的深さ、複雑な感情のひだ、「詩」的実験とその成果などは、ほとんどぬけおちてしまっている。*Leaves of Grass* が余りにも単純化されているのだ。

このことは、堀井のホイットマン観そのものについてもいいうる。彼は昭和七年から八年にかけて『社会及国家』詩上に青年ホイットマンのスケッチ「『草の葉』の誕生」を連載したほか、

二、三のホイットマン記事を雑誌類に発表したが、それらを見ても、要するに（宮崎安右衛門と同様）「生活」の水準でホイットマンを享受する態度を出ていないのだ。彼はたしかにホイットマンに酔った。実に虚心に酔った。だが彼は、「ワルト・ホヰットマンは、自ら何遍もことはつた通り、詩人でも文学者でもない、只の人だ」「だから、詩なんかどうでも、人間を見てくれッてことよ」（「おやぢのこと」）と述べているように、ホイットマンの「文学」や「詩」の中には入りこもうとせず、またその「思想」の展開にも関心を向けようとしなかった。そして結局「人間」としてのホイットマンのつかみ方でもニュアンスに欠けた。彼のホイットマンとは、とどのつまり、大正時代以来讃仰されてきた自由人ホイットマンを手許にたぐりよせ、これに田夫野人の衣服をまとわせたものだったのである。

堀井梁歩は極貧の生活を続け、ついに一家をあげて朝鮮に渡ったが暮らしは楽にならず、深酒にひたり、酒のほめうた『ルバイヤット』を『草の葉』以上に創訳したが、昭和十三年七月、胃癌で亡くなった。

5　中西悟堂——霊的な自然

中西悟堂もまた、武蔵野の草っ原の宴に参加していた一人かもしれない。彼は当時、堀井梁歩の高井戸からそんなに遠くない武蔵野の唯中の烏山で、孤独な「野の生活」をしていた。そして昭和三年から四年にかけて、自分編集の詩誌『潤葉樹』に、毎号のようにホイットマンの詩の翻訳を発表していた。(「小ホイットマンたち」が、それぞれ、小なりとはいえ自分の雑誌を出したことは興味深い。彼らはそれぞれ「小預言者」だったのだ。)中西の訳詩は、堀井のほどの特色はない。原文に忠実な、そして新鮮味の少ないものであった。しかし彼もまた、宮崎や堀井と同様、「文学」よりも「生活」においてホイットマンを受け止めていた。

この人の伝記的事実や文学についても、私は詳しいことを知っているわけではない。ただ彼もまた生の充実を求める求道者としての青年期を送り、仏教と密接した生い立ちや二年ほどの失明という不幸もあいまって、人事より自然に救いを見出していった人であったように思える。「野の生活」に入った頃、彼の生活上の理想はルソーであり、ソローであり、タゴールであり、ホイットマンであった。この生活の記録『藁屋と花』(昭和3・4)には、いかに彼がホイットマンと共に暮らしたかがよく語られている。たとえば「朝」の様子を描いた文章では、次のようにいうのだ。

……それから又こよなく和やかな微風――諸君はホキットマンの、あの朝の詩句を記憶してゐるであらうか? 彼は歌ふ。

Lo! The most excellent sun, so calm and haughty,
The violet and purple morn, with just-felt breezes,
The gentle, soft-born, measureless light,
見よ! いとも静かで威厳のある、最もすぐれた太陽を。

たつた今感じた微風を孕む、菫色の又紫の朝を。
やさしい、柔かい生れの、無量の光を。
その同じ微風と、その光と、その朝との中へ、私はとつぷりと全心身を浸すのである。

もっとも彼は、さすがに詩人として、ホイットマンの詩精神そのものに反応を示す時もあった。「前園の最期の紫丁香花が咲いた時」“When Lilacs Last in the Dooryard Bloom'd”を訳した時には、次のような感慨をもらしている。

私は諸君と共に、もう一度、この詩歌の大水平線上に現れる蝎の大星座のやうな壮観の中へと浸透したいのだ。何故なら、かゝる詩的高揚と霊感の卓越とは、今の我国の詩歌に欠けてゐる最大のものであるからである。ホヰットマンの此の詩や、エミイル・ヴェルハランの「寛仁」——低い民主主義思想や、浅薄な抒情観念に誤られ過ぎたところのそれらの名誉が、もっと高い霊魂の空に、而かも私達のすぐそばに漂つてゐるのを覚知する時、私は世界の霊魂のために、それらの中へとまぢり込みたいと思ふ。

これは一応、民衆派やその周辺の「低い民主主義思想や、浅薄な抒情観念」の批判であり、それらに誤られてホイットマンの「詩的高揚と霊感の卓越と」が感得されないで忘れ去られている現状への慨歎であり、そういう失われたものを回復せんとする意欲の表現でもある。だが彼は

「詩」においてそれをなしとげようとはしなかった。彼は生そのものにおいてそれをなそうとしたのだ。「前園に最後の紫丁香花が咲いた時」には、孤独な預言者的歌い手として鶫《つぐみ》が出てくる。それに関連して、中西は前掲の引用の少し後でこういうのである。

諸君！　ホキットマンの歌つた、あの野の奥のひとりぼつちの鶫の歌。この上ない悩みを伴つた、あの小さい兄弟と人間の歌に、私達の魂をもう一度振り向けやうではないか！　そこを季節が過ぎ、幾千年かけての地上の呼吸が過ぎ、太陽の金の夕暮が過ぎ、また無量の光が過ぎるところの、あの大地の一つの霊魂の歌に、耳傾けやうではないか！　人々が互ひの胸をば顫《ふる》へる犠牲と忍辱の思ひで溶かし合ふ夕暮の中で、又人々が新しい歓喜と共同との思ひで心を一杯にする朝の凱歌の中で、あの小さくて自由な歌ひ手の歌が何を意味するのかを知らうではないか！〔中略〕

動乱する群衆の中から、その群衆の一人々々が各自に各自を取戻すこと、それこそ再度の人類への大きい共感の獲得であることを学ばうではないか！　親和と僚友精神とへの證券が、心高い孤独の中にあることを知らうではないか！

野にゐる孤独者は斯く言ふ。そして日毎に、平和と世界とへの夢想を織り、且つ拡げてゐるのである。

ここにはもう、野鳥の道を彼の大道と見極めかけた中西悟堂の精神がはっきりあらわれている。

中西の多分もっともすぐれた詩集『山嶽詩集』（昭和9・2）には、この文章に表現されたホイットマン的「霊魂」へのあこがれや自然礼賛、孤独な生への信念が、見事にもられている。次のすぐれた詩集『叢林の歌』（昭和18・1）には、「ウォルト・ホキットマンに」と題する詩も収められている。

それらは「詩」としては大正詩をのりこえていない。従って詩壇的にも脚光をあびはしなかった。ただそれらはそこにうたわれた霊的な自然と、それと一体化した生とにおいて、光芒を放っているのだ。

6　万造寺斉——漂白の求道者

中西悟堂の『山嶽詩集』が出てきたので、ここにもう一人『山嶽頌』の歌人を紹介しておきたくなる。万造寺斉《ひとし》がその人である。彼は今まで述べてきた三人と違ってもっと文学の世界に生きたが、彼らに共通する生活求道者的な態度でホイットマンに帰依し、昭和初期にはいわゆる文学よりも自然に救いを見出していった。

万造寺は明治三十六年、十六歳の時に新詩社の詩友となり、その後『明星』『スバル』『我等』に活躍した。浪漫歌人である。だが大正七―八年頃、女性問題や経済問題でさまざまな苦悩を味わい、「かう云う絶望の闇黒の中にあつて〔中略〕自分の霊を照らすべき光を求めた」時、彼はホイットマンに行き会った。やがて彼は京都で英語教師として生活の落ちつきを得たが、当時の心の状態をこのように書いている。

誰よりも最も強く私の心を捕へて私の生活態度に偉大なる影響を與へたのは、仏のロマン・ロランとアメリカのヲルト・ホキットマンと印度のタゴールと日本の芭蕉とであつた。私は彼等の作物の中に、私がこれまで求めてゐたもの〔中略〕宗教と芸術との一致円融、救済の芸術を見出だした。〔中略〕私はこれ等の多くの先達によつて、人生と自然とを愛すること、あらゆる不幸と困難とに当面して恐れることなく絶望することなく、飽くまで強く大きくこの人生を闘ひ抜くこと、自分の中に、また、自分の周囲の万物の中に神性の光輝を見ること、宇宙に遍満する大霊との冥合の法悦から力と勇気とを汲み取ること、さうして畢竟芸術とは人間の中の最高至善のものの発揚、神性の実現にほかならないこと等々を教へられた。(『蒼波集』昭和7・7所載「成長のあと」および『万造寺斉選集第十巻』昭和39・9所収「岡野直一郎氏の新浪漫主義論」)

大正八年といえば、ちょうど民衆派などのホイットマン熱の最高潮期である。万造寺がホイットマンを見出したことにこの時勢が影響したのは否定できないだろうが、彼の読み方は宮崎や堀井や中西に通じるような意味でのなかば宗教的なものだったのである。

大正十年十一月、第二次『明星』が出発すると、万造寺は勇躍して詩歌、小説、翻訳を発表した。中でも彼の詩はホイットマンの影響を強くうけていた。たとえば「彼」と題する詩の次の一節――たまたまそこにはホイットマンへの言及もある――など、発想・表現ともにホイットマンの詩（特に“Song of the Open Road”）の直接的反映ということができる。

吾等は無限の大道を、無限に進む永遠の旅人、
吾等の仲間は刻一刻と増加してゆく、百人、千人、万人、億人、十億人――
吾等の前を人麻呂が、西行が、芭蕉が、イブセンが、トルストイが、
ホイットマンが、ゲーテが、そのほか、人類の歴史に大きな役割を演じた人々の群がゆく。
吾等と共に、日本の、アメリカの、イギリスの、支那の、印度の、そのほか総ての国々の力強
　い勇敢な民衆が歩む。
吾等のあとに、総ての若々しい聡明な、不覇独立の精神に富んだ、
自由な、大胆な、才能のある未來の人類の闘士が続く。
ああ、肩を組み、手を引き合ひ、互に慰藉し、鼓舞し、激励しながら、
山を越え、海を渡り、トンネルをうがち、障碍を突破し、橋梁を架して、明るい彼方の地平線
　を望みながら、
吾等は無限の大道を、釈放へ、自由へ、光明へ、無限の未來へと、
勇氣にみち、自信にみちて進んで行く。

これはホイットマン的理想の生をうたい上げて、当時の日本のホイットマン派の誰にも負けない威勢のよさを持っている。しかしまた、民衆派や人道主義派の一人よがりの観念的安易さを免れていないことも事実である。万造寺自身そのことに気づいていた。彼は歌集『山嶽頌』の末尾に九篇の詩をのせたが、その後記で、「これ等の詩が歌よりも、もつと自由に充分に私の人生観を表現し得ている」ことを主張しながらも、「私は、これ等の詩が何れも冗長に過ぎて、言葉の緊縮と格調の工夫とに乏しいことを自分でもよく知つてゐる」と述べている。

万造寺斉の本領はやはり短歌にあった。このより厳しい詩形で彼は流行思想への追随をうち切り、彼が終始うたおうとしてきた「心の高揚と光耀」(「岡野直一郎氏の新浪漫主義・論」)を「言葉の緊縮と格調」をもって高唱することができた。『明星』は昭和二年四月に廃刊になったが、万造寺の歌が真に生彩を放ちだしたのはこの後のことのようである(詩はこれ以後ほとんど書かなかったらしい)。昭和三年、彼は越中立山に登り、その崇高美にうたれてから、各地の山を跋渉した。山に登るということは、彼にとって、「自分の精神をその至純至美の状態に高揚させんとする願望〔中略〕本然のままの發剌たる生命力を恢復したいと言ふ欣求」にこたえる「一種の宗教」であった(『山嶽頌』後記)。この後、彼は山岳歌人としてますらをぶりを発展させたが、この「本然のままの發剌たる生命力」を求める姿勢において、たとえ短歌という形式ででも、ホイットマンの精神は大いに生かされていた。

昭和六年一月、万造寺は彼の歌誌『街道』を創刊したが、この題そのものが、堀井梁歩の『大道』と同じく、ホイットマンの“Song of the Open Road”における、魂の、生命の、無限の未来にむかっての“open road”の詩想を借りたものではなかろうか。彼は昭和四年以降の短歌を集めて昭和十一年六月に『山嶽頌』を出したが、そこに「ホヰットマンを憶ふ」という題をつけて二十首の作品を収めている。その中にこういう歌があるのだ。

よみがへる命をうちに感じつつひた読み進む大道の歌を
ほがらかに君が歩みし大き道あゆむ吾なり寂しからめや

先に引用した詩からも、こういう短歌からも、彼がいかに“Song of the Open Road”にうちこんでいたかがわかる。なおついでに、他に五首を示すと次のようである。

大胆にたたかひぬきし君が手ぞ吾握らましその強き手を
高浪のうねり大地の底ぢからこもりて強し君がうたの調べ
鍬をとり金槌をとり筆をとりたゆまぬ君が強き手なりけり
大きな手を君はさしのべぬ君が歌をほむる人にも嘲る人にも
君が悩み君がよろこびを思ふとき疲れし吾はまた奮ひ立つ

これらはみな、ひたすらに“open road”を前進する「強き」ホイットマンの姿にあこがれを寄せ、慰籍を見出したものの歌だといえよう。

こういう姿勢で彼はホイットマンに接したのであるから、彼のホイットマン像は全く理想化したものであった。というより、全く理想化し神格化したホイットマンを知って、彼はこれに帰依したというべきかもしれない。ホイットマンに関する彼のまとまった文章としては、『街道』の昭和十三年五月号から八月号までに連載した「『草の葉』の制作刊行と其の反響」というのがある。これはホイットマンのニュー・オーリンズ行き（一八四八年）から『草の葉』の刊行（一八五五年）までを語ったもの（その反響にまでは筆が及んでいない）だが、高村光太郎のホイットマン論を思わせるような非常に調子の高い文章で、徹底的な詩人讃美につらぬかれている。「彼の中には、現在のアメリカを背負つて立ち、未來のアメリカを創造して行くべき最も健全な、最も豊富な血液が潤沢に流れ、力強く、鼓動してはゐないか。彼の中には、アメリカの大規模の自然が〔中略〕その海洋と平原と河流と深林と山脈との逞しい生命が、雄大な深刻な強盛な節奏をかなでてはゐないか。実に彼こそはアメリカの民衆を代表するもの、その一切の属性を、〔中略〕その旺盛な生命を、その無尽藏の潜力を、一身に具現する者だ」といった調子なのである。素晴らしい叙述で、しかもこういう感情的な叙述にありがちな軽薄さもない。しかし一面的で、思想の面でも詩法の面でも大正時代のホイットマン論につけ加えるものは何もなく、ただ著者自身の理想としていた一種宗教的な求道者の姿勢の表現として興味が持てるものである。

このようにホイットマンに帰依した時、万造寺もまた『草の葉』の翻訳を試みた。彼は『街道』誌上にしばしばその訳詩を発表した。合計六篇は『万造寺斉選集第八巻』（昭和39・8）に集められているが、菅原杜子雄氏の解説によると、このほかにも夥しい数の訳詩が京都で発見されているという。それらの訳詩は、さすがに英文学者の手になるだけあって、正確である――というより、日本で最も正確なホイットマン訳詩の一つだといってよい。しかも、原文に忠実なのに、かなりよくこなれた日本語となっている。だが、新鮮さはないのだ。翻訳という仕事を通しての新しい詩の探究という「文学」的意欲は、そこにはあふれていないのである。かえって、いささか古風に文語を用いた「コロンバスの祈り」"Prayer of Columbus"などに、訳者の詩技が一番出ているのではなかろうか。年老いたコロンブスの感懐、

Sore, stiff with many toils, sicken'd and nigh to death,
I take my way along the island's edge,
Venting a heavy heart.

を、

幾多の労苦に傷つき、硬直し、病に犯され、死に瀕して、
我はこの島の岸づたひに歩みを運びつつ
心の悩みを吐露す。

と訳し、

I am too full of woe!

わが心はあまりにも悲しみに充ちたり。

を、

と訳す調子である。

万造寺斉の名は、いまの短歌史でも文学辞典類でも滅多に出会わないものになっている。詩人としては、彼は昭和の初期にもう過去の人であった。彼のホイットマン研究も、翻訳も、結局のところ新時代に訴える力を欠いていた。彼はただ、「憧憬と漂白」の魂でもって、われわれの暗い時代に光芒をはなった。その魂自体に、彼はホイットマンの精神（と彼が信じたもの）を生かしていたのだった。

7　近代詩の新しい展開からはずれて

昭和の「小ホイットマンたち」は、このほかにも散見することができる。千家元麿の弟子で、武者小路実篤の雑誌『大調和』の編集にも従事し、昭和十六年に『ホヰットマン讃美』を出した永見七郎はその一人である。その序文で、彼は「ホヰットマンに対する理解と愛の点では自信がある。少くとも自分らしいオリヂナリティはあるつもりだ」と自負している。しかし「ホヰットマンの一生を書くことは〔中略〕一個の自然を書くといつてもいいだらう」というとき、彼は『大調和』（昭和2・4―6）に発表された高村光太郎のホイットマン論の言葉をそっくりそのまくり返しているにすぎない。しかも彼は、高村がその自然人ホイットマン像を当時の日本に生かす方途を見出しえず、論文は中断し、ついにホイットマン主義そのものにも挫折してしまった経緯を、全く理解していないのだ。同じく千家系統の詩人、広瀬操吉もホイットマン讃美の詩をあらわしているが、根底は永見と同じ姿勢のようである。

日本近代詩の中の思想詩派、あるいは芸術性よりも人生を重んじる現実詩派とでも呼ぼうか、その流れは昭和初年までにいわば衰退の底にあった。この流れの中核となるべき少数の詩人・歌人は、いぜんとしてホイットマンの『草の葉』を重んじ、讃仰していた。彼らのうちの最も優れた者たちは、ホイットマンの詩を「預言」と聞き、自分自身の「生」または「生活」においてそれを実現しようとした。が、彼らの詩や歌が、日本近代詩の一部に加わり、詩的生命をもつことはなかった。

その理由はいろいろあるだろう。ホイットマンとの関係についてだけいえば、この「小ホイットマン」たちは、ホイットマンのあの「預言」がいかなる状況の要請によって生まれ、いかなる言語上の格闘を重ね、いかなる苦渋を乗り越えて表現され、ホイットマン自身およびその時代にとっていかなる意味をもったかを、理解しなかった。理解する努力の必要も理解していなかった。従って、「預言」の現代の日本への適用の仕方は単純すぎ、自分自身に適用したはずの「生活」は破綻せざるをえなくなり、彼らの詩や歌が近代詩の新しい展開を推し進める力となることはなかったのである。

日本の近代詩は、これとは別の努力によって新しい展開をさせられ、いわゆる「現代詩」に変容する。「小ホイットマン」たちは詩史から置き去りにされてしまった。ただ、これ以後の思想的にも生活的にも暗さの増していく時代を透かして見る時、彼らの「生」はほとんど稀有なほど純な生命の光芒を放って見え、これを受け止めて味わうことは、詩の展開の歴史を考える者に恵まれる功徳のような気さえする。

新しい展開

第15章 「シモオン、お前の毛の林の中に」

『月下の一群』の世界

『新体詩抄』によって発足した新体詩は、『若菜集』によって芸術として花開き、『海潮音』によって大きく変容した。形も内容もめざましく多様化した。さまざまな方向に「新体」（といっても基本は伝統的な七と五の調べ）からの脱出が試みられ、自由な文語詩を経て、ついには自由な口語詩も実現した。この口語自由詩は、大正の中期、民衆派と呼ばれる詩人たちの拠って立つところとなったが、そのあまりにも惨憺たる非詩性によって、むしろ「詩」としての存続を危うくする事態ともなった。その余波を受け、アメリカはもとよりヨーロッパでも現代詩の出発を助ける力となったホイットマンも、日本では詩的な力となりえず、大正末から昭和初頭にかけての「小ホイットマン」と呼びたい詩人たちは、美しい詩精神の光芒を放ちはしたものの、詩壇的な影響力はまったくもちえなかった。

こういう「詩」の衰退期に、『月に吠える』（大正6・2）、『青猫』（大正12・1）によって真実の「詩」の叫びをあげていた萩原朔太郎は、彼独自の見識にもとづく日本近代詩概観の文章（『昭和詩鈔』昭和15・3所収「詩形の変遷と昭和詩風概説」）。の中で、この時期、日本近代詩は「全然無方則、無規律の散文」となった上に、詩の本質的なモラルともいうべき「美意識そのもの」をさえ紛失してしまったという。ここに起こるのは、当然、「詩を正しき芸術に回《かえ》せ」という叫びであった。日本近代詩のいわゆる芸術派からはもとより、またその反対のいわゆる社会派あるいは思想派からも、「詩における美意識の回復」を求める動きが生じてきた。昭和初期の詩的ルネッサンスは、ここから生じてきたわけである。

その美意識のもとを、朔太郎は「エスプリ」と呼んでいる。詩が他の文学ジャンルと異なるのは、「高貴な美意識と芸術性とを、本質上のエスプリとする爲に外ならない」というわけだ。そして実際、当時、このフランス語がなぜかひどくもてはやされた。エスプリ・ヌーヴォー esprit nouveau は、詩的ルネッサンスに加わろうとする者の合言葉のようなものとなった。同様にして、フランス語のポエジー poésie という言葉もこの頃はやった。英語でいえばポエトリー poetry なんだろうが、詩性、詩情、あるいは詩のエッセンスのような響きがあった。ポエトリーはもう、『新体詩抄』時代の詩的形式をあらわす俗っぽい言葉にすぎない、これからはポエジーが求められるというわけだった。そのポエジーあるいはエスプリ・ヌーヴォーを、きらきらと月光の如く発散し、新しい詩人たちの道標となる詩集——またもや翻訳詩集だ——も現れた。堀口大学訳『月下の一群』がそれである。

1　踊り出てくるモダニズム詩人たち

『堀口大学訳詩集　月下の一群』は大正十四年九月十七日、長谷川巳之吉の第一書房から出版された。菊判変型、天金、七五〇頁、背革、金箔押し、表紙も金唐草模様で函入、内部は長谷川潔《きよし》自刻の木版画を口絵とし、訳載した詩人の肖像画や肖像写真十六葉（どれも私には素晴らしい作品に思える）を別刷で挿絵にしている。二十年前に出た上田敏の『海潮音』の立派な装幀に私は「これを見てくれ」という学者の意欲を感じたが、こちらはそういうやまっ気を越える、思わず知らず生じてしまった豪華さといったものを感じる（もちろん長谷川巳之吉はこれを歴史的な豪華本とすることに、ほとんど精魂を傾けたのであろうけれども）。

『月下の一群』は、訳者が「序」で述べるように、フランス近代の詩人六十六家の作品三百四十篇を収めている。『海潮音』もたいそう充実した内容であったが、それでも全五十七篇を収めるだけだから、詩の長短を無視していえば、六倍に近い分量である。まことに膨大だ。装幀と合わせて、重々しさを感じさせても不思議ではない。ところが、『海潮音』が日本近代詩に「清新」の風を吹き込もうとして大いに成功しながらも、日本語としての芸術性を求めるあまりに古語、雅言を多用して、「重厚沈鬱の趣」に陥ることがあったのに対して、こちらは内容、表現ともに軽快で幅広い読者の心をとらえる。まずその有様を見ていきたい。

この詩集、訳載した詩人別に作品を分けて配列している。巻頭はポール・ヴァレリーの詩群六篇だ。それはまあ自然なやり方のようにも思える。『海潮音』は詩集として特に重んじた象徴派の詩風をマラルメでしめくくるようなところがあった。ヴァレリーは衆目の認めるところそのあとをついで、詩法をますます主知的に展開し、詩を文明批評にまでたかめたとされる。なんだか近づき難い詩人の感じだが、詩集の巻頭を飾るには順当な存在だろう。

ところが、その劈頭の詩「蜂」を見るとどうか。ソネット形式だが、女がうたっている形で、自分の乳房をさらけ出し、蜂に向かって刺してくださいといっている。その鋭く毒ある針によって、わが感覚は目覚めさせられる。「これなくば／恋は死に、恋は眠らんに！」というのである。詩人にとっての問題は「感覚」を目覚めさせておくことであろうが、何ともまあエロチックなイメージを押しひろげていることか。自分の乳房を「美しき花籠」［だから蜂が近寄る］とか「円みある反《そむ》きがちなる［そり返った］肉の面《おもて》」とかと、婉曲な表現ではあるが艶やかで、あのヴァレリーがずい分と身近にたぐり寄せられた感じだ。

次の詩「風神」は、空気中に住むとされる精霊シルフがうたう形で、そのとらえどころのない存在に託して、詩の美のエッセンス、あるいは詩人の霊感の気まぐれさをうたおうとしているように見える。やはりソネット形式だが、各行は風の精霊にふさわしく軽やかに短く、最後の連はふたたび快いエロチシズムを見せている。

人は見ね、人こそ知らね
シュミイズを替ふるつかのま

あらはなる乳房さながら！

連られて読み進むとしよう。ギヨーム・アポリネールのセクションに行くと、短章ばかりだが三十五篇を集め、表現はほとんどすべて口語になり、それがあの民衆派的散漫さはまったくなく、軽快で心地よくひきしまっている。内容もまたまさにアポリネールらしく気が利いている。たとえば「海老」。

不安よ、おお、私のよろこび
お前と私とは一緒にゆく
海老《えび》が歩くやうに
後へ後へと。

しだいに第一次世界大戦に近づく時代で、世の中は不安に満ちている。しかし不安を恐れていても仕様がない、むしろ楽しい連れにしてしまおうではないか。が、われ知らず、私は不安げに後へ後へと歩くのである、人間存在の不条理が、ウィットによって楽しみに転化されている。そして言葉の節約の見事さ。

「ミラボオ橋」のような、シャンソンにもなってよく知られる詩もあるが、ジャン・コクトーのセクションまで進むと、その冒頭に「シャボン玉」が浮遊している。

シャボン玉の中へは
庭は這入《はいれ》ません
まはりをくるくる廻つてゐます

くるくる廻っているのは、本当は庭ではなくシャボン玉なのである。ここではわれわれの日常的な観察あるいは価値観がひっくり返され、新しい世界が出現しているとまでいえそうだ。そしていまやほとんど誰もが知っている「耳」。

私の耳は貝のから
海の響をなつかしむ

あともう一人だけ、少しとんでレミ・ド・グールモンの詩群をのぞいて見ておこう。ここにも二十五篇の多きが集まり、従来の日本近代詩にはなかった新鮮な衝撃を与えてくれる。なかでも「シモオン」連作のみずみずしさには目を見張らされる。原作では全十一篇のシリーズだが、そのうち九篇が訳されている。最も有名な「雪」の冒頭はこうだ。

シモオン、雪はお前の襟足のやうに白い、
シモオン、雪はお前の両膝のやうに白い。

この詩についていては後からまた検討しようと思うが、ここで詩人が本当にうたいたいのは「お前」であるのに、「雪」を主題とするかのような発想で、「お前」の魅力をエロチックに浮き出している。

さて、このあたりまで読んできても『月下の一群』はまだなかばであるが、その詩的な魅力はすでに明らかであろう。伝統的な詩の形式や発想をぶち破った、いわゆるモダニズムの詩人たちが目白押しなのである。しかもそれが「イズム」をふりかざすのではなく、軽快に踊り出てきている。

堀口大学は、実は『月下の一群』を出す前に、すでに『月光とピエロ』という自分の詩集を出していた。大学に親炙していた三好達治は、『詩を読む人のために』(昭和27)と題する日本近代詩の入門書の最後の章を堀口大學のこの詩集にあて、大学の詩風をこういう卓抜な表現で説明している――「エロチシスムとウイチシスムは、堀口さんの詩において、この仕立屋が巧みに操《あやつ》る、切れ味のいい鋏《はさみ》の二つの刃であろう」と。この言葉に、私は何の異存もない。ただ強いて私の存念を付け加えれば、その鋏の二つの刃は、大学の創作詩におけるよりも、しばしば彼の翻訳詩においていっそう切れ味がよかった、という思いだ。問題は、その切れ味の中身である。

『月下の一群』は、親友の佐藤春夫に献じられていた。その春夫が感激をこめて書いた書評「訳詩集『月下の一群』」(『東京朝日新聞』大正14・10・11)は、いまだに数多くない『月下の一群』評の最も読み甲斐のあるものの一つであろう。春夫は、この本の訳調についてこう述べている。

　君の仕事のなかには何の苦渋のあとさへもない。苦心といふ骨格は思ふまゝに発育した肉体のなかにつゝみ込まれた。しかも奔放にさへ見える。有難いことだ。こせ〳〵といぢけさせてしまつて盆栽化した訳詩を僕はもう見あきてゐたのだよ。（――消え去れ！「海潮音」の今になつては役に立たずな余ゐんよ）それらの植木師は枝ぶりばかり気にして、たうとう枯らしてしまつた。しかも君が移し植たものは、手もなくそこに投げ出されて、不思議や、めでたや、ぽつかり花が咲いてゐるではないか。

ここには、あの『海潮音』的な彫心鏤《る》骨《こつ》の翻訳を「こせ〳〵といぢけさせてしまつて盆栽化した訳詩」とおとしめ、大学流の「手もなくそこに投げ出」したような奔放な訳しぶりを歓迎する姿勢がある。

『月下の一群』は、名詩集『海潮音』の「余韻」を乗り越えて、新しい詩の響きを楽々と伝える詩集であった。そんなことが簡単に実現するなんて、まさに春夫がいうように「不思議や、めでたや」だ。三好達治のいう「エロチシスムとウイチシスム」も重要な役割を果たしたに違いない。しかしそれだけではないだろう。

日本近代詩の新しい展開をうながす力となったこの訳詩集の根源を探るため、この辺で、訳者堀口大学の人と成りをいささかうかがってみるのも無駄ではないだろう。

2　「大学」から遠く離れて

堀口大学は明治二十五（一八九二）年一月八日、東京市本郷区森川町一番地に生まれた。現在の東京大学の赤門の前である。父九萬一《くまいち》はその大学、つまり帝国大学法科大学の学生だった。そんなことが重なって、九萬一はこの長子を大学と命名したとされる。

たぶんそうに違いなかろう。が、この「大学」という名前にはもうちょっと微妙なニュアンスがあったような気もする。工藤美代子さんの『黄昏の詩人　堀口大学とその父のこと』（平成14）によると、九萬一は戊辰戦争で敗れて戦死した長岡藩の下士（足軽）の子で、そういう困難な状況を乗り越えて明治十八年、上京して司法省法学校に入学した——三千名の受験生中一番で合格したという。ただしこの辺はどうも私には分かりにくいのだが、彼が入ったのは当時の司法官の緊急需要に応じようとした速成科だったのではないか。正則科はすでに東京大学法学部に吸収されており、速成科だけが取り残されていたのだ。明治十九年に帝国大学が発足すると、速成科もその法科大学に吸収されていったらしい。

だが正確にいつそうなったのか、たとえば『東京大学百年史』通史一（昭和59）のようなものをいくら読んでも、よく分からぬ。だからその先は想像になるのだが、九萬一は法学校に入ってもかなりの間、自分の身分に不安を抱き続け、晴れて帝国大学学生になれた時には、ほとんど天にも上る気持だったのではないか。だから長子に「大学」と名づけた。当時、大学といえば日本中で彼のいる帝国大学だけだったのである。

九萬一は、しかし、司法官の方には進まなかった。法科大学との間に何か感情的な齟齬でもあったのだろうか。明治二十七年九月、彼は日本で初めて行われた外交官試験を受けて合格し（合格者は九萬一を含めて四人のみ）、これ以後、外交官の道を歩むのである。職業外交官の草分けの一人ということにもなる。そのぶん、功名心に走ることもあっただろう。明治二十八年、領事官補として朝鮮に在任中、いわゆる閔妃《みんぴ》事件にまき込まれ——というよりもかなり積極的な役割を演じて、広島監獄に下ったりもしている。この時、日本に残していた妻（大学の母）が病死し、大学は三歳でその喪主になったという。それ以後、十八歳になるまで、大学は長岡で祖母に育てられている。その間に九萬一は復職し、ヨーロッパや中南米諸国に転々と赴任、地位を高めていった。明治三十二年にはベルギー女性と再婚もしている。

さて堀口大学少年は、新潟県立長岡中学在学中から詩歌小説のたぐいを手当たり次第に読むようになっていたらしい。明治四十二年（十七歳）、長岡中学を卒業すると上京し、祖母、妹と三人で上野桜木町に居を構え、予備校通いをしたが、同年七月の第一高等学校仏法科の入試に失敗、直後に祖母が病死した。本人の回想ではその八月、祖母の納骨のために帰郷する時、上野駅で買った雑誌『スバル』で吉井勇の「夏のおもひで」を読んで、明星派の短歌に魅了された。そこで九月、納骨をすませて東京に戻ると、新詩社に入門、十二月、はじめて與謝野鉄幹・晶子夫妻に面会し、鉄幹が朝鮮で父九萬一と親交のあった人だと分かって驚いたりもする。そんなことがあって、『スバル』十二月号から詠草が掲載されるようになる。翌明治四十三年五月には、同じ新詩社の佐藤春夫と親交を結ぶようになり、七月、春夫とともに第一高等学校に再度受験したが、再度失敗。そして九月、與謝野鉄幹の推輓により、永井荷風のいる慶應義塾の文学部予科に、春夫とともに入学した（予科は旧制高等学校に相当する）。

ここで私としては荷風という師を得た慶応での堀口大学の文学の学習ぶりを知りたいのだが、具体的なことはよく分からない。当時、慶應義塾は明治四十三年のいわゆる「文科大刷新」により、永井荷風を教授に迎えて、大いに意気揚がっていたはずなのである。慶応はもともと実学の府だったから、文学活動の面では早稲田の隆盛をじっと横に見ていなければならなかった。そこで森鷗外らと計って、「大刷新」を企てた。まずは夏目漱石、ついで上田敏を招聘したがうまくいかず、新帰朝者として華々しい活躍をしていた永井荷風を迎えたのだ（『珊瑚集』はまだ出版されていなかったが、そこに収められる訳詩はぞくぞくと新聞雑誌を飾っていた）。

「大刷新」のための荷風の仕事は、どうも『三田文学』を編集刊行することが中心であったようだ。明治四十三年五月に発刊した『三田文学』は、自然主義に傾いていた『早稲田文学』に対抗するかのように、まさに荷風的な耽美主義的色彩を打ち出して、文壇に味方を得た。が、大学における教授としての荷風の活動となると、どうも分からないのである。長谷川郁夫氏の『堀口大学——詩は一生の長い道』（平成21）は、広翰な大著であることに加えて初め『三田文学』に連載されたことから、大学と三田との関係をよく語ってくれているが、荷風の授業のテーマやら用いたテキストやらといったことについては、まったく言及がない。どうも、荷風だけでなくほかの授業陣も、文人風の雑談を授業の中心としていたみたいに思えてくる。長谷川氏の本は、づける話だ。

「慶応の文科では、教師の永井荷風や、小山内薫が、喫茶店《カッフェー》の二階で講義をするさうだ」といった噂が早稲田でひろまり、稲門の学生たちをうらやましがらせたという話を伝えているが、うな

「大刷新」によって、文科の学生が一挙に増えるということもなかったらしい。堀口大学と春夫が入ったのは予科だが、ほかにはもう一人予科学生がいるだけで、本科予科合わせても二十人ほどだったという。予科だから、大学は荷風先生の授業を聴講できなかったかもしれない。が、本人の回想によると、こんなことがあった。ある時、佐藤春夫と二人で日向ぼっこしていると、荷風先生が通りかかった。そして二人に気がつくと、「あの持ちまえの、露したたらんばかり」の微笑を浮かべて、「君たちは『スバル』に書いているんだってね。今度何か出来たら見せてくれ給え、『三田文学』にものせたいから」といったというのだ（「師恩に思う」）。

長谷川氏の伝記によると、堀口大学の予科一年生の学年末の成績は、歴史だけが「良」だったが、他の学科は全部「可」、諸科通評も「可」。そして一つだけ、フランス語は――広瀬哲士の授業をとったが――「不可」だった。見事というほかない。が、案外、荷風先生を見習っていたともいえる。永井荷風も若い頃の学業は惨憺たるもので、第一高等学校不合格はもちろんのこと、ようやく形だけ高等商業学校付属外国語学校清語科に入ったが、実はもっぱら芝居や寄席に出入りし、詩歌小説にうつつを抜かしていた。それで父親が最後の手段として、彼をアメリカ、およびフランスへと遊学に出したのだった。

堀口大学の場合も、父が同様の救いの手を差し伸べた。明治四十四（一九一一）年七月、メキ

シコに赴任していた父から呼び寄せられ、大学は慶応にいること一年足らずで退学し、その地に赴くのである。途中、ハワイで喀血、療養するようなことがあって、十月、メキシコ・シティの日本公使館に到着、ここに一年半滞在した。

父の九萬一は外交官としてフランス語に堪能で、また息子が文学を職業とすることには反対だったが、みずから好んで漢詩を作るほどに文学愛好家で、フランス詩などもよく読んでいた。大学にヴェルレーヌの魅力を教えなどもした。大学はこの地でようやく本気になってフランス語を学んだようだ。なにしろ九萬一の一家は、妻がベルギー人だったこともあり、日常、フランス語を話していたのである。

この頃、大学はもう訳詩を試み始めたようだ。もちろんまずヴェルレーヌあたりから始めたのだろう。父から教わったアルフレッド・ド・ミュッセ、ルコント・ド・リールと、試みていった。つまり当時の教養人が読んだ詩を読み、読んで気に入れば訳してみたのであって、手さぐりの試訳ともいえる。ここはいわば辺鄙な外国で、「学問」の府から遠く、正規の師もいなくて、頼れるのは自分の詩的感性だけ。だが逆にいえば、詩的感性にだけ頼る自由が認められた世界だった。

一年半後の大正二年四月、大学は父とともに帰国した。が、その年八月には、父がスペインに代理公使として赴任するのに従って渡欧する。彼は継母らとともに、ベルギーはブリュッセルの継母の縁家に寄寓することになった。フランス語に磨きをかけさせたいという父の配慮があったのだろう。ここに滞在中、彼はふとレミ・ド・グールモンの詩を知り、一挙に傾倒していく。そして早速その翻訳を試み、『三田文学』に投稿もした。そのこともまた後から検討したい。

　ところが翌大正三年、第一次世界大戦の風雲急を告げてきたので、七月、戦禍を避けるため、大学は継母らとともに父の任地のスペインはマドリードに移った。八月、大戦勃発。この中立国で、羽振りのいい外交官の父に庇護された生活を楽しんでいるうちに、彼はフランスから亡命中のマリー・ローランサンと知り合い、彼女からギヨーム・アポリネールの存在を知らされ、その詩に熱中していった。ジュール・ラフォルグやアルベール・サマンの詩を知ったのも、この地においてであったようだ。ただし父は、「大学」と名づけたこの息子を外交官にする夢を捨てきれず、そのための努力もうながし続けていた。

　大正六年一月、大学は単身帰国、外交官試験の準備に打ち込んだ。この時、何人かの新進詩人たちと知り合ううちに、日夏耿之介との親交が生じたらしい。荷風先生はもう慶應義塾を退いていたが、その『珊瑚集』(大正2・4)を、もしそれ以前に読んでいなかったとしても、この時には大いに親しんだことだろう。だが試験の方は、論文試験、筆記試験は通ったものの、十月、最後の口述試験を持病の喀血が再発して受けられず、結局、外交官への道はあきらめる仕儀となった。そして大学は、詩歌をこそ自分の道と決めたのである。

　翌大正七年四月、大学は彼の最初の本『昨日の花』を出版した。翻訳詩集である。永井荷風の序文を得て、荷風にゆかりの籾山書店から出した。二百部限定の自費出版だが、なかなか売れなかったらしい。

　そして同年八月、特命全権大使となった父に従ってブラジルに渡り、この地に五年近く滞在することになる。父の誇りにした「大学」や、日本の官につながる職業はるか遠くのものになったが、もう生き方に迷いはなかったらしい。翌大正八年一月、こんどは自作の詩集『月光とピエロ』を、やはり荷風の序言を得て籾山書店から出した。そして同じ月に、最初の歌集『パンの笛』もやはり籾山書店から出した。これには與謝野鉄幹が序文、晶子が序歌を寄せてくれた。こうして詩人および歌人として、たいへん恵まれた出発をしたわけだ。一方、彼は現地の書店と契約してフランスの詩書を片端から取り寄せて読みあさり、その翻訳にも精を出した。最も力を注いだのは、この仕事ではなかったろうか。翌大正九年十二月には、二冊目の翻訳詩集『失はれた宝玉』を籾山書店から出した。これ以後、大学の自作や翻訳の出版はほとんど牧挙にいとまがない有様になる。年譜によると、ジャン・コクトーの訳詩に手を染めたのは、この大正九年の末頃らしい。ポール・フォールの翻訳は少し前から始めていたが、大正十年八月、この「フランス詩王」が講演旅行でブラジルを訪れた際、大学は彼を案内してまわり、この年の暮れにパリの書店から出した自作の短歌の仏訳集『TANKA』に序文をもらうというような芸当もした。若い頃から温厚な人柄であったと思えるのだが、こういう著訳・出版活動については十分に積極的だった。詩文で立つという思いがたかまっていたのだろう。

大正十二年七月、大学は父に従っていったん帰国する。八月、これまでの訳詩をいわば総まとめした詩集『見本帖』を編み、新潮社に託した。ところが、九月一日の関東大震災を経て、十二月、大学は父の新任地ルーマニアに渡ることになった。途中、パリでいろんな作家・詩人に会ったりして、伝記的にはいくつかの興味深いエピソードを残した。ルーマニアでの生活はほぼ一年。大正十四年三月、三十年近い外交官生活を退くこととなった父とともに帰国し、大学はこれ以後、日本に定住することになる。その最初の仕事の一つが、それまで手つかずの形で放置されていた訳詩集を上梓することだった。これこそが、足かけ十四年にわたる彼の海外体験の総決算というべきものだったのだ。幸いにして長谷川巳之吉の第一書房がとびついてくれ、九月、豪華詩集『月下の一群』が姿を現したのだった。

3　ダイナミックなひろがり

堀口九萬一は海外を渡り歩く自分の生活を「萍《うきくさ》」にたとえ、得意の漢詩で「身迹誰憐浮似萍」(大学による邦訳では「相変わらず一所不在の哀れな浮草暮らしです」)と詠んだ。大学もまた一所不在の海外生活の孤独感や寂寥感を味わっていた。それに青年の感傷も加わっていたはずだ。が、彼は月並な「萍」の比喩と違って、もっと生き生きした人間のイメージで自分をあらわした。彼の最初の詩集『月光とピエロ』とタイトルともなり、彼の詩のうち最も有名な文句ともなった「秋のピエロ」冒頭の二連、

泣笑ひしてわがピエロ
秋ぢや！　秋ぢや！　と歌ふなり。

Oの形の口をして
秋ぢや！　秋ぢや！　と歌ふなり。

にもくり返されるピエロがそれである。ただし大学は、単に自己憐憫しているのではない。「Oの形の口をして」と、その表情に見事な弾力を与えている。一時が万事、これがあるからこそ、永井荷風はこの詩集にあらわれたヴェルレーヌ的な秋の落葉の感覚を鋭くとらえながらも、詩集に寄せた「序」を、「われひそかに思ふ君はこれ月下仮装舞踏の曲にヴェルレーヌが『言葉なき歌』をしのばしむる詩人にあらずんば恐くはかの鬘《かつら》かぶりしフィーガロと共に泣きつゝ笑はんとする諷刺の士にあらざる歟《か》」と結んでいる。

堀口大学は一見頼りなげなピエロの姿態の裏に、みずからの「Oの形の口」を誇示して楽しむおおらかさ、ユーモアの感覚、楽天性、批評精神があった。しかし彼自身の詩歌は、まだ明星派的な美意識や発想を破り切らないところがあったかもしれぬ。だが訳詩となると、原作の力が彼を新しく開かれた詩的世界に引きずり込むことが多くあった。『月下の一群』の佐藤春夫の書評はまことに見事だったけれども、どちらかといえば、この詩集が示した「針金細工で詩をつくる」モダニズム手法の面白さに関心を集中した趣きがある。だが春夫は正直に、「四〇〇頁以後はまだ十分精読しない」と述べている。ということは、すでに紹介したレミ・ド・グールモンの詩群あたりまでで終わっているのだ。で、その先を読んでいくと、訳詩集『月下の一群』の詩的世界の広さをますます知らされることになる。

同じことだがちょっと視点を変えて見てみよう。堀口大学の詩風の魅力について、エロチシスムとウイチシスムを指摘した三好達治の卓抜な評言は先に紹介したが、実際のところ、大学や『月下の一群』について語るほとんどすべての文章がこのエロチシズムとウイチシスムを強調している。私もこれに同感だ。ところが、一度は大学と盟友関係を結びながら、途中で不意と袂《たもと》を分かってしまった日夏耿之介にかかると、それが違った意味になる。『明治大正詩史』（昭和4、改訂増補版、昭和24）で、彼は『月下の一群』をまったく無視してみせ、その訳者については、「堀口大学は異邦に情痴を漁り」とか、「その色情詩は、何等人間生活の本能的桎梏にまつはる痛烈深刻の体験に根ざさゞる、遊戯的淫欲の文字上小技巧の小産物にすぎざる点」とかといって、「詩家としてのスケイルの浅薄」と「人間性の輪郭の狭小」を強調するのである。

だが『月下の一群』をじっくり読むと、その訳者はどうもそういう人ではなかったと思わざるをえないのだ。グールモンの先を読み進むと、ますますそういう感じがしてくる。

まず、ポール・フォールのセクションになる。グールモン同様、『メルキュール・ド・フランス』創刊とともにその有力な寄稿家となり、「詩王」に選ばれもした人（初代はルコント・ド・リールで、ヴェルレーヌ、マラルメも選ばれたことがある）で、幅広い活動をした。大学が彼のブラジル講演旅行につき合い、親交も得たことはすでに述べた。そのためもあろうが、二十二篇も訳している。それが、

触覚よ、資格よ、聴覚よ、

すべてのわが官能よ、
婚姻せよ。

（「地上礼讃」）

わたしはあらゆる歌琴をかきならすつもりだ。
人間の魂がわたしの宗教だ。

（「わが肖像」）

といった具合に、ホイットマンからの引用といっても信じられるような詩句を散りばめている。
『フランス調バラッド』（一八九七）の巻頭を飾った「輪踊り」は、文学通りのバラッド調だが、

世の人たちが悉く
手を握り合ふその時は、
地球をめぐって輪踊りを
踊る事さへ出来ませう。

といった、なんとも楽天的、人間讃美的な気分をあらわしている。
次のフランシス・ジャムは、生まれ故郷のピレネー山麗の田舎を愛し、生涯そこに生きた人

で、ナチュラリスト（自然尊重派）の詩人といえるが、大学はよほど愛したのだろう、三十二篇の多きを訳している。そこにはもちろんいろんなテーマが取り上げられているが、クローデルの友人というこの敬虔なキリスト信者にして、なおかつ神に平気でいろんな要求をしているところなども面白い。

皆にわたしの持たぬ幸福を与へて下さい
さうして風と家畜と荷車のもの音の中で
小声に語り合う恋人たちが
並び合つて接吻いたしますやうに。

（「他人が幸福である為の祈り」）

神さま、親たちの爲にこの子供をお助け下され、
風の中の草をお助けなされるやうに、
母親が泣いて居りますれば、神さま
後ほど、まぬかれ得ぬ事のやうに
何もこの子供をお殺しにならずともよろしいではございませんか、

（「児の死なぬ爲の祈り」）

これはまるで神様を叱責しているような口調ではないか。それからまた驢馬を愛する言葉のかずかず——

驢馬が詩人だからと云ふので
わたしの恋人は驢馬を馬鹿だと思つてゐる。〔中略〕

やさしい心の少女《おとめ》よ
お前にも驢馬ほどのやさしさはない。

（「私は驢馬を好きだ」）

人は云ふ、クリスマスの夜の十二時になると、
家畜小屋の中の信心深いもの影で、
驢馬と犢《こうし》と話をすると。
わたしは本当だと思ふ。
何でそれが偽《いつわり》なものか。
クリスマスには夜が霙《みぞれ》を降らし、
星は祭壇となり薔薇の花とさへなるのだもの。

（「人は云ふ」）

素朴な言葉遣いが胸に響いてくるではないか。もう引用は控えるれども、「古びた村」「その頃」「緑の水の岸」などの詩では、愛すべき田舎の生活をしみじみとうたい、どこかで日本の「小ホイットマン」たちの詩の世界に通じるものすら感じさせる。ただ日本の「小ホイットマン」たちの表現には詩的な工夫や味わいが乏しかった。こちらには、素朴な生活感情の表出の中にエスプリが散りばめられて、うたい方が何ともモダンなのである。

それから次にアルベール・サマンの詩群があり、これも十七篇を数える。大学自身の表現を借りれば「好んで秋と夕暮を歌ふ心やさしい悲歌詩人」（「詩人略伝」）で、自然と心ひかれたのであろう。その他、立ち止まって検討したい詩人は少くないが、さらに進んで『月下の一群』の最後五分の一ほどに入ると、大学がふと読んで興味を覚えた体の、普通の文学史には名前も出ない種類の詩人の作品を、一人一、二篇ずつ訳出している有様になる。ところがそういう中にも、たとえばベルギーの象徴派詩人シャルル・ヴァン・レルベルグの詩に、

私は君たちであり
君たちは私でないのか知ら？

私が匂ひをかぐ花、私を照す太陽、
もの思ふ私の魂、
何処《どこ》で私は終り、何処で私は始まるかを、

誰が私に云ひ得やう?

（「私は君たちであり」）

といったホイットマンをさらに高揚させたような詩句があり、ルヴェル・レニエという、私などまったく知らない詩人にもまた、たぶん第一次世界大戦の苦悩に呼応する、

悩める大地の凡《すべて》の苦しみを私は苦しむ
地と人間の凡《すべて》の苦しみを私は苦しむ

（「私は苦しむ」）

といった、ますますホイットマンそのもののような表現がある。ホイットマン的であるから良いとか悪いとかといっているのではない。エロチシスムとウイチシスムの詩的世界と対蹠的なホイットマン的にダイナミックな魂の世界も、『月下の一群』の中には展開していることを指摘しておきたいだけなのだ。

いま第一次大戦にふれたので、巻末近くの、ジュリアン・ポカンスなる人の「俳体小詩」と銘うった短章群にも一言しておきたい。そのうちの一篇「塹壕」はこうだ。

死や穿《うが》ちけん

これ等巨大なる畝《うね》
さて其所に蒔かるる種子《たね》は人の子。

これは明らかにこの戦争に取材した、痛烈な反戦詩だ。メタファーもイメージも強烈に飛躍し、肺腑をえぐる。わざと文語体を用いているが、完全に現代詩の世界である。

そして詩集全体は、マラルメの「ためいき」で結んでいる。『海潮音』で、上田敏が「嗟嘆」と題して訳した詩である。初めと最後にフランス詩を代表する詩人を配したのだろう。

これを要するに堀口大学は、日夏耿之介の罵言は問題外としても、単に「針金細工で詩をつくる」体の詩的技巧家ではなかった。また単に新詩社の流れを引いて耽美主義にモダンな情緒を加えようとした趣味人でもなかった。それらはたしかに彼の詩の重要な特色である。しかしそういう特色の背後で、彼は国境を越えて普遍する人間の「生」への熾烈な好奇心というか、積極的な関心をもっていた。つまりすぐれてヒューマンなのだ。そういう人の作品として、『月下の一群』は、いろんな批評でいわれるよりもはるかに広い詩的世界を包み込み、精神的なたかまりをもっている。ここに登場するモダニズムの詩人たちは、多くが生き生きと楽しげに踊っている。だからこそ、この詩集は日本近代詩の新しい展開の原動力とまでなりえたのではないか。では堀口大学は、原作をどのようにして彼の作品としたか、翻訳の仕方を見ていきたい

4　「筆のすさび」の訳業

『月下の一群』には、『海潮音』におけるような充実した序文や、原詩とその作者についての親切な解説はない。挨拶的な二頁ほどの短い「序」はつけているが、「学者」的な配慮はまったくないのだ。それでもずっと後年、彼は「『月下の一群』の頃」（『詩と詩人』昭和23）という回想文で、この詩集についての思いを述べている。これはさらに後に白水社版『月下の一群』（昭和27）の「訳者のあとがき」になったものだ。

ここでまず大学がいうのは、『月下の一群』の内容が初版出版まで十数年間の「筆のすさび」になるということである。

すべて文字どおり、つれづれの筆のすさびになったものだったのだ。求められて訳したもの、目的があって訳したものは、只の一篇もないのである。何のあてもなく、たゞ訳してこれを国語に移しかえる快楽の故にのみなされたものだった。後日、集大成して一巻の書にまとめるなぞという考えは毛頭なかった。ましてや秩序あるフランス近代詩の詞華集《アンソロジー》を作り上げようなぞという野心をやである。

これは一見、謙遜の言葉のように聞こえる。また逆に、読者を小馬鹿にした高慢の弁のようにも聞こえる。だがたぶんそのどちらでもないだろう。『月下の一群』に吸収された第二訳詩集『失はれた宝玉』の「序」で、大学は同じ姿勢をもっと明瞭な言葉でこういっている。

私は明白にお断りして置きたい、この本に収められた八十篇の詩章は、何《いずれ》も単に私自身の満足を唯一の目的として訳し出されたものに他《ほか》ならぬことを。由来、啓蒙は私の趣味ではない。ましてこの本の目的ではない。私はあまりに私を愛し、私はあまりに私に多忙である。

「啓蒙」が目的ではない、もっぱら自分本位の訳業だというのだ。『月下の一群』がまったく同じ姿勢で貫かれていることはいうまでもない。

ここでちょっと注目したいのは、『『月下の一群』の頃」の中で、自分の訳業を語った後に、こう述べていることである――「迂闊な話だが、僕は訳詩に手を染めるようになってからも、久しく『海潮音』の存在を知らなかった。否、このあまりにも有名な訳詩集の名を知らなかったはずはないと思うが、不勉強で、読んだことがなかった。」

ふたたび一見、謙遜の辞だが、いささかうがった読みをすれば、なるほど初めのうちは『海潮音』の存在を知らなかったが、途中からは知ったようにも受け取れる。この点で長谷川郁夫氏の考察は興味深い。上田敏には大学が師と認める興謝野鉄幹・晶子夫妻も永井荷風も最大級の敬意を払っていた。その人の『海潮音』を知らずにいたというのは、若い大学の「無意識の領域」に「上田敏に対する生理的な反発があった」というのだ。

いろいろな解釈が可能だろうが、ここは一応、大学がみずからいう「不勉強」を信じておくより仕様がない。彼が「学者」的な入念さをこの詩集で排したことは、彼の一貫した主張である。ことのついでにいえば、荷風先生の『珊瑚集』はもっと素直に読んでいただろう。この詩集は大学が一時帰国中（スペインに発つ前）の大正二年四月に出版されており、彼が気づかないはずはない。熟読玩味し、また大いに刺激を受けたことは、彼我の訳詩を読み比べることによっても明かになるはずだ。荷風先生には上田敏風に「学者」的なところはなかった。そして大学がどこまで感じ取っていたかは明かでないが、自由人の生き方を貫いていた。

『月下の一群』が「筆のすさび」の訳業による成果だということは、実は重大な、積極的な意味をもつことであったと私には思える。それは日本の「学問」の権威が及ぶ世界から遠く離れ、また「学者」的姿勢に縛られることもなく、自分一個の詩的感性だけを頼りに、自分一人の好みによって作品を選び翻訳した、要するに自由人の訳業であったということなのだ。

5　「自由」の半創作

この「自由」さが、『月下の一群』の訳詩に軽快な新鮮さをもたらした。翻訳の姿勢について、自分一人の好みによることを強調するのに、大学は「『月下の一群』の頃」の中で、こんな言い方をしている――「美しい詩章は美しい恋人のように、愛すべきものだ。私は愛人の新鮮な肌に触れる時のような、身も世もあらぬ情念《ヴオリユプテ》をこめて、愛する詩章に手を触れた。」この言い方は大学好みのものであって、聴く耳によってはある種の嫌らしさも感じ取られるだろう。が、ともかくも情念本位ということなのだ。詩集の短い「序」では、「私が希《ねが》ったことは、常に原作のイリュジョンを最も適切に与へ〔中略〕得る日本語を選びたいと云ふ一事であった」と、もう少し上品な言い方をしているが、同じことである。

ではこの「自由」の姿勢は、具体的にどのような翻訳の仕方となってあらわれたか。『月下の一群』で用いられた日本語の文体は、同じ「序」でもいうように、文語体と口語体を織り混ぜ、硬軟新古、あらゆる格調がある。が、訳者の基本的に自由な姿勢は、文語体よりもむしろ口語体を積極的に用いさせたといえるのではなかろうか。口語体でも芸術詩たりうることを作品によって証明してみせたことが、この詩集の大きな功績の一つなのだ。そして文語体の方も、『海潮音』的な彫心鏤骨は避け、かつ『珊瑚集』に通じる自由詩的な調べをオープンに打ち出したように思える。詩における口語と文語との関係を、大学はグールモンあたりから修得したかもしれない、得意の箴言的な詩句で、こう表現している。

文語に口語のやさしさを
口語に文語のきびしさを
（「僕の文法」）

大学の訳業における「自由」の姿勢は、用語についてのみではない。彼は詩行の扱い方においても、恐れず自由を行使した。『月下の一群』中で最もよく知られるといってよいジャン・コクトーの「耳」と題する二行詩（四七五頁参照）は、もと独立の詩ではなく、正確には「カンヌ」“Cannes”という組詩の「5」から取ったのであって、題も大学がつけたものだった。同じくコクトーの「シャボン玉」は、「備忘録」“Aide-mémoire”中の一連を取り出して、独自に題をつけたもので、その三行目は原詩では二行の句を一行にまとめて、シャボン玉の動きにちょっとした時間の長さを加えて、面白味を増している。原文に忠実ではあるのだが、ほとんど半創作だ。

いささか違う種類の行の操作としては、たとえばマックス・ジャコブの「火事」や、次に引用する「地平線」——

かの女の白い腕が
私の地平線のすべてでした

は、モダニズムの詩のウィットの面白味の見本みたいな詩だが、ともに「雄鶏と真珠」“Le Coq et le Perle”という総題をつけたそれぞれは無題の短作品群から二篇を取り出し、題をつけて訳したもの。原作はおのおの一行の散文だが、それを三行および二行に分けて、見事な詩に仕上げている。

こういう例は非常に多いが、もっと目立つ自由さの例を一つだけあげれば、アポリネールの「狩の角笛」。

思ひ出は　狩の角笛
風のさなかに声は死にゆく

これは後の版では「断章」とことわりをつけているように、"Cors de chasse"と題する三連十二行の詩の最終連二行だけを取り出して訳したものである。そこにいたるまでの、思い出の内容などのごてごてした表現は全部はぶいてしまって、思い出に詩的な余韻を生じさせている。

『月下の一群』のたくさんな訳詩の中には、さらに大胆な操作をしたものが少なからずある。ポール・フォールの「夜明けの歌」は、散文九行からなる原作の各行を四行に分けて、九連三十六行の詩に仕立て直し、フランシス・ジャムの「哀歌　第七」は、十一連からなる原詩の各連がすべて二行からなっているのを、各連三行に変えてしまっている。

大事なことは、この種の自由な改変が、大体において『月下の一群』の中味を軽快で親しみやすくし、詩的モダニズムの魅力を強調するのに貢献していることだ。もちろん、大学の訳業がすべての詩においてこのように成功しているわけではない。たとえばアルベール・サマンの「池畔逍遥」は、題の通り恋人と池畔を逍遥する思いをうたった文語訳の詩だが、「吾妹子《わぎもこ》よ、恋の泉、大なる心の底より湧出でて／かの空に漲《みなぎ》りしなりと人言はざらましか？」といったように、古めかしく、かつ不自然な言葉遣いになっている。また口語訳でも、たとえばレニエの「唄」の冒頭、

若しも私が私の恋を
物語つたとすれば
それはその上に私が首《うな》だれる時に
私の言葉に耳を傾ける
あの静かな流れの爲だ、

など、なんとももってまわった日本語で、大学も時にはこんな翻訳をしたのかと嘆息したくなる。

しかし、こういう小さな蹉跌の個所は当然あるとしても、『月下の一群』をつらぬく「自由」の姿勢は、この詩集のほぼ全体に、のびやかなポエジーの発現、活発なエスプリー・ヌーヴォーの発露を展開した。ことわるまでもあるまいが、ここで「自由」というのは、明治初年の詩歌で盛んにうたわれた政治的・社会的な自由のお題目ではない。さりとてまた、北村透谷などのロマン派詩人たちが高唱した精神の自由といったような観念でもない。いわばセンスの自由なのである。大学の好んだエロチシスムは、世間的道徳に縛られたセンスをぶち破る自由から生まれるところがあった。彼の得意としたウイチシスムも、世間的常識をぶち破る自由の産物といえる面が大きいだろう。そういう自由の人の自由な「情念」が、『月下の一群』の詩的な生命となっているのである。

6　レミ・ド・グールモン

『月下の一群』は堀口大学が本屋で次々と購入した新刊詩集から好みに応じて選訳した詩を多く収めるので、必然的に、『海潮音』や『珊瑚集』よりも同時代詩集の色合いが濃い。が、巻頭にヴァレリー、巻末にマラルメといった大物を配するだけの配慮はしている。当時すでに名声の確立していた詩人たちの作品を訳す時は、先達の名訳詩集におけるのと同じ詩を取り上げることもあった。

ボードレールの詩は二篇収めているが、そのうちの一篇「秋の歌」は、荷風先生の『珊瑚集』に収録の同題の詩を、横に見ながら訳したのではなかろうか。さすがに大学もこの詩は文語体で、しかもいわば荘重体で訳しているからであろうが、訳語に荷風訳と偶然以上の重なりが見られる。大学訳の方が荷風訳よりも現代的で、説明的で、分かり易くなっている。だが特に新鮮な感じはしない。そして荷風訳にはそれ自体の味があり、ボードレール独自の魂の鼓動を伝えるのである。

ヴェルレーヌの詩は九篇訳載している。そのうちの「秋の歌」は、『海潮音』にもいわずと知れた絶唱「落葉」があり、その訳調が心にしみついてしまっている読者は、大学のすぐれた翻訳にも異和感というか、満たされぬ思いを抱いてしまうかもしれない。むしろ大学がその次に訳載している「われの心に涙ふる」（原詩、無題の四連十六行詩）は、第二、三連の訳文にいささかの弛みが感じられるけれども、彼の絶唱と呼んでよいほどの格調を備えている。

それから同じくヴェルレーヌの「青空」。同じ詩が『珊瑚集』では、「無題」と題して訳されているが、荷風訳の方がはるかに胸に迫る。これは周知のように、ヴェルレーヌがランボーを拳銃で撃つ事件を起こして牢獄につながれていた時、独房の窓から外を眺めてうたったとされる詩である。荷風訳の文語調は言葉少なだが、悔恨の思いを切々と自分に突き付ける。が、大学訳は口語調で読みやすいけれども、どこか他人事をうたっているみたいに聞こえるのである。原詩の切実感は大学ののびやかな性格には向かなかったのだろうか。

『月下の一群』を最もよく代表する詩人は誰か、といったことを決めるのはもちろん容易でない。それはほとんど読者の好みの問題だろう。訳者と原詩人との個人的な付き合いの密度をもとすれば、ジャン・コクトーやポール・フォールが大きな存在となる。モダニスム性に注目すればアポリネール、コクトーなど、候補者はいくらでもいる。が、これらの諸要素を勘案したあげくにレミ・ド・グールモンを選ぶのも、まったくの的はずれではないような気がする。

『月下の一群』の中で、大学が最も力をこめて語る原詩人との出会いは、「グウルモンは、グールモンである。ブリュッセル滞在中に本屋で彼の詩集を見つけたのが最初だが、「グウルモンによって与えられたあの時の智的有頂天は、僕の一生を通じての精神上最大の事件として残るだろうと、僕は信じている。最初に訳したのがシモオヌに呼びかける一聯の詩であった。『月下の一群』中これ等の訳篇はいわば僕の最初の試みだ」と彼はいう。大学はこれらの訳篇を故国の『三田文学』に送ったらしく、同誌の大正三年十二月号に掲載された。そして彼は第一訳詩集『昨日の花』にも、「サマン詩抄」や「グウルモン詩抄」のセクションの外に、とくに「シモオン（グウルモン）」のセクションを設けて収録、特別の愛着を示している。よってこのシモオン詩篇について、いささかこまかく読んでみたい。これは本来十一篇の連作で、すべて田舎娘らしいシモオンに呼びかけ、語りかける内容の詩になっている。

そのうちのたぶん最も有名な作品の一つ、原題“Les Cheveux”は、上田敏が『牧羊神』で「髪」と題して訳している。作者（詩人）は、たぶんシモオンの豊かな髪に顔を埋めるようにして、その髪の匂いをいろいろにたとえ、たたえていく。敏はそれをそのまま忠実に訳して、見事な出来栄えである。名訳ともいえるだろう。全三十行中最後の六行だけを引用すると、こうだ。

蜜蜂の匂いもする。牧《まき》の草原に
さまよふ生物《いきもの》の匂がする。
土の匂、川の匂、
愛の匂、火の匂がする。

シモオヌよ、そなたの髪の毛の森には
よほどの不思議が籠ってゐる。

敏のこの訳詩は初め大正四年三月発行の詞華集『マンダラ』に発表された（その時の題は「髪

の毛」）ので、大学が自分でもこの詩を訳した時、まだ敏の訳詩を見ていなかったことは確かだ。大学の訳詩で注目しなければならないのは、彼も初めは自分の訳詩を「髪」と題していたのに、これを『月下の一群』に収める時、「毛」と改めたことである。その理由として、「この詩が頭髪《かみのけ》を歌ったものでないことは明らかだ」（『詩と詩人』所収「饗宴にエロスを招いて」）と彼は述べている。「女性」の毛、今風にいえばヘアーと取ったのである（原題の Les Cheveux は一種の宛曲表現ということになる）。で、いま敏訳から引用した部分の大学訳はこうなっている。

お前は蜜蜂の匂ひがする、
お前は牧場の中をさまよう時の
人生の匂ひがする。
お前は土と河の匂ひがする。
お前はいろごとの匂ひがする。
お前は火の匂ひがする。

シモオン、お前の毛の林の中に
大きな不思議がある。

原詩では六行のところを例によって勝手に八行に増やしているが、ここに限っていえば敏の忠実訳の方がはるかにしヽまりヽがヽある。最後の二行のまとめ方も、敏訳の方に詩的な含みがあって、味わい深いような気がする。だが敏訳の詩人が、いかにも学問を積んだ人らしく田舎娘に「そなた」と呼びかけているのに対して、大学訳では「お前」という呼びかけがなされる。形式ばらない、親しい呼びかけである。それからまた、お前は l'amour の匂ひがするという原文を、敏は生真面目に「愛の匂い」と訳したのに対し、大学は「いろごとの匂い」とした。大学はシモオンを「情念《ヴォリュプテ》」をもって自分に引き寄せているのである。

敏訳で詩人がシモオンの髪の毛に顔を埋めているとすれば、大学訳では彼女のヘアーに顔をすり寄せている感じだ。だから最後の二行で原文 la forêt de tes cheveux の furêt を敏は「森」としたのに対して、大学は「お前の毛の林」と訳した。ついでにいえば、そこで出会う la vie を、敏はいささか苦しまぎれに「生物《いきもの》」と解したのに対して、大学はあっけらかんと「人生の匂ひ」と訳した。フランス語の les cheveux の解釈について大学の強引さは否定できないとしても、大学は大学で、自由人としての彼の生き方を反映した翻訳を堂々と行なっているのである。

シモオン連作からもう一篇だけ、「雪」を見ておきたい。これはすでにちょっとふれたように、雪をうたうことによってシモーヌへの思いを表現した、少しくエロチックな美をたたえる佳篇である。上田敏もやはり『牧羊神』でこの詩を「雪」と題して訳している。敏の訳は訳詩集に収められる前、「髪の毛」と一緒に『マンダラ』に発表されていたが、最初、さらにそれより前の大正二年二月、雑誌『詩と散文』に発表されていたので、大学が自分の翻訳の時点でそれを参照するチャンスがまったくなかったとはいえない。しかし安田保雄氏（『上田敏研究』増補新版、昭和44）のように、大学の翻訳を「全く上田敏のそれに学んだもの」と言い切れるものかどうか。短い作品なので、まず両詩の全文を引用してみよう。

（上田敏訳）

シモオヌよ、雪はそなたの頸《えり》のやうに白い、
シモオヌよ、雪はそなたの膝のやうに白い。

シモオヌよ、そなたの手は雪のやうに冷《つめ》たい、
シモオヌよ、そなたの心は雪のやうに冷たい。

雪は火のくちづけにふれて溶ける、
そなたの心はわかれのくちづけに溶ける。

雪は松が枝《え》の上につもって悲しい、
そなたの額《ひたい》は栗色の髪の下に悲しい。

シモオヌよ、雪はそなたの妹、中庭に眠《ね》てゐる。

シモオヌよ、われはそなたを雪よ恋よと思つてゐる。

(堀口大学訳)

シモオン、雪はお前の襟足のやうに白い、
シモオン、雪はお前の両膝のやうに白い。

シモオン、お前の手は雪のやうに冷《つめ》たい。
シモオン、お前の心は雪のやうに冷《つめ》たい。

雪を溶《とか》すには火の接吻《くちづけ》
お前の心を解くには別れの接吻《くちづけ》。

雪はさびしげに松の木の枝の上、
お前の前額《ひたい》はさびしげに黒かみのかげ。

シモオン、お前の妹雪は庭に眠つてゐる。
シモオン、お前は私の雪、さうして私の恋。

敏の訳は原文に忠実で、自然に言葉が進み、やはり名訳といえるだろう。大学の訳は、それと比べるといささか強引だ。第二連までは敏訳とほとんど差異がない（原文を忠実に訳せばこうなってしまうともいえる）が、第三連と第四連で平叙的な原文から離れて、名詞止めにして見せた。安田氏はその結果を、「全体の調子を乱し」と、まったく否定的に受け止めている。が、敏訳が「火のくちづけ」「わかれのくちづけ」を単に自然現象の一部のようにうたう趣きなのに対して、大学訳はその役割を、漢字の字画の力も借りて積極的に主張している趣きになっている。大学としては、この方が詩人（うたい手）の若々しさ、はげしい情念が表てに出ると思ったに違いない。次の連も、敏訳ではシモオヌの表情を淡々と一つの風景のようにうたっている趣きになのに対して、大学訳ではその表情の「さびしげ」さをいささか色濃く描いている感じがする。その次の連の、つまり全体の最後の行、敏訳はまことに素晴らしい。が、名詞止めを二つ重ねた大学訳も十分これに対抗しうる力強さをもっているのではないか。

全体としていうと、敏訳はまさしく円熟した（といってもまだ四十歳前だが）詩人学者の品位ある訳調なのに対し、大学訳は若々しい（二十歳を過ぎたばかり）自由人の大胆さを押し出している。そして詩法としても工夫をこらして、読者の気を誘うのである。

佐藤春夫を興奮させた「針金細工で詩をつくる」術を誇示した訳詩となると、グールモン詩群の中では「鎖」とか「時計」とかの短章に好例が見出されるだろう（この時計には懐中時計を想定しなければならない）。前者だけ引用してみると、こういうふうだ。

お前の思ひの鎖が
願はくば何時《いつ》でも私の頚《うなじ》を巻いてゐるやうに。

しかしこういう手法になると、すでに紹介したアポリネールやコクトーがさらに発展させることになる。そして大学による訳詩が、まさにエスプリ・ヌーヴォーのお手本となって、若い詩人たちに衝撃を与えるのである。

7　『月下の一群』の影響

『月下の一群』は大正十四年八月、第一書房から出版された。なにしろ空前の豪華本だから、定価四円八十銭した（『海潮音』は一円）。ところが大学自身のいうところによると、初版千二百部が「数ヵ月で売切れになってしまった」。しかも「初版以来度々版を重ね、やがて紙型が磨滅して、使用不能になった」。そこで第一書房と計って、内容に多少の増補をした上で、版型を小さくして定価を下げ、いわば普及版の『新篇　月下の一群』を出した。それが昭和三年のはずである。だがこれは「初版を印刷した直後、印刷所が火に会って、原版を焼失してしまった」。ともあれ非常な歓迎ぶりであったことが分かる。

ついでに述べておくと、『月下の一群』刊行後一年にして、大学はそれを補充するつもりの訳詩集『空しき花束』（第一書房、大正15）を出し、続いてこれらの詞華集《アンソロジー》中の個別の詩人の作品群をもとにした『ヴェルレエヌ詩抄』（同、昭和2）、『アポリネエル詩抄』（同、昭和2）、『フランシス・ジャム詩抄』（同、昭和3）、『グウルモン詩抄』（同、昭和3）、『コクトオ詩抄』（同、昭和4）、『ポオル・フォル詩抄』（同、昭和9）などを続々と出した。ヴェルレエヌを別とすれば、まさにエスプリ・ヌーヴォーの騎手たちの詩集である。

『月下の一群』そのものにもうちょっとだけ目を戻しておけば、『新編』の紙型焼失後、第二次世界大戦もあって、詩集は二十余年間絶版のままであったが、昭和二十七年、白水社から新版が出された。訳した時からいって「三十年もたつと、訳も古びる」、目にあまる、「誤謬や不手際が少くない」。それで「初版の面目を失わない程度の、最小限の加朱で、これ等の不備を補正」したという（「白水社版訳者のあとがき」）。その後さらに新潮文庫版（昭和29）、講談社文芸文庫版（平成8）、岩波文庫版（平成25）が出ている。（なお本書での引用は原則として初版によった。）

『月下の一群』はこのようにして、詩集の大きさからいえば驚くべきほどによく売れ、もてはやされた。当然、大きな影響力も持った。ただし、『海潮音』が同時代の詩人たちに出版を待たれ、またそういう詩人たちに直ちに具体的な影響を及ぼした（最も直接的には、彼らの詩表現に模倣を生んだり、新しい思潮への共鳴現象を生んだりした）のに対して、『月下の一群』は訳者が「学問」の世界から遠い人であり、啓蒙的な姿勢も主張もいっさい示していなかったこともあって、影響は同時代の詩人たちにすぐさま具体的に生じるというよりも、むしろ次に来る詩人たちの「情念」に訴え、彼らが新しい表現を生むための利戟となったのではあるまいか。

いささか余談になるが、『月下の一群』あるいは堀口大学のフランス詩紹介の仕事に関連して、「東京帝国大学」仏文科、とくに鈴木信太郎らがそれを無視するような姿勢を示していたことに対し、長谷川郁夫氏はほとんどむき出しの敵意を見せている。「アカデミズム（赤門＝東大仏文）による陰湿な〝苛め〟」というような表現もする。しかしそれはたった一人で「大学」だった自由人の詩的作業と「帝国」大学との距離から生じるほとんど自然な現象だったのではあるまいか。結局は自由人の仕事の方が広く評価、歓迎された事実の方に注目すればよい。しかも長谷川氏自身が紹介されるように、『月下の一群』などに刺戟され昭和四年に東大仏文科に入った井上究一郎（私は東大教養学部の学生時代に詩の勉強会で井上先生を顧問に仰ぎ、フランス詩の読み方などの話を樂しくうかがったことを思い出す）は、「鈴木信太郎講師から厳しい指導を受け」、ここ（東大）が「楽園」ではなかったことを知り、「堀口大学が生きてゐる地平は無限に遠くへ去った」という思いを抱いたという述懐の文章（『堀口大学全集』第一回配本「訳詩I」の書評）を残している。「アカデミズム」に拠る一派にも、このように堀口大学の訳業を高く評価する人々は間違いなくいたし、今も多くいるだろう。

『月下の一群』の詩人たちへの影響に話を戻そう。よく指摘されることだが、『雪明りの路』（大正15・12）でまず詩人として立った伊藤整は、当時を回想し、「私に一番大きな影響を与えた」本として、『海潮音』『日本近代名詩集』（生田春月の編んだ小型の通俗本、大正8）に加えて『月下の一群』をあげ、「近代フランスの詩のエッセンスとも言ふべきこの訳詩集は、私のみでなく昭和期の新詩人たちにどれほど大きな影響を与へたか分からない」（『雪明りの路』再版、昭和27「あとがき」）と述べている。

その昭和期の新詩人の代表格であった三好達治は、日本近代詩がいわゆる現代詩へと脱皮・飛躍する際の飛躍台となった雑誌『詩と詩論』の創刊（昭和3・9）に加わる前、『月下の一群』を「しきりに愛読」し、「大いに自分流儀を発揮したい」と思っていたことを述懐している（『現代日本詩人全集』第11巻、昭和28「自伝」）。

三好達治はさらにこんな観察も語る（『日本現代詩大系』第9巻、昭和26「解説」）。『詩と詩論』は最初はいろんな詩人が「混然と同居の形」をとったにすぎなかったが、「海外新詩の動向の著しい影響を受け」、大正末期の詩衰弱の「惰勢的《ママ》一般情勢」に対決していった。その傾向を区分けしてみると、（1）「超現実派」――第一次大戦後の西欧新文学で最も旗幟鮮明な一派で、西脇順三郎、春山行夫、上田敏雄らはこれに属する。（2）「文芸汎論派」――後述。（3）「人生倦厭派」――ボードレール、ランボーらの影響を直接的に受けた一派、中原中也、富永太郎ら。（4）「四季派」――雑誌『四季』に拠る堀辰雄、丸山薫、三好達治ら。（5）「コギト派」――雑誌『コギト』に拠る田中克己、伊東静雄ら、などが挙げられる。このうち（2）「文芸汎論派」について、達治はこう説くのだ――「戦後新興文学特にコクトオ、ラディゲ、キリコ、アポリネエル等の立体派、構成派に傾倒する、直接には堀口大学訳『月下の一群』の影響下のものと見るべき一団」。主として雑誌『文芸汎論』に拠るので、こう名づけたという。そして岩佐東一郎、竹中郁、城左門、それに青柳瑞穂の名をあげている。

もちろんこれは強引なグループ分けにすぎなく、実は同じ人物が複数のグループに属することも多い。早い話が三好達治自身、『月下の一群』につらなっていたが、雑誌の所属違いで「四季派」となっているだけである。中原中也なども『月下の一群』派と呼びうる要素は結構にあった。

いずれにしろこうして『月下の一群』は現代詩の創造に直接的につながっていくわけだ。ただしこの訳詩集の内容の幅広く多彩なこと、堀口大学の詩風の新鮮ではあるが温容なことからして、尖鋭な前衛詩風をいっそう燃え立たせるよりも、もっとおだやかに、新しいポエジーを求める広範な詩人たちの牽引力となったと思われる。そして詩を愛する一般読者のセンスをも変えたところが大きいに違いない。

いまのところ最も広瀚でまた入念な記述の評伝、長谷川郁夫著『堀口大学——詩は一生の長い道』は、心情的にも大学に密着しているところが目につくが、丸谷才一の『日本文学史早わかり』(昭和51)における次のような『月下の一群』の評価に、強い喜びをあらわしている。

詞華集の貧しい現代日本においてこの本が例外的な成功を収めたことは論をまたない。それは最初、ごく狭い範囲の文学好きの所有物だったが、やがて数十年のうちに〔中略〕大衆に滲透し、社会全体の感受性を変へたのである。この本がなければ、日本人全体にとっての西欧の詩は相変らず上田敏のふしまはしであったらう。堀口は『月下の一群』によって、この文明における詩の意識を改めた。それは一新したとは言はないまでも、まったく自由にしたことはたしかだろう。

ところで、これに続く文章でも、丸谷氏は堀口大学の寛容な人柄や、彼自身の詩の軽やかさに親近感を示しながらも、さらに大事なことだが、大学のこういう特質は彼が「現代日本の社会」と「親密な仲」だったから生まれたのではなく、むしろ「うまく行つてなどゐな」くて、「まつたく人工的に幻の共同体を作りあげ、それとつきあふふりをしつづけた」だけだという。ではなぜそんな人の訳詩が広くアッピールしたかという問題になる。丸谷氏の記述はその先の議論に入らないで終わっているが、堀口大学の「自由」な生の意味と、「自由」な表現の力が、ここで積極的な検討と評価の対象とならなければならないだろう。

ここで思い返すのは、日本の近代詩が東京大学の三博士による『新体詩抄』から始まった事実だ。その後、大学出の俊秀の森鷗外を中心に大学人たちが集まってつくった『於母影』を経、やはり帝国大学の教師であった上田敏の『海潮音』が、海外の新風を伝えて近代詩を推し進める力となった。市井の人であることを強調する永井荷風でさえ、『珊瑚集』を出した時、大学教授だった。堀口大学に来て、ようやく大学は本人の名前だけで、大学の外なる自由人の立場が自覚され、自由な内容と表現を誇示する訳詩集を生んだのだ。その「自由」がこの詩集の大衆性のもとになった。

ただし、長谷川氏のいう丸谷才一の「批評的ヴィジョン」をエンジョイしながらも、このヴィジョンがどこまで事実によって支えられるか、不安は残らざるをえない。たとえばかつて『海潮音』について矢野峰人、島田謹二教授たちがなしたような、個々の作品の原詩との対照による綿密な検討・評価は、『月下の一群』についてはまだあまりなされていないのではないか。少なくとも私の狭い視野にはほとんど入ってきていない。同様にして、この両教授やその後を引き継ごうとした安田保雄氏らが『海潮音』とその影響を受けた（と思われる）詩についてなしたような考証的な研究は、『月下の一群』とその影響詩については、まだこれからのことではないだろうか。

影響のひろがり方は、『海潮音』や『珊瑚集』時代と随分違ってきているかもしれない。文学文化社会の変化により影響は詩壇の内や外といったことと別の視野で計らなければならなくなってきているような気がする。影響の仕方も変わってきているだろう。研究の方向も方法も変わって当然の面があるだろう。丸谷さんのように一挙に「文明」を持ち出すのも一興だろうが、ますます地道な、詩の言葉に即した「エクスプリカシオン・ド・テキスト」も求められるような気がする。

ともあれ『月下の一群』が、『新体詩抄』以来の「学者」的、啓蒙的な翻訳姿勢を積極的に捨て去り、社会的責務といったようなものから独立した「詩人」の姿勢をもって、自由な詩の内容と表現、生き生きしたポエジーを押し出し、日本近代詩をいわゆる「現代詩」の方向に歩み出させる原動力の一つになったことは、どうやら明白な事実であるようだ。その具体的な有様の検証が、これから待たれるしだいである。

第16章　エスプリ・ヌーヴォーの時代

安西冬衛の「春」

「近代詩」とか「現代詩」とかという呼称は言葉の綾にすぎない。「近代詩」でも、そのつくられた時点ではすべて「現代詩」であったはずだ。詩史上でよく使われる「近代詩」から「現代詩」へ、などという表現は、およそ意味をなさない。

にもかかわらずそういう表現がまかり通るのは、いわゆる「近代詩」からいわゆる「現代詩」へと詩が展開する時点で、詩の内容や表現がある種の際立った変貌を見せたためだろう。大正末年から昭和初年にかけて、ほんの数年前まで一世を風靡したホイットマン熱が急落したのは、その象徴的なあらわれであった。大正十―十二年から盛んになった未来派その他の前衛詩運動や、ほぼ同じ頃から盛り上がりを見せたプロレタリア詩運動は、詩的生命の衰退した詩壇の風潮にとって代わろうとする「現代」の詩の萌動を感じさせるものだった。

これらの動きは、多く源を欧米の詩の動きに発していた。その意味でさらに「現代詩」を推進した大きな力に、『月下の一群』（大正14）を代表とする翻訳詩があったことは疑いを容れない。

日本近代詩の主流をなしていた芸術派が「現代詩」の新しい展開の主軸となるのは、たぶん昭和三年九月創刊の雑詩『詩と詩論』によってだろう。ただしこれも、新しい詩を求めるさまざまな動きが寄り集まって実現したものだった。ここでは、そういう動きの中の、一匹の「てふてふ」のように頼りなげに見える詩的実験の有様を見てみたい。

わずか一行からなる短い詩である。それが、つつましげながら鮮明に自己の存在を主張しているのだ。それは、現代詩の「現代」性そのもののような顔つきさえしている。しかもその「現代」性を押し出した詩的実験が俳句と結びついていたことにも興味をそそられる。日本近代詩における「現代」と「伝統」との関係に思いをめぐらせることを誘われるのである。

九十年近く前、はじめてこの詩が現れたとき、読者はその新奇さに驚きをもって接した。いまでも、その新奇さがまったく失せたわけではない。しかし風雪の積み重ねとは摩訶不思議なもので、この詩はいま一種おちついて澄んだ輝きを身につけている。それはいまや、現代詩の古典といってもよい。

春　安西冬衛

てふてふが一匹韃靼海峡を渡つて行つた。

1 「春」の小宇宙

安西冬衛作「春」の全文は、一行である。

てふてふが一匹韃靼海峡を渡つて行つた。

これは、かりにほかの散文の中につっこんだなら、完全にその一部と化し、叙景の断片にすぎなくなってしまうかもしれない。読者は、詩とすら思わないで読みすごしてしまうようにも思える。ところが、それをこうして切り離して提示することにより、ここに一つの独立した世界が出現している。鮮明にして、しかも茫洋たる世界だ。なんども読み返していると、この「春」の詩的世界が、一個の小宇宙のようにも思えてくる。

考えてみると、奇妙な詩である。用語も語法も簡単明瞭で、疑問とすべき点は何一つのようだ。そのくせ、本文わずか十八字の詩が、幻想味さえおびたロマンの世界へ読者を誘いこんでいる。いったい、この魔術はどうしてなされているのだろうか。そして、いま私は不用意にロマンの世界などといったが、もっと正確にいえばどんな世界なのだろうか。

この詩を一読して、まず読者の眼前に浮かぶのは、蝶のいかにもたよりなげに飛ぶ姿と、ダッタン海峡の荒海との、あざやかな対応であろう。この二つは、コントラストをなすと同時に、コレスポンデンスをなしている。

ここで、蝶は平仮名で「てふてふ」と書かれることにより、たいそう効果をあげている。これは現代仮名遣いの「ちょうちょう」でも、やはりいけない。「てふてふ」は、蝶がひらひらとぶさまを、文字のイメージとしても、浮き出させているのである。

つぎに、この蝶が「一匹」と書かれていることも、無視してはいけないだろう。蝶は普通、一羽と数えるのではなかろうか。それを一匹というのは、いささか俗で、きつい感じがする。しかしこれによって、蝶の孤独にとぶさまがより強調されているような気がする。

この小さく力なく頼りない蝶に対して、韃靼海峡はいかにも重々しくて大きい。字画からしていかめしいが、さらにダッという促音とタンという撥音とが重なって、「てふてふ」と対照的ないかつさをあらわしている。私はこの海峡を荒海といったが、荒海かどうか、事実は知らない。しかしほとんど文字と発音そのものによっても、人は荒海を想像し、水の色も暗いような印象さえうけるのではなかろうか。これに加えて、私たちが習った昔の東洋史の、野蛮な夷狄としての韃靼国や韃靼人のイメージも重なってくる。韃靼とは、知識の上でも感覚の上でも、すさまじい外なる世界なのである。

だがこの詩は、こういうコントラストを単に静止的に描き出しているのではない。蝶が海峡を「渡つて行つた」とうたうことによって、画面に奥行が生じ、蝶も海峡もいわば動きだしてくる。ある人は蝶の運命に想像をはせるかもしれない。また別の人は、韃靼海峡の彼方を見はるかす感じに誘われるかもしれない。いずれにしても、蝶と海峡とのあいだに生きたコレスポンデンスが生まれ、画面は立体的に深まっていくのである。

しかし、いったい、蝶が韃靼海峡を渡って行くというようなことが、じっさいにあるのだろうか。この海峡は最もせまい部分でおよせ十キロメートルの幅だという。これが蝶にとって渡りうる距離かどうか、私はやはり事実を知らない。だが大事なことは、そんな事実ではない。これは一見して非現実的な風景なのだ。それなのに作者は、「渡つて行つた」と言い切っている。それによって、ここには一種のユーモアが生まれている。蝶の運命はきびしいはずなのに、なにかほのぼのとした感じさえ、かすかにかもし出されている。そしてこの蝶と韃靼海峡の世界は、時間を越えた世界のようにも思えてくる。夢の中に見るような、無限性の世界の雰囲気をただよわせるのである。

さらにもう一つ、小さなことのようではあるが、忘れてならない要素がこの詩にはある。それは題の「春」と、最後の「。《ピリオド》」である。俳句と見まがうほど短いこの詩で、俳句にはない題とピリオドがついている。これは、空間的、時間的な無限性をはらむこの詩に、輪郭をつける効果をもっているように思われる。題は詩の内容を拡大し、ピリオドはそれにアクセントを加えてもいるが、同時に、両者はともにこの詩の幻想性を覚醒とつなげる役割を果たしている。そしてこれによって、茫洋たる世界が小宇宙としてのまとまりを得ているのである。

2　大連で一脚喪失

一見したところ単純至極で、作者の好んだ言葉を借りれば「稚拙感」すら伴う「春」の世界は、そのじつ、意外に複雑なひろがりをもっている。読者は、ここから底深い漂泊感を感じとるのではなかろうか。漂泊感は単純なほど真実だ。この詩はその真実を実現しながら、幻想と覚醒とのあいだにポエジーをくりひろげるのである。

これは、作者安西冬衛の精神と状況との直接的反映でもあった。彼はこの詩を、大正十五年の春、大連（現在の中国東北区、遼東半島の旅大）で作ったと思われる。彼は明治三十一（一八九八）年、奈良で生まれ、少年時代を東京、堺と移りながら過ごし、大正九年、二十二歳のとき、父の転職にともなって当時の日本の植民地同様であった大連に渡った。そして翌年、南満州鉄道に入社したが、間もなく関節疾患のため、右脚切断の手術をうけた。その直後に満鉄を退社、一年半の闘病生活の後、大正十二年にようやく退院したが、外地におけるこの喪失感は痛切なものだったに違いない。この時から、彼は詩作に入った。

北川冬彦は、安西の第一詩集『軍艦茉莉』（昭和４・４）に寄せた序文で、「安西冬衛の場合は、文学がコンソラシヨンであることを示す最も明かな場合の一つである」と述べた。安西自身は、この解釈に不満だったらしい（「自伝のためのノート」）。しかしこれに続く北川の言葉は、メタファーに寄りかかりながら、好意と讃嘆に満ちている。こういうのだ。

彼の文学への動機が、その一脚の喪失によつて急転直下したのは事実である。一本の脚はまさに彼のポエジーを築き上げたのである。一本の脚がこんなにも有能な肥料であることも珍らしい。これは彼の強靭なエスプリによらなくては能はぬことだ。これは強烈な彼の意欲なしでは不可能事に違ひないのである。

大正十二（一九二三）年、安西冬衛はすでに二十五歳だった。詩人としてはもはや若くない。しかし彼は詩作によって歩み出した。たまたま同じ大連で、彼は滝口武士《たけし》、北川冬彦といった同年代の詩人たちを知った。そして翌年十一月、この（当時）日本の辺境の地で、同人詩誌『亜』を創刊した。驚くべきことに、この雑誌は月刊を励行している。後には尾形亀之助、三好達治らも同人に参加した。

安西冬衛は、後の彼の詩集の題を借りれば、「座せる闘牛士」となった。恐らく挙動が不自由だったに違いない彼は、「座」を重んじた。しかも同時に、「フラメンコ風の勇気」を彼は夢みた（『座せる闘牛士』扉辞）。試作に即していえば、彼の用いる投げ槍《バンデリア》は、従来の日本の詩の冗長で感傷的で非詩的な部分を突き刺した。彼は「沙漠精神と稚拙感。／この二つの文柱」（「自伝のためのノート」）ということを述べている。しめっぽい感傷を排したドライな精神、文学的装飾を排して言葉そのものに帰る手法――この二つを支柱として、彼はひたすら表現の本質を追い求め、ポエジーの純化につとめた。

「春」は、『亜』の第十九号に発表された。ただしこの時は、つぎのような詩になっていた。

春　――軍艦北門ノ砲塔ニテ

てふてふが一匹間宮海峡を渡つて行つた。

安西はこれを、昭和四年、『軍艦茉莉』に収めるにあたって、現在の形に改めたのだった。問題なく、改作の方がよくなっている。

まず、初出の軍艦北門の砲塔から眺めたという但し書きは、たしかにこの詩の世界を理屈に合うものにしている。しかしこれでは、詩は一つの風景にすぎない。それが改作により、「座」を目に見えぬものにしたことによって、「座」は詩人の、そして読者の、心の中に定まった。そして風景もまた、人間の心のものになったのである。それから、間宮海峡を韃靼海峡と改めたことの視覚的、音声的、連想効果については、先に述べたことからして、再説を要しないだろう。ひとことだけ付け加えておけば、同じ海峡をさすにしても、間宮海峡では読者の想像は日本のうちにとじこめられてしまう。韃靼海峡と呼ぶことによって、それは大陸の奥までひろがっていくのである。

私たちは、この詩の中に、作者のもっと個人的な感懐を読み取るべきかもしれない。安西は後年、「元来、蝶はわが家紋なのだ」(「生涯の部分」)と述べている。また「春」が収められた『軍艦茉莉』には、たとえば「興亡」という詩があって、「蕗《ふき》の下《かげ》に青い韃靼が亡んでいつた」というような句がしるされている。蝶の運命に作者自身の運命がこめられ、韃靼海峡の彼方に亡びの社会が想定されているかもしれないのだ。しかし、そういう感懐があるとしても、それはこの詩のイメージの中にすっかり溶け合わされてしまっている。読者としては、作者がふと思いついたイメージをそのまま余分の夾雑物なく書き止めたのがこの作品だと想像する方が、正しい味わいに近づけるだろう。改作によって、詩の世界は大きくひろがったが、そこにアレゴリカルな要素が加わったわけではない。詩は虚構の上に、純粋な美的世界をくりひろげている。だからこそ、読者は蝶になれる。あるいはこの蝶の行く手にロマンすら想像できるのである。

安西冬衛自身、この詩は一篇のエスキース(下絵)と思っており、自分の運命をきめるものになろうなどとは考えもしなかったであろう。『軍艦茉莉』でも、この作品に何らの重みも持たせていない。しかし間もなく、彼はこの作品に自分の詩的源泉を見出した。第一詩集がまだ印刷中の頃(昭和四年)、彼は「韃靼海峡と蝶」「再び韃靼海峡と蝶」と題する二篇を仕上げ、やがて「現代詩」の出発をしるすことになる雑誌『詩と詩論』に発表した。後に詩集『大学の留守』(昭和18)に収められたこれらの詩は、女との情事や妹との寝屋を韃靼海峡や蝶のイメージを用いてうたい、小ロマンといった作品になっている。そして昭和二十二年に出した彼の選詩集には、ついに『韃靼海峡と蝶』という題をつけ、「春」の詩を巻頭においている。まことに、この詩集の序で彼自身いうように、「春」は「詩人としての自分の位置を決定した紀念の古典」であった。

「春」は、しかし、安西冬衛の位置を決定しただけでなく、現代詩の方向づけにも少なからぬ働きをした。

私は安西冬衛を、昭和二十四年、北川冬彦著『詩の話』という本ではじめて知った。これはいま読めば何ということもない啓蒙書かもしれないが、当時、いわゆる現代詩の特質や面白味をこんなにやさしく具体的に語った本は、(田舎少年の知る限りでは) ほかになかった。田舎の詩少年であった私は、夢中になって再読三読したものだ。続篇『第二詩の話』は昭和二十六年に出、これには「春」が引用、解説されていた。

3　エスプリ・ヌーヴォーと俳句

北川冬彦は、昭和の「現代詩」が島崎藤村から北原白秋へつらなる明治・大正の「新体詩」や「近代詩」と本質的に異なるものであることを、終始強調していた。新体詩や近代詩がおぼれこんでいる日本の伝統的な情緒を否定することによって、現代詩が出発したものであることを主張していた。安西冬衛も北川冬彦自身も、その出発点に位置した詩人であった。彼らが受け入れたのは、日本の伝統的情緒の代わりに、西洋の知的なモダニズム、特にフランス詩人たちのエスプリ・ヌーヴォーであった――少なくとも、北川はそう説き続けていた。

彼らが『亜』によって詩作をはじめた頃のことについて、北川はつぎのように書いている（「安西冬衛との渡り合い」）。

安西とぼくとは会わない日は一日とてなかった。しゃべりあっているうちに夜が明けることもしばしばあった。安西はフランスの新しい文学や絵に異常な興味があって、その点でぼくと話がすごく合ったのである。二人とも、ジュール・ルナールに傾倒していて、「蛇――あんまり長すぎる」、うん、これだこれだと興奮した。安西がマルセル・シュオブを持ち出すと、ぼくはギョーム・アポリネールやマックス・ジャコブを持ち出す。安西がラウール・デュフィの稚拙感は凄いぞといえば、マルク・シャガールの幻想は素晴しいぞとぼくがいう。

この点では、滝口武士も同じ証言を残している。こういうのだ（「安西冬衛回顧」）。

『亜』の初期、当時流行のルナールの『葡萄畑の葡萄作り』は僕らの作文の手本になった。『亜』の創刊号の扉には「わたくしは生きた尨犬《むくいぬ》の背中でペンを拭う。Renard」と書いたりした。またポール・モオランの『夜開く』『夜閉す』等のあの感覚的なリズミカルな文章を随分愛読して、安西は暗誦している程だった。

ところで、しかし、こういう彼らのエスプリがかった短詩が、今日もみな評価に堪えるわけではもちろんない。発表当時は新鮮だった着想や表現も時とともに色あせたことは、多くの詩についていえる。新奇さをねらった詩ほど、内容の乏しさを露呈した。だが「春」は、明らかにその新奇さを求めた詩であるにもかかわらず、いまだに豊かな詩的情感をもって読者に訴える。とすれば、その持続力はいったい何に根ざすものなのだろうか。

少なくともその重要な部分に、安西のまさに日本伝統の文学的要素があったと私は思う。北川冬彦は日本における現代詩の興行師的なところがあり、自分たちの詩的実験をいつも「運動」に仕立てた。『亜』の試みも、「短詩運動」と唱えている（安西冬衛はそのような運動を意図していなかった）。「運動」を意図するとき、北川は自分たちの新しい面を強調する必要があり、古い面はばっさり切りすてた。だから、北川の本だけ読んでいたころ私はまったく知らないですごしていたのだが、安西は長年、俳句に親しんでいた。そして彼のほかの詩はいざ知らず、「春」にはどうもこの伝統芸術の世界が織りこまれているように思えるのである。

安西冬衛は、大正五年、十八の頃から師について俳句を学びだした。『ホトトギス』派の客観写生の態度をならいながら、山口誓子に通じるスタイル革新の努力もしていたらしい（両者はやがてたがいに敬意を交換しあう仲になる）。この態度は大連時代も続いた。彼が『軍艦茉莉』を出したとき、自己の閲歴中に「俳句という形式で十年間デッサンを研究す」と述べたのは、この意味だった。滝口武士によると、詩に転じた後も、句会などを催していたらしい。「昼は空洞《うつろ》の支那劇場や暮の春」などの句を残している（「安西冬衛回顧」）。

「春」は、こういう俳句の境地と表現から、一飛躍したものであった。安西は『亜』に「春」

を発表したのと同じ大正十五年に、つぎの句をものしたことを記している（「夜長の記」）。

韃靼のわだつみ渡る蝶かな

「蝶」は一字で「てふてふ」的な発音をするのだろうか。これが「春」より前の作か後の作かは、よくわからない。しかしとにかく、「春」を『軍艦茉莉』に収める時点で、間宮海峡を韃靼海峡と改め、この俳句の世界を取りこんで、一篇の散文短詩としたことは否定のしようがない。「春」は、俳句の境地と表現が、西洋のモダンな詩風と合体してできたものであろう。そして俳句的な情緒は、この詩の基本のところで生きていると思う。それがあるから、この詩は機智に支えられた小手先の技巧に終らないで、小宇宙となりえているのだ。

しかも、いまこれを俳句から一飛躍したものといったが、この一飛躍は大きかった。「韃靼のわだつみ渡る蝶かな」では、一幅の絵としての面白味はあるが、情緒に流れすぎて、迫力に欠ける。言葉と言葉とのコントラストとコレスポンデンスが弱く、緊張感に乏しい。なにか古色がただよう。「春」はそれをのりこえて、「沙漠精神と稚拙感」を盛り上げ、いわばヒューマンな中味を溢れさせている。

現代詩の出発点におけるこのまことに短い散文詩は、日本詩の伝統と西洋詩の新精神および新技法とをアマルガムすることによって、一種古典的な「現代」性を身につけた。これは、じつは、明治以後の日本のすぐれた詩の多くに共通する特色であった。その観点から見れば、この詩はまことにオーソドックスな位置を最初から要求していた作品ともいえるように思う。

4 「現代詩」の混沌の上を

雑誌『亜』は昭和二（一九二七）年九月、三十五号まで出して終刊した。そしてその一年後、昭和三年九月に、春山行夫を中心として、『亜』の同人だった安西、北川、瀧口、三好らも加わる十名が編集同人となって、『詩と詩論』が創刊されたのだった。この重厚な季刊詩には、さらに西脇順三郎、瀧口修造、北園克衛、吉田一穂、村野四郎といった面々がぞくぞくと加わり、いわゆる「現代詩」の最も有力な牽引車となったことはよく知られている。

ただし、芸術派を結集したかの観のあるこの雑誌のメンバーも、一昔前までの詩を「無詩学」（つまり「非詩」）と罵り、自分たちこそ「詩」と「詩論」の体現者とする自負、あるいは自分たちの「新しさ」（「エスプリ・ヌーヴォー」）を誇示する姿勢を除けば、内実はてんでんばらばらであった。ひとことでモダニズムといっても、シュールレアリスム派から、フォルマリズム派、主知派、ある種のレアリスム派（北川冬彦は私が心酔していた頃ネオ・リアリズムを唱えていた）などなど、雑多な傾向をかかえていたのである。そして互いに罵り合い、グループとしても離合集散をくり返すのだ。その跡を追いかけるのも詩史家の仕事なら、そういう中で本物の「詩」を見つける努力をするのも詩史家の仕事であるだろう。

少年時代に北川冬彦の『詩の話』によって日本近代詩に目覚め、その成立や展開の姿を眺めることに興味をもち続けてきた私の目の前を、いまも一匹の「てふてふ」が誰しも否定しえぬ詩情をたたえて飛んでいく姿が見える。「現代詩」の混沌の上を頼りなげにひらひら飛んでいくのだが、本物の「詩」の存在を強く主張しているかのようだ。

参考文献

本書執筆のもとになった文献、あるいは本書の内容に直接関係する文献に限る。参照に便宜のため、参考文献として提示する書名・論文名等は太字体であらわした。

序章　日本近代詩の展開

日本近代詩の成立期全体を見渡す研究書の中で、参考文献の第一にあげるべきは日夏耿之介『**明治大正詩史**』改訂増補・全三巻（創元社、昭和23―24）である。これを収録した『**日夏耿之介全集**』第三巻（河出書房新社、昭和50）はB５判一〇三六頁の大冊に、三十二頁の図版を併せ収め、付録には矢野峰人による厳密な「校訂余録」を載せている。この歴史的な大著の私流の評価は、本書の「序」の章でくわしく述べたので、ここではくり返さない。同じ著者の『**明治浪曼文学史**』（中央公論社、昭和26）は、視野を近代詩以外にもひろげて、明治浪漫期の文学を語る。

審美主義的「芸術派」の視点で一貫する日夏の詩史に対抗するかのように、遠地輝武『**現代日本詩史**』（昭森社、昭和33）は社会主義的態度を貫いている。日夏本を「自分の流派的立場からのみ詩史を批判してみる」と批判しているが、こちらの方がより多く同様の特色が出ている。松永伍一『**日本農民詩史**』上中下、全五冊（法政大学出版局、昭和42―45）はA５判で全二七七五頁の超大作。内容は標題通り農民詩の展開を語るが、全体の序論の観がある第一巻は、芸術派に対する社会派の動きを積極的に取り上げつつも、芸術派にも理解を示していて、日夏本に対抗しうる柔軟さを見せる。ただし全体として、「作品」よりも「人」を語る方に力点があるようだ。ここで拙著を取り上げるのもおこがましいが、亀井俊介『**近代文学におけるホイットマンの運命**』（研究社出版、昭和45）は、何ら詩史的な形をとっていないけれども、社会主義でも農民でもなくアメリカ詩人ホイットマンの日本における受容を軸として、日夏本とは別の日本近代詩史の可能性に探りを入れたものといえそうだ。

なお日夏本は、漢詩や和歌にも視線を向けているが、野山嘉正『**日本近代詩歌史**』（東京大学出版会、昭和60）は、それらを合わせた「総体」として近代詩の展開を測ろうとした野心作。ただしその序論的なところで終わっている観があるのは惜しい。高橋睦郎『**詩心二千年　スサノヲから3・11へ**』（岩波書店、平成23）は、日本詩歌の「総体」の流れをもっとゆったり語ろうとしている。

その他、通史的な本としては、吉田精一『**近代詩**』（至文堂、日本文学教養講座、昭和25）は、教科書のようなスタンダードさをもっており、私も識らぬ間に（たとえば時代区分など）多くを教わったと思う。同様な案内書はほとんど無数にあるが、その列挙はよそうと思う。むしろ詩人たちの個人的視点をはっきり出した本に私は刺激され、学んだところが多いような気がする。たとえば北原白秋『**明治大正詩史概観**』（『現代日本文学全集37』改造社、昭和4）や、佐藤春夫『**近代日本文学の展望**』（昭和25。改訂版・河出文庫、昭和31）や、三好達治『**詩を読む人のために**』（至文堂、学生教養新書、昭和27。岩波文庫、平成3）など。これらについては、本文中で一言、二言ふれたと思う。

私は個人による詩史に積極的な関心をそそられる。つまりは詩という芸術の歴史なのだから、著者の学識もだが、美意識や見識も聞きたい。それには個人の著者による一貫した内容が、こちらの心を誘いやすいのだ。しかし複数の人の執筆による本では、村野四郎・関良一・長谷川泉・原子朗編『**講座・日本現代詩史**』全四巻（右文書院、昭和48）の第一巻が明治期、第二巻が大正期を取り上げ、当時この分野では第一線にいた人々を揃えて、多方面からのアプローチを見せていた。また伊藤信吉・井上靖・野田宇太郎・村野四郎・吉田精一編『**現代詩鑑賞講座**』全十二巻（角川書店、昭和44）は、文字通り日本近代詩史上の主要詩人の主要作品の鑑賞手引を主な内容とした講座本だが、第十二巻は『**明治大正昭和詩史**』で、鈴木亨、安西均、大岡信、粟津則雄の四人が時代順に分担し、読み甲斐のある内容になっていた。鈴木亨の「明治詩史」の章は、私の特に関心のある時代でもあったけれども、とりわけ感心した。なお座談会形式の本では、鮎川信夫・吉本隆明・大岡信『**討議近代詩史**』（思潮社、昭和51）が、おしゃべりの自由さを生かした本になっている。鮎川・吉本の放談を大岡がなんとか掬って「詩史」にしている感じだが。

同類の本はもちろん枚挙にいとまがないが省こうと思う。私の関心の的であった日本近代詩と西洋詩との関係を中心的なテーマとする案内書では、日本比較文学会＝中島健蔵・矢野峰人監修『**近代詩の成立と展開　海外詩の影響を中心に**』（矢島書房、昭和31）には、学生時代からお世話になった。また山宮允教授華甲記念文集編纂会編『**近代詩の史的展望**』（河出書房、昭和29）も、短いエッセイ集だが、当時よく「参考」にした本だ。しかしこの方面でも私には個人の本の方が好ましく、福永武彦『**異邦の薫り**』（新潮社、昭和54）や、富士川英郎『**黒い風琴　訳詩ものがたり**』（小沢書店、昭和59）などは、個人的な趣味性の濃厚さが内容の魅力を一層たかめている感じだった。ここでまたおこがましくももぐり込ませていただくと、亀井俊介・沓掛良彦共著『**名詩名訳ものがたり　異郷の調べ**』（岩波書店、平成17）の亀井担当の部分は、やはり『新体詩抄』から『月下の一群』までの訳詩集について、個人的な「読み」を語ろうとしている。

日夏氏の本から始めたため順序が逆になったが、日本近代詩のテキストとしては、それぞれの原本や復刻本や各詩人の全集などが基本になることはいうまでもない。編纂物としては、日夏耿之介・山宮允・矢野峰人・三好達治・中野重治編『**日本現代詩大系**』全十巻（河出書房、昭和23）が、私には最も頼りとなった。衣笠静夫氏の膨大な蔵書をもとにしたという、極めて充実した内容で、校正なども厳密にできており、編者による解説もゆきとどいている。（日夏氏の『明治大正詩史』も、この衣笠文庫に資料を依拠できたところが大きいようだ。）なおこの『大系』は、大岡信を編集陣に加えて第十一―十三巻（河出書房新社、昭和50―51）が出ている。このほかにも、もちろんさまざまな編纂シリーズが出ているが、私の信頼はこの『大系』に集中している。

主要な詩集、とくに訳詩集には、注釈つきのものも多く出ている。ここでとくにあげておきたいのは、原詩をこまかく対照した上での注釈本『**日本近代文学大系52・明治大正訳詩集**』（角川書店、昭和46）で、私は大いに助けられた。『**日本の詩歌28・訳詩集**』（中央公論社、昭和44）は藤色の函に入り、藤色で注解をつけたシリーズ（いまでは中公文庫に入っている）で、私は女学生趣味を感じていたが、少くともこの巻の注解は極めて生き生きと「解説・鑑賞」をしてくれていて、興味深かった。

一人執筆の単行本では、関良一『**近代日本注釈大系・近代詩**』（有精堂、昭和38）、野山嘉正『**近代詩歌**』（放送

大学教育振興会、平成2）などを参照した。後者はやはり野心作とおぼしく、いろいろと目を開かれた。

第*1*章　『新体詩抄』の意義

西田直敏『**『新体詩抄』研究と資料**』（翰林書房、平成6）。甲南大学で『新体詩抄』を国語学演習でとりあげたことから、これまでの本文、注釈の不備、杜撰さにあきれて、基礎的な資料と正しい本文、注解を提供しようと思い立った結果が本書（「あとがき」）という。

赤塚行雄『**『新体詩抄』前後―明治の詩歌**』（学芸書林、平成3）。『新体詩抄』の意義を、その撰者たちの明治社会における役割と合わせて考察してみせる。作品そのものの検討は弱いが、目カラウロコ的な見解を随所にもらしている。

小川和佑『**文明開化の詩**』（叢文社、昭和55）。「新体詩はまぎれもなく明治の文明開化がもたらした新文学であった」（「あとがき」）という観点から、『新体詩抄』前後を扱う。

『新体詩抄』を批判し、その詩史的役割を低く見る論考は多いが、神田孝夫「**詩における伝統的なるもの―異説・『新体詩抄』の詩史的位置**」（『講座比較文学2　日本文学における近代』東京大学出版会、昭和48。神田孝夫『比較文学論攷―鷗外・漢詩・西洋化』明治書院、平成13に再録）は、その代表といえようか。賛否は別として、強烈に再考をうながす文章。

第*2*章　草創期の近代詩歌と「自由」

このテーマでのまとまった参考文献といえるものを、私は知らない。資料の面では、たとえば『**明治文化全集20　文明開化篇**』（日本評論社、昭和4）が、『日本開化詩』を収録するなどして、助けになった。背景の面では、木村毅氏の多くの著作、たとえば『**文明開化**』（至文堂、昭和29）などが、興味深い情報を与えてくれた。成瀬正勝『**明治の時代**』（講談社現代新書、昭和42）にも、教えられるところ多かった。

もっと論文的なものでは、柳田泉『**自由民権意識に成る詩歌**』（『続随筆明治文学』春秋社、昭和13）や、同じく柳田泉『**政治詩歌のはじめ（上）**』（明治文化研究会編『明治文化研究4』日本評論社、昭和44）が、まさに参考文献の名に値する。ただ、後者の（下）は、著者の急逝により、ついに上梓されなかったようだ。

歌謡・俗謡類については、添田唖蝉坊『**流行歌明治大正史**』（初版昭和8。刀水書房、昭和57）や、添田知道『**演歌の明治大正史**』（岩波新書、昭和38）から多くの情報を得た。

植木枝盛については、家永三郎『**植木枝盛研究**』（岩波書店、昭和35）がある。北村透谷については、第4章参照。

第*3*章　『於母影』の活動

島田謹二「**S・S・Sの『於母影』**」（『翻訳文学（日本文学教養講座13）』）（至文堂、昭和26）

小堀桂一郎「**『於母影』の詩学**」（『比較文学研究』25号、昭和49・3。小堀桂一郎『西学東漸　森鷗外研究』朝日出版、昭和51に再録）。鷗外を中心にして、『於母影』全体を考究する力篇。

小川和夫「**『於母影』からの二、三の感想**」および「**『蓬莱曲』と『マンフレッド』**」（『明治文学と近代自我　比較文学的考察』（南雲堂、昭和57）。『於母影』中いくつかの作品についての詳細な考察。

慶応義塾大学国文学研究会編『**森鷗外・於母影研究**（国文学論叢7）』桜楓社、昭和60）。昭和五十七年度の慶応義塾大学院での演習の成果らしい。『於母影』全篇を原詩と対比しながらの注解が中心をなす。

第*4*章　北村透谷の詩業

この章の記述に当たって私が直接参照したのは、ほとんどまったく勝本清一郎編『**透谷全集**』全三巻（岩波書店、昭和25―30）の本文および第三巻所収の年譜、解題などにつきる。同じく勝本清一郎校訂の『**北村透谷選集**』（岩波文庫、昭和45）も、日夜私のそばにあった。ほかに評伝的な本としては、北川透『**北村透谷・試論**』全三巻（冬樹社、昭和49―52）をあげておくにとどめよう。

第*5*章　近代の漢詩人、中野逍遥を読む

中野逍遥の作品や彼をめぐる記録類の基本テキストとしては、宮本正貫・小柳司気太編『**逍遥遺稿**』正編・外編

（不破信一郎、明治28）がある。幸い復刻版（日本近代文学館、昭和28）が出ているが、笹川臨風・金築松桂訳（読み下し）による岩波文庫版（昭和4）もある。伝記としては記述にムラがあるが、川崎宏『**夭折の浪漫詩人中野逍遥の詩とその生涯**』（愛媛県、平成7）が助けになり、逍遥の作品や彼の文学世界の理解には、二宮俊博『**明治の漢詩人中野逍遥とその周辺**』（知泉書館、平成21）に頼ること大きかった。

漢詩にうとい私には、たまたま手にした古ぼけの入門書、佐々木久『**漢詩の新研究**』（古明地書店、昭和17）が最大の「参考」書となった。漢詩が中国では官吏の「表芸」といった発想も、この本から得た。漢詩についての私の僅かばかりの文学史的知識は、吉川幸次郎述・黒川洋一編『**中国文学史**』（岩波書店、昭和49）などから得た。

第6章　『若菜集』の浪漫主義

島崎藤村、あるいは『若菜集』については、多数の研究書や案内書が出ているが、拙文は「松島瑞巖寺」を題材とする短詩一篇をなかば紀行的に語ったものであり、この小論に限っていえば、直接「参考」にした先行論文はもたなかったように思う。ただまだ大学院修士課程二年生になるかならないかの頃に書いたこの拙文を世に出してくれた『比較文学研究』第一巻第一号（昭和32・2「『若菜集』研究特集」）には、島田謹二先生の長編「『**若菜集**』の**成立**」（後年、島田謹二『日本における外国文学―比較文学研究―』朝日新聞社、昭和51に再録）が掲載されており、私はその内容が大学院の授業その他で折々に語られるのを聴いて、大いに裨益されていたこと間違いない。

第7章　内村鑑三訳詩集『愛吟』

訳詩集『愛吟』の流布版は、角川文庫（昭和27）などが出たが、目下刊行中のものはないのではなかろうか。ただ、鈴木俊郎他編『**内村鑑三全集**』全四十巻（岩波書店、昭和56―59）の第四巻に収録されている。私がこの巻の編集担当で、解説なども執筆した。

キリスト者としての内村鑑三研究書は汗牛充棟の有様だが、文学者・思想家としての内村を語る本は意外と少なく、正宗白鳥『**内村鑑三**』（細川書店、昭和25）はそのうちの白眉だろう。名著、木村毅『**日米文学交流史の研究**』（講談社、昭和35）には、「ホイットマンと日本」「内村鑑三とアメリカ詩人」などの章があって、直接、本書の記述の助けになる。なお拙著だが、亀井俊介『**内村鑑三　明治精神の道標**』（中公新書、昭和52）も、内村の前半生を明治精神史の中において検討しており、必然的に文学的表現者としての彼も考察している。

第*8*章　正岡子規の詩歌革新

正岡子規の作品のテキストでは、私はもっぱら『**子規全集**』全二十二巻、別巻三巻（講談社、昭和50―53）に頼った。もちろんほかにさまざまな選集類も用いたが、ここであげる必要はないだろう。

評伝的な本では、日本の敗戦直後に出て貧弱な装丁だが、井出逸郎『**正岡子規**』（弘学社、昭和20・10・15）が子規を多面的に語っていて、私には役立った。（日夏氏の『明治大正詩史』を筆頭にして、敗戦後の貧しい状況で手に入れた本が私には無性に懐しい。）

楠本憲吉『**正岡子規**』（明治書院、近代作家叢書、昭和41）は、随筆的に書かれた小冊子の入門書だが、俳人の著者が子規の短歌をとくに高く評価するところなど、興味深かった。

松井利彦氏の子規関連の本は何冊かひもといて、教えられるところ多かった。『**正岡子規の研究**』上下（明治書院、昭和51）にも、もちろん多くを学んだが、本書でよく生かしているとはいえないと思う。

第*9*章　ヨネ・ノグチの英詩

ヨネ・ノグチの英語詩集は、復刻版著作集 **Collected English Works of Yone Noguchi : Poems, Novels, and Literary Essays**, ed. by Shunsuke Kamei 全二十八タイトル、合巻六冊（Edition Synapse, 2007）に、ほぼ完全に収録されている。またノグチの詩をはじめて世に出した雑誌『ザ・ラーク』および『ザ・トワイライト』は、同様に復刻版による **Yone Noguchi and Little Magazines of Poetry**, ed. by Shunsuke Kamei 全三巻（Edition Synapse, 2009）に収められている。

ノグチについての研究書では、外山卯三郎編『**詩人ヨネ・ノグチ研究**』全三集（造形美術協会出版局、昭和38―50）が最も基本的なものであろう。続いて、ノグチの英語詩を中心にした案内書として、Shunsuke Kamei, **Yone Noguchi : An English Poet of Japan**（The Yone Noguchi Society, 1965）が出た。亀井俊介『**ヨネ・ノグチの日本主義**』

（亀井俊介『ナショナリズムの文学　明治精神の探求』講談社学術文庫、昭和63に収録）は、ノグチの英語詩における思想の展開を議論の的にしている。

近年、ノグチ研究もようやく興隆を見せてきている。堀まどか『「二重国籍」詩人野口米次郎』（名古屋大学出版会、平成24）は、はじめての本格的な伝記研究として画期的なもの。星野文子『**ヨネ・ノグチ　夢を追いかけた国際詩人**』（彩流社、平成24）は、ノグチの「国際的」な生き方や詩的活動を追跡している。

第*10*章　「あやめ会」の詩人たち

あやめ会が刊行した二冊の日英両国語詩集『あやめ草』と『豊旗雲』は、前出**Yone Noguchi and Little Magazines of Poetry**, ed. by Shunsuke Kamei (Edition Synapse, 2009) の第三巻に収録されている。

あやめ会やこの二冊の詩集についての本格的な研究は、私の知る限りまだない。

第*11*章　『海潮音』の「清新」の風

簡便なテキストとしては、本文中でもふれた島田謹二の解説をつけた『**海潮音**』（河出文庫、昭和30）など、いくつかの文庫版があるけれども、山内義雄・矢野峰人編『**上田敏全訳詩集**』（岩波文庫、昭和37）が『海潮音』『牧羊神』などをすべて収めていて便利だ。

『海潮音』の学問的な研究では、その嚆矢ともいえる島田謹二「**上田敏の『海潮音』**―**文学史的研究**―」（『台北帝国大学文政学部文学科研究年報』第一輯、昭和9）が、いまだに最も基本的な文献だろう。島田先生自身はこれを若書きの文章として慊焉されるところがあったかもしれない。前出、島田謹二『日本における西洋文学―比較文学研究―』上下二巻（朝日新聞社、昭和51）に再録されていない。同書収録の「**上田敏の文学初山踏**」および「**上田柳村の『海潮音』**」の二章は、大いに参考になるが、別の論文である。

上田敏の全般的な展望としては、安田保雄『**上田敏研究**―**その生涯と業績**』増補新版（有精堂、昭和44）がある。矢野峰人『**日本英文学の学統**―**逍遥・八雲・敏・禿木**』（研究社、昭和35）は、学者および翻訳者としての上田敏を情熱的に語るいくつかの文章を収めている。

第12章 『珊瑚集』の官能と憂愁

手近なテキストとしては、島田謹二の解説をつけた『珊瑚集』(新潮文庫、昭和28)がある。

作家としての荷風を語る本は無数にあるが、『珊瑚集』に的をしぼった研究は、それも原詩との綿密な比較検討をした研究としては、本文中でもふれた『比較文学研究』第七号(昭和38「『珊瑚集』研究特輯」)にまず指を折る。特集冒頭の島田謹二「**永井荷風の『珊瑚集』**」は力作の総論で、島田謹二「日本における西洋文学―比較文学研究―」(前出)に再録されている。同誌掲載の芳賀徹、井村君江、小谷幸雄の諸氏の各論については本文参照。その時、私自身も二篇の各論を用意していたのだが、編集担当者だった立場上、掲載を見合わせた。そのうちの一篇をもとにしたのが、本書の第12章である。もう一篇はやはり改稿の上、「**永井荷風訳「死のよろこび」を読む**」(秋山正幸編『知の新世界―脱領域的アプローチ』南雲堂、平成15)と題するエッセイとなった。

第13章 「異端」詩人岩野泡鳴

詩人岩野泡鳴は、生前は馬鹿にされ、死後は軽視ないし無視されてきたので、信頼しえて参照に便利なテキストは極めて乏しい。筑摩書房版『明治文学全集』全百巻が出た時、『森鷗外集』が第一回配本となったのは当然として、『岩野泡鳴集』が第二回配本になったのは意外だった。しかしそれだけ彼の作品に接したい人々の声がたかまっていたのに違いない。少くとも私はこの配本に歓喜した一人だった。このようにして少しずつ彼の作品を手に入れなければならなかった。

それでも、近年、作家としての泡鳴を語る本は増えてきているように思えるが、詩人としての彼を、作品の展開に即して具体的に論じるたぐいの研究書はまことに少い。伴悦『**岩野泡鳴論**』(双文社出版、昭和52)は、「詩の世界」の章を設け二十数頁を当てる、というだけでも極めて例外的な本だが、研究資料のセクションで「数少い本格的詩論」として本書収録の拙文(初出は『講座比較文学2 日本文学における近代』東京大学出版会、昭和48に収録の「「異端」詩人岩野泡鳴」)を丁寧に紹介されている――要するに、それほど詩を論じた文章は少いのだ。

第*14*章　昭和の小ホイットマンたち

ここに取り上げるホイットマン熱にうかれた詩人や歌人の時代的・文化的背景を語る本としては、再度拙著を登場させるほかない。『**近代文学におけるホイットマンの運命**』がそれである。

宮崎安右衛門については、どんな先行研究があるか、私は知らない。

堀井梁歩については、嬉しいことに、柳沢七郎『**堀井梁歩の面影**』(いづみ苑、昭和40)がある。

中西悟堂は野鳥研究家、自然保護運動家として名があり、その方面では参考文献となりうるものも少なくないような気がするが、詩人あるいは歌人としての彼を論じ、紹介した本を私は知らない。

万造寺斉についても、どんな研究書があるか私は知らないが、幸い菅原杜子雄編『**万造寺斉選集**』全十巻(万造寺斉選集刊行会、昭和44)が出ており、非常な助けになる。

第*15*章　『月下の一群』の世界

『**月下の一群**』(講談社文芸文庫、平成8)は、昭和二十七年の白水社版を底本としていて、初版をテキストとしたい私には不便さもあったが、解説・年譜・作者の著書目録などが充実していて、座右におかせてもらった。

堀口大学は自分について語ることの多かった人のようで、『季節と詩心』(第一書房、昭和18)、『詩と詩人』(講談社、昭和23)、『水かがみ』(昭和出版、昭和52)などの自伝的随筆集が私の助けとなった。「『月下の一群』の頃」はそのどれにも収録されている。もちろん、関容子『**日本の鶯　堀口大学聞き書き**』(角川書店、昭和55)も嬉しい読み物だ。

評伝としては、長谷川郁夫『**堀口大学――詩は一生の長い道**』(河出書房新社、平成21)が、A5判二段組み六百余頁の大著で、いまのところ最も内容豊富なものだろう。全篇、大学を「さん」付けで呼ぶ姿勢で書かれているが、調査はゆきとどき、詩人の評価などでも信頼感をもたせる筆致だ。

松本和男『**詩人堀口大学**』(白凰社、平成8)は、堀口大学に長年親炙し、大学の詩集をいくつか編んだ人が、大学をめぐるさまざまな文章を集めながら、貴重な大学情報を提供してくれる。工藤美代子『**黄昏の詩人　堀口大学とその父のこと**』(マガジンハウス、平成13)は手だれのノンフィクション作家による伝記的読み物だが、私はとくに大学の父のことについて多くを学んだ。

第16章　安西冬衛の「春」

安西冬衛は特異な詩人のようでありながら、熱心なファンも多いのだろうか。『**安西冬衛全詩集**』(思潮社、昭和41)や、『**安西冬衛全集**』全十巻(宝文館出版、昭和52—59)が出ている。伝記には明珍昇『**評伝安西冬衛**』(桜楓社、昭和45)があり、資料篇も含めて充実した内容のもの。冨山芳秀『**安西冬衛　モダニズム詩に隠されたロマンティシズム**』(未来社、昭和64)も、まさに標題のテーマの評論で、力がこもっている。

安西冬衛を語る北川冬彦の文章は、長短さまざまにあるが、私は個人的な思いから、本文中でも言及した『**詩の話**』(宝文館、昭和23)『**第二詩の話**』(宝文館、昭和26)をあげておきたい。この前者は『**詩の話—現代詩とは—**』(角川文庫、昭和31)と題する文庫本にもなっている。なお桜井勝美『**北川冬彦の世界**』(宝文館出版、昭和55)は、北川冬彦と安西冬衛の対比検討に多くの頁をさいている。

安西冬衛らが推進力となったモダニズム詩の展開そのものに深入りすることは本書の意図するところでなかったが、その方面の情報源として、中野嘉一『**前衛詩運動史の研究　モダニズム詩の系譜**』(沖積舎、平成15)は内容充実していて有難いものだった。雑誌『詩と詩論』についても、いまでは現代詩史が必ず論及すべきものとなっているので、もうこの限定された参考文献欄で紹介する域を越えているように思う。

日本近代詩の成立・年譜

この年譜は本書の内容に対応することを目指して作成した。著作や事件の後に付した数字は、刊行・事件発生の月（あるいは月・日）をあらわす。太字体の著作は、本書中の特定の章の主要な論述対象となったものであることを示す。

西暦	年号	詩歌・評論	時勢・社会・文化・人
一八六八	明治元		五箇条の誓文3・14 福沢諭吉、芝新銭座の学塾を慶応義塾と命名4 新政府、学問所（昌平学校）、開成所（開成学校）を復興6
一八六九	2	福沢諭吉『世界国尽』8	
一八七三	6		キリスト教禁制の高札撤廃（解禁）2・24
一八七四	7	『讃美のうた』（長崎ダッチ・リフォームド教会他）11	『明六雑誌』（森有礼ら）創刊3〜明治8・11
一八七六	9	宮内貫一・平山果編『日本開化詩第初輯』10	札幌農学校開設8（翌年、内村鑑三・新渡戸稲造ら入学）
一八七七	10	「よしや武士」（安岡道太郎ら）	西南戦争勃発2〜9 開成所・医学校合併し、東京大学開設4
一八七八	11	「民権かぞへ歌」（植木枝盛作か）	
一八七九	12	植木枝盛「民権田舎歌」（『民権自由論』付録）6	
一八八一	14	文部省『小学唱歌集初編』11、『第二編』明治16・3、『第三編』17・3	『東洋学芸雑誌』（杉浦重剛・井上哲次郎ら）創刊10 自由党結成（板垣退助総理）10
一八八二	15	外山正一・矢田部良吉・井上哲次郎撰**『新体詩抄初**	東京専門学校（後の早稲田大学）開設10

		編』8 竹内節編『新体詩歌第一集』10～『第四集』明治16・6、『第五集』発行日不詳	
一八八四	17	井上巽軒（哲次郎）「老女白菊詩」（『巽軒詩鈔』）2	森鷗外、ドイツ留学6
一八八五	18	湯浅半月『十二の石塚』10	坪内逍遥『小説神髄』9
一八八六	19	山田美妙編『新体詞選』8	帝国大学令公布、東京大学を中心にして帝国大学開設3
一八八七	20	植木枝盛『自由詞林』10	『国民之友』創刊2～明治32・8
一八八八	21	落合直文訳「孝女白菊の歌」（『東洋学会雑誌』）2～明治22・5 『新撰讃美歌』（一致派および組合派教会）5	二葉亭四迷訳「あひびき」（『国民之友』）7、8、「めぐりあひ」（『都の花』）10～明治22・1 森鷗外、ドイツより帰国9
一八八九	22	北村透谷『**楚囚之詩**』4 新声社（森鷗外他）訳「**於母影**」（『国民之友』夏期付録）8	大日本帝国憲法発布2・11 『しがらみ草紙』（森鷗外）創刊10～明治27・8
一八九〇	23	山田美妙「日本韻文論」（『国民之友』）10～明治24・11	教育勅語発布10・30
一八九一	24	中西梅花『新体梅花詩集』3 北村透谷『**蓬萊曲**』5 山田美妙『新調韻文青年唱歌集』第一編・第二編8	『早稲田文学』（第一次・坪内逍遥ら）創刊10～明治31・10
一八九二	25	森鷗外訳『美奈和集』7 正岡子規「獺祭書屋俳話」（新聞『日本』）4～10 夏目漱石「文壇に於ける平等主義の代表者ウォルト・ホイットマンの詩について」（『哲学雑誌』）10	正岡子規、帝国大学退学、日本新聞社に入社12

西暦	年号	詩歌作品・評論	時勢・社会・文化・人
一八九三	26	塩井雨江訳『今様長歌　湖上の美人』3 宮崎湖処子『湖処子詩集』11	『文学界』創刊1〜明治31・1 野口米次郎（ヨネ・ノグチ）渡米11
一八九四	27	北村透谷『透谷集』（島崎藤村編）10	北村透谷自殺5・16 日清戦争勃発8〜明治28・4 中野逍遥歿11・16
一八九五	28	外山正一・中村秋香・上田万年・阪正臣『新体詩歌集』9 正岡子規「俳諧大要」（『日本』）10〜12 中野逍遥『逍遥遺稿』正編・外編11	『帝国文学』創刊1〜大正6・2 『太陽』創刊1〜昭和3・2 『文庫』（『少年文庫』の発展）9〜明治43・8
一八九六	29	與謝野鉄幹『東西南北』（詩歌集）7 ヨネ・ノグチ『Seen and Unseen』12	『めさまし草』（森鷗外『しがらみ草紙』の後身）創刊1〜明治35・2
一八九七	30	與謝野鉄幹『天地玄黄』（詩歌集）1 『抒情詩』（宮崎湖処子編）4 内村鑑三纂訳『愛吟』7 島崎藤村『若菜集』8 ヨネ・ノグチ『The Voice of the Valley』	『ホトトギス』創刊1〜 京都帝国大学開設6
一八九八	31	正岡子規『歌よみに与ふる書』（『日本』）2〜3 正岡子規「われは」8首（『竹の里歌』明治31年の部に所収） 島崎藤村『一葉舟』6 島崎藤村『夏草』12	

一八九九	32	土井晩翠『天地有情』4 薄田泣菫『暮笛集』11	新詩社（與謝野鉄幹）創立11
一九〇〇	33		『明星』（與謝野鉄幹）創刊4〜明治41・11
一九〇一	34	與謝野鉄幹『鉄幹子』（詩歌集）3 與謝野鉄幹『紫』（詩歌集）4 土井晩翠『暁鐘』5 島崎藤村『落梅集』8 鳳（與謝野）晶子『みだれ髪』（歌集）8 薄田泣菫『ゆく春』10 上田敏訳『みをつくし』12 上田敏『文芸論集』12	
一九〇二	35	蒲原有明『草わかば』1	正岡子規歿9・19 『万年艸』（森鷗外・上田敏ら）創刊10〜明治37・3
一九〇三	36	上田敏「仏蘭西近代の詩歌」（『明星』）1 蒲原有明『独絃哀歌』5 児玉花外『社会主義詩集』8 ヨネ・ノグチ『From the Eastern Sea』私家版1、ユニコン・プレス版3、冨山房版10	夏目漱石・上田敏、東京帝国大学文科大学講師に就任4 有島武郎渡米8、永井荷風渡米9 『白百合』（前田林外・岩野泡鳴ら）創刊11〜明治40・4
一九〇四	37	與謝野鉄幹・晶子『毒草《どくぐさ》』（詩歌文集）5 與謝野晶子「君死にたまふことなかれ」（『明星』）9 島崎藤村『藤村詩集』9	日露戦争勃発2・8〜明治38・9・5 野口米次郎帰国9

西暦	年号	詩歌作品・評論	時勢・社会・文化・人
一九〇五	38	石川啄木『あこがれ』5 薄田泣菫『二十五絃』5 岩野泡鳴『悲恋悲歌』6 薄田泣菫『白玉姫』6 蒲原有明『春鳥集』7 上田敏訳『**海潮音**』10	野口米次郎、慶応義塾教授に就任
一九〇六	39	薄田泣菫『白羊宮』5 あやめ会詩集『**あやめ草**』(野口米次郎編集)6 岩野泡鳴『神秘的半獣主義』6 あやめ会詩集『**豊旗雲**』(野口米次郎編集)12	国際詩人クラブ「あやめ会」結成・解散 『早稲田文学』(第二次・島村抱月ら)創刊1〜昭和2・12 島崎藤村『破戒』3
一九〇七	40	川路柳虹「新詩四章」(『詩人』)9 岩野泡鳴『新体詩作法』12 岩野泡鳴『新体詩史』(『新思潮』)12〜明治41・3	早稲田詩社(相馬御風、三木露風ら)結成3 夏目漱石、東京帝国大学を辞任、朝日新聞社に入社4 有島武郎帰国4 永井荷風、アメリカからフランスに渡る7
一九〇八	41	蒲原有明『有明集』1 相馬御風「詩歌の根本的革新」(『早稲田文学』)3 岩野泡鳴『闇の盃盤』4 三木露風「暗い扉」(『早稲田文学』)5、相馬御風「痩犬」(同)5、岩野泡鳴「縁日」(同)7	永井荷風、帰国7、『あめりか物語』8 上田敏、京都帝国大学講師11(明治42・5教授に) 『アララギ』(伊藤左千夫ら)創刊10〜 パンの会(北原白秋ら)結成12

一九〇九	42	内村鑑三「詩人ワルト　ホヰットマン」(『櫟林集』)1 北原白秋『邪宗門』3 三木露風『廃園』9 ヨネ・ノグチ『The Pilgrimage』二巻	『スバル』(北原白秋ら、後に万造寺斉も)創刊1〜大正2・12 自由詩社(人見東明・加藤介春ら)結成4〜明治43・5
一九一〇	43	川路柳虹『路傍の花』9 石川啄木『一握の砂』(歌集)12	慶応義塾「文科大刷新」、永井荷風が文学科教授に就任2 『白樺』創刊4 『三田文学』創刊5
一九一一	44	北原白秋『思ひ出』6	大逆事件、幸徳秋水ら十一名死刑に1・24 堀口大学、父の任地メキシコに渡る 『朱欒《ざんぼあ》』(北原白秋)創刊11〜大正2・5
一九一二	大正元45	石川啄木『悲しき玩具』(歌集)6	
一九一三	大正2	北原白秋『桐の花』(歌集)1 永井荷風『珊瑚集』4 山村暮鳥『三人の処女』5 北原白秋『東京景物詩及其他』7 三木露風『白き手の猟人』9 斉藤茂吉『赤光』(歌集)10 アーサー・シモンズ著、岩野泡鳴訳『表象派の文学運動』10	島村抱月、松井須磨子と芸術座を結成7

西暦	年号	詩歌作品・評論	時勢・社会・文化・人
一九一四	3	ヨネ・ノグチ『The Spirit of Japanese Poetry』3（邦訳『日本詩歌論』大正4・10） 白鳥省吾『世界の一人』6 高村光太郎『道程』10	ヨネ・ノグチ、英国のジャパン・ソサエティで"Japanese Poetry"、オックスフォード大学で"The Japanese Hokku Poetry"を講演1 対独宣戦布告（第一次世界大戦）8・23〜大正7・11・11
一九一五	4	岩野泡鳴『恋のしゃりかうべ』3 北原白秋『雲母集《きらら》』（歌集）4 山村暮鳥『聖三稜玻璃』12	『卓上噴水』（室生犀星・萩原朔太郎）創刊〜大正5・4
一九一六	5	エドワード・カーペンター著、富田砕花訳『民主主義の方へ』3	『感情』（萩原朔太郎・室生犀星）創刊6〜大正8・11
一九一七	6	萩原朔太郎『月に吠える』2 萩原朔太郎「三木露風一派の詩を追放せよ」（『文章世界』）5 日夏耿之介『転身の頌』12	ロシア二月革命2、ソビエト政権樹立10 詩話会（詩人たちの大同団結会）結成11
一九一八	7	室生犀星『愛の詩集』1 堀口大学『昨日の花』4 千家之麿『自分は見た』5 室生犀星『抒情小曲集』9 山村暮鳥『風は草木にささやいた』11	『民衆』（福田正夫ら）創刊1〜大正10・1
一九一九	8	堀口大学『月光とピエロ』1	ホイットマン生誕百年記念祭（東京・料亭ミカドに

西暦	大正	詩	関連事項
		白鳥省吾訳『ホイットマン詩集』5 富田砕花訳『草の葉Ⅰ』5（Ⅱ大正9・12） 西条八十『砂金』6 千家元麿『虹』9 木下杢太郎『食後の唄』12	て）5・31 有島武郎『或る女』前編3、後編6
一九二〇	9	西条八十訳『白孔雀』1 上田敏訳『**牧羊神**』10 堀口大学訳『失はれた宝玉』11	慶応義塾・早稲田、大学令による初めての私立大学として認可（大正15年までにこの他20私立大学認可）、また官立（旧制）高校も多数設立。
一九二一	10	日夏耿之介『黒衣聖母』6 佐藤春夫『殉情詩集』7 高村光太郎訳『ホイットマン自選日記』9 千家元麿『新生の悦び』10 有島武郎訳『ホヰットマン詩集　第一輯』11 野口米次郎『二重国籍者の詩』12 平戸廉吉『日本未来派宣言運動』（チラシで配布）12	詩話会分裂、北原白秋、西条八十・日夏耿之介・堀口大学ら「新詩会」結成2 『日本詩人』（詩話会機関誌）創刊10〜大正15・11 『明星』（第二次）創刊11〜昭和2・4
一九二二	11	福田正夫編『日本社会詩人詩集』、福田正夫ら訳・編『泰西社会詩人詩集』1	西脇順三郎、慶応義塾留学生として渡英7

西暦	年号	詩歌作品・評論	時勢・社会・文化・人
一九二三	12	日夏耿之介「日本近代詩の成立」（『中央公論』）10、以下同誌に大正14・6まで続編、やがて『明治大正詩史』となる 萩原朔太郎『青猫』1 髙橋新吉『ダダイスト新吉の詩』2 有島武郎『ホヰットマン詩集　第二輯』2 金子光晴『こがね虫』7	『赤と黒』（壷井繁治・萩原恭次郎ら）創刊1～大正14・6 有島武郎情死6・9 関東大震災9・1
一九二四	13	宮沢賢治『春と修羅』4	『亜』（安西冬衛・北川冬彦ら）創刊11～昭和2・12
一九二五	14	北川冬彦『三半規管喪失』1 八木重吉『秋の瞳』8 西脇順三郎『Spectrum』8 堀口大学訳『月下の一群』9 萩原恭次郎『死刑宣告』10	『大道』（堀井染歩）創刊7～大正15
一九二六	15 昭和元	堀口大学『砂の枕』2 北川冬彦『検温器と花』10 吉田一穂『海の聖母』11 伊藤聖『雪明りの路』12	西脇順三郎、慶応義塾大学教授に就任4 詩話会解散10
一九二七	2		日本無産派文芸連盟結成5、この頃プロレタリア文学全盛期を迎える
一九二八	3	中西悟堂『藁屋と花』4	「詩と詩論」（春山行夫・安西冬衛・北川冬彦ら）創刊9～昭和6・12

一九二九	4	草野心平『第百階級』11 日夏耿之介『**明治大正詩史**』上巻1、下巻10 北原白秋『明治大正詩史概観』（改造社『現代日本文学全集』第三十七篇）4 安西冬衛『**軍艦茉莉**』4 北川冬彦『戦争』10 西脇順三郎『超現実主義詩論』11 長沼重隆訳『草の葉(1)』11	日本プロレタリア作家同盟結成2 世界経済恐慌始まる10
一九三六	11	万造寺斉『**山嶽頌**』	

（参考文献）日夏耿之介『明治大正詩史』改訂増補・第三巻（創元社、昭和24）所収「明治大正新詩書概表」
『講座・日本現代詩史』全四巻（右文書院、昭和48）共通付録、小川和佑「日本現代詩史年表」
鮎川信夫・吉本隆明・大岡信『討議近代詩史』（思潮社、昭和51）付録、佐藤房儀「近代詩史年表」

初出一覧

日本近代詩の成立

序　章　日本近代詩の展開　書きおろし（平成27・2・5脱稿）
第1章　『新体詩抄』の意義　書きおろし（平成25・12・17脱稿）
第2章　草創期近代詩歌における「自由」の展開　『文学』（岩波書店）昭和51・2、5、6
第3章　『於母影』の活動　書きおろし（平成25・11・4脱稿）
第4章　北村透谷の詩業　『現代詩手帖』（思潮社）昭和50・4（原題「予言者詩人の誕生」）
第5章　近代の漢詩人、中野逍遙を読む　『こころ』（平凡社）平成25・10（原題「多情多恨の叫び――夭折の漢詩人・中野逍遙を読む」）
第6章　『若菜集』の浪漫主義　『比較文学研究』昭和32・2（原題「松島瑞巌寺……」）
第7章　内村鑑三訳詩集『愛吟』　『文学』（岩波書店）昭和57・1
第8章　正岡子規の詩歌革新　書きおろし（平成25・7・19脱稿）
第9章　ヨネ・ノグチの英詩　『講座比較文学5　西洋の衝撃と日本』（東京大学出版会）昭和48・10
第10章　「あやめ会」の詩人たち　『英語青年』（研究社）昭和40・8（原題「あやめ会のアメリカ詩人たち」）
第11章　『海潮音』の「清新」の風　書きおろし（平成26・5・13脱稿）
第12章　『珊瑚集』の官能と憂愁　秋山正幸編『知の新世界』（南雲堂）平成15・3
第13章　「異端」詩人岩野泡鳴　『講座比較文学2　日本文学における近代』（東京大学出版会）昭和48・7
第14章　昭和の小ホイットマンたち　『富士川英郎教授記念論文集　東洋の詩・西洋の詩』（朝日出版社）昭和44・11

新しい展開

第15章　『月下の一群』の世界　書きおろし（平成26・7・27脱稿）
第16章　安西冬衛の「春」　『文章の解釈』（東京大学出版会）昭和52・11

あとがき

この本に盛り込もうとした思いを私はどのように育ててきたか、その思いをこれまでどんな文章に書きあらわしてきたか、それをこんど本にまとめるに当たって、私はどういう構想を立て、また自分としてはその構想をどこまで実現したと思うか、そしてこの本の最終的な自己評価は？といったような、普通は「あとがき」で述べることを私はもうこの本の「序章」でくどくどと書いてしまった。あんまりくどくどと書いたので、親切な読者でも要領を得られなかったかもしれぬ。じっさい、私は全体的な趣旨よりも、その趣旨を支える細部のことを大事にして書いていたようにも思う。それで繰り返しになるが、本書に盛った自分の思いの要点を、ここにひとこと述べ直してみる。

日本の近代詩は、普通に近代詩史で語られるよりもはるかに幅広く多様な内容をかかえており、正しく総体的に語られることを待っている。私はそのとば口の戸を開ける試みをしてみたかった。が、開けたのはまさに戸だけであって、全体的な展望をした本、つまり総体を語る詩史にはなっていない。しかし、短歌も俳句もあるいは漢詩もつまりは「詩」なんであって、私たちはその「詩」の展開をもっと好奇の目をもって探ろうではないか……

とにかくそんな思いが私に早くからあって、私は日本近代詩史上の自分にとって興味あるトピックを取り上げ、ちまちまと文章を書いていた。そして何十年かたち、それがかなりたまったような気がして、なんとか本の形にまとめたいと思い始めた。が、実はこれ、冒険的な企てで、なかなか難しいことのようにも思え、つい停滞していたところへ、古い友人が手を差し延べてきてくれたのである。

「古い友人」とは南雲堂の原信雄氏。一九六九年、『講座アメリカの文化』というシリーズに「ホイットマン――アメリカ文明の詩人」という小さなエッセイを寄せて以来ほぼ半世紀の間、アメリカ文学やら比較文学やら、あちこちゆらぎながら学問を追い求める私を原さんは一貫して支えてくれ、私のいろんな著作を励まし、導き、世に出してきてくれた。そして今回も、ふとお互いに人生をふり返って話し合っていた時、私がかつて日本近代詩の形成について書くことの夢を語っていたことを思い出し、その夢を実現しませんかとご本人から言って下さったのである。

私は一挙に停滞を振り捨て、原稿の整理・編集に熱中した。いくつかの旧稿を除外し、採用すべき旧稿の文章を改め、現在の視点から内容を拡充することは、大変だけれども楽しい仕事だった。結局のところかなり大幅な手を加えて、全体的に前後脈絡のある構成に仕立てたつもりだ。が、そこまで来て、自分でびっくりしたのは、私の観点からすると日本近代詩史上最も重要な作品に属する『新体詩抄』『於母影』『海潮音』『月下の一群』といった翻訳詩集が、章の形をなしていないことだった。実は私はそれらの詩集やその中の訳詩について、ほかのいろんな所で書いたり語ったりしていたので、ついまとまった紹介を怠っていたのだろう。しかし何としてもその欠を補わなければ、目指していたような本にならぬ。

「初出一覧」をご覧になれば分かるように、序章を含めて全十七章のうち六章までが、「書き下ろし」である。頁数からいえば全体の半ばがそうではなかろうか。これら新たに書き加えた章を、私はどういう姿勢で書いたか。これについてもすでに「序章」で述べたところだが、また繰り言をしておきたい。

私が重んじて取り上げた訳詩集は、すでにいろんな人にいろんな形で論じられてきているものであり、私はそれに新説を加えようなどという思いはまったくなかった。ただ、限られたスペースの中で、なるべく原詩と訳詩をこまかく比べながら、言葉に即して具体的に、日本近代詩の表現がどのように出来てきたか、その有様の一端を見たかった。と同時に、そういう作業をしながら、私の作家・作品評価も率直に述べるように努めた。たとえばそれぞれの詩集について、自分がその代表作と位置づけたい作品を選び出し、自分の思いを述べることもほとんど方針のようにした。抽象的あるいは観念的な解釈や批評は、私にはどうでもよい。自分の「生」に即した反応を正直に語り、そのことを通して日本近代詩がもつ魅力を示しえないか、というのがこの本に寄せる私の思いだった。

原信雄さんはこの作業を自由にやらせて下さった。しかも旧稿各章の入朱や、書き下ろし各章の脱稿がなると、その都度それをすぐに回収、入力して返してくれるというふうにして、全篇終結まで強力に私を引っぱられた。この導きがなかったら、私はもたつき続け、この本はついに仕上がることがなかったかもしれない。

原さんのほかにも多くの方のお世話になった。日本近代詩史の本来あるべき拡がりや可能性について、若さのままに語る私の話に耳を傾け、親身に励まして下さった編集者たち（何人かはもう故人になってしまわれた）、旧稿に発表の場を与えて下さった雑誌や書籍の関係者たち、それから資料の収集・閲覧で援助いただいた大勢の先輩・友人たち、本にするに当たって図版の準備を手伝ってくれた元教え子など、あげていくときりがなく、感謝の幅は広がるばかりだ。そのため、本書完成の最終段階でお助けいただいた方のことをひとこと記して、すべての方への謝辞に代えたい。

もと岩波書店の編集者、粒良未散さんは、私特愛の体験的アメリカ文化論『アメリカの歌声が聞こえる』（一九九四年）を編んで下さったほかに、岩波文庫の翻訳、解説、注解などの仕事で有難い助っ人であり続けた人だが、今回は本書の校正を応援して下さった。私はフランス語を得意としないのに本書ではフランス詩の翻訳を論じることが多かったので、フランス語を自家薬籠中のものとされる粒良さんにゲラを読んでいただき、さまざまなご教示を得たことは、まことに幸せだった。なお残る欠陥がすべて私の責任であることは言うまでもないが。

私は本書中のどこかで、日夏耿之介の『明治大正詩史』について、いろいろな欠陥はあろうとも、それが若き日夏氏の「思いの丈け」を真摯・率直に表明した本であることに、大きな共感と敬意をあらわした覚えだ。原信雄氏は、どちらかと言えばアメリカ文学・文化についての本を出してきた私に、この本で日本近代詩についての「思いの丈け」を述べるよう、励まし続けてくれた。私はその言葉に乗り、その姿勢で本書を仕上げられたように思う。なお版元である南雲堂社長・南雲一範氏もこれまでにも増して、私のこの仕事を熱心に支えて下さった。著作者としてこんな幸せがあろうか。お世話になった皆さんに心からの感謝を捧げる。

二〇一六年四月

亀井俊介

索　引

この索引は人名と著作を主として、人名は五十音順に配列する。西洋人名は本文で言及する時の表記に従ったことが多く、現在一般的な表記と異なることがある。ただしヸはヴィ、ヹはヴェといったように、現代的な表記に改めた場合もある。著作は、個人の作品はその作者名の下に収めたが、複数の人による作品や個人の編著者名の下に収めにくい作品は、人名とは別にまとめ、タイトルの五十音順に配列した。

人名と著作

■ア行

■ サ行

■ ハ行

■ ラ行

■ **ワ行**

人名の下に収めにくい著作

あ

う

お

か

け

こ

し

た

つ

と

に

著者について

亀井俊介（かめい　しゅんすけ）

一九三二年、岐阜県生まれ。一九五五年、東京大学文学部英文科卒業。文学博士。東京大学名誉教授、岐阜女子大学教授。専攻はアメリカ文学、比較文学。

著書に『近代文学におけるホイットマンの運命』（一九七〇年、日本学士院賞受賞）、『サーカスが来た！　アメリカ大衆文化覚書』（一九七六年、日本エッセイストクラブ賞受賞）、『内村鑑三　明治精神の道標』（一九七七年）、『亀井俊介の仕事』全五巻（一九八七―一九九五年）、『アメリカン・ヒーローの系譜』（一九九三年、大佛次郎賞受賞）、『アメリカ文学史講義』全三巻（一九九七年―二〇〇三年）、『名詩名訳ものがたり　異郷の調べ』（共著、二〇〇五年）、『英文学者夏目漱石』（二〇一一年）、『有島武郎』（二〇一三年、和辻哲郎文化賞受賞）、訳書に『対訳アメリカ名詩選』（共訳、一九九三年）、『対訳ディキンソン詩集』（一九九八年）、ほか多数。

日本近代詩の成立

二〇一六年十一月一日　第一刷発行

著　者　亀井俊介
発行者　南雲一範
装幀者　岡孝治
発行所　株式会社南雲堂
東京都新宿区山吹町三六一　郵便番号一六二―〇八〇一
電話　東京(〇三)三二六八―二三一一(代)
振替口座　東京〇〇一六〇―〇―四六八六三
ファクシミリ(〇三)三二六〇―五四二五
印刷所　株式会社啓文堂
製本所　長山製本

乱丁・落丁本は、小社通販係宛御送付下さい。
送料小社負担にて御取替いたします。

〈1B-327〉〈検印省略〉

ISBN978-4-523-29327-9　C3098